湖南省文艺创作扶助基金会资助出版

风云林伯渠

尹德立 著

线装书局

图书在版编目（CIP）数据

风云林伯渠 / 尹德立著. -- 北京 : 线装书局,
2019.5
ISBN 978-7-5120-3672-7

Ⅰ. ①风… Ⅱ. ①尹… Ⅲ. ①纪实文学－中国－当代
Ⅳ. ①I25

中国版本图书馆 CIP 数据核字(2019)第 101570 号

风云林伯渠

作　　者：尹德立
责任编辑：李　媛
出版发行：线装書局
地　址：北京市丰台区方庄日月天地大厦 B 座 17 层（100078）
电　话：010-58077126（发行部）010-58076938（总编室）
网　址：www.zgxzsj.com
经　　销：新华书店
印　　制：长沙鸿发印务实业有限公司
开　　本：710mm×1000mm　1/16
印　　张：32
字　　数：576 千字
版　　次：2019 年 5 月第 1 版第 1 次印刷

线装书局官方微信

定　　价：89.00 元

林伯渠

骏马坚冰踏洛河[1]

——序《风云林伯渠》

王定国

我是一个从巴山蜀水间走出来的女红军，小时很苦，没读过什么书。自从与谢觉哉同志走到一起，才开始认真学习文化，慢慢成为一个能读书，还爱写点文章的“文化人”。当“延安五老”之一的林伯渠同志的家人把这部《风云林伯渠》书稿介绍给我时，自然感到格外亲切。因为，谢老和林老在延安时代有过那段“骏马坚冰踏洛河”的共同岁月，革命情谊很深很深。知道林老家人有意请我为即将出版的《风云林伯渠》一书写“序”，我也就不辞年高，欣然接受了。在相关评述的帮助下，我对这部厚厚的纪实文学作品，有了一些基本了解。这是一部以林伯渠同志风云人生为题材的长篇历史小说，大体揭示了四个方面的内涵。

揭示林老的成长经历。这部小说完全尊重历史，客观真实地描述了林老的成长经历。林老出生在晚清时代湘西北一个普通乡村教师家庭，小时候很平凡，也比较淘气，身体还不够好。但书香的家庭、儒父的庭训、国学的滋养、劳动的历练，为少小林伯渠成人并走上革命道路奠定了抱负、知识、体魄等各方面的基础。小学和中学时代，他一方面游弋于文化知识的大海，一方面活跃在爱国进步青年的圈子，这样，就逐步确定了他立志救国救民的人生方向。青年林伯渠以优异的学业和奋发的精神，让他在人生成熟期获得了更广阔的求学与历练天地；留学日本的日子，直接将青年林伯渠打造成了中国早期民主革命志士。小说《风云林伯渠》在尊重基本史实的前提下，对林老成长经历中那些极具时代和个性特征、有血有肉的曲折故事，作了丰满而生动的表现，令人信服地让读者认识一个伟大历史人物是如何从少不更事成长为社会栋梁的。而这也就为当代及未来青少年的成长，提供了一个卓越而坚实的范本。

展示林老的历史功绩。虽然林老是一位经历十分丰富的职业革命家，但他1960年就因病去世，因此，关于他的历史功绩的社会宣传比较有限，进而坊间对林老历史功绩的了解与认识也比较有限。小说《风云林伯渠》本着历史唯物主义态度，首次用小说的叙述方式，充分展示了林老的历史功勋。在中国早期民主革命的严酷背景下，林老始终站在革命斗争最前列，旗帜鲜明、坚定不移地追随孙中山，成为孙中山直到逝世为止最为信任倚重的“股肱之臣”。林老不仅最早参加中华同盟会，而且也最坚定参与创建中华革命党（即后来的国民党）；在史上著名的辛亥革命、民国建立、护国战争、护法战争、北伐战争等重大历史斗争中，林老都曾枪林弹雨、出生入死。同时，林老也最早成为十月革命和马列主义的接受者、传播者，是中国共产党最早的党员之一，成为“国共合作”的最主要津梁。蒋介石彻底背叛革命，林老被迫脱离国民党，完全投入红色革命阵营后，先后参加南昌起义、南征、江西革命根据地反“围剿”、二万五千里长征、主持陕甘宁边区政府、领衔参与国共谈判、共筹新中国开国等历史大事件。无论是在国民党中央任要职时期，还是后来在共产党内任要职时期，林老除发挥革命先头兵作用外，更充分发挥所学专长，长期从事全局性财政经济领导工作，起到的是为革命肌体供血的重要作用。在陕甘宁边区主政时期，林老不仅出色地领导了边区经济建设，同时也出色地领导了边区政治建设，为后来中华人民共和国国家制度的构建作出了十分重要的探索与贡献。当1949年10月1日北京天安门广场响起林老主持新中国开国大典洪亮乡音的时候，历史便铸定了林老“共和国元勋”的特殊地位与荣誉。对这一切，小说《风云林伯渠》都作了绘声绘色、真实可信的文学艺术再现。

勾绘林老的精神风貌。作为一部文学作品，在艺术地讲述主人公故事的时候，必然要表现出包含在人物行为中的精神内质，否则，作品就缺乏思想分量和社会张力。而小说《风云林伯渠》在勾绘主人公林老精神风貌方面，应该说也是比较成功的。作品沿着林老的人生走线，先后传达出了他少年时代的“将军柏精神”、青年时代的“飞蛾扑火精神”、壮年时代的“桥板子精神”、中年时代的“马灯精神”、老年时代的“五老精神”和毕其一生的“正派人精神”。为了健身和汲取知识营养，少年林伯渠曾按照塾师和父母的引导，每天清晨爬上林家大屋禾场上那株被人称为“将军柏”的参天古柏，晨诵诗书，这难道不就是一种蓬勃向上、如饥似渴的“将军柏精神”吗？青年林伯渠从反对封建皇权开始，到日本留学期间追随孙中山宣战帝制、罢学回国、“会办”吉林、南下响应辛亥革命，然后经过一系列斗争、失利、再斗争的反复曲折，处处凸显出一种奋不顾身、扑向“光明”的“飞蛾精神”。中年林伯渠以“国共两栖党员”的特殊身份，在国共之间充当合作革命的桥梁，他一头连接着孙中山的“三大政策”，一头连接着中国共产党的布尔什维克革命，身负着万千脚踏的重压而始终不折不挠，这就是世间特别难能可贵的“桥板子精神”。成为“林老”后，他更以独具风骨的“马灯精神”和“五老精神”挺立在中国革命最艰苦、最严酷的关口；在救亡图存的二万五千里长途，他手中那盏马灯正如一点黎明的光明始终不灭，闪烁在红色的队伍中，既为红军战士照亮夜程，也为革命进军充任航标。为了革命的最后胜利，林老老当益壮，如热血青年一般投入中国革命的任何行动，与觉哉等几位赤胆忠心的革命老战友被共同尊为“延安五老”，也称“中共五老”，共同树起了彪炳史册的“五老精神”旗帜。而毕其一生，林老更是以一种伟大的人格精神，稳稳矗立在英雄之群，这精神就是被毛泽东同志亲自称誉的“正派人精神”。阅读欣赏小说《风云林伯渠》，就是穿行在林老既丰富多彩又始终如一的闪光精神长廊。

演绎林老的革命情怀。或许有人误以为林老是那种不食人间烟火的“革命狂”。而小说《风云林伯渠》告诉人们，林老在为革命鞠躬尽瘁的漫长历程中，也深深浓浓地谱写着他本真无华的“赤子情怀”“诗人情怀”和“亲缘情怀”。作为中国革命的赤子，林老对革命阵营的首脑人物，表现出的是一种无可比拟的忠诚与拥戴，尤其是在最艰苦、最严酷的关头，林老对领袖、对战友实实在在的熨慰，是极富人情味的，譬如对孙中山、对毛泽东，林老就都始终如此。此外，在残酷的革命斗争历程中，林老每遇悲喜，每有辞迎，一般都会留下感人情怀的诗篇。他的诗歌最突出的特色就是“战士情怀”，战士的生活、战士的心境、战士的抱负、战士的情趣，构成林老诗歌的“战士诗体”风格，读来朴实典雅而又壮怀激烈。林老的“亲缘情怀”更具有中国传统的抱朴怀瑾特质。作为职业革命家，林老一生始终关怀亲人、忠实家庭，而因斗争现实所迫，他又不得不一再作出自我牺牲。他一生曾有过五次婚姻，但每一次婚姻都折射出林老对革命的服膺、对亲人的包容和对生活随缘的人性精神，从作品里那些林老家信便可窥出端倪。

《风云林伯渠》的确是一本好书，它讲述了一个“最美中国故事”，堪称一部回放从同盟会运动到新中国建立历程的典型化传奇。我作为能够有幸看到新时期中国特色社会主义伟大进军的革命老战士，预感在中国共产党“不忘初心、砥砺前行”新时期的历史背景下，这部小说将是对人民群众进行中国革命史教育的生动教材；也是对广大党员干部、公务人员进行“初心”教育、廉洁教育的生动教材；更是对广大青少年进行革命传统和爱国主义教育的生动教材。我已经105岁了，此生怕是很难到湖南临澧去看看林老故居和铜像了，不妨就用这篇文字，寄托我对林老和谢老这一代老革命家深切的缅怀吧！

是为序。

王定国[2]

2018年11月8日于北京

---

① 骏马坚冰踏洛河：句出林伯渠诗作《出巡边区各县早发高家哨》。

② 王定国：系“延安五老”之一谢觉哉同志的夫人。

风云林伯渠

目 录

CONTENTS

引

——少先队员在林伯渠爷爷120周年诞辰纪念仪式上的朗诵诗

麓山如画，
浮山如画，
一幅幅，
描不尽江山壮丽；
湘水如歌，
道水如歌，
一首首，
唱不完英雄豪迈。

英雄辈出的湖南啊，
今天再一次历数风流；
人杰地灵的临澧啊，
今天又一回检阅荣光。
光荣的韶山冲，
曾升起，
一轮不落的太阳；
光荣的凉水井，
曾亮起，
一颗追日的金星。

一百二十年前，
林家大屋那声寻常的婴啼，
奠定一个不同寻常的历史伏笔；
一百二十年后，
凉水井边这场隆重的集会，
回放一位传奇人物的辉煌人生。

林伯渠爷爷啊，
当我们一次次走进您的故居，
就仿佛一次次触摸您救国救民的心跳；
林伯渠爷爷啊，
当我们一回回瞻仰您的塑像，
就仿佛一回回看到您永远不朽的灵魂。
您的脚步，
丈量了从辛亥革命到建立新中国的整个历程；
您的肩膀，
承载过民族革命和国家重建的领袖责任。

我们敬仰您，
因为，1921年中国共产党的党员名册上，
镌刻着您光荣的英名；
我们敬仰您，
因为，1927年南昌起义的战斗行列中，
活跃着您矫健的身影；
我们敬仰您，
因为，长征路上，
您那盏普通的马灯，
一直闪亮了二万五千里；
我们敬仰您，
因为，中央苏区，

您那颗火热的心脏，
一直搏动在党的领袖层。
“延安五老”的盛誉，
让无数革命战士肃然起敬；
“开国大典”的主司，
更让临澧父老兄弟自豪万分。

“儿时心事浑难忘，
梦里仓皇返故乡。”
您深情的诗句，
寄托着您多么朴实的爱乡情怀；
您如诉的宣泄，
传递着您人民之子的真挚心声。

一百二十年岁月，
如澧水悠长，
把您缀成一道动人的历史风景；
一百二十年积淀，
似浮山巍峨，
为您垒起一座永恒的英雄丰碑。
不管您离开我们已经多久，
在我们心中，
您每天都与我们同在；
不管您距离我们已有多远，
我们时刻都，
瞻望着您炬火般的光焰。

林伯渠爷爷啊，
您可看到，
故乡翻天覆地的巨变？

林伯渠爷爷啊，
您可听见，
湖南激流勇进的呐喊？
林伯渠爷爷啊，
您可感觉到，
祖国改革开放的火热？
林伯渠爷爷啊，
您可领略到，
世界发展前进的波澜？

“山容淡远青还在，
壁合无间色亦香。”
历史虽然已渐行渐远，
理想定然会越走越近！
请伯渠爷爷相信，
您的乡亲，
不会让您的闪光足迹磨灭；
请伯渠爷爷放心，
您的子孙，
定会让您未竟的伟大事业，
后继有人！

第一章　少小

爬“将军柏”晨诵蒙书

清朝末年。湖南西北部。

从武陵山系蜿蜒而出的潇湘四水之一的澧水东出石门后，在澧滨古镇合口江段南岸，与南北走向的铜牛山脉垂直交汇，演奏出一支永不休止的山河交响曲。铜牛山脉东麓那片森森莽莽的丘陵腹地中，有个丘岗环抱、泉溪潺潺、青松翠竹、环境幽静的小山村：湖南常德府安福县西乡乐二里容止区凉水井村。在这庄户散居、鸡犬相闻的江南小村中，赫然耸峙的一座双院襟连的大宅院甚是惹眼。院后山峦如屏，宅前湖堰似镜；东西两院各自上下三进，正侧六天井，熟砖青瓦，梁桁壁板，雕花镂饰，石灰粉墙，飞檐翘角，封火垛出盖，那气象自必是个大户人家。这便是远近十里八乡称为“林家大屋”的所在。

“安福林家”的族望，在县境虽屈指可数，但溯其渊源，却并非本地世族。原来，安福林家祖上为福建莆田人氏。元末明初，其十一世祖林牌从戎去乡，追随朱洪武南北征战，立有战功，子孙因袭爵为官。传五世，至林茂，授为怀远将军，戍守湘西北之九溪卫，即今湖南慈利等地界。万历年间，林茂率部屯于道澧两水间之安福所，家眷随行。清雍正七年，即公元1729年，澧州改直隶州，析九溪卫六里、永定卫五里和澧州申进、长乐、十都、十一都六里等共十七里之地，始置为“安福县”；入湘已久的林家，遂成为湖南安福县人氏。承袭祖荫世功，林家历代守科举致仕之道。传至林伯渠曾祖林长槐，第及清朝道光科举人，先后放为四川宜宾、邻水县令，后擢升叙永直隶厅同知。

林长槐在川为官，清廉勤勉，颇得民心。擢晋之际，当地民众与大户自发捐得一批银两，以表达对体恤百姓、秋毫无犯之父母官林长槐的感恩之情。川民熟知林长槐为人，料他不会允受这银两，便私下雇请赶脚的骡夫，将银两专程送到林长槐老家安福。送银川民存心未留捐银名册与送银人姓名，林长槐得知后，也是难以奉还了。当时，林家尚未有成气象的宅院，后来林长槐便用这笔银两，修建了一座湘西北民间大户风格的砖木宅院。宅院落成时，至亲世交以安福林家自十一世祖林牌到林长槐之世历代为官，又因林家祖上曾一门九子入仕，家世显赫，特意制作了一块"九牧世第"的鎏金大匾，隆重悬挂到了林家新府第神堂之上。后来林长槐致仕归故，一班至交又特意赠送"功昭德永"金字梁匾一面，以此铭怀林家列祖功德，亦为林家大屋再添几分光华。

林长槐之子林山萃，号鹤仙。他继承了父辈的家业，却未能延续祖辈父辈的宦运，自小读书求进，终也只考上个廪生，且不幸早逝。不过，林山萃在有限的人生中，还是勉力做成了一两件大功课。他育有二子，至为心爱，视如"命肝心"，给两个宝贝儿子一个取名小鹤，一个取名小仙，显然深含父子生命相延的意涵。短短几十年里，林山萃一面谨遵祖训、诗礼传家，培养两个儿子读书取进；一面辛勤劳作、勤勉置业，在老宅院东侧，并排仿建了一座规制相仿的襟连宅院。林山萃临逝前，把东院分给了长子小鹤林承祚，西院留给次子小仙林鸿仪，完成了一代户长的人生功德，为身后的子辈小兄弟俩，留下了不错的家业根基。

到林承祚、林鸿仪这一代，他们尽管也曾努力想要科举入仕，但终归时有所蹇、运有不济，多年努力，也未能填补父亲的深深遗憾。尤其林鸿仪，在澧州读书期间，可谓焚膏继晷、格外用功，平日里成绩常为佼佼。但眼看与自己学力不相上下的同窗一个个科场摘桂、金榜题名，而自己却总是名落孙山，这难免不在林鸿仪心中留下层层阴影。其妻李氏出身农家，朴实厚道，不管夫婿失意得意，只管夫唱妇随地做着丈夫的"知音"和"贤内"；有孩子后，自然又多出一个"良母"的角色。林承祚与兄弟鸿仪一样，虽也读书不少，但科场也是失运。承祚娶下史氏后，孩子一个个出生，自然放下了学进之心，只在乡里做着农耕兼塾师的本分营生。

清光绪十二年丙戌岁二月十五日，即公元1886年3月20日，林家大屋西院终于也传来一声声清脆响亮的婴儿啼哭。林鸿仪第一个"带把儿"的孩子终于呱呱坠地，双双都才二十岁上下的少夫少妻俩，激动得一时都摸东不知西了。夫妻俩如此激动，除了"弄璋"本就是大喜，还与他们此前曾生过一个女儿，但很小就夭折了的遭际相关。随着这个儿子的降生，那曾经笼罩内心的失女阴影，终于风吹云散。林山萃遗孀自然也是激动不已，老令婆忙着吩咐次子林鸿仪净手焚香，在正堂列祖牌位前毕恭毕敬，磕头谢恩，同时在西院正天井里，燃响一挂长长的喜炮。那喜庆、那熏香，给林家大屋上上下下，忽地平添了许多难以言表的欢悦与希冀。

东院长房的二相公堃儿那天正好又在西院叔父家玩耍。他还在刚刚听到“裹伢儿、裹伢儿”的婴儿哭声时，便机灵地跑回家，向妈妈史氏报喜信去了。随后，林史氏拾掇了一包鸡蛋，带堃儿赶到西院，来探视月母子，并给叔父林鸿仪送恭贺。月母子房里历来有禁忌，不是什么人都能进得的。当时，也只有堃儿母子才享有这特权。六岁的堃儿似乎比谁都巴望这个嫡亲堂弟的降生，此时，他总想从母亲臂弯里挣脱，扑到婶娘身边去摸摸弟弟。婶娘见状，笑吟吟地对嫂子说：“伯娘，就让堃儿过来看看弟弟吧，他们也是前世有缘，今世来做兄弟的！”

“嗯，是的是的，他们一定是前世有缘，要不弟弟第一声‘裹伢儿’，怎么就巧巧地被他听到呢？”史氏笑得都合不拢嘴了。

堃儿趁娘手一松，顺势扑到婶娘床前，就要伸手去摸弟弟的小脸蛋儿。史氏连忙扯住儿子，连唬带哄地说：“堃儿，弟弟还刚出世，细皮嫩肉只能看，不能摸的。等他长大些，你再摸他好啵？”堃儿忙乖乖地缩回手，两眼直盯着刚睁眼的弟弟憨笑。

林李氏莞尔一笑说：“这么说，弟弟出世，还是堃哥踩的生；好啊，往后弟弟就跟着堃哥一起长大，一起成人吧。堃儿，只怕弟弟以后会缠得你不耐烦喔！”堃儿连忙天真地辩说：“不会的，不会的，堃儿什么时候都不会烦弟弟！”

按乡俗，“三朝”这天，也就是孩子出生的第三天，至亲乡邻们要登门“送恭喜”，讨杯“洗三”喜酒吃。所谓“洗三”，就是月母子和月伢儿在“三朝”之日，用温热水净身沐浴、熏抹穿戴。习俗上，这天还要给婴儿排八字、算胎命、起名字。林家婴儿的胎命，自然是附近算命先生早就关注的“生意”，林鸿仪家“洗三”这天，好几个算命先生不请自来，一声声满是讨好意味的“送恭贺”“送恭喜”，在林家大屋内外此起彼伏。本来，林鸿仪因此前屡试不售，素来寡欢；但他更深知“有子万事足”的老理，如今韶华得子，毕竟是件足慰平生的大喜庆，故这些天显得格外春风得意、喜不自胜。对前来讨喜算命的先生们，林家老板自然很是客气。先生们问明贵子落盆的准确时辰，便都掐着手指、“子丑寅卯”地嘟哝起来。片刻后，算命子们纷纷道喜：小相公“八字”生得太好了，大福大贵之命啊！如何的大福大贵，他们的诠释大同小异，都说这孩子将来必有将相之贵。接下来，算命子们自必要向主家讨喜钱、封利市。林鸿仪虽家境不殷、收入不丰，但大喜岂能小气？除恭请算命先生们入席宴饮之外，还给他们每人封了三百文喜钱，这在当时，可是寻常百姓家开不起的大利市了。

待算命先生和亲友们先后告辞，鸿仪与哥哥承祚这才稍稍松散，坐在神堂厢壁下的太师椅上，按算命先生的说辞，商议起给新生儿起名字的事情来。林承祚望着神龛前的列祖牌位，喜形于色地说：“兄弟啊，多谢列祖列宗保佑你终于喜得贵子，打算给儿子起个什么名字呢？”

林鸿仪目光投向神堂横梁上“九牧世第”“功昭德永”两面鎏金牌匾，欣慰地说：“祖上功昭德永，应在人丁兴旺上了。算命先生都说这孩子命相缺水，我正在想，取个什么名字才能补益呢？哥哥学问好，您有什么好主意么？”

林承祚由衷一笑说：“巧啊，俺俩兄弟的儿子一个缺土、一个缺水。我给儿子取了个‘堃’字，从土；你这儿子的名字嘛，自然是要从水的！”

林鸿仪想了想说：“从水嘛，那就取‘涵’字，叫祖涵，如何？”

林承祚用右食指在左掌心画了个“涵”字，随即点头说：“好，这个‘涵’字取得好！‘涵’通常指包容蕴藏，在《归藏易》中，它代表人缘、贵人缘，在《九丘》中，它代表好运、钱财；那‘三点水’又补益了孩子‘八字’中的欠缺，恰到好处，妙得很哩！”

林鸿仪接着说：“他是长子，若取表字，‘伯渠’便好，‘渠’‘涵’相兼，水便丰足了！”

林承祚极表赞成：“名祖涵，字伯渠，确实是好名好字，恭喜兄弟了！”

林鸿仪兴致越来越高，接茬儿发挥说：“这样，祖堃与祖涵水土相辅，土得水，万物生；水得土，流成泾，自然是生生不息啊！”

林承祚连连点头道：“好好！兄弟就是才学好，解得好！”

神龛里，三支香头，红焰焰地燃着，轻烟袅袅升腾。那神圣、庄穆、喜庆，随缕缕香烟，弥散在林家大屋。其间几声婴儿啼哭、几声少年笑语，点染着林家大屋的生机勃勃、门庭兴旺。

光绪中叶，天灾暂缓，人祸稍息。但凡有梦想的人家，都在利用时世难得的苟安，努力寻求命运的转圜，在读书投考上下起了苦力。光绪十四年，安福县八十三岁的老书生黎廷相耄耋应试，得中解元。这消息仿佛给当地有男伢儿的人家都注了一管兴奋剂；相当长一个时期，发奋读书、以求仕进的势头，在这安福县境已是蔚然成风。当时，涵儿才两岁，自然还不到正儿八经读书的年纪。但涵儿的父亲林鸿仪才刚二十三岁，比黎廷相可整整年少一个花甲，若就此心灰意冷，不求学进，将来有何面目告诫子孙？林鸿仪还想到，当年澧州窗友司马瀚跟自己学绩本在伯仲之间，但他一举及第，放为四川浦江县令，一时为地方争羡；鸿仪虽不嫉妒好友，但心里自然还是不甘。于是，林鸿仪决定重新抖擞精神，再入学庠，奋力一搏。于是，他打点起有关物品，来到武昌博文书院，潜心修业。可真是应了“命中只有八角米，走遍天下不满升”的谶语，林鸿仪虽然平日里书读得很好，每考无有不优，但每到大试，便鬼使神差一般笔下失利。屡考屡失，屡失屡考，直考到1893年，林鸿仪才中了个不顶事儿的副贡生，与仕途仍是无缘。此后，他只得在林家大屋里开了间家塾，兀自授徒养家。

然而，林鸿仪在这外出读书的几年里，却把涵儿的身体耽误了。原来，出生时身体蛮好的涵儿，幼小时闹过一次病。当时父亲不在家，母亲很繁忙，祖母为长房几个幼孙分心分力尤多；加上凉水井地处偏僻，林家家境并不很宽裕，问医求药多有不便，李氏不得已对涵儿采用了居家静养之法。俗话说：“沤出来的疮，困出来的病。”结果，涵儿到年将适学，还言语含混、举止迟钝，严重时甚至心神恍惚、视听模糊，家人这才引起了高度警觉。林鸿仪夫妇寻访方家后，决定改变涵儿体质调养的办法，变“静养”为“动养”。于是，他们开始让涵儿走出家门，经风雨、见世面，与村童一道，跑遍周近田野山林，学着识认花草虫鱼。在这些活动中，涵儿体质逐渐有了些恢复，也开始养成对大自然的好奇与探索。随后，涵儿跟着已入塾读书的堃哥及其他大点儿的玩伴，旁听过《千字文》，习诵些《三字经》句段，慢慢激发出了读书识字的兴趣。

1892年冬，林鸿仪从省城应试回来，看到涵儿对读书识字有了兴致，心里非常欢喜。但考虑涵儿体质尚未完全恢复，决定让涵儿先在自家私塾发蒙。但当时林鸿仪还有些事务缠手，忙不过来，便决定请个放得心的先生在家里教涵儿等一班学童。鸿仪所请的先生，便是涵儿的堂伯父林范心先生。林范心是了解涵儿父母心事的，于是替他们想了一套既可促使涵儿把书读好，又能让涵儿增强体质的办法。一天，范心先生问涵儿："祖涵，你长大了想干什么？"涵儿不假思索地说："我要像岳飞，精忠报国！"原来，涵儿当时刚听人讲过岳飞的故事，心里对岳飞满是崇拜。先生对涵儿的志向极表赞赏，立即鼓励说："嗯，好啊祖涵，有志气。不过你想想，如果没有一个强壮的身体，将来能不能像岳飞纵马疆场、抗御外敌、精忠报国呢？"涵儿默默摇摇头，先生趁热打铁说："历史上凡成大事者，都从小看重强身。汉代有个姓霍的大将军，名字叫做霍去病，意思就是祛除百病，他从小发狠锻炼体格，磨炼意志，因此很是强壮。后来，霍去病从戎征战，立下不朽功勋。东晋时也有一个大将叫祖逖，他为完成统一河山的宏愿，每天鸡叫就起床，舞剑强身，后来也屡建奇功。涵儿，你知道'闻鸡起舞'这个典故吧？那说的可就是祖逖喔！"

祖涵听得都入迷了，但一想到自己的身体，不禁着急起来。于是忙问先生："伯父先生，您有什么办法让我身体变得强壮么？"

林范心见火候已到，于是说："我给你想好办法了，祖涵随我来……"

范心先生把祖涵带到林家大屋前坪那棵参天古柏下，拍拍树干说："祖涵，你晓得不？老辈说这棵柏枝树在这屋场上长了都有六百多年了，你看它枝干参天，高大健壮，像不像一位威武的大将军？"

祖涵连连点头说："像、像，很像！"

先生接着说："所以，好多人都叫它'将军柏'哩！"

祖涵不禁惊叹道："'将军柏'？我们家的'将军柏'！"

范心先生进一步诱导涵儿说："嗯，我们林家，祖辈可是出过好多个将军的，他们的英名，是像松柏一样常青不老的！这长在林家大屋场上的柏枝树，是不是很配叫这个名字啊？"

祖涵连连点头，满怀敬慕地抬头放眼，望望亭亭如盖的树冠说："是的，就该叫'将军柏'！"林范心趁势叮嘱涵儿说："以后，你每天日出前就要起来，抱着这树干往上爬，一直爬到最高处那个树杈上；然后就在那树杈上边歇气、边背书。等背完课文，太阳照到树上了，你再从树上慢慢下来，擦汗洗脸，好好吃饱早饭。记住，除了下雨落雪，必须天天给我坚持。坚持住了，你就一定会变得跟‘将军柏’一样强壮，将来就会有个好身板，去外头干大事！”

爬树登枝，本就是科学健身之道。攀爬中，必须浑身使劲，脚蹬手抓，集中精力，心眼并用；清晨，枝叶经阳光照射，发生光合作用，产生新鲜氧气，人呼吸了新鲜氧气，对肺和大脑都非常有益。爬上爬下，又能锻炼身手敏捷；活动之后，食欲必增，吃饭香了，营养就会增添。经常这样锻炼，这样吃喝，身体哪有不强壮的道理？

但是，这爬树也是说着容易做来难的事儿，尤其是像涵儿这样腿脚和手臂尚缺力道的孩子，学爬树更难。不过，涵儿已经有股不服输的劲头，加上先生天天在树下督促指点，教爬树要领，表扬他的进步，结果，只十多天工夫，涵儿就能爬上树干了。越往上爬，树干越细，枝丫也多了，攀爬就更不在话下了。此后，“将军柏”最顶上的那盘枝丫，就成了涵儿晨诵蒙书的“树梢课堂”。涵儿的上树背书，一直坚持到他去吴氏家馆读书才终止。由于涵儿的努力坚持，他渐渐地吃得香、睡得甜了，身体练得一天比一天结实，功课也一天比一天长进。

林家祖上虽曾是官宦人家，但如今他们的孩子已经跟普通人家的孩子一样，除了读书，也要经常参加家务劳动。初冬时节，凉水井附近的松树岗上，两个挑筐扛筢的少年一前一后钻进树林，这就是祖堃和祖涵两兄弟。当时，十二岁左右的祖堃身材已较高大，健壮有力；六岁上下的祖涵面目清秀，身材略显单薄。松树林里，他们一边劳动，一边听堃哥“闪”学堂里的“经”。渐渐，坡上枞毛被筢得稀少了，祖涵提议道：“堃哥，听说黑沙潭那边枞毛多，俺去那边筢吧？”

祖堃有点疑惑地看看堂弟说：“黑沙潭啊，你不怕？”原来，两年多以前，这乐二里地面汪氏家族依照族规，曾在黑沙潭插潭处决过本族一个为害乡里、四邻切齿的不肖之子汪五巴儿。

“这么阳气大日的，又有堃哥带头，我怕什么？”在祖涵心中，堂哥可是个顶天立地、无所不能的男子汉。

见涵儿这么有胆气，祖堃便收起担子，和他一起往黑沙潭那边寻过去。来

到黑沙潭边山坡上，他们发现枞毛果然很多，不多一会儿，箩筐里就都实实地筑满了枞毛。这枞毛有油性、易燃烧，可是当地人家上好的“发火毛”。

回家路上，祖涵忽又恳求说：“堃哥，隔壁家刘毛坨天天提个蟋蟀笼子玩，好有趣的，堃哥也给涵儿编个蟋蟀笼子好啵？”

堃哥对堂弟向来都是有求必应的，于是说：“那我们就顺路去乐二庵吧，那里香把把儿多，用来编蟋蟀笼子蛮好的。”

于是，兄弟俩挑起担子，顺路来到乐二庵。这乐二庵是当地百姓共同供奉菩萨的小庙庵，虽然没有铜山大庙那样气派，但由于乡里乡亲大都笃信菩萨，所以把这小庙庵也收拾得有模有样。神台上，严整地供着一尊抹金菩萨。很显然，刚刚有人来敬过香，香炉里还燃着香烛哩。兄弟俩放下枞毛担子，进得庵来，祖堃就去抽那已经燃尽的香把把儿。祖涵是个好奇多思的孩子，他抬头顺着那几缕袅袅升腾的轻烟，举目望望那菩萨的脑门顶。看了片刻，涵儿问道：“堃哥，这神台上供的是什么菩萨呀？”在涵儿心中，堃哥可是个“天上晓得一半，地上晓得全”的大秀才。

祖堃果然答得肯定：“那是观音菩萨咇！”

“哦，这就是观音菩萨呀，她跟财神菩萨一样，是保佑人发财的啵？”

祖堃说：“不是的，观音菩萨是大慈大悲救苦救难天尊，专门解救人的苦难的。”

“堃哥你哄我的吧？”祖涵疑惑地问道。

“反正大人都是这么说的，不信你回去问你娘咇。”祖堃仍很确定。

涵儿看着堃哥，想了想又继续询问：“这菩萨供在这里都好多年了吧，敬过菩萨的人肯定多得不得了。那些来敬过菩萨的人，应该都不会再有苦难了吧？可是，而今为什么有这么多的叫花子呢？穷得讨米不就是苦难吗？”

祖堃经堂弟这么一深问，不禁也皱起眉头，轻声嘀咕起来：“是的啊，也是啊。”

祖涵疑问更深了，又问：“观音菩萨那么好，那些叫花子来敬敬观音菩萨不就好了吗？不就有饭吃了吗？怎么没有叫花子来敬菩萨呢？只怕这菩萨也没那么大神通吧？”

堂弟提出的这些问题，祖堃一时还真答不上来。身材高大，生性尚武，爱舞棍弄棒，且性子较急的祖堃，不免也对这菩萨有点生气，便把手中半成品的蟋蟀笼子往地上一丢，抄起竹筢子，戳着神台上的菩萨问道：“喂！你一天到晚坐在这里一声不响，一动不动，真有能耐救苦救难吗？只怕屁的本事也没有吧！”说着又狠狠戳了几筢杆。这几戳，菩萨身上的一块抹金泥胎被戳掉下来了，里面的篾皮架子便露了出来，篾笼内又空又黑，可以肯定，里面是什么“神通”和“财宝”也没有的。

兄弟俩同时瞪起牛样的眼睛，呆呆地看了好一阵。最后，祖涵终于忍不住吼道：“什么观音菩萨呀，就是个哄人的破篾笼子！”祖堃也一纵身跳上神台，憋足力气，双手把菩萨用力一推，只听得“哗啦啦”一阵乱响，“菩萨”滚下神台，扬起一阵灰尘。灰尘散去，地上剩下一个烂篾架子和一堆碎泥块。兄弟俩一时性起，干脆一不做、二不休，扯着泥胎里的篾笼子，加上几把枞毛，一把火烧了起来。

就是这把火，可给书香门第的林家带来了一场“乡愿”危机。

这天傍晚，里正来到林鸿仪家，还算恭敬地打个拱说：“林先生，叨扰了。”林鸿仪连忙起身答礼说：“里正大人稀客，请坐请坐！”

里正落座，林李氏端过茶来。里正客气地点点头说：“林先生、林夫人，真是不好意思来府上叨扰，无奈乡邻接连来找我讲，我也是没有办法哩。”

林鸿仪有些迷惑，忙问：“哦，请问大人是什么事啊？”

“你们林家祖涵和祖堃两兄弟淘气，把乐二庵里的菩萨推倒，打烂，烧了。”里正一气说道。

林李氏闻言瞪大双眼，惊惶地说：“真的吗？怎么会呢？”

“起初我也不信，您说您这书香门第的孩子，素来规规矩矩，怎么能干出这没体统的事来呢？可是，有人看见是他们烧的，我也去察看过了，事情真的不假。”里正不慌不忙地回道。

林李氏眼中立时涌出泪来，自怨自艾道：“这些年，我们也不知费了多少心血，教他读《三字经》，背《弟子规》，诚心为他求神敬菩萨；可这孩子怎么会忽然做起这让四邻戳脊梁骨的事呢？这到底是为什么呀？”

林鸿仪原本不怎么信菩萨，但老百姓多少年来的信仰和习俗，他知道也不可违逆。对民间习俗，林鸿仪历来是包容的。他情知儿子和侄儿这次是犯了乡里乡亲的大忌，无论如何也是要不得的。于是，他把涵儿叫到堂上，当着里正的面儿，狠狠训斥一顿，然后喝令："去！到书房给我闭门思过去！"回头，林鸿仪恳切地对里正说："里正先生，是林某教子无方，给乡亲们添烦了，也让您代劳了。这样吧，您给个期限，容我林家重塑乐二庵菩萨金身，以赎过失好吗？"

里正看来正是此意，连忙点头说："好好好！都知道林家对乡里乡亲向来善待，我也就是顺便提个醒，好好的孩子，不能任由他乱来，汪五巴儿就是我们这块的一个坏坯子，怎么着也不能让别的孩子学坏了，林先生您说是不是？"

里正的话说得虽还温和，但分量却很重，字字戳到孩子父母心尖上。林鸿仪心里虽也承认儿子这回不对，但拿自己的儿子跟汪五巴儿相提并论，他心里委实不是滋味。不过，既然是孩子先闯了祸，自己也不便同里正计较什么，于是顺着里正的意思说："对对，里正大人说得是！以后，本人一定对孩子严加管教，绝不会让孩子学坏的。"

里正满意地起身说："嗯嗯，林先生，您看两个月时间够不？"

林鸿仪很干脆地承诺道："好！就两个月！"

送走里正，林鸿仪走进书房，看看一脸委屈的儿子问："涵儿，好好的，为什么要去惹菩萨、烧菩萨呢？"

涵儿童言无忌，答道："什么菩萨吵，分明就是篾皮加泥巴糊的一个破笼子，不信你问堃哥去！"一道进来的林李氏连忙捂住祖涵的嘴，喃喃地说："罪过罪过！"

祖涵看看妈妈脸上的泪痕，不解地问："妈，您哭什么吵？爹那么吵我，我都没哭；依我看，菩萨又不能保佑穷人有饭吃、有衣穿，敬它有什么用吵！"

林李氏连忙紧紧搂着涵儿说："乖幺儿，不准乱讲话，听到没？不然，娘会更伤心的！"

林鸿仪缓口气，对儿子说："这回，你跟堃哥闯的祸，自然是由娘老子来给你们擦屁股。看在你们年纪都还不大，事情过去就过去了，往后一定要听话，不许再闯祸！"

祖涵望望父亲，又看看母亲，顺从地点点头，洗脚睡觉去了。

祖涵睡下后，林鸿仪轻声对李氏说："过些日子，送涵儿到吴氏家馆读书去吧。俗话说，'道士赶不了自己的鬼'，伢儿渐渐大了，这么在自家屋里读书，怕也不是上策了。"

李氏说："嗯，涵儿戳这么大的祸，也是该好好管教管教了。可我就是有些想不明白，祖堃八岁起就跟着他爹读书，都说堃儿书读得蛮好，他怎么会这么不学好，带着涵儿去闯祸呢？"

林鸿仪缓了口气说："你呀，也别把事情看那么严重，堃儿和涵儿其实并没干什么伤天害理的事，想想他们说的话，也不是没有道理。当然，当着孩子面儿，我们不能这么说，毕竟乡邻的风俗习惯由来已久，是不该轻易破坏的！"

丈夫的话，让林李氏心里稍有宽释，于是点点头说："也好，过了年，就送涵儿到吴氏家馆去吧。读好圣贤书，才知道怎么做人做事，娘老子管得一时，管不了一世啊，万事，还得由他自己去学会。"

凉水井往北约六七华里，就是古镇停弦渡，林家有一处祖茔就在那途中的牌楼岗。自汉代起，停弦渡民间艺人就有从腊月初八起，竞相表演"腊鼓"的民俗，来表达民众对年景的喜庆、对未来的祈祝。"停弦腊鼓"其实就是一种与安徽"凤阳花鼓"性质相近的民间艺术活动，场面十分热闹喜庆。

1892年腊月的一天，祖涵在堃哥带引下，赶大早去停弦渡看"腊鼓"。去停弦渡的这条路，林鸿仪曾带儿子和侄儿走亲访友，到牌楼岗祭祖，沿途的岗岗垭垭、湾湾川川以及寺观庙宇、古墓宗祠等，父亲都一一教儿子认记过，所以，家里才放心让俩孩子自己前往。腊鼓表演一般都是每天上午闹到晚上，但这天没到中午，祖堃就一个人满头大汗跑回凉水井，他来到叔父家，上气不接下气地问林李氏："婶娘，涵儿弟弟回来没？"林李氏见堃儿如此慌张，不知发生了什么事，惊慌地问："堃儿，怎么回事？弟弟不是跟你去看腊鼓了吗？你怎么一个人回来了？"祖堃一听，急得眼泪都要掉下来，忙对婶娘说："今儿停弦渡街上好多好多人，开始我还是牵着弟弟走的，后来他看到兴头上，扯脱了手，自个儿挤到腊鼓队伍里去了。我先是跟在他后头，但今儿腊鼓热闹好看，我就专注地看了一会儿，回头再找，弟弟就不见了。我上街找到下街，找了半天也找不到他，以为他看不到我就会回来的，我这才赶急跑回来的！"

林李氏一听急了，忙说："堃儿，你快到二伢伢（即姑母）家去看看，要

是没找到的话，你就快回家里等着，不要再往外跑了，婶娘这就去停弦渡找涵儿！”说罢，林李氏往停弦渡方向小跑而去。路上，她见人就打听，还真巧，遇到一个热心大娘，说看到过这孩子，说这孩子带着渡口的胡郎中去了吴氏家馆。林李氏很快寻到吴氏家馆。进得吴氏家馆，那情景真有点寒酸。一位先生躺在进门就能看见的旧榻上，脸色苍白、有气无力，满嘴自言自语：“哎呀，真是个好伢儿，有善心，又好学，悟性好，记性强，将来必成大器，林先生有福啊！”

林李氏听这先生念叨“林先生”，已猜出大半，忙问：“您是吴先生吧？请问是不是有个叫林祖涵的伢儿来过您这里？”

吴先生睁大眼睛看看来人，连忙说：“嗯嗯，这位大姐您是……？”

林李氏说：“我就是林祖涵的恩娘哩！”

吴先生连忙欠欠身子说：“啊啊，原来是林太太来了，得罪得罪，真感激您，养了个菩萨心肠的好儿子啊！”

林李氏忙说：“吴先生好像病得不轻，您快躺下别动，祖涵人呢？”

吴先生复又躺平说：“今天，您公子可是救了我一命啊，他刚刚替我抓药去了，应该就快回来，请林太太自个儿搬凳先坐坐吧！”

原来，祖涵今天跟堃哥走丢后，也很着急，没头没脑到处窜，正好碰到几个私塾的学童你一言我一语地议论：“今儿就搞拐达，看腊鼓看腊鼓，耽搁读书了，大人晓得会绝（骂）死俺的！”“不要紧吧，现在快些到学堂去就是了，吴先生性子好，不得打板子的。”“今日是吴先生过年前最后一堂课，讲《论语》，不听会失天悔！”“是的是的，快些走，快些走。”恰好，前些天祖涵在家翻看父亲常用的那本《论语》，看得似懂非懂的。听说吴先生要讲《论语》，这不正好去听听么？于是，就身不由已地跟着这几个学童走了。

吴先生果是仁义之人，分明看见进来个不认识的孩子，不仅没说什么，倒还指给他了一把空凳子坐下。然后，先生自顾讲着课，直讲到满头大汗。讲完课，先生给学生布置完过年作业，就宣布放假了，学生很快走光，但林祖涵却没走。吴先生有气无力地问：“你……是哪个？怎么……不回去？”祖涵说：“吴先生是不是得病了？脸色这么‘丑’（当地方言，说脸色“丑”就是说脸色难看，属于病容）？”吴先生仔细看看这孩子问：“你是哪家的孩子？我怎么不认得你？”祖涵说：“我是凉水井林鸿仪先生的儿子林祖涵，又没跟您读过书，您哪会认得呢？”

吴先生忙说：“哦哦，我知道林先生。怪不得你这么好学，原来是林先生的相公，你一直不走，是有什么问题要问吗？”祖涵点点头，便问起《论语》来。吴先生真没见过这么刨根问底的孩子，几问几答，先生渐感体力不支，熬了一会儿，忽然身子一歪晕倒了。祖涵脸都吓白了，连忙把吴先生搀到床上躺下。家里当时没别的人，祖涵就帮先生倒了碗热水，端给他喝下。然后问：“先生，要接郎中吧？”吴先生无可奈何地说：“我这病，只有停弦渡口的胡郎中会看。”

祖涵即问：“胡郎中住渡口哪点埠？跟我讲，我帮您接去。”吴先生很感激地说：“那就真难为你了。停弦渡口最东头‘胡记药铺’就是，你说起吴先生，他就晓得的。”

祖涵连忙向停弦渡口一路跑去，没过太久，就把胡郎中接来了。郎中给病人号完脉，开了方子，让祖涵随他去抓药。这来来回回的，自然要耗费些时间。

林李氏和吴先生正说话间，祖涵提着几服药一路小跑回来。妈妈一见，抱住涵儿，眼泪打着旋儿“数落”道：“涵儿，你为什么不跟紧堃哥呢？把堃哥和娘都快急死了！”突然在这生疏地方见到娘，祖涵不禁也眼中旋花，但他忍住泪问妈妈：“堃哥是不是回去了？”娘说：“嗯，堃哥到处找你哩，我叫他到二伢家寻你去了。好了，涵儿你先陪陪先生，我去把药熬上。”因见吴先生家现在没人熬药，林李氏便去了灶屋抓紧张罗了。

林李氏去熬药的当儿，吴先生对祖涵说：“孩子，古语云，大恩不言谢，我就不说谢你了。还有什么要问的，你就问吧！”

林祖涵拿过先生的《论语》书，拣其中一段请教道：“先生，‘子曰：弟子入则善，出则悌，谨而信，泛爱众，而亲仁。行有余力，则以学文’这段怎么讲？”

吴先生讲解道：“这段话的意思是说：年轻后生进到自己家里要讲究孝敬父母，出门在外要讲究尊爱兄弟；做事要谨慎，守信用，要博爱天下苍生，要亲近仁德之人；这些都做到了，还有余力的话，则可再学一些六艺之文。”接着，先生又把什么是“六艺之文”讲给祖涵听。

大约半个时辰后，林李氏把药端了过来，吴先生连声道谢。他把药喝下，

觉得舒服多了。看吴先生是有些虚脱，林李氏问：“先生您屋里人是不是快回来了？”吴先生说：“嗯，她去街上卖小菜了，这会儿应该快回来了。”

林李氏释然道：“那就好，吴先生您先歇会儿。药罐应该还可以熬两回，内老板回来接着熬给您喝，我就带祖涵先回去了。”

临走，涵儿叮嘱先生说：“先生要记得按时熬药喝，把病治好。以后我还会来请教的。”

吴先生忙说：“好好，孺子可教也！老朽就喜欢给你这样的伢儿讲课。”

先生忽然想起一事，忙问：“祖涵，你抓这么多药，一定垫钱了吧？”说着就往身上摸，却什么也没摸出来，吴先生的口袋今天已是布挨布。

祖涵说：“先生别找了，这药不贵，您不是给过钱了吗？”

吴先生不好意思地说：“真的难为你们两娘母呀。天不早了，你们赶紧回吧。既要慢点走，又要快点走，我就不送了。”

离开吴氏家馆，母亲忽然发现儿子脖子上那块祖传的镶玉长命锁不见了，便问：“涵儿，奶奶给你的长命锁呢？”

祖涵这才说：“娘，那几服药要十五文钱，先生只给了我两文钱，我把长命锁做抵押，才把药抓回来的。不过胡郎中答应，我有钱了就去赎回来，还给了我一张字据。”说着，祖涵拿出字据给娘看。

林李氏性本良善，打心眼儿里喜欢儿子秉承了她的善性，但她还是数落了儿子一句：“你一个屁大的伢儿，哪来钱赎回长命锁啊？”

祖涵笑笑说：“不是就要过年了吗？哪回过年，爹娘长辈没给过压岁钱？等过了年，我用压岁钱赎回长命锁就是了。”

林李氏点点头说：“好，难为你这份善心，想必这圣贤书还真没白读。”母亲忍不住夸了儿子一句。

祖涵自己撞到吴氏家馆去问学的事情，促使父母最终作出选择。年后，林鸿仪夫妇把祖涵送到了吴氏家馆，拜在吴先生门下，接受在当时算是比较中规中矩的国学教育。吴先生素敬林先生，加上年前与林夫人母子的一番幸遇，对祖涵来家馆读书自然十分喜欢。而且，吴先生病好后，特意去渡口问过胡郎中，得知祖涵是用长命锁做抵押才帮他抓回药来的。于是，吴先生替祖涵赎回了长命锁。祖涵来上学时，他把长命锁归还给了涵儿；吴先生还说要减免祖涵学费，但林鸿仪夫妇坚决坚持照数交足了资费。

第二章　庭训

儒父纂辑“励志读本”

祖涵被送到吴氏家馆读了几个月书后，古道热肠的吴先生向林鸿仪进言，说聪明好学的祖涵可以到更高等些的学校去读书了。当时，林承祚之子祖堃也正面临一般私塾不能满足其学习需要的问题。于是，1893年3月，林家两老兄弟商定，把林家两小兄弟送进了安福县城里的道水书院。从此，祖堃、祖涵就既是同祖兄弟，又是同窗学友了。

安福县城是依托清代巨富“安福蒋家”的一处花园而建的，位于道水中游北岸裴家河一带。这蒋家花园亭阁楼台、墙垣假山，格局优雅、美不胜收。道水书院坐落在花园东南隅的八角奎星楼旁。这八角奎星楼，可是安福县文化教育的最高象征，当地百姓素来都以能一登奎星楼为荣幸。自然，能够坐在奎星楼旁的道水书院里读圣贤书，就更是百姓心中无上向往的幸运了。道水书院是当时安福县的最高学府，它初创于1804年，历史已经不短。但由于教育方针、内容、方法等方面的局限，九十多年来乏善可陈，培养出来的多是些钻营或泥古之徒。近代以来，由于中国民族资本主义兴起，社会发生着新的变化，教育也随之发生着变化。道水书院的课程设置便是这种变化的体现，它逐渐跳出旧学庠范式，开设了包括“四部（经史子集）精选、万国坤舆（地理）、万国史记、算学、格知初步”等不同学级的传统和新兴课程。林鸿仪教育思想一向开明，很看好道水书院的新课目，认为当今学童，就该接受这样新旧兼蓄的课读教育。

眼看孩子学业渐进，培养孩子十分精心的林鸿仪动起心思来。他本就满腹诗书、学养高深，自然也希望儿子能以国学奠基，进而吸纳新知，以便将来适应新的社会需要。于是，林鸿仪从繁忙中挤出时间，于国学经典中撷精取华，在林家大屋西院的书房里，为涵儿专门选编了一套《励志读本》。这套《励志读本》分四种，即《励志文选》《励志诗选》《励志词选》和《励志曲选》。这“励志”二字，已见出林鸿仪培养儿子的深邃思考。丛书中“文选”分量较重，其他几种稍轻，但无论哪种，都是中华国学的瑰宝。1894年春，林鸿仪正式开始让祖涵课外习诵《励志读本》。儒父的耳提面命，使得祖涵自小就在古诗文等方面受到良好的濡染，夯实了他的国学基础。出乎林鸿仪意料，这套《励志读本》传开之后，引起当地学校的认同，不久竟成了当时废科举、兴学堂的实用教材，而祖涵自然又是得风气之先者。这套读本被远近私塾辗转传抄使用，一直延续到辛亥前后。

1895年，陈宝箴出任湖南巡抚，不仅在开办矿业上大有建树，且亦在教育制度变革上，作了一些有益的尝试。而湖南学政江标也顺应变革，开始推行经世致用之学，鄙薄八股式教育；在本省的岁考取士中，多取新锐文体，致使全省文风大变。因此，道水书院的教学风气也随之改变，这对书院学子的学进必然产生积极的影响。林鸿仪对儿子的悉心教诲，自然不会仅仅满足于诵悉《励志读本》，随后他给儿子增加了“四书”辅导。读“四书”，林鸿仪让涵儿先读《孟子》，后读《大学》《论语》和《中庸》。在皇权至上的时代，通俗易懂、思想主张新锐的《孟子》给祖涵带来了早期民本思想的启迪，亚圣孟子“民为贵，社稷次之，君为轻”的思想主张，让林伯渠感到实在新鲜和亲切。读到《中庸》时，祖涵受到启发最深、影响最大的，是君子为学需“博学之，审问之，慎思之，明辨之，笃行之”五大要领。林鸿仪素来秉承祖父林长槐遗训和恩师彭菊泉的教诲，主张为学之道应忌空疏而不务实际。他认为学问须经世致用，国家不独在礼乐刑政，亦必府库充盈。他最服膺先哲的“仓廪实则知礼节，衣食足则知荣辱”“苟粟多而财有余，何为而不成？以攻则取，以守则固，以战则胜”“理财当以爱民为先”，爱民“当使之耕耘织纤，而不在赐焉”等学说。父教子承，林鸿仪曾拟了一个书目，让祖涵遵循习读。这个书目包括《史记》中的《管晏传》《商君传》，《汉书》中的《贾谊传》，《唐书》中的《刘晏传》《杨炎传》，《宋史》中的《王安石传》，《明史》中的《张居正传》，等等。这些传主，都是力主改革、鼎新社会的政治人物。林伯渠自小受着这样的思想引导和熏陶，潜移默化中，必然地被打上了关注民生的思想底色。

一次，林鸿仪询问涵儿：“这几个月，我跟你讲授过康有为先生的‘三统三世’和他的《论语注》，你可有些什么心得么？”祖涵想了想，随即诵道：“人道进化皆有定位。自族制而为部落，而成国家，由国家而成大统。由独人而渐立酋长，由酋长而渐正君臣，由君主而渐至立宪，由立宪而渐至共和……盖自据乱进为升平，升平进为太平，进而有渐，因革有由，验之万国，莫不同风。”这段话是《论语注》中特别精要的段落，抓住它，就是抓住了纲。林鸿仪未料儿子已如此深得要领，且吟诵得行云流水，足见涵儿悟性极佳，学进可期。平日不多夸奖儿子的林鸿仪，此刻不禁拊掌道：“我儿长进了！”

而祖涵此时却莫名其妙地问父亲：“爹，如果打架，您说一个大人会输给一个小伢儿吗？大人会惧怕小伢儿吗？”

林鸿仪闻言觉得奇怪，疑心儿子是不是又想戳什么祸了，便追问：“涵儿，你读你的书，倒是在想些什么呀？又想闯祸了啵？”

祖涵很认真地跟父亲摆起龙门阵来，他说：“哪里呀？堃哥现在专心读书，我一个人敢戳什么祸咯？我是想，爹不是说中国地大物博，日本弹丸小岛吗？可中国怎么就打不赢日本，还惧怕日本呢？这不等于是大人输给小伢儿，大人惧怕小伢儿吗？”

林鸿仪有点惊讶地问：“涵儿，你从哪儿收来的这些消息？”

祖涵答道：“爹买的报纸上写着呀。甲午海战，日本把中国打得一败涂地，最后割地、赔款、求和，不是吗？”

林鸿仪虽是位开明知识分子，但他深知儿子还小，首要的还是先好好读书，不可过早分心。于是他对涵儿说：“这些都是国事，你屁大一点小伢儿，想那么多做什么？”

祖涵却振振有词地回道：“爹编的《励志读本》里，不是说大丈夫要有志于天下社稷吗？”

林鸿仪更没想到儿子能如此学以致用，且用得恰到好处，心中不免几分欣慰。既然儿子说到了这些，当爹的也不好完全不予解释了，于是林鸿仪对儿子说：“讲到两国开仗，这与人和人打架是不一样的。两个人打架，主要看一身力气，国家开仗，却要看国家各方面的实力。若缺乏实力，国家面积再大，也是白搭呀！”

祖涵瞪大眼睛说："中国那么大，实力应该比日本大吵！"

林鸿仪沉吟一下才说："中国现在是皇权统治，国家发展很慢。人家日本搞了'维新'，发展得快，他们有了经济实力，才敢跟中国开战。"

"那中国也搞'维新'吵，日本人会搞，中国人就不会搞吗？李鸿章、张之洞他们不都主张中国富国强兵吗？"祖涵居然越扯越多。

林鸿仪不禁暗自惊讶儿子知道这许多，但他觉得现在还不是跟儿子深究这些的时候，于是说："涵儿，你倒是偷看我不少书啊，知道得还真不少。但小孩子一定要听大人的话；洗洗睡觉去吧，明天还要早起读书哩！"祖涵意犹未尽，但父亲吩咐了，还是点点头，洗脸洗脚后睡觉去了。

几天后，堂哥祖堃正在图书馆一叠报刊里翻看一份《申报》，祖涵恰好也来看报刊，见面便问："堃哥，看什么报呀？有什么新闻？"

祖堃反问祖涵道："祖涵啊，你不也经常来看报么？还用我给你讲新闻？倒想问问你，新近又读过些什么书呀？"

祖涵答道："爹正让我读康有为的《论语注》。"

祖堃即问："哦，有什么心得么？"

祖涵说："堃哥你还记得'天下有道，则政在大夫；天下有道，则庶人议'这句话吗？"

祖堃瞪瞪眼说："祖涵你弄错了吧，应该是'天下有道，则政不在大夫；天下有道，则庶人不议'，此语出自《论语·季氏篇》；你怎么把两个'不'字都给弄丢了？读书太粗心了吧？"

祖涵诡秘一笑说："这不是我弄丢的，是康有为先生弄丢的哩。"

"康有为？他也算是个大学问家，怎么会搞错？"祖堃疑惑地问。

祖涵说："康有为不是搞错了，而是有道理的。他是个维新派，在《论语注》里，他把孔子的话，作了一些更改，去掉了两个'不'字。他认为，孔圣的原意，是说天下真有道的话，就要听政于朝廷大员们，而黎民百姓，也可以议论世道。"

祖堃觉得新奇，又觉得疑惑，挠挠头皮反问道："那岂不是至圣先师的本意，也被后世弄颠倒了？"

祖涵觉得祖堃是一语破的，忙说："就是就是，《论语注》里还有好多新鲜话哩，譬如康有为的'三世大同'，他说孔子的'春秋大义'就是把历史发展划分为三个阶段，叫据乱世、升平世、太平世，这跟军政、训政、宪政之分，岂不相近？孔子既然已经预言了一切，那么只有行孔子之道，才能使中国振兴。虽然康有为的话我也搞不很懂，但我知道，他的意思应该是说，维新才是正道！”

祖堃好奇地问：“哦，他说过国家怎样才能振兴么？”

祖涵对答道：“他在《论语注》里，说的就是要‘改良’，按照圣人之道来‘改良’。而且，他在书里还提到，现在世界上好多国家都在搞‘改良’！”

祖堃点着头说：“那是的，报上是有好多这样的消息；中国的封建礼教、封建迷信和封建专制太陈腐了，的确应该好好改良改良！”

祖涵随即说：“嗯嗯，堃哥的想法原来也是这样的啊？”

有些时候，林鸿仪也会跟祖涵扯些闲话。一个礼拜天，林鸿仪忽然问起儿子：“涵儿，前次你去司马伯伯家玩，看到你殿英姐姐没？”

祖涵似乎有点不耐烦地说：“怎么没看到，每次一见我，她就缠着我给她讲《励志文选》，爹又不是给她编的，她干吗老缠着问这个？缠得我好烦！”

林鸿仪哈哈一笑说：“你这就烦得怪啵，‘读本’是给你编的，也是给所有孩子编的，殿英姐姐想学，我们就该帮她嘛。记住，以后谁要你讲‘读本’，只要你懂的，都要耐烦地讲，尤其是对殿英姐姐，爹不许你烦她！”

“凭什么呀？您是不是真当她是我媳妇儿了？”祖涵瞪着眼，理直气壮地问父亲，林鸿仪被儿子问得一时也不知如何回答了；原来，这其中是有蛮多故事的。

司马殿英的父亲司马瀚跟林鸿仪关系可不一般。当年，林鸿仪在澧州县城攻书砺学，与司马瀚成为同窗好友，两人十分相得。那时，二人学绩相当，难分伯仲。但最终造化弄人，司马瀚福星高照，一路顺风，考中了举人，当上了朝廷命官；而林鸿仪却屡试不中，一直困守家关。不过，他们俩虽然人生际遇迥异，社会地位有别，但彼此情谊却一直深笃如初。司马瀚比林鸿仪稍长，但两人却差不多同时完婚。完婚约半年后，司马瀚首次从四川任所归乡探亲，特意邀林鸿仪到府上饮酒叙旧，并让夫人席间相陪。

他们边饮边聊，酒过三巡，林鸿仪对司马瀚说：“辛砚兄先是金甲及第，荣膺命官；又是门庭兴旺，添丁在即，实乃福大命贵啊！”原来，当时司马夫人有孕在身，且已“出怀”，也就是开始见出腹凸了。

司马夫人听着自是满心欢喜，但却不失谦敬地回道：“小仙兄过奖了，辛砚也不过当差吃饭而已，想小仙兄仙居福乡、设塾授徒，也是时人所仰，且尊夫人不是也已身怀六甲了么？”

司马瀚闻言，忙问鸿仪：“真的？”显然，他们彼此都关心着子嗣之事。

林鸿仪笑笑，表示默认。与林鸿仪历来情同手足的司马瀚举起酒杯，兴奋地说：“如此说来，真是上天作成；鸿仪若不弃，我们兄弟不如给孩子来个‘指腹为婚’，将来结为儿女亲家如何？”

林鸿仪时运不佳，但心气不低。心知彼此地位有别，自然推说不敢高攀，结果，惹得司马夫妇虎着脸，责怪“鸿仪说话不似兄弟”。见司马夫妇如此实诚，林鸿仪点头笑笑说：“二位如此说来，反是鸿仪不对了，那就要看我那堂客生得对路不对路了。”

1881年，司马夫人在先产下一个千金，起名“殿英”。从这名字里，似乎可以悟到司马瀚科场得意的那份未冷的庆幸。既然司马家得一千金，那么，林鸿仪夫妇生的若是儿子，按约，殿英就是“林家的人”了。不久，林李氏生下头胎，但却差强人意，也是个女儿。这样，两家的姻约，自然就悬空了。也是人事难料，林家的女儿未满周岁，竟一病夭折。林鸿仪夫妇自然是痛心不已，大叹命运多舛。直到司马殿英长到五岁时，林鸿仪夫妇才终于喜得一子，这便是“八字”里缺水的那个涵儿。两家情谊非同一般，所以两家的大人孩子时有往来，殿英和涵儿自然也时常相见，并一直以姐弟相称。

到祖涵入道水书院读书后，司马瀚又从任所回澧州探亲一趟。他特意安排时间到凉水井林鸿仪家造访，已约十二岁的宝贝女儿殿英，照例又尾随父亲行走林家。吃过午饭，司马瀚要和女儿返程，顺路邀林鸿仪去道水书院看看涵儿。于是，他们一起来到道水书院，林鸿仪跟书院学谕打了个招呼，便径直到祖涵教室外隔窗探望。祖涵高挑的个头在教室里很是显眼，一眼就能看到。只见他聚精会神，目不旁顾地在念书，诵读时，那副摇头晃脑的憨样子，逗得司马殿英忍不住“扑哧”一笑。

随后，教谕先生请他们去茶室叙坐，林鸿仪说：“好好，那我们就稍坐片刻，教谕先生您忙您的吧，我跟司马大人自己说说话儿就行了。”毕竟司马瀚是位县太爷，林鸿仪在人前说话，依礼称他为“大人”，教谕则诺诺是从。茶室里，两位老友对坐品茗，懂事的殿英则到间壁的阅览室翻看书报去了。

司马瀚喝了口茶，笑盈盈地说：“才几年啊，涵儿都长得有殿英那么高了，读书还蛮用功的，颇有乃父之风啊！”

林鸿仪自谦道：“涵儿尽长个头，不长学问哩！”

司马瀚自然说：“鸿仪过谦了，我观涵儿读书，将来必有‘胜蓝’之功！”

林鸿仪应道：“那就借辛砚兄吉言，但愿涵儿有所出息。不过这孩子淘气，前年，他居然跟他堃哥一起把乐二庵的菩萨打烂烧了，害得我整整忙活了两个月，还花了不少钱粮，才重塑了庵里的菩萨金身，服了乡亲们一口气哟。”

司马瀚哈哈一笑说：“那事我听说过，其实孩子们也有他们的道理，没什么大不了的。而且你林家书香门第，教子有方；你看，这不是已经把涵儿调教得‘一心只读圣贤书’了吗？”

林鸿仪摇摇头说：“哪里哪里，俗话说，‘自家道士赶不了自家的鬼’。那次闯祸后，我才把他送到吴氏家馆读了几个月书，那位吴先生很会教书，涵儿跟着他长进可不小；后来，还是吴先生好意出谋，才把祖涵和他堃哥一起送进道水书院来读书的。”

司马瀚点点头说：“嗯，你的儿子，一定是很会读书的，有其父必有其子嘛！”

林鸿仪偶望了一眼在阅览室翻书报的殿英，问司马瀚说：“辛砚兄，殿英快十三了吧？不打算送她上学读点书吗？”

司马瀚微微一笑说：“我倒是想送英儿读点书的，可她娘说英儿体质生得削薄，怕经不住学堂的辛苦。”别看殿英从小长得有红有白的，其实她少年染病，确实有点弱不禁风。女儿染上病患，父母自是不愿张扬的，只想悄悄地调养着。

林鸿仪接着司马瀚的话说：“读书那点辛苦不算什么的，不管男女，做睁眼瞎总是不大好。”

司马瀚说：“这个嘛，她娘倒是有打算的，已经自己教丫头念过《三字经》《女儿经》等蒙学功课了。不然，殿英哪里能看书报？”

林鸿仪赞道：“哦哦，嫂夫人颇有学养，她教女儿诵习，倒也是很好的。”

司马瀚忽然感叹道：“鸿仪，真是时光如流啊。想当年，我们给孩子指腹为婚，还恍如在昨哩！”

林鸿仪不无遗憾地回应：“唉，不料我家缺些福分，头胎也生个女儿，致使一桩美事落空了。”

司马瀚摇了摇头说：“上天可没有亏负你林鸿仪呀，你这不是已生了几个儿子了么？且个个眉清目秀、聪明机灵。”

林鸿仪歉然道：“辛砚兄谬奖了。还是你儒宦人家得天独厚，像殿英这样标致乖巧的女儿，得一足矣。可惜祖涵没生在头胎，不然，倒是一桩美缘啊！”

司马瀚顺话说话：“若鸿仪老弟此话当真，那我们不妨仍如前约，结为儿女亲家便是。虽说殿英年长祖涵几岁，但老话不是说‘女大三，抱金砖’吗？且他俩现在站在一起，谁又能看出他们谁比谁大几岁呢？”

司马瀚这话来得有点意外，林鸿仪随即真心说道：“俗话讲，‘低头娶媳妇，抬头嫁女儿’；如今倒是辛砚兄先提此话，不是显得我老林家失礼了么？”

司马瀚开怀一笑说：“哪里哪里，这俩孩子怕也是前生有缘哩！还记得不？前年你带涵儿到舍下做客，他跑到街上玩迷了路。别人问他是哪家的孩子，这小子灵机一动，想起人家笑过他是司马家的女婿，便真这么跟人说了。结果人家就真把他送到俺司马家来了，哈哈……”

林鸿仪也忍不住笑道：“是啊，真是两小无猜哩。还是女孩子自重些，记得殿英小时候也常到凉水井去住住，后来渐渐大些了，就不好意思再住了。”

司马瀚诚意地说：“他们俩若真是前世有缘，今生相遇，倒也是一桩好姻缘哩，那样，你我两家就是两代的世亲了。”

林鸿仪见司马瀚都说到这份儿上了，便开诚而道：“承蒙辛砚兄错爱涵儿，这是涵儿的福气；只是涵儿眼下年纪尚小，正在读书，待他成年懂事些后，再依礼到府上求喜如何？”

司马瀚点点头，抿了口茶说：“我们两家就别提那个‘求’字了。其实，我还没同殿英和她娘吐露过此意，那就容后再说吧。”在阅览室翻看书报的司马殿英似乎听到了点儿漏音，只见她渐渐把头埋进了书报里。

有了这些来龙去脉，难怪祖涵反诘父亲那句话时，显得那么“忿忿不平”的，只是他并不知晓，父亲早已跟司马伯伯私下约定了儿女终身；不过是父亲不愿过早拿那“君子之约”来搅扰儿子专力诵习的心性罢了。

1895年末，在安福学界声望日起的林鸿仪奉道府之命，前往邻县石门天门书院考察教育。碰巧，司马瀚那几天也携四川浦江一帮官员，来石门考察雄黄矿等实业开办情况。行程内，林鸿仪特意挤了一天时间，陪司马瀚到石门雄磺矿走了一趟。磺厂到处是堆积物，不时有各色人物从矿区走过。林鸿仪与司马瀚在差员引导下，径直来到矿口。幽暗的光线、刺鼻的气味、腾腾的雾尘，几能令人窒息。他们蒙上口罩，提上矿灯，向坑道内走去。那矿井，差不多就是一个窟窿而已，几乎没有什么安全设施。看不清鼻子眼睛的矿工们，吃力地肩挑背扛，艰难地爬行着。林鸿仪在一个实在太累、正停下来喘息的矿工面前蹲下，和气地询问道：“大哥，一天能挣多少钱？”那矿工疲累地看了看林鸿仪，无可奈何地摇摇头说：“能有几个钱喽，糊口都难啊！”

出得井来，林鸿仪和司马瀚都显得有些脸色戚戚，司马瀚有感而发说：“这些矿工，真是‘仰不足以事父母，俯不足以蓄妻子’啊！”林鸿仪沉吟良久，心重如铅地口占一绝：

是谁凿破混沌天，石洞幽深百丈悬；
上下千人纷若蚁，生涯大半在黄泉。

司马瀚听罢，评道：“兄弟此诗，真乃字字见血泪，句句泣鬼魂啊，非以心系之，如何能为啊！”他是既佩服林鸿仪诗才，更感触于他对矿工命运的同情。

林鸿仪叹息道：“可是，皇帝也许是从不在意这些的，他们只要保住自己的皇权，享受人间极乐，哪管百姓死活；看来，维新真是势在必行。”

司马瀚见有人走近，忙压低嗓门说：“兄弟，这话我就不便谈了，你也少说为佳吧。”显然，作为朝廷官员，司马瀚对涉及朝政的议论是有所忌讳的。

所以他话锋一转问："鸿仪兄弟，最近都读些什么书来？"

"还不就是那些老书，"林鸿仪道，"不过，新近倒是弄到几本好书。"司马瀚忙问："哦，什么好书？"林鸿仪扳着指头数道："有达尔文的《物种起源》，赫胥黎的《天演论》，卢梭的《民约论》，不过我最爱看的，还是康有为的《新学伪经考》和《孔子改制考》。读过这些书，才开始感到，变法维新，怕真是时势之必然了。"

司马瀚忙又示意林鸿仪小声点说话："时下虽有维新之声在流动，但朝廷耳目四布，还是小心为好，免招牢狱之灾。"于是，林鸿仪打住了话头。

1896年初，声传桑梓的林鸿仪终于被县府聘为道水书院山长，这倒既合符林鸿仪平生所愿，又如了他督导涵儿与堃儿学业之愿。不用说，林鸿仪在山长职事上，是想有一番作为的。但林鸿仪在山长任上才干了一个多月，常德道府即举荐他远赴京师，入国子监太学晋修。对于一介乡儒的林鸿仪来说，这自然是个求之不得的学进机会。于是，他便辞了道水书院山长之职，负箧北上，一路经武汉、金陵、上海、烟台、天津等地，抵达京城。不过，林鸿仪到底还是运途多舛。在京师太学攻读三年肄业时，适逢戊戌变法失败，朝野一派肃杀，他一介外乡儒子，科举入仕断已无望。于是，林鸿仪只得收心回乡，在桑榆之地再度当起教书先生来。诚然，林鸿仪始终未能在科场上有所作为，但他的博学广识和对国家社稷的认识积累，却为培养教育林伯渠立志成才，奠定了厚实的国学与时学功底。

随着心志的焕新和见识的增长，祖涵逐渐滋长了同情民黎、伤时忧国的意识；父亲的思想倾向，也开始有意无意地影响到祖涵思想立场的形成。祖涵刚进道水书院那会儿，正值中日甲午战争前后。中国战败，割地赔款，丧权辱国，当时祖涵就看到过父亲的一些日记，如"日本国历代以来，虽与中国启衅，而危害犹浅。乃去年一役（即甲午之战），涂毒我生灵，割据我土地，重耗我金币，岂其中政教之果有以胜人耶？抑中国之孱弱实甚耶？"又如"洋烟之害人，至今日而益烈。吾乡前五年并无烟馆，今且累累相望矣。此殆于刀兵水火之外，又添一劫运也"，等等，祖涵每想起父亲的这些文字，便觉父亲的心是与黎民百姓相通的。

1898年秋，林祖涵首次登上道水书院东南角的八角奎星楼。到达顶层，极目四望，只见东西原野平展、南北丘岗起伏，近处道水岸渚曲波、帆樯翔弋，远方浮山青黛如剪、云蒸霞蔚。家乡大自然之景观，仿佛第一次如此强烈地撞击到这个少年的心扉，颇有超然于世事之外、恍惚于万物之中的心灵涅槃之感。但当他看到书院外一望之内的城隍庙时，进而联想到龙王庙、火神庙等一些封建迷信场所，顿然觉得这些貌似神圣的所在，不过是束缚民众精神，驱使他们安分守己，甘心为“主子”做牛马的思想囚笼而已。想着想着，当年火烧乐二庵菩萨的那股冲动似又重来。次日，祖涵找到堃哥和堃哥同班的黄右昌，把自己的想法一股脑儿跟他们竹筒倒豆子似的吐了个痛快。祖堃和右昌正当胆气日炙、血气方刚之时，有感于祖涵一番感慨，立即提出要捣毁神庙神像，掀起一场反封建迷信行动的想法。随后，他们几个分头联络了一批赞成反封建反迷信的同学，大家一拍即合，准备择日行动。祖堃颇有经验，事先特意把也在书院读书的知县儿子联络进来，参与行动；一场捣毁县城神庙神像的小风潮，在道水书院内悄然酝酿着。

1898年秋末的一天，在林祖堃、林祖涵、黄右昌等人策动下，道水书院几十名同学一致行动，突如其来地捣毁了神庙神像。一时间，县城里卷起一场不大不小的风波。事情惊动了县衙，知县立即命人追查。

当晚，负责追查的警长禀告知县：“大人，事情已查清，是道水书院一帮学生干的，领头的是林祖堃，他是原道水书院山长林鸿仪的亲侄儿，林鸿仪的儿子林祖涵也是其中的首要分子。”

知县一拍桌子，吼道：“什么？书院弟子干的？教导无方，给我严加惩办！”

警长却又期期艾艾地说：“大人……，大人……，可是……。”

知县不耐烦地吼道：“可是、可是个屁！就这么办了！但凡参与捣毁神像的学生，都给我严加惩戒，林鸿仪也该连坐！”

警长说：“大人，不能这么办啊。一来，林鸿仪去京师晋学未归，二来，您……您家公子也……”

知县吃惊地问：“我儿子也……也……也怎的了？”

警长吞吞吐吐答道：“令公子，也是……也是参与者……”

知县闻言，跌坐在太爷椅里，半天没出声。

过了好一阵，警长问知县："大人，您看……？"

知县摆摆手说："看看看，看个卵！着令各自父母严加管束，不得再犯！"

一场风波，如是而了；林少之智，初露一角。

1899年春，从京师返湘的林鸿仪受澧州衙署约聘，前往澧州主持钦山寺新式学堂开办事宜。当时，钦山寺学堂面向澧水中下游的石门、安福、澧州、安乡等县招生，首期招生三十余人。科仕总不得意的林鸿仪，转而对祖涵和祖堃这两个自小有异志的孩子更加上心了，总想把他们带在自己身边，时加督导。因此，钦山寺新式学堂开学时，林鸿仪就把祖涵和祖堃兄弟俩从道水书院转了过来。

当时时势是维新运动失败，科举、读经、八股之风又沉渣泛起，这对办学方针自然形成一定冲击和挑战。但林鸿仪办学自有主见，他一方面既不强求那些专力于八股，读经以应科举的学生改变意志，另一方面则更鼓励青少年学生读新书、求新知，作实用文。林鸿仪预料科举制的一时回光返照并非历史定势，新学的兴起将必不可挡。因此，他决意以新旧课业兼修并读为方针。在林鸿仪主张下，钦山寺学堂古籍课开有《诗经》《楚辞》《易经》《书经》《礼记》《春秋》《老子》《庄子》《韩非子》《左传》《公羊传》等，新学则以历史、地理为主，算学次之。在钦山寺学堂这种大包容教育风气之下，加上林鸿仪不时地耳提面命，祖堃和祖涵的学业自然又大有长进。在此期间，林鸿仪还特别注重引导祖涵攻读了西汉公羊学说，使祖涵对公羊学派"三世三统说"建立了一些认识，维新意识更在祖涵心中滋长。

跨越世纪的1901年，澧州举行会试，学级最高的祖堃参加了这次会试，结果一举夺得澧州第一名，补为"博士弟子员"。能取得如此学绩，在当时已属翘楚，因而轰动澧州地面。自然，一时间，安福县林家大屋又成了邑人瞩目的所在。值此簧门之喜，亲朋世交们不禁相约来贺，共为林承祚府上送上一面金匾，鎏着"书香门第"四个金字。

白天难得闲暇，晚上，林鸿仪和林承祚兄弟终于得空坐在一起，谈起两个孩子的学业来。林承祚颇多感慨地说："鸿仪，搭帮你这么些年对堃儿的教诲，不然，他怎会有这么大的长进？"

林鸿仪笑笑说：“一家人不说两家话，堃儿是个有抱负的孩子，他自己的努力才是主要的。大哥自己也一直在孩子身上倾注了不少心血。现在，堃儿是该要寻找机会，远走高飞了！”

林承祚说：“也是，但这也要看他的造化，等机会吧。听堃儿讲，涵儿的功课也非常出色，鸿仪你准备让涵儿向哪方面发展？”

林鸿仪忽然止不住地咳嗽起来，过了一阵才说：“孩子们其实都自有主见了，到时，还是看他自己的主意吧！”

林承祚看看咳喘不定的兄弟说：“鸿仪，近年观你气色不太好，身体无碍吧？一家之主，可得照顾好自己的身体，不要太劳累，后面日子还长得很哩！”

林鸿仪勉强笑笑说：“哥哥放心，一点小毛病，没事的。”

几天后的一个晚上，祖涵来到父亲书房，对正专注于书卷的父亲说：“爹，堃哥说他明年要去投考长沙武备学堂，您知道吗？”

林鸿仪并不意外地说：“哦，你堃哥是个志在四方的好男儿。果若如此，他这是要弃文从武，以展抱负了。”

祖涵说：“爹，我也快十六了，在县学堂读这么多年，也该到外面去读书了吧！”

林鸿仪点点头说：“那自然，总不能在县学读到老，你想要考什么学堂呢？”

祖涵把一张报纸递给父亲，兴奋地说：“爹您看，熊希龄先生今年在湖南创办了中、西、南三路师范学堂，西路师范学堂就在我们常德府哩！”

林鸿仪自然已经知道这些消息，便问儿子：“这么说，你是想投考西路师范学堂喽？说说，为什么选择考西路师范？”

祖涵答道：“我读郑观应《盛世危言》，体会到振兴国家，首先要有良好的教育；只有通过教育，民众才会醒悟，才会有知识，也才有能力振起家国！”

林鸿仪听后，感觉儿子见地不谬，欣慰地说：“嗯，你跟堃哥倒是各有所取啊。他尚武，你尚文：也好，一文一武，相得益彰。不过，西路师范招生有严格的规定，各县只能在严格的考试中选拔一两名佼佼者录取，你有这个把握吗？”

祖涵满怀信心地说：“我一定尽我平日所学，力拔头筹！”

林鸿仪十分高兴地说：“那好，儿子的选择，娘老子自然支持。我会做好安排，让你回道水书院来投考。至于以后的路，就靠你自己去走了。”

父亲几句似乎轻描淡写的话，此时对祖涵来说，却如春之初雷，震撼心灵。

第三章　常德
同学少年热血沸扬

1902年，通过父亲的努力安排，祖涵从钦山寺学堂回到道水书院，与安福县诸学子一道，参加了湖南西路师范的招生考试。结果，林祖涵果然以优异成绩拔得头筹，毫无悬念地被西路师范学堂录取。得到录取函文那天，凉水井林家大屋再一次喧闹起来。这等喜事，民间自来就有赠匾以贺的习俗。道水书院为嘉勉林家世代崇学、人才辈出，这次特意制作了一面“诗礼传家”字样的鎏金牌匾，热热闹闹送到林家大屋西院，为这座老宅再添一抹金辉。

祖涵上西路师范前一日上午，林鸿仪夫妇端坐正堂，几位至亲陪坐在侧。祖涵站立于母亲身后，几个弟弟在一旁看热闹。林鸿仪郑重说道：“伯渠，明天就要送你去常德了，第一次离开家，离开爹娘，这是每一个人都躲不过去的一道坎，不知你做何打算啊？”

父亲这一声“伯渠”，祖涵乍听还有点不习惯。但他很快意识到，自己就要离开父母，出去经风雨、见世面，是独自以名号立身处世的时候了；父母对儿子满怀的期望，在这一声“伯渠”的称呼里耐人寻味。林李氏正在赶着纳布鞋底，这自然是给祖涵赶做的。虽然儿子已有十六岁，但在母亲眼里，他仍是个小孩子；现在，孩子要出远门读书了，得尽量给他置备周全了。

对于父亲的询问，林伯渠回答得倒也简单干脆：“爹娘放心，我会好好读书，不让父辈失望，将来定要有功于社稷！”父亲连连点头，几个弟弟似懂非懂地望着大哥傻笑。林鸿仪忽又咳嗽一阵，他连忙喝口热茶压压，然后语重心长地说：“有功于社稷，说来容易做来难哩。到了常德，凡事要多用心，自己拿主意，不要贪玩自误。”

林伯渠点头说：“爹和恩娘放心好了，我早就不是个小伢儿了。”

母亲随声说：“嗯，看看是要成大人了，诸事都要学会自己安排料理，缺什么，就搭信回来。”林伯渠点点头，下意识地双手抚抚母亲的肩膀。

林鸿仪忽然起身，招呼儿子们来到上堂屋神龛前。林鸿仪指着神龛前的祖宗牌位说：“这里供着我们林家祖宗的牌位，他们从元末明初，就一代接一代为国家效命。”说着又指指屋梁上的匾牌说：“我们林家人不求将来人人升官发财，但总希望代代有益于国家，也一定要为祖上争气争光！”说到这些，林鸿仪更显容光焕发，接着道：“但凡我林家子孙，无论什么时候、到什么地方，都要牢记：丹可磨而不可夺其色，兰可燔而不可灭其馨，玉可碎而不可改其白，金可销而不可易其刚。这是我一直怀抱的准则。伯渠，今天在列祖牌位前，特意传给你了。”

作为儿子，林伯渠还是第一次在列祖列宗牌位前聆听父亲如此郑重的庭训，不禁神情肃穆地连连点头，心里默念着父亲的人生箴言。最后，父亲又说：“要闯世界了，再给你起个名号，就叫‘邃园’吧！”

林伯渠仔细问明是哪两个字，然后请教父亲：“谢谢爹爹所赐之号，但不知，这‘邃园’是何出处呀？”

林鸿仪胸有成竹地说：“宋代诗人田况曾作《成都遨乐诗二十一首》，其中有‘仁园敞邃深’之句，就取字‘邃园’，意托‘仁深’罢了。”

林伯渠下意识地点点头说：“是，爹，儿子记住了。”

说起这湖南省立中、南、西三路师范学堂的建立，还是因帝朝意图而起。慈禧太后经历义和团运动和八国联军侵占北京等一系列重大变故后，为装扮成“新政”旗手，与光绪帝联名发布了“预约变法”上谕，姿态性地推动些“新政”。建立新学校，就是新政之一端。西路师范学堂设在湘西北古城常德府，正当楚南门户，为武陵要冲，其交通便利，市井活泛。林伯渠首次离开安福老家，到府都常德求学，父亲林鸿仪郑重其事，坚持要亲自送儿子到常德。他先送儿子到学校安顿下来，然后带着儿子走访了几位旧友，还游览了武陵古迹，熟悉了环境，初开了一下视界。深深的父爱，悄然洒在送儿上学的路上。

西路师范刚刚开办，当时仅有百来名学生，第二年才发展到一百六十多人。其生源主要来自常德府地界各县，都是各县经过严格考试录取的顶尖学子，堪称群英荟萃。当时，西路师范开设有经书、诸子、历史、地理、教育学、政治学、经济学、伦理学、心理学、博物学、化学、物理、日文、英文、体操和音乐等课程，课程设置上就颇有新教育的气象。

入学后，林伯渠首先结识了澧州学子蒋翊武。蒋翊武年龄稍长，但两人一见如故，意气很是相投。他们最喜欢的事，就是一道逛启智书局，泡学校图书馆。启智书局就在校外不远的大街上，书局经理唐承隋是林鸿仪在武昌博文书院时的同学，算是旧友之一。林鸿仪已特意带儿子拜访过他，拜托他多多指教和关照祖涵。唐承隋也是个思想新锐的人，他经常从沪港进一些进步书刊。当时正是新旧思想斗争风起云涌的时代，朝廷是设有书禁、报禁的。为免招是非，唐承隋将进步书刊藏于后室。青年本来就对新书刊多一分敏锐，加上书局经理是父亲的故旧，所以林伯渠常得便就去启智书局看看新书刊。那时，在西路师范学生中，秘密或半公开流传着的进步书报，主要有郑观应的《盛世危言》，康有为的《新学伪经考》和《孔子改制考》，严复翻译的《天演论》，康有为、梁启超主办的《新民丛报》，章士钊创办的《国民日报》等，偶尔还有陈天华的《猛回头》《警世钟》及邹容的《革命军》等一类革命色彩很浓的册子。那时，守旧与维新思潮尖锐对立，斗争有时很激烈。西路师范校长熊希龄虽是个维新派，但迫于社会现实，他常会有意无意地引导那些有革命倾向的学生学会避人耳目、自我保护。在开明师长的引导下，林伯渠等一帮进步学友相互呼引，成立了一个“新知学社”， 分散开展革命书刊的秘密阅读活动。新知学社曾发展到约五十名成员。

当时，对林伯渠思想影响最大的报刊应该首推《新民丛报》。这份创办于1902年的月刊，旗帜鲜明地反对慈禧太后，支持光绪皇帝，因而遭到清廷严禁，但却大受知识界的欢迎。梁启超在此刊上发表的大量文章，一般都晓畅浅显，颇具感情色彩；他常介绍西方资产阶级学说，颂扬西方民族革命运动人物，宣传种种与中国封建伦理背道而驰的思想观念。随着它的不断传播，梁启超的读者渐渐形成了“改良”和“革命”等不同思潮，而林伯渠从一开始，就是站在“革命”思潮一边的，他愤恨清政府的腐败无能，向往“富国强兵”的景象。除了进步书刊的影响，当时社会上的反抗斗争，也开始影响到林伯渠革命思想的产生。譬如当时浏阳人唐才常等组织的“自立军起义”，就曾触动林伯渠救国救民梦想的萌发。

除了启智书局，学校图书馆也是林伯渠课外时间特别爱去的地方。图书管理员是一位女性，对学生十分热情周到。每每见到学生进馆来，她都热情地打招呼，问这问那。尤其是林伯渠和蒋翊武等阅读欲极强的学生进来，她常会主动向他们介绍新到的图书，甚至帮他们填借书证等。林伯渠和蒋翊武刚开始来图书馆时，偶尔会聊聊彼此的家庭与个人情况；后来，他们就只埋头看书，低头摘抄了。林伯渠阅读时，总喜欢带着笔记本和水笔，一边读一边做着摘记。他们一进图书馆，常常就忘了时间，总要到图书馆关门前，在管理员再三催促下，才会意犹未尽地离开。平时，无论教室里、校道上，还是食堂里、宿舍里，林伯渠几乎无时不在抱着一本书，孜孜不倦地"啃"着。刚借到的那本《中国魂》，在林伯渠手上一捧好几天，连上厕所时都要带上瞄几眼。由于林伯渠特别勤奋刻苦，涉猎很广，且记性超常，因此，他不仅各方面知识积累都较丰富，而且学业功课也十分出色，堪称西路师范最惹眼的"浮头鱼儿"。

林伯渠对各种事物都有一种观察思考的习性。西路师范学堂主体建筑原是明朝荣定王朱翊珍的王府，时代几经变迁更迭，如今王府已旧貌不再，除了几个巨大的石磉磴和一口胭脂井，余物俱已无存。林伯渠面对"王府"变"学府"的历史变迁，颇多感慨；而对湖南戊戌维新运动风云人物、西路师范创始人熊希龄先生，则更钦佩有加。因此，林伯渠曾为赋咏道："此是何处？父老传言，云是昔日王府。断井还浸婢妾泪，遗础犹呻龙凤宇。金屋高悬午夜灯，照得轻歌曼舞。为问当年王后宫，今日该由谁做主？凤凰莅止鸣高岗，麒麟云集结新侣……"其中，林伯渠以"凤凰"喻熊希龄，"麒麟"喻新学子，描绘了一幅维新领袖与图新青年相与鼓呼、彼此鸣和的理想愿景。

不久，这篇文赋借着学友和师长们的辗转传抄，终于被熊希龄发现。那天，熊希龄特意找到林伯渠，谈起他的这篇文赋，问他为何要这样写？林伯渠坦言：维新领袖就是应该受到推重。熊希龄善意提醒他：这样写，容易被人视为别有用心，到时或将有口难辩哩，还是以收敛为宜。熊希龄还告诉林伯渠，学校订阅了一些有益于青年思想成长的报刊，可以多看看，以便建立正确的思想观念；但时局复杂，发表言论需谨慎。同时，熊希龄先生还特别提醒林伯渠，作为有志学子，思想不可荒芜，学业尤须精进，当务之急，是把各门功课学好，若有余力，则可适当拓展涉猎视野。熊希龄爱才惜才之心，由此可见一斑。在那段同学少年的日子里，林伯渠通过报刊了解时局，同时通过父亲文案中对帝国主义行径的抨击，逐渐加深了对“富国强兵”等的认识与探求。当时，林伯渠还曾工工整整抄录过光绪皇帝对义和团英勇抗击八国联军壮举的嘉奖令，明显流露出爱国学子对“爱国皇帝”的敬仰。当然，林伯渠谨记熊先生训导，对各门功课日夕不敢懈怠。因此，他的各门成绩，在班级一直名列前茅。期末，学校告示栏贴出一则引起全校师生关注和艳羡的《升级告示》：

兹有下列学生因学习刻苦，成绩优秀，经校董会议决，如下同学从乙等班升入甲等班。特此告示。升级者名单：林祖涵、宋怀诚、覃登科。

公元1902年12月30日

事出有因。原来，西路师范开学时，针对学生功课基础有别、年龄大小不一的情况，把学生分成了甲、乙两个等级班。如年龄稍长、基础稍高的蒋翊武等，就被分到了甲等班；而年龄小点、起点稍低的林伯渠等，则分在了乙等班。那天，蒋翊武看到升级告示后，便到图书馆去找到林伯渠并告诉他：“林祖涵同学，恭喜你升级了，以后，我们就在一个班了。”林伯渠闻言抬起头说：“是吗？好啊，那以后就更得便请教伯夔兄了。”蒋翊武笑笑说：“祖涵过谦，尺短寸长；很多地方，我还要向你讨教哩！”

1903年秋，常德府官办朗州小学开学，同时龙江书院藏书楼落成，庆典搞得很隆重，地方很多官吏、绅士和各府学学生代表，都奉命前来参加典礼。林伯渠、蒋翊武都是西路师范学堂派出的学生代表。典礼在朗州小学校操坪举行，会台上方，悬挂着右起格式的繁体“龙江书院藏书楼落成暨朗州学堂开学典礼”会标；台上摆一张讲台，显然，谁讲话，谁就上台据有它。

首先，是官方致辞，一位身着晚清官服的官员对着喇叭宣告：“现在我宣布，官办朗州小学堂开学暨龙江书院藏书楼落成典礼开始！”一阵鞭炮声随硝烟扬起，会场一阵躁动。接着，一位绅士模样的代表上台发言：“自庚子之役后，民族危机对教育改革有所促进，教育在朝野上下共同推动下，取得了卓然的成效，实现了传统教育体制的全面变革，建立和完善了近代新学制，推动了社会教育的兴起与发展，并使女子获得了受教育的权利……”他一番赞颂朝廷教育革新为主的讲话结束，人群中响起一阵掌声。

随后，又一位社会“名流”登台，他的讲话，以呼吁国民效忠皇帝为核心。他有些声嘶力竭地说道：“皇帝乃上天之子，乃一国一民族之长，乃天下庶民之父，效忠皇帝，方能国成体统，民有仰归，故违逆皇朝乃大逆而不道，故皇朝之学堂，当教以君君臣臣父父子子，使国之纲常永不坠焉……”

此人话音刚落，一个身材魁梧、虎头虎脑的学生代表纵身上台，几步跨到讲台前，对准喇叭便慷慨陈词：“我是学生代表覃振，也有话要说！”突如其来，主持者一时发蒙，覃振则一气呵成说：“当今中国哀鸿遍野、民不聊生，这是人人可以看得见的，难道皇帝看不见吗？既然皇帝能看见，却毫无实际办法拯救黎民，这庶民之父母是怎么当的？其实，明白人都明白，靠皇帝救不了黎民，要救黎民，唯有靠黎民自己，实行社会的根本变革……”

一时间，台下的官绅贤达们惊得目瞪口呆，青年学子们则大都热烈喝彩。林伯渠、蒋翊武等学生代表纷纷向台上挥拳响应：“变革！变革！”会场场面有如潮水涌动。前排就座的武陵知县气急败坏地质问朗州学堂校长：“这个覃振是哪个学堂的？谁让他上去讲话的？”校长神色慌张地答道：“知县大人，覃振是常德府中学堂的，因聪明过人，学业优异，所以推为该校学生代表来与会。但我们并没有安排他上台讲话呀！”武陵知县狠狠地说：“我的意思是即刻逮捕覃振！”

兼着学监的常德府尹拍拍武陵知县肩膀说：“一个毛头小子一时冲动，说几句混账话而已；我看算了，开除学籍，驱逐出校，以儆效尤就是了。”

回到学校，吃过晚饭，林伯渠、蒋翊武等一帮常在一起讨论时事的同学，聚到学校内东南隅幽静的树丛中，意犹未尽地谈论起覃振面斥保皇派的凛然大义。此时此刻，这帮热血青年都将覃振视为大英雄了。

林伯渠赞叹道：“覃振了不起，有股英雄气！那保皇党简直被他驳得哑口无言，真是痛快淋漓！令人钦佩！”

蒋翊武顺势介绍说：“说到这位理鸣兄，可不是凡俗之辈，他乃是大名鼎鼎的宋教仁的同乡，他们从小就是同学，且都主张变革、心向革命，对封建帝制嗤之以鼻，都是天不怕、地不怕的大勇之士！”

林伯渠不禁几分惊奇地问蒋翊武：“伯夔兄怎么这么了解？”

蒋翊武点点头说：“我曾到常德府中学堂去过的，因此认识他，并是非常合脾气、谈得来的好朋友！”

林伯渠随即说：“伯夔兄，有机会，也让我跟理鸣兄认识认识好不？”

蒋翊武回答说：“这个没有问题。不过，他现在已被开除学籍，暂时还不知他人在哪里哩！”

不久后，林伯渠从同学手中看到一篇传抄文稿，题目《死里求生》，署名正是覃振。林伯渠喜出望外，一口气将文章看完，文中的革新激情深深打动着林伯渠。由于这篇文章在常德广为流传和张贴，覃振一时更成了常德城里的知名人物，这就给林伯渠带来了尽快结识覃振的迫切愿望。不久，由蒋翊武出面牵线，林伯渠和覃振第一次在沅江岸边会面了。

一见覃振，林伯渠便拱手道：“理鸣兄，幸会！朗州学堂一睹仁兄慷慨激昂，真叫人痛快淋漓、五体投地！”

比伯渠年长两岁的覃振说：“幸会祖涵，听伯夔说起过你；那天之事，大家过誉了，我不过是身为屈辱国度之黎民，面对那些死抱帝制不放者的喧嚣，实在忍无可忍而不吐不快罢了！”

林伯渠十分钦佩地说：“有理鸣兄这样的人物，振起国家大可依仗！”

覃振不无忧虑地说：“国家振起是民族大任，不是某一人或几人可成的；不过，祖涵君同样也可以成为拯起家国的仁人志士，万众齐心，定能焕然一新！”

林伯渠连连点头说：“是的是的，天下兴亡，匹夫有责，日后尚需理鸣兄多多赐教！”

覃振接茬说：“赐教谈不上，其实，中国现在心向变革者大有人在，我们桃源的宋教仁思想敏锐、学见非凡，我就是在他的影响下，才找到新方向的。”

林伯渠说：“我倒是听伯夔兄说起过宋教仁先生，只是无缘得见，有机会，请理鸣仁兄引见引见好么？”

覃振很干脆地回答说：“好的，宋先生现在四处奔波、萍踪不定，待有机会，定当引见。”

分别时，林伯渠显得有些不舍地说：“希望以后能够常与理鸣兄见面，这样，一定会受益匪浅！”

覃振颇有远见地说：“祖涵君，我们这是在跟朝廷官府斗啊，境遇会很险恶，不一定能经常见面的，不过，有可能时，我们倒是可以常通信。”

林伯渠十分赞成：“理鸣兄所虑极是，日后所为，悉听仁兄指点！”

那是一个风起云涌的时代，也是一个风雨如晦的时代。1903年11月4日，湖南几位重要民主革命斗士黄兴、刘揆一、马福益等秘密谋划，以华兴公司为掩护建立起了“华兴会”，确定以“驱除鞑虏，复兴中华”为建会宗旨，要与清朝廷进行武力抗争；他们确定的举义路径为“湖南发难、各省响应、直捣幽燕”。1904年，他们决定发动“长沙起义”，力图一举推翻清朝廷。他们秘密议定，省城以武备学堂学生联络新旧各军和哥老会众，前者为主、后者为辅发动起义，省城外则分五路响应，并指定谢寿祺、郭义庭组织浏阳、醴陵义军，申兰生、黄人哲组织衡州义军，游得胜、胡友堂组织常德义军，萧桂生、王玉堂组织岳州军队，邓彰楚、谭菊生组织宝庆军队，待华兴会向各路派出指挥与监军后，共同向长沙进攻。这次起义，大家公推黄兴为主帅，刘揆一、马福益为正副总指挥，是年9月25日，浏阳普集市沿惯例召集牛马交易大会，赶集者达数万人；黄兴派刘揆一、陈天华等赶到普集市，与马福益等秘密会见，议定待大批军械运到即行举义。不料发生意外，号称“土皇帝”的王先谦一直窥伺着新学界的动向，华兴公司成立后，即引起了他的窥视，就在起义前夕，一个华兴会会员无意中走漏了风声，被王先谦的门徒刘佐揖侦知。王先谦得报，急向巡抚陆元鼎告密，要求逮捕黄兴、刘揆一等；但事非小可，有人劝陆元鼎缜密行事，所以陆元鼎未立即捕人，只命巡防营严加侦缉；结果，官方侦探结识了会党的五路巡查何少卿、郭鹤卿等，便伪装结好，以赚详情。很快，何少卿、郭鹤卿二人在醴陵车站被官方鹰犬密捕，随即押送省府。10月24日，清兵出动进行抓捕，并搜查了华兴会机关。黄兴当时正在密友龙湛霖侍郎家议事，龙的儿子绂瑞仗义掩护，并亲往长沙中学堂，将华兴公司的文件取出销毁。随后，刘揆一等纷纷走避，会党首领游德胜、萧贵生遭捕；严刑之下，游、萧供出内情，官府即顺藤摸瓜、加紧搜捕。无奈之下，黄兴转移到吉祥巷圣公会，由教士黄吉亭等掩护，化装潜出长沙，逃往上海。刘揆一等随后也潜往上海，马福益则逃往广西。结果，华兴会谋划的长沙起义尚未正式发动，便因缺乏经验、组织不严而完全流产了。

还在游得胜、胡友堂等组织常德义军准备响应长沙起义的时候，宋教仁在常德地面秘密联络各县革命力量，准备加入起义行动，蒋翊武则是宋教仁的积极襄助者，分别到各县配合联络。长沙起义流产后，参与这次行动的人士自然要遭到追究和迫害。不久，省府派员来到湖南西路师范学堂，接见校方代表，并宣布："查西路师范学堂学生蒋翊武，参与谋划响应乱党起义，对抗朝廷，有辱斯文，着西路师范学堂将蒋翊武即行开除，永不复籍。"从此，蒋翊武和覃振一样走上流亡之路，开始了职业革命生涯。

官方的高压无法扑灭青年学子的思想之火。不久，常德祇园寺内，蒋翊武和林伯渠等一批进步青年在一间空厢房里秘密集结。蒋翊武对大家说："我们建立这个秘密机关，主要就是联络会党，集聚革命力量，继续组织反清运动，寻求拯救国家的道路。以后，这里就是我们的联络和集会地点，各位一定要严守秘密，官府对任何革命行为，可都是虎视眈眈的。"

数日后，蒋翊武把林伯渠约到一个隐秘的地方告知说："官府鹰犬嗅觉果然很灵，他们已经觉察到我们的秘密活动，而且拿到了我们串通结社、与官府对抗的证据。官府已经对我发出通缉令，显然，常德我是待不下去了。"

林伯渠忙问："看情形，伯夔兄是须马上离开常德了，可是，你将去哪里？"

蒋翊武想了想说："先去上海吧，那里是大都会，总有我们生存的缝隙。不过我现在已是囊中空空、不名一文，此去上海，川资无着啊！"

林伯渠不假思索地说："伯夔兄放宽心，我马上秘密串通可靠校友，为你前往上海筹集川资。"蒋翊武和林伯渠的手，紧紧握在一起。

不久，蒋翊武在林伯渠等校友的秘密惜别中，乘一艘货船，悄然离开常德，下南门码头，向茫茫上海方向远涉而去。

第四章　求学
男儿负笈远渡东洋

林鸿仪是一位虑事周到的父亲。伯渠进入西路师范学堂后，儿子学业如何、平时交结什么人、喜欢干些什么，林鸿仪都通过启智书局那位老友有所了解；林鸿仪预料，伯渠将来必不是蜗居故土之人。而林鸿仪自感似已病入膏肓，年寿难料，思及日后若有万一，夫人与几个小儿无人帮扶照料，怎放得心？况且，此前林家与司马家有姻约在先，如今殿英已二十有三，伯渠也已年满十八，儿女婚姻之事，自然是早办早好。于是，他与夫人商定，向司马家发了求喜之帖。司马瀚夫妇都是义道守信之人，他们知林家家道中落，男主身体又不好，家中正是儿多母苦，作为同窗至交，司马瀚夫妇不仅未在习俗彩礼方面为难林家，反而还为女儿准备了颇为丰厚的陪嫁，这显然是司马家有意帮衬林家。

趁儿子礼拜天回家，林鸿仪将儿子与殿英的婚事提到了桌面上。林伯渠虽是深受新思潮影响的青年人，对自由婚姻有所向往，但很守孝道的他，思及父亲身体不好，恩娘儿多母苦，作为长子，自己又不能在家担当责任，若有个人替他尽些责任，倒也合乎他心之所愿；同时也思及司马家对他一直待若子嗣，殿英自小更与他青梅竹马，小时候就有过小夫婿的戏言，既然父亲与司马伯伯已早有前约，现在，与司马殿英的这个婚，看来是结也得结，不结也得结了。就这样，1904年春，尚在西路师范读书的林伯渠，便与司马殿英拜堂，做了结发夫妻。

婚礼刚过，未及“回门”，林伯渠便上学去了，司马殿英倒也情愿独守空房。女儿嫁到安福林家不久，司马夫人特意登门，一访亲家，二慰女儿。妈妈的到来，殿英自然喜不自胜，她把热腾腾的茶，用搁盘儿恭恭敬敬筛到妈妈和婆婆手中，便守规守矩地回了房中。两亲家在客房陪座叙话，林夫人十分诚意地对司马夫人说："真是多谢亲家呀，你们养这么大个女儿，就这么嫁过来了；我们不仅没有备上像样的彩礼，你们反而还陪嫁那么多家私财物，这是有心在帮我们林家呀，真不知该怎么答谢你们喽！"

司马夫人忙说："亲家母快别这么说，这么说就见外了。亲戚结起了，相互照应是应当的，只要英儿在林家好，就什么都好哩！"

林李氏心里清楚天下母亲待女儿的心思，忙说道："请亲家母放宽心，殿英从小跟我亲近，像亲生的一样；涵儿知书达理，也不会辜负媳妇儿的；他这不是功课紧吗？不然，他也是想在家多陪陪殿英的。"

司马夫人忙说："是的是的，男孩子前程要紧，我们英儿是不会拖涵儿后腿的。亲家母你也放心，英儿是个懂事的丫头，虽没读过多少书，但还是个懂礼识体的伢儿，她一定会体心贴力帮衬婆婆公公的；以后，你们要是有什么难处，就让殿英跟我们说好了，毕竟我们手里比你们活泛些。"

两亲家的融洽、家中的平静，对林伯渠专心求学倒也是个极大的支撑。在学校，林伯渠每天除了上课，就是看书，完全心无旁骛。一天，一位同窗好友对林伯渠说："祖涵兄，干吗对媳妇儿这样铁石心肠，让她一过门就独守空房？"

林伯渠回答窗友说："国将不国，何以家为？你看当今帝制腐朽、社会昏暗，国家受欺、民不聊生，就算婚床再软和，又能睡得安稳么？"

窗友摇摇头说："你不陪着媳妇儿，发疯似的读书，中国就有救了？"

林伯渠怀着强烈的救国激情说："古圣有言，'知其不可而为之'，生于斯世，唯有发奋读书，以求将来能够改变命运！你说，民族要摆脱愚昧，不受外夷欺凌，是不是首先得青年有知识、有思想、有血性？"

窗友说："祖涵，我佩服你、敬重你，也许我没你那么大抱负，但我还是盼望中国的青年都跟你一样抱负远大的。听说，官府不久要选派一批公费生留学日本，我想你该是最有希望的人选吧？"

林伯渠坦率地说："我知道这消息，之所以这么没日没夜地读书，我也确实想抓住这个机会呀！我还听说我们西路师范只有一个公费留日名额，机会肯定不是可以轻易得到的。"

窗友鼓动道："即使只有一个，我看也非你莫属，因为你的学绩在全校向来就是数一数二的，而你的发奋精神也是全校数一数二的，我看你是十拿九稳哩！"

林伯渠则说："因为有时也会数二，所以我还得加油；且先不说国家民族需要，就算是为家境计，我也不能错过这个机会；现在，我家中是靠殿英帮衬父母纺纱种地过活，家境很不宽裕，哪有多少钱供我继续读书？考上公费留学，就是给家里减轻了一个大负担嘛；搞得好，兴许还能给家里省下一些贴补哩；这样于家于国一举两得的事情，我能不发奋吗？"

窗友连连点头说："嗯嗯，大家都晓得熊校长素来器重你，再让你岳父司马先生从中运作运作，包管你这次会'坛子里捉乌龟——手到擒来'的！"

"不不，"林伯渠很斩截地说，"人生在世，不能尽想靠这靠那，当然，我也相信熊校长的开明，他曾鼓励过我，只要我能在选拔考试中夺魁，我想一定会选派我留日。现在，就看我自己能不能把握住机会了。"

窗友善解人意地说："也是，我不打扰你了，你抓紧发奋吧！"

不久后，西路师范学堂公告栏里红榜告示：林伯渠在公派留日生选拔考试中，名列第一。很快，西路师范公费留日生确定下来，林伯渠毫无悬念地夺得了留日的胜券；如此大好消息，自然不胫而走。

常德古城，司马瀚在朋友家与一班故旧相聚，一位朋友拱手道："恭喜司马公，真是慧眼识才，选得如此佳婿！"司马瀚高兴地回道："呵呵，祖涵能如此出类拔萃，连我也有些意外，小婿真的是发奋了。"

另一位朋友接茬说："令爱有福，将来荣华富贵是笃定的。"

司马瀚摆摆手说："这些青年似乎不怎么在乎荣华富贵，况且这漂洋过海的，还是先不说福不福的吧，能出去见见世面、闯一闯，总还是好的！"

消息传到安福县，林家大屋差不多要沸腾了。儿子考上公费留日生，林鸿仪自然是喜出望外，为父的多年失落，似乎在儿子身上找补回来许多。自古为父望子成龙，这回儿子脱颖而出，在常德地面声名鹊起，可替林家祖上争了大光了，乃父能不格外高兴吗？但是，林鸿仪的隐忧却也因此暗生。他担忧的是儿子此去东洋，家里是丝毫靠不上他了，而儿子尚不知道父亲身体已大不济，让人放不下心的事情实在太多太多。思前想后，林鸿仪觉得，别的事，相信儿子们会自有主张，但这家中田产，是必由父母早做安排的。于是，林鸿仪与夫人商议，写下一纸田产分割字据，将家中仅有的八垧水田，平均分给四个儿子。两垧水田，大致相当于现在的十二亩左右，这便是安福林家经过中落，能传给下一代人的生存之资了。但儿子成年有先后，居家有长短，父母眼下还只能立下个字据，以防万一，田地暂时还是由父母操持打理着。

1904年春，林伯渠就要告别家乡，远涉东洋，到日本留学去了。离乡前夜，林伯渠跟妻子殿英自有不少贴心话儿要说。他臂弯轻挽殿英，靠在床头，殿英侧身向丈夫半卧，目光久久停在伯渠脸上，她这是想在分别前多看丈夫几眼。林伯渠不无担忧地说："殿英，我这一走，虽能减轻家里一点学费负担，但远隔重洋，是完全没法子照顾家里的，一切就全托付给你了。"

殿英细声款语道："晓得，你放心留学去吧，我会替你照看好家中老小的。"

林伯渠又说："父亲看来身体有病，恩娘也是儿多母苦，负担可不轻啊！"

殿英回答道："放心吧，知道你是个孝子，我会尽力替父母分忧。"

林伯渠又嘱咐道："几个弟弟都不甚懂事，多管教着点，让他们勤快点、懂事点。祖矩和祖烈正是读书的年龄，得设法让他们读点书，学费我来设法儿省。"

殿英搂紧丈夫说："公费留洋，国家又能给多少钱呢？可别太苦自己，兄弟们都听你的话，常写信回来叮嘱他们，我也会尽力督促他们。"

殿英呼吸渐快，温温的鼻息阵阵吹到伯渠脸上。伯渠这才吹灭床头屉上的油灯，跟妻子相拥而眠。

次日，林家大屋前聚集了数不清的人，有林家各房的族人，有邻近的乡亲，还有知己的远亲，他们都是来为林伯渠留洋送行的。人群中，议论纷纷，一位上了年纪的乡亲叹道："看来，风水真是转到凉水井了，前次出了个'澧州第一'，而今又出了个'常德第一'，祖涵应该算是'洋状元'了吧？"另一乡亲接声说："留洋生只怕比土状元还难考吧？"一位老婆婆则说："林家的祖坟真是葬在龙脉上了，后人才这么有出息！"一个后生家又说："祖涵这一留洋，仪叔两老后半世就不用愁了！"议论有些不着边际，但骨子里都是羡慕林家、佩服林伯渠的。

这天，林伯渠穿一件蓝竹布长衫，外套一件紫绛色马褂，身上斜背着一个小包袱，脑后盘一条乌黑的辫子。他先在堂上向父母拜别，然后走出院门，来到禾场那棵“将军柏”下，白皙清秀的云盘脸上微泛红光。向亲友道别后，林伯渠缓步向下湖堰边那条通往县城的小道走去。林伯渠本不让父母出来送行，但父母还是出了大门。林鸿仪送到堰边拐弯处便说：“伯渠，爹不远送了，到了日本，用功读书，不负祖上啊！”林伯渠笔笔挺挺立在父亲面前，语调郑重地说：“爹，您的教诲，儿子已牢记在心。您放心吧，儿不会虚度年华、辜负亲人的。您身体不好，可一定要多加保重啊！”

林鸿仪挥挥手说：“放心放心，你动身吧，不用担心我。”

乡亲们大都站在那条小道边目送远行人。母亲、妻子和一班至亲则簇拥着林伯渠，走出了村口，翻过一道垭，又送过一道坡；在坡顶，林伯渠停住脚步，转身对送行的至亲说：“各位亲人都请转身吧，伯渠学成之后回来看你们！”于是，大家不再往前走，只有母亲和殿英仍要陪他往前走走。看看快到乐二庵，母亲语重心长地嘱咐道：“涵儿，我们林家世代忠良，你在外一定要专心读书、安分守成、保重身体，千万别有什么闪失，别让娘老子为你担心喔。”

林伯渠抚着母亲肩膀，故意笑笑说：“恩娘，您是不是又想起我小时候跟堃哥烧乐二庵菩萨的事了？那是小时候，不懂事，现在都成大人了，不得闯祸了的。”林伯渠有意用调皮的语调跟母亲说话，但母亲此时真笑不出来了。

殿英一路一声不吭，一手挽着婆婆，一手帮丈夫拿着油纸伞，微微低着头，不时偷觑丈夫一眼。相送终得分手，殿英眼圈有点发红，她把雨伞递给丈夫，偷偷用手绢擦擦眼，然后从衣袋里掏出一把“光绪通宝”，塞到丈夫衣兜里，深情依依地说：“到了东洋，千万记得常写信回来。”

林伯渠也不无牵挂地说：“殿英，陪娘回去吧，记住我昨晚跟你说的话；到日本后，我自必会写信给你的！”

母亲在殿英陪伴下回转时，双手合掌，一路回望、一路念叨着朝乐二庵走去。显然，她是要去庵里为儿子远行求祷平安。林伯渠看在眼里，心里暗暗说：恩娘，我知道“儿行千里母担忧”，但为了这个苦难的国家，为了亲人不永远这么受苦，伯渠只能辞别家乡、辞别亲人，远渡东洋了。

湖南数十名官费留日生按官府的安排，先到长沙集合，然后由护送官陪送赴日。他们从长沙登船，经武汉至上海。这一路上，从未走出过常德的林伯渠没有人们想象得那么兴高采烈，他一直沉默着观察沿途景象。长沙、武汉码头的灰蒙沉闷，湘江、长江两岸的凋敝败落，洞庭湖上的萧瑟凄清，还有时或望见的那些衣衫褴褛、瘦骨嶙峋的乞丐……这些，无一不使林伯渠强烈感到国土的博大和社会的衰微。

不日，林伯渠一行到达上海，那可真是个花花世界。远望，大厦高耸，烟囱林立；近看，车水马龙、琳琅满目。林伯渠头一次感受"十里洋场"，从各种幌子和迹象不难想见，上海是个烟、娼、赌、窃样样俱全的所在。洋人汽车横冲直撞，外国水手任意侮辱中国同胞，凶神恶煞的洋巡捕，肆意捆绑华人，外滩的花园门口，果真挂着"华人与狗不得入内"的禁牌。初见世面的林伯渠不觉满怀愤懑，怒火中燃，真想去砸了那辱国之牌。但他也明白，个人鲁莽并不能改变什么，即使砸得掉这块牌子，也砸不掉中国民众时下的屈辱和苦难。黄浦码头，停泊着许多外国军舰和商船，一群群瘦骨嶙峋的码头工人，在洋人的皮鞭下，背负着沉重的货物，步步艰难地蹒跚着……面对此情此境，林伯渠忽然想到：覃振和蒋翊武也许就在上海某个地方开展革命活动哩，真希望他们可以成功。

日本火轮"长崎丸"号载着这批留日生，驶出吴淞口，劈波斩浪冲向大海。那天晴空万里，海面一望无际，鸥鸟翻飞，不时掠过雪浪花。第一次阅历大海的林伯渠等，一时不禁觉得心旷神怡、意气洋洋。他们站在船舷边，忍不住回头望去，指点远处议论道："看，那黑黢黢的，就是吴淞炮台。""哦，那可是中国人把守国门的壁垒啊！""唉，如今这上海还有什么国门可言？外国人在这里，比出入他们自家的菜园子还自由！"林伯渠忽又心事沉重起来，喃喃地说："这就是中国人的上海吗？这还是中国人的上海吗？"

夜幕降临，林伯渠他们开始被惊涛骇浪摇得头晕目眩，只得倒在卧舱里以书蒙面，与首次航海的不适拼力对抗。昼夜轮替，也不知航行了多久，"长崎丸"号终于穿过东海，向日本驶近。船过马关，林伯渠不禁想到，甲午之耻未雪，如今日俄两个帝国主义国家又在中国东北大动刀兵，抢夺领土，腐败无能的清政府却宣布"局外中立"，听任无数东北同胞惨遭侵凌、饱受战祸，这又怎能不使爱国学子忧心如焚？终于，船过日本商埠长崎，再经神户，最后在横滨靠上码头。在横滨登岸时，已有中国留日学生总会和湖南留日学生会派员前来接应。在留日同胞的帮助下，林伯渠这批留学生换乘汽车，顺利抵达东京，并很快安顿下来。

当时，中国留日学生总共达数千人之多，大都汇集东京。这些留学生成分比较复杂，有来镀金混文凭，意图回国升官发财的；有借名游学，来国外吃喝玩乐的；但也有不少抱着救国救民宏愿，来日本求学自强的。此外，还有不少因在国内从事革命活动，遭清廷通缉而亡命海外的。官费留学生，原本是清政府为收买民心，并培养其统治利益维护者而安排的。但事与愿违，这些留学生后来很多都成了坚定的反清革命志士。在日本，中国留学生上的大都是速成学校或普通科；林伯渠则于1904年初夏，进入东京弘文学院师范科。

弘文学院是日本著名教育家、日本高等师范学校校长嘉纳治五郎于1902年专为接纳中国留学生创办的，学校设在东京牛込区西五轩町，开设有普通科和速成师范科。普通科三年毕业，授中学课程；速成师范科学制分半年、八个月、一年或一年半不等。由于当时中国留日学生激增，东京弘文学院发展很快，1903年至1904年间，又在下谷、神田、巢鸭等地扩建了四所分校。林伯渠入校时，弘文学院的中国留学生共有六百零四人，其中湖南籍的有一百一十人。由于当时官费留日生是各省保送的，所以多为集体入学，乡党观念自然较重，学院也往往以生源地为班名，如“湖北普通班”“湖南师范班”等。陈独秀、黄兴和鲁迅等都曾在弘文学院肄业。当时，日本的消费水平不高，物价较低；弘文学院每年收学费、食宿费三百日元，而官费留学生每年领到的官费是四五百日元，另外还有试验费、旅行费什么的，一般来说，官费留学生的生活还是较宽裕的。因此，林伯渠能够从中挤出一部分寄给家里做贴补。弘文学院师范科所设课程有日语、修身、教育学、数学、理化、史地等。林伯渠在西路师范时曾学过日语，其他各门功课基础也好，因此学业并无困难。这样，林伯渠大部分课外时间，都可用来与学友跑留学生会馆、进书店、听讲演，星期日则常到东京市区走走转转。

当时的日本，正是民主革命浪潮澎湃激荡的年代。自1868年明治维新以来，日本资本主义发展很快，特别是甲午中日战争后，日本从中国掠夺到大片土地、巨额赔款以及广阔的市场，加上对日本民众的压榨盘剥，更刺激了日本资本主义的迅猛发展。与此同时，日本工人阶级的反抗斗争也随之而来。片山潜、幸德秋水、西川光次郎等人建立的“社会主义研究会”，以及他们撰写的《二十世纪的怪物——帝国主义》《土地国有问题》等书籍，对日本社会产生了很大的影响。此外，那些传播西方资产阶级革命学说的书籍，对来自封建帝制国家的中国留学生来说，也无不具有极强的吸引力。如饥似渴寻求救国救民真理和科学知识的中国留学生一批又一批来到日本，日本实际上成了中国革命志士从事革命活动的海外据点。占据统治地位的日本帝国主义分子十分狡猾，为了对中国进行侵略和渗透，他们采取两面甚至多面手法来达成其阴谋。最为典型的两面手法，是他们一面支持清政府，另一面又支持革命运动；在支持中国反动势力的时候，又同时培养两个以上的走狗；在支持中国革命势力的时候，也同时扶植几个不同派别。显然，这些所谓的“支持”，都是从日本帝国利益出发，借以搞乱中国内部，打开渗透缺口，扶植内部策应，以图侵吞中国的阴险手段。但这毕竟给中国人民反清革命斗争提供了在域外迅速蓬勃兴起的机会。还在林伯渠他们留日前，中国反清革命力量在日本就早已开始集结和开展革命活动。

此前，继孙中山在横滨设立兴中会分会不久，章太炎等也在东京发起组织了“支那亡国纪念会”。特别是自1903年的拒俄运动以后，宣传革命的刊物更是在留学生中如雨后春笋般涌现。如《湖北学生界》《浙江潮》《江苏》以及湖南留学生出版的《游学译编》月刊，等等；更早留日的第一批中国留学生在三年前就组织了一个《译书汇编》社，从事翻译工作。他们先后翻译有欧美资产阶级启蒙思想家卢梭、孟德斯鸠、斯宾塞以及日本学者福泽谕吉等人关于政治、经济、社会、法律、哲学、历史等方面的大量著述，就地出版，广泛发行，这使得新来日本留学的林伯渠等大开眼界，耳目一新。而著名民主革命宣传家邹容、陈天华等人的著作，以丰富激越的感情、明快犀利的文笔，淋漓尽致地揭露和控诉着帝国主义和清朝统治者的罪恶，深深震撼着那个特定年代中国爱国青年的心灵。

林伯渠到日本开始受到革命思潮熏染的同时，也目睹了日本迅速发达的现状，深感自己的祖国在清王朝腐朽统治下，正日渐走向危亡，从而愈加激起了他为挽救中华而抗争的民族主义情绪。随着留日时间的延伸，林伯渠的涉猎兴趣也进一步拓展，除了所学师范专科之外，同时还开始如饥似渴地阅读当时在日本被翻译印行的欧美书报等，并开始潜心思考研究改变中国社会现状的问题。当然，1904年时的林伯渠，对清王朝“宁赠友邦，勿与家奴”的险恶用心，还是认识不足的，对能否应该联合清廷抗御外侮的重大策略问题，林伯渠和陈天华等思维相近，也还是动摇和模糊的。宋教仁自策应长沙起义失败，亡命东京后，与陈天华等便开始在湖南留日学生中募捐筹办《二十世纪之支那》杂志，用来宣传革命，林伯渠恰好赶上参与捐款筹备工作。这份杂志创刊后，只出了三期就遭到日本政府封禁，后来移交给了“中国同盟会”作机关刊，改名《民报》。

在那一时期，林伯渠在东京先后认识、接触到了大批中华民族革命志士，如黄兴、宋教仁、陈天华、杨毓麟、刘道一、姚宏业、仇亮、田桐、程潜、程子楷、覃振、白逾桓、吴崑以及女侠秋瑾，等等，而他们在异国的相逢相识，常常也是机缘巧合。林伯渠在国内认识宋教仁等人时，曾听他们说起，日本义士宫崎滔天盛赞中国广东出了一位反清大英雄，这位大英雄曾多次组织反清起义，堪称中华人杰，此人名叫孙文，也就是孙中山。从那时起，林伯渠就开始心仪孙中山；到日本后，林伯渠自然特别留心有关孙中山的消息。

第五章　定向

追随孙文加入“同盟”

古云人生有四大幸事：“久旱逢甘露，他乡遇故知，洞房花烛夜，金榜题名时。”在日留学期间，林伯渠等曾多次体验“他乡遇故知”的欣喜。一个星期日，在东京神田街区著名的“书店一条街”，林伯渠和几个同学逛着旧书店。在一家书店门口，林伯渠忽然发现一个熟悉的背影。走近认真辨认，正是当年在常德朗州小学挺身而出，登台怒斥保皇党的热血乡党覃振。

“理鸣兄？”林伯渠确认对方后，不禁喜出望外，在覃振胸前轻轻击了一掌说，“真的是你呀，怎么会突然出现在东京？”

覃振也认出了林伯渠，惊喜地说：“哦，原来是祖涵，这真是‘他乡遇故知’啊，听说你来日本留学了，可没想到会这么巧遇。”

林伯渠把覃振介绍给自己的同学说：“这位就是我们常德桃源同乡覃振，算是我的府同乡，他可是一位为拯救中华敢作敢为的英雄喔！”

几位同学纷纷上前跟覃振握手，并说：“大名鼎鼎，久仰久仰！”

覃振忙说：“哪里哪里，都是中华民族的热血青年，认识你们很高兴。”

他们一起走进一家公园，来到僻静角落，大家席地而坐。林伯渠问起：“理鸣兄，你这次来日本，是留学还是访问？”

覃振苦笑着说：“既非留学，也非访问，我是逃亡来日本的。”

林伯渠忙问：“怎么回事？因何逃亡？”

“说来话长啊。”覃振一副饱经风霜的样子。原来，他也是长沙起义流产后，受到清廷通缉的“乱党”分子。林伯渠真心鼓励说：“野火烧不尽，春风吹又生；我们不气馁，坚信天下无不可成之事！”聊了好一阵后，林伯渠热情邀请覃振先到弘文学院学生宿舍容身，也便彼此深谈。

又一个星期日，林伯渠与覃振相约前往位于东京魏町区的靖国神社参观。靖国神社是坐落在东京中心皇宫附近的一处神教设施。由于它的位置和影响很不一般，所以在日本名声很大。当时，日本神社很多，据统计有八万多个，这是因为日本是一个神道教流行的国家，他们的国民基本都崇奉神道。所以，日本的神社近似中国的庙庵，到处可见，而其中最著名的，要数建立于日本明治维新第二年的靖国神社。

覃振和林伯渠等怀着复杂的民族情绪和社会思考，来到靖国神社游就馆。这游就馆，是陈列日本军国主义“战利品”的专区。在游就馆，覃振、林伯渠目睹了甲午中日战争和八国联军侵华时期，日本军国主义分子从中国掠夺来的大量文物珍宝。一种奇耻大辱，阵阵撕扯他们的心灵，仇恨的怒火，熊熊燃烧腹中。

走出靖国神社，林伯渠愤然道：“真是欺人太甚，本来就是侵略他国，就是战争罪犯，就是杀人越货，居然还恬不知耻地在靖国神社设馆炫耀其所谓‘战利品’，这不明摆着欺辱我中华无能吗？”

覃振也一针见血地说：“日本民族奉行的武士道精神，本来就是一种邪恶的东西，它可以用残酷的剖腹自杀手段，来一逞其民族扩张掠夺的妖魔式野心。”

“现在，日本通过维新日渐发达；而我们中国还是清朝封建统治，没落而又腐朽，实力和国土幅员反差极大。想我中华，真是危如累卵！”林伯渠不禁忧心忡忡。

覃振缓口气说：“不过，日本工人阶级的革命斗争，也给我们中国革命者提供了积极的启示和鼓动。我相信，中国革命者只要共同努力，坚持不懈，就一定能够寻找到救国救民的办法！”

他们边走边聊，不知不觉回到了林伯渠的宿舍。进门后，覃振忽然说：“哦，对了，祖涵，我还有件宝物要送给你。”

林伯渠开玩笑地说：“哦！什么宝物？不会是从紫禁城顺手牵羊搞来的吧？”

“应该比那还宝贵！”覃振卖了个关子，从行李箱里取出一件物品。林伯渠做出毕恭毕敬的样子，伸出双手，低着头，俏皮地说：“理鸣兄，祖涵这里恭接宝贝了！”

覃振把一本书，轻轻放到林伯渠手上，说声：“无价之宝！”

林伯渠抬起头看时，见是一本石印册籍，封面上印着《猛回头》和“通俗鼓词　陈天华”等字样。

林伯渠嗜书如命，虽然在西路师范读书期间曾在启智书局依稀晃见过一眼《猛回头》，但当时未能细读。现在，陈天华的热血之作就在自己手上了，林伯渠如获至宝，连道谢都没顾上，就如饥似渴地翻阅起来。看着看着，他竟旁若无人，口中朗朗作声了：

> 我中华，原是个，有名大国；不比那，弹丸地，僻处偏方。
> 论方里，四千万，五洲无比；论人口，四万万，世界谁当？
> ……
> 为什么，到今日，奄奄将绝；割了地，赔了款，就要灭亡？
> 这原因，真真是，一言难尽；待咱们，细细数，共做商量。
> ……
> 到那时，齐叫道，中华万岁；才是我，大国民，气吐眉扬。
> ……

覃振见林伯渠如此入迷，便提醒林伯渠说：“祖涵，送给你的，有时间慢慢读吧。”林伯渠如梦方醒，有些不好意思地说：“哦哦，谢谢理鸣兄。听说陈天华就在东京，能介绍我们见见面吗？”覃振看看林伯渠说：“见他倒是不难，不过，他可是革命党，专和清廷作对的，你跟他搅在一起，就不怕杀头么？”

林伯渠故作不服地回道：“笑话，你我认识也不是一天两天，我是怎样的人，你还不知道吗？我还就是想当革命党哩！”

覃振故意说：“革命党？看看你那后脑壳，像吗？哈哈……”

林伯渠一摸脑后还留着的那条辫子，恍然道：“早就该剪掉了，革命党是不要这清朝辫子的！”说完，林伯渠抄起一把剪刀，请覃振帮忙，“咔嚓咔嚓”几下，把那条清朝“尾巴”剪了。覃振拍拍林伯渠肩膀说：“好！明天我就带你去见陈天华！”

次日，覃振带着林伯渠来到陈天华寓所。进屋后，覃振开门见山地对陈天华说："星台兄，给你介绍一位新朋友吧！"

陈天华看看他们，拱手道："哦，理鸣兄啊，这位是……？"

林伯渠彬彬有礼地自我介绍道："林祖涵，湖南常德府安福县人。"

陈天华高兴地与林伯渠握握手说："哦，湖南同乡啊，我知道你们常德那块'山高出鹞子'，覃振、宋教仁、蒋翊武，个个都是让清王朝头疼的角色，莫非祖涵君也属此类？"

覃振介绍说："祖涵是我们常德那一块数一数二的才子、湖南西路师范的翘楚哩！他跟我们早就是一鼻孔出气，和蒋翊武还是同窗好友，与宋教仁也曾有一面之交；咱们这帮中国青年，都算是忧国忧民的华夏烈胄！"

"好啊好啊，中华民族岌岌可危，正需要祖涵君这样的热血青年共同奋起，扶大厦于将倾啊！"陈天华属于那种很容易激动的人。

"天华先生，您的鼓词《猛回头》真是一剂醒药啊，昨日始得卒读，直觉得痛快淋漓、振聋发聩！"林伯渠语气感奋。

陈天华忽然一笑道："看，我们光顾着说话了，稀客临门，应该先请坐才对吧？来来来，里面坐，屋小地窄，将就着坐吧，在日本，就没有凳子可坐喽！"

这是一间日本常见的小居室，果然不甚宽余。简单的日式陈设，书多纸多，有些零乱，榻榻米上倒是可以随意席地而坐。

"既为热血同胞，就不必拘束了。想说什么，想看什么，尽请随意。"陈天华一面给客人倒水，一面热情地说。

覃振坐下后问道："星台兄，最近可有什么大作问世么？"

"想写的实在不少啊，这现状、这社会、这国家，你说有多少事情该书该写啊？可是还有生计上的问题也要解决呀。"陈天华面色潮红，显然内心十分不平静，"等些天，我还得去会会黄兴、宋教仁他们，不管怎么样，我们还是要坚持革命下去的！"

林伯渠插话说："我也十分希望有机会跟他们见面讨教。"

陈天华说："祖涵倒是雷厉风行之人，不着急，一定会有机会的。今天我们还是随意聊聊，中午就在我这里随便吃点儿吧。"

这一聊，一个上午不知不觉就过去了。午餐虽然简单，但却是酒逢知己千杯少。临走，陈天华又从书柜里取出两本书，送给林伯渠和覃振：一本是《警世钟》，一本是《狮子吼》。陈天华临别说道："二位，两本拙作，读后请不吝赐教。”

林伯渠喜出望外，真没想到今天又意外获此厚赠，连声说：“多谢多谢，天华先生明睿，您的大作，我们必定倾心拜读，领会精义。”

不久，林伯渠又在覃振、陈天华引荐下，与黄兴、宋教仁他们见面了。黄兴兴奋地告诉大家：“现在，北京是没有我们的立足之地了，但东京可不同，在东京，革命火种正在悄悄蔓延，各种各样的反清秘密团体纷纷建立，其势如莽原野火，十分鼓舞人心啦！”

林伯渠特喜欢提问：“克强先生，现在东京都有哪些反清团体啊？”

黄兴回答说：“据我所知，有孙中山先生发起的‘兴中会’，还有章太炎、蔡元培先生发起的‘光复会’，再就是我和宋教仁、陈天华等发起的‘华兴会’。这些团体，大都是正活跃在日本的爱国华侨和知识分子组成的，而我们‘华兴会’成员，基本都来自湖南！”

林伯渠不禁自豪地说：“惟楚有才，此话不假！潇湘儿女历来就是华夏极有血性的一脉！”

黄兴接着说：“是啊，中华民族本就是一个有血性的民族，广东、武汉、北京、河北各地也都有一批仁人志士在积聚力量，以图大举！”

林伯渠兴奋地畅言道：“如果这些反清团体联合起来，遵循同样纲领，采取统一行动，那不是更有力量吗？”

经常处于思考状态的宋教仁听后，不禁认真看了看林伯渠说：“祖涵之言极是，孙中山先生现在就正在和我们谋划联合之事，筹备工作正在进行中哩！”

分手时，黄兴握着林伯渠的手说：“祖涵，过些天，我们会邀你去参加一个重要的社会活动！”林伯渠激动地点头说：“好！”

1905年是亚洲风云诡谲、诸国多故的岁月，也正处于中国旧民主主义革命进入新高潮，开始涌现新政党的一个不寻常时期。打了一年半的日俄战争，经过这年五月的对马海战，俄国太平洋舰队几乎全军覆没；在我国东北作战的四十万俄军，抵挡不住日军的凌厉攻势，节节败退，最后不得不在美国斡旋下向日本让步言和。但最终丧权辱国的，却是恬不知耻的清朝廷。清廷统治下的中国，倒为俄军的失败付出了惨痛代价。而在中国的某些政治人物看来，日本对俄国的胜利，就是君主立宪制对君主专制的胜利，因此，中国的君主立宪派开始活跃起来。

这年7月，孙中山从欧洲回到东京，通过宫崎滔天介绍，找到黄兴、宋教仁等，一起秘密商议各在日中国革命团体实行联合，组成新的革命政党“中国同盟会”的问题。7月30日，他们在东京赤坂区召开“中国同盟会”筹备会，确定了新的革命政党的名称，并推举黄兴、陈天华、宋教仁、马君武等八人负责起草《中国同盟会章程》，拟定入会仪式和誓词等。8月13日下午，在东京的中国留日学生和华侨，集聚在藕町区骏河台富士见楼，举行欢迎孙中山大会。林伯渠与弘文学院的中国留学生基本都来参加这个会议了。会议预定六百人规模，结果到了一千三百多人，把个小小的富士见楼院落挤得无插针之隙。

大会由华兴会首领黄兴主持，兴中会首领孙中山作主旨演讲。当主持人宣布孙中山讲话时，人群中掌声四起、一阵躁动。一些久闻孙中山大名、但从未见过其人的中国留学生情不自禁往前拥，林伯渠就是其中之一，此刻，他就在不由自主地向前挤着。面对在场的热血同胞，孙中山特别激动。他首先讲述了自己的革命经历和主张，还说道：“中国革命大有一日千里之势，国土、人口为各国所不及，若国人发奋自雄，不难突驾日本，并举西人之文明而尽有之。”接着，他又满怀激情地说：“吾侪生在中国，实为幸福。各国贤豪皆羡慕此英雄用武之地，而不可得。我们生在中国，正是英雄用武之时，反是沉沉默默，让异族儿据我上游，而不知利用此一片好河山，鼓吹民族主义，建一头等民主大共和国以执全球牛耳，实为可叹！”

孙中山还举了一个例子来说明他为什么赞成民主共和、反对君主立宪，他说：“诸君皆知，铁路是个好东西，但怎么成功的呢？英国开初试用木轨，使马拖着车在路面上行走；以后发明了蒸汽机车，牵引长列车厢，能在铁路上行驶如飞。现在看来，还有谁会准备先修木轨而不修铁路呢？政治的进步也与此相同。由皇帝专制到君主立宪，终至民主共和，我们现在一开始就懂得了这个道理，为什么还要用畜力拖车呢？那岂不是最愚蠢的办法吗？”

孙中山说到这里，会场响起一阵雷鸣般的掌声。恢复安静后，孙中山继续慷慨激昂地倾吐他酝酿在心头的反清建国理想：“孙某历观各国宪法，成文宪法中，是美国最好；不成文宪法中，是英国最好。英是不能学的，美是不必学的。英的宪法，所谓三权分立，行政权、立法权、司法权各不相统属。这是从六七百年前，由渐而生，成了习惯，但至今界限还没有清楚。

后来孟德斯鸠将英国的制度，作为根本，参合自己的理想，形成一家之学。美国宪法，又将孟德斯鸠学说，作为根本，把那三权界限，更分得清楚，在一百多年前，那算是最完美的了。一百二十年以来，虽数次修改，但大体仍然未变的。这百余年间，美国文明日日进步，土地财产亦是增加不已；当时的宪法，现在是已经不适用了。兄弟的意思，将来中华民国的宪法，是要创一种新主义，叫作五权分立！”

正当此时，忽听“哗啦啦”一阵响，突如其来，有如迅雷。原来是院子一侧的围墙被挤垮了，会场上难免一阵骚动；但孙中山异常镇定，稍作观察后，他风趣地说：“看！这是个绝好的兆头，预示着清朝廷就像这陈旧的危墙，不久必将倾覆！”

大约一个星期后，1905年8月20日，东京赤阪区灵南阪日本国会议员阪本金弥的别庄里，气氛大不同于往常，中国同盟会成立大会当日要在这里举行，到会的主要是首批入盟的一百多名中国留日学生。会上大家公举孙中山为同盟会总理，下设执行、评议和司法三部，推举黄兴为执行部庶务，相当于副总理。陈天华任书记，程家柽、廖仲恺任外务。评议部推汪兆铭为部长，田桐、胡汉民、朱执信、吴永珊、覃振、胡瑛等为议员。司法部由宋教仁任检事长，张继等任判事。会议正式通过了《同盟会章程》，确定“本会以驱除鞑虏，恢复中华，创立民国，平均地权为宗旨”。同时还成立了各省分会，确定了各省主盟人。就在这天，黄兴和宋教仁决定共同介绍林伯渠加入中国同盟会，入盟议程待后办理。

自从亲耳聆听孙中山的演讲和参加同盟会成立大会后，林伯渠心潮久久难以平静。他深感孙中山思想的明睿，他的演说太深刻、太透彻，令人有拨云见日、豁然开朗之感。同时更感到，孙中山身上有一种超乎常人的伟大气魄，视野极为宽广，目光十分深邃。平时听陈天华赞扬孙中山是“英雄中的英雄”，以及宫崎滔天著、章士钊译的《三十三年落花梦》（也称《孙中山传》）译序中，赞扬孙中山是“近今谈革命者之始祖，实行革命者之北辰”，现在自己是亲见亲闻了，林伯渠更深感前闻不虚，因而由此激起了他坚定拥护孙中山、永远追随孙中山的决心，同时也触发了他迫切想要直接拜访孙中山，聆听孙中山更多教诲的愿望。

第六章　东瀛

华夏烈胄罢学抗争

在林伯渠迫切的期盼中，终于有一天，黄兴、宋教仁等带林伯渠造访了具有传奇英雄色彩的孙中山。这天，孙中山身着一套深灰色西装，坐在写字台前翻阅文件，端庄的脸庞，流露着坚定与自信。见黄兴和宋教仁带一位并不熟悉的年轻人进来，孙中山放下手中文件，微笑着示意大家入座。

黄兴先介绍说："总理，这位民主共和的信徒是特意来求见您的。"

孙中山高兴地扬扬手，向林伯渠打个招呼，问："哦，欢迎！贵姓？哪里人？"

林伯渠即答："晚生免贵姓林，名祖涵，字伯渠，湖南常德府安福县人。"

孙中山点点头说："哦哦，林祖涵，想起来了，是我们的首批盟员嘛。同盟会里湖南同乡还真是不少，文特别欢迎湖湘志士。"

黄兴笑着说："哈哈哈，'湖广熟，天下足'，总理是广东人，湖广也算是同乡，同是鱼米乡嘛！"

宋教仁接着一转话锋说："只可惜，这湖广现在也已是十年九不熟了，国家不幸啊！"

林伯渠深有感触地说："同盟会'驱除鞑虏，恢复中华，建立民国，平均地权'的主张，是改变不幸的良方，祖涵从心底竭诚拥护；为推翻清朝，拯救中华，祖涵愿赴汤蹈火，即便是流血捐躯，也在所不辞！"

孙中山听罢，欣然道："好啊好啊，我们同盟会的同志，多是华夏烈胄、民族脊梁，拯救中华就靠大家了，革命中，文自然头一个万死不辞！"

黄兴随即从公文包里取出一叠文表说："孙总理，入盟的文书手续，已开始办理，祖涵的入盟手续，就在您这里办如何？"

孙中山点点头说："很好，那就由克强亲自主盟吧！"

黄兴随即递给林伯渠一份同盟会盟书，林伯渠认真一览，然后取出钢笔，郑重地签上名字。随后，黄兴接过林伯渠盟书宣告：

联盟人：湖南省常德府安福县人林祖涵当天发誓：驱除鞑虏，恢复中华，创立民国，平均地权。矢信矢忠，有始有卒；如或渝此，任众处罚！

中国同盟会会员　　林祖涵

天运乙巳年七月二十日

宣毕，孙中山郑重说道："同盟会会员今后将要投入险恶的革命斗争，为保守秘密、保障安全考虑，同盟会会员今后进行秘密联络时，必须使用暗号与口令。克强，你需详细告知各盟员，免出差错。"黄兴答道："总理放心，似此等重要事项，克强不敢马虎。"正式入盟是林伯渠一生追求革命的重要起点，从此，他义无反顾地走上了中国民主主义革命的光明道路。作为同盟会首批盟员，林伯渠在后来的革命经历中，与中国同盟会最早的骨干成员们大都有过或密切、或间接的活动联系，其中很多盟员都成了林伯渠终生的亲密战友。

同盟会在东瀛岛国谋划推翻清朝的消息，当然躲不过清朝政府的鹰犬耳目。一天，在紫禁城清皇宫东暖阁昏暗的灯光下，老态龙钟的慈禧太后一面抚弄着长长的金指甲套，一面问对面一帮同样老态龙钟的军机大臣说："那孙蛮子果真在东京闹什么党会来着？"

一老臣诚惶诚恐禀道："回老佛爷，千真万确，他们在东京成立了'中国同盟会'，宣言要与朝廷作对。"

慈禧眼里冒着绿光问："是吗？他们到底想干什么？"

老臣不敢抬头地回答："不敢说……"

"只管说！"慈禧顿显愠怒。

"驱除鞑虏，恢复中华，创立民国，平均地权。"老臣嗫嗫嚅嚅，不敢高声。

“什么！？”慈禧突然提高嗓门，神色惊恐地吼道，“那还了得？那还了得？”

老臣一时不知如何是好，忙说：“启禀老佛爷，这帮反民，大都是我大清国留日学生，何不请日本政府出面，加以弹压或取缔？”

慈禧眼里透着杀气说：“嗯，这么着吧，着人私底下去会见日本国驻华公使，请他拟报日本国政府，与我大清政府，共同镇住孙蛮子这帮反民！”

老臣又禀道：“不过，日本人的胃口，老佛爷您是知道的。”

慈禧太后说：“知道，那又怎样？逼的呀；汉人不是有句老话吗？‘退财免灾’，退财免灾嘛！”

老臣回道：“喳！”

不久，日本首相桂太郎也在日本内阁府召集相关阁僚议事。桂太郎首先说道：“诸君，我驻华公使近日转呈清政府廷议书，请求我国政府帮助镇压中国在日留学生造反会党。对此，诸位有何主张？”

文部相随即说：“首相阁下，此事关涉两国关系与利益，须仔细权衡利弊。”

桂太郎说：“那就请诸君说说其中的利弊吧。”

外相说：“他们的留学生搞革命会党，那是他清朝廷治国无方；我政府帮他们镇压，岂不是被他人利用借刀杀人？招来麻烦，于日本国无益！”

防务相说：“不！清政府出此借刀杀人之策，是他们自感无法收拾局面，皇权受到威胁，此时替他们收拾局面，他们肯定是会下大本钱的！中国有的是白银、珠宝和国土，就看他们下注够不够大了！”

文部相说：“我看，清政府未必下得起足以让我日本国承担如此风险的大赌注，要知道，在日本本土镇压外国留学生，国际舆论于我不利！”

防务相说：“怕什么？甲午海战后，我们的胃口还是太小了点，现在何不趁机捞回来？”

外相说：“我以为，日本是自由社会，中国留学生闹会党的事情，与日本国关系并不直接，日本政府直接出面镇压有违国际惯例，不可行；但我们可以采取迂回办法，既让清朝政府得到好处，也让日本国有所获得。”

桂太郎说：“嗯，外相可以说得更具体点吗？”

外相说：“譬如说，我们可以先跟清廷谈好条件，然后由文部省拟定一个对中国在日留学生会党的取缔令，查封他们的机关，驱散他们的组织，限令他们遵守清廷有关法令，岂不各得其所？”

桂太郎想了想，终于一挥手说：“好，就由文部省拟定取缔令，还是连同韩国留学生一同取缔吧。”

文部相有些不解地问：“为什么要波及韩国留学生？”

桂太郎笑笑说：“这样，可以减轻对中国留学生的刺激；况且，韩国留学生不是也不大安分吗？”

防务相打气说：“没事，在我们大日本的土地上，清韩留学生别想翻天！”

1905年11月2日，日本文部省颁布了一份《关于许清韩人入学之公私学校之规程》。这个标题很绕口的规程，说穿了就是取缔清国留学生的革命活动，因此被中国留学生直截了当地称为“取缔规程”。《规程》规定，中国留学生在日本公、私立学校入学或转学时，必须持有清廷公使馆的介绍书方准入学，中国留学生必须居住学校宿舍。凡因“性行不良”而被开除的中国留学生，各校不得使之复学。韩国留学生同例执行。依据这《规程》，清政府可随时以“性行不良”为借口，串通日本当局，开除进行革命活动的中国留学生，断绝他们留在日本从事革命活动的机会。其后，日本政府有关部门开始禁止中国留学生集会结社，查封有关团体机关，剥夺言论自由，检查书信邮件，强迫中国留学生遵守清政府法令。

清日政府勾结镇压革命的阴谋，迅即激起中国留学生的愤慨。他们上书中国驻日公使杨枢，强烈要求与日本政府交涉，立即取消“取缔规程”。但不仅请愿无果，反被日本报纸讥讽为“放纵卑劣”。更有甚者，日本一个国会议员大放厥词说：日本帝国的范围，应以东京为中心，划出三个不同半径的圆周：第一个圆周，包括韩国等地；第二个圆周，包括中国东三省；第三个圆周，则包括整个中国。这极端侮辱我国留学生人格和国家尊严的帝国主义言论，如同火上浇油，更激起了中国留学生的万丈怒火。于是，他们决定全体罢学回国，以表达强烈抗议。12月3日，覃振与林伯渠等一起会商。商议中，林伯渠愤然道：“真没想到清朝政府如此无耻和丧心病狂，也没有想到日本政府会如此居心叵测、不持公义！”

覃振道：“他们一个只想保住自己摇摇欲坠的皇权，一个只想向外扩张，牟取政治和经济利益，所以才这样一拍即合、沆瀣一气！”

“如果按照日本政府的取缔规程，我们就只有在这里当清朝政府的顺民，任由他们卖国求荣了！”林伯渠愤愤难平。

覃振一挥拳说：“清政府在中国土地上做不到的事情，在日本土地上将更做不到！我们决不做卖国政府的顺民。现在，我国留日学生应全体罢学回国，以示抗议，以求得国际舆论的支持！”

林伯渠也挥挥拳说：“对！虽然我们谁也不知道回国后会遭遇些什么，但国难当头，也没有比罢学回国更好的办法了。我们一定要实施中国留日学生集体罢学回国的行动，这样才能显出我华夏儿女的团结与血性！”

次日，弘文学院的中国留学生率先宣布罢学。当时，弘文学院是中国留学生最多的学校；他们还写信给东京各校的中国留学生，敦促大家一致罢学，以存国格。弘文学院罢学的第二天，以秋瑾为首的近百名在东京的中国留日女学生首先宣布响应罢学。秋瑾当时是在青山实践学校读书，为支持罢学归国，有“鉴湖女侠”之称的秋瑾殴打了学校翻译范源濂，并四处演说，痛斥日本政府的侵略和清政府的卖国行为，常常讲到声泪俱下。第三、四天，经纬大学、早稻田大学、法政大学、成城学校等学校的中国留学生，也都相继宣布罢学。那段时间，东京的中国留学生满怀义愤、频繁联络。

但联络的结果并不尽如人意。中国留日学生中，虽然热血喷涌者不在少数，却也不乏动摇犹豫者。湖湘血性男儿陈天华为此忧心如焚。他苦苦思索，泱泱华夏长夜难明，中华儿女岂能苟且？如今若不以非常之举，唤起中国留学生奋起救国，就算苟活着，又有何意义？平日，陈天华并不嗜酒，但这天，他一个人喝了整整一壶烈酒；书案上，笔砚俱全，一张微黄的大纸上，已是笔墨挥洒；酒酣，陈天华将酒杯一摔，愤然而起，顺手抄起平日习练的一柄长剑，醉意阑珊地就地舞了起来，边舞，还边念念有词。陈天华所叨念的，正是刚刚写下的那首诗：

清廷无……耻已为尤，
倭贼……野心堪比寇。
学子抗议……乃天经，
可恨……见危软骨头。

堂堂中……华岂如此，
何面归去见……江东？
戊戌……君子血未干，
同盟诸君待……烈胄。
惟将一死……酬壮志，
唤起同胞……死亦足！

吟罢，陈天华弃剑操笔，最后在纸头上奋笔写下“绝命辞”三个大字。次日，即12月8日，陈天华为唤醒同胞奋起救国，留下《绝命辞》，在日本横滨大森湾海滩，愤然蹈海而死。天华蹈海而亡的消息和他的《绝命辞》，极大地震撼了在日中国留学生，尽管当时在日中国留学生并非完全意志一致，尤其是中国留学生总会的头面人物中，居然有态度暧昧，不主张罢学回国的；但是，绝大多数中国留学生，还是立场坚定、行动一致的。不到两个月，纷纷罢学归国的中国留日学生就达到两千多人。这期间，自然发生过许多令人荡气回肠的故事。

陈天华蹈海而死后，一批热血澎湃的留日学生立即自发组织“陈天华追悼会”，公推“鉴湖女侠”秋瑾为召集人，大会就在留学生会馆的锦辉馆举行。会上，一身侠女装束的秋瑾即席演讲、慷慨陈词、壮怀激烈：“同胞们！今日之中国，已不堪清廷出卖；明日之中国，待我辈热血相报。现今清廷和日本政府企图逼我们当顺民，这是痴心妄想！今天，面对为救国蹈海而死的陈天华之英灵，我以爱国留学生集体的名义，宣判反对集体回国的那些中国留日者的道义死刑！”

会场立即响起一片怒吼：“天华不死！”“强烈抗议！”“全体罢学！”“拯救中华！”怒吼稍平，秋瑾继续说：“今天，我们在这里，宣告中国留学生集体回国，并宣誓：回国之后，若有人投降清政府，卖友求荣，欺压汉人，那就先吃我一刀！”说话间，秋瑾从靴筒里“嗖”的拔出一柄“倭刀”，“当”的一声，深深扎在桌案上，引得群情一阵激动。比秋瑾小九岁的林伯渠，十分钦佩这位“鉴湖女侠”，已把拳头捏得咔咔作响。

当时，东京的中国留学生渐渐分化成了两派。一派力主罢学，回国自行办学，宋教仁、田桐、胡瑛、秋瑾、刘道一、廖仲恺、姚宏业和林伯渠等都属于这一派。他们自发组成各校中国留学生联合会，会长为胡瑛，联合会负责处理一切罢学归国事宜。联合会制定了四条自治规则，要求罢学留学生遵守秩序，以免招来日警干涉，并派纠察员持手枪、短刀把守各校校门，阻止中国留学生上学。另一派以胡汉民、汪精卫等为主要代表，人数并不多，他们也组织了一个维持会，主张“忍辱负重”，继续留在日本学习。这两派在留日学生总会馆发生过非常激烈的争辩，“罢学归国派”愤然斥责“忍辱负重派”是“留恋个人公费、不顾公义”。从秋瑾公开宣判“忍辱负重派”道义死刑的行动中，不难洞悉他们之间的分歧是不可调和的。

胡汉民、汪精卫一派的反对，当然阻挡不了爱国烈胄们罢学归国的步伐。1905年底至1906年初，中国留日学生回国行动付诸实施。林伯渠、刘道一、秋瑾、姚宏业等革命志士一起登上罢学回国的轮船。当轮船驶离日本码头时，林伯渠和同行留学生站在船舷边，望着渐去渐远的日本岛，心情复杂地说：“来也艰难，去也艰难啊！”秋瑾说：“这就是一个山河破碎的国家之民众的处境。各位，我们现在谁也不知道回国后会面对怎样的遭际，但有一点很清楚，那就是我们的留学生涯，已经结束，职业革命生涯从此开始，愿我们大家永不折节！”刘道一感怀不已地说：“璇卿兄此番回国，当是又要仗剑走天涯了！”秋瑾坚定地说：“正是我辈的事业！”林伯渠钦佩地说：“璇卿兄真乃女中丈夫，我等须眉，岂能畏缩？”船到上海，他们登上码头，即握手作别。秋瑾说：“无论我等是否后会有期，誓约总在我们心里，但愿成功之时再相聚！”林伯渠等与秋瑾拱手作别：璇卿兄保重！各位保重！无论各奔何方，所向均为“同盟”！

当身在美国的孙中山得知东京的情形后，特意发电报给宋教仁、胡瑛等，表明他并不赞成全体留日学生罢学归国。因为，孙中山担心同盟会员回国后，有被清政府一网打尽的危险；同时，孙中山也怕这样会动摇刚刚在东京创刊的《民报》的根基。宋教仁、胡瑛接到孙中山的电报后，立即终止了集体罢学回国的行动。而日本政府在国际舆论压力下，也在“取缔规程”的实施行为上作出了一些让步。部分未完成学业的留学生，又陆续重返日本复学。而林伯渠在弘文学院的学业已经完成，因此，他回国的脚步没有中止。

林伯渠回到上海的次日，即前往同盟会设在上海的联络点。那是一家商贸会所，林伯渠走进一间茶室，一位长袍马褂的中年人走上前来。林伯渠打量了一会儿，伸出右手，中年人也伸过右手来，彼此在袖中握有片刻。中年人低声问：“何人？”林伯渠低声答道：“汉人！”中年人又问：“何物？”林伯渠答：“中国物！”再问：“何事？”再答：“天下事。”原来，这是同盟会会员秘密接头的暗语。

随后，中年人明语道：“林祖涵同志，这里有同盟会东京总部发给你的密电。”林伯渠接过扫视一眼，大意是：林祖涵即往长沙秘密发行同盟会会刊《民报》。阅毕，林伯渠立即烧毁密电，离开了秘密联络点。紧接着，林伯渠收拾行李，马不停蹄赶往车站。从上海回到长沙，他什么都顾不上想，简单安顿下来，即去拜访在长沙经商的表叔。现在他急需借助表叔的帮助，先在长沙落下脚来，然后才有可能开展《民报》发行等秘密工作。

见面后，林伯渠首先寒暄道：“表叔，好多年没见了，您和婶娘都还好吧？”

表叔说：“啊啊，祖涵学成归来了吗？我们都很好，你回来打算如何发展？”

林伯渠立即答道：“我在日本学的是师范，回来后，自然是想兴办学校。”

表叔点头赞许：“教化子弟，为国家培养人才，好事，需要表叔帮什么忙么？”

“表叔总是这么古道热肠，祖涵先多谢您了。万事开头难，主要是开办学校的地点和经费没有着落。”林伯渠完全以实相告。

“好，这个忙表叔应该帮，只要你能施展所学就好！”表叔说得也很干脆。

林伯渠感激道：“那该怎么感谢表叔呢？祖涵现在可是不名一文啊！”

“都是林家人，不说两家话；再说了，你伯父和你娘老子先前也没少帮我，现在帮帮你也是正理，你回国了，回老家看看没？”表叔显然是个知恩图报的人。

林伯渠回答：“还没，可能要等过年时才有空。”

“哦，到时，别忘记代我向家里人问个好啊！”表叔叮嘱道，林伯渠连连点头应诺。

不久，长沙一条不起眼的小街巷里，一所新办的小学校挂牌了，招牌是

"振楚学堂"。这学堂，其实就林伯渠一个人，他既当校长，又当教师，学生也不多；"林校长"倒不是太忙，但也不太得闲。当时，林伯渠还在西路公学兼有一份职事，这样他才有足够的收入来维持生计与使命。振楚学堂开学后，林伯渠白天做教学和管理，晚上则联络相关人员，来学校秘密接头。

一天夜里，振楚学堂里来了两位青年，看来跟林伯渠比较熟，说话直截了当："涵哥，你这学生这么少，能支撑得起门户吗？"

"我不是还在西路公学兼了职吗？省着点，勉强可以应付得开。"

"你这发行《民报》能有多少收入呢？"

林伯渠压低嗓门往近凑凑说："兄弟，《民报》现在还是秘密发行，官府知道了要查封的，还讲什么收入？发行站能平安无事就万幸了。"

"哦，我看《民报》办得很好嘛，说了很多老百姓想说而不敢说的话，让人明白好多新鲜道理，怪不得官府要查禁，原来，这《民报》就是揭他们皮的；祖涵兄放心，我们一定会非常小心的。"

林伯渠满意地说："那就好，谢谢你们，有你们这些热血青年支持和参与，长沙的《民报》发行工作一定能开展得很有起色的！"

利用振楚学堂和西路公学这两个掩护革命党人从事地下活动的秘密机关，林伯渠一面进行《民报》发行，一面不失时机地与潜往广西桂林策动巡防营起义的黄兴和在湘西联络会党的谭人凤等进行秘密通信联络。当时，湖南早期留日学生禹之谟和陈家鼎等，已先在长沙秘密建立同盟会湖南分会，弘文学院湖南校友的仇鳌和赵缭等，也以各自所在学校为据点，在湘阴和长沙等地开展革命活动。林伯渠与他们先后取得了联系，工作上彼此呼应。夏季，长江中下游淫雨成灾，衡州、零陵、长沙、常德四府淹死民众三四万人，受灾民众多达三四十万人，是二百年来未遇的惨重灾难。重灾之际，民怨鼎沸，暗潮涌动，湖南革命之火，大有一触即发之势。

1906年5月，与林伯渠同时罢学回国开展斗争的姚宏业回到上海，也准备先以办学作掩护。但因官绅阻挠，导致他办学筹款无着，姚宏业愤懑至极，一怒之下，投黄浦江而死。这一与陈天华大森湾蹈海而死性质相同的事件，使林伯渠等会党同人十分悲愤和痛惜。湖南同盟分会为表彰烈士的爱国精神、告慰英灵，经湖南教育会兼商会会长禹之谟和陈家鼎、宁调元、覃振等同志共同倡议，决定专派苏鹏等分赴上海和日本，先将陈、姚两位湘籍烈士的灵柩接回湖南，然后公葬陈天华、姚宏业于长沙岳麓山。5月29日，长沙公、私立学校教职员工、学生及各界群众一万多人手持白旗、胸戴白花，为二位湘籍烈士送殡，队伍长达十余里，声势轰动了整个长沙城。当时虽军警如林，却也未敢干涉。可以说，这是自同盟会成立以来，党人在湖南组织的第一次政治大示威。林伯渠率领振楚学堂和西路公学的师生，积极参加了这场颇具声势的政治斗争活动。

湖南省政府因阻挠这次公葬活动失败而恼羞成怒，于8月逮捕了禹之谟，严刑逼供数月后，将他处以绞刑。同时，宁调元、苏鹏等也受到通缉，逃亡外省，一时间杀气笼罩长沙城。但是，革命是不会因屠杀和通缉而停止的。东京同盟会总部随后派刘道一等回到湖南，秘密运动军队和会党，筹谋举行“萍浏醴起义”。

萍乡、浏阳、醴陵三县位于湘赣两省交界地区，哥老会分支洪江会历来也多在这一带会众聚集，因此具有一定的民众革命基础。自1904年秋华兴会长沙起义失败后，洪江会首领马福益被清军残酷杀害在浏阳门外，洪江会会众对清政府切齿痛恨。因此，刘道一等在这一带策动起义有如风起云涌。但是，由于域内会党山堂林立，互不辖属，组织松弛，极易泄密。1906年10月初，起义日期还未到，消息已然泄露，萍浏醴地区即遭到官兵巡防营袭击，多名会党首领被杀。到12月，萍浏醴起义还是全面爆发，但由于缺乏统一指挥，加上敌军强大，起义很快又告失败；刘道一不幸在长沙被捕，随后也遇难于浏阳门外。

这年重阳节，林伯渠与当地革命党人王老大和刘老五等登临岳麓山，凭吊河山、叹挽英烈。登于高处，但见山麓枫林红叶，宛如英烈血染，不禁悲从中来。王老大遥指浏阳门外方向说：“林先生，那就是刘道一和马头领等革命党人被害的地方，特别是马头领，他死得很惨，但也死得很英雄！”

据王老大和刘老五回忆，清军捕获马福益等革命党人后，即用死囚车向长沙押解。那一行囚车摇摇晃晃行进在通往长沙的路上，大队的清军一路严密押解。最中间那辆重囚车上，马福益被清军用铁链穿过肩胛骨锁住，而马福益紧咬牙关，毫无惧色。在长沙监狱里，清军用最残酷的酷刑折磨马福益，但马福益始终毫不屈服，未向清军吐露任何关于革命党其他同志的信息。残暴的清军头领绝望之中，对已血肉模糊的马福益大吼：“说！还有谁跟华兴会有联络！”奄奄一息的马福益仍一字一顿、口齿清晰地回答：“与……华兴会首领……联络的，只有……我马……马福益一人，与……其他人……均无干系。”1906年4月20日，至死不屈的革命党人马福益，被清军押往长沙浏阳门外，残酷杀害。

林伯渠得知详情，极为感愤地说：“马福益同志真是一位顶天立地的英雄，要不是他宁死不屈，不知还有多少革命党人遭到杀害啊！”回到学校，林伯渠写下一首七律《游爱晚亭》，深情表达了对烈士的祭奠：

到处枫林压酒痕，十分景色赛天荪。
千山洒遍杜鹃血，一缕难招帝子魂。
欲把神州回锦绣，频将泪雨洗乾坤。
兰成亦有关河感，愁看江南老树村。

写完，林伯渠吟诵了两遍，觉得结尾调子太过低沉，于是又提笔将最后一句改为“不信沉沙戟已深”，表达他对革命最后一定能够取得成功的坚定信念。

1906年8月，一位远房亲戚忽然传报林伯渠：年仅四十二岁的林鸿仪刚刚不幸病逝了。闻讯，林伯渠不禁肝胆俱焚，悲痛不已。自1904年离家东渡日本，已三年未曾回乡。从日本回国后，尽管林伯渠也很惦记身体不好的父亲，可是同盟会交给的任务艰巨繁忙，且很秘密，所以，林伯渠一直只能在心里约着：等忙过这阵，就回去看父母。不曾想到，最后催林伯渠回家的，竟是父亲病逝的噩耗；这回，就算再忙，林伯渠也必须赶回安福老家，最后送父亲上山了。

当林伯渠赶到家里时，父亲的丧事已在族里长辈的帮忙料理下，进行到最后环节，只待林伯渠最后看一眼父亲遗容，便要盖棺封殓了。林伯渠到家后立即扑到堂上父亲棺木边，从微微挪开的棺盖缝隙中，就着亲人举起的素烛，林伯渠泪眼蒙眬，久久注视着父亲憔悴的遗容，心里念叨着：“父亲，涵儿回来看您了！您老安息吧，您不是要求儿子要有功于社稷吗？伯渠和盟友们正在为此而努力，您就放心吧！”随后只听得灵堂上一声吆喝，两位理丧的里手将棺盖微微托起，然后“嘭”的一声，将棺盖扣紧；紧接便“啪啪”有声地用码钉将棺缝钉牢，并有人跳上棺盖，很有节奏地前跳两下，后跳两下，这就基本完成封殓了。随即，林伯渠和妻子、弟弟及至亲们按乡俗披麻戴孝，乡邻友人们也结队随行，把林鸿仪先生的灵柩送上了后山。

林伯渠从日本留学归来的第一次全家相聚，竟然是这样的一种境况，全然没有一丝欢喜，就连与一别三载的发妻殿英相见，也没有一丝儿笑容。母亲自然希望伯渠能在家多住上几天，但长沙那边有两所学校的教务等着，还有同盟会交给的秘密工作需要他尽快赶回去打理，所以，林伯渠这次在家仅过了三晚，就匆匆告别母亲、妻子、弟弟等，赶回了长沙。

那时，同盟会在国内尚处于秘密状态。谁都清楚，手中没有武装，革命是无法取胜的。而清廷对内地统治得相当严密，想在内地武装起事，谈何容易。于是，同盟会决定转向“边疆革命”，即在边疆地区争取武装力量，发展组织，开辟根据地，以期策应内地革命。1906年底，同盟会总部决定派遣林伯渠去往东北，秘密发展革命，配合宋教仁等争取东北林海中的民间武装，以期他们投向革命。

父亲去世不久，林伯渠马上就要去东北，自然心有牵挂。但革命党人是要首先服从革命的，林伯渠没有任何犹豫，即开始进行相关行动，决定年后启程前往东北。林伯渠把长沙有关事项安排移交完毕，已临近春节。他思谋，此去东北开展工作，一是难料安危，二也难定归期，去东北前，还是向总部告几天假，回家过个年，安抚一下母亲，安顿一下家事，然后再全力投入东北的工作吧。总部很快允准林伯渠回家过年后起行。回家前，林伯渠特地备办了一点年货，立心与全家人一起过一个间断已久的团圆年。那时，从长沙到常德方向，基本上都是走水路。林伯渠从长沙乘船到达津市时，天空飘起了鹅毛大雪。林伯渠顾不得那纷纷扬扬的漫天风雪，登岸后连饭也没顾上吃，就搭上了一辆去安福县的顺路车。

林伯渠这次回家，家里人都有点意外。因为，林伯渠自留学日本起，从来就没有这么“频繁”地回过家，在家人的心里，似乎从来就没有过林伯渠能回家过年的奢望。待林伯渠到达村口，已接报的妈妈迎头便问：“祖涵，今年怎么还有时间回家过年啊？”林伯渠放下行李包裹，扶着母亲说：“恩娘，儿子这不是想过一过老家的热闹年了吗？再说，儿子哪有不想娘的，涵儿早就想回到恩娘身边过个年了。”林伯渠此时以“涵儿”自称，也是用心良苦。

殿英也连忙过来，轻轻拍打着丈夫身上的雪花。几个弟弟争着要提哥哥带回来的年货，特别是浏阳鞭炮。一家人在经历无数苦盼之后，终于在这天欢天喜地团聚了。尚在丁忧之期，林伯渠尽量避免触及父亲病逝的心灵痛处。待家人们归置行李什物之时，林伯渠还是忍不住默默走进了父亲的书房，一件一件摸着父亲的遗物，脑子里翻腾着与父亲的岁月往事。遗物中，居然还有一本《励志文选》。林伯渠拿起，久久沉默，自然联想起与堃哥一起在父亲跟前读书的那些难忘的日子……从父亲书房出来后，林伯渠拿了点儿小吃货，独自走出大门，到东院去看望了伯父母，也算是替多年未见的堃哥尽点孝吧。

殿英和妈妈一起做好饭后，吩咐祖矩去东院叫哥哥先回来吃饭。吃饭时，殿英忍不住微红着脸悄悄问丈夫："这次不会马上又要走吧？"

"不会不会，这不是特地回来过年的吗？"林伯渠答得十分轻松自然，殿英也就放心了。饭桌上，一家人终于可以轻轻松松说说话了。快嘴老四说："大哥，你出门后，恩娘和嫂子可想你了。"

林伯渠笑笑说："我也一样想你们，可是路太远，也没办法常回来看你们吵。"

老二祖矩插嘴道："哥，你从日本寄来的那些信，恩娘起码都让我读十遍了，现在都在嫂子箱子里锁着哩。"殿英居然还有点害羞，红着脸说："就二弟话多。"

说着话儿，不知不觉就吃完了饭。妈妈吩咐几个小的："天都快黑了，哥哥嫂子都累了。祖矩、祖烈带四毛早点洗脚去睡，明天早点起来整糯米；今年全家团圆了，要推汤圆儿、打飞沫儿、蒸年粑粑、杀年猪、灌血肠……"母亲开心地安排着这个"年"；看来，民俗中那些令人回味的事项，是一个也不打算落下。

听了恩娘的过年安排，几个小的快活得直拍巴掌，欢叫着洗脚睡觉去了。妈妈对儿媳说："殿英，碗家什放着我来收拾，祖涵一路辛苦了，你打点热水，一起洗洗，早点歇去吧！"殿英笑笑说："还是我来收拾碗家什，一会儿就弄完了，恩娘您自个儿洗洗歇去吧。"

殿英去了灶屋，林伯渠仔细端详着母亲，不禁一阵心酸地说："恩娘，才这么几年，您可生出不少白头发喽。"妈妈慈祥地说："都在添岁月嘛，人总是要老的；祖涵，娘的心思你可晓得？"

"什么？"伯渠不太明白似的问，妈才说："还用问？娘想早点抱孙儿哩。"伯渠居然还有些脸红。母子俩正低声说话，殿英提着小水桶和脚盆过来了，伯渠起身接过水桶，两夫妻进了房屋；久别胜新婚，这注定是个难得的温馨之夜。

当地俗话说："伢儿望过年，大人望栽田。"在小孩子们急切地巴望中，大年三十终于到了。近午时分，远远近近的鞭炮声回荡在凉水井村四野，林家老小终于和乡里乡亲一道，迎来一年里最隆重的盛事——"团年"。母亲吩咐祖矩把大门关上。这是湘西北一带的民俗，"团年"时要把门窗都关紧，其中的讲究是关财喜、聚财气。按自古年俗，团年饭桌必须摆在正堂屋里。像林家这样的人家，自然要摆一张很规格的八仙桌，周围摆上四条长板凳，四方八座，桌面摆八套筷子、酒杯和茶杯等，靠神龛那方，还并排扣着三个半边洞子坪红萝卜，这是专门用来插香蜡、敬祖上的。母亲吩咐伯渠亲手点燃香蜡，堂上立时烛光闪闪、香烟袅袅，气氛十分庄严。"九牧世第"牌匾下的神龛上，也同样点上了香蜡，大屋里洋溢着平时不会有的庄重和喜庆气息。当地团年，桌上的菜肴至少十二碗，讲究些的人家则十六碗十八碗不等，团年菜都是本地年俗中必备的"东道"。林家今年团年桌上摆了十六碗，属于相当隆重的团年席面了。今年上桌团年的，除西院老小六人外，还特意把东院的伯父母也接了过来，这也是因为伯父母的孩子们今年都没回来过年。一切就绪，祖烈和祖矩在大屋正天井里点燃鞭炮，天井上方顿时腾起响炮和硝烟，隆重的"团年"仪式正式开始了。

千百年来，湘西北民间"团年"，必定要进行庄重肃穆的"醮祖"活动，这是一套包括醮饭、醮酒、醮茶等程序的祭祖礼仪，一般由家里的当家主妇主祭。在林伯渠家，醮事历来都由母亲林李氏主理，孩子们打打帮手。乡里团年醮祖，是有禁忌的，孕妇不能沾祭祖的碗筷杯盏等。尽管当时殿英是否已有孕尚不确定，但凡事求稳妥的母亲今年硬是没让殿英动手醮祖。妈妈亲自摆好饭，搁上筷子，虔诚地念叨着："今年，祖涵回来敬祖了，祖宗先人、他爹，回来的就都上桌吃团年饭吧。"醮过饭，接下来是醮酒、醮茶。最后，母亲一边让孩子们撤下饭碗，一边念叨说："请祖宗先人客房看座喝茶去吧。"这一切，仿如故去亲人就在眼前。在孩子们换上热饭的当口，母亲郑重地对孩子们说："不忘先人，这是老辈传教；人就是到老，也不能忘根本，到哪一代都不能忘记。"

一家子人就要开始吃团年饭了。伯渠首先恭恭敬敬把伯父母请到桌上，入座上席。林李氏首先端起一杯甜酒说："来，祖涵、殿英，俺一起来先敬伯伯、妈妈。”所有人都举起甜酒杯。伯渠领头说：“祝伯伯、伯妈、恩娘身体健康、福寿连年！”平时话多的弟弟们，吃团年饭时都不多说话了，这也是大人交代过的。吃团年饭时放开了吃，要少作声，以免说出什么“破口话”（即不吉利的话）来。孩子们争着夹大块的坨子肉、复肉吃，这可是团年才能吃到的。妈妈看孩子们吃得开心，脸上笑得开出两朵菊花来。伯渠给伯父、伯母奉着菜，母亲则给孩子们一会儿夹芋头、一会儿夹青菜。这里面讲究的是吃芋头诸事“遇头”，即顺利；吃青菜则清吉，不生病灾。母亲是在把平日对儿子的思念、牵挂和祝福，都表达在这一举一动中了。伯渠此时此刻则用心品味着母亲夹送的芋头和青菜。

与亲人一起过年的日子过得特快，不知不觉，半个月转眼就过去了。正月十五元宵节，“送年”的鞭炮声此起彼伏，林家大屋西院门首的红灯笼里，总透出些依依不舍的“送别”色彩。这一夜，林伯渠和殿英紧紧相拥、絮絮轻语。伯渠颇带愧意地说：“殿英，难为你了，我的担子又要靠你来挑了。”

殿英有些不搭茬地贴着林伯渠耳边说：“祖涵，我是不是有了？”

林伯渠惊喜地问：“是吗？有喜了？”

殿英轻轻说：“年前年后你回来两次，心里就没一点数吗？”

林伯渠深情地拥着妻子，激动地说：“太好了，恩娘早就盼着抱孙儿了。”

林伯渠情不自禁，轻抚着殿英小腹，似乎是想亲手抚摸一下自己的孩子。殿英用温热的双手，覆在丈夫手背上，一起轻轻摩挲着腹内的希望。林伯渠一边抚摸、一边叹口气说：“我却不能在家照顾你了，你自己多加留意吧，凡事多问恩娘，别让我在外担心。”

殿英柔情百结地说：“我知道你身不由己，我们在家里的，怎么着相互都还有个照应，可你一个人在外，凡事就靠自己了。”

林伯渠给殿英交底说：“这次我要到东北去办教育，可能一年半载也回不来，所以，你要自己扎实些。”当地方言里的“扎实”，就是“能干”的意思。

殿英不无担心地说：“听说东北冷得很，可要照顾好身体。”

林伯渠宽慰妻子说：“我是漂过洋、渡过海的人，肯定会照顾自己的；恩娘讲算命先生算我命大福大、逢凶化吉、遇难成祥哩，嘻嘻……”

殿英紧抱着丈夫，柔声柔气地说：“这会儿，你是记得哄我宽心的；出去了，还记得住不？我要你常写信回来。”

林伯渠说声“自然”，并深深吻着妻子；夫妻相拥的体温，一定也传递给了母腹中的新生命。

第七章　东北
双重使命“会办”吉林

孙中山发起的资产阶级民主革命在早期的困厄中蹒跚。通过中部地域几经发动、几遭挫折，不得不引起革命领导者们的苦苦思索和方略调整，这次把眼光从中部推向了边疆，宋教仁、林伯渠等正是在这样的背景下，前往东北开展边疆革命的。当时，中国同盟会总会已注意到，东三省的林海雪原是一个宽广无比的游击战场，日俄两国在这里有过数年的拉锯战。在帝国主义争夺战缝隙里，这林海雪原中，成长出了一股股民间武装——“马贼”。所谓“马贼”，实际就是林海雪原中的“绿林”，因擅骑射，以马为力，故称“马贼”。宋教仁曾从日本报刊上了解到，东北林海中的“马贼”不下十万人，其中，有个绰号“韩边外”的山东人拉起的队伍势力最为强大。韩边外于光绪初年来到吉林南部山中挖药、淘金，经过多年苦心经营，在牡丹江南北的延吉所和桦甸县之间的南山沟子一带，建立起了一个秘密自治政权，这个秘密政权的势力范围南北百余里，东西三百余里。他们拥有四五千条枪，自立治理制度，类似一个小国家，当时日本报纸曾称之为“东方秘密国”。由于其地理位置特殊，日俄战争期间，交战双方都与这个“东方秘密国”交好，以求专力对付大敌，这就给韩边外武装提供了休养生息的机会，因而渐成气候。韩边外死后，其孙韩登举继承了他的衣钵。韩登举为人慷慨、行事好义，曾为保卫乡里组成“正义军”，与入侵当地的日俄军队对垒作战。这样一支“马贼”，不是可以争取成为反清革命的同盟军吗？

正是在这样的愿望之下，东京同盟会总部才于1906年末，通知正在长沙发行《民报》和发展同盟会的林伯渠放下南方的工作，前往东北去从事“边疆革命”。1907年元宵刚过，林伯渠再次背井离乡，首先返回长沙。这一路之上，林伯渠脑子里不断浮现近年经历的腥风血雨……1906年4月，马福益等在浏阳门外惨遭清军杀害……1906年秋，同盟会会员刘道一、蔡绍南策划萍浏醴起义失败，被清廷巡抚张之洞血腥镇压……其他地域的革命也屡遭挫折，同盟会才不得不转谋“边疆革命”……

1907年初，孙中山、黄兴等人亲自前往两广和云南等地，力图多边发动，成就革命。3月，同盟会总部派遣宋教仁、白逾桓和曾在东北马贼中当过头目的日本退伍军曹谷川清等，一道前往安东联络“马贼”，发展革命。宋、白等试图以韩登举为基础，建立“夹皮沟边疆革命根据地”。当时，他们拟定了三套计划：首先是计划掌握这支“马贼”的大权，借以兴办教育，振兴实业，训练陆军，广募人才，以图远大发展；若这个计划不能实现，那就尽可能掌握当地的实业权，发展生产，兴办实业，以图经济上的充实；如果这个计划也不能实现，那就只能争取说服韩登举，让他为同盟会多赞助些资金，用来发展革命。而林伯渠的受命北上，也正是同盟会总会这些战略计划的一部分。

此去东北，对林伯渠来说，无异于“爬无皮树”，条件全要靠他自己创造。林伯渠到达长沙后，立即开始千方百计搜集有关东北方面的各种消息。一天，林伯渠惊喜地发现一张载有东北“政改”消息的报纸，称“东三省初改行省，江苏臬台朱家宝升调吉林巡抚”。对林伯渠来说，这真是天无绝人之路，他立即想到，林家有位姑父叫汪德植，说过他和江苏臬台朱家宝有过很不一般的关系。林伯渠知道，汪姑爷就住在长沙，只是近年自己疲于奔命，还没来得及去拜望这位姑父。现在，岂不正好登门拜访，请姑父想想办法、帮帮忙？

打听准汪姑爷家的地址，林伯渠随即买了盒好些的点心，赶到了汪姑爷的住处，轻轻地敲开了门。很巧，开门的正是姑爷汪德植本人。林伯渠恭敬地鞠个躬说：“汪姑爷，您好！还认得我吗？”汪德植一时还真没认出来，顺口问道：“你是……？”林伯渠马上自报家门说：“我是安福县林家的林祖涵呀，有些年没见过汪姑爷二老了，您身体还是这么健朗哩！”

汪德植忽地一拍脑门说：“哦哦，是祖涵，祖涵都长这么高了，真有点认不得哩；留学东洋的秀才，果然温文尔雅、风度翩翩；来来来，快屋里坐……”

林伯渠进屋落座后说：“从日本回来，一时辗转不定，还没来得及看望姑

爷和伢伢（即“姑姑”），祖涵惭愧呀！”

汪德植摆着手说：“哪里哪里，而今这时局，年轻人讨生活不容易，按理，我们做长辈的，应该多打些照看才对。”

林伯渠忙说：“我们都晓得，姑爷一向关心晚辈；伢伢呢？她还好吗？”

汪德植点点头说：“她好得很，这不，又跟街坊打牌去了。”

林伯渠说道：“哦，那真是不巧，祖涵可有好多年没见伢伢了，还常想起小时候，伢伢常给我们带的花生糖哩！”

汪德植笑笑说：“哈哈，她倒也常说起你读书聪明哩；祖涵，这次来，你是不是有事找我帮忙？”

林伯渠点点头说：“汪姑爷，现如今青年人奔个前程太不容易，侄儿从日本回来，在长沙办了个振楚学堂，一直没搞出名堂来，所以想去东北那边闯一闯；得知吉林的新巡抚叫朱家宝，即将到任；侄儿记得姑爷说过您曾在朱家宝手下做过事，我是想看看您方便引荐不？”

汪德植笑笑说：“哦，朱家宝大人啊，他本是云南人，在江苏做臬台时，我在他手下做过文案，彼此十分相得，因为我曾在云南待过很久，朱大人便把我视为同乡。听说朱大人不久要来一趟长沙，然后去东北履新，也许是天缘巧合，真会有引荐你的机会哩，到时我们碰碰运气吧！”

汪姑父这么一说，林伯渠就有信心了。不日，朱家宝果然来到长沙，汪德植以故旧及地主之谊，宴请朱家宝。那天午前，汪德植安排了一间装潢高雅的饭庄，饭前陪朱家宝品茶叙旧，意在先探探朱大人口风。

“臬台大人，现在该称您巡抚大人了吧？恭喜恭喜啊！”汪德植不失恭敬地寒暄道。

朱家宝温文尔雅一笑说：“都是当差吃饭罢了，何喜之有？德植历来颇有见地，对吉林时务，可有高见？不妨讨教讨教！”

“大人抬举了，眼下诸国颇重教化，您巡抚吉林，正处诸国环抱之地，发展教育，以图新政如何？”汪德植胸有成竹地答道。

“德植所言，正合我意。现在，我正是要招募善理教庠之才，德植可有人才相荐否？”朱家宝诚意征询。

汪德植见机力荐道：“真是天成之巧，在下就有一内侄，姓林名祖涵，字伯渠，早年是湖南西路师范高才生，后经常德府遴选，公派留学日本，读的也是东京弘文学院师范科；我这内侄天资聪颖，温文尔雅，办事干练，大人可愿一见？”

朱家宝欣然道：“好，德植所荐，朱某信得过，即日可叫他随我一道走走。”

汪德植明白这是朱大人要考察考察祖涵，便高兴地说：“德植先代内侄谢过大人，随后，就让祖涵跟随大人几日，相信不会让朱大人失望的！”

几天后，林伯渠通过了朱家宝的“面试”，获得了这位新吉林巡抚的赏识。办完长沙的事情，朱家宝便让林伯渠随行，先回南京处理点公干，然后，再去吉林。其间，汪德植还特地给祖涵印了一盒名刺（即名片），以便利内侄在外与人结交。朱家宝携林伯渠离开长沙那天，汪德植夫妇等特地到车站为他们送行。上车前，汪德植夫妇叮嘱林伯渠：“祖涵，难得朱大人器重，你可要好好替朱大人效力哦！”

林伯渠连连点头说：“多谢姑爷和伢伢，祖涵谨记二老嘱咐了；待有机会，回来拜望二老！”

汪德植再向朱家宝打个拱说：“恩公保重，愚侄就拜托大人您了！”

朱家宝微笑着说：“大家保重，贤侄之事，不必多虑。”

朱家宝、林伯渠等随即上了汽车，离开长沙，前往武汉；然后顺江而下，去往南京。到达南京后，朱家宝对林伯渠说：“祖涵，我在南京处理一些交卸事务，有两天时间，然后就去吉林。你是第一次来南京吧，这两天，你就自己走走，可自己到南京的一些学校转转看看，也可到玄武湖、紫金山游历一下，感受一下金陵的古都文化嘛！”

林伯渠点着头说：“多谢朱大人替晚辈安排得如此周到，祖涵一定珍惜机会，抓紧时间学习、考察一番。”

林伯渠入住旅社后，先就近来到南京鼓楼学校。他找到教谕，递上名刺，并自报家门说：“教谕先生，鄙人林祖涵，历年修业师范；此次随吉林新巡抚朱家宝大人过金陵，有意做些教育考察，尚希提供方便啊。”

教谕看看名刺，又听了林伯渠自我介绍，立即热情地说：“欢迎林先生莅临视察，先生想考察些什么？是否先到客室一坐？”

林伯渠说：“如果先生方便的话，我们就一起校内走走看看，边走边叙如何？”

教谕点头说；“甚好，那就请便吧！”说完，教谕陪着林伯渠在校区各处参观。初涉大都市学庠的林伯渠，经这一路见闻后，自然是颇有心得。

次日，林伯渠先沿着金陵古城墙走了一段，然后来到玄武湖，上了一条游船。林伯渠看看湖景、望望城垣，心想，多美的河山啊，只可惜如今国势衰微，民不聊生，非革命不能回春了。如今革命虽屡遭挫折，但无数革命志士前仆后继、坚持斗争，胜利总有一天会到来，正如严冬过后，百花总会要开放。

南京三日后，在前往吉林的火车上，朱家宝饶有兴致地问坐在身边的林伯渠：“祖涵，金陵古都气象如何？”林伯渠答：“虎踞龙盘、气象万千啊！”朱家宝说：“嗯，你这洋秀才初过金陵，就没写点什么？”林伯渠回答说：“承蒙大人动问，晚辈还真草拟了一首小诗《过金陵》，还请大人多多赐教。”说罢，林祖涵从公文包里取出一纸诗笺，双手呈给朱家宝。朱家宝戴上眼镜认真看来：

> 咚咚更鼓逼岩城，露冷征衫酒微醺。
> 隐约山川龙虎踞，频频车马剑书轻。
> 乘时未许甘泉石，入海还期斩鳄鲸。
> 莫为六朝空叹息，行看原上草重生。

看罢，朱家宝久久盯着诗稿，颔首不语。林伯渠心里不免有几分忐忑，因为他还不大了解朱巡抚的心性与为人，于是恭谦地说：“习练之作，还望大人不吝赐教！”朱家宝这才缓缓地说：“诗是好诗，取意不凡，取物亦妙，铸词恰宜，音律铿锵；只是我想，你一介书生，何以诗中却有征马带尘、刀剑生风之气？倒像是疆场豪雄所为了。”

林伯渠不禁心中一震，心想，这朱大人倒还是位诗文知音。但是，肩负秘密使命的林伯渠自然不能把深藏心底的革命抱负泄露丝毫，于是敷衍道：“晚辈曾看过一些金陵古都的豪侠征战之作，故此有感而发，失于弄巧了！”朱家宝不禁又仔细看了看眼前这位才具不凡的年轻人说：“不不，年轻人怀抱高迈，颇有大气，何谓成拙？但愿祖涵将此豪情，挥洒于东北教育大业，亦不失为国家柱梁啊！”

林伯渠松了口气说：“还要仰仗朱大人教诲提携哩！”

到达吉林不久，朱家宝即召林伯渠到巡抚官衙，取出一封荐书对林伯渠说：“祖涵，当此用人之秋，我就不留你在这里迁延了。你即日便去吉林提学司吴鲁提学使那里，他会给你安排职事的，这是我的荐书，你就放心去吧！”

林伯渠双手接过荐书，深鞠一躬道：“多谢大人，祖涵当全力以赴，不负大人提携器重！”

朱家宝起身道：“好了好了，不必拘礼，回头准备一下，即刻赴任去吧！”

1907年7月24日，吉林提学司提学使吴鲁在官署召见“湖南学堂学生”林伯渠和“优级师范毕业生”杨锟锫，他们都是朱巡抚推荐的新人。林伯渠自报这么个“低微”的出身，是有意避免引起注意。

吴鲁提学使正襟危坐道：“新政甫举，教育待兴；经本提学司酌议，决定设立吉林省劝学总所兼宣讲所；鉴于二位学务精通，堪委重任，即任杨锟锫为吉林省劝学总所兼宣讲所监督、林祖涵为吉林省劝学总所暨宣讲所会办。”

说着，吴鲁即从案上取过两份委书，站起来郑重递过，并说：“此为二位的委札，今百端待举，二位须尽快拟定详细筹办方案，禀复提学司，切勿延挨！”

原来，吉林改设行省不久，县治多未分立，教育尚无眉目。因此，省提学司决定，设置省劝学总所和宣讲所，为各府、厅、州、县开办劝学所引路示范。劝学所原本是清末停止科考后，实行州县自治、劝导民间兴办学堂而设的官方机关，负有开创教育新政的使命。

林伯渠和杨锟锫双手接过委书，向吴鲁提学使拱手道：“请提学使大人放心，即日这就去办。”随后，林伯渠与杨锟锫来到公所，一番商议；随后认真查阅相关资料，又在省城各区进行考察研究，接着便开始各自着手具拟筹办吉林省劝学总所及宣讲所的《呈报》文牍。

8月29日，林伯渠和杨锟锫把《呈报》送到了提学司，吴鲁提学使接下《呈报》说：“好，待本人详览后，再行议处，二位可先回去作深入探究，开始谋划具体事项。”

林伯渠、杨锟锫走后，吴鲁提学使立即开始详阅《呈报》：

劝学总所兼宣讲所监督杨锟锫、会办林祖涵谨禀：

为遵札禀复开办劝学总所兼宣讲所情形事。窃维列强竞争，时事日迫。兵战、商战、实业战，要皆根本于学战。国势强弱，视学务盛衰为转移。东西洋学校林立，无地无学，无人不学。下至隶竖走卒，皆能手执一编而读之。灼知夫优胜劣败，强存弱亡之机，故其国之兴也。勃然三省，介乎日俄之间，森林遍野，矿产丰盈，土脉膏腴，沃壤千里。虎狼之俄，狠鸷之日，眈眈逐逐，各思攫为己有，三省殆、全局危。当此千钧一发之机，兵战不可，商战不能，实业战则需时甚长，而有所不能待。推原其故，总由其士夫氓庶安于固陋，罔知学问，仇视新学，遑言智识。学校不兴，教育不能普及，民智遂未由而开，长此浑朴，伊于胡底。是故学战之在今日为必不可缓之图。而劝学宣讲各所所由，不可不立。即组织劝学、宣讲各所一切之设备，自不容不出之以详，慎之以周密。谨将拟定开办吉林劝学总所兼宣讲所章程，胪列如左，以备采择施行……

这份拟于光绪年间的办学草案，无论是指导思想，还是具体措施，都自觉体现了一种爱国主义和民主精神的情怀。涉及具体措施，这份《呈报》主张："建设劝学总公所，为办公之地，劝学总所为吉林全省劝学所之总机关，全省学校之盛衰，统视劝学总所。"同时还主张：建立"接待绅董所"，与绅董密切关系；建立"学生父兄恳话会"，以联络各地绅董，调查小学利弊，以期改良小学；建立"教育研究会"，以备改良塾师，借谋教育普及；建立"宣讲处"，向一般社会人民开放宣讲和培训宣讲员；在劝学所内附设半日制小学，专容家道贫寒之子就读。当然，吴鲁提学使主要是从学政的角度，来审视他们的报告的。

几日后，吴提学使再召杨锟铻和林伯渠前来。面见后，吴鲁提学使颇为欣然地说："二位果不负重望，'国势强弱，视学务盛衰为转移'，此论极是；所陈各项庶均可行，哪位陈述一下具体办法？"

杨锟铻回道："此案系林会办主办，就请林会办具禀吧。"于是，林伯渠胸有成竹，一一道来。吴鲁认真听着，时而点点头，最后说："嗯，办法甚好！就着你等详拟《章程》，呈提学司审议，再据章推行！"

仍由林伯渠主拟的《劝学总所兼宣讲所试办章程》明确阐议道："普及教育，传输文明，乃本所应有之责任。劝学则期吉林无地无学，无人不学而后止”，宣讲则除应讲有关教育宗旨以及停科举、兴学堂的政府文告以外，“举凡有关地方自治，改良社会，破除迷信之白话报纸，皆可随时宣讲”“无论何人均准听讲，即衣服褴褛者，亦不宜拒绝”。关于劝学、宣讲人员的选择，章程规定“皆须心地光明，志趣纯正，口齿灵便，声音洪亮，身无嗜好，通达时务者为合格。盖劝学宣讲，非通彻中外大势，时事利弊，我国积弱之因，富强根基端在何处，言之著著，切中肯綮，方能动听”。劝学所拟设教育研究会，为当地中小学教员及有关教育人士共同研讨改进学校教育的场所。这些井然有序、具体可行的办法，无不体现出林伯渠缜密的教育创办思维。

当时，吉林省会的教育尚很落后，新式学堂多未建立，城乡私塾五百余处，学童约七千余名，教学内容和教学方法均亟待改良。在林伯渠主持下，将省城划分为东、南、西、北四区，各立新式学堂一所，同时在劝学所内设立便利民众子弟半工半读的半日制学堂一所，各学堂一律由劝学所供应学童纸、笔、墨。次年春，又设简易师范一班，以培养小学师资。劝学所在各学区设劝学员，负责调查当地庙产、无偿公捐以及劝导当地商绅富户捐款办学并兼管理学校人事、经费等工作。又设调查员，周游各区，专门调查学校一切应兴应改事宜，以资改进。

1907年夏秋之交，宋教仁等在东北联络“马贼”、意图起义的计划遭遇挫折。他们先是在安东建立了同盟会辽东支部，随后于八九月间联络到李逢春等绿林，准备起义，并派白逾桓、吴崑到碱厂招兵。不料那个日本旧军曹谷川清向清政府告密，致使白、吴二人被捕，后幸脱逃。宋教仁也不得已化名“桃源宗介”，逃往大连。随后，他又会同曾在《盛京时报》任主笔的留日学生、同盟会会员徐镜心一道，前往吉林省会组织木植公司，暗中与林伯渠等联络，密谋起义。根据同盟会总部的意图，林伯渠曾亲往南山沟子，结交“马贼”韩登举；但这种铤而走险式的革命尝试，不是一蹴而就的，反复斡旋必是常态。徐镜心到吉林后，通过林伯渠的官方关系，安排在吉林高等小学教书。后来由于宋教仁、徐镜心被清政府通缉，无法立足，联络计划遂告流产。在宋教仁等谋划联络“马贼”以图起义时，同盟会辽东支部的重要成员张榕、吴禄贞等不赞成贸然行事，他们主张潜伏待机，在军界、教育界和联庄会中秘密发展革命力量。因此，宋教仁的计划失败后，林伯渠等同盟会员便继续留在东北，秘密开展革命斗争。

为能在东北牢牢立足，林伯渠在吉林劝学总所会办职事上建树非常出色。劝学总所最初选在吉林省城内中关小学余屋办公，后来移到巴尔虎门内的旧正黄旗官屋。由于林伯渠兢兢业业，各项工作很快呈现眉目，一时间，吉林省中小学堂如雨后春笋般纷纷建立。创办新学，差不多也是一场翻天覆地的革命，出色的作为使这位年轻的“会办”在吉林教育界声名鹊起。1908年10月，他被委任为提学司一等科员，负责掌管全省优级、初级师范学堂、中等学堂、女子师范学堂，并署理教学规则、设备、规划以及管理员、教员、学生等一切事务。此外他还“均归办理”着“通俗教育”“家庭教育”和博物馆以及与中小学相类似的一切事务。可想而知，当时林伯渠真是在日理万机。

林伯渠自幼受父亲熏陶，极重人品修养，无论对同事还是属下，都敦厚平和、以礼相待，大事小情皆秉公办理。曾经，劝学总所附设简易师范一班的学生不满于劝学总所监督官对学生的压抑和专制，群起抗争，全体联名写出呈文，公开抨击监督杨锟铻“任用私人”“滥縻公费”等劣迹，而对劝学总所会办林伯渠却毫未涉及，可见林伯渠所行无污。又有一次，长春府中学堂学生刘贤孔因不满苛捐租税，与蒙租柜上的差役发生口角，遭到殴打。该校学生闻讯，三十多名学生赶到蒙租柜，砸毁门窗，殴伤五名蒙员，并将书记员高汉清打成重伤。为此，吉林提学使吴鲁多次电令该校监督金倅“将显系在场滋事之生一律开除，交府看管，听候惩办”，并派林伯渠和省视学詹珏前往长春查办。林伯渠赶到长春后，一方面与地方官按提学使“成命”办理，一方面积极设法保护学生。他在致电提学使“力能转圜，必求一完善之策处之”的同时，联络长春府十余名绅董，前往省城向提学使求情，从而使几十名学生的学籍得以保全。而这次青年学生的正义行动，在社会上形成了积极影响，这其实也是林伯渠革命立场的一次坚持与运用。在这紧张的工作和斗争中，林伯渠似乎把对家乡、对亲人的思念都完全忘却了。他借着吉林省劝学宣讲总所“会办”身份的掩护，一面积极办理吉林教育，一面秘密进行革命宣传，培养革命人才。他常借视察指导各地教育之机，与当地革命党人秘密联系，发展东北同盟会会员。

为深入了解边地社会状况，林伯渠曾来到长白山尾的龙潭山风景区和敦化县境，特别是清始祖起兵誓师地鄂达里台等地，进行社会考察。面对东北边关失固，清政府外交庸懦，日本帝国主义在延吉狗窃鼠盗式入侵的现状，林伯渠心怀愤慨；对延边人民遭遇外寇蹂躏，以及边疆革命的屡屡受挫，他又不禁深怀同情和惋惜。1908年秋，林伯渠写下《游龙潭山》七绝二首，诗中饱含着他当时沉重而又炽烈的情感：

其一

龙潭铁锁久销沉，山鬼无灵扰夕阴。
眼见群芳消歇尽，何人重有惜花心。

其二

揽胜绝顶南天门，脚踏行云万马奔。
无限兴亡无限感，几揩倦眼对乾坤。

当年冬，林伯渠游清始祖爱新觉罗点将台——鄂达里台后，面对茫茫林海、莽莽雪原，又即兴口占一首《游鄂达里台》，诗中饱含他对河山、对历史的慨叹，也记录着革命者战斗的足迹和情怀。其诗云：

故老争传鄂达里，登临却趁大寒时。
西来峻岭连天白，北走长江入海迟。
十里炊烟控朔漠，三边狗盗越雷池。
和戎尽有诸公策，满眼孤乌雨雪诗。

到1909年初，廖仲恺也被派到吉林，明里是吉林巡抚陈昭常的翻译，暗里与林伯渠一道合力联络南山沟子的这支“马贼”。由于林伯渠他们的不懈努力，东北的“马贼”后来终于成了“同盟会”的盟友。延安时期，林伯渠向《解放日报》记者介绍辛亥革命情况时，曾回忆起这段经历：

我们寻到该地时，韩边外已死，由其孙韩登举继业，似已受政府招安，但他仍是江湖气概。招待我们住了几天，并介绍我们往哈尔滨、宽城子（长春）去找另几个马贼头子接洽。吉林和奉天、黑龙江的旧势力很大，辛亥革命时，即离清独立……

1910年8月22日，《日韩合并条约》签订，日本帝国主义实现了吞并朝鲜半岛的野心。接着，日本政府妄图以所谓“间岛问题”为突破口，加紧入侵我国东三省。他们唆使其殖民地韩国人制造借口，派兵渡江，侵占我吉林省延吉龙峪、光霁峪等地。后来，竟借口“借”老爷岭以南延吉、珲春、汪清、和龙、安图、敦化六县作为“下船入海”码头，向清政府提出领土要求。由于这六县与朝鲜、俄国接壤，所以日本人称之为“间岛”。其实，“间岛”水道虽多，但河水浅而急，且多蜿蜒，并无舟楫之便，所谓“入海”，纯属无稽之谈。然而，卖国求荣的慈禧太后面对日本帝国的领土要求，居然奉行“量我中华之物力，结与国之欢心”的卖国外交政策，预签了出卖“间岛”的卖国图文本，这势必激起爱国志士特别是东北民众的强烈反对。

当时，林伯渠已在东北秘密发展了关显庭、陈仙舟、林武等十多名同盟会会员，并和他们一道，在东三省发起了声势浩大的保卫领土运动。东北因而爆发了强烈抗议清廷卖国求荣的游行活动，长春街头也发生了抗议示威；抗议者高举标语、高呼口号：“坚决请愿清朝廷捍卫‘间岛’！”“强烈抗议日本国侵略野心！”目睹这激动人心的场面，林伯渠内心无比兴奋，因为他从中看到了东北革命的基础。那时，宋教仁新著《间岛问题》已出现在吉林省城长春，这无疑给东北人民的保卫领土运动提供了有力武器，关心国家存亡的人们争相购买《间岛问题》一书，林伯渠自然也买了一本回去，认真研读。

东北保卫领土运动得到全国多省的积极声援。清政府迫于国内人民的压力，无奈之下，只得委派东三省总督军事参议吴禄贞担任延吉边务帮办，常驻延吉，“以军事机关兼理地方行政”并“密往调查”。那一时期，日本驻朝鲜统监伊藤博文遣陆军大佐斋藤季治郎率日本军警，和朝鲜反动组织“一进会”首领金海龙等进入我吉林省延边境内，借保护韩民之名，设立机构，滋生事端，阴谋霸占我延吉。我东三省总督徐世昌获报后，以“延吉为三国势力角逐之地，东亚安危所系”，急忙奏请清政府委派原邮政部右丞陈昭常为吉林省边防督办，吴禄贞为会办，前往延吉厅与日人交涉。徐世昌还向清政府请准，赏给夹皮沟练总韩登举参军衔，以便驾驭，免其为日人所利用。

对于吴禄贞的到来，林伯渠十分高兴，因为吴禄贞本就是秘密的同盟会会员，他1903年曾应黄兴之邀，到长沙参与筹建华兴会；次年，又同李书诚、耿觐光等赴长沙筹划湖南起义。此后，吴禄贞一直同黄兴暗中保持联系，是可以信赖的革命同志。吴禄贞比林伯渠先到东北。林伯渠离开长沙前，为寻求资信密会过黄兴，黄兴曾向林伯渠介绍过吴禄贞。现在，林伯渠和吴禄贞两个"会办"在延吉会合，虽说是初次面交，但神交已久，故两人相遇后一拍即合。

吴禄贞到延吉后，根据实地调查和文献记载，拟出了《延吉边务报告书》，阐明延吉自古就是中国领土，逐条驳斥了日本制造的"间岛"谬论。林伯渠看过这份报告书后，非常赞同，并辛辣讽刺倭人说："海岸离图们三百里，图们离老爷岭八百里，倭寇真是'借地下船'么？这船码头也太长了吧！"

吴禄贞也是一腔怒火："这就叫司马昭之心，路人皆知！"

林伯渠气愤道："日本人真是欺人太甚！"

"咱中国人会买他这个账吗？做梦！"吴禄贞斩钉截铁地说。

林伯渠想了想，凑到吴禄贞耳边说："我倒有个主意，不知可行不可行，还望绶卿兄定夺。"随后一番耳语。

吴禄贞听罢，拍案叫好："好！多谢林会办锦囊妙计，为老东北的这片领土，咱们豁出去干它一票了！"

几天后，吴禄贞带着几个马弁，来到延吉龙井村日本领事馆。日本领事一贯霸道，先是一脸傲慢，对吴禄贞说："你的，什么的干活？"

吴禄贞不动声色地说："本职是大清边务督办吴禄贞，奉命处理地界问题。日本国不是正等着清朝政府派代表来划定地界吗？"

日本领事一听是这事儿，以为清朝政府这是要就范了，不免暗喜，他立即放下傲慢，转而设宴款待吴禄贞等。

席间，吴禄贞按预先同林伯渠设定的计划试探道："本职受命处理地界划定，需见我皇先时手谕图本，才便区处，领事先生意下如何？"

日本领事急于事功，未察是计，立即答道："嗨咿！"领事随即让手下把慈禧太后承认间岛属日本的手谕图本，从保密柜中取出，交吴禄贞过目。

吴禄贞煞有介事地接过慈禧手谕，仔细阅有少顷，忽作勃然大怒之态道："混账！何人如此狗胆包天，竟敢伪造我大清皇上手谕，这分明是图谋不轨！"

说时迟那时快，吴禄贞将慈禧手谕几把撕碎，投入火炉，顷刻化为灰烬。原本洋洋得意的日本领事还没回过神来，吴禄贞已怒气冲冲，带领马弁匆匆离席，飞身上马，奔延吉而去。

待日本领事醒悟过来，不禁大惊失色，立即带领武装马队追击。刚到一个山口，突然闪出一彪人马，迎着日本领事一行便开火，直打得日本人人仰马翻、落荒而逃。原来，是林伯渠和当地一帮同盟会会员来接应吴禄贞，随即护送吴禄贞直奔延吉。慈禧卖国手谕被烧掉，灭了日本强盗一个关键口实，吴禄贞回府后，自然是举酒相庆。

保卫延边的斗争，是林伯渠等第一次亲自参与组织群众同帝国主义侵略势力及清朝政府进行的面对面交锋。最初的胜利，自然让他们备感欣慰。而当时，恰逢光绪皇帝与慈禧太后相继死去，面对国人的强烈反对，清政府深恐众怒难犯、根基失稳，于1909年春，与日韩订立了《图们江中韩界务条款》。此《条款》虽允许日本在该地区设立领事馆，取得了领事裁判和修建铁路的特权，但也迫使日方确认“间岛”为中国领土，宣告了日方这次领土要求的破灭。保卫间岛领土的斗争，朝着有利于中华民族的方向发展。

就在这一时期，林伯渠收到家中喜信：殿英十月怀胎，终于生下一个宝贝千金。林伯渠喜不自胜，当晚与几位好友沽酒相庆，并给女儿取名秉权，寓含希望下一代拥有自己权力的意涵。次日，林伯渠寄发了家书与资费，把喜悦、慰问和期望，寄予妻子和家中老小。此后，林伯渠便又全身心投入工作，一时似又忘了家里人和他的小秉权。

又过了几个月，林伯渠从外地公干回来，发现办公室有一封新到的家书。他满怀欣喜，急切拆阅。但仅阅几行，林伯渠不禁潸然泪下，情绪不能自已。

“怎么可能？这怎么可能？”林伯渠一连失声道。

常跟随林伯渠的东北新同盟会会员林武见状惊问：“祖涵兄，怎么了？”

林伯渠心痛欲裂地说：“你嫂子殿英她……她……亡故了！”

林武惊讶道：“怎么？嫂子还年轻啊，怎么会呢？”

林伯渠擦擦眼泪，叹息道：“武老弟有所不知啊。”

原来，司马殿英自小就患上了“女儿痨”，十七八岁时还吐过一阵血。得了这种病的女孩，看上去面似桃花，一般很难觉察到有病。殿英自己又怕讲出去被视为废人，开始一直瞒着家里人。父母觉察后千方治疗、百般调养，倒是没再犯过。嫁到林家后，殿英很辛苦，丈夫长年在外，自然百般思念；怀上孩子后，依旧很操劳。孤单无助，切切思念，郁郁寡欢，身体不免受到严重摧折。生孩子后，身子骨又受损，终于痼疾遽发，很快就抱憾离开了人世。对殿英的突然病逝，林伯渠愧疚万分、心痛难言。

林武只好尽力安慰他："祖涵兄，你也别太自责，平日你省吃俭用，每月都给家里寄了维持日常的资费，也算对得起良心了。"

林伯渠只是摇头："话不是这样说，殿英的苦，不是钱能抵赎的。"

林武无计可施地说："嫂子确实太可怜了，要不，祖涵兄告假回家一趟，送送嫂子，也不枉为一场夫妻。"

林伯渠沉吟片刻，摇摇头说："不行啊，这路途遥遥的，往返得需多少时日？边省教育刚见起色，东北革命也正当紧要，我怎么走得开？自古忠孝尚且不能两全，更何况儿女情长？"

林武不知所措地问："那该怎么办？"

林伯渠拿起笔，铺开信笺，含泪说："千里迢迢，回去实不可能，只能先让家里安排殿英后事了。"林伯渠修书一封，极力安慰母亲，嘱咐家人好好抚养秉权，并预支了一月薪水，让林武替他连信同时寄出。

那段日子，林伯渠如同游走在阴阳两界间，一面是与亡妻的千丝万缕，一面是与同志的风雨兼程。林伯渠的承受力真是惊人，就在这样的情形下，他还在一边做"会办"，一边做"会党"，并挤出时间，帮常德留日同学程崇实编纂《法学大词典》，并帮助他在吉林吉东印刷社印刷出版。这部词典，是中国近现代史上出版最早、比较系统的法学工具书，对近代资产阶级法律研究和形成产生过积极的影响。

在革命斗争的历练和实际工作的考验中，林伯渠的思想日臻成熟。他深明大义，以革命为家，充分体现了救国救民的坚定理想和反封反帝、一往无前的革命精神。在那极其险恶的黑暗岁月，这种精神在一个成为马克思主义者之前的资产阶级民主战士身上，尤其显得难能可贵。

1909年春，林伯渠前往吉林女子学校督学。工作过程中，林伯渠与该校教育研究会成员伍崇贤老师邂逅，并较深入地谈了一次话。谈话临结束，伍崇贤问起："听口音，林会办不是东北人吧？"林伯渠说："我是湖南常德府安福县人；听口音，伍老师也不像是东北人嘛。"伍崇贤说："我老家在南京，浙江女子师范学堂毕业，随哥哥伍绍恒到吉林来当教师。"

林伯渠不禁几分欣然地说：“哦，我当年也是学师范的，算是同门同道吧。”

林伯渠这一说，伍崇贤打开了话匣子：“林会办现在是举家住吉林吗？”

林伯渠略略一顿说：“不，我家人都在湖南老家。”

伍崇贤追问：“夫人没来吉林？也在老家？”

林伯渠沉默了片刻才说：“内人新近不幸病逝了。”

伍崇贤忙歉疚地说：“哦，林会办，对不起，我不是故意触痛您的。”

林伯渠摇摇头说：“自然，人生哪能没有一些苦难和悲痛，我早都习惯了。倒是你一个女孩子家，千里迢迢异地谋生，更需要意志和坚强啊。”

伍崇贤也许很少这样被别人关心过，敏感的心不禁一颤，脸色微微一红说：“多谢林会办，我会记住您的话。”

“我看过你们的名册，其实我也就长你一岁，不要您啊您地叫吧，就叫我林祖涵好了。”林伯渠和蔼地说。

伍崇贤莞尔一笑道：“那怎么好，起码也得叫祖涵兄嘛。”

“也行，伍老师，今天就不多说了，有机会再聊吧。”林伯渠一面起身，一面告辞道。

“祖涵兄，哪天有机会再聊呢？早听说林会办学富五车，我倒很想去看看您的书橱哩。”伍崇贤的这种开朗主动，倒让林伯渠有些意外。总不好失礼于一位新认识的女教师吧，于是说道：“欢迎欢迎，我的工作本来就需要经常和老师们恳话；不过，学富五车那是乌有之说，你还是莫当真。”

说者无意，听者有心。几个月后，伍崇贤果然主动找到了林伯渠寓所。不过，此前二人已打过几次交道了，所以少了许多拘束和顾虑。

首次登门，伍崇贤见林伯渠居所内务实在太乱，书架上、桌凳上，以至炕床上，眼见着一层灰尘。有稀客临门，林伯渠手忙脚乱地要收拾，伍崇贤连忙动手，帮林伯渠整理内务，擦这擦那。

“小伍啊，你就别管了。坐吧，想看书，就自己去书架上找。”

伍崇贤说：“没事，弄完再看书。”

林伯渠坚持说：“你还是别再擦了，这样让旁人看着恐生闲话，对你不好。”

伍崇贤没有说什么，只管继续擦着。过了一会儿，林伯渠又问：“你说你哥哥在巡抚衙门里当差？”

“是啊，我哥还听巡抚朱大人夸奖过你哩！”

“朱大人夸我什么？”林伯渠不禁问。

“说你人品好，又聪明，又能干，诗也写得好。”伍崇贤倒豆子似的说出一串美言，看来还并非她的杜撰。

“哦，我是朱大人带过来的，不会是‘情人眼里出西施’吧。”林伯渠不经意间开了一句很少有的玩笑，伍崇贤不禁笑道：“祖涵兄这么正统的人，也会用到这种俚语？”

林伯渠忽觉有点失言，忙道：“对不起，顺口溜出，有伤斯文了！”

“没有啊，人非圣贤，孰能无情？其实，即使是圣贤，也是有情的吧？”伍崇贤似乎有意要捅开一层窗户纸。

林伯渠沉默了。伍崇贤继续说：“祖涵兄公务如此繁忙，没有人照顾生活起居，不觉得不方便吗？”

林伯渠几分无奈地说：“没办法，多年如此，况且内人新故，就是想她来照顾我，也是枉然了。”

伍崇贤一发难收似的说：“你成天东奔西走，就没碰上个愿意照顾你的人？”

“一个丧偶之人，还是少想这些的好啊。”林伯渠谈及这个，似乎有点灰心。

“丧偶是你的不幸，又不是你的错，明事理的女子，是不会因此嫌弃你的。”伍崇贤忍不住向林伯渠递了个略带热辣的眼波。

林伯渠不禁看了伍崇贤一眼，淡定地说：“小伍啊，我跟你交往，一是因为公务需要，二是觉得你是个开朗有主见的女孩子，可丝毫没有其他不切实际的想法；你风华正茂，我一个过来人，可不敢影响你的未来，这是实话！”

“什么女孩子女孩子的呀，你不就年长我一岁吗？还跟我卖老。不过，我懂你的心。我也算是个新女性，没有那许多思想束缚；只要是有思想、有真才实学、品行端正的男人，就算是丧偶的，也比那未婚的纨绔子弟、花花公子可爱百倍！”伍崇贤说出这番话后，脸色难禁潮红。其实，她也是经历了一番思想斗争，才鼓起这个勇气的。

林伯渠完全明白了伍崇贤的意思，内心自然很感动，但他还是坚持说：

"小伍，此事非同儿戏，还是三思而后行吧！"

新思想是一把打开新生活之门的钥匙。伍崇贤的敢作敢为、敢爱敢恋，正是得益于新思想的熏陶。1910年春，在同人促成下，二十四岁的林伯渠和二十三岁的伍崇贤，终于携手走到同一屋檐下。结婚那天，林伯渠寓所门首贴上了大红"囍"字。没有锣鼓，也没有车轿，伍崇贤在哥哥和同事陪送下，被林伯渠迎进了旧屋新房。一阵鞭炮过后，林伯渠和伍崇贤的婚礼，在满屋同人、朋友的欢笑声中简朴举行。婚礼主持首先说："今天是林会办与伍老师喜结连理的大喜日子。首先，请证婚人、提学使吴鲁大人的代表刘先生致辞！"

刘先生站起来，向大家拱拱手说："首先，鄙人代表吴大人向两位新人道喜！恭喜你们喜结连理，祝愿你们白头偕老！吴大人是你们的证婚人，因公务在外，不能亲临，特派鄙人代他见证。这段婚姻应算是我们吉林教育界的一段佳话。林先生为劝学总所会办，伍女士系女校师长，真乃天作之合，两位一个是风流倜傥，一个是貌若婵娟，正是郎才女貌。愿你们不负吴提学使一番美意，婚后更为吉林教育效力，也为家族添丁加口、早生贵子！"

婚礼现场一片掌声和欢笑。林伯渠和伍崇贤敬酒答谢，大舅哥伍绍恒与新郎官碰碰杯说："祖涵，复明就托付给你了。"原来伍崇贤表字"复明"。林伯渠向妻兄躬躬身说："内兄放心，复明已是我生命的另一半，也是我老林家的少主妇，我和家人都会永远善待她的。"

按理，这也是林伯渠和伍崇贤洞房花烛的人生大喜，是该有个蜜月的，但均是在事业里打滚的人，他们都无暇细细品尝新婚的甜蜜，次日便各自照常工作去了，只有晚上才回到他们共同的小屋。

一年多时光，倏然而过。转眼，伍崇贤怀里就抱上了一个可爱的小囡囡。欢喜之中，林伯渠顺着大女儿秉权的名字，给二女儿取名叫秉蘅，似与"权衡"不无关联，不过，他们所用的是"蘅"字。"蘅"者，"杜蘅"之简称，它是一种药草，开筒钟形紫色花，既美丽，又能祛病。林伯渠给孩子取名，总流露着长辈美好的寄托与祝福。

第八章　辛亥
挈妇将雏衔命南下

在林伯渠等运动“边疆革命”的这几年中，内地各省革命形势重新高涨，广州、四川及湖南等省发起声势浩大的“保路运动”。“保路运动”又称“铁路风潮”，这是一次粤湘川鄂人民为反对清政府将本由民办的川汉、粤汉铁路收归国有，然后又将其出卖给英法德美四国银行财团的一场伟大斗争。1910年，即宣统二年，英法德美四国银行财团逼迫清政府与其订立了借款修路合同。1911年5月9日，清政府为向四国银行财团借款用以镇压革命，在邮传大臣盛宣怀的策动下，宣布“铁路国有”政策，将已归商办的川汉、粤汉铁路强行收归国有，实际是出卖给了帝国主义银行财团。此前，四川修筑铁路的股金，不仅来自绅士、商人、地主，还有农民，且农民购买的股份还占很大比例。清政府颁布“铁路国有”政策后，收回了路权，却没有退还补偿先前民间资本的投入，因此招致四川各阶层，尤其是广大城乡劳动人民的强烈反对，从而掀起了轰轰烈烈的保路运动。四川各州县中，荣县群众基础较好，同盟会会员王天杰就在这里从事革命的联络和组织工作，组织起民团1000余人。9月25日，同盟会会员吴玉章、王天杰等宣布荣县独立。这是辛亥革命时期革命党人最先建立的革命政权，一时形成成都东南反清武装斗争的中心。继川西的同志军起义后，川东地区的群众也纷起响应，占领了城口县城以及大足县城。这时，西昌地区的彝族和川西北的藏族与羌族群众，也都加入了“同志军”行列，同清军作战。到10月上旬，同志军起义的烽火已燃遍四川全省。清政府获知成都被围和四川各地同志军起义的消息后，吓得手忙脚乱，在不到半个月的时间里，先后调派端方从湖北带领新军日夜兼程入川（端方带兵到四川资州时被新军斩首），命曾担任四川总督的岑春煊前往四川，会同赵尔丰办理“剿抚”事宜，还从湖南、广东、陕西、甘肃、贵州、云南等省调兵前往四川增援。湖北新军被调入川后，清廷的武昌城防出现空虚，这就给武昌革命党人发动起义提供了绝好的机会。总之，声势浩大、波澜壮阔的保路运动，沉重打击了清王朝及帝国主义势力在中国的统治，极大地鼓舞了资产阶级革命党人的斗志，直接导致了辛亥革命的全面爆发，为中国资产阶级民主革命，写下了浓墨重彩的一笔。

其间，湖北共进会、文学社等反清组织相继建立。同时，中部地区灾害频仍，官逼民反，人心思变，且有新军和会党可供利用，因而，在这一广大地区，发动武装起义的基本条件已经开始具备。1910年，同盟会总部在东京召开十一省区同盟会代表会议，决定组建“同盟会中部总会”，作为筹划中部起义的领导机关。1911年4月27日，黄兴、赵声、谭人凤等率先在广州发动起义，虽遭清军残酷镇压，但以黄兴为首的革命党敢死队的英雄气概和黄花岗七十二烈士的牺牲精神，极大地唤起了革命者的斗志。广州起义失败后，宋教仁、谭人凤等革命党人分析形势，曾议及当时革命的下、中、上三策：下策为在边地进行，中策为在长江流域进行，上策为在首都或北方进行。事实证明，边地起事暂难奏效，首都或北方起事也极不容易，于是决定把革命的重心放在长江流域，争取两湖首先起义，进而号召各省响应。1911年7月31日，同盟会中部总会在上海成立，推举谭人凤为中部总会总务会议议长，陈其美、宋教仁等为总务干事，以联络长江流域各省、区军队与会党，首先发动两湖起义。谭人凤前往湖北组织湖北分会，焦达峰等在长沙组织湖南分会，吴玉章等负责组织四川分会。

正是在这样的历史背景下，同盟会中部总会通知尚在吉林的林伯渠马上返回南方，参加中部革命的准备与发动。已来东北四年的林伯渠接到中部总会的南下通知后，立即与伍崇贤商议相关诸事。当时，伍崇贤在吉林的职业生涯比较顺遂，又有胞兄伍绍恒在身边照应，忽然要离开这里，去一个当时还很陌生的地方，她开始还真有些犯难。但林伯渠是个视革命需要高于一切的人，此时，他的心已被南方革命形势和总会的通知所充满，于是跟伍崇贤商量说：“复明，儿媳妇结婚都这么久了，按常情，也该跨进婆家的门槛了。再说，秉衡出世都有好几个月了，也该回去认祖归宗了，你说是不是？”伍崇贤对吉林的不舍其实也就是一时的想法，她本就是读书出身、深明事理之人，既嫁给了林伯渠，此生就生是林家的人，死是林家的鬼了，除了追随丈夫，她不会有别的选择。因此，夫妻俩很快确定了南归的日程。林伯渠以家事之由，向吴提学使递交了辞呈，伍崇贤也辞去了教职，并分别向朱巡抚和伍绍恒辞了行。

离开吉林前夜，林伯渠对正在给秉蘅喂奶的伍崇贤说："复明，好不容易把该做的事办完了，我们暂时可以浑身轻松下来坐一会儿了。"

伍崇贤笑笑说："也不轻松吧，这忽然要回南方，千里迢迢的，这么小的孩子，要长途奔波，怎么轻松得了？"

林伯渠为南方革命形势的发展内心欢喜，情绪自然很好，他笑着回答妻子说："比起我们经历的许多事情，这旅途之劳算得了什么？别担心，一路有我，你们母女不会受多少苦的。"

伍崇贤见丈夫今天特别喜形于色，便说笑道："祖涵，看你这高兴样儿，还真像小孩儿要去外婆家玩儿似的。"

林伯渠喜笑颜开地说："虽不是去外婆家，但这可是蘅儿回奶奶家呀，还有新媳妇儿头一次进婆家，我一个大男人，多有成就感啊，哪能不高兴呢？"

回家的心情，古今一样迫切。然而革命者的回家路，弯弯拐拐总是难免。告别四年东北生涯，1911年8月的一天，林伯渠夫妇乘上从大连至上海的客轮，一路顺海岸南下。因为带着幼小的孩子，历来对自己将就惯了的林伯渠，这次破例买了个小客舱。

"想当年浮棹东渡日本，一晃七八年了，真是岁月蹉跎啊！"林伯渠从舱窗望着海面，喃喃地说。伍崇贤轻轻拍打着怀中刚入睡的孩子说："把感慨留着有空再发吧，别吵醒蘅儿。"林伯渠忙压低嗓门说："哦哦，蘅儿好好睡吧。"

几天后，林伯渠携妻儿到达上海，随即单独去到中部总会报到。中部总会正着手策动各地巡防营武装反水，准备起义。当时，湖南共有二十个巡防营，分五路驻扎各地。湘西北驻有八个营，其中常德三个营。当时，巡防营中上层军官大都很守旧，队伍中封建积习较深，驻守长沙的中路巡防营统领黄忠浩尤为狡猾顽固。但在各巡防营的下级官佐和士兵中，当时已有不少人受到革命思想的影响。林伯渠这次是携眷南归，总会便安排他先前往长沙，听湖南同盟会会首焦达峰安排任务。

林伯渠立即携妻儿从上海转道长沙，与焦达峰见面，接受前往常德策反新军巡防营，准备策应武昌起义的任务后，又立即在灰不啦叽的长沙码头，登上一艘小火轮，“突突突”沿湘江北去。不知开船多久了，疲惫不堪的林伯渠靠在伍崇贤肩膀打起盹来。迷糊中，伍崇贤问：“涵，这一路急急忙忙，你到底是要去哪儿干什么呀？”林伯渠答道：“复明，中部总会指示我前往常德策反新军，策应武昌起义哩。”一声汽笛把林伯渠惊醒，原来刚才做了个梦，他连忙看了看妻子，见无异样，才放下心来。毕竟，起义之事现在还在绝对保密阶段。

旅途中，孩子似难深睡，小秉蘅忽又醒来，四处张望；伍崇贤喃喃地哄着孩子说：“宝贝儿，宝贝儿，我们就要到家喽，就要见到奶奶喽，高兴吧，高兴吧？”

转眼已近黄昏，火轮驶入烟波浩渺的洞庭湖了。心情好，景色便也显得美。湖面洒满落日余晖，湛蓝的湖水如温婉少女的眼波，宁静碧透。林伯渠倚着船舷上的栏杆，凝望着夕阳下的点点白帆和那天水之间上下翻飞的无数水鸟，脸上洋溢着游子归乡的激动和兴奋。伍崇贤把又慢慢睡去的秉蘅轻轻放在铺上，轻轻走到林伯渠身边柔声问：“祖涵，又来诗兴了么？”

“是啊，复明，你说这洞庭湖美么？”

“美呀，美极了，比玄武湖不知大多少倍哩！我原以为天下只有西湖美，到了洞庭湖，感想真就不一样了；涵，你看那边还有好多鸳鸯哩！”伍崇贤指着远处的一群野鸭。

林伯渠轻轻一笑说：“亲爱的复明，那可不是鸳鸯，那是野鸭！”

伍崇贤不禁红着脸说：“真没想到，洞庭湖的野鸭，如此酷似西湖的鸳鸯，中国真的地大物博啊！”

林伯渠点点伍崇贤的鼻子说：“南京的女秀才，跑到湖南来出洋相了吧？”

伍崇贤回嗔道：“哼，算我孤陋寡闻，就你见多识广。”

一会儿，伍崇贤情不自禁，轻声哼起苏杭一带的江南小调来；轻快的小调，引得船上一些乘客纷纷向这郎才女貌的一对投去羡慕的目光。

次日上午，林伯渠他们在津市靠上码头。虽然是归心似箭，但思及崇贤母女远途奔波，又是首次到南方，下船后，林伯渠不嫌周折，找了家较洁净的饭铺，给妻子点了她爱吃的饭菜。吃完饭，马上又上了汽车。当天傍晚，林伯渠终于携新眷赶回了阔别四载的凉水井。此番归来，看到林家大屋的那一瞬，林伯渠心情有些复杂。回想离家时，是司马殿英对自己千叮咛、万嘱咐，可这次回来，殿英已成隔世，她的骨血秉权已成失去生母的孤儿。目睹老屋，怎能不想起殿英；看到秉权，又怎不心生伤感？好在这次回来，林伯渠携有端庄美丽的新妻崇贤，而且又有了个招人爱怜的女儿秉蘅，这确实是让老林家皆大欢喜的理由。

林李氏终又见到儿子的欢喜自不待言，而作为婆婆初见文静漂亮的新儿媳，还带回个白白胖胖的小孙女儿，老人心里就别提有多高兴了。她喜颠颠地忙前忙后，迎接着新儿媳妇和小孙女儿。自然，秉权与秉蘅初次相见那一刻，难免不令长辈心生恻隐，但看着两个孙儿笑脸相对时，伤感便被冲淡了许多。林家大屋，再次呈现出一派人丁兴旺景象。大屋上下，融融乐乐；左邻右舍，纷纷过来看热闹、送恭喜。

把妻儿送回凉水井的次日，林伯渠便匆匆赶往常德，与他一道去常德执行同盟会使命的革命党同志叫廖湘芸。伍崇贤第一次送走丈夫，单独留在林家大屋里，这毕竟还是个生疏的环境，不免心生几分惆怅。走进丈夫前妻司马殿英先前住过的房间，伍崇贤心中也不免有点发怵。她举目四顾，虽然满屋的红漆家具还显示着喜庆，但想到前事由来，便不禁觉得索寞阴冷。丈夫使命在身，时常在外，自己将在这座大宅子里开始另一种生活，专门抚养秉蘅和秉权两个孩子，尽管有婆婆和小叔子们为伴为助，内心仍不免感觉孤独。不过，伍崇贤毕竟涵养深厚、心地善良而又内心坚强，离开吉林辞别兄长时，她已然立下把一切献给夫家的誓愿。此后岁月，伍崇贤虽然历尽坎坷艰辛，却始终抱定誓愿，矢志不渝。

当时，湖南、湖北两省的革命形势如箭在弦、引而待发。林伯渠和廖湘芸奉湖南同盟分会会首焦达峰的直接派遣，来到常德做新军和巡防营的策反工作。可以说，这是件提着脑袋干的危险工作。林伯渠了解到，当时驻扎常德的新军有两支力量，一支是巡防营右路，统领叫陈斌生，这陈斌生可是个反动顽固的旧军人，自然不可依赖。另一支是新军二十五混成协五十标第三营，官兵多是农家子弟，林伯渠在西路师范时的很多同学，现在就在这个营，因此，林伯渠对这个营颇有信心。起初，廖湘芸心中也没有底，因此有些惴惴不安，于是，林伯渠给他壮胆说：“廖兄别担心，只要我们既大胆又谨慎，一定会有走得通的路的。”

经过几天暗中运动，林伯渠、廖湘芸总算与三营文书宋某秘密联系上了。一天晚上，林伯渠和廖湘芸约宋文书到标营附近一家很偏僻的小酒馆相见。

围桌坐定，林伯渠寒暄道：“宋兄，别来无恙？家人可好？”

“啊，大才子，你什么时候回来的？”宋文书为人倒很坦率。林伯渠谨慎地回答：“刚从长沙回来，送妻儿回家后，来访访故人。”

酒保送上酒菜退下后，他们继续“闲聊”。

“祖涵兄，不必跟我遮掩的，我知道你前几年去了东北，在那边明里当官儿，暗里闹同盟会。这年头，什么事都瞒不久的。说吧，找兄弟有什么事？”这宋文书乃是军汉性格，非常率直。

“那好，宋兄，咱们真人面前不说假话。当今中国，风起云涌，一场浩大的革命已箭在弦上，一触即发。现在南方革命武装正在集结发展，我和廖兄奉上峰指示，来常德策动起义。你们三营兄弟多为穷人出身，为穷苦人争权利的革命，应是受苦兄弟们十分盼望的事，眼下，也正是大家出手的时候。此事，还望宋兄从中斡旋。”尽管屋内别无旁人，林伯渠说话时还是把嗓门压得很低。

“哦，不就是策反吗？不用绕弯说。才子，你倒跟我多讲讲时局看？”宋文书似乎想了解一下局势，再做决断。于是，林伯渠向宋文书介绍了南方革命的大体形势；宋文书听罢，直通通地说：“狗日的清廷拿我们不当人，经常克扣我们军饷，他们却挥金如土、卖国求荣，老子们早就想反了哩！不过，这人心难测，我这么想，不等于其他兄弟们全这么想，这恐怕还需要你们暗中运动运动哩！”

“嗯，这我知道，有你帮着我们，一定能成事！不过，此事事关重大，也可说是性命关天，丝毫走漏不得一点风声的。”林伯渠郑重交代。

“这个我知道，我是张飞穿针——粗人也有细活儿！”宋文书很有经验地说。

“哈哈哈……”林伯渠和廖湘芸都被宋文书这句话逗笑了。

林伯渠和廖湘芸的策反工作，在经历几番磨合后，终于取得成功。

1911年10月10日（即辛亥年八月十九日），武昌起义终于发动。11日晚及

12日凌晨，革命军先后占领了汉阳、汉口，武汉三镇宣告收复。武昌起义打响后，短短一个多月，全国有十四个省先后宣告“光复”、实行独立，革命风暴席卷神州大地，最后终于推倒了清王朝腐朽政权，也结束了中国千百年来的封建帝制统治。武昌起义胜利喜讯传出，极大地鼓舞了各地的革命力量。10月22日，湖南首先响应，宣告举行起义。湖南起义军在焦达峰、陈作新指挥下，很快占领了长沙，杀掉了顽固分子黄忠浩；湖南巡抚余诚格惊恐中弃城而逃，长沙随即宣告“光复”。湖南马上成立了以焦达峰、陈作新为正副都督的革命政府，并通电全省，号召各属积极响应起义；同时，委派杨任为西路招讨使，与余昭常一起，带领同盟会湖南分会部分会员及武装士兵百余人，于10月31日前往常德，与那里的林伯渠、廖湘芸等会合，以便收复常德，扩大革命势力。

林伯渠等已提前安排好了常德起义事宜，只等西路招讨使到达。当招讨使杨任与余昭常等莅临常德时，大街两边的商民，都在商号前挂起白旗，以示“反正”和欢迎。快到下南门时，杨任、余昭常等在林伯渠、廖湘芸陪同下，下马步行。来到下南门，见有队伍列于河街广场，林伯渠阔步走到杨任和余昭常前面，郑重报告道：“禀湖南革命政府西路招讨使：这里是常德新军二十五混成协五十标第三营全体官兵，列队等候招抚检阅！”

招讨使一行来到队列前停住脚步，一名一身戎装的军官威严地跑步到招讨使面前，笔挺地行了一个军礼，大声报告：“原新军二十五混成协五十标第三营宣布起义！请西路招讨使检阅！”

杨任十分高兴地还了一个军礼说：“同举义旗！推翻帝制！”

营长立即回应道：“是！同举义旗！推翻帝制！”队列中，随即扬起“同举义旗，推翻帝制”的呼号。

招讨使一行表情庄重地从常德起义军阵列前稳步走过；到达上南门街口，商会向招讨使献牛酒，以示热烈欢迎和敬意。杨任受牛酒后，对陪同检阅的林伯渠等人说：“你们把常德的事情做得这么好，可谓劳苦功高！现在可以宣布，常德收复了！”街道两旁的人群中响起锣鼓声。随后，招讨使杨任部署道：“加紧联络澧水流域各县，力争三天之内，各县一起反正！”林伯渠响亮地回答道：“是！我们会马上到各县去落实！”

湖南起义胜利之初，社会上气象一新。人们纷纷剪掉象征清朝统治的辫子，商民等各界群众热烈欢迎义师。长沙全城举行提灯游行，以示庆祝。但

是，初生的革命政权到底缺乏经验，对潜在的危机毫无预警。结果，不到十天，立宪派就乘湖南革命武装开拔援鄂、长沙防务空虚之机，突然发动了流血政变。10月31日，立宪派阴谋诱杀了革命政府正副都督焦达峰和陈作新，推举谭延闿为湖南都督。而那天，焦达峰派出的西路招讨使杨任等还刚到常德。后来，林伯渠曾回忆道：

焦、陈均是同盟会会员。焦出身会党，陈为一教员，思想均激进。武昌发难后，焦、陈即领导会党，并联络新旧军，于九月初一进围巡抚署，杀巡防营统领黄忠浩等。遂以巡抚署为军政府，众推焦、陈为正副都督。当时秩序较紊乱，军政府什么人都可以进入。一班旧派人，一方面看不惯，一方面眼红，于是以咨议局及教育会为中心，长沙的豪绅地主秘密集议，阴谋夺取政权。新军五十标梅馨阳虽赞成革命，但思想守旧。由他诱焦、陈"会商要事"（纵火烧和平火柴公司，讹言有奸细），要陈副都督出城弹压，于中途突然杀之，并杀焦于抚署前。时为九月初十日，谭延闿就做了都督。湖南独立，仅一形式而已。这是革命初起时，不懂得迅速建立正规政权的一个教训……

长沙反革命政变发生后，湖南各界情绪异常激愤，虽然焦达峰、陈作新招募的国民军、学队、马队、卫队等大都逃散，但洪江、澧州等地会党仍发动了武装起义，对湖南反动势力的阴谋和暴行表达强烈的抗议。谭延闿做贼心虚，十分狡猾地使出反革命两手，一方面调虎离山，将焦、陈余部加以整编，遣甘兴典率领，赴湖北驰援武汉，以防其在湖南发动兵变；另一方面，以舆论欺世，将杀害焦、陈二人的罪名转嫁给无据查考的"乱兵"身上，并隆重收殓焦、陈遗体，令公署税关一律下半旗志哀，甚至宣称要为焦、陈二人铸造"纪念铜像"，极尽猫哭老鼠之能事，以此掩盖其真凶面目。同时，谭延闿为防止革命党人乘乱起事，命令省防新军在河口安置了两门大炮，派兵驻守，严令若遇"匪党"从下游进入，即行炮击。待其反革命两手已经奏效，湖南局势稍稳，谭延闿便密令常德的黄忠浩余党、西路巡防营统领陈斌生等设计将焦、陈所派西路招讨使杨任等诱捕。11月3日，杨任等十多名同盟会会员也惨遭杀害，杨任还被立宪派爪牙剖心祭黄忠浩，造成一起骇人听闻的反革命血案。到年底，立宪派几乎攫取了湖南起义的全部成果，革命党人当时只得痛心叹惋：

“无量金钱无量血，可惜购得假共和！”当时，林伯渠还在湘西一带进行革命活动，惊悉常德惨案发生，形势急转直下，知道湖南已不可留，便果断决定，带领身边的同盟会会员秘密前往上海；离湘前，林伯渠本欲回家与母亲和妻儿告个别，但无奈情势太过急迫险恶，他只得匆忙中给妻子写下一封短信，托可靠乡党择机秘密带回去。

几经辗转，林伯渠等来到上海，与中部同盟会总部取得了联系。1911年12月，孙中山从欧洲流亡归国，到达上海。25日，中部同盟会总部在一秘密会所集会，欢迎孙中山先生归来。见到国内这些革命同志，孙中山非常激动，他向大家频频拱手说：“感谢各位同志！你们浴血奋斗，辛苦了！辛苦了！”

中部总会会首谭人凤声如洪钟地说：“孙总理远道自欧洲归来，一路奔波，十分辛苦！您的归来，是对辛亥革命同志的极大鼓舞，我等同人，竭诚欢迎孙总理抵沪！”

孙中山含笑跟大家一一握手，与林伯渠握手时，孙中山顿了顿说：“啊，你也在这里，我们年轻的老同盟会会员林祖涵！”

林伯渠情绪复杂地说：“孙总理真是记忆过人，总理啊，湖南的革命遭遇了重挫，大家正亟盼您指示方向啊！”

孙中山走到简易讲台前，环顾一下大家说：“国内外的同志们，你们经过长期艰苦卓绝的努力与斗争，取得了武昌首义的成功，各省革命也蔚然成风。虽然局部受到挫折，譬如湖南，但整体上，各省革命大势仍然有利。现在，浙江革命军已攻下南京，几天后，我们就要在南京干成一番惊天动地的大事业！”大家都知道，孙中山讲的“大事业”，就是成立“中华民国”；热烈的掌声，一时盖过了孙中山的讲话声。

1911年12月29日，也就是孙中山回上海的第四天，按照预定计划，革命党在南京召开各省代表大会，进行中华民国首脑选举，大会公推孙中山为中华民国临时大总统。当时，林伯渠等已从上海转赴南京，得以共同参加了具有历史里程碑意义的中华民国建国会议。按照预定日程，孙中山于1911年12月31日到达南京。次日，即1912年元旦，孙中山在南京宣誓，就任中华民国临时大总统，宣告“中华民国”建立，开启了中国资产阶级民主革命政权的新纪元。

然而，就在革命阵营刚刚建立中华民国，亟待推动革命向纵深发展之际，一场急转直下的政治变故紧随而来。1912年4月1日，报端赫然出现一条重磅消息："孙中山即日被解除大总统职务。"原来，孙中山宣誓就职时，就埋下了将被阴谋家所利用的祸胎。诚然，孙中山不愧为伟大的资产阶级民主革命家，但是，他当时终究未能抵御住弥漫在革命阵营内不图彻底革命，而对垂涎于辛亥革命胜利果实的北洋军阀头子袁世凯抱有幻想的思潮影响，在宣誓就职时，就公开允诺："临时政府，革命时代之政府也……至专制既倒，国内无变乱，民国卓立于世界，为列邦所公认，斯时，文当解临时大总统之职。"孙中山同时还致电袁世凯，表示自己组织的只是"临时政府"，"文虽暂时承乏，而虚位以待之心，终可大白于将来，望早定大计，以慰四万万人之渴望"。这就充分显示出当时手中尚无重兵的临时大总统孙中山缺乏立国自信，而对重兵在握的袁世凯寄予幻想，指望袁世凯能够将推翻帝制的民主革命旗帜继续执掌下去。然而，这恰恰正中窃国大盗袁世凯下怀。当孙中山被解除临时大总统职务，袁世凯窃国阴谋得逞后，革命同志无不作剜心之痛。作为辛亥革命的亲历亲为者，眼看革命成果顷刻毁于改良派和窃国大盗之手，林伯渠自然极为痛心。时隔三十年后，林伯渠曾这样回忆那段不堪回首的历史：

南京政府成立之后，政府组织法先采用美国式的总统制，宋（教仁）即极力主张修改为法国式的内阁制……袁世凯当时拥有北洋重兵，实权在握。他一面借革命党之势，迫清廷退位；一面又挟清廷向革命党要大总统。孙中山是不赞成向袁世凯妥协的，主张培养和扩张南方革命军的力量，"犁庭扫穴"，打到北京去，扫除一切旧东西。但宋教仁偏要搬外国的教条主义，只看重国会、政党、责任内阁这套上层机构，主张国会竞选，同盟会改组，扩大基础，成为国会中最大政党（民元秋，由宋主持，将许多官僚党派合并于同盟会，改称国民党，同盟会成分遂起了基本变化），以为法律是神圣，政党、内阁是双铁笼，可以关住袁世凯这只猛兽。黄克强也看不透，觉得不应再起战事、糜烂人民，还是以培养干部、兴办实业为上策。而同盟会当时许多党员，都抱着帝制一倒、万事大吉的见解。或者功成告退，或者忙于做官。最重要的是汪精卫的妥协。武昌起义后，汪从牢里放了出来，威信很高。袁世凯就极力敷衍他，讲一套"南北统一，协和万邦"的道理。汪深受感动，极力主张将总统让与袁世凯。中山先生许让位后，即向袁世凯提出国都设于南京、袁亲来南京受任后中山先生暨各国会职员才辞职以及遵守约法三条件。袁表面都答应了，但等到迎袁南下专使到北京之时，袁却小施其伎，唆使曹锟所部于北京兵变，火烧前门。袁乃借口要坐镇北方大局，不能南下。汪精卫竟为所骗，反责中山先生不顾全大局，提倡所谓“六不会”（不做官、不做议员、不置产等等），完全放弃了政权斗争。整个形势如此，中山先生以及少数赞成他的主张的人，被迫陷于孤立……

由于革命阵营内醉心于西方议会内阁制一派的极力主张，1912年底，民国各省开始进行国会议员的选举。正如林伯渠回忆的那样，在此之前，因议会选举制的需要，同盟会匆匆改组为“国民党”，以便参加政党竞选。通过有效的竞选活动，国民党确实获得了国会多数议席，选举形势似乎已胜利在望。尤其当时在湖南参加竞选的宋教仁似已被竞选形势冲昏头脑，认为大局已定，马上就可以建立以他为首的国民党内阁了。然而，国民党的举动必然招致袁世凯的忌恨和疯狂；就在宋教仁为宣传他的政党内阁制奔走于湖南、上海、南京各地时，袁世凯指使其党羽赵秉钧，于1913年3月20日，在上海火车站暗杀了年仅32岁的资产阶级民主政治活动家宋教仁，使得一心要问鼎内阁的“国民党”失去了砥柱，政治走势陷入危机。

宋教仁的被杀，震惊了孙中山，他立即意识到，辛亥革命的胜利，并不等于全局平定、彻底胜利。作为历来敢与反动势力坚决斗争的革命英雄和领袖，孙中山在事实面前深刻认识到反动军阀是不会给民主政权生存机会的，他们一定会有对革命阵营更加疯狂的扼杀行动。因此，孙中山痛下决心，极力主张立即组织兵力，声讨窃国大盗袁世凯。当时，黄兴等重要人物并不赞成孙中山的主张，但孙中山料定袁世凯很快就会制造事变，革命阵营将面临存亡的重大选择。因此，孙中山当机立断，以“国民党”的名义任命谭延闿为湖南讨袁军总司令，程子楷为讨袁第一军司令，蒋翊武为鄂豫招抚使，邹永成为湘鄂联军第三军军长。同时，将同意讨袁的革命党骨干人员，分别安置到各个军事要塞，以应事变。程子楷与邹永成受命率部进驻岳州要塞，扼守北军南下要冲。

孙中山布下的应急之阵，很快被证明并非杞人忧天。不久，袁世凯果然下令，罢免了国民党的三个都督，即广东都督胡汉民、江西都督李烈钧、安徽都督柏文蔚，并同时出兵南下，直指革命党人控制的南方各要塞。情势危急，孙中山在上海约聚要人商讨对策："诸君，因孙文之失，以至于此。眼下，袁贼挥师南下，图谋扑灭革命。同志们，对窃国者流，我们只有坚决回击！"说到这，孙中山猛挥一拳，砸在桌子上，在场同志皆为一震。"现在，我们尚处在可战状态，但与袁世凯的实力相较，我们力量大大不够。因此，各位须到各省去组织革命力量，发起'二次革命'，并力反袁！"

大家继而讨论如何分头行动的问题。孙中山说："若湖北失利，岳州要塞必是南部首要防线，当今之下，湖南是为'二次革命'之重要营垒，岳州要塞尤须强固！"林伯渠听到这里，已是跃跃欲试，他见机插话道："祖涵是湖南人，对湖南情况熟悉，此次'二次革命'，祖涵当去湖南发动！"孙中山欣然道："好，祖涵等同志在湖南有过多次成功作为，这次你们就去湖南发动；湖南事势，最要紧是岳州要塞，时下，祖堃同志正在岳州要塞，正扼守锁钥之地；现即任祖涵同志为岳州要塞司令部参议，择机即赴岳州，与祖堃等同志据守要塞！"林伯渠郑重回复道："是！我等必竭尽全力，拒敌于江北！"在"二次革命"发动中，革命同志纷纷请缨，这使孙中山深感欣慰；然而，此时孙中山手中可资调遣的兵力，完全不足以应对北洋之师。

林伯渠随后赶回湖南，先与湖南同盟分会旧友在长沙运动，首先通电宣布湖南独立，向反动军阀袁世凯亮明立场。紧接着，面对正挥师南下的北军，林伯渠立即赶赴岳州要塞，去与堂兄林修梅会合，拼力共守岳州要塞。

第九章　国祸
逃亡东京许身立誓

在前往岳州的路上，先贤名言“先天下之忧而忧，后天下之乐而乐”，时时萦绕在林伯渠心头。范仲淹铭刻在岳阳楼的千古名句，正可鼓舞辛亥志士不惧挫折，为天下苍生再战。当时，林伯渠对要塞阵况尚不详知，但他知道谭延闿任湖南都督后大量裁减新军，湖南已是兵微将寡；而南方各省对出师讨袁看法不一，恐难借力，因此，此去岳州要塞，那将是独木孤撑，泰山压顶。

到达岳州要塞司令部，林伯渠没有见到程子楷和邹永成，却首先见到堂兄林修梅。原来，近日袁军攻势发动，程子楷与邹永成等应对不暇，首尾难顾，已阵前任命武勇多谋的林修梅营长为岳州要塞司令。林修梅深知临战受命实属不得已而为。当此“二次革命”发动之际，林修梅别无选择。林家两兄弟恶战之前相会于岳州要塞，真说不上是高兴，还是紧张。林伯渠得知堃哥已任岳州要塞司令后，不禁感慨道：“堃哥当司令，祖涵当参议。好嘛，‘打虎要靠亲兄弟，上阵还需父子兵’，这回，看来俺兄弟俩要在这岳州要塞干一场硬仗了。”林修梅苦笑一声说：“祖涵，你这个参议，当得有点不是时候，我这个司令，也是当得太将寡兵弱了。面对大敌，要塞其实哪有足够的兵力阻袁军于江北？加上要塞左右并无援军接应。这一战，纵然我将士个个英勇、以一当十，恐最终也难免徒然全军战死。”

林伯渠走到要塞军事地图前，看了很久，然后说：“堃哥所虑极是，为将者面对数十倍于己之强敌，纵然自己死可不辞，但又何忍千百将士白白送死？趁北军未到，我们不妨效洪秀全之法，在田家镇也来一个铁索横江、载石沉船，或许对阻挡北军渡江还能有所作用，能多挡一时是一时嘛！”

林修梅沉吟片刻说："好，死马当作活马医吧。趁此机会，我们一面沉船锁江，一面加固工事，无论挡得住挡不住，也得血战一场，让北军见识见识我湖湘子弟的血性！"

随后，岳州要塞守军开始了紧张的迎敌准备。然而，强大的袁军一出湖北，便以泰山压顶之势，逼攻岳州要塞。虽然北军渡江确实遇到一定滞阻，费了一番周折，但那毕竟不能真正创伤敌军。过江之敌，自然向要塞第二道防线的守军汹汹扑来。林修梅指挥队伍，与北军前敌在阵地前激烈交火、拼死决战，击退了北军先头部队几波进攻。林伯渠登临前沿、观察战况，协助司令林修梅指挥守御，尽可能多杀敌于工事前。但毕竟兵力和武器太过悬殊，几番交战，守军死伤惨重，岳州要塞渐已难支，大股北军正源源不断紧逼而来。面对阵前局势，为火线仅剩的数百士兵生死计，孤军奋战的林修梅和林伯渠不得不命令幸存者立即撤出要塞！

林伯渠随即命令："卫兵掩护司令撤退！我来收集余部，随后撤出！"说完，林伯渠飞奔而去。仗着熟悉地形，要塞守军残部很快摆脱了北军，潜入湘北山区和洞庭湖水上"青纱帐"中。撤出要塞时彼此难顾，林伯渠与林修梅失去了联系。

岳州要塞失守，标志"二次革命"大势已去。以镇压革命为能事的刽子手袁世凯得势更猖狂，通缉革命党人的布告遍布城乡。林修梅、林伯渠等均在被通缉之列。一时间，逃亡又成了革命党人无法回避的宿命。孙中山、黄兴、李烈钧、胡汉民等"二次革命"的重要人物均于七月底八月初，相继逃亡日本。

1913年5月，与堃哥失去联络、在国内已无处立足的林伯渠只得秘密浮棹，再次东渡。这次东渡，林伯渠心情异常郁闷，尽管岳州失守不能归咎于守军将士，但毕竟对整个革命影响太大，作为"败军之将"，眼下又怎能释然？航行大海之中，林伯渠目光迷惘，心情惶惑，望着滚滚乌云，眼前看不到一丝光明，海风阴惨惨刮在脸上，海鸟叫得格外凄厉。林伯渠无法平静心情，脑子里闪过一幕幕往事，岳州要塞守卫战那血与火的情景，尤使他时生锥心之痛；与堃哥乱中失散，生死两茫茫，心中更加担心挂牵。

林伯渠此次到达日本东京后，幸有中国留日学生，特别是一帮临澧留日同乡的鼎力相助，很快就安顿下来。尽管心情十分低落，但林伯渠的求知欲望却十分炽烈。在同胞们帮助下，他先后进入日华学校、中央大学、正则学校和东亚商业学校等学府读书。此时此地，似乎只有拼命读书，才能稍稍平复林伯渠内心的苦闷。有时，林伯渠一天跑两三所学校去听课，每天读书的课程、时间、上课内容、心得感想等，大都详细记载在日记中，这显然也是他调节心情的一种办法。他当时的日记写道："过人者，学力之过人耳。"随着年龄增长，则自觉"马齿加长，而知识愈陋"，更不得使时光有一刻虚度。

林伯渠在1913年3月31日的日记中这样写道：

行尔所能，死尔所职。尔追职业，勿为职业所追。今日一日，等于二明日之价值。汝爱生命乎？其勿浪费时间。时间者，造生命之原质也。怠惰如锈，其衰弱身体，速于劳动。是故常用之钥，必有光泽。学问者，金库；研究者，即其键也。智识愈多，愈觉学问之不足……

可见，当时林伯渠已深切体会到，要想真正获得学问，一是必具毅力，二是力去骄惰。此后，他一直就这样自强不息、力戒骄惰，在孜孜以求地不断追求新知识中，来苦度流亡生活，冲洗心头的阴霾。学习之外，林伯渠还抽出时间作些翻译工作，有些译文，他曾寄回湖南，在《沅湘报》上发表。

"二次革命"失败逃亡日本的党人中，悲观失望、意志消沉者起初不在少数，林伯渠当然也不例外。他曾一度体弱多病，经常服药，且自况为"心境恶劣，精神昏瞀"，仿佛被抛到一个孤岛，从未有过的孤独、彷徨和迷惘，紧紧包裹着他。为排遣苦闷，课毕后，林伯渠常一个人来到海滩，踏着退潮后岸边柔软的细沙，茫然踱步。时而他望着夕晖中翻飞的海鸥发愣，时而回头看看身后那无规则地散落在沙滩上一串串纷乱的脚印，似乎看不出头绪，也找不到方向。时而，他面向大海，自言自语："转瞬十年，依然故我，家国身世飘零之感，其何能已矣！"时而，他又仰望长天，自我鼓励："凡事只应向前去做，总有好处！"

林伯渠自我调整、改换心情，开始慢慢从因逃亡而获得潜心读书机会的"庆幸"中寻找安慰。在此期间，林伯渠除攻读经济学和法学外，还广泛研究了财经学、簿记学、统计学、工业政策等，他渴望在中国"实行新经济学理"。当时，他认为经济学是"研究关于人类社会财货现象之学问也"。此外，对于民法、刑法、国际公法、海商法、宪法、日文英文等，林伯渠也兴趣浓厚，还经常涉猎哲学、史学，尤其喜欢读王夫之的《续通鉴论》。

1913年冬天，日本岛异常寒冷，海滩不宜去了。课毕，林伯渠就窝在寓所看书写字。一天傍晚，林伯渠诗兴大发，他铺开白纸，手挥毛笔，写下一首《宗楼看雪》。刚刚写完，一群乡党造访。林伯渠抬起头，脸上泛起多日难见的喜色。他感慨地说：“海外遇同乡，两眼泪汪汪。不过男儿有泪不轻弹，我们还是笑着相见吧！”同乡中的活跃分子于哲士说：“祖涵兄，考考你的记性如何？”林伯渠问：“考什么？”于哲士说：“我们这些人都姓甚名谁，是安福哪旮旯的？”

林伯渠笑着看看大家说：“哦，考这个呀，我来回答试试看。”于是他边指边认边说：“你嘛，就不用说了，于若愚，字哲士，新安人。这一位，辛蘅若，县城人。这位是侯文化，文家五道人。”接下来，他一一说出了姜梅谦、刘小岑、徐鲁峰、裴晦夫、孙子厚等几位乡党的姓名和家址，连那天没有到场的邓伯粹，他也问到了。最后，于哲士十分佩服地说：“祖涵兄好记性啊，太厉害了，难怪学业那么出色。”

林伯渠摇摇头说：“其实这没什么厉害的，大家都是一个地方来的，见过一面就会记住；更何况我这次逃亡日本，不名一文，差不多都是你们接济的，不然我在这里的生活和学业又岂有依仗？古语云：滴水之恩，当涌泉相报，我又怎能忘得了你们的恩情呢？”一旁，辛蘅若忽然嚷道：“看，祖涵兄刚写的诗。”随即，他便朗朗吟诵起来：

沉沉心事向谁说，袖手层楼看雪霏。
远水如云欲断续，寒鸦几点迷归依。
欺人发鬓垂垂白，到眼河山故故非。
独抱古欢深不语，明朝有意弄晴晖。

大家一面围观，一面评说：“诗杰诗杰，若非诗杰，写不出此等好诗！”“确实是好诗，就是略显消沉。”“然最后一联，不仅扫清寒意，而且表达出深邃的希冀和志节，漫天晴晖，堪托心志！”林伯渠连连拱手道：“随意而作，见笑见笑；多蒙各位指点，承教承教。”关于依靠乡党接济，二次求学日本时的那些深切感受，林伯渠也曾在日记中写道：

穷者，士之幸；士之穷，天下之幸也。横逆困穷，是锻炼豪杰的一副炉锤。能受其锻炼，则身心交益；不受其锻炼，则身心交损。愈受刺激，愈制客气，愈宏艰苦之操。

林伯渠还在日记本上大量摘引中外格言以自励。其中最突出的是他继承我国传统的“慎独”思想，认为“敛尽一世心思，不致东驰西骛走作，便是慎独的精神”；这种思想，虽然带有一些唯心主义色彩，但在半封建半殖民地的中国，能不随波逐流，则也不失为敢于坚持自己政治选择的一种积极的思想修养了。同时，从他摘录的《泰西格言》中，也可依稀见出他的情怀、志趣和信仰：

质朴者，英雄之本色也。（玛哥黎）

不遇艰难者，不知己之力。（品约翰逊）

为多事易，为一事而持久难。（章逊）

欲制胜者，经常警惕。（格父地里亚）

治事之大者，莫如自治。（些尼卡）

每日勤劳一时，积至十年，虽愚亦智。（斯迈尔）

人惟处独之时，最诚实。若见于人前者，皆虚伪粉饰耳。（埃弥逊）

欲去贪婪，首戒奢侈。奢侈者，贪婪之母也。（细亚洛）

怠惰者，生之坟墓也。（亚西息尔母）

主宰人类者，何物乎？思想而已。（拿破仑）

才学兼备而无德行，则为人所轻。是以才学虽为人所必要，而德行尤要于才学也。（新杰尔）

国家之事业最切要重大者，在于国民修个人之道德，以进全体之品格。（亚里士多德）

世间人，无无过者。（法谚）

束缚人之思想者，自上帝之眼视之，其罪比于食人肉犹大。（多黎帕）

政府者，人民之政府也，依于人民而成立者也，为人民而设者也。（林肯）

我为民死，就令名誉堕地，但使意大利得以独立，我亦何所惜哉！（喀务尔）

喜欢什么格言，必定认同其中哲理。从这些格言中，亦可见出“二次革命”失败后的林伯渠，正经历着他人生中最煎熬的思想炼炉。随着时间推移，“二次革命”失败后流亡日本的革命党人又开始重新集结，但他们的思想状况，当时还相当混乱。那天，几位革命党要人和中坚分子在孙中山那里小聚，颇为性急的廖仲恺说：“不想‘二次革命’失败后，我党许多同志精神溃散，相继败去，扶桑三岛遂为亡命之地。谈及将来事业，多有分歧，或三缄其口，不谈革命；或期许十年再起。种种灰心，互相诟谇。二十年革命精神与团体，几已一蹶不振。此种现状，断不可继续了！”

黄兴则说：“我还是以为当初反袁就该取‘缓进’，而不可‘急进’，急进则易招致失利，所以，当今之下才如此不堪。”

林伯渠看看黄兴，心中十分不解，眼前这个满腹疑虑的黄兴，似乎完全不是武昌起义时那个叱咤风云的黄兴了。孙中山神色严峻，但依然坚毅地说：“从前，吾党当推翻清廷时，何尝有力量？大家皆是赤手空拳。当武昌革命发动时，亦未有何种方法。不过大家都明白，清廷一定要推翻，人人皆有此种信仰，人人皆明白此种道理，但尚未有何种事实可以证明。今日我等虽失败而亡命，然吾等信仰弥坚，经验益富，而且有事实可以证明，故今次失败，比之三年前，更有信用，有经验，有证明。何以三年前遇有失败，无不继续奋斗；在三年后，便尔灰心，不肯继续奋斗呢？”

林伯渠听完孙中山的发言，旗帜鲜明地表示：“孙先生号召我等继续奋斗，我以为这是惟一出路。孙先生本身，就是继续奋斗的楷模。纵然千难万险，我辈当追随先生，毫无犹疑，至终不改！”廖仲恺等纷纷随声赞同。

1914年7月，为重振革命，孙中山等决定，将遭遇“二次革命”失败的“国民党”改组为“中华革命党”，以图恢复同盟会之革命精神，继续完成革命大业。7月8日，在东京筑地精养轩一间宽敞而又古老的大厅里，吊灯、壁灯齐明。大厅正上方悬挂着“中华革命党成立大会”会标，会台中心端坐着孙中山，两旁则坐着黄兴、居正、陈其美、汪精卫、李石曾、廖仲恺、林修梅等先后从国内赶来的各路同人，在日的其他革命中坚分子也来了数十人，林伯渠自是其中的中坚分子之一。

这是继孙中山先前在东京建立同盟会之后，再次在东京重开振起中华之大端。但是，这次会场气氛却不同以往。灯光里，晃动的是一张张或忧郁或愤懑的脸，当然也有不少人眼中燃烧着希望之火。首先，孙中山讲话："诸位，本党自同盟会始，组织各界热血之士，不惜流血捐躯，推翻了清廷统治，实为一大壮举。民国之后，袁贼窃国称雄，为天下所不容。诸君在各地起事，旨在再造中华；然力量分散，未能成功，诚为憾事。文今邀聚各路同人，重组新党，清除投机、变节和动摇分子，以期早日杀回国内，共图大业，不知诸君意下如何？"

孙中山说完，会场气氛先是几分凝重、几分沉默。少顷，有人纷纷提议："我们推举孙中山先生为中华革命党总理！""对，另推黄兴为革命党协理！"随即，会场响起一阵程式化的掌声，表示推举动议获得通过。

孙中山起立，郑重其事地说："文虽不才，众望难辞，不过……"他停顿片刻后，严肃地说，"不论何党，未有不服从党魁之命令者，而况革命之际，当行军令，军令之下，尤贵服从！是以此次重组革命党，须以服从命令为唯一之要件。凡入党人员，必自问甘愿服从于文一人，毫无疑虑而后可。若口是心非，神离貌合之辈，则宁从割爱，断不勉强。务以多得一党员即多得一党员之用，无所浮滥，以免良莠不齐。此吾等今天立此新党所以不同于前次者！"

说到这里，孙中山命人将已经准备好的《中华革命党誓约》，分发给到会同人过目，并征询意见。《誓约》文款如下：

立约人：

为救中国危亡，拯生民困苦，愿牺牲一己之身命自由权利，附从孙中山再举革命，务达民权民生两主义，并创制五权宪法，使政治修明，民生乐利。措国基于巩固，维世界之和平。特诚谨矢誓如左：

（一）实行宗旨；

（二）服从命令；

（三）尽忠职务；

（四）严守秘密；

（五）誓共生死。

从兹永守此约，至死不渝。如有二心，甘受极刑。

省　　府　　县

立约人：　　　　（按指模处）

介绍人：

会场一阵交头接耳。孙中山又让人取出朱红印泥盒，摆在案台上，随即说：“诸位若以为可行，则请签订誓约书。”少时静默后，汪精卫首先发言，或谓首先发难：“今日袁党称雄，人心涣散。国民革命，如云烟泯灭。若乎东山再起，目下恐怕还不是时机。而孙先生这打手模之举，兆铭以为委实不甚高明……”

汪精卫话音落下，会场一时面面相觑，有人显得惊讶，有人流露赞许，更多的人扫视着汪精卫。廖仲恺大不以为然地说：“兆铭经年是何作为，人所共睹。虽曾参与行刺清廷摄政王，然革命之际并未有建树，不过舞文弄墨、取些声望而已，而与袁贼之眉眼犹在昨间；今我等重举革命，汪公何以出此不宜之论？”

汪精卫立即反驳道：“我兆铭素不惮于蜚语，见仁见智，各有决断，难道说革命党人非靠指模才能约束么？”

孙中山对汪精卫近年作为本已不悦，而在此关键时刻，他竟出此削弱斗志之议，以为断不可妥协。于是，孙中山语含忿忿地说：“既然如此，兆铭兄就去留请便吧！”

“也罢，愿诸君各展鹏志！”汪精卫随即带领京津同盟会李石曾等几个旧友退出了会场。会场尚未恢复平静，被推为新党协理的黄兴忽然开口说：“逸仙兄，我也有一言欲进。”孙中山说：“哦？克强兄请讲！”

“国家兴亡，诚然匹夫有责。而打手模这一套，乃是绿林好汉、江湖会党之辈的玩意儿，我等革命党人如此，未必妥当吧？”

黄兴话音落下，全场气氛几近凝固。显然，武昌首义之主将居然也和汪精卫持同样议论，这太出乎所有人的意料了。

孙中山铁青着脸问黄兴：“依克强兄之见，当今之下，该如何才好？”

黄兴一时语塞，答不上话来，看来也拿不出什么好主意。会场又起一阵窃窃私议，而且又有人悄悄退出。稍时，居正问道：“克强兄，孙先生历来视公为股肱，我等也都厚望于公，故推公为新党协理，公今何以出此意气之语，而冷众心？”廖仲恺接着话头：“是啊，革命非常关头，出非常之举，有何不妥？我等决意追随孙先生，服从新党之规定！”

一直旁听着、思考着的林伯渠，此时霍然挺身说：“诸位，容我讲几句。”大家的目光齐齐转向林伯渠，只见他从容不迫地说，“当然，打手模不见得就是最高明的办法，但作为革命党，我们面前明摆着两条路，要么是志同道合、团结一致与袁贼斗争，要么就是无组织、无纪律，成为投机取巧的官僚政客式的一群乌合之众。不就有那么些曾经的同盟会发起人说什么‘革命军起，革命党消’，主张解散同盟会吗？他们为争权夺利，竟与立宪党人沆瀣一气，反对孙先生主张，投入袁贼怀抱。我觉得，既然拿不出比打指模更好的主张，总不能群龙无首吧？这打手模明誓，总比做一群乌合之众强吧！祖涵愿服从孙先生意志，打手模明誓！”

说罢，林伯渠走到案前，在《誓约》上工工整整签上字，然后在自己的名字上，“啪”地一下，按上一个鲜红而清晰的指模。

林伯渠此举，使会场气氛顿时转变，林修梅随即站起，明确表态说：“祖堃立誓，服从孙先生，共图拯救中华！”然后签上名，也打上了指模。之后，廖仲恺、居正等同志纷纷签名按指模。孙中山静静地目睹这一过程，脸上浮起自信的笑容。就这样，中华革命党终于完成组建，中国国民革命史上一面新的政党旗帜，从此竖起。散会后，林伯渠和林修梅兄弟俩肩并肩，边说话边向外走去。孙中山看着他们背影，情不自禁地说道：“林氏兄弟，一文一武，将来必乃国之栋梁！”

中华革命党的成立，标志着袁世凯窃国后革命者的脊梁再度挺起。林氏兄弟在革命紧要关头，作了一个看似寻常，却意义非凡的举动。从这时起，林氏兄弟就开始为孙中山所特别倚重；对此，老革命家徐特立后来曾赋诗赞道：

> 辛亥革命后，同盟会崩溃。中华革命党，欧事研究会，
> 伯渠于其间，严格辨泾渭。纪律打手模，黄兴出反对。
> 伯渠重大节，小节无所谓。慷慨打手模，峥嵘山岳碎。

吴玉章也曾回忆并附诗赞许：

> 参加革命忆同盟，民国虽成似梦空。
> 重组中华革命党，伯渠襄赞著丰功。

当然，打脚手模印并不是什么先进办法，但孙中山在没有学习到无产阶级政党的经验以前，他只能采取这类旧社会秘密结社的办法以谋求一致。那些出身高贵并已显达的人物既不屑于顺从孙中山，结果只有廖仲恺和伯渠等少数人能够识大体、不拘小节，毅然追随孙中山左右……在这个重大问题上，伯渠是完全站在革命的正确的立场上。

野火烧不尽，春风吹又生。中国民主革命的再度蓄势兴起，依然还是借助了社会政治环境相对自由的日本。为培养革命党人，孙中山在日本友人寺尾亨、犬养毅、副岛义一、宫崎寅藏等人的赞助下，在东京神田区办起了政法讲习所。林伯渠等经常来这里听讲，学习有关政法、经济学和欧战的相关知识。林伯渠一面刻苦学习，钻研学问，一面密切关注世界风云变幻，他当时的日记中曾记载：

> 澳普开战期：七月二十八日。
> 列强相对宣战期：
> 俄对德，八月初二日；
> 德对法，八月五日；
> 英对德，八月四日。
> 荷兰、西班牙、瑞典、挪威、丁抹、美国、意大利，均先后宣布对外中立。
> 中国亦于初六日宣布中立。
> 惟日本尚未定。

同时，林伯渠一刻也没有放松加强自己的思想理论修养和革命意志磨练，这也可以从他当时的日记中去体悟：

吾人立定志愿，欲为此世界之何种人？考察己之所缺，用毅力以补充之，按步程功，夙夜匪解，虽未中不远也。

林伯渠就这样经常通过严肃的自我解剖，总结自己投身革命以来的经验教训，进而使自己的思想日臻成熟。1914年8月，一个狂风暴雨的夜晚，他和堂兄林修梅相约，长夜促膝而谈，交流来日本后的学习心得体会。这天他在日记中写道："阅经济学。同仲兄商量，决定实事求是法。"显而易见，这是林伯渠一生坚持"实事求是"精神的最早理论奠基。他在接触到马克思主义理论之前，就具备了这样的思想根基，不能不说是修养有素。

当时，为培养革命党人的军事本领，孙中山还在东京大田区大森开辟了一个秘密军事训练场，对外号称"浩然庐"。林伯渠在参加其他学习活动的同时，也参加了"浩然庐"的训练。在这样的训练和学习中，林伯渠增添着新的本领，凝聚着新的希望，也盼望着革命的转机，当时心情，已颇为充实和激动。一次去大森赴约后，林伯渠激情满怀，写下一首小诗《日本大森看梅》：

不负梅花约，驱车赴大森。
寒云半岭重，春色一湾深。

此诗看似描写寒云密布、气象萧森的大森景色，实则暗喻当时革命事业虽然遭受挫折，但新的革命高潮正在酝酿，即将到来。正是在这一年，即1914年，林伯渠等人得到消息，为避开与江西省安福县同名之弊，湖南安福县改置为临澧县。虽然这并无更多其他特别的意义，但在当时漂泊海外的临澧游子看来，这似乎是预示着一种新的开端。

1915年初，日本帝国主义趁第一次世界大战列强无暇东顾之机，向袁世凯政府提出了意图灭亡中华的"二十一条"，妄图独占中国。而怀揣着不可告人"皇帝梦"的袁世凯，居然冒天下之大不韪，对日本帝国主义的"二十一条"俯首屈从。孙中山得知，怒不可遏，两次在日本发布《讨袁宣言》，历数袁贼窃国的滔天罪行，号召各地党人讨袁护国。当时，林伯渠曾被派遣回国，到汉口、长沙组织反袁机关，并被派任中华革命党湖南支部党务科长。年底，林伯渠又应召返回日本。

当时在东京，除中华革命党外，还有另两个著名华人革命团体，一个是李大钊等人发起的“中华学会”，另一个是湖南易象等人组织的“乙卯学会”。这两个学会的入会规定都很严格，表面是学术组织，实际都是以反袁为宗旨的革命团体。受着“一把筷子折不断”寓言的启示，有人提议将这两个团体合并为“神州学会”。1916年1月30日下午，原乙卯学会会员林伯渠与一帮会友，来到东京锦町政法学校，校内一间可容百人的会议室里，悬挂着“神州学会成立大会”会标。与会者坐定不一会儿，一个戴宽边眼镜，上唇留着两撇浓黑胡须的知识分子模样人物走上讲台，文雅而有风度地说：“各位，鄙人李大钊，字守常。今天，我们在此集会成立‘神州学会’。大家都清楚，‘神州学会’是由‘中华学会’和‘乙卯学会’合并而成，这并不是推翻原学会而标新立异，我们这只是同类合组，以壮机体，谋求新的发展。从今天起，我们就不再分‘中华’‘乙卯’，而只有‘神州’了！”

会场响起掌声。接着李大钊就神州学会的主张、宗旨、任务等进行了阐释，最后明确说：“神州学会主持机构为干事部，下设六科，有教育、政治、经济、军事、法律和工商科，另设总评议会，按预备会推举，由我担任评议长。干事部拟任若干干事，负责处理各项部务，名单将以告示公布。”会后发布的公告，列出了总评议长、各科长、干事部各干事名单，林伯渠被任为神州学会干事。在此期间，神州学会会员先后听过《礼运·大同篇》，李大钊的《联邦与邦联》和《颜之学说大旨及其劳农主义》等讲座。林伯渠除经常参加学术与政治研讨会外，还参加了学会会刊《神州学丛》的编纂发行工作。频繁的学术研究和政治讨论，使林伯渠的思想与认识不断得到提升，他曾在日记中写道：

> 当机立断，心无滞物。要细致而勿拘牵，要精密而勿琐碎。好自养气，切忌退缩。斗筲之器与乘势利用不问本来者，均坐无知识之过。此等人决不可与共事。有美质而无确见，此时最易误入歧途。提撕警醒，人之所以赖有良友也。

那时，李大钊是在东京早稻田大学攻读政治本科。因为神州学会工作之故，林伯渠常去早稻田大学与李大钊见面。通过彼此的切磋学问、交流志趣，各自都从中获得不少启发与教益；每每谈及政治经济、文化教育等方面问题，和对宇宙、人生的看法，两人常常十分投机，因此，很快成为最知心的朋友。

中国民主革命者在日本蓄势再起之际，国内局势也在风云变幻。1915年底，袁世凯终于按捺不住，宣布取消共和，悍然称帝。这场由袁世凯自导自演的复辟帝制的闹剧，于12月7日正式开演。那天，北京及各省推戴新皇的“投票”戏文刚唱完，投票结果即报参政院，并推定参政院为国民代表大会总代表。12月11日上午9点，袁党举行解决国体总开票，各省国民代表共1993人，赞成君主立宪的票数则正好1993张，没有一票反对，也没有一票弃权，可谓“完美”至极。各省“推戴书”上，一律印着“恭戴今大总统袁世凯为中华帝国皇帝，并以国家最上完全主权奉之于皇帝，承天建极，传之万世”。参政杨度和孙毓筠当场提议：“本院前由各省委托为总代表，尤应以总代表名义恭上推戴书。”随即，秘书长取出准备好的“推戴书”，当众宣称，要求袁世凯“俯顺舆情，登大宝而司牧群生，履至尊而经纶六合”。参政员全体起立三呼，一致通过。十一点半，推戴之典在“欢呼”声中散会。当天中午，袁世凯接到“推戴书”。但立即发回，假意申令“另行推戴”。

袁世凯首先表示：“查约法内载民国之主权，本于国民之全体，既经国民代表大会全体表决，改用君主立宪，本大总统自无讨论之余地。”“惟推戴一举，无任惶骇。本大总统从政垂三十年……上无裨于国计，下无济于生民，追怀故君，已多惭疚，今若骤跻大位，于心何安？此于道德不能无惭者也。制治保邦，首重大信。民国初建，本大总统曾向参议院宣誓，愿竭力发扬共和，今若帝制自为，则是背弃誓词，此于信誉无可自解者也……望国民代表大会总代表等熟筹审虑，另行推戴，以固国基。”听起来，袁世凯似乎还很“忠于共和”。下午五点，参政院再次开会，孙毓筠等提议：此事既属全国一致，元首亦未便过拂舆情，理应由本院以总代表名义呈递第二次推戴书。对此议众表赞成，秘书厅仅用十五分钟，就又“拟写”成了二千六百余字的重新推戴书。参政院继续开会，众人对推戴书均无异议，乃于当晚进呈给袁。这份推戴书称颂袁有经武、匡国、开化、靖难、定乱、交邻等六大“功烈”，文中说：“前此之宣誓，有发扬共和之愿言，此特民国元首循例之词，仅属当时就职仪文之一。当日之誓词根于元首之地位，而元首之地位，根于民国之国体。国体实定于国民之意向，元首当视乎民意为从违。民意共和，则誓词随国体而有效，民意君宪，则誓词亦随国体变迁。今日者，国民厌弃共和，趋向君宪，则是民意已改，国体已变，民国元首之地位已不复保存，民国元首之誓词当然消灭。凡此皆国民之所自为，固于皇帝渺不相涉者也。”固请袁世凯称帝。这场完全由袁世凯精心策划的“中华民国”改“中华帝国”的政治丑剧看似天衣无缝，实可一眼洞穿。

12日清早，袁世凯发布申令：“天下兴亡，匹夫有责，予之爱国，讵在人后？但亿兆推戴，责任重大，应如何厚利民生，应如何振兴国势，应如何刷新政治，跻进文明，种种措置，岂于薄德鲜能所克负荷！前次掬诚陈述，本非故为谦让，实因惴惕文萦，有不能自已者也。乃国民责备愈严，期望愈切，竟使予无以自解，并无可诿避。”这就是说，他袁世凯为“救国救民”，只好当皇帝了。至此，袁世凯准备成立的“中华帝国”已经是呼之欲出。他拟定1916年为“洪宪”元年，行君主立宪政体，把原总统府改为“新华宫”，供袁世凯称帝之用；并拟定了《新皇室规范》，其中包括“亲王、郡王可以为海陆军官，但不得组织政党并担任重要政治官员，永废太监制度，永废宫女采选制度，永废各方进呈贡品制度，凡皇室亲属，不得经营商业，与庶民争利”等各款。清朝后的皇帝戏，简直被窃国大盗袁世凯演绝了。

天不藏奸，义不附逆。1915年12月25日，曾任云南都督的湖南邵阳人物蔡锷出于策略需要，在京假意拥护袁世凯称帝，并在燕津借青楼寻花以掩人耳目，而后秘密出走昆明，与云南都督唐继尧等共同起义，宣布云南独立，率先拉起护国军大旗，并通电讨伐袁世凯，开启了轰轰烈烈的“护国运动”。1916年初，程潜、林修梅等也从日本回国，在湖南召集旧部，成立了湖南护国军。4月26日，程、林等在靖县召集有四十八县代表参加的湖南讨袁大会，宣布湖南独立，推举程潜为湖南护国军总司令、林修梅为参谋长。此后，贵州、广西等省也相继竖起“讨袁护国”大旗；海内外多家报纸也纷纷发表“讨袁护国”消息，可谓正义声势不可阻挡。袁世凯逆历史潮流而动，最终四面楚歌，必然地陷入“反袁护国”巨浪的猛烈冲击之中。

1916年2月下旬，林伯渠等人接到中华革命党总部通知，尽快回国参加反袁护国运动。启程前，林伯渠特意去拜辞李大钊。在东京早稻田大学，林伯渠与李大钊倾情晤谈。林伯渠说：“守常兄，年来与你在神州学会相识相共，多获教益，相见恨晚啊！”

李大钊说道：“仰仗祖涵兄等全力相助，我不过一尽绵薄；兄此来，是有何学术需要切磋吗？”

林伯渠以实相告：“守常兄，因国内反袁护国之需，革命党总部决定派我不日回国，故此特来与兄告别。”

“哦，原来如此，那是为好事，你身为革命党，当共赴贵党之鸿志，守常深表支持！”看起来，李大钊对此并不意外。

林伯渠又说：“自与守常兄结识，真是多获教益，大有开蒙启愚之感，相见恨晚，而今即将分别，故亦有憾。”

李大钊说：“革命者四海为家，同志为友，不必抱憾。你我经常联系，不时交流便是。况且我也不会老死日本，不日亦当回国，你我后会有期！”

林伯渠忽握住李大钊的手说：“守常兄，你我情同手足，作别之际，结为金兰以明志同道合，如何？”

李大钊稍顿即说：“你我与共以来，同心革命，情如兄弟，此议甚好。然祖涵兄年长三岁，以后就不该叫我守常兄了……”

林伯渠笑道：“论齿序，我为长；论学养，你为兄。称呼随机好了。”

李大钊哈哈一笑说：“好，祖涵兄，你看天空正有鸿雁南飞，我们就指鸿盟誓，结为比翼兄弟吧！”

林伯渠庄重地与李大钊一起举起右手，指向鸿雁说：“从今以后，你我弟兄，志同鸿鹄，救国救民，永不悖约！”

结义事毕，李大钊问：“祖涵兄，你何时启程？若时日得便，守常当去为兄壮行。”

果然，几天后，李大钊与神州学会几位同人来到江户，为林伯渠饯行。席间，这帮热血学子一腔赤诚，意气风发。虽无丰盛宴席，但深厚情意在那一言一笑、一举一动中流露无遗。行将席毕，李大钊道：“祖涵兄即日归国，参与反袁斗争，恰与此前朱幼衡君归国情形如一。守常别无可赠，即借送幼衡君之句，书赠祖涵兄如何？”林伯渠十分感动，拱手抱拳而谢。随即取来纸笔，李大钊奋笔疾书：

壮别天涯未许愁，尽将离恨付东流。
何当同饮黄龙府，高筑神州风雨楼。

李大钊书毕，提款“再赠”云云。林伯渠深深赞许道：“守常兄此绝，不独为送别，且更为革命盟誓。好一个‘何当同饮黄龙府，高筑神州风雨楼’！岂止是辞律高迈，尤贵在志节高远。守常兄暨诸君，手足不言谢，祖涵先回国内，以待诸兄！”

第十章　护国
志士讨袁出生入死

在程潜、林修梅组织成立湖南护国军前夕，1916年3月4日，林伯渠从日本启程回国。到达上海时，林伯渠因渡海中久坐，痔疮遽发，不便行动，不得不顺道到上海仁济医院住院，以行切割手术。住院期间，几位在沪湘籍革命党人来医院探视。林伯渠不免跟他们聊起时局，特别是湖南反袁护国斗争。

“湖南那个汤芗铭如今动静如何？”林伯渠开门见山，直入主题。谈到汤芗铭，大家无不义愤填膺。汤芗铭这个靠投机、告密、要阴谋起家的极端反动分子，借助袁世凯的信任，逼走谭延闿，窃取湖南大权后，疯狂至极，大开杀戒。他对革命党人所用刑戮，可谓空前绝后，仅长沙一地，被汤芗铭屠杀的无辜，就多达万余。因此，湘人对汤芗铭无不切齿，皆称其为“汤屠夫”。汤芗铭极其狡猾，眼见云南等省纷纷起义护国，相继独立，迫使袁世凯不得不宣告取消帝制，于是，忙随机应变，假装革命，宣布湖南独立，并公开致电袁世凯，作态“劝告”：“深望毅然独断，即日隐退。”汤芗铭这剂“劝退”的虎狼药，果然终结了袁世凯老命。1916年6月6日，窃国大盗袁世凯在全国人民的唾骂和汤芗铭的致命一“劝”中，一命呜呼。因此，人们又送给汤芗铭一个讽刺意味的绰号——“送终汤”。

在林伯渠病榻前，大家谈起了一直在湖南坚持革命斗争的辛亥战友杨王鹏之死。杨王鹏等受革命党指示潜入长沙，组织反袁驱汤，很快整顿充实了湖南反袁组织——民义社，并与湘军混成旅达成约定，计划于1916年2月28日攻打反革命的湖南都督府。不料事机泄漏，迫不得已，杨王鹏只得于2月21日下午提前起事。英勇无畏的杨王鹏等带领百余党人，分头袭击都督府和警察署。但因侦察有误，当杨王鹏和龚铁铮等带领队伍冲入警署大门时，恰遇警署一个营官兵荷枪实弹进行操练，义士们直接撞到了敌方枪口上，杨王鹏等遭到猛烈的机枪扫射，牺牲大半，他本人当场重伤，昏厥中被俘。屠夫汤芗铭随即命人将杨王鹏抬入大厅，冷水喷醒。杨王鹏醒过来后，愤然大骂袁世凯，历数袁世凯窃国罪行，同时怒斥汤芗铭为虎作伥，不会有好下场。汤芗铭恼羞成怒，命人割下杨王鹏舌头，但杨王鹏凭着惊人的意志，继续舞动手臂，作无声“怒骂”状。惨无人道的汤屠夫面对视死如归的杨王鹏，已是黔驴技穷，最终丧心病狂地命人挖出杨王鹏的心肝，将其肢解而死。

听到这些，林伯渠悲愤至极，一拳猛擂在病榻上，情绪有些失控地吼了一句：“汤芗铭！革命党绝饶不了你！我们一定要为牺牲者报仇！”

林伯渠病情稍稍好转，即往上海革命党机关请示。在这里，林伯渠接到被任命为湖南护国军总司令部参议的电文。带着尚未痊愈的病痛，林伯渠匆匆离沪，赶往湘南。几经辗转，林伯渠来到了设在衡阳的湖南护国军总司令部。在这里，林伯渠与堂兄林修梅终于又军中重逢。

“堃哥，我来迟了吧？在上海痔疮发作住了几天医院，听到‘汤屠夫’的残酷暴行，实在愤怒，直想拿他人头来祭奠我们被残杀的战友！”

“祖涵，性子怎么还这么急？我们正一步步来哩！你来得正好，总司令和我初商，就由你这位参议来负责策动各路友军，合力来打垮汤芗铭！”

林伯渠决然道：“是！赴汤蹈火，在所不辞！”

这时，湖南护国军开始挥师直逼湘潭、剑指长沙。内心恐慌的汤芗铭慌了神，急忙调兵布阵，分路阻截护国军。此时，程潜总司令把握时机，向全省发出《护国军湖南总司令程潜布告汤芗铭罪状》通电。这通电，自然也是给汤芗铭的致命一击。其时，汤芗铭北军一部正与护国军一部在湘潭一带对阵，北军已是四面楚歌。为形成夹击之势，林修梅派林伯渠亲自出马，偕同护国军第一师第二旅，由宁乡进逼道林，以成汤芗铭首尾难顾之势。

林伯渠领命后，即偕第二旅进兵宁乡，逼近道林。汤芗铭闻讯，如惊弓之鸟，连忙调他的“模范团”两个营赶赴宁乡，阻截护国军第二旅。两军对峙中，林伯渠与二旅旅长谋划说：“为减少伤亡，保存兵力，我想来个‘不战而屈人之兵’。”

旅长问：“参议有何妙计？”

林伯渠说："由我潜入敌营，暗中策动他们反水。"

旅长摇头说："不行，这太冒险，太没把握。"

林伯渠胸有成竹地说："你们只管积极备战，严阵以待。明晨全体荷枪实弹，进行操练，把阵容搞严整些，把军威充分显出来。如果明晨七点我回来了，那就是一场阅兵；如果我没回来，那就将是一场鏖兵！"

旅长仍担忧地说："我们还是按计划正面进攻吧，参议独自深入虎穴，要是有个闪失，我将如何向总司令与参谋长交代？"

林伯渠坚定地说："我多少知道这两个营的一些底细，若完全没有把握，此时此地，我也不敢去冒这个险，你就按我的计划准备，严阵以待吧！"

林伯渠当夜潜入敌营，给哨兵塞了几个钱，明说自己是护国军司令部参议林祖涵，有要事见营长，说着亮出证件。那时当兵的都是混口饭吃，凡事看长官眼色，一看来人是护国军总司令部参议，找的又是他们营长，自然也不敢怠慢。哨兵小心翼翼地把林伯渠带到营帐外，先进去通报。随后，营长迎了出来，并拉着林伯渠的手进了营帐。

次日清晨，只见林伯渠与两位北军军官并肩来到二旅营地，后面还跟着两个卫兵，这随林伯渠而来的，正是北军"模范团"的两个营长。其时，护国军二旅旅长正在进行晨训，整齐的队伍、亮闪闪的武器，的确是阵列威严。一见林参议面带微笑与两个北军军官走过来，旅长一声号令，二旅官兵全体立正、持枪，以礼相迎，把两个汤军营长着实镇住并感动了。

当即，一位营长就说："林参议，我们跟着你干！"

林伯渠郑重地说："湖南护国军欢迎兄弟们！"

二旅队列中爆发出雄壮的口号声："驱汤复湘！还我民国！"

当天，这两个营就宣布投诚，并暂编入护国军第二旅，一道去夹击长潭之间的汤芗铭军。

事后，第二旅旅长问林伯渠："林参议，您是怎么把他们说动的？"

林伯渠十分淡定地说："这两个营的官兵，很多都是当年武陵新军二十五混成协五十标第三营的人，那时他们刚被我们招抚，就被强敌打散了。再后来他们为了生计，又彼此联络到一起，再谋'当兵吃饭'。汤芗铭扩军时，他们便扩进来了。由于这帮兄弟战训齐心，所以很受赏识；而两个营长都是从他们中间提拔起来的，当年在常德我亲自策反过他们，跟我自然颇有些交情！"

旅长又问："他们也不完全是只因认识您便反水的吧？"

林伯渠说："当然，我也是苦口婆心，向他们历数了汤芗铭的滔天罪恶，分析了汤军大势已去，更讲清了我护国军顺应民心、所向无敌的大势，并答应他们先来看看我们护国军的操练和军容，然后再做决断。你们的阵容搞得严整，气势夺人，促使他们下了最后的决心。"

旅长十分钦佩地说："林参议真是有勇有谋、韬略过人。这回，轮到汤芗铭喝他自己熬的'送终汤'了。"

林氏兄弟南北夹击，击溃汤贼，捷报三湘。湖南革命形势迅速发展，林修梅和林伯渠也因此成为那段湘史中标志性的人物。话说袁世凯死后，黎元洪继任北洋政府总统，段祺瑞就任国务总理。自汤芗铭落荒而逃后，北洋政府也想抓住湖南，先命驻湘桂军都督陆荣廷兼任了一个时期湖南督军兼省长，然后又令亲信陈宧出任湖南督军兼省长。但湖南各界坚决反对北洋政府任命的督军兼省长，于是，北洋政府又临时推举刘人熙代理省督军兼省长。最后，还是谭延闿老谋深算，借助北京政府赵恒惕、陈复初等人支持，于1916年8月4日，登上他觊觎已久的湖南督军兼省长宝座，并于8月20日到长沙正式视事。谭延闿得手后，用尽心机，情知湖南反袁驱汤，程潜功在首位，便先把程潜排挤在了领湘权力之外，引起湘人为程潜鸣不平。为稳住人心，坐稳湖湘，有"水晶球"之称的谭延闿又煞费苦心，在驱汤功臣林伯渠等人的任用上动起了心思。

完成驱汤夙愿的林伯渠，继而为中华革命党湖南支部的发展奔走于湘鄂之间。当时，覃振是革命党湖南支部负责人，林伯渠为党务科长，他们俩从学生时代起就共同心属革命，现在自然更是同心协力，一道为革命党湖南支部的发展竭诚努力。由于当时条件所限，支部与总部缺乏直接沟通，此时正有向总部汇报和请示的迫切必要。为明确方针，配合全局，湖南支部决定派林伯渠前往上海，向孙中山先生汇报湖南情况，请示今后工作方略。而此时恰好谭延闿政府欲委林伯渠等以要职，对此，林伯渠也觉得有请示革命党组织的必要。

1916年9月2日，覃振等送林伯渠到汽车站，上车前，覃振叮嘱说："祖涵，你这次去到上海见孙先生，使命重大，今后革命的方略，就等你此行的消息了。"林伯渠握握覃振的手说："此去武汉，乘船到上海，需要一些时日。到上海后情况会如何，我现在心中也没底，待有消息，我会尽快跟你们联系。"覃振挥挥手说："祖涵同志，一路保重，快去快回！"

林伯渠也挥手说声“理鸣兄保重”，即乘车绝尘而去。到达武汉，林伯渠立即转乘去上海的轮船。轮船顺江而下，不日，即抵达上海外滩码头。在上海同志的引导下，林伯渠顺利到达孙中山寓所。见到孙中山，林伯渠又是激动，又是难过。在护国运动中，袁世凯的复辟梦是粉碎了，然而，战争的惨烈，杨王鹏、杨任、余昭常等同志的惨烈牺牲，每每使林伯渠痛心悲愤，此时竟至哽咽地说：“孙总理，终于又见到您了。”

孙中山招呼林伯渠坐下，然后笑笑说：“祖涵同志，铁血男儿，何以如此？”

林伯渠面带悲色地说：“想到死难的同志，让人痛心哩！”

孙中山表情凝重起来，说：“是啊，在国外，我也一直关注着国内的情况，同志牺牲，如同剜心。但既然是革命，就难免有牺牲；不管道路多么艰险，我孙文是没有半步退路的！”

林伯渠备受感染，即说：“有总理就有革命，我们不会有丝毫动摇。这次，祖涵是受湖南支部委派，前来汇报情况，请示今后方略的。”

孙中山摆摆手说：“祖涵同志不着急，让你先见一个人吧！”

林伯渠忙问：“谁？”

孙中山向里间叫道：“松坡，出来吧！这是位完全可以信赖的同志。”

原来，是蔡锷将军在这里。刚才因突然有人造访，蔡锷将军暂时避入内室。听到孙中山招呼，便应声出来。蔡锷虽一身便装，却不掩赫赫威名的将军气度。

孙中山介绍说：“祖涵，这就是南天拔剑的云南护国军司令蔡锷，松坡将军。”

林伯渠十分意外，又十分惊喜，他满怀敬意地向蔡锷将军行个欠标准的军礼，道：“松坡将军威名，如雷贯耳，讨袁护国，功高千仞啊！”

蔡锷也向林伯渠拱拱手，微微一笑。

孙中山又向蔡锷将军介绍说：“这位就是湖南护国军总司令部参议林祖涵，其兄林修梅是湖南护国军参谋长，他们俩可是革命党内难得的一对热血弟兄啊！”

蔡锷将军高兴地向林伯渠伸出手，紧紧一握。

孙中山这才想起了什么，接着解释道：“哦，祖涵，忘了告诉你，松坡将军因喉疾正在上海治疗，有时来我这里坐坐，但他现在不宜说话。”

林伯渠又是感动，又是关切地说：“哦，松坡将军为革命柱石，千万保重。将军带疾尚且坚持，我等同志岂能不拼死护国？”

蔡锷点点头，沙哑地说了一句：“总理新婚，党人之庆，顺来致贺！”

林伯渠惊喜道：“总理辛苦奔波，劬劳难言，得一知己，实乃党人之幸，祖涵代湖南同志，恭喜孙总理及夫人了！”

孙中山说道：“多谢诸位党人，目前庆龄尚在日本，待机归来。当前局面，正需我等集结党人与武装，重组革命政权，继续革命！”

林伯渠有点急切地说：“目前局势表面看似平静，但实际南北军阀正在相互倾轧，且大权已然握在北洋军阀之手；民国未复，党人焦虑，各省党人，正待总理指明方略！”

孙中山说：“祖涵同志，余话稍后再谈。现黄兴、胡汉民俱在上海，这次大家正可会面共议，你们先联系联系如何？”

林伯渠高兴地说：“太好了，我尽快联系他们。”

林伯渠又转身握握蔡锷的手说：“松坡将军当前首要在于康复，切勿大意，早日痊愈，是为党人切望！”蔡锷将军点头示谢。

此后，黄兴、胡汉民等在林伯渠联络下，来到孙中山寓所，共商当时方略，确定各地要一面加强革命党组织发展，一面尽可能在各地寻求上层立足之地。对湖南省政府拟任用林伯渠等一事，孙中山十分赞同，叫林伯渠等当仁不让。

此次上海之行，林伯渠信心大增、精神焕发。由上海乘船返回武汉途中，他不禁激情澎湃，欣然命笔，写下《江行》诗二章：

（一）

江行我最乐，况乃逢秋高。仰面观飞隼，依然翔九皋。
人生感百虑，何日足逍遥？好玩太上旨，且去理残胶。

（二）

一矶中流立，断崖若可攀。急流回骇浪，寺古挂岩边。
暖暖云中现，日出影又添。舟人欣共语，此处足流连。

诗中，林伯渠把此行上海后的希望燃烧和信心满怀，抒写得淋漓尽致。从上海回到长沙，林伯渠即出任湖南省公署秘书兼总务科长，不久后又兼任代理政务厅长。当时，林伯渠就寄住在林修梅在长沙的寓所里。家的氛围，自然容易触发对家中亲人的思念。现在，林伯渠生活节奏稍稳，并有了一份固定薪水，于是决定把家眷接到长沙来做一时团聚。从东北南归后，一直四处风尘，行迹不定，家中老小全无暇顾。好在伍崇贤回安福后，一直恪守信义，把家中老小照顾得不错。一个自小生长在南京大都市的女子，在湘西北乡下能如此专诚而无他念，深得乡邻称道。县城及常德女子学堂得知情况后，都先后聘她执教，所得收入，略可用来维持家计。林伯渠每每思及家中，自然深感愧对母亲、复明及孩子们，现在正有心做点弥补，于是促成了他把家眷接来长沙一住的决心。

不久，伍崇贤就携全家老小，辗转来到长沙。家眷到达时，林伯渠正忙着公务，未便亲迎，便派听差曾福去码头接迎。老实但机灵的曾福很会办事，顺利地把林厅长家眷接到了林修梅先生寓所。傍晚时分，林伯渠下班回来，骨肉相见，自必都很激动。林伯渠心情复杂地拉着母亲的手说："恩娘，自从东北回来，儿子奔走不定，几年无暇顾及家中老小，祖涵实在愧疚啊。"

母亲端详着祖涵说："涵儿不愧疚，涵儿不是接我们来长沙了吗？这几年，多谢你父亲那帮老友，引荐崇贤出来教书，挣钱维持家计，只是苦了崇贤了！"

林伯渠连忙转向妻子，轻轻抚着她的臂膀说："复明，我今生是多亏了你啊，是你替我承担了我所有的家庭责任和义务。"

伍崇贤也抚着丈夫臂膀说："夫妻嘛，不说这些；你还好吧？瘦了、黑了。"

林伯渠笑笑说："是吗？南方嘛，容易晒黑。"

接着，林伯渠蹲下来，一手搂着长女秉权，一手搂着次女秉蘅，亲亲这个，又亲亲那个说："好乖乖、好乖乖们，现在可以跟爸爸住一起喽！"

几个弟弟有点生疏似的看着大哥，没敢说话。林伯渠转过身对他们说："好啊，弟弟们都长高了不少，也该好好上学读书喽。"

全家人到了一起，不管时间是长是短，都是令人欣慰的。一时间，林伯渠既当儿子又当父亲，既当丈夫又当大哥，虽忙了，却体会到了种种人生之乐。

不过，林伯渠毕竟是公门中人，忙碌自不待言。同时他又负有革命使命，与一般官僚政客的生活自然不同。尽管好不容易全家团聚，但他也无法给家人更多惠顾。后来，二女儿林秉蘅曾这样回忆与父亲在长沙生活的那段往事：

我们住在长沙的时候，是和我父亲的堂兄浴凡二伯住在一起的……家中来往客人很多；给我留下的印象是，有些来客和他高谈阔论，兴致很好。还有那么一种客人，畏畏缩缩，蹩手蹩脚，恭恭顺顺，还带着一大堆礼物。这种来客准会倒霉，父亲对他们先是训斥的态度嚷嚷一通，然后要听差抱着礼物把他们送出去交还，经常指示家中上下人等，不许私下接受送礼。后来我们长大之后，常听到父亲的朋友们赞许他为人正直、廉洁奉公……

虽然林伯渠对家人从不做格外关照，但对所谓“下人”却十分眷顾。他的听差曾福，是从常德乡下当兵出来的，家里很穷，没有读过书。但人很机灵、聪明好学。因此，林伯渠忙完公务空闲下来，常挤出时间教他识字。曾福学了一段时间，长进不小。但后来林伯渠发现曾福突然就不肯学了，于是问他：“曾福，最近怎么不找我识字了？”

曾福遮遮掩掩地说：“大人，我是怕……”

“不是让你叫林先生吗，叫什么大人！说说你怕什么？”林伯渠说。

“先生，自从您开始教我识字，就有人背后议论，说您与下人不分尊卑，有失体统。我一个乡下来的听差，怕给你逗口嘴哩！”

林伯渠有点吃惊地说：“什么话！我等就是要以转移社会风气为己任，什么上下尊卑，那不是我们的信仰；别怕，你学你的，识字断文，是天赋青年的权力。”

曾福回道：“嗯，好！先生，还有句话不知当不当讲。”

林伯渠看看曾福，鼓动说：“只管讲！”

曾福直言道：“您不是常让我把别人送的礼物退给送礼的人吗？而且，您还训斥过那些送礼的人；他们心里很有怨气，背后说您坏话哩。”

“哦，那没什么，也很正常，身正不怕影子斜，让他们说去就是了。”林伯渠一听是这事儿，满不在乎。

曾福又说：“先生，您一大家子住长沙，有不方便的事尽管吩咐我，我年轻，有的是力气，您那么关顾我，帮您做点家务是应该的，可您却很少吩咐过我。”

林伯渠说：“曾福，你是官署的公差，我怎能随便私用？除非极特殊之事，我是不能安排你做我家私事的。”林伯渠就是这样一个律己几近苛刻的人。

这期间，林伯渠一面频频进出省公署处理公务，一面秘密奔走，忙于革命活动。一天，一批年轻知识分子相聚在长沙“省榷运局”会议室。林伯渠等邀约原“神州学会”的一帮湘籍会友，来讨论恢复学会活动的问题，到会的有葛方焘、彭蠡、聂俊、张自雄、荆嗣佑、杨丙等。林伯渠是主要倡导者之一，会议由他主持。一开场他便说：“诸位，我等均为原神州学会湖南籍会友，今虽散布各处，但学会的宗旨我等应牢固于心。今孙中山先生领导的革命正奋勇推进，本学会也当扎实响应。因此，我等诚邀诸君，在湘恢复神州学会活动。”到会者热烈鼓掌，以示响应。林伯渠接着说：“既然诸君赞同，那我们不日即在报端刊出启事，以广告于各会友。”不久，长沙《大公报》上刊出了林伯渠等联名发布的公告：

神州学会会友鉴：启者，本会同人散居长沙，亟应整饬会务，以竟切磋问学之志。兹假吉祥巷洞庭寄庐为通信处。会友见报，希即投函该处，报告本人住址。以便有事通知。

公告发出不久，神州学会活动便逐渐恢复，每月如例召开一次演讲会。林伯渠不仅每会必到，而且还多次主讲。在1917年4月底的一次讲演中，林伯渠掷地有声地强调了如下三点：

一、近来吾国人士，有专心求学而无会者；又有徒有会名而无学者。本会须“学、会”两字并重。

二、近内地各社、各会皆随政潮及社会风习转移者，本会则当以转移社会风气为己任。

三、凡一团体，必有一共同之精神及信条，颠扑不破，乃能永久存在。本会既合无数不同党派，不同学派之各种分子，宜取简章第二条“敦崇气节”

一语，为本会最高之信条，联贯之精神。盖迩来留学生失社会信仰者，非关学识，乃人格问题也。云贵起义誓师，有“为国人争回人格”一语，吾神州学会嗣后进行，亦当以为留学生争回人格为职志……

随着神州学会活动的恢复，林伯渠和覃振等开始谋划中华革命党湖南支部的进一步发展。覃振说：“祖涵，神州学会搞起来了，这对我党湖南支部的发展很有利，下一步我们怎么搞，祖涵你有什么主张？”

林伯渠说：“我们可以先建一个机关，作为党的活动据点，这样，湖南支部就有了个立足之地。”

覃振极表赞同，说：“好！这件事，你为主运动就好，包括社名、地点、人员等，可尽早确定下来。”

林伯渠满怀信心地说：“好，我尽快去做。”

不久，一条街巷深处，一处古式院落门楼上，悬挂出一块招牌——“正谊社”。院首公告告示：社长——龙璋，副社长——覃振，总务——林伯渠。此后，中华革命党湖南支部就以“正谊社”为外围组织，团结各方力量，秘密开展革命活动。

第十一章　护法

衡阳首义兄弟用命

1917年，俄国革命正风起云涌，中国则处于一个风云变幻、动荡莫测的年代。皖系军阀段祺瑞一方面暗里支持张勋和督军团叛乱，推翻民国，解散国会；另一方面又装腔作势，在马厂督师，把自己伪装成“再造共和”的英雄。后来段祺瑞又击败黎元洪、张勋，自封为“国务总理”，让直系军阀冯国璋取代黎元洪，登上总统宝座，开启了冯、段北洋政府时代。段祺瑞是个野心勃勃、卖国求荣的政客，当他从日本政府那里借得两亿多元巨款后，顿觉有了底气，决计用武力统一中国。于是，他公然宣布，废除此前订立的民国《临时约法》，申令不得恢复旧国会，而他自己却组织了一个“安福俱乐部”，借以培植党羽，不断扩张个人势力。

段祺瑞践踏民国约法的行为，随即遭到西南各省军阀的抵制。面对时局，寓居上海的孙中山也立即通电全国，揭露段祺瑞“假共和、真复辟”的阴谋行径。这年7月，许多被解散的国会议员与部分海军官兵联合，共同反对段祺瑞政权。9月，在这些力量的拥戴下，孙中山来到广州，召开了“非常国会”，组成“护法军政府”。军政府一致推举孙中山为大元帅，两广巡阅使陆荣廷和云南督军唐继尧为副元帅。不过，这两个副帅均一直未就职，这自然影响到军政府的效能。

这样，中国大地上又出现了南北两个政府对峙的局面。气势汹汹的段祺瑞政府随即组织北军，以武力南攻。湖南谭延闿预料自己的督军宝座朝夕难保，便见风使舵，主动向段祺瑞政府提交辞呈，以避北军来攻的锋芒。这自然正中段祺瑞下怀，他立即委派亲信傅良佐领命督湘。湖南省地处冲要，是南北双方必争之地。得知傅良佐被任命为北洋政府湖南督军后，自称“中立两面不讨好”的谭延闿在交卸督军职事之前，预先用重金把原亲北方政府的零陵镇守使望云亭骗往北京，安排湘军将领刘建藩出任零陵镇守使。谭延闿召开湘军将领会议，在商讨傅良佐来湘的对策时，一向对谭延闿不满的湘军第二师师长陈复初率先表态欢迎傅良佐督湘，在场其他将领默不敢言，唯有当时的湘军第一师第二旅旅长林修梅愤然而起，反对北洋政府安插的湘督。会后，林修梅迅即移师衡阳，准备与粤、桂、滇等已宣告自主的省份联合，武力抵制傅良佐督湘。

谭延闿卸任湘督、辞去省长职务之后，军、民两府官员随即纷纷辞职，林伯渠也向省署提交了辞呈。林伯渠递交辞呈后，尚未办完交卸的谭延闿忽以省署名义发出委令，委派林伯渠与教育科长熊崇熙、交涉股长陈寅恪等三人作为研究员，赴美国考察经济和教育。林伯渠对其中调虎离山的玄机已有觉察，于是表面接受委令，并领取了出国旅费，还和熊、陈一起有模有样地学了几天英语。暗里，林伯渠与林修梅、刘建藩、覃振、易象及林支宇等革命党人秘密联络，准备响应孙中山号召，奋起“护法”，谋划在衡阳、零陵发动起义。当然，林伯渠后来并没有出国，仍不改两袖清风的作风，把出国旅费如数退还给了省署。

时局的遽变，迫使林伯渠不得不对住长沙的家眷另作安排。8月中旬的一天，林伯渠私下吩咐曾福：“这次，我还真有私事要你来给我办了。”

曾福忙说：“先生的事，就是曾福的事；什么事，您只管吩咐。”

林伯渠吩咐说：“近期，你替我把家眷送回临澧去。”

曾福并不意外似的说：“好，我就知道会有这一天的，段祺瑞来者不善，肯定要生事端。”

林伯渠笑笑说：“你能掐会算？”

曾福不好意思地说：“长着耳朵，多少会听到一些漏音；湖南要换督军，省署自必不会安宁。”

林伯渠点点头说：“是啊，省署一不安宁，我的家眷留在长沙就不安稳喽。”

曾福说：“您放心，我马上安排好，请先生择定日子，即通知我。”

不久，曾福不声不响地把林伯渠一家老小安全送回了临澧老家。

眼见长沙要成多事之地，谭延闿托词回籍扫墓，微服潜回了上海。8月31

日，林伯渠佯装准备去美国进行研修考察，向省公署交卸了总务科长兼代理政务厅长职事，然后也回了临澧老家。林伯渠此次回家，除了看看家人安顿得如何，还想顺便了解一下湘西社会状况，同时等候林修梅他们在衡阳、零陵那边的动静。

乡下消息闭塞，不很了解时局，对林伯渠这么快又回家，家里人不禁又有点意外；一见丈夫，伍崇贤便问："伯渠，怎么这么快也回来了？"

林伯渠半当真、半玩笑地说："省公署派我们几个人去美国考察学习，现已交卸省署职事，暂时得空了，于是就跟在你屁股后头赶回来了呗！"

妻子悬着心问："哦，你真要去美国吗？"

林伯渠不置可否地说："难讲，反正先回来住几天，再看风向吧。"

母亲也过来了。林伯渠一边扶娘坐下，一边说："恩娘，这次能回来孝敬您几天也好，过一阵，儿子怕是又得离开您哩！"

母亲说："这我晓得，你们是在外边干大事的人，不可能老守着娘。"

林伯渠点点头说："是的，跟娘实说吧，堃哥和他的队伍正驻扎衡阳，那里可能需要我去帮把手。"

母亲点头说："嗯，'打虎还靠亲兄弟'嘛，既然堃哥需要你帮，你就去吧；只是要时刻小心，屋里可是需要你们兄弟俩都平平安安的啊！"

林伯渠暂住家中时，长沙那边再生变故。段祺瑞派亲信傅良佐督湘时，担心傅根基不稳，恐难把控局势，于是又派直系军王汝贤、范国璋部一起开进湖南，为傅良佐稳桩。果然，傅良佐胆子大了，一到长沙，就下令撤销驻衡阳、永州一带的湘军第一师第二旅旅长林修梅的职务，并派人前往接任，同时还准备把追随程潜的零陵镇守使刘建藩调开。林修梅和刘建藩都是洞明时局的人，在傅良佐委任的接替人未到衡阳之前，9月18日，他们抢先通电全国，宣布湖南独立，湖南护法战争的第一面战旗就此竖起来了，这就是护法运动史上著名的"衡阳首义"。刘建藩、林修梅发布的《湖南独立通电》写道：

……时局变乱，欧战绵延，我国际此时期，政治革新，时机本善。

乃前者袁氏执政，以私害公，袁虽败亡，民力已挫。我大总统依法正位，方用中执西，以奠邦基。奈自徐州谋乱，段氏以国务总理任内主张，违法横行，破坏国纪。我大总统为保国起见，令免厥职。段随忿不奉命，唆使蚌埠首先叛乱，辱迫总统，解散国会，国之纲纪，已被扫灭无存矣。然犹以我大总统守正居中，莫逐私愿，阴怂张勋复辟，将总统迫去，民国推翻，阳为讨逆兴兵，久据国家政治机关，集合私人，组设政府，自称总理，为所欲为，以借债备诛锄异己之用，并以元执国中当要之权。

乃两粤宣言护法，则易湘督以武力征服之图。川中构兵，其实刁煽，以便收拾西南之计。凡此种种，举国皆知，为国之殃，较袁为甚。倘承认所组织之政府，为可行使统治权，国之危亡，势可立见。

是以海军、两广、云南各省早宣言独立自立，誓不肯附私党以存民国之精神。建藩等治军湘南，保国卫民是为天职，特率湘南军民子弟，宣告自立，与段政府脱离关系，一切军民政府，均与海军、两广、云南一致进行……

独立通电发出后，刘建藩、林修梅立即宣布湘南二十四县为戒严区，傅良佐派来的陈濂璋、邹序彬等一一被拒绝入境。孙中山在广州得悉刘建藩、林修梅起义护法的消息，无比兴奋，立即致电起义将士，表示嘉勉，并密遣程潜、林支宇等由粤北进入湘南，协助起义军作战。程潜到达后，即被推为湖南护法军总司令，刘建藩为副司令，林修梅为参谋长，林支宇任湘南民政处长。湘南起义通电发布次日，林伯渠奉命从临澧急赴衡阳，被任命为湖南护法军总司令部参议。林伯渠到达衡阳，与程潜、林修梅自然有一番久别重逢的寒暄，同时也是一通共举大义的推心置腹。林修梅对堂弟说："祖涵，广州护法军政府对衡永起义寄予厚望，程总司令知道你是个财政专才，决定任你为总司令部参议兼理队伍军需供给。"

林伯渠挺身直立，干脆利落地答道："是！"然后大家一起简单谈了具体部署。最后程潜说："林参议，你先熟悉一下军务，处理一些当紧要务，然后劳你作为湘南护法军代表，去广州向孙中山大元帅汇报湘南起义情况，并请大元帅敦促粤桂两省，尽快出兵湘南，支援湘南护法军作战。"

"是！祖涵定当不辱使命！"林伯渠在队伍中待多了，也慢慢养成了一些军人习惯。不久后，林伯渠前往广州，面见孙中山大元帅。见面后，林伯渠立即向大元帅转呈了程潜总司令的亲笔函，并汇报了湘南护法军举义的经过及现在面临的局势。孙中山认真听取了报告，细阅了程潜的呈函，备感欣慰。他高度评价衡阳首义，并立即发电，敦促桂系陆荣廷出兵湘南，以图巩固扩大护法运动声势。为表彰“首义”之功，孙中山特委命林伯渠任“大元帅府湖南劳军使”，代孙中山大元帅赴湘南护法前线，慰劳起义将士，以鼓舞士气、坚定护法。

1917年11月3日，林伯渠与覃振、易象等革命同志结伴由广州返湖南。到达衡阳后，林伯渠立即奔赴护法起义前线，代表军政府大元帅孙中山慰问义军将士。见到程潜总司令、林支宇处长等人，林伯渠报告道：“祖涵以孙中山大元帅府湖南劳军使身份，向湖南护法军程总司令复命：孙中山大元帅欣慰于湖南护法军义举，深为起义将士革命斗志鼓舞，着将号令各方师指武汉，并命涵至湘南前线，代其犒师！”随后，林伯渠详细汇报了这次与孙大元帅面谈的有关情况。三天后，大元帅府发布了题款《复程潜刘建藩林修梅嘉奖起义讨贼电》的通电：

段逆窃柄，国法攸斁，衡永首义，万方警省。既开天下之先，已褫奸人之魄。会师武汉，直在指顾。疆场贤劳，曷胜系念。兹林祖涵驰往存问，藉致拳拳。惩奸回之奰逆，我武维扬。系国本于苞桑，共拜嘉贶。

接到大元帅的《嘉奖起义讨贼电》，湘南护法军全体将士列阵誓师，由参谋长林修梅宣读通电。顿时士气大振、斗志倍增。数日后，林伯渠致电孙中山，报告近日义军动向，转达程潜、林修梅、林支宇等将领的感谢之意，电文称：

广州孙大元帅钧鉴：

祖涵江（三）日抵衡，晤程总司令、林处长（支宇）转达尊意，极为感谢。我军由衡山、宝庆、攸县进攻，连战皆捷。商民安堵如常，特此电闻，林祖涵叩。

曾经骄横一时的傅良佐获知湘南起义消息后，深陷忧虑和恐慌，连忙备战，并宣布长沙等各属区一并戒严，急遣所部第一师代理师长李佑文率所辖第一旅，向衡山进兵。不料第一师官兵在起义军“湖南人不打湖南人”的宣传攻势下，纷纷倒戈，整营整营地投向护法起义军。李佑文获知消息，不禁惊恐万

状，吓得星夜逃回长沙。

傅良佐闻报前线兵变，仓皇调动北军南下增援。9月底，傅良佐又令北军第八师师长王汝贤为湘南各军总司令、第二十师师长范国璋为副司令，挟三万余众，向仅有五千兵力的护法军发起进攻。此时，护法军零陵副司令黄岱不幸阵亡，衡阳、宝庆相继失陷。一直按兵未动的陆荣廷眼见北军快要打过粤桂边界，危及他的地盘，这才于10月下旬下令出师援湘，而广西护法军谭浩明此时已率一部入湘。待广东护法军马济部入湘后，粤桂两军与湘南护法军便组成护法联军，推举谭浩明为总司令。形势发展很快，护法军分路向北军发起反攻，战局发生逆转。特别是萱洲河一战，北军锐气大挫。王汝贤、范国璋等见势不妙，连忙发出停战通电。傅良佐见左臂右膀均不济事了，也吓得仓皇北逃。在护法浪潮中，段祺瑞政府不久也被迫宣告下台。

11月20日，程潜首先率军进入长沙。湖南省议会、商会、教育会等随即召开各界代表会议，推举谭浩明为省督军、程潜为省长、林伯渠为财政厅长、易象为民政厅长。林伯渠和易象是多年的革命同志和战友，两人随即竭诚携手，积极配合，筹集军饷。他们为政行事清正廉洁、秋毫无犯，后来曾被社会评价为历来最清廉的一届湘省府。

然而，谭浩明出于个人盘算，一直逗留衡阳，未到长沙就职，以待时机，谋求独揽。此后不到一个月，实力雄厚的桂系军与谭延闿派系联手，极力排挤在湖南根基最深的程潜，程潜终因实力不足，被迫辞去了省长职务，仅留任湖南护法军总司令一职，并被挤出长沙，屯驻湘阴新市一线；这样一来，湘省大权遂完全落于桂系谭浩明之手。12月中旬，谭浩明来到长沙，以联军总司令名义兼摄军、民两政，决定不再设省督军和省长，省府改为三厅制，即军务、民政、财政三厅共行湘政；三厅之长，分别由桂系参谋长陈继祖、前国民党湖南支部长刘岳峙和湖南各界代表大会推举的林伯渠三人分任。刘岳峙原就是亲桂系的，这样，三厅中，军、民两厅实际操于桂系，仅财政一厅由湘系所掌。

林伯渠曾在谭延闿督湘时期筹划全省财务，湘南起义之初，又协助湘南政务处长林支宇筹措军费，曾采取有效措施：由商会发行一元、五元、十元货币，暂不兑换，军民一律通行，不得抵折；通令部队保护商贾正常贸易，不准随意扣留非军事物资。以这些措施保障了市场稳定和战争供给，也建立起了林伯渠的理财声誉。谭浩明为分化湖南革命势力，立心不想任用林伯渠，而欲另委林支宇为财政厅长。但林支宇对谭浩明用心有所洞察，故坚辞不受；谭浩明才勉强任用林伯渠为财政厅长。林伯渠对谭浩明的肚里文书也心知肚明，估计日后在谭浩明不怀好意的干预下，自己这个财政厅长必不好当；但为顾全西南护法大局，林伯渠还是勉为其难、知难受命。

谭浩明摄政湖南也仅仅维持几个月，大势又生逆转。以卖国求荣为能的段祺瑞不甘失败，通过阴谋手段，又从日本国"借得"第二批重金。常言"有钱能使鬼推磨"，借得巨额日贷的段祺瑞，终于依靠其党羽爪牙的襄助，东山再起，重新当上了"国务总理"。此次上台后，段祺瑞决意破釜沉舟，与护法军决一死战。不久，段祺瑞即与冯国璋等策划五路攻湘，讨伐谭浩明、程潜等所部护法联军。段祺瑞命两湖宣抚使曹锟统筹全局，直系军阀吴佩孚率五个混成旅策应各方，前敌总司令张敬尧率第七师攻岳州，湘赣检阅使张怀芝率军攻湘东，吴光新、冯玉祥率军攻湘西，总共四十万兵力，凶猛扑向湖南五万护法联军，致使湖南一时尸横遍野、血流成河、民众流离。正是那一时期，湖南民间流传过一首民谣：

不得归，不得归，北风何事向南吹。
洞庭青草都成碧，堪叹众生性命危。

在北军泰山压顶般的攻势下，湖南护法联军不得不放弃长沙，向湘南撤退。紧接着，吴佩孚率军攻陷衡山、衡阳，护法军只得再退至郴州、永州一线。3月25日清晨，林伯渠随同联军总司令谭浩明和其他两厅长一道，乘船撤离长沙，经湘潭抵衡阳。在衡阳，林伯渠与湘南民政处长林支宇、衡阳道尹陈焕南、前政务厅长易象、国会议员王恒等一道，协力为部队筹措粮饷，策划守城防务。4月21日，吴佩孚兵临衡阳城下，林伯渠等难抵强敌，只得再撤退耒阳、郴州。正当衡阳失守之际，刘建藩部在攸县向北军张怀芝部发动攻势，连克攸县、醴陵、株洲，前锋直抵易家湾，离长沙仅有数十里之距。北军一时望风披靡，长沙指日可下，有利战局向护法军倾斜。然而，5月1日，刘建藩在率部乘夜抢渡白石港时，不幸落水身亡。护法军阵前突失大将，军心顿陷混乱，致使护法军由胜反败。北军再度得势，对湘南疯狂烧掠，一时疮痍遍地，血肉

成丘。据湖南善后协会1919年所编《湘灾纪略》称，醴陵经此一战后“仅遗二十八人”，可见时况何等惨烈。北军攻克醴陵后，谭浩明退回广西，吴佩孚进占耒阳。北军张敬尧所部趁势进占长沙，段祺瑞随即任命张敬尧为湖南督军兼省长。对此，军阀吴佩孚自然愤愤不平，在他看来，扫平湖南，大功尽在自己，最后却渔翁得利，让张敬尧捡了便宜。吴佩孚不免一时心冷，随即通电主和。护法军此时已是元气大伤，无力反攻，于是便响应吴佩孚停战通电，与北军停战，划界对峙。

值此艰危时刻，林伯渠于1918年5月15日由耒阳再赴广州，计划向广州军政府孙中山大元帅汇报湘南战况，请示护法军此后发展办法。然而，此前广州军政府内部却在酝酿一场阴谋：部分国会议员及海军军官被桂系军威胁利诱，加紧了推行改组军政府的权谋活动。因路途车马延误，在林伯渠尚未到达广州的前三天，广东督军莫荣新逮捕了军政府陆军部长张开儒，杀害了陆军次长崔文藻；孙中山此时完全被架空，被迫向非常国会提出辞职，其通电称：

……吾国之大患，莫大于武人之争雄，南与北一丘之貉。虽号称护法之省，亦莫肯俯首于法律及民意之下……文于斯瘏口哓音，以蕲各省之觉悟，盖已力竭声嘶，而莫由取信。知我者谓我心忧，不知我者谓我何求，斯之谓矣……

5月21日，孙中山黯然离开广州，经辗转日本，低调抵达上海。林伯渠此去广州，求见孙中山扑空，激起他对桂系军阀反革命阴谋和吴景濂等国会议员无耻行径的极大愤懑。但广州已是逆流汹涌，孙中山已人去楼空，林伯渠只有徒叹奈何了。当时，革命同党王恒到达广州，林伯渠即从东亚酒店搬出，与王恒一起住进一家客栈，既可省些费用，又可一起商讨事宜。当时，旅日留学生中华救国团为反对段祺瑞政府与日本签订《中日共同防敌军事协定》，派代表张有相、李大年等来广州，发动各校学生组织救亡运动。林伯渠对中华救国团的主张极表赞同，王恒则不赞成中学生参与运动，两人发生激烈争论，但一时谁也没能说服谁。不久，林伯渠又见到当年在日本一道参加神州学会的容伯挺。当时容伯挺正主办在南方颇具社会影响的《广东中华新报》，报社记者编辑大都是留日归国的爱国学生，杨匏安等都在其列。《广东中华新报》当时报道了不少关于俄国十月革命的消息和日本社会主义运动的情况，对革命分子产生着积极的思想影响。林伯渠这次南行虽未见到孙中山，但他深为结识到这些热心于救国和新文化运动的朋友而激动、庆幸。过了一段时间，林伯渠遂返回湘南，协助程潜、林修梅处理相关政务和军务，以图重整旗鼓。

孙中山被迫离开广州后，南北政府实际已被南北军阀所操控，护法运动陷入深深危机。想来，这次南方各省的护法运动，所持口号不过是“恢复民元约法与民元国会”。而这些诉求，对于广大劳动群众来说，是没有多少身受感和号召力的，因此，护法运动从理念上就缺乏民众根基。在形式上，虽然是孙中山在领导着护法运动，但孙中山其实处境举步维艰，主要依靠力量也不过是南方军阀，而这些军阀始终都在各自盘算着扩大势力范围和保存实力，“护法”在他们心里本不过是个幌子。他们此前就一方面表示同意孙中山的北伐计划，另一方面却与北洋军阀势力暗中眉来眼去。如此“护法”，怎可成事？孙中山这次辞职后，南北军阀勾结分赃的“南北议和”渐成大势，护法运动已有名无实，尚在“停战”状态下喘息的湖南护法军，实际已失去方针。

即便在这种情况下，林伯渠等坚定于革命的同志头脑依然是清醒的，他们对南北军阀借议和之名暗中勾结、行分赃之实的阴谋，不仅看得很透，而且还不失时机地予以揭露。对介入南北军阀“议和”的程潜司令，林伯渠从革命大势出发，也是尽力说服他擦亮眼睛，坚持“护法”大义。一日，林伯渠特意请见程潜，跟他推心置腹地说：“颂公，祖涵以为，您乃孙大元帅之股肱，当今之下，正当仰仗颂公厘清纷乱，砥柱中流，颂公切不可为南北军阀分赃迷乱心性！”程潜看看这个素有见地的参议，不失风度地说：“愿闻其详。”

林伯渠说：“经历诸多反复，以祖涵之见，此次南方各省的护法运动，到底缺乏民众影响力，而南方参与护法的军阀，许多不过以护法为幌子，首鼠两端，所谓南北议和，实为暗中分赃；目前局势，可以说已至危境。但我等革命党人要坚信，孙大元帅是百折不挠的领袖，革命仍在蕴蓄之中；故以颂公之资望，当自持先时立场，影响游移将领，以待大元帅复出。”

程潜点头说：“参议之议，我亦有所思，只是当今之下，也是大势所趋；且孙大元帅辞职，蜗居上海，我等纵然有坚持之意，也是徒叹奈何呀！”

林伯渠立即说：“颂公，请相信，大元帅只是暂时敛藏，大批忠勇同人，定会共襄大元帅重整旗鼓。祖涵即驰函大元帅，力陈南北军阀议和实为分赃割据、必须力诛之理，相信大元帅会有所明断！”

这年12月，南北议和的呼声越来越高。林伯渠又赴广州，访问了身为国会议员的同乡李执中和报界朋友容伯挺等人，调查了解了西南各方对南北议和的看法。然后，林伯渠特意去香港，在跑马地雯东街A1三楼，专心整理意见后，写信给寓居上海的孙中山，全面阐述了自己对南北议和的看法与判断，汇报了广州桂、滇各派系对南北议和的看法与态度。

旧历新年前，林伯渠从香港回到广州。除夕之日，他顺便游览了著名的羊城花市，先后写下《香江感事》和《游花市》两诗。前一首写他身临异域，有感于王粲《登楼赋》之“虽信美而非吾土兮，曾何足以少留”，以宣泄自己的爱国情怀和护法受挫后对人民苦况的无限同情；后一首则通过游览所见岭南风物，寄托希望广东早日打开革命新局面的殷切心情。

颓势之下，孙中山如何举动，势必牵动全党。在上海莫里哀路寓所，孙中山坐在书案前翻阅一叠信函，脸色憔悴，略显彷徨。宋庆龄端来一杯热茶说：“逸仙，喝杯茶，再陪你出去走走吧。”孙中山摇摇头说：“我现在哪有心情闲步，那帮军阀如此不顾护法大局，排挤文于千里之外，文都快成孤家寡人，真不知护法大计将复如何！”宋庆龄宽慰道：“怎么会是孤家寡人？林祖涵等同志来函不是说明，党人中还大有忠勇之士可堪倚重吗？”

这一说，孙中山的情绪倒是有所提振，他不禁又拿起林伯渠从香港寄来的那叠信函，扫视一遍后感慨道：“祖涵所言‘南北军阀分赃割据之和议必须力诛’，真是一语中的、痛快淋漓！我早就说过，林氏兄弟‘一文一武，必为国家栋梁’，于今尤见端倪矣！”宋庆龄随机鼓动说：“逸仙一贯百折不回、愈挫愈奋，此时，更当坚定！”12月23日，孙中山提笔写下《复林祖涵论分赃割据之和议必须力诛函》：

来缄诵悉。彼辈果不复稍存顾虑，竟借议和以遂其分赃割据之阴私者，此于国家何与？人民又何与？而护法之旨又安在？吾党惟有竭力诛之，以求永奠民国耳。颂云（程潜）果有悔改之心，本于自觉而奋斗，文自所乐予赞成。当此多难，相期报国耳。维转致斯意。

孙中山此函，虽对林伯渠等有所鼓动，但却也未提出行之有效的办法。沉疴之下，焉能速振。1919年2月20日，在欧战结束、巴黎和会以及驻中国使团的影响下，南北政府各自派出代表，在上海举行和平会议，但也议而无果。此时仍在划界停战状态的林修梅等郴州起义部队，仍在十分艰难的条件下养兵练兵，苦苦支撑。3月，林修梅与林伯渠议道："祖涵，自孙先生蛰居上海后，我们就一直没有当面向他报告过湘境护法实况。而我想，我们仍在坚持护法的这些消息，对孙大元帅来说应该是很重要的；尽管现在处境极其艰难，但我们护法的意志越磨越坚，应该让大元帅及时了解这些，振作起来，继续坚持斗争。"林伯渠极表赞成道："嗯，祖涵明白堃哥之意，我这就去上海，向大元帅面陈湖南护法军时况。"随即，林伯渠带上林修梅写给孙先生的亲笔函，直奔上海。

去也似箭，归也似箭。不久，林伯渠带着孙中山3月13日写给林修梅的复函，从上海返回湘南。孙中山信中写道：

顷令弟伯渠兄来沪，备述近况，并奉惠书，甚慰。湘中频年苦战，皆兄与诸同志历任其难，而兄主义坚定，贯彻始终，尤为吾党坚贞之士。南望郴中，良深注念。此次沪上和议虽开，然以北方屡怀狡诈，对陕中义军竭力进攻，故和议又形顿挫；如再事迁延，北方仍无悔祸之意，则战衅不免再启。吾人为主义而战，为正道而战，自非奠定真正之共和，不能自卸其责。望兄与诸同人互相策励，力尽救国之天职，国事幸甚。一切除面告伯渠兄外，专此奉复。

返回途中，林伯渠经过杭州，顺便游历西湖，写下一首《西湖纪游》诗，透露出他当时内心深处的苦闷与惆怅：

俊游如许才三日，山色湖光取次收。
到眼烟云纷万态，何人台榭足千秋。
艰难自笑非宁计，厉碌看人共一丘。
犹有情怀消未得，聚丰园里酒盈瓯。

回到湘南，林伯渠即向堂兄林修梅转交了孙中山的复函。林修梅接读孙中山先生复函后，百感交集。他与林伯渠并肩站在一处久无硝烟的工事前，仰望长天，极目云空。空中，几只衔泥的燕子飞过，洒下一串彼此的呢喃呼唤。由此及彼，林修梅忽拉住林伯渠的手说：“祖涵，不管是风是雨，我们兄弟俩总得像这燕子，一起往前飞啊！”虽然孙中山复函满篇话语堪慰人心，亦能鼓动热血，但终归颓势已成，只怕一时已是积重难返。革命者此时大都被沉闷所笼罩，而长于打仗、不擅政谋的程潜司令，此时已是龙困浅底一般无可奈何。

1918年7月，一直伺机再起的谭延闿，从蛰居一个时期的上海返回湖南，在桂系军阀陆荣廷支持下，自号湖南“督军”，堂而皇之驻节永州。这样一来，湖南护法营垒内部，形成了两个山头分立的局面：一是驻节郴州的湘军总司令程潜；二是驻节永州的所谓湖南“督军”谭延闿。湘境一时一天二日，互不相让。

10月初，直系江苏督军的谋士白坚武从南京来湘南从事联络活动，10月底，来到永州与谭延闿暗通。白坚武先前曾是李大钊在天津求学时的好友，现在却是孙中山视为敌人的直系密使。因此，林伯渠为弄清他此行的真实意图，曾两次造访白坚武。白坚武到永州的第四天，谭延闿和林伯渠邀白坚武同游城西朝阳洞，这是唐代柳宗元贬居的地方。白坚武赏景之时，吟诵了一首《衡永道中口占》诗：

径石崎岖逶迤峰，万山千曲穴中通。
北南人地天为限，竖子穷兵气尚雄。

林伯渠本就是才思敏捷的诗人，他听得出白坚武是在讥讽湘南起义将领为穷兵黩武的“竖子”，流露出他为合吴佩孚与谭延闿“万山千曲穴中通”之勾结的意图。性情使然，林伯渠也即兴吟诗一首：

洞泉泠泠似清磬，危倚石栏恰可听。
一滴终须归大海，几人到此悟平生。

林伯渠此诗意思是说，不要以穿穴千曲、一滴泠泠自鸣得意；水总是要归大海的，这是大自然法则；护法革命才是正道，执迷不悟又能何为？但官迷心窍的谭延闿和以纵横家自居的白坚武，此时哪能悟出林伯渠此诗的深意？几日后，白坚武收下谭延闿四百元光洋，得意洋洋回南京复命去了。

湘南停战后，湖南护法军困居一隅，且有北军同域对峙，兵多地狭，必然出现强行勒索抢劫等现象。曾经满腔热情欢迎护法的湘南人民，竟深陷“匪过如梳，兵过如篦”的苦境之中。对此，林伯渠和林修梅自然十分难过和困扰，不禁开始怀疑，依靠这样的军队，能担当起救国救民的国民革命使命吗？中国训练新军都几十年了，军队居然还是这个样子，是不是练军方针存在根本问题？俄国十月革命是如何取得成功的？工农兵是如何坐了天下的？许多的疑问，在林修梅、林伯渠兄弟脑子里盘旋。他们真想到苏俄去看看，看那里的革命到底是怎么搞的。

当时段祺瑞又已失势下台，在北方占据优势的直系军阀已成为南方革命阵营的主要威胁。1919年夏，谭延闿与直系吴佩孚、桂系陆荣廷等愈来愈加紧勾结，联手打击拥戴孙中山的程潜、林修梅等将领，力图分裂湘军以图自雄。程潜和林修梅此时则希望谭延闿妥协让步，以便湘军归一，主导湖湘局势。因为林伯渠擅长斡旋，且与谭延闿有过同属关系，程潜、林修梅便遣林伯渠去永州见谭延闿，向谭延闿力陈孙中山“联段反直”的策略，进而劝告谭延闿以护法大局为重，维护湘军统一，不要与陆、吴沆瀣一气。

行前，林修梅对林伯渠说：“当今之势，北军大兵南窥，湖南濒危，我护法营垒须团结一致、共同抗敌。但今谭延闿复起，自占永州，与我湘军各树一帜，殊为危急。我素知弟不以谭延闿为然，但危难之际，须你出马，力劝谭延闿顾全中南护法大局，从义引退，以便永郴联垒，合抵北军。”

林伯渠说：“谭延闿历来奸滑营私，今名为护法，实则借以自雄。然时势危急，祖涵必‘知其不可而为之’，以冀万一之得，或能挽回颓势。”

于是，林伯渠衔命来到永州谭延闿“督署”，拜会这个最长于打小九九的自封 “督军”。尽管谭延闿对林伯渠来意很清楚，但毕竟林伯渠曾在他主政的湖南省公署供过职，且尽忠职事，故谭延闿台面上还算客气。林伯渠也不失礼仪，见面后寒暄道：“谭先生别来无恙！祖涵今来，系为护法大业，有所就教。”

谭延闿圆滑地说：“祖涵先生历来追随大元帅，见多识广，有何见教，谭某当洗耳恭听。”

林伯渠说：“当今之下，北军得湘大部，我护法营垒亟须团结一致，合力相抗，方为良策。否则，覆巢之下，焉有完卵？”

谭延闿虚晃一枪说：“以祖涵先生之见，当复如何？”

林伯渠正面相答：“恕祖涵直言，谭先生既已向段政府主动辞督，回籍扫墓，实已身不在湘。程总司令等在湘浴血奋战，舍身护法，直至今日未休。今程总司令驻节郴州，谭先生乃新近返湘称督，驻节永州，互不襄赞；在下以为，若以护法大局计，先生当从义而退，以襄颂公，使两力合为一力，亦不失为护法之功勋！”

谭延闿闻此言，心里自然极不受用，但却又不便回驳，且值多事之秋，终不宜得罪程潜之使。于是，谭延闿含糊其辞地说：“祖涵先生之言，容谭某三思。今先生来，亦为故旧重逢，可先署中走走，或书房一叙。”

林伯渠素知谭延闿为人，听言观色，断定他这是拒绝引退了。于是，林伯渠想换个方式，再试探试探，于是随谭延闿来到书房。

走进书房，见案头墨砚犹在，林伯渠便说：“谭先生，今战事纷起，相聚不易，祖涵素闻先生精于书道，颇有真卿之风，祖涵欲求墨宝以藏，未知先生肯否相赐？”

谭延闿笑容可掬地说：“祖涵先生谬奖，既蒙错爱，谭某便遵命学书就教了，不知祖涵先生欲书何妙语来？”

林伯渠提笔在纸笺上写下《诗经·伐檀》之句：“坎坎伐檀兮，置之河之干兮，河水清且涟漪。不稼不穑，胡取禾三百廛兮？不狩不猎，胡瞻尔庭有县貆兮？”然后递与谭延闿。谭延闿一看，便揣出林伯渠是借此讽刺他横取非属，夺人之功。但毕竟是老辣政客，谭延闿不动声色，从容挥笔，有意在行间留空，以小字略记林伯渠嘱书之事，最后又加书一行亦取自《诗经》的句典：“十亩之间兮，桑者闲闲兮，行与子还兮。”林伯渠自然更明白谭延闿的意思，若再与虎谋皮磨下去，也是徒劳无功了。于是，林伯渠告辞。

此后，谭延闿把眼光紧紧盯着北军内部动向。终于，谭延闿瞅准吴佩孚与张敬尧素有积怨的可乘之机，私下与吴佩孚联手，将张敬尧驱出湖南。而后，谭延闿在吴佩孚等暗助下，终又堂而皇之登上湖南省长兼督军的宝座，程潜则依然被排挤于省权之外。

此后情势愈益恶化。1919年7月，一直忌惮异己的谭延闿在赵恒惕支持下，终于以通敌罪，迫使程潜出走。谭延闿卧榻之侧不容他人酣睡的目的终于达到了。年底，林修梅也因备受挤压，无以为继而离开湘南，转徙于衡郴与湘西之间。至此，湖南护法战争完全归于失败。孙中山得知情况，虽然痛心，但也无可奈何，只得顺势而为，着林修梅暂于湘西收编零散武装，蓄积力量，以图再起。

第十二章 “十月”
孙文重振倚重二林

还在俄国十月革命爆发前，林伯渠的社会主义与共产主义意识已在萌生。他第一次到日本留学期间，就接触到了由湘西老乡赵必振翻译的日本激进学者福井准造的《近世社会主义》一书，书中介绍了马克思生平与学说，还读到了日本早期社会主义者幸德秋水宣传马克思主义的名著《社会主义神髓》，后又通过同盟会会刊《民报》，读到朱执信介绍马克思生平与学说的《德意志社会革命家小传》和宋教仁记述第一、二国际创立与发展经过的《万国社会党大会略史》。尽管当时中国还处在以推翻封建帝制为主要目标的旧民主主义革命阶段，但这些介绍马克思及其主义的书籍，起码让林伯渠知道了世界上有一个伟大人物马克思及其共产主义学说，这无疑对林伯渠后来世界观的彻底转变，是一种重要的铺垫。

1917年俄国十月革命爆发的第三天（11月10日），国民党的上海《民国日报》率先以“突如其来之俄国大政变，临时政府已推翻”为标题，作了简要报道。长沙《大公报》于12月6日新闻栏中进一步介绍了“俄国政变中心之兵工委员会”。《广东中华日报》在12月28日新闻中，也报道了“李宁（列宁）取得胜利的原因”。当时，林伯渠还在战火纷飞的湘南战场参加护法运动，风尘仆仆奔走于衡阳、零陵、广州之间，经历着旧民主主义革命不断遭受重挫而带来的迷惘与苦恼。俄国十月革命胜利的消息，突然使林伯渠如同在风雨如晦的瀚海中，发现了一座灯塔，精神为之一振。林伯渠1918年冬与谭延闿、白坚武游永州时即兴而作的那首小诗，通过一滴水珠汇入淙淙泉流、最终奔向大海的自然意象，开始流露他关于个人微小力量只要汇入革命群体，就能对整个革命事业大有作为的深刻感悟。由是观之，初步受到无产阶级革命思想熏陶的林伯渠，正在从一个相对狭隘的民族革命志士，向一名高瞻远瞩的无产阶级革命战士转变。

尽管林伯渠对旧民主主义革命道路已由日益增长的怀疑转变到了绝望，但他对孙中山这位革命先行者的伟大人格，却始终怀着崇高的敬意。他崇敬孙中山从青年时代起就把身家性命无条件奉献给中国民族民主革命，并艰苦奋斗，始终不渝，“用自己的心血给中国人民写下了一段有声有色，充满着光和力的伟大历史”。虽然在革命方略上，孙中山曾有过不少失误，因而导致过一次又一次的挫败，但他愈挫愈奋的精神，仍在成就着一个伟大的孙中山。正因此，林伯渠一直深深钦佩孙中山，认定孙中山是中华民族最杰出的代表，是全世界屈指可数的一位伟人。

正当孙中山领导的民主革命一再遭受重创，革命党人大都深感苦闷、不知所往的时候，林伯渠先后接到了李大钊的几封来信。从信中，林伯渠更多地了解到了十月革命取得伟大胜利的来龙去脉。通过李大钊的全面介绍和深入分析，林伯渠对无产阶级革命的了解和认识有了很大加强。书信中，李大钊也就中国时局发表了不少见解，这些见解，则给了林伯渠很多新的启示。精神的振作，心情的愉悦，触发了林伯渠澎湃的诗兴。于是，他即兴写下一首七言诗：

> 春光作态已迷人，路引平沙履迹新。
> 垂柳如腰欲曼舞，碧桃有晕似轻颦。
> 恰从现象能摸底，免入歧途须趱行。
> 待到百花齐放日，与君携手共芳辰。

满怀兴奋，林伯渠特意前往湘西，去寻找在那里苦苦支撑的堃哥林修梅。来到林修梅住地，兄弟一见面，林伯渠就兴奋地说：“堃哥，李大钊先生来信了，俄国十月革命成功啦！真是‘山重水复疑无路，柳暗花明又一村’啊！对我们中国革命来说，这实在来得太及时、太有意义、太鼓舞人心啦！”说着，他把信件取出来，一股脑儿递给林修梅。林修梅此时此地初见堂弟，十分开心，他把信函收好后说：“祖涵莫急喽，我刚打到几只野兔你就来了，真是个赶嘴佬，我让伙房把野兔炖起，俺两兄弟喝一壶再说，等夜深人静，我再仔细拜阅守常先生大札。”

次日一大早，林伯渠就来跟堂兄“盘八经”：“堃哥，你的野兔肉不错，我带来的书信更不错吧？哈哈哈……”

林修梅双手搓搓脸，余兴犹浓地说：“不错，看了守常先生的信函，我在想，列宁领导的无产阶级军队，以单弱的力量打败了强大的资产阶级，这是为什么呢？我看就是因为大家有了觉悟，才把布尔什维克武装起来了。我觉得这样的军队，不但不致遭人嫌弃，而且令人恭敬，不但俄国境内的人民非常欢迎，而且各国的人民也希望他们作世界上军队的模范。”

林伯渠说：“嗯，堃哥果然体悟很深，真乃切中肯綮。”

随后他们谈起了中国军队的现状。他们说到，自段祺瑞专制以来，国会被解散，神圣约法被废除，南方各省军人奋起护法，起兵讨贼。段氏意欲武力平南，拼命出师，首先攻打湖南。两军交战时，北方军人一定说，我是服从长官的命令；南方的军人也一定说，我也是服从长官的命令，其实都谈不上“觉悟”。这两方军人的服从，谁是谁非，若就形式上说，实在难以判定。

谈到军队的作用，他们都认为，军队本来是人民的，现在政府却把它变成了特权阶层的护身法宝，或因阶级关系，引起国内战争，政府借维持秩序的名义，欺骗军人服从，用以压迫人民。所以，中国现在的军队，大都不是革命的工具。若要使军队真正成为革命的工具，就应仿效苏俄的做法，试验把护法军改变成苏俄红军式的工农军队。可是，想到护法军在湘南时的状况，他们又感到，这似乎不太可能，且现在护法军也已经是风流云散，又能拿什么去“改造”？不过，重要的是苏俄十月革命的胜利，毕竟促使林伯渠、林修梅等的思想开始发生根本的转变。后来在回忆护法运动失败后的思想转变经历时，林伯渠曾写道：

这些时候，一些不能解决的政治问题时常苦恼着我。从同盟会起到民国成立后十年中，自己亲自参加了每个阶段的民族民主的革命斗争，经历了多少的挫折和失败，也流尽了无数志士的鲜血。然而反动势力仍然此起彼伏地统治着中国，政局的澄清总是那样的遥遥无期。虽然对于造成这种形势的真正原因不完全了解，但总觉得不能再重复过去所走过的道路，应该从痛苦经验中探索出一条新路。究竟怎样地干下去才能把革命贯彻到底呢？当时对这样的问题作出圆满的答案是不容易的，似乎尽照着欧美式的议会政治很难完成这个任务。在俄国十月革命的胜利中我得到了一些新的启示，知道了无产阶级是革命的基本动力，这个阶级的解放事业是与全人类的命运血肉相关的。这些发现是从当时在北京和日本东京的几位朋友，其中之一就是李大钊同志寄给我的一些社会主义的宣传品里得到的。李大钊是我第二次到日本时最好的朋友，经常寄刊物给我。我就依靠着这些零碎的一知半解的马克思主义的概念，消灭了我的疑虑，渐渐把握住真理。记得在湘南驻军时，看见诚朴的农民热心欢迎南方的革命军队，而所谓革命军队其中侵犯民众利益的亦复不少。又因受了俄国建立红军的影响，曾想把当时与人民完全没有联系的军队，改编成工农的军队，自然，在那样的情况下只是空想……

对于开始接触到马克思主义和无产阶级革命思想的林伯渠来说，当时能作出这样的设想，已属难能可贵。林伯渠一直深深感激李大钊促成了他的思想向无产阶级革命的转变。在他后来《题李大钊同志文集》一诗中，林伯渠激情赞扬和评价了李大钊在中国最早传播马克思主义真理方面所作出的不朽贡献：

登高一呼群山应，从此神州不陆沉。
大智若愚能解惑，微言如闪首传真。
特抒政理合南北，未许主张泯浊清。
尽有胸中无限事，敢抛热血护新生。

从这些历史留痕中，我们可以看出林伯渠世界观的转变，和中国许多先进分子一样，都是在俄国十月革命影响下发生的。1918至1919年间，李大钊、杨匏安等先后发表和出版的《法俄革命之比较观》《庶民的胜利》《布尔什维主义的胜利》《我的马克思主义观》《马克思主义》，以及陆续翻译发行的马恩著作《共产党宣言》《雇佣劳动与资本》和考茨基的《马克思的经济学说》，河上肇的《马克思唯物史观》，等等，对林伯渠共产主义世界观的形成，显然也都起到了重要的催化作用。

在俄国十月革命胜利的消息开始在中国传播时，孙中山也慢慢从蛰居中开始行动。1919年10月，孙中山决定把“中华革命党”改组为“中国国民党”，

实现了革命党人追求西方议会政治时期那个昙花一现的“国民党”的政治升华，开启了中国民主革命政党发展的一个新里程。

不久，孙中山把林伯渠召到上海。在上海环龙路四十四号，孙中山一见林伯渠就亲切地说：“祖涵，把你从祖堃同志那里召来，你们兄弟没什么意见吧？”

林伯渠如实禀报：“我堃哥现在也只是在湘西地区艰难维持，实际已难以组织起什么大的行动；得知您召我来上海，他很支持，并叮嘱我一定认真向您汇报，请求教诲，并代他向您致意！”

孙中山高兴地说：“好啊，文坚信，中国的革命一定就将走出低潮；现在，我这里要做的事就很多，也很重要，需要可靠的同志来襄助。”林伯渠大致悟到了孙中山先生召他来上海的意图，内心自然十分感激孙先生的信赖。

这次孙中山召林伯渠到他身边的前因，是孙中山在蛰伏中，全面而深刻地思考研究了中国革命的历史与现状，特别是自辛亥革命以来的经验教训，重新思考了继续革命和建国问题，并开始拟订《建国方略》，同时着手创办《建设杂志》，以便为开展反军阀斗争进行宣传造势。现在，孙中山手头还有许多秘密事务需要处理，为此，他还专门设立了一个秘密“事务所”，需要可靠同志来负责。经认真考量，孙中山决定让林伯渠来负责这个事务所。面对孙中山的极大信任与倚重，林伯渠十分感动，随即郑重表态说：“多蒙孙先生信赖，祖涵一定不负重托！”

来到孙中山身边后，林伯渠更多、更直接地了解到了孙中山伟大的人格和思想，尤其是在帮孙中山校对《孙文学说》一书后，林伯渠对孙中山思想有了更全面、更深刻的了解，深感孙中山先生不仅是一位伟大的革命家，而且也是一位非常渊博的学者。

1920年，在大批革命党人的拥戴和支持下，孙中山在广州重新组建了军政府。军政府成立时，孙中山面对身边这些坚定革命的同志激情澎湃地说：“诸位，文迩年困居上海，得以潜心于学说。然学说须应用于革命，且我党同志数年始终坚持，发奋前行，文今重组军政府，必与同志一道，将国民革命向胜利的目的推进！”

孙中山的重整旗鼓，极大地鼓舞了革命党人的斗志。在新广州军政府的人事任命中，林伯渠被任命为军政府参议。为着国民革命的事业，林伯渠必须经常奔走于上海、广州、香港之间。那个时期，林伯渠曾与廖仲恺等同志一道，协助孙中山平定了西南局势，后又奉命回上海国民党总部工作。当时，国民党还处于秘密发展时期，经费十分困难，林伯渠虽常常行走于十里洋场，身上却经常不名一文，生活过得极为清贫。

1920年春，林伯渠忽然接到母亲不幸病逝的噩耗。这虽已不是林伯渠第一次遭遇至亲遽逝的精神打击，但母子连心，悲恸尤甚。就算工作再忙，此时他也不得不向孙先生告假回乡、安葬母亲。孙中山十分体谅一个儿子丧母的悲伤，一面向林伯渠全家表示慰问，一面让林伯渠立即从上海启程，赶回湖南老家。林伯渠风尘仆仆赶到临澧家中，全家正沉浸在哀情悲伤之中。见到痛失母亲的丈夫，伍崇贤忍不住与他抱头痛哭。痛哭，既是为婆母的去世，也是为夫妻的长期分离；平日，伍崇贤将悲苦藏在内心，此时此刻，有如江河决口，汹涌而作。林伯渠强忍悲痛，轻轻拍着妻子后背说：“复明、复明，我知道，你受苦了，别哭别哭，现在不是我们哭的时候，我们得赶紧料理恩娘的后事哩。”

伍崇贤止住哭泣说：“妈妈临终一直念叨涵儿，她老人家走得不放心啊！”说着又忍不住哽咽起来，几个弟弟这时也都在一旁跟着大哥大嫂抹泪。好在林氏家族有相互关顾的传统，在林伯渠到家前，家族中的长辈已对林李氏的丧事做了些初步的打点安排，林伯渠到达后，很快把孝堂布设停当。族里长辈们的意思，是要按乡里旧俗，接道士做法事。但林伯渠对此有着自己的主见，首先他对道士超度亡灵的封建迷信习俗历来就不认同，他主张，母亲故去，子女对母亲恩德表达深深怀念与追思足矣。况且做道场毫无实际意义地耗时、耗资、耗力，林伯渠从来就不以为然；而且革命党是提倡移风易俗的，林伯渠觉得必须以实际行动来推行党的主张。为此，林伯渠向长辈们说明了自己的安排意见。林家长辈们对林伯渠的主张自然还是信服的，所以不再坚持己见，同意举办新式追思会。

伍崇贤毕竟多年生活在乡间，还是深恐被世俗非议，觉得丧事不宜完全违俗，但丈夫之意已决，她也只好在婆母灵柩前哽咽诉说：“恩娘，您还不到六十岁，怎就抛得下您的子孙呢……爹去世早，祖涵长年在外，无法跟前尽孝……一群小儿孙始终劳累着您，您受的苦，真是数不清说不尽……每次见到祖涵，您都说自己很好，叫儿子在外安心，不要挂记，其实我晓得，您一年一年在被日子和担忧磨损……祖涵怎么也没想到您会这么突然就走了，他连最后一句话也没有跟您说上，他心里痛悔呀……”

林伯渠明白妻子的哭诉，也是在为丈夫“辩白”，鼻子不免一酸。但此时也不是跟妻子说话的时候，他要在繁忙间隙中，准备好追思会的悼文。次日，林家大屋西院的灵堂里，挂起了“林府李老孺人追思会”横幡，两边摆满亲朋戚友送的祭帐、挽联等。听说林家不做道场，要开新式追思会，附近赶来看新鲜的乡亲很多，把屋里屋外挤得满满当当。

追思会上，胸佩白花、头顶孝帽的林伯渠发自肺腑，沉痛追思着母亲的艰辛、勤劳和善良，孝堂上下的人们时而唏嘘，时而啜泣。人们透过这位儿子的一番真情追思，仿佛看到了一位伟大母亲的音容笑貌和圆满功德。对这样一场革故鼎新式的丧事，当然很难说已经完全被当时民众所认可，但是，凡亲眼见证过这场新式追思会的人，没有一个不说林伯渠对母亲是十分孝顺的，林家李老孺人走得很体面，很让人感佩和难忘。在林伯渠看来，这就足够了。

由于上海那边许多事情还等着林伯渠回去处理，母亲后事处理停当后，林伯渠便辞别妻子，返回了上海。临行前，他对妻子说：“常言道，长兄如父，自然长嫂亦如母，从此，我们就要担起这个家庭父辈的责任了，家中的一切开销，特别是弟弟们读书的费用，就都靠我们俩来筹措保障了。”伍崇贤连连点头说：“是的，我在县里教书，收入还可以，家里的田地继续种着，勉强能够维持吧。”林伯渠此时也只有“无声胜有声”了。当时国民党党部所发津贴非常有限，为了减轻伍崇贤的负担，林伯渠此后生活得更节俭了。后来，女儿林秉蘅曾这样回忆爸爸当时的生活：

听我母亲说，他（父亲）在上海，住在一个小小门面的糖果店的阁楼上。这个糖果店，是那时国民党的一个掩护机关，主持人是湖南同乡钟宪民。父亲住在楼上，领很少一点生活津贴，还要帮助两个兄弟读书，生活很艰难。又不便常到钟家吃饭，平时就吃点干粮、白开水泡馒头、大饼油条之类，过些时候，才到小餐馆里吃碗咸泡饭……

就在旧民主主义革命处于山穷水尽，个人生活极度困顿的日子里，新的革命信念，成了林伯渠的主要精神支柱。当时，李大钊又从北京写信过来，告知林伯渠，陈独秀先生正在上海发起组织共产党，李维汉、沈玄庐、邵力子等都已参加上海的共产党早期组织（曾称“共产主义小组”，后同）；李大钊自己和张国焘、邓中夏等则在北京建立了共产党早期组织。信中，李大钊介绍林伯渠择机去见见陈独秀等人，如果可能，李大钊愿意介绍他加入中国共产党。对此，林伯渠自然非常激动，渐渐更把生活的艰辛抛在了脑后。

1920年底，林伯渠借到长沙办事的机会，写信给伍崇贤，让她把秉蘅托人送来长沙，为给她分担一点负担，他准备带女儿去上海读书。就在林秉蘅随堂哥到达长沙的当晚，长沙城发生了流血事变。当时的湘军总司令赵恒惕为巩固自己的统治，翻脸不认人，排斥异己，杀害了拥护孙中山的湘军将领李仲麟和政界名流易象等九名革命志士。而前不久，李仲麟还是赵恒惕利用来迫使谭延闿下台，帮助他登上总司令宝座的一颗棋子。可见反动军阀都是多么的残忍和阴险。林伯渠知道，赵恒惕是个什么事都干得出来的魔头，若他知道林伯渠此时就在长沙，也必定不会放过。尽管林伯渠刚刚接到秉蘅，但得知事变发生，他立即把女儿托付给亲戚，交代亲戚，待风头过后，再把秉蘅悄悄送往上海。然后，林伯渠只身秘密出走武汉，与当时也在武汉的林修梅会合。

这年冬天，林伯渠和林修梅相继来到上海。不久，秉蘅也被安全送到了林伯渠身边。对于易象、李仲麟等人的遇害，林伯渠等极为愤怒。尤其是著名戏剧家田汉的舅舅易象，与林伯渠共事多年，一道出生入死，彼此有着极为深厚的革命情谊。回到上海后，林伯渠和林修梅就开始联络当时在上海的湖南革命党人，为易象、李仲麟暨长沙事变死难者，公开举行追悼大会。追悼会上，林伯渠悲愤地说：“同志们，今天我们集会，是为追悼我们的同志和战友！反动军阀赵恒惕以为谋杀就能扑灭革命，就能保住他们的反动统治，他们想错了！革命者是屠杀不完的，革命者的血是绝不会白流的，我们一定要向反动军阀讨还这笔笔血债！”

易象临死留下一封绝命书，其一片丹心，对活着的革命者，无疑有着强大的激励作用。追悼会后不久，林伯渠约见几位挚友商议：“烈士去了，我们不能让烈士遗孀无所依靠，要像对待自己亲人一样，安置好她们，让她们生活有着，让逝者可以瞑目。”大家十分赞同，并商定了具体办法。一会儿，小秉蘅跑过来偎在爸爸身边，眨巴着一双大眼睛，对着叔叔伯伯们微笑。叔叔伯伯们谈完事，都围过来，逗着这个漂亮乖巧的临澧小姑娘。

“小妹妹，会唱歌吗？”一位叔叔问。

小秉蘅说：“我会背诗！”

“哦，给叔叔伯伯们背一首好吗？”

“好！”小秉蘅开口便来：

天外飞来事可惊，丹心一片付浮沉。
爱乡爱国终成梦，留此来生一恨吟。

孩子稚气的吟诵，感染着在场的每个人，气氛立即变得肃然和凝重。原来，小秉蘅刚刚背诵的，正是易象烈士的遗作《绝命诗》。这么短的时间，林伯渠就教女儿背熟了英烈遗作，真可谓用心良苦，不能不令人感慨和动容。秉蘅背完，林伯渠把她紧紧搂在怀里说：“幺儿真乖，背得真好！”林伯渠就是这样不放弃任何机会熏陶后辈继承革命。

第十三章　上海
理想升华心属赤旗

经过长期革命斗争实践考验和革命理论学习的林伯渠，已经不再是一个单纯的民族主义者，他思想上向马列主义者转化的过程，此时已基本完成。1920年冬，通过中国早期共产主义传播者之一的李大钊的介绍，林伯渠如约前往上海霞飞路法租界渔阳里二号，首次拜会中国早期共产主义宣传者、力行者陈独秀等同志。也就是这次，林伯渠秘密加入了中国共产党早期组织。从此，林伯渠走上了一条不同以往，更加宽广的政治道路。

那天，在林伯渠到达之前，上海共产党早期组织的陈独秀、李达及北京共产党早期组织的邓中夏等三人已围桌在座。八仙桌上，铺着桌布，桌布上摆一副麻将牌。按照牌场术语，这叫“三缺一”，显然，林伯渠就是暂缺的那一位。上海特务如蝇，革命者召开会议，通常都以打麻将做掩护。蓄着长发、身着西服的陈独秀对李、邓说：“今天约你们二位来，是有一件事情要办。”

“哦，请讲！”李达、邓中夏异口同声道。

“最近，守常连续给我发来数函，向我介绍孙中山军政府参议林祖涵，说他是辛亥革命老战士，一贯站在民主革命一边，已初步具备加入CP的条件，守常说愿做林祖涵的第一介绍人。林祖涵现在就在上海，我约了他，应该快到了。对他的情况，你们二位都是湖南人，应该比我更了解，可否先谈谈？”

李达点上一支烟，一面随意摆弄麻将，一面说：“林祖涵是常德那边临澧县的，早年留学日本，在日本加入同盟会。后来去东北开展边疆革命几年，武昌首义前回到南方，参加新军策反工作，响应武昌起义；护国战争期间，因参与反袁运动遭到通缉，被迫流亡日本；那次在日本，他面对当时国民党党内的动摇和涣散，坚决支持孙中山，打破困局，促成了中华革命党的艰难建立，自此以后，一直为孙中山所倚重。”

邓中夏接着说：“据闻林祖涵为人正直，外柔内刚，斗争性很强，近十多年来，每一场革命斗争他几乎都参加过。前两年，赶走袁世凯走狗汤芗铭后，曾一度在湖南省署任职；护法运动开始，他辞去公职，毅然参加林修梅、刘建藩发动的衡永起义。护法联军夺得湖南后，林伯渠曾任过一个时期的省财政厅长。不久，北洋军大举南犯，他被迫去职。林祖涵离职时，不像前几任财政厅长趁兵荒马乱时顺手牵羊，卷财而去，而是将公署中的民脂民膏一一封存，自己两袖清风，分文不取而去。因此，在当时的湖南省府有口皆碑……”

陈独秀点点头说：“守常来信还提及，林祖涵对俄国十月革命的胜利和中国革命的前途，也有很好的认识，等会儿他来了，我们再请他当面认真谈谈吧。”

时针指向十点，林伯渠准时到达。今天，林伯渠穿一身毛蓝色长衫，戴一顶深咖啡色礼帽，鼻梁上夹着一副金丝眼镜，俨然一副学者派头。门房将他领进屋来，陈独秀等三人同时站起，林伯渠先呈上名片说：“各位先生好！”

陈独秀看看名片，拱拱手说：“林先生请坐！”

坐定后，陈独秀介绍说：“林先生，这两位都是你们湖南人，这位叫李达，这位叫邓中夏。”

林伯渠微微点头道：“哦，二位幸会。那么，您就是陈独秀先生喽？”

陈独秀点头说：“正是，你们先聊着，我去沏壶茶。”

林伯渠随和地跟李达、邓中夏说：“如此说来，我们都是同乡，看来，二位比我年轻啊，以后兄弟相称可好？”

“好的！伯渠兄，我们来码牌吧？”林伯渠见李达诡秘地对他一笑，立即明白，便随手摸起牌来。

陈独秀沏茶上来说：“据说，伯渠先生跟守常相识很早？”

“也不是太早，”林伯渠答道，“不过，说来也有七八年了吧，民国三年我亡命日本时认识了守常兄。那时，他在东京早稻田大学攻读政治，为神州学会合并之事，我们常有交往；守常兄平日言语不多，但谈起天下大事、古今得失，便口若悬河，极有见地，因此，我们一见如故。那时，留学生中结拜兄弟的不少，说来我和守常兄也是拜把兄弟。我比他年长，论年龄我是兄长，但论学识他是学长，所以我仍叫他守常兄，这些年，承他指教不少。”

林伯渠的谦逊平和，使闻者不时点头赞许。林伯渠接着说：“因为守常兄的介绍，我了解到CP理想光明，所以十分向往。我这个人是个爽快性子，今天前来赴约，与各位相识，十分荣幸；我是竭诚要求加入CP，只是还不知道够不够条件，应该如何努力达到CP的要求！”

此时，门外有人影一闪，李达大声一呼：“八万！”邓中夏应道：“碰起！”片刻后，见无异常，陈独秀说：“守常兄来信介绍到祖涵先生，今天特地约你来，就是要跟你探讨这些问题；对伯渠兄的过去，我们已有所了解，那就请你谈谈对苏俄革命和CP的看法吧。”

邓中夏、李达都点头看着林伯渠。林伯渠喝了口茶说：“好，那就先从我的教训说起吧。说实在的，从不到二十岁起，我就追随孙中山先生投身反清斗争，最后清朝推翻了，民国建立了，但中国的现状又怎样呢？孙先生呕心沥血，为革命奔走呼号，但他一直没能建成一支强有力的武装，而是依靠军阀打军阀。事实证明，这是行不通的。怎样才能从痛苦的经验中，摸索出新的道路？怎样才能把革命进行到底呢？长期以来，我们都找不到答案！”

陈独秀插话说：“伯渠兄这种苦闷，我们在座的人都经历过，一切真正有志于改造中国社会的志士们，也都经历过。”

林伯渠点点头说：“原以为照欧美式的议会政治可以拯救中国，事实上是行不通的；而俄国的十月革命，才使我们看到了真正的希望；我觉得，革命政党须握有革命武装，才会有出路……”

忽然，几个叼着烟斗、身穿格子西服的人闯进来，显然是一帮“包打听”。一个满脸横肉的家伙问：“谁是老板？”

陈独秀从容递上名片说：“我是老板，怎么？”

那家伙乜斜着眼看看，又问：“你们几个呢？”

“都是我朋友。”陈独秀说。

李达、邓中夏都早有准备地递上名片，只有林伯渠没管理他们。

“你呢？”一个“包打听”对林伯渠吼道。

林伯渠故意傲气地反问：“一定要看？”说着，慢条斯理掏出大元帅府参议的名片。几个家伙一看，忙低下头说：“对不起，打搅了！”随即溜走。

林伯渠又开始边摸牌边说：“通过苏俄革命的经验，加上去年的五四运动，我才开始认识到，最伟大的力量，是在工农群众中，而不在旧军队中。所以，我曾经和林修梅将军产生的把护国军改为工农革命武装的想法，是很靠不住的。”

陈独秀和李达、邓中夏都情不自禁地点头赞许。

林伯渠继续说：“后来，守常兄又告诉我，中国也有CP，我感到十分激动。有了我们自己的CP，推翻中国的封建主义和官僚资本主义统治，就有希望了。所以，我希望能成为一名中国CP的战士！”

邓中夏高兴地说：“好啊！我们CP也非常欢迎像祖涵兄这样的革命同志！”

陈独秀也很满意，说：“守常兄此前只是几次信中跟我谈到你的情况，今日晤谈，才亲自得闻你对苏俄革命的一些见解，很好！”

林伯渠真诚地说：“陈先生夸奖了。这两年，因读过守常兄所寄的共产主义理论小册子等，多少知道了一点，真要全面透彻了解，还得靠各位先生今后多多帮助和引导哩！”

陈独秀转向李达、邓中夏问：“怎么样？”

两人同时说：“赞同！”

陈独秀即郑重宣布：“好！从今天起，伯渠兄就是我们上海CP小组成员了。根据守常兄的意见，他和我便是林祖涵同志的入党介绍人。从今以后，我们就都是CP的同志了！”说完，陈独秀紧紧握住林伯渠的手。李达和邓中夏也都伸出手来，大家的手紧紧握在一起。林伯渠激动不已，眼里闪着泪光，他庄重地说：“嗯，我们是同志了！今天起，我就走上一条新道路了！我会坚定地为共产主义的胜利而战斗！以后我该做什么，唯以CP意志为意志！”

陈独秀随即说：“中国无产阶级革命的成功，需要各种条件和力量的汇合。祖涵同志，孙中山先生的许多主张，与我们CP相近，你就继续留在孙中山先生身边，这对CP今后与他的沟通合作很重要；这，也就是CP安排给你的第一份光荣而艰巨的任务了！”

林伯渠坚定地答道：“请CP放心，伯渠必全力以赴！”

1920年秋天，孙中山命粤军回师广东，重建革命政府，提倡励精图治，树立新风。1921年的广州，气象已不同于以往。5月5日，孙中山宣誓就任中华民国非常大总统，随即发布了《政治宣言》：

自1917年6月，非法解散国会，北京已无合法政府存在，国会为全国各省各区唯一合法代表机关，因是组织政府，举文为中华民国大总统。文为建设民国之人，不能坐视民国危急之秋，自惜其力，不加援手。今决意殚竭能力，忠诚奉职，俾我国民，咸获满意焉……

紧接着，孙中山命粤军陈炯明率军平定广西，准备北伐。内政方面，中华民国积极推行地方自治、劳动立法，给民众言论、出版、集会、结社自由。对工人运动采取开明态度，广东的共产党人和社会主义青年团可以公开或半公开开展活动。外交方面，继续反对帝国主义过去强加给中国的不平等条约，力争收回关税偿还外债，余款用来应革命之用，并秘密斡旋中、俄、德的联盟缔结。

当时，粤军总司令和广东省长陈炯明显得很进步，于1920年12月间，邀请正在上海组建中国共产党的陈独秀来广东，出任省教育行政委员会委员长，主管广东教育兼办大学。陈独秀来广州后，把《新青年》编辑部和发行部也迁到了广州，并与他的北大学生谭平山、陈公博、谭植棠等人，改组广东的共产党早期组织，把无政府主义者清除出去，先后吸收杨匏安、杨章甫、冯菊坡、刘尔崧、阮啸仙等知识分子和先进工人加入。还设立了宣讲员养成所、注音字母教导团，举办工人补习班，并以《广东群报》作为机关报，积极开展马克思主义宣传与工人运动。因而，使得广州的气象大有焕新。

然而，在广州开明气象下，一股潜伏的逆流，也在蠢蠢欲动。出乎孙中山意料，他所倚重的陈炯明，其实是个伪装革命的野心家，他重权在握后，开始暗中反对孙中山，秘密唆使湖南省督军兼省长赵恒惕，通电反对孙中山当总统，并暗中反对孙中山出师北伐，主张“联省自治”“保境安民”，以便达成他们南北军阀沆瀣一气，分赃割据的阴谋。到1921年，陈炯明与孙中山的矛盾日益加深，只是尚未公开化罢了。

就在陈炯明暗中掣肘的时候，孙中山把林修梅召到了广州，首先任命他为广州军政府顾问。1921年五六月间，即中国共产党举行第一次全国代表大会前夕，林伯渠根据孙中山的安排和共产党的指示，也离开上海，前往广州，仍在孙中山身边工作。这次，林伯渠顺便把女儿秉蘅和林修梅的家眷，一起接到了广州。此后，林伯渠一面从事民国政府机要工作，一面秘密开展CP革命活动，同时兼顾孩子等，其忙碌程度可想而知。当时，林伯渠把秉蘅安置在附近的小学读书，后来转到执信女校寄读，以锻炼孩子的自立精神与能力。那时，广东的共产党早期组织已正式成立，身在广州的林伯渠，常与广东共产党早期组织骨干谭平山、陈公博、杨匏安等人会面，商议工作，学习研讨共产主义理论等。同时林伯渠还参与了广东社会主义青年团工作，担任财政部审计股股长。作为中共秘密党员，林伯渠的角色比较特殊，无论在社会政治圈，还是在孙中山先生那里，都不能公开CP身份。这样，在工作过程中，就更需要多一分坚定、清醒和机智。而正因林伯渠的这种双重身份，使他有机会和孙中山频繁接触、深度沟通，进而影响和促成孙中山逐步向苏俄与共产党靠拢。

俄国十月革命的胜利，开辟了国际共产主义运动的广阔前景，中国是受其影响最大的国家之一。随着上海、北京、广东等各地共产党早期组织的相继成立，中国共产党的建党工作提上了“共产国际”议事日程。列宁领导下的“共产国际”对中国共产党的建立，给予了很大关注和具体帮助。1921年6月，共产国际民族殖民地委员会秘书马林作为共产国际驻中国代表来到上海，帮助筹办中国共产党成立大会。7月下旬，中国共产党第一次全国代表大会在上海辗转召开。共产国际代表马林亲自参加了中国共产党成立大会，一个承载着中国人民解放与自由理想的无产阶级革命政党，从此正式出现在这个风云激荡的世界上。

中共“一大”后不久，为扩大十月革命和共产党组织的影响，刚成立的中共决定充分利用苏俄代表马林在华的机会，进行十月革命的宣传教育与传播活动。李大钊与林伯渠联系，让他积极运动，促成马林离开上海，前往广州开展共产主义宣传。为此，林伯渠又专程来到上海，当面拜会共产国际代表马林。

见到马林，林伯渠开门见山地说：“马林同志，我是中共上海小组的林伯渠，受李大钊委托，前来拜会您。”

马林用不熟练的中国话说：“好好，林伯渠同志，大钊同志已经打电话给我了，你有什么事情请讲吧。”

林伯渠说：“目前，我们广州的同志热切盼望共产国际的代表去广州，他们亟待了解十月革命和共产党组织方面的情况与经验。所以，大钊同志委派我前来竭诚邀请您去广州，不知马林同志是否方便？”

马林回答说：“中国的同志革命热情很高，我很受感染。大家想了解十月革命和共产党组织方面的情况，这很好，我非常乐意提供帮助。”

事情如此顺利，林伯渠十分高兴地说：“马林同志不辞辛苦，是我们中国同志学习的榜样。”

马林情绪不错，也说：“我们相互学习，伯渠同志陪我去广州吗？”

林伯渠说：“也是，也不是。马林同志，因为我现在的公开身份是民国政府参议和中国国民党党员， 我的CP身份是保密的，所以我不能公开陪您；但会有可靠的同志陪您，我也会同车前往广州，算是暗中陪同和保护您！”

马林弄懂后，立即说：“很好，很好！”

林伯渠等护送马林到达广州后，谭平山等出面热情接待，及时安排了马林在广州的起居与工作日程。在广州，广东社会主义青年团出面请马林作了两场报告，专讲十月革命和共产党组织等问题。林伯渠接着又按李大钊的安排，与孙中山先生直接联系，创造孙中山与马林接触的机会。当时，孙中山正为北伐战争作准备，决定在桂林设立北伐大本营，致力于整顿和训练军队，备战北伐。为此，孙中山准备亲往桂林巡视。

在孙中山赴桂林之前，林伯渠去见孙中山，择机进言说：“孙先生，您不是对苏俄十月革命很感兴趣，想深入了解苏俄的革命经验吗？眼下就有个机会。”

孙中山点点头说：“哦，你是说那个苏俄代表马林吗？如果有机会，我愿意见见他，和他谈谈苏俄革命及中国革命问题。”

林伯渠马上说：“好的，最近，我的拜把兄弟李大钊来信说起，如果孙先生有意，他愿促成您与马林先生的会面；不过，他们考虑到您是中华民国总统，从政治方面考虑，建议您选在广州以外的某个地方与马林先生会面。”

“嗯，他们倒也考虑得周全，还有什么具体建议吗？”孙中山又问。

林伯渠应道：“他们建议，借您不日将出巡广西桂林北伐大本营的机会，由共产党派张太雷等陪马林去桂林拜会您。中国国民党准备派张继、陈友仁等陪同马林前往。”

孙中山想了想说：“好，这倒是个很周密的计划，到时你和有关部门就按这计划办吧。不过，我离开广州期间，你需要留在广州，帮助我处理这边

的要务。”

林伯渠回答道：“好的，您放心就是了！”

其实，李大钊也在来信中提醒林伯渠不要亲自陪孙中山去桂林会见马林，以免引起国民党方面某些人士的注意，暴露了林伯渠的共产党员身份。

在南方国民革命政权与共产国际准备沟通时，北伐军也正在组建中。为此，孙中山特擢拔民国政府顾问林修梅为总统府代理参军长。按职事，总统府参军长主要是负责总统府安全保卫、军情汇报、命令承宣、宾客接遇等工作，而孙中山当时正在考虑北伐军总司令人选的问题，林修梅此时被委以总统府代理参军长要职，孙中山应该是有深谋远虑的。

林修梅就任代理参军长后，外出回来的林伯渠兴冲冲来见他。当时，这林氏兄弟一个是总统府参议，一个是总统府代理参军长，无疑都是孙中山股肱之臣。一见面，林伯渠兴奋地说：“代理参军长好！”林修梅笑笑说：“还是叫堃哥吧，听着也顺耳；要不，我以后也叫你林参议？”显然，林修梅这是跟堂弟开个玩笑。

林伯渠大笑说：“哈哈，堃哥你就晓得雀我（临澧方言，意思是讽刺、嘲笑我），我这不是为你高兴吗？”

林修梅忽然感慨地说：“孙总统对你我兄弟历来寄予厚望，现在，正是我们为总统革命宏愿奋力效命的时候了！”

林伯渠说：“是的，总统终于要奋举大业，目前总统正在筹划北伐，此时任命堃哥为总统府代理参军长，这可是千钧重托、非常使命啊！”

林修梅另有所虑地说：“现在，总统又有很棘手的事啊，他选任的政府要员中，有几个关键人物却推三托四、拒不就任；看来，为了北伐成功，我们还得全力辅助总统，从根本上作周密打算。”林伯渠自然知道堃哥说的是哪些人，但他很坚定地说：“大家齐心协力固然最好，但有人硬是要离心离德，我看缺几个胡萝卜，还是整得出酒来的。”林修梅点点头，忽又问：“祖涵，守常兄最近寄什么新书刊来没？”林伯渠一拍脑门说：“有的，回头我清点好，送到你家里去。”

当时，林修梅和林伯渠兄弟俩同住广州六榕古寺附近牛巷。寓所前杨柳低垂，绿荫婆娑，环境很清幽。林修梅素慕“五柳先生”陶潜志节，于是借寓所前有六棵杨柳的由头，自号“六柳居士”。这一时期，出入林氏兄弟家的人很多，其中自然不乏湖南老乡，如程潜、廖湘芸、覃振等等。

那时，林伯渠在紧张的工作之余，利用间隙时间，学习了马克思列宁主义的一些基本著作，还阅读了一些介绍俄国革命和社会主义思想的文章。当时的《广东群报》长篇连载陈公博翻译的《马克思的生平和思想》以及苏俄、匈牙利等国的宪法、美国共产党党纲、列宁演说等等，还经常报道苏俄工农业和文教设施等等，也连载了不少反对无政府主义和基尔特社会主义的文章。在广州知识分子中，无政府主义、基尔特社会主义有一定市场，尤其是无政府主义影响更广。林伯渠和林修梅都对当时流行的各种社会主义思潮进行了比较研究，一致认为无政府主义主张不要政府，各尽所能，各取所需，乃是高蹈而不切中国实际的空谈；中国劳苦大众呻吟于帝国主义侵略和军阀官僚的压迫剥削之下，虽尚缺乏组织，但却蕴藏着无比巨大的革命力量，基尔特社会主义无视这种力量，主张先发展实业，缓谈社会革命，林伯渠认为这无非是为资本家多多创造剩余价值。至于某些人提倡在不废除私有财产制度的条件下，实行“点滴改良”的社会政策，林伯渠认为其有利于资本家，更十百倍于有利工人阶级。林家俩兄弟都“相信马克思派的共产主义在中国今日社会情形最为合适”，深信只要“抱定决心”，效法列宁的方法干下去，“社会主义的实行，是可能在短时期内成功的”，“也许在再一次世界大战后，就有这样的机会”。

1921年初，陈独秀在《广东群报》上发表了《欢迎广东新军人》一文，号召广东新军人不可做军阀私人奴役的工具，要学习苏俄红军，做从事生产劳动的军人，做为劳动人民服务的军人。林修梅和林伯渠早就有感于中国训练新军多年遭失败的教训，正想仿效苏俄红军的办法，改造中国军队。于是他们认真研究各国军事制度发展的历史和军队在不同社会制度下所起不同作用的问题，结合中国以农立国的自身状况，制订出改造军队成为“农工军”的计划。当时，林修梅根据自己的研究，写成《社会主义与军队》《精神讲话》等文论，这些著述集中体现了林修梅最初的革命武装建设思想和主张。当时，为了学习苏俄的先进方法，林修梅还曾打算资助林伯渠前往苏俄游历，实地考察苏俄各种措施、设施，等等，以待日后在中国革命实践中参考运用。

第十四章　广州

痛折股肱总统曷伤

愈挫愈奋的孙中山此番再起南国，乃志在北伐救国。而北伐救国，必有干才为倚仗。早为孙中山厚望的林氏兄弟，此时均为民国总统府栋梁之材，自是孙中山最为倚重者；而林修梅此时似已成为北伐领军的可选将领，孙中山显然对他寄望至殷。然而，偏偏天不相佑，正当孙中山赴桂视事大本营，筹划出师北伐之际，却发生了令国民革命阵营极其痛心的意外变故。对孙中山来说，那则是痛折股肱，几乎进退失据。

那是1921年10月1日，林修梅贴身侍卫慌慌张张打电话给林伯渠："林参议，参军长突发牙疾，病情很严重，他请您赶快来！"

林伯渠不禁吃惊，忙问："人在哪里？"

"在参军长公署！"侍卫回答。

"好！我马上过来！你立即联系救护车，准备送医院！"

林伯渠不敢稍有延误，急匆匆赶到参军长公署时，见林修梅牙疾遽发，痛不可忍。他立即叫侍卫等用担架把参军长抬上救护车，鸣着警笛，急急向广州中法韬美医院驶去。病人送达医院，十分不巧，韬美的头牌牙医外出未回。但牙痛剧烈，不敢延挨，林伯渠等只得退而求其次，决定让医院的普通牙医来先为林修梅实施紧急处理，遂拔掉了两颗痛牙。

实施麻醉拔牙术后，林修梅当时倒没有太大异常感觉，以为牙疾已除掉了。一心惦记国事的他，马上让林伯渠安排车辆，送他回总统府参军署。一时倒还无事。但当晚回家后，林修梅牙床剧痛复作，他凭着惊人的毅力，与病痛抵抗着。一连数日，牙痛时缓时剧，浑身时冷时热，日夜不得休息。到10月9

日，林伯渠仍不见林修梅病情好转，不免焦急，于是又将林修梅送往医院。医生开了些消炎止疼药，让林修梅遵嘱服用。但是，服药后，不仅不见效果，反而牙龈和腮帮渐肿并化脓，致使林修梅水米难进。万般无奈之下，林伯渠等只得请医生割开脓肿排脓，病痛才稍有减缓。然而，15日上午十时，林修梅肺部发生剧烈疼痛，医院虽手忙脚乱进行急救，但到十一时许，病人进入休克状态。林伯渠一时不知所措，急请医院调来最好的专家紧急抢救。其间，林修梅倒是苏醒了片刻，见林伯渠在身边，便声音微弱地问林伯渠："祖涵，大总统，出巡日期，定了吗？"林伯渠贴近林修梅耳边说："堃哥，大总统已在出巡途中。"

林修梅点点头说："孙先生……以六十余龄，不顾跋涉……之苦，我岂能……以病偷闲？稍愈，当兼程……前往。"说完，林修梅又晕了过去；但令林伯渠等万万想不到的是，这几句话，竟就是林修梅将军的最后遗言。

林修梅已出现种种亡故体征，就算再好的专家，也已是无力回天。经权威专家查验，最终只得遗憾地宣布："患者因感染败血症，抢救无效，已停止呼吸。"林修梅将军被蒙上了白床单，缓缓推出了急救室。陪来的总统府人员，完全不能接受这突如其来的残酷现实。林伯渠失态地伏在林修梅遗体上，抽泣得浑身颤抖。林修梅一腔救国宏愿，从此化作遗恨，他再也不能睁眼看看同志、战友、家人和悲痛欲绝的祖涵堂弟了。这一天，是1921年10月15日，这一年，林修梅将军才刚到42岁。

当时，孙中山正在出巡桂林途中，闻报林修梅病逝，极为震惊，无比痛心。在孙中山亲自指令下，陆军部随即启动林修梅将军葬礼。12月18日，在广州省议会礼堂举行林修梅追悼大会，各界人士万余人与会。大总统孙中山为林修梅将军"北伐未动身先死"痛惜不已，亲拟祭文，发到广州，特委陆军总长程潜代其致祭，祭文道：

维中华民国十年十月十五日，陆军中将，总统府参议、代理参军长林君浴凡病殁于广州，出师未捷，遽殒干城，呜呼痛哉！十二月十八日，广州诸同志设位追悼，本大总统特派陆军次长程潜，敬谨致祭于浴凡之灵，并为文以诔之。诔曰：唯君之生，曼殊方洺。翳君之逝，国难未已。君之一生，艰难历史；宝剑长埋，英雄何恃！君始从戎，志切西封，谋抗充国，彼皆如聋，发张愤楚，辛壬之际；茧足三湘，功存经制。国有之凶，醢凤贼龙，空山伤足，东海栖踪。济济平社，助争同功。护法讨贼，转战千里；三度衡阳，屡仆屡起。岳云昏昏，湘流沘沘，振臂一呼，鼓声不死。疮痍载途，民亦劳止。律如秋霜，壶浆咏喜。惟食如货，为民之天；豪强抢夺，民乃颠连。君目如炬，其论蔼愁；军民宝筏，仁者至言。政府草创，祭酒军诹，方赖明达，宏我远猷。溘然长逝，何不少留！天湖此醉？抑我之尤！我不遑宁，驾言西适，挞彼群凶，以安四国。徒御戎行，君方绵缀，语出呻吟，不忌跋涉。以此励军，士气弥炽。君志必成，我行未已。靖国弭兵，君固不死。呜呼哀哉，尚飨！

接着，孙中山又发布《大总统命令》，对林修梅将军给予了例制空前的恤典：

已故代理总统府参军长林修梅应得恤典。前经陆军部队从优议拟在案。现据该部呈复前来，林修梅着追赠陆军上将。并着在首义区域铸立铜像，建造专祠，以彰忠荩而慰英魂。

虽然当时林修梅夫人和几个小点的孩子都在广州，但妇孺临大难，早已方寸大乱。林修梅遽逝后诸事，皆由林伯渠为主料理。按照民间习俗，当落叶归根。林修梅刚一病逝，林伯渠就拍发加急电报到临澧，向堂伯父也就是林伯渠当年的塾师林范心先生，报知林修梅遽逝消息及善后诸事项等。从保存于临澧县博物馆的电报译稿中，不难读出林伯渠对林修梅病逝的万分痛心和对林修梅临终惟念国事精神的无比钦敬：

（急）湖南临澧局专送林范心先生鉴：

堃哥因齿痛于十月初一经穗牙医拔去两枚，当夜痛甚，一连数日寒热交作，夜不成寐。初九复往医院诊治，服药罔效，齿腮愈肿，粒米难进，不得已请医割开去脓，病势稍减。忽于十五日上午十时肺部大痛，无法救治，竟于是日上午十一时身故，悲伤曷极，弥留仅语及国家大事。现蒙大总统派陆军部治丧，十六日八时将旅榇暂厝于粤城永胜寺，并拟另日开会追悼。一俟大局平静，即运榇回籍。请命义生在家设位致祭，遵礼成服……

对林修梅的后事，林伯渠是按照家族基本丧仪来安排的，对政府毫无索求。林伯渠还曾准备亲自回湖南为林修梅勘定墓地，但由于路途遥远，多有碍难，当时实难从广州运榇至湖南；且当时孙总统已有“恤典令”在先，因此林修梅将军的灵柩，不得轻易移出广州永胜寺；于是，林修梅将军夫人等在寺中伴灵数日，后即暂厝寺内，以待厚葬。

在林修梅刚刚病逝的日子里，林伯渠在连日心枢炙痛之中，感到对林修梅最好的追思和纪念，莫过于整理出版承载着林修梅革命思想与主义的遗著，使之流传于世。短短一个多月，林伯渠就把《林修梅遗著》整理编纂出来了。书中主要包括林修梅《社会主义之我见》《社会主义与军队》《精神讲话》等及其他手稿。随后，林伯渠即出资在广州印刷出版了此书。孙中山麾下要人胡汉民、程潜等亲为《林修梅遗著》作《序》，林伯渠则亲自作《跋》。

《跋》曰：

予与先兄浴凡，少同学，长共患难，朝夕相处之日多，常见其与友朋赠答，或抚时感事，亦间有叙述，若歌咏然，辄随手弃掷。及驻军拉萨，乃著《西藏游记》《治藏策》。亡命日本时，作《中国交通政策管见》并其他译著数种，今俱存他友处，一时颇难收集。仅此数文，属其最近之作，故得都置行箧。二三同志追悼先兄之死而悲其志，特为刊成此册，以为纪念。亦欲世之欲知兄者，得借此窥其梗概耳。予观兄年来志愿，在指导人群归于世界最新之趋势，其后此之精诚与毅力，已决心尽量灌输于社会革命事业。平生自奉节俭，衣履往往不甚完整，令卒遇者，略不意其在政治革命中负有盛誉之人，近欲资余往游新俄罗斯，视察苏维埃实际设施种种，以备异日参考。盖其希望理想实现之心事，至为诚挚而迫切。使不遽死，未必不能及身令其怀抱有所发抒成就。予质蹇劣，虽与兄志同道合，自揣恐终无以补成兄未竟之志事。抚次遗文，更不禁悲思之横集也。

中华民国十年十二月二日距兄死后四十九日识于广州市 林祖涵

一天傍晚，林伯渠事毕回家后，拿出一本刚出版的《林修梅遗著》给女儿秉蘅看，并语重心长地说：“丫头，你二伯可是一位了不起的将军啊，他虽然人生短暂，但却为我们的国家和民族做了很多大事情，孙中山大总统对他也十分看重；现在二伯不在了，但他会永远活在这本书里，也永远活在民众和亲人心中；这本书，等你长大能看懂了，一定要认真读，要继承二伯的光明精神。”

秉蘅接过《林修梅遗著》，翻到二伯遗照，默默端详很久。这时，林伯渠从书桌上拿过一张诗笺，展开说：“丫头，二伯去世，亲人都很悲伤，爸爸更伤心。爸爸写了一首诗，给二伯送行，丫头，爸爸希望你能第一个背下来哩。”秉蘅很懂事地点点头说：“爸爸教我，我一定第一个背下来！”于是，林伯渠把秉蘅拢到跟前，一字一句地教起她来：

> 六柳依然未改颜……谁怜零涕湿栏杆……
> 流传勋业方朝日……新张思潮付逝川……
> 十口竟为盐米累……一棺犹阻道途艰……
> 卅年兄弟兼师友……审抚遗篇墨未残……

跟着爸爸念了几遍，秉蘅好奇地问：“爸爸，‘六柳’是什么意思？”

林伯渠说：“二伯家门前不是有六棵杨柳树吗？二伯曾以‘六柳居士’自称。”小秉蘅天真地说：“哦，这‘六柳’就是代表二伯吧？”林伯渠不禁又夸了女儿一句：“幺儿真乖！”

尽管林伯渠知道女儿现在理解力还不够，但爸爸心有块垒，不吐不快，于是对女儿讲起这首诗来：“幺儿，爸爸给你说说这诗的意思吧。”

秉蘅瞪大清澈的双眼，静静地听着爸爸讲解：“‘六柳依然未改颜，谁怜零涕湿栏杆’，就是说那六棵柳树还在，人却不在了，亲友们都悲伤流泪了；‘流传勋业方朝日，新张思潮付逝川’，就是说二伯的功勋伟业刚刚开始，他的新思想却随着他的去世而被带走了；‘十口竟为盐米累，一棺犹阻道途艰’，就是说二伯一家十口生活清贫，最终连灵柩都无法回乡安葬；‘卅年兄弟兼师友，审抚遗篇墨未残’，就是说二伯既是爸爸的弟兄，又是爸爸的老师和朋友，爸爸整理的二伯的遗著，将永远教育人们为国家努力。”

小秉蘅听得十分认真，时而似懂非懂地点点头，两只大眼扑闪扑闪盯着父亲，眼神中饱含对二伯的崇敬和缅怀。次日，林伯渠带回一张《民国日报》，念了一段给女儿听：

近代吾国军人中奋斗有为，而抱建设的新思想者，林君实为首屈一指。近人评吾国新军人，南有林修梅，北有冯玉祥之言，实则冯不能望林之项背也。

聪明的秉蘅听后说："这就是说，二伯比冯玉祥还要超过很多，是吧？"林伯渠点着头说："是啊，文章就是这个意思。"秉蘅自豪地说："二伯真了不起，他要是永远不死就好了。"林伯渠抚着女儿的头，喃喃地重复着："是啊，永远不死就好了，永远不死就好了！"是啊，如果林修梅将军不死，中国近现代革命的许多故事，也许就不是后来的那些情节了。

处理完林修梅后事，林伯渠继续留在广州工作。在中共广州党组织领导下，林伯渠一面从事党团活动，一面开始同工人接触，加入工人运动。1922年2月4日，广州社会主义青年团、马克思经济学会和互助社等团体在长堤广西会馆集会，纪念著名的德国工运领袖、马克思主义者李卜克内西和卢森堡。林伯渠、谭平山、谭植棠等出席集会并发表演说。4月初，广东社会主义青年团进行改组，选出团委书记谭平山，文书部负责人杨章甫、杨匏安、谭夏声等，财政部负责人谭植棠，林伯渠和刘尔崧当选为财政部审计股主要负责人。

同年4月16日，广州44个工人团体联合举行大会，追悼因领导长沙纱厂工人罢工而被害的湖南劳工会领袖黄爱、庞人铨和因参加香港海员罢工、回广州时遭英国警察枪杀的4名工人。黄爱、庞人铨均毕业于湖南甲种工业学校，"五四"时期，黄爱协助周恩来编辑《天津学生联合会报》，参加京津爱国运动，是天津觉悟社成员，曾两次被捕。后由李大钊介绍，到上海协助陈独秀作文书校对工作，不久回长沙与庞人铨组织湖南劳工会，会员发展到6000余人。他们在毛泽东和共产国际代表马林影响下加入社会主义青年团，由于积极领导湖南第一纱厂工人年关索饷的坚决斗争，被军阀赵恒惕杀害，引起全国公愤，京津沪和广州都举行了追悼大会。参加广州追悼大会的群众达5000余人，黄爱七十多岁的老父亲，湖南劳工会代表和谭平山、林伯渠、毛泽东等，都参加了这次追悼大会。林伯渠满怀义愤，特为大会撰写了一副振聋发聩的挽联：

看举世方以金钱造罪恶，
唯二君能以颈血洗乾坤。

历史的安排，有时似是天意。孙中山刚失去最为倚重的爱将，正困于失落与无助时，中共正式开始促成共产国际与孙中山的接触，林伯渠则在其中发挥着重要的桥梁作用。1921年底，按照国共双方预先安排，马林在张太雷等陪同下到达桂林，与正在桂林的孙中山会见，达成共产国际与孙中山的首次接触。这次，马林在桂林住了九天，向孙中山详尽地陈述了十月革命的经过与经验，提出了一些关于中国革命的重大建议。林伯渠虽未去桂林，但这次孙中山与马林会晤的重要情况，作为总统府参议，都是知道的。据林伯渠后来回忆，马林当时曾对孙中山说："你是中国的民族英雄。不过你这个方法不行，搞不成功。我给你一个建议：你应该有一个很好的，有纪律的，由各革命阶级、各阶层联合的党；现在你们的军队也不行，要有革命的军官、干部，要开设军官学校。"

对马林这两条重要建议，孙中山十分赞赏。他曾致电廖仲恺，说这次会谈使他"心中非常高兴"。自辛亥革命后，孙中山始终坚持资产阶级民主革命派的正确立场，不断探求救国救民的真理，其间历尽艰辛和曲折，而少有过痛快淋漓的"高兴"；这次的"高兴"，在一定意义上，标志着孙中山开始走出孤独苦闷的心境。

1922年夏，中国社会主义青年团第一次全国代表大会和第一次全国劳动大会召开后不久，广州局势又生剧变，广东军阀陈炯明对孙中山的背叛行为，变得越来越显山露水。孙中山"力主北伐、打倒北洋"，陈炯明则"反对北伐、联省自治"，彼此相持不下。在他们的争执间，中共广东党组织和社会主义青年团内部看法也不一致，多数广东籍党团员如陈公博、谭平山、谭植棠等都偏向陈炯明，不赞成孙中山。但林伯渠却始终主张支持孙中山，他认为，孙中山从组织同盟会，提出"三民主义"，推翻清朝政权，进行反袁的"二次革命"，到护法战争和目前为打倒北洋军阀专制而发起的北伐，都是顺应世界民主潮流的，是进步的，是值得尊重的。国共两党建立合作，应尊重历史，与孙中山竭诚合作。至于陈炯明标榜的"联省自治"，无非是假借人民自治之名，行军阀割据之实，于中国老百姓绝无利益可言。显然，林伯渠的这些观点是正大光明、有理有据的。后来，陈独秀提出，对孙中山与陈炯明之间的矛盾，应观察清楚后再做决定；目前情况下，共产党仍应与国民党所有分子合作，避免卷入他们的内部斗争。当时驻广州的远东共和国电讯社记者斯托诺扬维奇也把孙中山本人及其政府描写得一团漆黑，而对陈炯明表示好感。后来，在共产国际代表马林的建议下，中国共产党党员和社会主义青年团团员才终于同意与孙中山合作。6月15日，中共中央在第一次对时局的主张中明确提出，“邀请国民党等革命的民主派及革命的社会主义各团体，共同建立一个民主主义的联合战线”。

此时，始终心怀不轨的陈炯明终于从暗中反对孙中山、暗杀坚定支持孙中山北伐主张的粤军参谋长兼第一师师长邓铿，发展到公开对孙中山下手。6月16日，陈炯明悍然发动反革命政变，下令炮击观音山（即越秀山）总统府，幸而孙中山事前得报出走。在永丰舰上，孙中山等又与叛军交战两个多月，最后被迫转移上海。在陈炯明炮击总统府那天，林伯渠考虑到自己和堂兄林修梅一直以来就是反对陈炯明的，恐在叛乱中遭其毒手，连夜从执信女校接回秉蘅，连同林修梅家眷，一同送到上海。到达上海后，林伯渠考虑形势太过险恶，自己事务又极为繁忙，恐无法保证女儿和堂嫂一家的生活与安全，于是，安排跟班曾福设法把秉蘅和堃哥的家眷一起送回临澧老家安顿。此后，林伯渠便独自在上海继续坚持革命斗争。孙中山回到上海，暂把精力转移到国民党中央党部的工作上，许多工作，仍然需要人来做。林伯渠便继续留在孙中山身边，帮助他处理中央党部的一些工作，同时伺机推动孙中山与共产党的接触。

孙中山在经历多次失败，特别是这次遭自己亲手培植起来的陈炯明反叛后，更加感到中国革命需要寻找新的依靠力量。他意识到，若要中国革命成功，看来必须学习苏俄经验，并要取得苏俄援助。当时，中国共产党领导下的第一次全国罢工运动正处高潮，这也使孙中山认识到中国工人阶级和中国共产党的力量不可小觑，进而也促成孙中山思想的逐渐转变。在孙中山心里，当时已经有了与苏俄、工人运动和中共进行联合的愿望。而当时中国共产党方面也已明确提出了联合国民党等力量，建立一个民主主义的联合战线的政治主张。既是共产党员又是国民党员的林伯渠，必然要成为这一中国革命政治方略的重要先头兵。

一天，林伯渠陪李大钊来到孙中山寓所，宋庆龄为他们开门。“孙夫人，”林伯渠首先介绍道，“这位是我的朋友，中共领导人李大钊先生。李先生，这位是孙夫人，宋庆龄女士。”

李大钊礼貌地向宋庆龄微微鞠躬说：“早就仰慕孙夫人大名，今天终于得见。”

宋庆龄热情地说：“哪里哪里，对大钊先生，我们早闻其名了，非常欢迎你的到来；再说，祖涵先生一直是我们家大受欢迎的客人，他的朋友，也就是逸仙和我的朋友，大钊先生楼上请。”

李大钊在二楼图书室与孙中山秘密会面，只有林伯渠被允许参与会晤。寒暄过后，李大钊说：“中山先生，陈炯明之变，您受惊了。”

“惭愧，内乱至此，孙文深愧统领无方。”孙中山说。

李大钊则说：“守常以为，此乃军阀本质所致，非先生之过。”

孙中山应道：“然孙文由此深感，振作本党势在必行。”

李大钊点着头说：“先生英明。我党愿意从民族利益出发，竭诚帮助您广泛联合，建设一个强大而具有广泛代表性的国民党！”

孙中山说：“不错，马林先生不久前给过我两个建议，一是要建设一个很好的、有纪律的、由各革命阶级各阶层联合的党，二是要有革命的军官学校。”讨论由此开始，他们广泛交换了对国内局势的分析与判断，在不少问题上形成了共同的看法。

李大钊晤见孙中山后不久，林伯渠又陪陈独秀来到孙中山寓所，依然在二楼图书室会面。交谈中，陈独秀说：“孙先生一直以来以‘振兴中华’为己任，深得同胞赞佩！”

“只可惜，文空怀其志，而屡遭重挫。”孙中山摇摇头。

陈独秀扬扬手说：“孙先生的可敬，正在于屡仆屡起，愈挫愈奋！”

孙中山感慨地说：“文已深感革命仅靠领袖个人的勇毅，是绝对不够的，必须有强大的革命武装，理想宏图方可大展。”

陈独秀回应说：“是的，马林先生建议孙先生要拥有自己的革命军官和干部是对的，但这就需要开设自己的军官学校。”

孙中山听到这里，也意味深长地点点头。此刻，一个萦绕心中已久的念头，忽被推到了伸手可及的视野。自林修梅将军病逝后，孙中山曾反复自问：领军之将将复何在？阵前统帅将复何求？对，创办自己的军校，培养自己的将领。当陈独秀说及此时，立即引起孙中山的共鸣。他非常肯定地说：“在桂林与马林先生会晤后，我就一直在思考，国民党一定要创办一所自己的军官学校。”显然，这就是后来黄埔军校的由来了。

经常参与在这类政治谈话中的林伯渠，自然对革命的出路问题，也会有所感触、有所思考。在孙中山、陈独秀的讨论过程中，林伯渠曾择机插话："除了军官问题，还有一个基本群众的问题也值得考虑。我觉得工人阶级中，蕴藏着强大的力量，也蕴藏着许多优秀人物，是值得任何一个革命政党高度重视的。"

陈独秀点点头说："对，祖涵先生说得对，苏俄革命在很大程度上，就是依靠工人阶级的一场革命！"

孙中山说："嗯，两位说得都很有道理。总之，依靠军阀打军阀，根本就是一种冒险，真正的出路，还是要靠自己的革命武装来打倒反动军阀。"

他们还讨论到了"振兴国民党、振兴中国"的种种设想。因为孙中山始终以"天下为公"为奋斗宗旨，不存私党之见，很容易与同样为人民大众利益为旨归的共产主义运动产生共鸣。在中共和苏俄帮助下，1923年元旦，孙中山在上海以国民党上海本部名义，发表了《中国国民党宣言》，实质上是国民党改组宣言。《宣言》表示支持工人运动，并开始接受共产党反对帝国主义的观点，初显了国民党政治策略的新变化。《宣言》承认中国已"陷于为列强殖民地之地位"，对其"三民主义"做出了新的解释。关于民族主义，则由过去的"排满"发展为"除去民族间之不平等"，"内以促全国民族之进化，外以谋世界民族之平等"；关于民权主义，则由过去之"建设共和"，扩充为直接民权，"废除以资产为标准之阶级选举"，"人民有集会、结社、言论、出版、居住、信仰之绝对自由权"；关于民生主义，除"平均地权"之外，又增加了节制资本的意义，提出"铁路、矿山、森林、水利及其他大规模之工商业，应属于全民者，由国家设立机关管理之"。宣言还特别强调了民众的重要，提出"革命事业由民众发之，亦由民众成之"。

1月2日，孙中山在上海召开党务会议，通过了党纲及总章，重申"三民主义"为党的基本纲领，规定了党的组成体制，废除了原来的入党誓约和打手模等入党手续，还重新推选了中央各部组织人员。当时林伯渠因工作安排去了广州，没有参加这次党务会议。当参加会议的彭素民写信告知林伯渠，国民党中央已决定委任他为总务部副部长时，林伯渠随即写信给孙中山，表明自己的立场和态度：

祖涵频年相从，无补高深，独于三民主义以党治国之说，衷心研究，服膺拳拳。近察世界潮流，国际趋势，欲导中国于强盛，确立东亚和平之基础，均有赖于吾党之工作。

当时，共产国际也适时作出了《关于国共合作的决议》，决议说：

国民党是现时中国唯一强大的民族革命组织，它以民主资产阶级和小资产阶级，以及一部分学生和工人为依据。因为中国独立的工人运动尚属薄弱，因为中国目前的一切任务，是反对帝国主义及其在华代理人——中国军阀……而现时工人阶级又尚未充分分化成为完全独立的社会力量，所以，共产国际执委认为：年青的中国共产党与国民党实行合作是必要的。

这样，就初步促成了国民党和共产党联合的意向。而苏联政府特使越飞，也在孙中山这次避居上海期间来到中国，这无疑就给孙中山联俄联共开启了一些前期酝酿工作。这个时期，林伯渠与李大钊围绕国共合作问题的通信活动特别活跃。林伯渠曾致函李大钊："孙中山先生目前被迫避居上海，广州政府实际已有名无实，因此，他处于苦闷中。但由于先前马林同志与他的会晤，再加上守常兄和独秀同志的拜会交谈，孙先生的革命思想正处于新思考中。我以为，这更是我们积极影响他的极好时机……"李大钊也随即复函："苏俄政府特使越飞来华，带来许多新的消息与指示。我们应该积极促成孙中山先生与苏俄政府的沟通，以达成彼此间的更多共同看法……"

通过林伯渠与李大钊商定，最终拟在上海安排孙中山与越飞的会晤。但由于不久越飞因病飞往日本热海治疗，无法亲自赴约，于是派马林作为全权代表，到上海与孙中山会晤。为了这次重要的会晤，李大钊也特地赶到了上海。

那天，由林伯渠、李大钊陪马林来到孙中山寓所。临上二楼图书室前，林伯渠回头叮嘱侍卫长："会晤期间，无论谁来，都不许通传，更不得登楼，这是大总统的命令！"宋庆龄也叮嘱："先生与马林会谈事关重大，任何人，包括我在内，都不得随便介入，务必绝对保证安全！"

后来，宋庆龄在致罗叔章的信中曾回忆道：

每次他（林伯渠）来访，我总是不在场的。因为我在另一屋里有指定的工作要做。因此，从未听到他们的讨论。林老和其他来访者在楼上图书室，我也不知道他们讨论什么。因为，图书室未得邀请是不能进入的。在广州，林老来访时也和上海一样，甚至任何秘书也不能听他们的谈话……

这次孙中山再次见到马林时，显得精神振作多了。坐定后，孙中山首先说："马林先生，文非常欢迎您的光临，首先向越飞先生和您本人致敬！"马林说："谢谢孙先生！我会向越飞先生转达您的美意！这次我受越飞先生委托与您会晤，既代表他本人，也代表苏联政府，来与孙先生就您所关心的种种问题，坦诚交换意见。"孙中山欣然道："很好，马林先生，这里非常安全，而且我们将有六天时间，可以充分地交谈和讨论！"

由于极其机密，关于这次会晤的具体内容和细节，很少有人知晓。会谈结束时，孙中山紧紧握住马林的手说："马林先生，这次会晤非常有益，您关于加强国与国、党与党之间联合和重视工农力量的意见，对中国革命很有意义，我党将会据此慎重确定今后方针。"

1月中旬，孙中山又派廖仲恺去日本热海会见越飞，一面陪他养病，一面就彼此联合的问题进一步沟通。1月26日，《孙文越飞联合宣言》正式发表。这个宣言，标志孙中山已完全打消对帝国主义的幻想，而最终确定了联俄的政策。

知道孙中山有了联俄、联共和改组国民党的意向后，陈独秀、李大钊和马林先后向孙中山建议，中共党员可以加入国民党，帮助孙中山改组国民党。孙中山完全同意，非常高兴，形容为"畅谈不倦，几乎忘食"。其间，孙中山再次向陈独秀、李大钊等明确表示，国民党可以取消打手模、宣誓服从他个人的入党方式，而按照民主化的原则改组国民党，并对马林等人表示，"你们尽可以一面作为第三国际的党员，一面加入本党，以便帮助孙文进行改组"。几天后，陈独秀、李大钊、蔡和森、张太雷等即由张继介绍，孙中山亲自主盟，正式加入了国民党。这是共产党帮助改组国民党的标志性事件，也是国共合作迈出的重要一步。

关于林伯渠在这些重要活动中的作用问题，后来吴玉章曾在《回忆林伯渠同志》一文中写道：

> 由于伯渠同志和孙中山的密切关系，在推动孙中山的思想进步和促进国共合作方面，他起了很大作用。1921年共产国际的代表马林到桂林和孙中山会晤，就是由李大钊同志写信给林伯渠同志从中介绍的。其后凡是孙中山和苏联代表的接谈，都有伯渠同志参与其间。正因为这种关系，所以在1924年国民党的第一次代表大会上，伯渠同志被选为国民党的中央执行委员，以后并担任农民部长。

此外，吴玉章还曾写过一组评价林伯渠一生的诗歌，其中写道：

> 十月革命照万方，联俄联共好主张。
> 中山改组国民党，还仗伯渠作桥梁。

而中共中央后来也曾这样评价林伯渠在那段历史中的重要作用：

> 在孙中山接受中国共产党的建议，决定实行联俄、联共、扶助工农三大政策，改组国民党的工作中，林伯渠同志曾起了积极作用……

1923年初，留驻广西的滇军杨希闵和桂军刘震寰会同粤军许崇智，把背叛革命的陈炯明驱逐出广州。2月21日，孙中山又回到广州，复任陆海军大元帅，并于3月1日建立了大本营。孙中山抵粤时，林伯渠也正在广州帮助谭平山整顿党务。不久，林伯渠根据国民党中央通知，回上海就任国民党中央总务部副部长。林伯渠就职后，为完善总务部工作，与部长彭素民商定后，把共产党员张太雷请到总务部来担任干事。张太雷到达上海与林伯渠见面时，林伯渠说：“太雷同志，这次请你来，要让你屈就总务部干事，如何？”

张太雷高兴地说：“伯渠同志说什么屈就？做您手下的‘干事’，我求之不得。”

林伯渠又说：“现在是实现国共合作的重要时机，我们的工作是既要有利于共产党，也要有利于国民党，以此来达到有利于整个国家和民族之目的。所以，我们每个同志都决不谋求任何秘密利益，惟有忠实于光明正大的事业。”

张太雷连连点头说：“我明白，我能力和经验有限，但我一定会积极努力，配合您做好分配给我的工作。”

按国民党总章规定，国民党总务部的职能是“管理本党机要文件、印信、统计及与国内外部处之接洽，并办理不属于他部之事务”。因国民党当时尚未设立中央组织部，总务部实际还兼行组织部职事，干部任免和组织事宜，都由总务部签署行文。作为副部长，林伯渠除协助部长处理部务外，按国民党中央干部会议规则的规定，他还担任中央干部会议书记职务，经常出席中央干部会议，参与处理有关中央文电事务等。

那时，林伯渠先是住在上海环龙路四十四号国民党中央党部。后来，妻子伍崇贤带孩子来到上海，于是，林伯渠一家移到巨籁达路松鹤里居住。长期跟随林伯渠的跟班曾福，也和林伯渠一家住在一起，帮助打理各种琐务。据家人回忆，在这段时间里，跟林伯渠家来往的人很多，既有湖南同乡、国民党友人，更有不少共产党的同志。“二七”惨案后，陈独秀、李大钊等人遭到通缉，中共中央从北京迁到上海，许多著名共产党人相继来沪，如瞿秋白、邓中夏、恽代英、蔡畅、谭平山等，林伯渠家差不多就成了他们的联络站。

1923年6月12日至20日，中共为推动革命发展，同国民党建立革命统一战线，在广州召开了中共中央第三次全国代表大会。根据共产国际第四次代表大会关于东方各国共产党必须积极参加资产阶级民主革命、建立反帝统一战线的决议和共产国际执委会关于中国共产党与国民党合作的指示精神，大会通过了《关于国民运动及国民党问题的决议案》。这个决议充分肯定国民党“是一个国民革命的党”，批准了中共西湖会议关于共产党员和社会主义青年团团员以个人身份加入国民党的决议。同时进一步指出，“扩大国民党的组织于全中国，使全中国革命分子集中于国民党”，在劳动群众中也要大规模进行国民革命运动的宣传。决议还指出，我们加入国民党后，仍要保存和扩大共产党的组织，保持无产阶级的独立性，阻止国民党的“妥协倾向”及“在劳动运动上改良的倾向”，反对国民党“集全力于军事行动，而忽视对于民众之政治宣传”。这些，无疑都是共产党既争取与国民党合作，又讲求共产党独立发展的正确主张。

当时，作为国民党中央党务部副部长的林伯渠，在国民党中央的地位已日渐显要，经常出席国民党中央干部会议，并亲自兼任上海本部中央干部会议记录员，这为积极推动共产党与国民党的合作，在决策层面上表达意志，取得了有利和方便。当时，通过林伯渠介绍，张太雷、夏曦、刘少奇、彭湃等重要的共产党人也都先后加入了国民党，从而形成了当时中国革命格局中一道独特的政治风景——国共两党在党员成分和组织工作上，彼此“连筋混血”的特殊构造。

第十五章　合作
国共联袂风雨在途

中国国民党的建立背景和过程比较特殊，撇开宋教仁时期因政党议会制需要而草创的“国民党”不说，就是到了“中国国民党”正式建党初期，其组织体系也是很不完备的，基本只有中央党部，没有地方党部。到孙中山后来进行国民党政治改组，“引进”共产党人帮助振兴党务时，才开始着手建立国民党地方党部。那时，各地反动军阀势力仍很强势，他们对国民党的发展是绝不允许的。因此，国民党建立各省党部的政治环境相当恶劣。为避免反动军阀势力的破坏，各省党部建立工作都只能秘密进行。作为负责国民党中央党务与组织工作的林伯渠，与各地负责发展国民党地方组织的共产党人，必然有着非常广泛而密切的联系。

而与国民党不同，中国共产党是在建立了若干地方性共产党早期组织后，才于1921年7月正式建立中央机构的。当国民党开始建立地方党部的时候，中共则在根据形势需要，进行新的组织调整和改进。中共第三次全国代表大会后，上海成立了地方兼区委员会；上海兼区委员会除领导在上海党的工作外，还兼管江苏、浙江两省党员及组织发展工作以及工运工作。1923年7月，经中共上海地方兼区委员会讨论决定，林伯渠被编在上海地方兼区委员会第三组即“西门组”担任教育宣传员，开展重大演讲宣传活动。按内部分工，林伯渠和张国焘负责讲政治，瞿秋白、邓中夏负责讲理论。不久，兼区委员会又决定设立国民运动委员会，专门负责与国民党合作、发展社会各阶层进步力量参加革命斗争等工作，林伯渠、张太雷等又被安排为国民运动委员会骨干。不难想见，同时肩负着国民党和共产党两方重要工作的林伯渠，肩上的担子有多重。对于常人来说，也许难保不出现疏漏，但林伯渠却已习惯了高度负责，埋头苦干，有条不紊，兼顾不废。

在负责国民党地方党部发展工作的过程中，林伯渠对湖南、湖北尤为关注，因为这两个省自辛亥革命以来，就是革命运动最为活跃的地区，也将是北伐进军路线的要冲地带，党的基础尤需打牢。当时，在国民党中央执行部工作的覃振，也是国民党地方党部发展工作的领导骨干。为建立国民党湖南支部，覃振找林伯渠商议：“祖涵同志，现在两广、江苏、四川等省党部都有了基础，但湖南尚无眉目，你有什么计划没有？”

林伯渠蛮有信心地说：“理鸣兄，不必多虑，湖南我们有办法。最近从湖南来的一些年轻人，都说毛泽东、夏曦等在长沙搞新民学会，搞得那是水起风生，反响很好；我们可以与他们取得联系，他们一定会有办法的。”

不久，林伯渠专程来到长沙，首先去找毛泽东。林伯渠与毛泽东虽同为湖南人，但因各自早期经历不同，所以，当时他们尚未有过多少联系和接触。不过，毕竟同为革命者，也同在组织中，彼此见面后，也并无什么顾忌。一见面，两人便紧紧握住手，林伯渠率先说：“润之同志，我叫林祖涵，字伯渠，湖南临澧人。我们算是湖南大同乡啊。”

毛泽东连连说：“对对，都是湖湘子弟。对伯渠先生我可并不陌生，记得去年在广州举行湖南劳工会领袖黄爱和庞人铨追悼会时，我见过您，而且印象还很深，尤其是您那副挽联，润之至今未忘。”

林伯渠连连点头说：“润之那天的演说，真是石破天惊，足使赵恒惕之流闻风丧胆啊！”

毛泽东化用林伯渠的联语说道：“中华男儿，当敢以颈血洗乾坤嘛！”

林伯渠赞赏地笑笑说：“润之先生好记性，好口才哩；如果没弄错，润之今年应该有三十岁了吧？”

毛泽东答道：“哦，连这个您也知道？真不愧是党的组工干员哩；据我所知，您今年应该三十有七了，对吧？”

林伯渠连声说：“不错不错，润之也是知人甚广；先圣有言，‘三十而立’，润之正当‘而立’之年，湖南正有件大事，要仰仗你登高一呼啊！”

毛泽东郑重地说：“伯渠先生年近‘不惑’，服膺革命，不独为国民党要人，亦是共产党中坚，但有所嘱，润之当全力赴之！”

林伯渠非常高兴地说道："好啊好啊，伯渠马齿稍长，愿做两党之伟大革命目标一服务员而已矣。如今正当国共合作之际，共产党为支持孙中山'振兴国民党，振兴中华'的宏图，正积极帮助建立国民党地方党部，湖南国民党支部的建立正待其成，还得靠润之这样的湖湘赤子鼎力担当啊！"

毛泽东爽快地说："但凡于国家民族有益之事，润之必尽全力。"

林伯渠更兴奋地说："好，天行健，君子以自强不息；为工作之便，建议润之尽快以个人名义加入国民党，以便国共联动、共赴革命。"

毛泽东点头说："好的好的，待请准中央，立即办理。"

林伯渠最后还慎重地对毛泽东说："建立省党部之事，各省颇有进展，两广江浙业已成功，湖南支部亦需尽快着手。"

毛泽东答道："待与各方同志建立联络，则可力图实现。"

林伯渠深感鼓舞，说："有润之同志千钧一诺，事必可成。"

两个湖南人，两位革命中坚就这样一拍即合，从此携手同力，并肩战斗了。

1923年9月28日，毛泽东致函林伯渠和国民党中央总务部长彭素民，具体报告国民党湖南省党部组建情况：

伯渠、素民二位同志：

弟16日到长沙，政局忽又变化。……至于本党（国民党）在湘发展，虽在军事时代仍应努力进行。昨与夏曦同志（夏曦极能做事，在学生界有力量）商量分布办法：第一步组织长沙支部；第二步组织常德、衡州及其他可能的支分部；第三步再组织湖南总支部。关于长沙支部，现决定即日租定房子，成立筹备机关（秘密的），多邀信仰三民主义及有活动能力的人入党，然后开成立会推出候补支部长，呈请本部委任。惟经费极困，机关既定，每月至少须一百元内外，现正邀集热心同志设法捐集应用。在沪时请本部委我以筹备员（夏曦为筹备主任），以便与各方接头，请早日寄到为荷！

从毛泽东这封信中，不但可以看出他本人在筹备改组中国国民党中的作用，同时也充分显示了林伯渠在帮助孙中山改组、复活国民党，介绍共产党人和社会主义青年团团员参加国民党，实现国共两党合作的重大战略行动中，所

处的特殊地位。毛泽东这次回湘后，直到年底才再离湘。其间，他先后到长沙、宁乡、安源等地，建立了国民党分部和湖南总支部。后来湖南成为国民党组织最发达的省份之一，毛泽东等打下的这个基础，起到了决定性的作用。

湖南国民党组织迅速发展的同时，湖北及北方国民党组织也都在共产党人的积极帮助下，得到长足的发展。1923年初，林伯渠又风尘仆仆赶往武汉，去联系筹建国民党湖北省党部的工作，恰巧赶上共产党领导的京汉铁路"二七"大罢工高潮。林伯渠来到罢工斗争腹地汉口，面对吴佩孚残暴屠杀罢工工人的暴行，林伯渠义愤填膺、万分愤慨。他不顾环境的险恶，亲临风口浪尖，积极支持罢工斗争领导人施洋律师利用法庭，同吴佩孚及反动军警展开激烈斗争。这场斗争十分惨烈，就在施洋被捕的前一个小时，林伯渠还在施洋寓所，与他讨论有关支持大罢工的法律斗争事宜。2月7日晚，施洋不幸被军阀肖耀南逮捕下狱；2月15日清晨，施洋同志在洪山脚下英勇就义。在敌人的刑场上，施洋毫无惧色、慷慨激昂，面对军警和民众大声疾呼："我只希望中国的劳动者早些起来，把军阀、官僚、资本家和你们这班替他们做走狗的人，一起都食肉寝皮""我不怕人，不怕事，不怕死，堂堂正正做人，反对强暴，你们杀了一个施洋，还有千万个施洋"。行刑枪手被施洋勇士临死不屈的英雄威武吓得发抖，连忙开枪。施洋身中两弹后，仍在高呼"劳工万岁"，谱写了一曲共产党人为人民解放事业视死如归的英雄绝唱。当时，施洋年仅34岁。对施洋同志的牺牲，林伯渠悲痛不已，决心加倍努力推动革命，以告慰为革命先行赴死的英烈。

1923年底，林伯渠奉国民党中央之召回到广东。当时，广东革命政府正面临财政将罄的危急；林伯渠一回广东，便立即与国民党左派领袖廖仲恺等同志一道，积极参与支持孙中山从帝国主义手中收回广东海关关税余额收入的斗争，扭转了广东革命政府的财政危机。财政问题解决后，孙中山立即开始部署安排国民党第一次全国代表大会事宜。根据孙中山指示，林伯渠等同志开始全力投入国民党"一大"筹备。为配合国民党"一大"，也为加强共产党对中国民主革命的影响，1923年12月25日，中共中央发出第十三号《通告》，再次要求各地方的共产党，立即全体加入国民党，"积极进行复活国民党之工作"。要求在选举出席国民党"一大"代表时，尽量帮助比较激进的分子当选，以便在大会上"纠正国民党旧的错误观念"。这表明共产党对国民党的构成与性质有着清醒的认识，在谋求与国民党“合作”的同时，也十分注意保障和发挥共产党的“主导”作用。

在中国共产党“一大”召开已约三年后，1924年1月20日至30日，中国国民党第一次全国代表大会终于在广州召开。参加国民党“一大”的代表共一百六十五人，其中不少都是国共双党籍的同志，不少共产党的重要人物活跃在国民党“一大”上，如毛泽东、李大钊、林伯渠、谭平山等，都是当时引人注目的国民党“一大”代表，李大钊还被选为大会主席团成员。这次大会，在共产党员和国民党左派的共同努力下，通过了《中国国民党第一次全国代表大会宣言》和国民党党纲、党章等，接受了中国共产党反帝反封建的主张，重新解释了三民主义，确立了联俄、联共、扶助农工的三大政策，同意了共产党员及社会主义青年团团员以个人资格加入国民党，选举包括李大钊、谭平山、林伯渠、毛泽东等在内的十名共产党员为国民党中央执行委员会委员或候补委员。这样，就基本上将国民党改组成了一个由工人、农民、小资产阶级和民族资产阶级共同组成的革命联盟，在很大意义上，这是坚持国民革命的中国国民党的正式亮相。这次大会，也标志着第一次国共合作局面的完全形成。林伯渠后来曾回忆道：

（中山）先生吸取了苏联十月革命胜利的经验，乃在国民党第一次全国代表大会宣言中明确提出“国内民族平等，对外独立自主”的主张。忆此宣言未公布前，曾经国共两党多方磋商，我曾斡旋两党之间。据我所忆：中山先生之明确规定“对内建党建军，对外要求独立自主”为当时革命任务，实为两党合作基础之一。此后国共两党即同心同德，为求得民族解放而努力。后由于中国统一战线破裂，未达目的。

国民党“一大”闭幕后，孙中山约见林伯渠，语重心长地说：“祖涵，此次‘一大’是我党历史性的伟大新开端，执行这次大会制定的重要方略，是今后全党的首要。你在此次大会上被选为中央执行委员会候补委员，是你长期积极工作的结果，体现了中央和诸同志对你的充分信赖。较之以往，你今后的工作任务会更为重大，是必更加致力。”

林伯渠神色郑重地说：“涵自任总务部副以来，深感担子重、责任大。时下又膺党之重托，祖涵更不敢稍有懈怠；否则，涵将无以向先生和党人复命！”

孙中山点点头说：“为有效发展工农运动，中央拟将任命你为中央农民部部长，只待中执委通过，即可膺职；目前，农民运动尚是我党弱处，而中国自古就是农业国，农民是中国社会的主要成分。因此，我们党务必争取在农民工作上有所作为。”

不久，国民党中执委就开会，林伯渠被推选为农民部长；同时，谭平山被推选为中央秘书处常务委员和组织部长。林伯渠正式担任中央农民部长后，曾对孙中山说：“先生对中国社会的把握，是我党努力的方向，祖涵必不遗余力，为之奋斗。我有一个建议，我党对共产党方面农民工作的优秀干才，要充分发动和信任，以期打开我党农民工作局面。”

孙中山随即表态：“好，文支持，俟后你等认真研究，做出计划，积极施行。”

接着，林伯渠挑选了共产党员彭湃担任农民部秘书，协助他开展农运工作。经林伯渠提出的“广州农民运动讲习所”开办议题，不久便列入了国民党中央议事日程。

在开办“农讲所”之前，林伯渠与彭湃深入交换意见，林伯渠强调：“这个农讲所，是国民党扶植农工行动的一项重要工作，必须争取尽快见到成效。”

彭湃积极回应道：“对，国民党决定开办‘农讲所’是非常正确的。农民运动需要成熟的干部，否则就很难成功；而农讲所的讲师，必须由非常优秀的分子来担任才行。”

林伯渠点着头说：“从目前情势看，农讲所应该采用国民党搭台、共产党唱戏的办法。”彭湃忍不住兴奋地说：“好一个‘国民党搭台，共产党唱戏’，这可是国共两党紧密合作的一台大戏和好戏哩！”

林伯渠接着说：“我想，农讲所讲师，由毛泽东、周恩来、萧楚女、李立三等共产党的同志担任为好，他们有着良好的理论和经验积累，培养出来的农民干部，一定会非常优秀！”

彭湃感慨地说：“从国共两党并肩登上历史政治舞台开始，伯渠同志就担负着两党合作的桥梁与纽带，这是两党同志所共睹，也将是我们这个‘农讲所’所要仰仗的。”

林伯渠谦然摇头说：“哪里哪里，革命真正仰仗的是领袖和同志，我不过是一头习惯拉犁的老黄牛。”的确，从临澧走出来的林伯渠，几乎从一开始就是一头勤勤恳恳、埋头拉犁的“老黄牛”。

为加强中央对地方党部的指导，使国民党变成一个更加有组织、能行动的革命政党，孙中山决定，除已建立的上海和北京两个执行部外，在汉口再增设一个执行部，以便就近指导湖南、湖北、陕西三省党务，为正在酝酿中的北伐战争铺平道路。1924年春，孙中山再向林伯渠授命：“为实现对湖南、湖北、陕西等省党务的指导，中央决定增设汉口执行部，拟派你前往主办，如何？”

林伯渠无条件地表态说：“祖涵以中央需要为需要，以先生意志为意志；但此事非常重大，未知中央拟派谁前往襄理？”

孙中山答道：“拟派覃振、张知本前往；不过，下次中执委会上，你需先辞去农民部长之职，然后调办汉口党务。”

林伯渠义无反顾地点头说：“好，一俟中执委照准，我即先赴汉口，以待覃、张二同志到任。”

1924年4月14日，林伯渠在国民党中央执行委员会第二十一次会议上，辞去了农民部长职务。随后，他便肩负“调办汉口党务”的使命，风尘仆仆赶赴武汉。但当时覃振尚滞留于上海，而张知本则坚辞不受，故二人均未到职。即便汉口执行部三位主办人缺职两位，林伯渠也毅然当即行动，在武汉白色恐怖之下，与几位同往汉口的共产党人一道，把汉口执行部的架子搭了起来。从汉口执行部人事设置中可以看出，林伯渠是很重视团结国民党党员一道工作的。他根据国民党中央的安排，确定汉口执行部常务委员为覃振、张知本、林伯渠三人。其他部门，如秘书处秘书为于若愚，会计干事为宋南山，庶务干事为曾国钧；组织部长由林伯渠亲自兼任，组织部秘书为李实蕃，干事为李至能、许白昊；工人农民部长为刘伯垂、干事为项德隆（项英）、杨德甫；宣传调查部长为张知本、干事为吴乃武；青年部长为覃振、秘书为杨道馨；妇女部女工干事为夏之栩等。由于覃、张均未到职，汉口执行部实际完全由共产党人所领导。此外，为进一步打开湖南各项工作局面，林伯渠还与包惠僧等商议，委派刘少奇同志任湖南职工部筹备主任，夏曦任学生部主任，以强化执行部对湖南的影响。

由于汉口战略位置极为重要，反动军阀吴佩孚对武汉控制因此也极严。林伯渠等国共党人在汉口的活动，很快引起了吴佩孚的警觉。1924年5月，吴佩孚指使湖北督军肖耀南，将刘伯垂、许白昊等共产党人先后逮捕，其余重要骨干均遭明令通缉；汉口执行部顷被查封破坏，势已难在武汉继续立足。国民党中央得到汉口执行部方面的报告后，不得不决定停止汉口执行部工作，湘、鄂、陕各省党务转归上海执行部负责。6月，林伯渠不得已离开汉口，返回广州。

汉口执行部的速起速落，自然让林伯渠心情相当失落。显然，在这一次尝试中，孙中山的政治战略意图未能实现，从而一定程度上迟滞了北伐战争的准备和发动。回广州后，林伯渠一度陷入苦闷，而当时正是广州帝国主义别动队——广州商团甚嚣尘上之时；反动商团在英帝国主义和国民党右派的操纵下，与广东乡村地主阶级的反动民团相互勾结，组成了帝国主义、官僚买办、地主阶级三位一体的反革命联盟，阴谋在革命根据地广州再次发动反革命军事叛乱，进而颠覆广州革命政权。一天，林伯渠与廖仲恺在寓所会面，廖仲恺忧心忡忡地说："祖涵同志，当前，广州局势可是十分严重啊！"

林伯渠也神情严峻地说："是啊，广州商团十分嚣张，他们凭借英帝国主义作后台，进行猖狂的反革命活动，闹得一片乌烟瘴气。"

廖仲恺更加气愤地说："更令人气愤的是我们党内的右翼分子，他们公然支持和操纵商团，与广东乡村地主阶级反动民团相互勾结，来对抗国共联手推动的国民革命。"

林伯渠点头道："是啊，他们在革命的心脏——广州组织反革命联盟，危害极大，堡垒就最怕从内部攻破！"

廖仲恺忧心忡忡地说："孙先生又要面临一次命运的挑战了。"

林伯渠点点头说："无论如何，我们要支持孙先生，打赢这一仗！"

严峻关头，林伯渠和廖仲恺等革命左派自动团结起来，旗帜鲜明地支持孙中山平定叛乱。孙中山也毫不犹豫地下令，将准备参加北伐的全部警卫军及湘粤革命军各一部，星夜从韶关调回广州，并调动黄埔军校学生军，在工农武装和广大民众的共同配合下，于10月14至15两日，把商团叛乱彻底镇压了下去。

广州局势基本平定后，孙中山又与林伯渠谈话："祖涵，汉口以来，你征鞍未解；然国民政府尚在建设中，同志仍需努力。"

林伯渠询请道："先生有何决断，即请明示。"

孙中山于是说："为完善政府制度，中执委决定，建立国民政府监察院。拟将以你为主，行即着手筹建。此事关系重大，还须积极筹谋，稳妥实行。"

林伯渠答道："祖涵惟全力以赴，别无犹豫，未知先生拟如何调遣？"

孙中山说："除你之外，拟委谢持、黄昌谷、甘乃光、陈秋霖等同任监察委员，共五人；办公地点暂设中央党部，待有条件，另择它处署事。"

林伯渠领命道："好，先生请放心，祖涵这就着力去办！"

孙中山忽转话题问："祖涵，听说家眷来广州了？"

林伯渠心存感激地答道："多蒙先生眷顾，家眷已到广州。"

孙中山笑容可掬地说："好啊，多年天各一方，也难为你了。文一向无暇旁顾而疏于关怀，祖涵你就忙里偷闲，尽可能照顾照顾家人吧！"

林伯渠连连点头说："先生日理万机，尚且挂怀祖涵妻小，祖涵实是难言感激；阖家得聚，已属万幸，就不劳先生牵挂了！"

前些日子，伍崇贤来信，说孩子们都想念爸爸了，显然她有意带孩子们来广州相聚。林伯渠思及家人离别又已多年，眼下稍微安稳一些，正可与家小聚聚了。于是，他马上复函伍崇贤，让她带着孩子，风尘仆仆来到广州。终于，一家人又有了日夕得见的机会。伍崇贤这次来广州，除了照顾丈夫和孩子、料理家务，还帮着张罗丈夫的老跟班曾福的婚事，可真是忙得脚不点地哩，根本没有时间去看看大海和广州的街市。

一个礼拜天，林伯渠寓所旁那间小屋异常的热闹。门首那个大红"囍"字，透露出今天这里要办婚礼的消息。从公署抽空回来的林伯渠满脸喜气，在院子里来来去去；一些街坊邻居前来道贺，其中不少是林伯渠的常德同乡。

"祖涵兄，恭喜令弟新婚之喜啊！"一位前来祝贺的同乡恭贺道。

林伯渠笑着还礼说："多谢多谢！仁兄误会了，今天这婚礼的新郎，姓曾名福，是多年跟随我的听差；他孤身一人，四处为家，一直未婚，这不，我碰巧给他寻到个老实忠厚的孤女，其实此事不干我家兄弟啊，哈哈……"

大家不禁十分惊讶。说话间，曾福携新娘过来，向客人施礼道谢："在下曾福和堂客张实，多谢各位宾客前来赐福；在下虽不是林先生的亲兄弟，但先生待我们恩重如山，连我堂客的名字，都是先生给取的；我跟张实能有今天，林先生有天大的恩情哩！"

“哦？”客人们不禁新奇地问，“祖涵兄，这又是个什么来历呀？”

林伯渠回道：“哈哈，这个新姑娘早年没了双亲，流浪为生，连个名字都没有，只知道父亲姓张，按习惯，她自然就称张氏了。但她也是民国公民，应该有一个真正属于她的名字，是不是？看着她本分老实，于是我就顺口给她起了个‘张实’的名字。”

新娘子张实随即大大方方地向大家鞠躬说：“是的是的，林先生如我再生父母，他要我做个实实在在的女人，民女张实永生牢记！”

听这么一说，朋友们又是一阵唏嘘，啧啧称赞道：“哦，真是一段人间佳话呀，祖涵兄仁义道德，真堪为师表啊！”

第十六章　国殇

元戎遽崩临终遗训

孙中山成功平定商团叛乱，沉重打击了帝国主义、反动军阀和国民党右派，革命阵营重新振奋，革命形势日益高涨。北洋军阀内部也开始出现分化。

1924年10月23日，颇具实力、影响较大的直系将领冯玉祥将军在日益高涨的革命形势感召下，决然发动“北京起义”，并成立“国民军”，以响应南方革命政权的行动。这自然引起了北洋军阀内部的巨大动荡，营垒几近土崩瓦解。段祺瑞、张作霖这些炙手可热的老军阀，一时慑于南北形势的突变，也表面附随冯玉祥将军，以图另谋。于是，冯玉祥将军立即电请孙中山北上主持时局。

对冯玉祥的电请，国民党内多有猜疑，就连国民党左派人士中，也有不少人觉得事发突然，颇难定夺。但孙中山近年常感体力不支，不免担心万一，因此迫切期待尽快推动革命，早日实现全国民主统一。尽管孙中山也知道贸然北上会有风险，但在纷议之中，他力排众议，毅然决定接受冯将军电请，立即北上。这次北上事关国民革命全局，孙中山自必组成一个阵容强大的随行团，同赴北京。随行团里，国民党中央骨干无分“左右”，大都在列。自然，深受孙中山信赖的林伯渠、廖仲恺、李大钊以及国民党政府国际顾问鲍罗廷等，都风雨随行；作为夫人，宋庆龄女士也必然紧随孙中山左右。

11月13日，为安全起见，孙中山一行先乘“永丰舰”抵达上海，然后改乘“上海丸”绕道日本，再至天津。这迢迢长途中，追随孙中山多年的林伯渠心情尤难平静。他时时在想，近年，由于共产党和国民党左派的共同努力，国共合作局面业已形成。然而，国民党内部非常复杂，右派势力羽翼开始显露，渐趋嚣张。现在是孙总理尚健在，右派还不敢明目张胆反对“联俄、联共、扶助农工”等革命政策，但他们暗中勾结、图谋异志的野心，已现端倪。就在这北上随员中，就有一些口是心非的右派人物在列；因此，林伯渠心里总不踏实。

时势诡谲，风云多变。孙中山一行到达天津，刚刚入住，不料北京形势突然生变。极端仇视革命的段祺瑞等反动军阀，这段日子暗中串通，联合起来排挤冯玉祥，勾结成立了以段祺瑞为首的在北京的临时执政府，并公开发布《致外国使团书》，宣称要“尊重”历年与各帝国主义国家所签订的不平等条约，其投靠外国反动势力、营谋私权之心昭然若揭。同时，段祺瑞之流还宣布立即召开“善后会议”，实际就是又一次政治分赃会议。

消息传出，孙中山随员中的国民党右派人士趁机向病重的孙中山进言：“当今之下，进退失据。‘善后会议’不失为我党一个立足之机，请先生明断，立即响应，以求一席！”

洞明时局的李大钊马上也进言道：“国民革命与反动军阀政府根本就势不两立，岂能黑白不分，俯首称臣？”林伯渠也随即进言：“什么‘善后会议’？不过是军阀集团的又一次政治分赃会议，国民政府也去求一杯羹，岂不冷国人之心？我等根本就不能承认‘善后会议’！”

面临如此重大的抉择，病情已重的孙中山深知必须头脑清醒，态度明确。他强打精神，郑重说道：“孙文绝不参加‘善后会议’，此事无须再议。当此之时，我党惟有继续革命，毫勿动摇！既已将至北京，那就在北京召开一个大会，可叫‘国民会议促成会全国代表大会’，以此争取国民会议的成功，推动时局，向有利国民革命的方面发展。”

廖仲恺、李大钊和林伯渠等立即表示拥护。在孙中山的强力推动下，随行核心班子立即着手拟定电文，通知各省党部迅即选派代表赴北京，参加“国民会议促成会”，并抵制段祺瑞临时政府的“善后会议”，积极促成南北民主统一。

在国民党左派和相关共产党人的积极努力和组织下，1925年3月1日，孙中山力主的“国民会议促成会全国代表大会”，按计划在北京成功召开。来自全国各省的两百多名代表集于一堂，共商大政，对反动军阀政府的“善后会议”，予以坚决揭露和抵制；病危中的孙中山从而备受鼓舞，在会议上，他强打精神，明确发出了“全国坚持国民革命，实现民主统一”的号召。

然而，病魔无情，国民党这次特别“全代会”刚开完，孙中山先生病情急转直下。他意识到自己时日将尽，开始对身后事宜进行安排。随行机要文员根据孙中山口授，逐项拟出“总理遗嘱”文本。一直守护在孙中山身边的宋庆龄、廖仲恺、林伯渠、鲍罗廷、李大钊等眼看孙中山先生病情已非常危重，预感到国民革命大业的局势或将难以逆料；然而，孙总理病危至此，已是回天无术，大家此时也只有深怀悲切，聆受孙中山先生的临终遗训了。孙中山遗训共分三段，可称为《国事篇》《家事篇》和《致苏俄遗书》。

《国事篇》云：

余致力国民革命，凡四十年，其目的在求中国之自由平等。积四十年之经验，深知欲达到此目的，必须唤起民众及联合世界上以平等待我之民族，共同奋斗。

现在革命尚未成功，凡我同志，务须依照余所著建国方略、建国大纲、三民主义及第一次全国代表大会宣言，继续努力，以求贯彻。最近主张开国民会议及废除不平等条约，尤须于最短期间，促其实现，是所至嘱。

笔记者：汪精卫

证明者：宋子文 邵元冲 戴恩赛 孙科 吴敬恒 何香凝 孔祥熙 戴季陶 邹鲁

《家事篇》云：

余尽瘁国事，不治家产。其所遗之书籍、衣物、住宅等，一切付吾妻宋庆龄，以纪念，余之儿女已长成，能自立，望各自爱，以继余志。此嘱。

《致苏俄遗书》是留给苏联同志的，体现了孙中山临终更加坚信苏俄革命，并至诚希望他们继续帮助中国国民党实现中国的民族解放大业。

苏维埃社会主义共和国大联合中央执行委员会亲爱的同志：

我在此身患不治之症。我的心念此时转向于你们，转向于我党及我国的将来。

你们是自由的共和国大联合之首领。此自由的共和国大联合，是不朽的列宁遗与被压迫民族的世界之真遗产。帝国主义下的难民，将藉此以保卫其自由，从以古代奴役战争偏私为基础之国际制度中谋解放。

我遗下的是国民党，我希望国民党在完成其由帝国主义制度解放中国及其他被侵略国之历史的工作中，与你们合力共作。命运使我必须放下我未竟之业，移交与彼谨守国民党主义与教训而组织我真正同志之人。故我已嘱咐国民党进行民族革命运动之工作，俾中国可免帝国主义加诸中国的半殖民地状况之羁缚。为达到此项目的起见，我已命国民党长此继续与你们提携。我深信你们政府亦必继续前此予我国之援助。

亲爱的同志，当此与你们诀别之际，我愿表示我热烈的希望，希望不久即将破晓，斯时苏联以良友及盟国而欢迎强盛独立之中国，两国在争世界被压迫民族自由之大战中携手并进以取得胜利。

谨以兄弟之谊祝你们平安！

孙逸仙（签字）

1925年3月12日，这是中国国民革命以来最为悲痛的日子。孙中山先生因肝癌晚期，医治无效，带着革命未竟的莫大遗憾，在北京东城铁狮子胡同不幸病逝。毫无疑问，国民革命已经面临着最危险的时刻。对伟大的革命先行者、民主主义革命家、忠贞的爱国主义者孙中山先生的不幸逝世，中国人民和同志们无不悲痛万分，北京数十万群众，为这位伟大的民主主义先驱者开吊致祭，发丧送殡。治丧期间，林伯渠不仅自始至终亲与祭奠，并亲力为孙中山舁榇执绋，送灵至北京西山碧云寺。

随着孙中山先生英灵渐行渐远，其遗训精神在林伯渠等坚定的革命者心中，烙印则越刻越深。直到数十年后，林伯渠仍对孙中山的革命精神无限崇敬，尤其对他决定实行“联俄、联共、扶助农工”三大政策的伟大气魄，怀抱无比的钦佩。对国民党右派背叛革命的行为，林伯渠始终愤怒谴责。他曾在《纪念孙中山先生逝世三十四周年》一诗中写道：

泪尽铁狮子，匆匆卅四年。
始终都不惑，内外若腥膻。
合作正庆好，忽惊赤胆寒。
先行弥仰止，遗教已再翻。

孙中山的逝世，引发了全国人民的深切哀悼，在全国形成了一次规模宏大的政治宣传运动，全国革命运动因而进一步得以推动，不久就爆发了“五卅运动”和“省港大罢工”。但同时，帝国主义和北洋军阀也企图乘机分化瓦解革命统一战线，激化革命统一战线内部的矛盾，以便趁火打劫、火中取栗。国民党内的右派势力和一些地方军阀，也想利用这个机会扩大各自势力，以图颠覆孙中山的“革命三民主义”和“三大政策”，推翻或控制广东革命政府。

随后，西南军阀唐继尧以广东大元帅府副帅之名，由云南进兵广西，觊觎广东革命政府。而广东境内的滇桂军阀杨希闵、刘震寰则南联滇唐，北结段祺瑞，也想颠覆广东革命政权。原来受孙中山震慑而夹着尾巴的国民党右派与失意政客们也蠢蠢欲动，乘机在北京和上海分别建立了“国民党俱乐部”和“辛亥俱乐部”。一向以孙中山先生的忠实信徒自居的戴季陶等，则先后在广东、上海等地建立了“孙文主义学会”，大有兴风作浪之势。这各类人物在对待军阀和广东革命政府的态度上，虽然不尽相同，但在极力反对和篡改孙中山的革命三民主义，反对国民党改组、反对中共党员加入国民党，推翻孙中山联俄、联共、扶助农工三大政策等根本问题上，则是基本一致的。所以，在孙中山逝世后，还要不要坚持孙中山的革命三民主义与三大政策，还要不要维护国共两党合作的革命统一战线，以及如何统一和巩固广东革命根据地，等等重大问题，都面临严峻拷问和生死抉择。在这国民革命的危急关头，林伯渠根据中共中央指示，利用他当时在国民党中央的特殊地位，为反对国民党右派、统一广东革命根据地势力、维护孙中山革命三民主义与三大政策、巩固和发展革命统一战线进行积极而坚定的努力，并作出了重要的历史贡献。

1925年5月初，处理完孙中山后事，林伯渠即偕同其他共产党人和国民党部分中央委员从北京回到广州，并立即积极筹备召开国民党一届三中全会。5月18日至25日，三中全会如期召开，通过林伯渠与其他共产党人和国民党左派廖仲恺等革命同志的努力坚持，三中全会接受了孙中山遗嘱，重申了“联俄、联共、扶助农工”的三大政策，通过了坚持准许共产党员加入国民党的决议，在危急关头，为国民革命全局定了调。

随后，在“五卅”运动中，林伯渠又积极支持全国人民反帝运动，反对国民党右派把持的上海《民国日报》之暧昧态度。在国民党中执委第八十九次会议上，林伯渠等对《民国日报》所持“上海屠杀惨案的最后是非曲直，尚难判断”的论调，提出了严肃批评，并建议国民党中央转沪执行部，就近加以纠正。同时，林伯渠还亲自出席省港大罢工工人会议，明确支持工人罢工斗争。

1925年6月间，在全国革命形势空前高涨的情况下，广东革命政府消灭了盘踞在广州近郊的滇桂军阀杨希闵、刘震寰部约两万余众，铲除了一个心腹大患。7月1日，国民党中央决定将广东大元帅府改组为国民政府。随后，又将党军（即黄埔军）、建国湘军、建国滇军、建国粤军和福军等改编为国民革命军第一、二、三、四、五军，后来又将建国攻鄂军改编为第六军。当时还决定成立国民政府监察院和惩吏院，推举林伯渠、谢持、黄昌谷、甘乃光、陈秋等五人为监察委员，从此，林伯渠还肩负起了监察院和整顿广东吏治的工作。林伯渠在监察院工作中，一开始就强调依靠民众和惩治贪官污吏，明确提出“我们现以革命党人资格，服务于监察院，不仅倚民众为后盾，以承无过；并须立于民众之前，铲除一切贪官污吏，始能实现民众所欲求之福利”。在监察与吏治工作中，林伯渠充分应用财政、法律之学识，先后参加司法调查委员会、查办粤汉铁路积弊委员会，调查处理粤汉铁路局侵吞路款和电报局的罢工案件，并以监察委员身份，审查古应芬任大本营财政部长兼广东财政厅长及军需总监期间的全部收支账目，对整肃革命阵营风气起到了有效的震慑作用。

孙中山辞世之初，国民党右派的反革命活动尤为丧心病狂。1925年8月，他们卑鄙而残忍地暗杀了国民党左派重要领袖廖仲恺，拉开了与革命派搏斗的血幕。面对国民党右派的疯狂挑衅，林伯渠等联络广州的共产党人和国民党左派，共同发起各界公祭廖仲恺活动。万众之前，林伯渠慷慨陈词道：“‘革命尚未成功，同志仍需努力’，孙总理临终之声尚犹在耳，而我党最坚定的革命战士廖仲恺即遭反革命派阴谋暗杀。毫无疑问，这是反革命派对孙文主义的凶恶挑衅，也是对国民革命的严重挑战。然而，我等追随孙先生革命经年，岂是暗杀所能吓倒的？诸君，近日以来，有万千民众和同志公祭廖仲恺先生，适足证明孙先生多年播下的革命之种，已深深扎根于国民之中！一个廖仲恺倒下去，必定有千万个革命者站起来！我们誓将孙中山先生力倡的国民革命进行到底……”林伯渠的演说激起了广大民众的强烈共鸣。廖仲恺出殡那天，林伯渠和周恩来、包惠僧等同乘一车，为廖仲恺送殡，送葬队伍长达二十余万人。当时的背景下，这岂止是一次寻常的送殡？这难道不更是一场声势浩大的国民革命的示威与誓师么？

廖仲恺遇难后，他所担任的国民党中执委委员暨中执委常委遗缺。国民党中央最初拟以林伯渠补中执委委员，林森补中执委常委。后因林森与邹鲁率广东外交代表团北上，国民党中央遂又决定以林伯渠、谭平山补林森、邹鲁的中执委常委之缺。当时，在追查刺杀廖仲恺的凶手时发现，国民党中执委常委胡汉民堂弟胡毅生和另一名中执委常委许崇智的部下梁鸿楷、魏邦平等，均参与了这次暗杀活动。案子牵连到了胡汉民和许崇智，胡汉民因而乘机赴苏，许崇智则去了上海。而另两名中执委常委丁惟汾、于树德早已去了北京。这样，当时在广州的国民党中执委常委仅有三人，即林伯渠、谭平山和汪精卫。按照国民党总纲规定，主持国民党中央日常工作的中央秘书处必须有三名中执委常委兼任秘书。原来三名兼任秘书的常委中，廖仲恺牺牲了，胡汉民与邹鲁已不在广州，故林伯渠、谭平山和汪精卫三人又都兼理着中央秘书处工作。

林伯渠担任中执委常委后，除经常出席和主持中央会议、代表国民党中央参加各种群众集会外，还参与决定和领导了广东国民政府举行的东征与南征。原来，在广东革命政府平定滇桂军阀叛乱、处理廖案的过程中，盘踞东江的陈炯明残部乘机占领河源、博罗、河婆、老隆、紫金等县城，勾结广东北江熊克武部和南路邓本殷部，企图袭扰广州。于是国民党中央和国民政府决定举行第二次东征，继而又一鼓作气举行南征，先后击败或消灭了东、南之敌部。林伯渠作为中央和政府主要领导人，还曾亲自参加征战。

在国民革命军举行二次东征时，国民党右派再次掀起了反对中国共产党和革命统一战线的逆流。1925年9月，林森、邹鲁等利用率“外交代表团”北上之机，串通上海、武汉各地国民党右派汇集北京。11月23日，以林森、邹鲁、谢持、张继为首的国民党右派公开冒用国民党“中执委”名义，在北京西山碧云寺，非法召开所谓国民党一届四中全会，史称“西山会议”。会议非法作出“取消共产党员在国民党中之党籍”“开除国民党中央委员会中的共产党员”等几项反革命决议案。当时，被“西山会议”开除国民党党籍的国民党中央委员有谭平山、李大钊、林伯渠、于树德等，候补委员有毛泽东、瞿秋白、韩麟符、于方舟、张国焘等。显然，这是一个将共产党人逐出国民党中央的重大政治阴谋。同时，“西山会议”还擅自决定解除鲍罗廷国民党政府顾问职务，宣布取消广东政治委员会，并在上海建立国民党中央伪“党部”。国民党右派所有这些行径，目的只有一个，那就是削弱共产党在国民党中的影响，把国共合作的基础彻底铲除。

林伯渠得悉“西山会议”的有关消息后，立即与在广东的国民党中央委员和候补委员联合行动，于11月27日发出《通电》，对“西山会议”严加驳斥。《通电》号召全国及海外全体国民党员，不要为右派异说所惑乱，一定要坚持先总理的主张和国民党“一大”决议，同右派势力进行坚决斗争，并宣布将于12月11日在广州召开国民党第四次中执委全体会议。

这次会议，由林伯渠主持，国民党中央执行委员谭平山、汪精卫、谭延闿、李大钊、于右任、于树德、王法勤、丁惟汾、恩克巴图、毛泽东、瞿秋白、韩麟符、于方舟、张国焘等参加。会议明确给气势汹汹的“西山会议”定性为一次完完全全的非法会议；“西山会议派”则是国民党内地地道道的右翼小宗派；他们的行为，违背孙中山先生的一贯革命主张和政治遗言，他们的所有决议都是无效的；唯有坚定执行孙中山先生革命纲领的国民党中执委常委会，才有资格议决国民党一切事务。

这次全会还致电全国各省党部，中央决定1926年元月召开国民党中央第二次全国代表大会。接着，国民党各地方党部纷纷发布通电或函件，斥责西山会议派的反共与分裂行径，要求广州国民党中央从严惩办，以肃党纪。随后，中央撤销了邹鲁的广东大学校长及北上外交代表职务，查办了叶楚伧主持的上海《国民日报》，停止了上海执行部的职权。与西山会议派针锋相对的斗争，一直持续到国民党“二大”召开。这期间，林伯渠全力以赴投入国民党“二大”筹备工作。尽管当时国民党内已出现“戴季陶主义”和“孙文主义学会”等以反共为宗旨的势力，但由于共产党人和国民党左派的势头当时仍然强劲，两党紧密团结，一致努力，因而“国共合作”的态势依旧在持续。

为筹办国民党“二大”，林伯渠做了大量艰苦细致的工作。早在1925年7月27日，林伯渠就在国民党第一届中执委第九十九次会议上提出组建重要议题委员会，以便编订各种党务重要议题，通告各党员。正是根据这一提议，国民党中央决定，由中央常委、各部部长和监察委员邓泽如、林伯渠等，组成国民党“二大”重要议题委员会，讨论各种议案的准备工作。10月，林伯渠还以国民党中央代表身份，出席了广东省国民党第一次代表大会，指导广东建立了国民党省党部，选举了出席国民党“二大”的广东团代表。12月1日，在国民党中执委第一百二十三次会议上，林伯渠与谭平山、汪精卫联名提出：由吴玉章任国民党“二大”秘书长，刘伯垂为文牍科主任，许甦魂为议事科主任；而这三人，均为共产党员。在筹备过程中，中共广东区委书记陈延年和周恩来、鲍罗廷先期商议，在“二大”上要采取“打击右派、孤立中派、扩大左派”的方针，开除“西山会议派”及戴季陶、孙科等人党籍。选举中执委时，多选左派、少选中派，使左派占据优势，争取共产党员占到三分之一。当时在广东工作的毛泽东、林伯渠、董必武、吴玉章、恽代英、张太雷等也都赞成这些主张。

但是，这些有利于实现多数共产党人意志的主张，却遭到共产党领导人陈独秀等人的反对。他们连续给广东发来几封长函，要求中共人员在国民党“二大”上采取妥协退让政策。同时，陈独秀等还在上海与国民党右派孙科及“西山会议派”分子叶楚伧、邵元冲等进行了谈判，敦请孙科、戴季陶回粤参加大会，并向他们表示“中共决不包办国民党”；在中央委员改选中，不希望增加中共方面人数，等等。不仅如此，陈独秀还派张国焘作为中共中央代表，去广州直接推行妥协退让的右倾方针。

即便在这样的情况下，林伯渠等国民党中央内部的共产党人和国民党左派力量仍然积极努力，组成了共产党人占多数的“二大”代表资格审查委员会。这个资审会由邓泽如、林伯渠、毛泽东、谭平山、林森等五人组成，其中除林、毛、谭之外，两名国民党人士中的林森因参与“西山会议派”活动，已离开广州，邓泽如因故推诿，未参与实际工作。因此，“二大”代表资格审查的权力，实际上由林伯渠、谭平山、毛泽东等三名共产党人为主行使。因为主要由共产党人担任“守门员”，所以在“二大”256个代表席中，共产党人占到了三分之一强的90席，共产党中央和省级的地方干部，差不多都在“二大”代表之列。

1926年1月4日，中国国民党第二次全国代表大会在广州如期举行。开幕式上，林伯渠代表中执委报告大会筹备经过。他在报告中说：“第一次代表大会之后，本党就此改组，……虽未能完全达到目的，但确实有所进步”，并指出，这种进步的原因，主要是因为广大民众“觉悟到军阀和帝国主义者的压迫，非起来奋斗不可”。接着，林伯渠报告了原本决定于1925年8月15日召开的国民党第二次全国代表大会为何推迟到现在才召开。他说：“五卅上海事变及6月23日的‘沙基惨案’发生，以后时局又顿起变化，广东又有东江军事的再起。其时陈炯明虽已败北，而余孽还在继续不断地起来。英帝国主义则大大地利用买办阶级，给我们以不利。因此政治军事的影响，都没有办法开成这会。同时，又因罢工的缘故，交通阻碍，来往很不便，海内外各处的党部，都要求展期……”通过林伯渠的报告，革命统一战线的同志们都更加心中有底，信心得以提振。

这次全会上，由于共产党人和国民党左派仍占优势，宋庆龄、何香凝以及当时还站在左派一边的汪精卫等人，也都希望打击“西山会议派”等右派势力。所以，会议在听取汪精卫、谭平山、蒋介石、宋子文、刘尔崧、陈公博、甘乃光、何香凝、毛泽东等关于政治、党务、军事、财政、工人、农民、青年、商民、妇女、宣传等方面的报告，并形成相应的决议后，再次以《宣言》方式，接受了孙中山遗嘱，重申国民党“一大”的纲领与政策，并进一步制订了发展革命运动的计划。会议还排除蒋介石、汪精卫等人的干扰，通过了《弹劾西山会议派决议案》，强调指出西山会议“纯属违法，并足以危害本党之基础，阻碍国民革命之前途，非加严重处分，不足以伸党纪而固吾党之团结”。决议宣布永远开除谢持、邹鲁之党籍；对居正、石青阳、石瑛、谭振、傅汝霖、沈定一、茅祖权、叶楚伧、邵元冲、林森、张继、张知本等十三人，由大会书面“提出警告，指出其错误，责其改正，并限期两个月内具复于中央”，若有不接受大会警告者，即应开除其党籍。对戴季陶等人，亦“由大会予以恳切之训令，促其猛省”。所有这些，都有力打击了国民党右派当时的反动气焰与分裂活动。

但在大会的最后选举中，由于张国焘极力推行陈独秀的妥协退让政策，反对增加中共党员在国民党中央的名额，甚至连汪精卫提出的全部保留第一届中央委员中的中共党员的主张，张国焘也极力反对，结果致使陈延年、周恩来在会前提出的共产党员要占到新选中央委员三分之一的计划最终落空。相反，国民党右派人物胡汉民、孙科、戴季陶、伍朝枢、萧佛成等，却都当选为中央委员，显然助长了右派抬头的趋势。不过，会议还是选举了共产党人林伯渠、谭平山、李大钊、于树德、吴玉章、杨匏安、恽代英等七人为国民党中央委员，毛泽东、董必武、夏曦、韩麟符、邓颖超、许甦魂等六人为国民党候补中央委员，高语罕、江浩、谢晋等三人为监委或候补监委。在随后的二届一中全会上，林伯渠、谭平山、杨匏安等三人还是被选为中央常委（其时常委共九人）。在国民党“二大”建立的中央各部中，共产党员仍担任着中央秘书处、组织部、宣传部、农民部等几个重要部门的主要领导职务，主导着这些部门的工作。这显然是继续实现共产党联合国民党，争取国民革命成功的有利基础。

但由于陈独秀、张国焘极力推行妥协退让政策，共产党在国民党中央的地位也明显被削弱。在新选举的三十六名中执委中，共产党员只占七名，十二名监察委员中，共产党员仅有一人。而从黄埔军校起家，逐渐崭露头角，此前伪装反对“西山会议派”的蒋介石，在这次会议上骗取了国民党中央的信任，被选进了中执委，为他随后被任命为国民革命军总监（即总司令）搭好了台阶。此后，蒋介石便逐步掌握了国民党军事实权，稳定了他在国民党中央的地位，为他最终篡夺国民党中央领导权、背叛革命，种下了祸根。对国民党“二大”，吴玉章后来曾回忆说：

在这次大会上，本来我们有条件使进步力量在国民党机构中取得优势，但是我们却自动放弃了。事实证明，不进行斗争，幻想以片面的退让换取“团结”，其结果只会助长右派的气焰，而使“团结”终于破灭。国民党第二次代表大会的基本方面虽然是正确的，但在选举上片面让步的错误，也造成了严重的恶果。

陈独秀、张国焘妥协退让方针的恶果，在随后事态发展中，越来越严重地显露出来了。1926年1月22日，国民党召开了第二届中央执行委员会第一次全体会议，会上，虽有林伯渠被推选为常务委员和农民部长，但其他优秀共产党人，大都未能再当选国民党中央要职，这就势必造成林伯渠在国民党中央的势单力薄。许多年后，林伯渠、吴玉章等老同志每每回忆起当时的情景，仍然痛心不已。

中国的时局，在孙中山先生离世后，果然变得越来越诡异。尤其是1925年“五卅惨案”后，革命与反革命的对抗更趋激烈。国民党“二大”后，中国共产党为了进一步巩固和扩大革命统一战线，于2月12日发出第七十六号《通告》，指示各地党组织在“二大”代表回到各地后，迅速依照“二大”决议和《宣言》，结合共产党的相关政策，制订进一步发展国民党的工作计划，批判国民党右派的错误，扩大“以CP为核心”的国民党组织。当时，因陈独秀“病势沉重已经月余，与中央局隔绝消息”， 2月21日至24日，中共中央在北京召开“特别会议”，集中讨论现时政局和当前任务。会议针对帝国主义正加紧分化破坏革命统一战线，纠集军阀吴佩孚、张作霖进攻冯玉祥的国民军，并准备对革命策源地广东发动进攻的严重形势，明确提出，“最近将来党在全国政治上第一的责任，是从各方面准备广东国民政府的北伐”，将广东革命政权推广于各省。同时还指出，党的“北伐的政纲，必须是以解决农民问题做主干”；北伐，“不仅是广东作军事的准备，更要在广东以外北伐必经之湖南、湖北、河南、直隶等省预备民众奋起的接应，特别是农民的组织”。那时，林伯渠的特定身份，决定他仍不能直接参加中共中央的会议。所以，这次中央特别会议后，中央即派粤区代表陈延年、谭平山回广州，向林伯渠传达会议精神。陈、谭回到广州，迅即向林伯渠进行传达。见面后，陈延年对林伯渠说：“伯渠同志，根据中央安排，我们正式向你传达中共中央北平特别会议精神。这次会议是在孙中山先生逝世后，国民革命面临严重危机的形势下召开的，也是在‘五卅惨案’之后，革命与反革命对抗更加激烈的情况下召开的，对当前中国革命发展具有重要指导意义。”

林伯渠兴奋地说：“好，我们正希望解决今后的方向、方针问题哩！”

陈延年接着说：“目前，以国民政府取代北洋军阀政府，是我们总的战略目的，而出师北伐并确保成功，是目前广东革命政府和共产党共同面临的艰苦任务。因此，这次特别会议的中心议题，就是确定积极推动广东革命政府出师北伐的总方针。为此，我们党将采取有效方针，积极解决农民问题，巩固工农联盟，以强大的工农联盟，来配合北伐战争！”

林伯渠立即说：“哦，好，总算有了明确的方向。”

谭平山接着说：“祖涵同志是国民党中央农民部长和全国农民运动委员会主席，贯彻中共中央的这一方针，你的作用极为重大，而任务也将非常艰巨。”

林伯渠坚定地说：“请中央放心，下一步，我准备抓紧筹备召开国民党中央农民部农民运动委员会第一次会议，把中共中央特别会议有关农民运动的重要精神贯彻下去！”

经过长期革命斗争锤炼和无产阶级思想武装，林伯渠此时在政治上已经相当成熟。无论在正确处理与国民党人的关系上，还是在坚持革命斗争方针方面，都显示出非凡才干。从第一次国共合作，到后来国民党背叛革命这一历史过程中，林伯渠虽然没有精力从事理论研究和著述，但作为一位理论积淀深厚的革命实践家，他在革命实践工作方面，表现得极为缜密和果决。当时他就当机立断，根据国民党“二大”和共产党“特别会议”精神，积极转向北伐前的农民运动工作。

林伯渠还在第一次担任国民党中央农民部部长时，就聘请彭湃为农民部秘书，制定过行之有效的农民运动发展规划，后来国民党的农民运动工作一直以这个规划为依据。林伯渠在国民党“二大”再次出任中央农民部长后，首先就向国民党中央提出了建立农民运动委员会的主张，亲自拟定该会组织大纲和拟聘请的委员名单。国民党中央也很快批准了这些呈案。这个农民运动委员会里，除林伯渠本人以农民部长身份兼任主席外，委员有毛泽东、陈公博、甘乃光、宋子文、谭植棠、萧楚女、阮啸仙、罗绮园等八人，其中绝大部分都是中共从事农民运动的著名人物，而最具重要意义的，是聘请毛泽东参加了这个委员会。按农运委员会的组织大纲，农运委员会是“由农民部主理”、委员会是“辅助”的内部关系，但林伯渠实际把这个委员会变成了集体领导的组织，中央农民部反倒成了执行机关。而且，那时林伯渠就特别重视和尊重毛泽东，总是首先听取毛泽东等同志的意见，然后再报请国民党中央批准，然后下达执行。正因如此，毛泽东关于农民运动的许多正确主张才得以贯彻到全国。也就在这样的背景下，广州第六届农民运动讲习所得以应运而生。

广州农讲所的创办，还是1925年底，林伯渠主持召开的国民党中执委第一百二十七次会议上决定的。同时还决定在广州开办国民党中央政治讲习班，并决定“政讲班”主要委托当时在广州的、由湘籍高级领导人组成的、以研究湖南革命运动为宗旨的团体——“湖南政治研究会”指导进行。但由于种种原因，这一计划当时未能落实。待“农讲所”开办起来后，以林伯渠、毛泽东、李富春等同志为重要骨干的湖南政治研究会，便会同国民党相关人员开始行动，推定共产党人毛泽东、林伯渠、李富春及国民党人谭延闿、程潜、陈嘉佑、鲁涤平等七人为理事，着手筹办“政讲班”。1926年2月上旬，“国民党中央政治讲习班”在广州中山大学举行招生考试，共录取男女青年三百余人，多系湘籍青年，段德昌、杨开慧等后来的重要革命分子，就都是当时广州政讲班学员。一定意义上，这就造成了后来湘籍革命志士日益增多的事实。和“农讲所”一样，“政讲班”的办学条件也很差，班址只能设在中央党部大礼堂西廊

上，学制仅三个月。“政讲班”学员毕业后，都随即投身革命；他们一部分被派回湖南从事农民运动，一部分被分配到国民革命军第二军、第六军中担任连队指导员，后来他们大都成了国民革命的中坚分子。

林伯渠之所以高度重视农运骨干培养，一个重要原因，是因为他对中国近代农民和农运，都有较透彻的了解与理解，并曾具体致力于农民运动。他在广东第二次全省农民代表大会上所作《中国国民党农民部两年来工作状况》报告中说：

中国数千年来，内受封建制度遗毒，及近代，外受帝国主义之压迫，遂激起革命而要求人民大多数之解放，最大多数的，就是农民。现在虽然没有精密的调查，但农民总数占百分之八十以上，这可以说，中国革命，是为农民而革命。在近几十年来，中华民族，对于革命事实，首先表现的就是农民。怎样看出来呢？中国之沦陷于不平等的地位，就是因为受了不平等条约所致；鸦片战争，就是不平等条约的第一幕。当时广东的农民，有平英团之奋起，向压迫阶级的帝国主义反抗，表示其革命性。其次还有一件与农民有关系的，就是太平天国的事。因为当时农民受了种种压迫，生活不能安全，所以起来为革命的行动。另外北方农民亦有一次暴动，如义和团的事件，就是帝国主义尽力保护教堂，袒护教徒，压迫农民的原因而起。最近几年来，各地农民亦常有反抗暴动事件发生……因此，如何组织农民的工作，是良心的工作，不特为自己谋利益，乃为中华民族之解放之重要工作；此工作在初期未必能得胜利，或者得了悲壮的失败。不过这种失败，是不要紧的，我们要愈失败愈团结。我们要知道，如果想得到中华民族之解放，必要中国农民起来负革命的责任，才有办法……

在“农讲所”和“政讲班”差不多同时举办的时候，林伯渠还要兼顾其他方面的一些活动与会议。1926年2月17日，林伯渠在广州主持召开“国民党中央党部欢迎（省港）罢工工友大会”，到会工友达八百余人。会上，林伯渠发表演讲说：“诸位罢工工友是为打倒帝国主义而罢工，所以罢工至今，帮助国民政府肃清了杨希闵、刘震寰等反革命派，并肃清了东江南路，助成了广东统一。帝国主义常欲分裂广东，勾结反革命派军阀，现在肃清了，统一了广东，把帝国主义在广东的势力完全铲除掉，可算是这次罢工的伟大胜利！省港罢工坚持了八个月之久，诸位罢工工友是很辛苦的，你们激起了全国革命洪流的日益高涨，给国民政府带来了统一全国的机会，为革命立下了不朽之功。希望工友们继续斗争，最后胜利一定是属于我们的！”林伯渠的讲话，极大鼓舞了工友们的斗志。

1926年3月16日，林伯渠在广州主持召开农民部农民运动委员会第一次会议，毛泽东、谭植棠、甘乃光、阮啸仙、罗绮园等出席了这次会议。这次会议，主要是讨论第六届农民运动讲习所的问题，包括地址、招生、预算等。同时，会议决定，由毛泽东担任本届农讲所所长，报请中央批准，并拟请张太雷、萧楚女、熊锐、邓中夏、高语罕、林伯渠、阮啸仙、罗绮园等担任本届农讲所教员。在会议结束前，林伯渠郑重地说：“诸位，我们本次会议，是贯彻孙中山先生扶植农工政策和中共中央关于巩固工农联盟、推动和配合北伐战争方针的一个具体工作会议，我们已经建立了农民运动工作机构，行将组成基本工作队伍。接下来，我们要认真研究讨论各自的具体任务，迅速形成切实可行的实施办法。”

毛泽东随即表态说：“关于第六届农讲所工作的问题，我会尽快拿出详尽计划。根据以往经验，农讲所以及整个农民运动，都将碰到一个十分实际的问题，那就是经费的问题。兵马未动，粮草先行嘛。当然，我会自己设法募集一部分，但中央农民部还需给予大力支持。”

林伯渠立即说：“润之同志放心，无论遇到什么困难，中央农民部都会千方百计努力解决的。”

3月19日，林伯渠主持召开国民党中执委常委会第十三次联席会议。会上，林伯渠说：“诸位都知道，北伐战争是我党现阶段首要任务。而北伐成败，必将有赖于工农联盟的有力配合。所以，三天前，我们召开了农民部农民运动委员会第一次会议，现在就将这次工作会议的主要提议，提交本次常委联席会议研究通过！”接着，林伯渠把将农讲所学员名额扩大到三百名，将以往各届主要招收广东学员，改为主要招收广东以外各省学员，并正式决定聘请毛泽东为第六届农讲所所长，聘请汪精卫、林祖涵、陈公博、甘乃光、张太雷、萧楚女、熊锐、黄平、邓中夏、刘一声、高语罕、张伯简、谭植棠、阮啸仙、罗绮园等为农讲所教员的有关重要议项通报给了联席会议。会议正式决定核拨付给农讲所工作经费7980元。

第六届农讲所最初设在乡贤祠、日新斋、节孝堂等处，条件非常简陋。因农讲所招生规模扩大，后经林伯渠交涉，让出原湘军伤兵医院，作为农讲所开办场所之一，并增辟了番禺学宫，作为农讲所新址。有了场所，就是招生问题了。农讲所是专为全国农民运动培育种子的，学员经过培训，都要返回原地开辟工作。这在革命发展较好的地区招生倒不太难，但到顽固势力较强大的地区去招生就比较困难。每逢遇到这样的情况，林伯渠就让招生人员以国民党中央农民部特派员身份去招生，这样，就大大减轻了招生工作的阻力，从而保障了生源。当时，国民党财经实在紧张，到农讲所第六期学员陆续到达广州时，中央有关部门原核准的经费却尚未拨出。

一天，毛泽东找到林伯渠说："林部长，眼下，农讲所第六期学员已经陆续到达，但联席会议确定拨给的经费仍未到位，怎么办？"

林伯渠着急地说："我们再召开农运委员会议研究一下，我会继续积极斡旋，向中央财政部预算委员会敦请拨付。"

于是，林伯渠又主持召开农民运动委员会，专门研究经费解决办法。会上林伯渠强调："现在国库虽然支绌，但亦须设法筹措（农讲所经费），当与军费同等重要。"会议决定立即函请中央预算委员会，从速解决农讲所经费。不久，所列经费终于如数拨付到位。

由于当时各地急需农运骨干，第六届农讲所实际是边招生、边培训，培训时间比较短，所以很快就毕业了几期。最后，这届实际招生达到327人，他们来自全国十九个省区，尤以北伐将要途经的湖南、湖北、江西、河南、陕西、河北、山东、安徽和福建等省居多，而广东则仅招二人。这些学员经过毛泽东等农运导师的培训教导，农运理论知识和工作能力增长很快，后来大都成为各地的农运骨干，对支援北伐战争起到了较好的支撑作用。

当时，林伯渠还领导农民部和农民运动委员会抓了一项影响深远的工作，那就是编辑和出版有关农民运动的刊物与书籍。如农民部就出版了《中国农民》月刊，还编辑了《农民丛书》《农民运动小丛书》，还先后出版了《农民运动须知》《孙中山对农民运动之训词》《国民党与农民问题》《农民国际》《国民政府之统一政策与反革命势力》《广东省党部代表大会关于农民运动之决议案》《革命政府对农民运动的第一、二次宣言》《农民协会章程与农民自卫军组织大纲》《广东省农民协会拥护革命政府宣言》《广东第一次农民代表大会决议案及宣言》《广东省第二次农民代表大会之重要决议案》《农民合作概论》等文献。这些刊物和书籍密切联系实际，通俗易懂，有理论和政策，也有做法和经验，构成了一个较完备的农运指导和操作体系，深受农运干部欢迎和喜爱。毛泽东稍后主编的《农民问题丛书》，正是在这个基础上形成的。

这个时期，林伯渠督促各省也建立了农民部，还特地部署“中央农民部派特派员百数十人，到各处帮助农民组织农民协会”。并于1926年4月间召开了广东各路特派员全体会议，总结交流工作经验，给特派员发放了长期舟车免费证。同时，林伯渠商得国民党中央同意，每月拨付中央农民部经费7000余元（其中包括补助广东省农民协会6000余元），拨付各省农民运动经费12000元，总计19000余元；若把第六届农讲所经费统计在内，共达27000余元。农民部成为国民党中央各部中拨用经费最多的一个部。由此可见，林伯渠对直接影响北伐战争成败的农运工作是全方位展开的。

林伯渠深知农民运动十分复杂，为了掌握农运政策制定和具体工作指导的主动权，他号召中央农民工作领导骨干要到农村去，到农民中间去深入考察，了解真实情况，掌握农民意见。当农民运动考察工作展开后，林伯渠自己也毫无例外地亲自参与进去了。他当时特别关注北伐军首经邻省湖南的农民运动，决定前往地处湘鄂交界的湘西北地区进行一次考察。

这次，林伯渠化装成小商模样，身穿一件深蓝色竹布长衫，小袖窄腰，着布底鞋，头发剪得很短很短，腋下夹一把油纸伞，带上曾福就起程了，完全看不出是国民政府高官。他们一路长途跋涉，向湘西北方向而去。在一条驶往津市的民船上，一个小绅士模样的船客，听出林伯渠的临澧口音，便问：“这位老板，府上是临澧吧？”

林伯渠不紧不慢地应道：“是的，先生你是……？”

小绅士却问：“临澧有个叫林祖涵的，你晓得吗？”

林伯渠不动声色地说：“听说过的，你认得他？”

小绅士带气地说：“不！不认得！他可不是个好东西！”

曾福不禁挪了挪身子，有防不测之意，林伯渠立即用眼光暗示曾福到一边去观察着就行了。随后，林伯渠沉住气问小绅士道：“是吗？林祖涵他到底怎么啦？我只晓得他读书出身，留过洋，如今他也当土匪了吗？”

小绅士咬牙切齿地说："岂止是土匪，简直比土匪更可恶！"

林伯渠觉得这倒是个借便考察的好机会。他警惕地扫视一眼四周，见都是陌生人，便对这小绅士说："还有这等人？不妨说来听听。"

小绅士一发不可收地说："先生你是不晓得哦，这个姓林的现在是国民党中央的农民部长，却跟共产党穿一条裤子，搞共产共妻，吃里扒外。你看，而今不是到处都在兴'农会'吗？听说他就是闹'农会'的头子！"

林伯渠追问道："是吗？你们那里也兴'农会'了吗？是怎么搞起来的？"

小绅士看来也是不吐不快了："怎么搞起来的？你当真以为乡下几个摸牛屁眼儿的吃了熊心豹子胆吗？都是那姓林的和一帮共产党撑腰，那些摸牛屁眼儿的才那么胆大包天的；这些剁八块的，我是提起就恨得骨头都疼……"

林伯渠从这个仇恨农民运动的小绅士嘴里，听出了些眉目，于是故意做了一个"小声点儿"的示意动作说："嘘——当心点！你胆敢骂政府官员，就不怕这个？"说着，林伯渠比画一个杀头的动作，吓得小绅士立即不敢大声。

林伯渠又低声问："你们那里的'农会'对你不好吗？"

小绅士又来气了："别提起，哪里只是对我不好？你看，现在凡是家里有几担田的、手里有几个钱的，哪个有安静日子过？不瞒先生您说，我这次也是悄悄跑出来躲灾的，躲得一时算一时吧！唉，这'农会'不晓得要闹到几时去哟。"

林伯渠听出他是个外逃的小劣绅，就问："你家里、手里的东西来路不正吗？"小绅士忙说："怎么来路不正？不是祖上传下来的，就是自个儿捞来的，来路就怎么不正了？"

于是林伯渠说："那我看你就用不着东躲西藏了，只要手里的东西来得明白，平素没故意害人，你怕什么呢？要是平时做什么过分了，老百姓什么时候也不会销了你的账的；俗话说，'是祸躲不脱，躲脱不是祸'，若有祸，你能往哪儿躲？躲得了初一，躲不了十五。"

小绅士犯起嘀咕来，犹疑地盯着林伯渠问："依先生看，我该怎么搞……？"

林伯渠说："依我看呢，你还是早些回去，该退的就退，该赔个不是的，就赔个不是，农会的人也都是本乡本土的，应该也会分出个子丑寅卯的。为人不做亏心事，不怕半夜鬼敲门嘛；或者，有时你也替佃户想想，他们也是爹娘养的，要过日子，给他们一条活路，你不就没事了？”

小绅士满腹狐疑地盯着这位先生说：“先生你又不是农会的，哪会晓得那些人的心思？又哪能包我没事？”

曾福在一旁直向林伯渠轻轻摇头，林伯渠不再往深里说，便敷衍几句说：“我确实不是农会的，但多少听到过一些漏音哕。信不信由你，我一个小生意人，不过随便跟你夸几句白话喽。”然后扭头看别处去了。

这次农民运动考察，好多重要人物都参加了。毛泽东的《湖南农民运动考察报告》，就是这次农民运动考察之后的杰出成果。林伯渠这次到湘西北考察回粤后，毛泽东、郭亮、彭湃、阮啸仙等曾到林伯渠家串门，交流心得。林伯渠偶与同志们说到乘船去湘西北途中“挨骂”的事儿。伍崇贤听后嗔怪道：“你呀，以后出门多留点神吧，我看你也不比别个多长一个脑壳哕。”

林伯渠哈哈大笑着说：“复明啊，你担心什么，不是还有曾福这个跟班吗？再说，你跟我这么多年了，还不知道我长的是个孙猴子脑壳么？”林伯渠这样的笑谈里，显然饱含着革命者满腔热忱为革命奔波，将个人安危置之度外的英雄主义和乐观主义气概，同时也包含着一种藐视敌人的幽默。

林伯渠坚定的革命立场，频繁的革命活动和重大的社会影响，自然越来越引起国民党新老右派的嫉恨。虽然他们当时还不敢公开对林伯渠下手，但种种诋毁、诽谤，却如地火暗生。一天，一群中低层军官举办娱乐聚会，这是一种比较自由的场合，大家言语往往口无遮拦。趁着一点酒意，一个中层军官蛊惑道：“那个林执委，真不知是哪个党的执委，他表面忠实于孙文主义，实则不知打的什么鬼主意，国民党若不提防着他点儿，准有吃亏的时候！”另一个显然比较了解和敬重“林执委”的下层小军官不服气地争辩说：“我倒不这么看，记得我第一次见到林执委，就觉得他与很多长官不大一样，他给人的印象是一个和蔼可亲的长官，一口地道的乡音显得温和、诚恳而又谦虚，这在居于高位的大人物中，是较少见到的。从他的言行举止中，完全看不到打什么鬼主意的迹象。另外一个印象，是林执委作为一个满头银丝的老人，却充满壮年气概，显得老而不朽，他常常穿一身很挺括的淡黄色哔叽中山服，走路挺胸亮膀，毫无衰老气象；而且他头脑很清晰，说话很直爽，也从不口是心非，我可不明白我们要提防他什么。”还有一些下层军官则纷纷谈论：“林执委尚不到五十岁，早就一头白发，这自然是他长年操劳过度、尽瘁革命所致。”“真正要提防的恐怕不是林执委，而是那些阳奉阴违、心怀鬼胎的‘孙文主义者’吧！”这些议论，倒也印证了中国“是非自有公论”的老话。

第十七章　逆境

周旋奸酋负重北伐

历史的轨迹，有时会因为一个重要角色的出现而改变。正当各地农民运动日益高涨的时候，一股新的反革命逆流，像幽灵一样开始在广州徘徊。逐步步入国民党政治高层的蒋介石，开始野心膨胀，步步发难。1926年3月20日，蒋介石依靠建立黄埔军和东征中捞取的资本，在排挤掉广东实力派胡汉民和许崇智之后，又制造了“中山舰事件”。他下令逮捕共产党人，派军警包围省港罢工委员会和苏联顾问住所，迫使苏联部分顾问回国，还迫使共产党人退出国民革命军第一军。显然，蒋介石这时就开始为培养嫡系军暗中清理“码头”了。

“中山舰事件”后，在广东工作的毛泽东、周恩来、林伯渠、张太雷等中共同志都主张立即对蒋介石进行反击，这自然需要一个相当层面的会议形成共识。但当时广东区委书记陈延年已去北平开会，苏联政治顾问鲍罗廷也已去北平，而库伦在与冯玉祥谈判，苏联军事顾问加伦同谭平山已去苏联，身为国民政府主席和军事委员会主席的汪精卫，更在事发次日即称病不起，不再视事。第二、三、四、六几个军的领导人虽对蒋的行为不满，但也无一人愿意或敢于率先站出来主持公议。因此，毛泽东等人反击蒋介石的主张未能奏效。陈延年回广东后，虽曾重提此议，但陈独秀把持的中共中央当时已决定对蒋妥协退让，并派张国焘出马，以党纪要挟中共党员执行妥协退让方针。这自然就给蒋介石的逐渐坐大提供了充分的机会。随后，蒋介石取代汪精卫，成为国民政府主席和军事委员会主席。

5月15日，国民党中央召开二届二中全会。这次会议是由蒋介石主持的，右派自然占了绝对上风。会上，蒋介石毫无顾忌地说：“有人讲我蒋某人一手制造了‘中山舰事件’，是破坏革命，胡扯！娘西匹，纯粹胡扯！本人以大局为重，不说这些。如今，革命正在发展，需要我党全力承担。但如果我党疑虑重重、纠纷不断，革命将何以进行？为消除疑虑，杜绝纠纷，我党党务亟待整理。既为‘国民革命’，‘国民党’自然必须恪守天职。因此，其一，今后共产党员在国民党各级党部中担任执委的，不得超过三分之一；其二，共产党员不得担任我党中央各部部长；其三，加入国民党的共产党员，须造出名册，交国民党中央存案。”蒋介石会上抛出的，就是近代革命史上闻名的国民党右派“整理党务案”。

此时，林伯渠的共产党员身份基本已经公开，国民党右派一直在竭力削弱他在国民党中的地位。这次全会，由于国民党右派的操纵，出席的共产党人很少，仅有林伯渠、邓颖超等几人。而且，陈独秀、张国焘等还事先严申：出席国民党二届二次全会的共产党员，必须彻底执行妥协退让方针。蒋介石的“整理党务案”一经抛出，林伯渠就预感到形势严峻，心想据理力争。但他四顾会场，共产党已然势单力薄，他已难以控制局面。而且，张国焘等的态度，也没有给林伯渠等据理力争留下任何余地。其实，林伯渠即便当时力争也已于事无补，因为，此前陈独秀等屈服于反革命派的压力，已预先接受了蒋介石的“整理党务案”。

散会后，林伯渠一脸愤然地对走在一路的邓颖超说：“山雨欲来风满楼啊，右派要向共产党开刀了！”

邓颖超说：“伯渠同志注意到吗？会上，何香凝、柳亚子等国民党人士也神情愤然。可见，蒋介石的提案并不能代表他们的意志。”

林伯渠点点头说：“是的，我们并不是没有力争的余地了，还是应尽速向中共中央报告，以便作出正确决断。”

5月28日，国民党中执委常委会第二十九次联席会通过决议：“决定照准谭平山、林祖涵、毛泽东三同志辞职案”。这意味着国民党高层基本形成向右一边倒的人事结构。随后，蒋介石很快顺利当选国民党中执委常务委员会主席、国民党中央组织部长、国民革命军总司令等党和军内主宰性职务。显然，这是蒋介石全面操控国民党政治、组织、军事大权的一个历史节点，也是国民党公开走向反共的一个历史转折点。从此，尚在国民党内工作的林伯渠及其他中共方面的战友，就进入了极其严酷的政治处境。

不久，林伯渠特地求见陈独秀，恰好那天还有另一些共产党要人在场。林伯渠向陈独秀汇报了国民党二届二次会议情况，重点介绍了蒋介石抛出的“整理党务案”，介绍了国民党左派人士的态度，并建议中共中央尽快研究新对策。林伯渠讲完，陈独秀推推鼻梁上的金丝眼镜说：“伯渠同志，你谈的这些情况我是知道的。至于应对措施嘛，我们共产党人还是要站得高一点、看得远一点。国共合作来之不易，我们不能因为一些细节问题，搞得前功尽弃嘛。再说，不就是减少我们几个席位、几个部长吗？我看也没什么大不了，共产党不是还有人在他们里面吗？为了大局，为了长远，目前我们做点让步怕什么？”

此时，毛泽东忍不住发言了：“我的看法是这样，蒋介石的主张，代表了国民党右派的态度。他们目前就是要‘限共’，继而肯定是‘反共’。他们的根本动机，就是争权夺位，谋求国民党一党独大，绝不是什么为了民族大义。这一点，我以为，我党必须看透并揭穿；事实上，不是说我们共产党退让了，他们就跟我们相安无事了。因此，我主张，立即反击国民党的‘整理党务案’！”

一石激起千层浪。毛泽东对蒋介石狼子野心的透彻分析，拨开了一些同志眼前的迷雾，大家纷纷发言赞同和支持毛泽东的看法。

陈独秀久坐不语，室内一时寂静。张太雷忍不住焦虑地问：“仲甫同志，你倒是说句话呀，我们党到底该采取何种方针？”

张国焘突然插上一杠子：“何种方针？中共中央已致函国民党中央，整理党务是他们的党内事务，无须别党研究，他们如何决定，别党无权臧否。”这一席话，使整个气氛一时变得死一样地沉寂。

1926年6月1日，国民党中央任命甘乃光为农民部长。自然，事先他们已迫使林伯渠辞去农民部长职务，同时还迫使林伯渠辞去了中央财务委员和国民政府监察委员等职。林伯渠已清楚，随着“整理党务案”逆流横出，共产党在国民党内的地位已岌岌可危，虽然他现在还是国民党中执委委员，但在国民党中央，他已很难施展什么主张。不过，林伯渠知道，即使是蒋介石和国民党右派，有一点他们也是不能不坚持的，那就是孙中山未竟的北伐事业。有北伐运动在，就有国民革命在，林伯渠心中的希望也就在。所以，林伯渠决定，离开国民党中央，到国民革命军中去继续坚持革命。到哪个军去？这是无须多想的，当然是到程潜任军长的国民革命军第六军去。因为，第六军的前身是程潜领导的建国攻鄂军。广东革命政府东征时，林伯渠就曾被任命为攻鄂军和讲武堂的党代表。1926年1月20日，国民党中央将攻鄂军改编为国民革命军第六军时，也是任命程潜为军长，林伯渠为军党代表兼政治部主任。中山舰事件后，第六军第十八、十九两个师集中到惠州、博罗、石龙一带整训时，林伯渠曾到惠州帮助程潜整编部队，建立起了第六军的政治工作基础。现在北伐在即，这支由攻鄂军、吴铁城独立师、广东潮梅军以及被整编的陈炯明残部翁腾晖部等杂牌军合编而成的队伍，正需要加强政治建设，才有可能形成一支北伐劲旅。

当时，广东革命政府在国民党左派势力和共产党人以及广大工农群众推动下，已决定出师北伐。正是在这样的背景下，林伯渠毅然决然离开了国民党中央，来到第六军。林伯渠离开国民党中央党部时，许多国民党内好友前来送行，难免有些人为林伯渠抱不平。林伯渠一面收拾行装，一面对他们说："在国民党中央党部工作这些年，多蒙诸位关照和帮助。铁打的营盘流水的兵，我虽然离开中央党部了，但我还是中执委委员，是国民革命的一分子，我必将与第六军将士一道，为实现孙中山先生开创的国民革命，继续拼死奋斗！"

有朋友说："让祖涵兄去第六军做党代表兼政治部主任，真是委屈你了啊！"

林伯渠真诚地说："哪里话，都是国民革命，何来委屈？"

陈独秀的右倾退让政策，没有给共产党换来任何出路。这一点，随着事态发展，连他自已也看得越来越清楚。但他似乎还是"未见棺材"，所以还是没有"掉泪"认错。一天，中共广东省委的一位负责人来见陈独秀，陈独秀问起："伯渠同志近来思想情况如何？"

广东负责人说："伯渠同志工作热情不减，革命斗志仍高；程潜与林氏兄弟素来有缘，伯渠到六军去，他们的合作一定如鱼得水。"

"嗯，"陈独秀说，"伯渠同志的人品是没得说的，就是工作中常常过激。最近，他没有什么其他想法吧？"

广东负责人说："伯渠同志认为，战争在很大程度上，是武装力量的较量；现在北伐战争就要打响，所以，他向广东省委建议，多建几个师，壮大第六军。"

陈独秀立即说："我不是跟你们省委说过吗，北伐战争的时机还不成熟、不成熟，盲目扩军利弊如何，谁想过吗？”

广东负责人又说：“我们私下交谈过，祖涵同志始终认为，革命事业必须要有强大的武装，而现在共产党手上还没有自己的军队，所以只得任人宰割；而第六军是目前国民革命军中唯一可能被共产党影响的队伍，扩充其兵力，以备急需，这叫有备无患；祖涵同志认为，一旦局势出现变故，六军也许是可以顶上大用的。”

“什么？”陈独秀武断地说，“我就说他过激吧？第六军多建几个师？想搞共产党武装？军阀思想！我们共产党搞的是政治，动那些歪脑筋有用吗？”

这位负责人听到陈独秀这一番话，不禁十分惊讶，他坚持说：“我倒觉得伯渠同志的考虑，并非没有道理！”

陈独秀毫不客气地说：“那你也是军阀思想！要不得、要不得！”

这位负责人看看陈独秀的黑风丧脸，心里嘀咕道：“你已不叫‘陈独秀’，而叫‘陈独断’了。”

自然，林伯渠的扩军主张已然石沉大海，但这丝毫不影响他在第六军的努力工作。他来到第六军后，马不停蹄，立即投入实际工作。经过深入调查，反复磋商，他首先帮助程潜调整了师团干部，将原攻鄂军讲武堂二期的学生，全部分配到第六军各部担任下级军佐。后来还通过关系，把曾经毛泽东、周恩来、林伯渠、李富春等培训的原广州政治讲习班的部分学员和黄埔军校三十名学员要到第六军，经两个星期特训后，安排到各营连，充当政治工作骨干。由于第六军系杂牌队伍混编而成，原先思想严重混乱，战斗力比较薄弱。为改变队伍的思想状况，让士兵们懂得为谁当兵、为什么打仗，林伯渠带领政工队伍，做了大量深入扎实的政治工作。军长程潜与林伯渠共事多年，较为投合，他知道自己虽然打仗有两下子，但在思想治军方面，自己远不及党代表林伯渠，所以在政工方面，他对林伯渠完全是言听计从的。程潜曾公开下令禁止在第六军建立“孙文主义学会”，但他却准许林伯渠在第六军成立“青年军人联合会”。

林伯渠是政治经验十分丰富的革命家，深知组织工作的极端重要性，因此，他对第六军内部的党团组织建设高度重视。林伯渠履任不久，就在第六军中成立了共产党组织和共青团组织，并亲自担任党团书记。同时，他还在各师、团、营、连设立了党代表，挑选共产党员、共青团员、国民党左派人士和无党派开明人士担任各级政治骨干，大力宣传孙中山“联俄、联共、扶助农工”的三大政策。这样，第六军的精神面貌开始发生深刻变化，士兵的思想渐渐明朗和焕新，战斗力也开始逐步增强。这时的第六军，仿佛成了一座培养优秀军官的政治学校，当时第六军的团干部左权、李隆光、周宝忠等，后来都成了著名将领。对国民革命军第六军的新变化，当时广州的报纸曾这样报道：

国民革命军第六军政治部主任林祖涵，自奉政治部委任后，现专力于该军政治训练工作。先从团部训练着手，每团设一训练委员会，设有委员四人，负调查每团之士兵及组织各级党部之责，限三月组织完备报告于军政治部。在三月内为初步训练，三月之后，遵照政治委员会之各军党代表组织法，切实履行。所有师、团、营、连均派党代表一人，负责训练党员、军人教育及改良士兵生活等责任。训练务求严密，使成为革命军主力旅。

在国民政府内部左派与右派矛盾开始激化的时候，外部时局也在风云变幻。1926年4月，北方冯玉祥的国民军在奉军和直、鲁联军的进攻下，撤离北京，退守南口。冯玉祥赴苏，段祺瑞下野，北京政权重新落入直系军阀吴佩孚和奉系军阀张作霖之手。在南方，湖南唐生智被直系军阀叶开鑫等赶出了岳州和长沙，退至衡阳。稍后，在英日帝国主义策划下，直系、奉系等军阀又在天津、北京举行会议，决定扫除“南北二赤”，即北方冯玉祥国民军和南方唐生智部。面对如此时局，在广大民众的强烈要求和支持下，广东革命政府遂正式决定出师北伐。5月间，首先派遣第四军叶挺独立团和陈铭枢、张发奎两师及李宗仁的第七军，入湘援助唐生智。6月，又决定将唐生智部改编为国民革命军第八军，并成立了国民革命军总司令部和总政治部，蒋介石自任总司令，邓演达为总政治部主任。稍后，蒋介石又被推选为国民党中央常务委员会主席。之后，邓演达主任邀请林伯渠等各军党代表和周恩来、恽代英、陈公博等人，召开战时政治工作会议，讨论和部署有关战时政治工作问题。邓演达根据周恩来的推荐，吸收了共产党人或倾向共产党的朱代杰、章伯钧、李合林、李一氓等到总政治部工作。7月，广东国民政府正式发出《北伐宣言》和出征动员令，国民革命军总部和第一、第二、第三、第六各军，随即大举入湘。

1926年7月初，林伯渠与程潜就北伐临战准备进行深入交谈。林伯渠说道：

"颂公，北伐在即，第六军三千将士，将经受大战检验！"

程潜说："是啊，你是军党代表兼政治部主任，这政治宣传与战前动员，就靠你了！"

林伯渠说："经过这几个月的政治工作，将士思想基本趋于一致，对此次北伐充满信心；但战争残酷，考验必定会很严峻。"

程潜说："战前，你再做一个总动员，好好鼓鼓士气！"

孙中山先生未竟的北伐战争，终于就要正式打响。1926年7月9日，林伯渠面对三千将士，发出慷慨激昂的战前动员："国民革命军第六军的将士们：孙中山先生生前运筹的北伐战争，终于就要打响了！北伐战争，是一场由中国工人阶级、农民阶级、小资产阶级和资产阶级统一战线推动进行的反帝、反封建的革命战争，这场战争的矛头，直接指向北洋军阀！"

会场上，政治部人员领呼口号："打倒北洋军阀！""北伐战争必胜！"

口号阵阵，将士们热血沸腾、群情激昂、士气高涨。林伯渠继续动员说："北洋军阀这个在帝国主义羽翼下发迹的反动军事集团，是帝国主义和中国封建势力的集中代表，它所操纵的北洋政府，虽然经历了袁世凯、黎元洪、徐世昌、黎元洪复职、曹锟贿选、段祺瑞临时执政、颜惠庆和贾德福以内阁总理摄政等六七个小朝廷，但无论他们谁当总统、执政、摄政，都是残酷剥削和压迫人民的！为了我们的国家和全民族，为了我们的父老兄弟，第六军的将士们，让我们杀上沙场，为国民革命而战！把国民革命军的战旗，插到北京去！"

其实，当时局势尚不止于林伯渠所说。那时，割据东南五省，与军阀吴佩孚结成反动联盟的孙传芳，割据西南各省以联省自治相号召的唐继尧、赵恒惕等，还有割据川黔的周西城、袁祖铭、王永烈、李筱炎、王天培、杨森、刘湘，陕豫间的镇嵩军刘镇华、毅军朱振标及山西阎锡山等大小军阀，均在需扫荡之列，因此，北伐路上，可谓千障万阻。但这些险阻对士气高涨的第六军将士来说，都似乎毫不足惧。应着林伯渠的动员讲话，三千将士再起口号："打到北京去！""统一全中国！"场面十分震撼人心。

1926年7月20日，林伯渠随第六军离开广州，开始出征北伐。此前，林伯渠已让曾福把伍崇贤和孩子从广州送到上海，投奔亲戚，并把曾福的妻子介绍到长沙附近落了脚。在北伐战争的第一阶段，即北伐军进攻湖南、湖北时，第六军作为北伐总预备队，开赴萍乡、浏阳、醴陵一线集结待命，随时准备支援第

四军攻打武汉。当程潜、林伯渠率部到达长沙时，叶挺的第四军已攻下武汉屏障贺胜桥、汀泗桥，一举消灭吴佩孚主力。武汉无险可守，北伐军直捣湖北，眼看总预备队已用不上了。已进湖北的第六军集结于通城，准备回师湖南，略取江西。在北伐军打下南昌之前，林伯渠一直随第六军行动。其间，他利用行军间隙，召开政治人员工作会议，研究改进和加强部队政治工作，整顿各师政治部。行军途中，林伯渠还多次组织军民联欢和各界谈话会，亲自发表演说，对部队进行纪律教育，监督部队财务开支，过问部队经理处工作，处理违纪士兵，反对军官侵吞军饷。这些，对提高第六军政治素养，改善军民关系，都起到了很好的作用。在不长时间内，第六军的战斗力果然得到了充分的提升和积累。

长期以来，林伯渠和程潜常相过从，加之林伯渠从中央来到第六军后，为第六军建设呕心沥血，这使程潜愈加心存感激。所以，就在这个时期，程潜把自己的宝贝女儿程博莲许配给了林伯渠的三弟林祖烈。这样，他们之间又多了一层关系，彼此的关系自然更加密切了。但即便如此，当时军长和党代表之间的实务关系，严格说来还只能算是同路人。由于他们各自的政治信仰有所不同，修养也各异，自然无法做到凡事一致。尤其是林伯渠在第六军中严禁贪污军饷后，也引起了包括程潜在内的一部分军官的忌惮和不满。尽管林伯渠一向性情平和，对程潜总是以理服人、以礼相待，但情况复杂，有时还是不免发生不愉快。

1926年9月1日上午，林伯渠移住军部，放下行囊，就带着政治部几位干部，冒着蒙蒙细雨，前往各营地巡查。入夜了，林伯渠才返回住处；一进门，只见程潜黑风扫脸坐在屋内。一见林伯渠，程潜便劈头盖脸吼道："好啊！林祖涵，你们共产党竟搞到我颂云头上来了！"

林伯渠被弄得"丈二和尚，摸不着头脑"，一时愣住了。程潜继续吼道："我是大贪污犯！钱，我拿回家了！你到中央去告我吧！撤我的职吧！这么大的案子，不办还行？！"

这时，一身困倦的林伯渠仍是莫名其妙，便笑着问："颂公这是发的哪门子邪火呀？有话慢慢说嘛！"

"你还好意思问我发哪门子邪火？你林祖涵自己做的事，还不清楚？看看这个吧！"程潜粗暴地把一叠材料摔给林伯渠。

林伯渠拿起材料扫了一眼，原来是军部经理处党代表贺澍写给林伯渠的一份报告，报告主要是说程潜的心腹潘培敏拿了几万元军饷交给程潜这件事。也是事不凑巧，贺澍来找林伯渠交报告时，林伯渠去了营地，失于细心的贺澍把材料放在林伯渠办公桌上就走了。后来程潜和几个军官来找林伯渠议事儿，没碰上林伯渠，倒碰上了这份材料。随来的一个师长擅自看了这份材料，立即把材料递给程潜，程潜看完这份材料，不禁火冒三丈。于是，他便怒气冲冲坐在林伯渠屋里，等着林伯渠回来。

那个私看材料的师长平日里思想就很反动，与共产党格格不入。见军长对党代表怒气冲冲，觉得机会来了，于是趁机发难吼道："一个党代表，怎么有这么大的权力？居然搞到军长头上来了！给我绑起来！"

这师长的侍从真打算对林伯渠动手，经常跟随林伯渠的第六军政治部秘书李世璋立即挺身站出来，义正词严地喝道："党代表为北伐四处奔忙，没日没夜地干！事情根本就没弄清楚，一个师长竟敢这样对待第六军党代表，是谁给你的权力？你也太狂妄了吧！"顿时，只见林伯渠的警卫和李世璋的随从们都"唰"地拔出了手枪，逼视着那个师长。那师长知道政治部不是好惹的，于是泄了气，收起了架势。

林伯渠忍着心头的火气，让大家都退下，他要和军长单独说话。左右退下后，林伯渠毫不示弱地说："颂云大人，自第六军组建，我也算鞍前马后多年，有哪一点对不住你，跟我要这么大的脾气？"

程潜又岂是肯轻易罢休之人？他也针尖对麦芒地说："我连女儿都嫁给你们老林家，难道是我对不住你，你还背后捅我刀子？"

林伯渠气恼地说："既然说我背后捅了你刀子，那你把我撤了吧！"

程潜倒还有一份清醒，缓了缓气说："撤你的党代表？你晓得我没有这权力；但姓贺的那小子不撤，我这军长也没法儿干了！"

林伯渠回绝道："共产党讲究实事求是，事情没弄清楚，怎么能先胡乱撤职？"

程潜一拍桌子，叉着腰吼道："什么？你真和那小子一鼻孔出气？今天我程某算是把你林祖涵看透了！告诉你，唆使人背后毁人名誉者，程某从不承认！"

林伯渠也一拍桌子，叉着腰吼道："谁唆使谁了？你凭什么血口喷人？真是岂有此理！”一听这动静，李世璋等几个人又忙跑进来劝解，并让人把程潜军长簇拥着护送回了他的寓所。

这一晚，林伯渠翻来覆去，无法入睡。近些年的挫折和磨难，一时涌上心头，一身的伤病，也隐隐发作。在他苦心经营的第六军，竟遭此误解和委屈，人非圣贤，一时间，各种不顺、痛苦和委屈涌上心头；一气之下，林伯渠决意暂时离开，出走湖南。第二天清晨，林伯渠给程潜留了一张纸条，便离开了第六军。9月7日，林伯渠独自取道白家坳入平江，径赴长沙。抵达长沙后，林伯渠将此事报告了李维汉、颜昌颐、夏曦等中共湖南区委负责人，并共同商定，为顾全大局，暂以请病假为名，等程潜态度转变。若程潜能回心转意，请林伯渠回去，则再回第六军。同时，林伯渠将此事也电告了国民军总政治部主任邓演达，向他暂告病假。

林伯渠到长沙后，其实一天也没闲着。在长沙市党部和湘西公会为他举行的欢迎会上，他作了关于拥护工农利益，统一工农运动，巩固联合作战的政治演讲。然后又带着慰问品，去过几所医院，探视和抚慰江西战场上送下来的伤员。当时，第一、第三、第四、第六军都已麾指江西，前方战事正紧，湖北自然成为江西战场的重要犄角。因此，国民军总政治部电示林伯渠，让他先赴武汉参与军务。

自林伯渠离开第六军后，军长程潜深感军中没有了政治主心骨，心头着实后悔，于是交代李世璋等，马上发电请林伯渠速回第六军。9月17日，林伯渠收到李世璋发来的电报：

我军出发江西，战事节节胜利。修水、铜鼓等县第次克复，现向南昌进击。奉军座手谕，请兄即日命驾，取道浏阳、铜鼓，赶上前方，回军襄助一切，是为至盼。李隆建、张振武、李世璋同叩。寒。

接报后，林伯渠很清楚这是程潜的授意，本亦无意计较，得悉前线战况，林伯渠立即复电：

寒电奉悉。我军进攻赣境节节胜利，逖听之下，不胜鼓舞。弟病渐痊，本拟克日前来襄助一切，适逢总政治部电召赴汉，本亦有此必要，准事竣即赶赴前线，并希转呈军座，藉纾廑念，至为感荷。弟林祖涵叩。筱。

次日，林伯渠正欲动身赴汉口，蒋介石恰要入赣督师，路经长沙，便邀林伯渠同行。于是，9月20日，林伯渠等随蒋介石由长沙动身入赣，而赴汉之事，只得报知总政治部邓演达暂缓。林伯渠入赣后，随国民军总部苏联顾问加伦将军等一同行动，他一面同第六军取得联系，一面借与蒋介石、白崇禧、张治中、加伦和总部机要秘书蒋心荣、翻译王一飞等接触的机会，了解相关事况，并从中做些积极的协调工作。譬如当时白崇禧与加伦有些不谐，林伯渠就从中沟通，避免了他们之间的一场矛盾。蒋介石是一个嫡庶意识极强的人，出师以来，其嫡系第一军战绩不佳，两湖大部地盘均为唐生智部所取，他深感脸上无光，于是想扶持第一军在江西战场大露一手，以抬高他蒋总司令的统兵声望。这时，程潜不甘心老当预备队，也很想在江西战场大施拳脚，他居然不顾苏联顾问的劝阻，下令第六军会同第一军第一师王柏龄部于9月19日对南昌城发起进攻。但最终事与愿违，不但王柏龄部损失过半，第六军一部也折损近半。第一次攻城失败后，10月中旬，蒋介石又组织第二、三、六军再攻南昌，结果也未得手，还使得第二军也大受损失。嫡系没出息，成为当时蒋介石心头的一把无名火。第一军第一师南昌之败后，蒋介石顾不得有林伯渠这样的“外人”在场，气急败坏地“训导”第一师说：“倘使第一师不退下来的时候，我们的战事一定不会失败！”“这次失败是我们革命军最不名誉的一件事，也是北伐史上最耻辱的一页！”其实，蒋介石心里真正要说的，恐怕应该是“嫡系无能，是蒋某最不名誉、最耻辱的一页！”

1926年10月，林伯渠行至江西奉新，回到了第六军。当时第六军刚从南昌败退下来，部队伤亡很大，思想混乱，“湖南派”不满“广东派”，“广东派”也不满“湖南派”；而湖南派内部，与程潜同乡的醴陵派和与参谋长唐蟒同乡的浏阳派之间，也是勾心斗角。林伯渠回军后，首先整顿组织，调整干部，整顿财政，重配政工人员，巩固团结。在北伐军最后总攻南昌之前，林伯渠为第六军精心制订了政治工作计划，拟定了既通俗、又能鼓舞士气的具体政治口号，如“为已死同志报仇”“为南昌人民报仇”“必须雪前次退出南昌的奇耻大辱”“不收复南昌，不算革命军人”，等等。林伯渠还率领第六军政治部的同志，动员奉新百余民众，组成前敌工作团，随时准备随军出征，参与运

送弹药、抬送伤员。由于准备扎实，第六军战力基本得以恢复。

10月28日，蒋介石根据军事总顾问加伦拟定的作战计划，再次下达了进攻南昌、夺取江西的命令。这次进攻，吸取了9月和10月两个月攻城失败的教训，增调了第四军、第八军部分力量加入总攻。11月1日总攻开始，很快就占领了德安、马迴岭、乐化、芦坑、涂家埠、九江，8日攻下南昌城，几乎全歼江西敌军。第六军在这次战役中的任务，是进攻对整个战役“具有决定性意义”的乐化车站和涂家埠。林伯渠亲临火线，开展强有力的政治工作。2日下午开始，第六军第十七师与十九师协同作战，于4日占领芦坑车站。5日拂晓向乐化进攻时，遭遇敌军两个旅六千余人顽强抵抗，第六军官兵阵亡四百余人，阵势顿现松懈。危急之时，林伯渠立即命令政治部全体人员加入前线督战，高喊“革命只能前进，不能后退”“第六军应该为南昌被屠杀的人民报仇”等口号，第六军士气重振，奋起冲锋，终于将敌人防线突破，占领了乐化车站，又于次日消灭了涂家埠守敌。

在第六军参加江西作战的过程中，林伯渠特别重视民众对革命战争的支援，做了不少帮助民众运动和地方革命政权建设的工作，还记载下许多有关民众欢迎北伐和积极参战的事例。在奉新，林伯渠还以第六军政治部名义，扣押并提审贪官，委任新县官，亲自批准处决不杀不足以平民愤的反动官吏。第六军的群众工作，在所有北伐部队中，是做得最好、最有效的。当时的《民国日报》曾报道说：“第六军首先入江西后，各县民众在该军政治部指导下，均自动组织县党部、农民协会、工会等，且无不积极工作，一时革命空气，大见发扬。”在与第一、第三、第四等军配合攻克南昌城的战役中，第六军战功显赫，军威大振。

11月8日，林伯渠随军进驻南昌后，还投入省政权建设工作，参与成立江西省临时政治委员会。“省临委”委员有朱培德、白崇禧、鲁涤平、李宗仁、李富春、朱克靖、林伯渠、张国焘、李仲公等，随后还成立了省政务和财务两个委员会。但因内部存在蒋介石嫡系与共产党方面的纠缠，林伯渠和李富春、朱克靖等做了许多斡旋工作，以维护省党部的意见。这年年底，林伯渠等还争取到省临时政治委员会的支持，使得毛泽东等在武汉办起了农民运动讲习所，并积极努力，解决了江西农运经费等问题。围绕北伐战争“正面战场”和“农运支援”两大主题，林伯渠简直就是殚精竭虑、不遗余力。但顽固的右倾机会主义者陈独秀对林伯渠等在地方政权建设中揳入共产党力量的做法，也提出了专横的批评，要求共产党服服帖帖地当“在野党”，这就势必失去共产党扩展根基的一些机会。

攻克南昌后，心怀鬼胎的蒋介石便开始同帝国主义与奉系军阀勾结，以“在宣传上抹杀蒋的功劳，且对一军有攻击之处”等为借口，撤销了随总部行动的国民革命军总政治部秘书长朱代杰（中共党员）的职务，并要邓演达将总政治部从武汉移到南昌，同时指使张静江、陈果夫、段锡朋、程天放等右派分子，建立“东湖社”“AB团”等反动组织，控制国民党江西省党部。在江西省第三次代表大会上，蒋介石授意采用“圈定委员”的办法，将原来主持省党部工作的方志敏等七名共产党员，全部排斥在省党部之外，而将段锡朋等九名右派分子“圈定”进了省党部。为排挤林伯渠、李富春、朱克靖等共产党员，蒋介石撤销了江西省临时政治委员会，提请当时南昌的所谓 “中央政治会议”，任命李烈钧、熊式辉等十一人为江西省政府委员，李烈钧为省政府主席。可见，当时蒋介石就在图谋以南昌为国民党右派的大本营。

为研究对付蒋介石的方针和办法，向中共湖北区委和北伐军总政治部汇报入赣作战及江西省况，1926年11月15日，林伯渠专程赴汉，会晤在汉的国共军政要人张国焘、董必武、刘伯垂、李国煊、叶挺、邓演达、唐生智、李汉俊、贺龙等。经共同商定，北伐军总政治部留驻武汉，总政治部副主任郭沫若赴南昌，主持入赣北伐军政治工作。这一决定，对后来武汉的反蒋斗争和江西的北伐运动，都有着重要意义。

1926年12月7日，蒋介石在庐山召开北伐战争军政会议。作为北伐军重要将领，林伯渠与程潜都出席了这次会议。会上，蒋介石部署说：“目前，武汉、南昌已克，我军将向皖、浙、苏方面推进，首先主攻南京，以肃清长江中下游；其中一部进窥平汉路，一部向津浦路压迫。任命唐生智为西路军总指挥，何应钦为东路军总指挥，白崇禧为东路军前敌总指挥。中央军总指挥由中正自兼。沿长江东进之部队分江右、江左两军，李宗仁为江左军总指挥，程潜为江右军总指挥。西路军集结于黄陂、孝感一带，东路军集结于严、衢一带，中央军和江左军集结于英山、萧山一带，江右军集结于九江、祁门一带。集结完毕后，东路军由闽赣分道入浙，进窥淞沪，并协同江右军攻取南京！”

应该说，蒋介石的军事部署总体看来无可厚非，但已相当了解蒋某为人

的林伯渠，却从与这些部署相关的一些安排中，看出蒋介石阴狠棋路的蛛丝马迹。会后，林伯渠与程潜回到军中，私下交谈。林伯渠坦率地说：“常言道，‘害人之心不可有，防人之心不可无’，不知颂公是否注意到，蒋总指挥此时任朱培德为江西省主席，醉翁之意不在酒啊！”

程潜似乎没想那么多，于是问：“祖涵以为其意如何？”

林伯渠推心置腹地说：“本来，颂公现在统领着江西军务，他这里却另委一个省主席，且也是军界人物，与他关系很近。试想，江西一山如何可容二虎？我以为，这是要将颂公和第六军最后挤出江西的棋路。现在，第六军可能是蒋公最看不顺眼，也最不放心的一个军；但第六军目前战力颇强，可以看出，蒋介石对这支队伍越来越耿耿于怀，已经多次施以叵测，颂公想必也不曾忘记吧？”

程潜模棱两可地说：“嗯，祖涵是说最初打下南昌后的那一出惨剧吧？这个我岂能忘？但军人以服从为天职，又能如何？”

原来，第六军首度攻入南昌后，马上遭遇反动军阀方本仁和孙传芳两部的南北夹击，第六军守城部队弹粮奇缺，孤军奋战。可蒋介石却密令第三军军长朱培德不予支援，这明摆着是要借军阀方、孙之刀，杀第六军之人。结果，在惨烈的夹击战中，程潜率领的守城部队几近覆灭，最后只得指挥残部冲出重围，退守九江。若此后不是程潜从老家醴陵调来几个预备团，锐意整军，恢复战力，然后联合友军反攻南昌，平定江西，恐怕第六军军长、党代表，就很难坐到庐山军政会议的座位上了。蒋介石领军嫡庶分明，从杂牌军整编而来的第六军，自然被蒋介石视为“小妈养的”。而林伯渠的政治根底蒋介石非常清楚，蒋某深知共产党染指的部队，终是他的心腹之患，所以，总想除之而后快。

见程潜不以为然，林伯渠仍苦口婆心地提醒道：“颂公，战事复杂残酷，人心殊难逆料，谁能肯定蒋介石不再施狡诈？还是那句老话：害人心思不可有，防人心思不可无；所以此次出师江东，颂公须防暗算啊！”

对林伯渠的这些善意提醒，当时仍对蒋介石抱有很多幻想的程潜回答道：“祖涵，我知道你乃一片好意。然而，带兵之人，最忌‘二心’；南昌之事，总座已向我解释过，实属疏忽，所谓‘密令’乃为谣传，智者千虑，亦容一失嘛！”

程潜此说，让林伯渠又添几分焦虑、几分无奈，于是劝道：“颂公太轻信了，蒋介石的那个解释，不觉得太难自圆了吗？弄奸之人，岂有诚信，您是太善意地看这个总座了，祖涵还是劝颂公多一份提防，免遭暗算！”

还在北伐军初到武汉时，为抑制唐生智、防止汪精卫回国控制党权和政权，蒋介石曾提出，把国民党中央和国民政府从广州迁到武汉。广州方面随即召开“中央政治会议”，作出了迁都武汉的决定。但是，当1926年底第一批广州北迁人员孙科、徐谦、宋庆龄、宋子文、陈友仁和苏联顾问鲍罗廷等六十余人到达武汉，与已在武汉的邓演达、吴玉章、董必武等同志会合，组成国民党中央执行委员和国民政府委员“联席会议”，暂时“执行最高职权”时，蒋介石却出尔反尔，又提出要将国民党中央和国民政府设在南昌。12月31日，当第二批北迁人员谭延闿、张静江、何香凝等到达南昌后，蒋介石即在南昌召开所谓“临时中央政治会议”，明确反对武汉的“联席会议”，并作出国民党中央和国民政府暂驻南昌的决议，宣布1927年3月1日将在南昌召开国民党中央二届三中全会。

对蒋介石公然推翻国民党中央政治会议在广州作出的迁都武汉的决定，蓄意挑起迁都分歧，武汉方面自然不能认可。在当时的一次临时政治会议上，宋庆龄要求蒋介石把为何改变中央决定的理由说说清楚；但蒋介石当场支支吾吾半天，也说不出个子丑寅卯来。于是，邓演达站起来，观点鲜明地说：“武汉是辛亥革命首义之地，也是此次北伐战争的决胜冲要，地处战略要地和政治文化中心，也是农民运动发展迅猛的湘鄂都会，还是工人运动的摇篮，国民政府迁都武汉，毫无疑问是最合理和有利的。”

蒋介石一梗脖子，强词夺理道：“难道南昌就不是战略要地吗？”

邓演达针锋相对地说：“恕我直言，只怕蒋总指挥当初是与广东工农革命力量有隙，才提出移都武汉；而如今又觉南昌诸事或更顺手，才又坚持移都南昌吧？”

蒋介石被击中要害，脸色一时变得铁青。虽然一句话也没说，但心里对邓演达不禁恨得痒痒的；席间，蒋介石已打定主意，要杀鸡儆猴，先拿邓演达开刀。

当时，第六军已奉命退出南昌，屯守九江，准备东取南京。一天，国民军总政治部主任邓演达从南昌出发，前往九江第六军防地。蒋介石得知后，以为这是天赐良机，立即用机密电话密令程潜将邓演达扣押。

虽然程潜当时跟蒋介石过从较密，但以邓演达的身份而言，程潜感觉此事重大，不敢贸然而行，于是，忙找林伯渠商议。林伯渠听完程潜一席话，心头不禁一惊，忙问："此事，颂公将做何打算？"

"哎！"程潜着实作难地说，"难啦！蒋某的脾气你知我知，扣押择生吧？天理难容！不扣吧？又难以复命！哎，祖涵你有什么两全之策么？"

林伯渠不假思索地说："我说过，对蒋介石不可无防范之心。邓择生是力主迁都武汉的，老蒋要扣押择生的意图很清楚，就是要杀鸡儆猴，以此击破力主迁都武汉的阵线，以实现他迁都南昌的计划。因此，邓择生我们不仅不能扣，而且必须加以保护，不使受害。不然，你我将成历史罪人，必遭时人和后世唾骂！"

程潜拍着脑门说："理是这个理，可你说怎样才能两全呢？"

林伯渠说："此事没有两全，只有敷衍！待择生到达九江后，我们就这么办！"林伯渠跟程潜耳语一番，程潜听后，点头表示赞许。

邓演达一到九江，程潜就派自己的随从副官冯家璧带领三个班长和十八支驳壳枪，严密警戒在邓演达住处。林伯渠特地叮嘱冯家璧，除军部首长和几个师长外，任何人均不得进入邓演达住所，否则唯冯家璧是问。

得知邓演达已到九江，蒋介石立即秘密派出二十个心腹，名义上是到江右军总指挥部当见习军官。林伯渠明察秋毫，成竹在胸，再次下令冯家璧，严密防守，不经军部允许，任何人不得接近邓演达。果然，有一天，两个自称邓演达"学生"的见习军官求见邓演达。冯家璧已奉林伯渠命令，自然心中早有戒备，便严加盘查，结果来人把黄埔军校部别、建制等几乎全都说错了。冯家璧一拍盒子枪说："他妈的！你们是什么黄埔生？别是谁派来行刺国民军长官的吧？来人！给我把这两个家伙绑啦！"

这两个特务一看要露馅，心想，就算不被冯家璧乱枪打死，事情败露，回到上峰那里也是一死，于是没命地拔腿就跑。冯家璧按林伯渠吩咐，见好就收，能保证邓演达在九江的安全就行；第六军也不想把动静闹大，所以，也只是佯追了一程，就任刺客逃之夭夭了。

邓演达在离开九江秘密前往武汉之前，林伯渠特地与他单独话别。邓演达说："祖涵兄，这次多亏你和颂公相救，不然，择生恐已成蒋介石刀下之鬼。”

林伯渠不无担忧地说：“国民革命正当重要关头，岂能眼看蒋介石暗害你这样的革命中坚？然而，蒋介石既已起杀心，择生你可千万要时时小心，此次前往汉口，你更要百般警惕、机警而行！”

邓演达胸有成竹地说：“祖涵兄放心，我已作周密安排，不会出事的。此去汉口，我将与宋庆龄先生为首的国民党左派人士及那边的共产党人一道，坚决挫败蒋介石迁都南昌的阴谋！”

其实，蒋介石对邓演达的嫉恨并非源于一时恼怒，而是来自政治立场的根本对立。作为国民党内思想激进的左派领袖，邓演达曾多次对蒋介石的右派行径进行尖锐的抨击，谴责蒋介石政权“背叛中国人民，是军阀、官僚、地主和银行家的工具”，因而已引起蒋介石的极端仇视，这便决定了邓演达最后逃不脱蒋介石加害的宿命。果然，后来蒋介石、汪精卫相继背叛革命，反革命阵营坐大之后，对邓演达甚至宋庆龄等左派屡加逼迫，致使宋庆龄、邓演达被迫流亡苏联、德国等地。在莫斯科，邓演达曾与宋庆龄以中国国民党临时行动委员会名义，发表《对中国及世界革命民众的宣言》，号召国人继承孙中山遗志，坚持反帝反封建斗争。1930年，邓演达、宋庆龄回国后，正式发起组织“中国国民党临时行动委员会”，即中国农工民主党前身，坚定不移地开展反蒋斗争。但最终还是蒋介石得手。1931年8月，在上海租界，蒋介石派爪牙逮捕了邓演达；随即引渡到南京，于当年11月秘密处决。当然，这些都还是后话。

回头再说1927年1月11日，蒋介石专程从南昌前往武汉，力图继续作迁都南昌的游说。蒋介石此来，正是择武汉三十万革命志士与民众集会之机。在大会上，蒋介石即兴发表讲话：“诸位，国民革命蓬勃高涨，全在北伐之役所向披靡！此次北伐，中正身为总司令，至诚效忠国民革命；开战以来，中正殚精竭虑，竭忠尽智，兵不卸甲，运筹帷幄，用兵如神，直打得北洋军丢兵弃甲，溃不成军！我军上下，堪称劳苦功高！”

也许往下他就该以功高自居，开始兜售迁都南昌的政治阴谋了。不料台下有勇敢者当场递条子质问蒋介石：“蒋总司令既如此效忠国民革命，却为什么硬要违背国民党中央迁都武汉的决定？又为什么要秘密扣留国民党中央某执委？这就是你的效忠国民革命吗？”

蒋介石见条，一时张口结舌，面红耳赤，狼狈不堪。这时，苏联顾问鲍罗

廷也站起来即兴发言："蒋先生说到至诚效忠国民革命，国民革命，我想应该是依靠全体国民的革命，也是为了全体国民利益的革命；这样的革命，首先应该依靠国民，要发扬民主，要提高党权，而不能搞个人独裁！"

蒋介石脸色越发变得铁青，冲着鲍罗廷大声质问："鲍罗廷先生，你说谁在搞个人独裁？"

鲍罗廷不愠不火地说："当然是谁搞了个人独裁，我就说谁搞个人独裁喽！"

蒋介石反击说："你一个外国人在中国指手画脚，是不是个人独裁？"

鲍罗廷回道："我是不是个人独裁，我只听从公论，不接受你独裁式的裁判！"

蒋介石气急败坏地吼道："中国不是你的，你给我闭嘴！"

鲍罗廷不卑不亢地说："蒋先生，你想众人都闭嘴不说话，是不可以的。我告诉你一个故事吧：古时，西方有一个国王讨厌各大臣说话，有一天他对大臣们说，'你们说话太多了，我不喜欢'，大臣们回答说，'只有狗才是不说话的，陛下若要不说话的大臣，你只有找狗当大臣去！'"

鲍罗廷说到这里，会场响起一片嘲笑和掌声。蒋介石当众出丑后恼羞成怒，会后立即致电当时的党政联席会议主席徐谦，要求撤去鲍罗廷的国民政府顾问职务。但这肯定得不到国民党中央多数人的赞同，蒋介石的无理要求自然未能得逞。

由于中共中央最初也是反对贸然迁都武汉的，又鉴于二、六军素与唐生智积怨较深，林伯渠最初担心迁都武汉后，二、六军与唐部发生冲突，所以，当时林伯渠也曾赞成过迁都南昌；但他随即认真分析了蒋介石的真实意图，很快放弃了迁都南昌的意见，转而坚决主张迁都武汉，并主张限制蒋介石的权力。为争取迁都武汉的权威性支持，林伯渠与苏联顾问鲍罗廷数次交往，坚定了鲍罗廷对主张迁都武汉的国民党左派和共产党人的支持态度。2月6日，林伯渠从江西前往武汉，与武汉的核心政治人物们会面，进一步互通迁都意见。其后，武汉"联席会议"成员及鲍罗廷等通过商议，决定在此迁都之争处于胶着状态的关头，请林伯渠重新回到国民党中央来工作。2月14日，林伯渠从长沙赶到武汉，接受了武汉"联席会议"的动议。次日，林伯渠动身赶回九江，去安排和交代有关工作事宜，然后再回武汉。

林伯渠出征北伐后，夫人伍崇贤总是牵挂丈夫的，让曾福打听到第六军所在地后，伍崇贤便从上海赶到九江。接着，二女儿秉蘅和侄女哲明也应伍崇贤电召，从长沙来到九江。林伯渠回九江后，向程潜报告了武汉中央诸同仁的决定，并就第六军政治工作作了必要的交代和安排。2月20日，林伯渠即冒着风雪，携秉蘅和哲明登上日本客轮“凤阳丸”，前往武汉。同日，伍崇贤离开九江回上海，去接其他几个孩子。不久，林伯渠一家在不停地辗转中，终于在汉口又暂时团聚。

1927年春节前后，为实现迁都武汉，林伯渠频繁辗转于南昌、九江、武汉之间，连除夕这天，林伯渠都还在奔波不辍。正月初四，林伯渠抵达汉口。当日，他在日记中记道：

早十时抵汉口，当晤张、张、鲍、徐、孙等诸同志，谈次决定各件：

1. 三月一日以前开一次政治会议，如顺利，应决定各件如次［否则俟三月一日，须畏公（谭延闿，字畏三）速来为原则］：

A. 政府及党部速移武汉（附政会改组）。

B. 另组军委会，以一人主席，并以三人副之；关于军事，须三人署名。

C. 在此会中，须决定与商务生密切关系（如农工政策）。

D. 巩固党与政会基础。

E. 财政公开，对各军须平衡维持。

F. 军校须在党及军委管辖下。

……

由此不难看出，林伯渠除了主张立即迁都武汉，对于恢复党权，反对蒋介石军事独裁，决定农工政策等方面，也都作了谋划和设想。次日，林伯渠就以国民党中常委身份，召集吴玉章、邓演达、彭泽民、孙科、顾孟余、徐谦、王法勤、于树德、董必武、恽代英、江浩、许甦魂和谢晋等二十多名中执委、监察委员开会，否决了南昌方面2月8日提出的“中央全体会俟东南战事告一段落另定日期召集”的决议，而采纳武汉“联席会议”于本月21日提出的“3月1日召集中央执行委员会全体会议”的建议，并决定“用中央名义通电各地中央执、监委员如期赴会”。23日，武汉方面宣布终结“联席会议”，中央党部和

国民政府即日起正式开始在汉办公。当时在汉实力派人物唐生智、邓演达在国民党中央的地位都不高，有关三中全会的准备工作，实际都由资深望重的林伯渠和吴玉章主导运作。这场斗争，实质是蒋介石一伙与武汉国民党左派和共产党人在党权、政权和军权方面进行的一场重大政治斗争。

经过一番斗争，蒋介石终于同意第二批北迁人员赴武汉，也同意了在武汉召开三中全会。但在武汉国民党中央决定于3月7日召开三中全会时，蒋介石又节外生枝，要求推迟到3月12日召开，并说："他们能等我……就相信他们有诚意，假使提前举行，则虚伪可知。"后来，武汉方面为照顾蒋介石面子，将7日的会议改为预备会议，正式会议改到10日举行。

荫翳岂能遮天，正义不可阻挡。3月10日至17日，国民党中央撇开蒋介石的阻挠，在武汉如期召开了国民党中央二届三中全会。3月10日，由林伯渠主持召开国民党中央执行委员会常委会，拉开了国民党二届三中全会的序幕。这天，林伯渠在日记中记载道：

午后四时开中执常会，余系主席，是日得南昌方面三电，介石同志及各同志已完全赞同武汉各同志恢复党权之提议。

三中全会开了一个多星期。会上，左派力量占绝对优势。因当时在武汉的党内外革命派人士一致反对迁都南昌，蒋介石耿耿于怀，所以临会又托辞拒绝参加，张静江也与蒋一致，拒绝与会，这倒使得三中全会左右力量对比上基本形成了向"左"一边倒的局面。在这次全会上，林伯渠作了《江右军前方战况》的报告，并被推举为"设立特别党部"问题的审查委员。这次会议由于左派占据优势，所以顺利通过了关于统一党的领导机关和统一革命力量决议案；制定并通过了《修正政治委员会及分会组织条例》《中央执行委员会军事委员会组织大纲》《国民革命军总司令条例》《党、国委员在汉临时联席会议案继续有效案》以及其他决议和宣言；确立了中央常务委员会、政治委员会和军事委员会集体领导制度，坚决制衡了独裁政治。会议选出汪精卫、谭延闿、蒋介石、孙科、顾孟余、谭平山、陈公博、徐谦、吴玉章等九人为中执委常委。还选出了宋子文、宋庆龄、陈友仁、邓演达、王法勤和林伯渠等六人为政治委员会委员。军事委员会和国民政府委员也进行了改选。此外，会议还撤销了中央军人部，决定将总政治部直属于军事委员会；政治委员会与军事委员会均设主席团，国民政府委员中设常委。因为有了上述决议，蒋介石的中央常务委员会主席、军事委员会主席和军人部部长等职务被自然解除。另外，会议还撤销了张静江的代理中执委常委主席和陈果夫的中央组织部长的职务。这就大大削弱了蒋介石右派团伙在国民党中央领导机关的势力。会议选出了有共产党人参加的国民政府，林伯渠在会上当选为政治委员会和军事委员会秘书长。但是，出于当时政治和现实的考量，会议还是继续选举蒋介石为中执委常委，保留了他的国民革命军总司令职务。这就意味着，当时国民党的枪杆子依然掌握在右派手中。

第十八章　逆流
宁汉分庭国共决裂

怀抱异心者，必不能久同。随着国民党二届三中全会的召开和北伐战争向长江下游推进，蒋介石的反革命野心越来越膨胀，他加紧与帝国主义和封建军阀勾结以自重，并处心积虑地向革命者挥起了屠刀。仅在国民党二届三中全会前后的短短十天里，蒋介石就蓄意制造了一系列反共暴行和屠杀事件。1927年3月6日，蒋介石下令所属暴徒在南昌枪杀了赣州总工会委员长、共产党员陈赞贤，接着又指使青洪帮匪徒捣毁了南昌市党部和总工会。随后又接连制造了吉安、雩都、抚州、上饶、都昌、永修、丰城、永新等十多个县屠杀工农革命群众和共产党人的惨案。3月17日，蒋介石派遣武装流氓窜到九江，将九江市党部、九江市总工会和第六军政治部全部捣毁，并杀害市党部三人、总工会一人，重伤第六军政治部九人。3月20日，蒋介石又窜至安庆，指使捣毁了安庆市党部和总工会，一手制造了“安庆惨案”。从南昌到安庆，蒋介石足迹所至，形势便遭逆转，无数共产党人和革命群众惨遭屠杀。随后，蒋介石又计划前往南京、上海，实施反革命屠杀计划。

在程潜指挥江右军向安徽推进时，林伯渠找到时任国民党安徽省党部秘书长的中共党员柯庆施，商量有关安徽省党务和政权建立问题。柯庆施是林伯渠1924年介绍加入中共、派往皖省工作的革命同志。这时，为作好皖省异军的争取工作，柯庆施和辛亥革命时任皖省都督的柏文蔚来到武汉。林伯渠邀请当时在中共中央军委工作的聂荣臻同他们一起商量，决定由安徽省国民党党部派选两人，随第六军政治部行动。第六军入皖后，首先由军政治部与皖党部派人共同组成审判反革命（土豪劣绅）的机关。林伯渠还将这一意见电告在徽州和秋浦的李富春与李世璋等。3月23日，林伯渠又在国民党中央政治局委员会上提出，“安徽省应有一政治中心的机关”，以商定省政府组织办法，林伯渠的意见被采纳。3月25日，政治委员会根据林伯渠、吴玉章、徐谦共同商定的方案，通过了由李宗仁、光升、常恒芸、朱蕴山、麦焕章、沈子修、李光炯、高语罕、朱克靖等组成安徽省临时政府的方案，并指定李宗仁为省主席。

接着，江苏省政务委员会也根据林伯渠和吴玉章的提议成立，委任程潜、何应钦、鲁涤平、钮永建、柳亚子、李富春、侯绍裘、张曙时、李隆建、江董琴、顾顺章等为委员，程潜为主席。为支持由国民党左派和共产党人组成的国民党江苏省党部，第六军政治部进入南京后即查封了蒋介石授意组织的南京市党部和青洪帮与流氓组成的所谓“劳工会”，并在经费上给予江苏省党部必要的支持。

1927年3月上旬，程潜指挥的江右军和李宗仁指挥的江左军相继入皖，安庆、宣城守军陈调元、王普率部起义。3月21日，上海工人发动第三次武装起义，旋即解放上海。根据形势，北伐军开始组织攻取南京，第六军被遣承担主攻。为确保南京之役的胜算，第六军先在九江招募了大批工农青年，经严格训练后充实到部队中，因而大大提升了部队战力。出师之前，依然由林伯渠作战前动员，然后挥师沿长江东下，一路收复大通、芜湖等地，势如破竹。3月24日，第六军将士向南京发起总攻，第二军紧密配合作战，一举攻克石头城——南京。这一战，第六军打得更加勇猛，势不可挡，因而军威再振。至此，几乎整个长江流域均为北伐军据有。林伯渠作为国民党中央军事委员会秘书长和第六军党代表（兼），同北伐前线一直保持密切联系，同时还参与了北伐军新占领各省的有关党务和政权建设工作。

为了对蒋介石经营的江西巢穴有所掣肘，在林伯渠、吴玉章等人的主导下，3月26日，武汉国民党中央执行委员会作出决定，否认段锡朋、程天放、周利生、王锡礼等江西省党部执行委员的资格，决定改组江西省党部，派刘一峰、方志敏、邓鹤鸣、王枕心、李松风、黄实、傅惠忠、李尚庸等八人为江西省党部改组委员（这其中共产党员占一半以上），并决定在正式的省党部成立前，由“改组委员”代行省党部职权，负责筹建正式省党部。3月28日，林伯渠赴南京经过九江时，通过朱培德和原第六军参谋长、时任九江卫戍司令的唐蟒等人进一步了解江西情况，然后致电武汉国民党中央，建议改组江西省政府。

根据林伯渠的专电，3月30日，武汉国民党中央作出改组江西省政府的决议，免去李烈钧江西省主席职务，任命朱培德为主席，黄实、王钧、刘棻、张国焘、刘一峰等十一人为省政府委员。

武汉国民党中央的决议，使江西的形势发生了很大扭转。4月2日，李烈钧的免职决议到达南昌后，朱德、郭沫若、傅惠忠等当天就发动南昌学生、工人占领了江西省党部和省政府，逮捕了段锡朋、程天放、洪轨等十余人，迫使李烈钧等逃往上饶。朱培德在南昌“四二暴动”后，担任了江西省主席，因而朱德才得以出任南昌市公安局长。此事不仅在当时，更在后来的“南昌起义”中，起到了重要的作用。

在蒋介石丧心病狂公开背叛革命之际，觊觎中国利益的帝国主义分子，极端害怕中国革命成功，早就开始蓄谋分化瓦解中国革命阵营。南京被北伐军攻克后，帝国主义伺机而动。为迫使蒋介石倒向帝国主义一边，在国民军攻克南京的当天下午，美帝国主义便以在金陵大学任校长的美侨文怀恩被乱枪误杀为借口，声称要武力“保护”侨民和领事馆，纠集其他帝国主义，下令停泊在长江下关江面的英舰“良美拉尔特号”和美舰三四三号、三四五号联合炮击南京。日、法两国军舰也趁火打劫，参与了对南京城的炮击，结果打死打伤中国军民两千余人，击毁民房无数。刚刚占领南京的国民革命军第六军忍无可忍，果断开炮对敌舰还击。第六军的猛烈炮火，很快压制住了敌舰的火力。帝国主义见势不利，立即要求停火和谈，并“保护”侨民上船。我方立即答应了他们的要求，条件是他们的舰阵立即撤退至下关之外。为第六军这次果断而正义的还击，国民政府外交部部长陈友仁立即发电嘉奖第六军。这就是国民革命史上的所谓“南京事件”。

使用武力没有捞到好处的帝国主义改变策略，开始与蒋介石进行政治交易。一贯居心不良的蒋介石为了其不可告人的政治与军事阴谋，竟不惜挟洋自重，用讨好帝国主义的手段，来争取帝国主义的支持。于是，蒋介石把“南京事件”责任一起推给共产党，并向帝国主义承诺“惩凶”“道歉”“赔偿”，把国民革命军第六军党代表林伯渠列为“宁案要犯”，与各路帝国主义联合发出通缉令。其实，在所谓“南京事件”期间，林伯渠根本不在南京。通缉林伯渠，不过是蒋介石要借帝国主义之手，来消灭他所特别忌惮的共产党员罢了。

蒋介石倒行逆施的面孔，越来越暴露无遗。为制止事态发展，在苏联顾问鲍罗廷授意和绝大多数国民党左派与共产党人的一致主张下，武汉国民政府决定迅速将蒋介石缉拿归案，当时武汉国民政府主席谭延闿为此签署了逮捕蒋介石的密令。此时，第六军正屯守南京，这是蒋介石由长江一线前往上海的必经之地。武汉政府即派遣多年在第六军工作的林伯渠前往南京，向程潜转授密令，在南京执行捉蒋计划。3月25日，程潜致电国民政府，江右军已攻克南京。3月26日晨六点，林伯渠带上武汉国民政府捉蒋密令，携劳军代表许甦魂、唐生明等，乘“慎大轮”离开武汉，直下南京。林伯渠此去南京的公开名义，是代表国民政府慰劳金陵之役的有功将士，并指导南京党务；秘密使命则是传令给程潜执行捉蒋计划。

因缉拿蒋介石事关重大，林伯渠等在九江稍事停留，作了一些相应部署后，便立即赶赴南京。3月30日下午六时许，他们一行到达南京。但是，一到南京，十分警觉的林伯渠就发现了异常，蒋介石嫡系第一军何应钦、白崇禧部，已驻扎在南京市郊，形成了对第六军的虎视之势，林伯渠心里不禁一惊。夜，已经很深，静寂的扬子江面，倒映着江岸星星点点的灯火，透射出一股阴森。南京城里，一片死寂，远处，偶尔传来巡逻兵严厉的盘问声。林伯渠在政治部秘书李世璋陪同下，走进第六军军部；司令部里，程潜正等着林伯渠的到达。此时，程潜正沉浸在攻克南京的胜利喜悦里，他不掩得意之色地迎接国民政府代表兼第六军党代表林伯渠的到来。

林伯渠首先向程潜拱手道贺：“我军克复南京之役，颂公指挥笃定，军威大震啊！如今，南京正可谓虎踞龙盘了；我受命代表中央和国民政府，向颂公和有功将士表示衷心的祝贺和犒劳！”

程潜自攻克金陵以来，还未与党代表见过面，此刻又是高兴，又是自豪，便说：“哪里哪里，祖涵过奖了！颂云一介武夫，全仗老兄你平日治军有方，将士们方能如此众志成城、奋发骁勇；金陵告捷，实乃借重祖涵之力啊！”

林伯渠落座喝了口茶，话锋一转说：“颂公，时局复杂无常，我以为切不可掉以轻心。颂公知否？何应钦、白崇禧部已开进我第六军防地，虎视眈眈啊！”

程潜不以为然地说：“哈哈，南京自古名城，数十年来，除曾国藩外，还只有我第六军攻克了它！若谁吃了豹子胆，想来第六军手上抢蟠桃，我看他也是鸡蛋碰石头吧？至于第一军，他们已知会过我，说住几天就开拔。祖涵你不

是也常说‘宰相肚里能撑船’吗？就不要疑心他们了。”

林伯渠佩服程潜打仗，但对他的政治谋略却不敢恭维，于是推心置腹地说道：“颂公，我们暂且不说第一军的事情，但我要提醒你，当初在南昌，我们差点被人搞得全军覆没，殷鉴不远，不能不当心啊！”

程潜坚持说：“蒋介石这个人对我不怀好意，这我也晓得。可是他现在想要一口吃掉我，恐怕也不如先前那么容易了吧？”

“颂公，”林伯渠边说边示意左右退下，忽然压低嗓门对程潜说，“去年‘3·20’事件后，蒋介石玩弄权术，排斥异己，专横跋扈；近来又在南昌至安庆一线连续制造惨案，肆意屠杀革命群众和革命党人。现在又与外国帝国主义暗中勾结，出卖革命。武汉国民政府审时度势，认定蒋介石分裂革命的叛逆罪行已经成立，决定对他采取断然行动，以便保卫国民革命，实现孙总理遗训。根据情报，就在这几天，蒋介石要经过南京去上海。现奉武汉国民政府谭主席密令，由颂公所部在南京逮捕蒋介石，随即解往武汉。”林伯渠这才解开上衣，撕开一道衣缝，取出谭延闿亲笔签署的捉蒋密令，出示于程潜。

程潜看过，先是一愣，然后倒在沙发里，犹豫不决地喃喃道：“难啦难啦，要我执行这道命令，实在太难了！”

林伯渠见程潜如此犹豫，便说：“我们已吃过蒋介石不少苦头，眼下，我们不先下手就来不及了；失去时机，蒋介石可是什么都干得出来的。如今既有国民政府主席密令，颂公执行主席命令也是天经地义，有什么为难的？”

程潜沉默了一会儿，突然十分坚决地说：“不！不行！南京虎踞龙盘，我料想蒋介石也不敢冒天下之大不韪来搞我，我程潜也不想打响这分裂国民革命军的第一枪，做出为天下人耻笑的事。”停了片刻，程潜又说：“既然是国民政府下的命令，祖涵兄如果难以复命，颂云愿亲往汉口，当面向国民政府陈明。”

程潜的态度已经很强硬，林伯渠与他打交道多年，知道在这样的情况下，已无法改变其主意，于是收起密令，十分遗憾地说：“既然颂公主意已定，祖涵也无法勉强；或许，就在不远的将来，这位蒋公就会让你我明白一切的。”

既然程潜靠不住了，林伯渠立即另谋捉蒋计划。他拟安排第六军政治部的可靠同志持国民政府密令，乘蒋介石经过南京时，寻机将其秘密逮捕，然后解往武汉。安排停当后，林伯渠于次日赶到芜湖，对芜湖前敌工作团的同志们作了讲话，然后又到国民革命军各主要阵地，去慰问攻克南京有功的将士们。随后又约来李富春、李仲尼、唐卜年、潘薰南等同志，一起商谈了一下南京的军事部署问题。之后，林伯渠即与程潜一同乘船，溯江而上，于4月1日凌晨四点抵达汉口。程潜空着手来武汉，意味着国民政府“捉蒋”密令未得到执行。邓演达一直关注此事，立即向林伯渠询问事况。林伯渠简要介绍了程潜这次的所作所为，并分析说：“颂公这次的犹豫，是否与难舍江苏省政务委员会主席这个头衔有关呢？”

邓演达连连摇头说：“不不，不一定是这个主席头衔的牵绊。据我所知，在你从汉口动身前往南京执行捉蒋计划之前，蒋介石突然把程潜召到上海，委任他为南京卫戍司令，同时，把从帝国主义和上海买办资产阶级手中弄来的两千万元反共经费，调拨了一部分给程潜。当然，我也是刚刚知道这个情况，否则，我早就设法告诉你了。你想，颂云得了蒋介石这么多好处，俗话说‘吃人家嘴软，拿人家手软’，你再让他捉拿蒋介石，他又怎会不说‘太难太难’呢？”

林伯渠听了邓演达一席话，不禁后脖一冷，说：“难怪呀！这么说，蒋介石当时已经知道我们要逮捕他，才精心安排了笼络程潜的台后戏。要是这样，那糟了，我安排的后续行动计划，也一定不能得手了！”

邓演达问林伯渠安排了什么后续计划，林伯渠说：“我布置李世璋做好准备，如果蒋介石到南京后，巡视到第六军防地，便择机采取果断行动，执行武汉国民政府密令。”邓演达摇摇头说：“蒋介石非常狡猾，他既然已经有所觉察，估计他即使到南京巡视，也根本不会轻易上岸的。”林伯渠无奈地点头说：“这次捉不到蒋介石，再捉就难了，这将给国民革命造成不可预测的后果。”

邓演达不禁一阵狐疑：“如此绝密的衣带令，是谁泄露给蒋介石的呢？”

事情出乎意料，林伯渠和绝大多数国民党左派以及苏联顾问鲍罗廷都不会想到，就在武汉政府决定逮捕蒋介石的当天，那个亲笔签署捉蒋密令的谭延闿，便派心腹陈果夫给蒋介石送去了口信，泄露了密令，同时谭延闿还向蒋誓言效忠。此事，后来陈果夫曾在回忆录中写道：

全会闭幕后，共党正式攻击蒋先生和我……某日，蒋先生派人到汉口，命我赶快离汉，并嘱于离去之前，与谭先生接洽一次。这一天，正是我军克复上海之日。谭先生很忙，到晚上一点钟才回来，和我见面。他对我说："我的见解不及蒋先生，我初以为此间情形不严重，到此一看，才知严重性远出我想象之外。现在我已不能和你一样的自由了，要想离去亦不可能。但将来必定回南京追随蒋先生，并且今后一切必听蒋先生的话，请告蒋先生，不久必定可在南京会面。"说时，几至泪下。当晚向谭先生告别，二时下船。这时已经没有检查员在码头上了。

有谭延闿如此一枚臭蛋埋伏在革命阵线心脏，密事焉得不败？关于这次国民党左派秘密谋划捉蒋一事，张国焘也曾在《我的回忆》一书中这样写道：

三中全会结束后的一两天，林祖涵告诉我，国民政府已有一个俟机逮捕蒋介石的秘密命令，交给程潜执行。他向我说明连日少数要人集会的结果，决定责成二、六两军控制南京地区，不使蒋氏在南京另建中心的阴谋得逞。如蒋氏违抗，江右军总指挥程潜便可根据国民政府的密令，将蒋氏逮捕起来。……林祖涵还说到这个重要措施，似是鲍罗廷所授意，为各主要人物所一致同意的。

到底问题出在哪里？林伯渠他们反复分析推定，觉得问题可能就出在惯于投机的谭延闿身上。林伯渠说："我们被谭延闿出卖的可能性极大。若果如此，谭延闿又欠一债了，真想好好算算他的账。"邓演达沉吟片刻说："现在情况很复杂，公开谭延闿与蒋介石这件事，会给处境险恶的武汉政权带来不利，一切还需从长计议，但愿李世璋那里不再节外生枝。"林伯渠说："如果蒋介石根本就没有去第六军防地，那就算他躲过一劫了。"

事情果然不出所料，就在林伯渠偕同程潜一道离开南京去汉口没几天，蒋介石即在从安庆去上海途中，顺道到南京去作巡视。这原本是林伯渠预先算着的一步棋。但狡猾的蒋介石根本就没上岸，他让汽艇停泊在下关江面，以北伐军总司令名义，在船上召见南京驻防指挥官，详询"南京事件"经过以及城防情况。李世璋根本就没见着蒋介石的人影，蒋介石自然就逃过了林伯渠布下的另一道法网。

就在蒋介石千方百计向革命阵营发起猖狂反扑，形势开始急转直下的时候，一直伪装成国民党左派的汪精卫从国外回到上海。汪精卫一到上海，正在走向公开叛变的蒋介石就秘密会见了他，两人进行了十分不可告人的秘密谈判。显然，分裂武汉革命政府的阴谋，在这次密谈中已初步形成。狡猾政客汪精卫与蒋介石密谋后，盯住了一贯坚持右倾投降主义的共产党总书记陈独秀。未经多少周折，陈独秀就于4月5日，与汪精卫联名签署了《汪陈联合宣言》：

国民党、共产党的同志们……无产阶级独裁制，本是各国共产党最大限度的政纲之一，在俄国虽然实现了，照殖民地、半殖民地政治经济的环境，由资本主义向社会主义的过程，是否一定死板地经过同样形式的同样阶段，还是一个问题。何况依及中国国民革命发展之趋势，现在固然不发生这样问题，即将来也不致发生。……现在国民革命发展到帝国主义的最后根据地上海，警醒了国内外一切反革命者，造谣中伤离间，无所不用其极。甲则曰：共产党……将打倒国民党。乙则曰：国民党领袖将驱逐共产党，将压迫工会与工人纠察队。这类谣言不审自何而起。国民党最高党部全体会议之决议，已昭示全世界，决无有驱逐友党摧残工会之事。上海军事当局，表示服从中央，即或有些意见与误会。亦未必终不可解释。在共产党方面，……对于国民政府不以武力收回上海租界政策，亦示赞同。……国共两党同志们，我们强大的敌人，不但想以武力对待我们，并且想以流言离间我们，以达其以赤制赤之计。我们应该站在革命的观点上，立即抛弃相互间的怀疑，不听信任何谣言，相互尊敬，事事协商，开诚进行，政见即不见同，根本必须一致……

这一宣言，极力美化蒋介石，为蒋介石的反革命罪行开脱，用与蒋介石继续合作的幻想，来解除共产党人和革命群众的思想武装。对于陈独秀这种严重丧失斗争立场的行为，林伯渠和许多同志一样，都深感忧虑而又百思不解。陈独秀恰好不久来到汉口，林伯渠为着革命大业计，不惜以一个普通共产党员的身份，几次三番与陈独秀面谈，但陈独秀始终顽固不化。最后，林伯渠决定把陈独秀请到自己的办公处所，斗胆犯颜直谏。谈话中，林伯渠直截了当地说：“仲甫同志，你是总书记，你就觉得你和汪精卫签署的联合宣言，一点错误也没有吗？”

陈独秀狡辩道：“国共合作也是你为之不懈努力的事业，何错之有？”

林伯渠耐着性子说："蒋介石能代表整个国民党吗？我还是国民党中执委财务委员、中央军事委员会秘书长哩，他蒋介石根本就代表不了我，也代表不了武汉国民政府，他充其量只能代表国民党新老右派！"

"伯渠同志，"陈独秀固执己见地说，"正是你这样的心胸狭隘，导致了许多的不睦和裂痕，这严重危害了国共合作，危害了革命前途，你知道吗？"

林伯渠也针锋相对地说："仲甫同志，你怎么就一点都看不到蒋介石制造的一系列反革命暴行和屠杀？蒋介石一直在处心积虑地想要消灭共产党，无数革命者的鲜血，就擦不亮你的眼睛吗？"

陈独秀不客气地说："林伯渠同志，你别忘了，你只是一名普通共产党员，不要用这样的口气和态度跟总书记说话！"

林伯渠气得满脸通红，尖锐反驳说："陈独秀同志，共产党是讲民主的党，普通党员怎么了？普通党员就不能坚持真理，发表意见吗？"

陈独秀强词夺理地说："你强词夺理！"

林伯渠气不打一处来，没好气地吼道："我看你已经不是在代表坚持共产主义革命的中国共产党了！"

陈独秀一甩手，起身就走。林伯渠望着陈独秀渐去渐远的背影，无奈地吩咐侍卫："去，送陈先生一程吧。"毕竟，当时武汉政治环境已很恶劣。

虽然当时有共产党总书记的无原则妥协退让和武汉政府捉蒋未成这些闹心事儿，但北伐军将士英勇杀敌的气概，以及人民群众大力配合北伐战争的大好形势，还是使林伯渠等革命战士备受鼓舞。为表彰战功，激扬士气，林伯渠向武汉军委呈书，为有功将士请功。林伯渠在呈军委的《赴宁慰劳将士之经过》报告中写道：

此次金陵大捷，以兵额论，敌实倍蓰于我，卒能一战成功，以少胜多者，虽由指挥督率有方，而亦由将士深明党义，忠勇奋发有为致之。自非稍加褒奖，恐无以劝有功而励后此，爰是职曾与许代表甦魂会衔恳请中央党部查明上年中央及各省代表联席会议决议案，凡此次克服宁沪有功将士，须给革命勋章一面，以资鼓励……又此次芜湖前敌工作团，或作我军向导，或以实力协助攻击，成绩尤为卓著，于此益所见武力有与民众合作之必要。此外民众团体，现正在开始组织中，盖江南一隅，自鼎革以还，即为军阀盘踞，久屈待伸，将来

组织就绪，于革命力量当大有裨益……”（1927年4月30日汉口《民国日报》）

侥幸逃过革命派制裁的蒋介石从南京回上海后，露出彻底背叛革命的狰狞面孔。在帝国主义势力支持下，他网罗了一大批买办资产阶级、青洪帮头子和新军阀代表，如吴稚晖、宋子文、张静江、钮永建、虞洽卿、王晓籁、张啸林、杜月笙、周凤岐等，紧锣密鼓地策划屠戮革命力量的罪恶阴谋。1927年4月12日，羽翼已丰的蒋介石悍然下令，指挥青洪帮打手分头出动，车队紧随，发动了血腥的反革命政变行动。他们大肆逮捕和枪杀共产党人与革命群众，打死打伤上海工人纠察队和共产党员三百余人，制造了震惊中外的“4·12”大屠杀。当时的《南京日报》曾这样报道大屠杀惨状：

四月十三日讯：昨日上海总工会为工人纠察队被缴械事，在闸北召开工人民众大会，群情愤激，会后即整队游行，赴宝山路天主堂二十六军第二师司令部请愿，要求释放被捕工人，发还纠察队枪支，严惩肇事祸首，抚恤死难烈士家属等。游行民众，全系徒手，并夹有妇女儿童。当经宝山路三德里附近时，接军事当局密电的第二师，立即用机关枪疯狂扫射，当场击毙百余人，伤者不可胜数。其时大雨如注，宝山路上，尸积如阜，血流成河。事后，为掩盖实况，当即禁绝交通，以大客车搬运尸首，送往荒郊，重伤未死者，惨遭活埋。现已宣布戒严，捉拿共产党，上海全市，处于白色恐怖之中……

4月13日，蒋介石又利用被他收买的南京守军第六军十七师师长杨杰为内应，使得第六军的南京城防打开缺口。当时，第六军精锐所在的十九师在采石矶执行江防任务，突然接到蒋总司令命令：立即开赴苏州补充整训。接到命令后，十九师驻防人员立即致电程潜，程潜接电，即与林伯渠紧急商议，决定第六军暂不撤出防地。但程潜的复电被蒋介石早已安排好的特务截获扣压，第六军十九师根本无法接到程军长的命令，只得于4月27日上午按蒋的命令开拔，步行至神策门车站。部队到达神策门车站时，早有一列火车等候在此。下午，第六军十九师所有兵员装备都装载上车，准备出发开赴苏州。晚上十点左右，被蒋介石收买的独立第二师师长兼南京卫戍总司令贺耀祖突然出现在神策门车站，随即向十九师各团、营宣布了蒋介石解散第六军的命令。当时，蒙在鼓里的十九师将士纷纷质问：我们第六军参加北伐以来，屡战屡捷，劳苦功高，为什么要解散？

贺耀祖无言以对，只好敷衍道："这是蒋总司令的命令，本人只是执行上峰命令，大家迅速缴械就是了！"

车厢内的官兵一阵骚动，早有准备的蒋介石嫡系部队已经严密包围车厢。就这样，一支在北伐战争中发展壮大、屡建战功的革命队伍，在神策门车站的车厢内，被轻而易举地解除了武装。蒋介石蓄谋已久的一个阴谋终于得逞。第六军被蒋介石解散后，程潜追悔莫及，多次对林伯渠说："当初如果听祖涵之言，何以铸此大错？"

林伯渠也说："作为第六军党代表，队伍遭此结局，我也有不可推卸的责任，是我出谋不力啊！"

程潜忙说："祖涵如此说，颂云更不可当；一切皆因我不听涵兄良言，未察蒋中正狼心，对他太心存幻想！"

林伯渠沉重地说："事已至此，无法挽回，我们只有从长计议了！"

程潜久久望着林伯渠，神情迷茫，再也说不出一句话来。接着，程潜特致电武汉国民党中央，请求"引咎辞职"，称他不独未能制止蒋介石叛变，反被蒋介石拆散了队伍，"请开去他的二方面军总指挥同第六军军长职"。但是，武汉国民党中央诚意挽留程潜，让他先回武汉，拟由林伯渠帮他重建第六军。林伯渠领命后，宽慰程潜说："人非圣贤，孰能无过？国民党中央诚心挽留颂公，你人也到了武汉，那我们就重新开始，争取重建第六军吧！"

"4·12"大屠杀后，形势变得更加严峻复杂。上海大屠杀的消息传到武汉，广大民众无比愤慨，纷纷要求"讨蒋平逆"。武汉国民政府和国民党中央接连通电，开除蒋介石党籍，罢免其总司令之职。开始，国共两党中央和苏联顾问鲍罗廷还想继续执行东进计划，乘蒋介石在南京立足未稳，重新占领南京，先除掉蒋介石这个心腹大患，再继续进行北伐。但这个计划却遭到了共产国际代表罗易和苏联军事顾问加伦的共同反对。4月16日，中共中央根据罗易的意见，放弃了东进主张，提出武汉国民政府应"与冯玉祥将军建立密切而有效的合作"，首先采取"防御性的军事行动"，尽速占领河南南部，调动已撤出浦口的部队"向北进军，占领安徽西部"，以巩固武汉国民政府后方的方针。但这时由于与北洋军阀沆瀣一气的张学良率奉军南进，加上鲁军助攻，武汉国民政府被迫作出放弃东进、举行“第二次北伐”的决定。林伯渠本来是积极主张东征的，但既然国共两党中央和苏联顾问都决定停止东征、举行“第二次北伐”，他也只能选择服从了。

4月19日，以唐生智为总指挥的新北伐军在武昌举行誓师大会，林伯渠作为军委秘书长，自然有得一忙。为了理顺当时的内外思想，国民党中央政治委员会指定林伯渠、陈其瑗为中央特派员，分赴湖南和江西，“说明中央外交政策”。林伯渠受命后，经与在武汉的夏曦、谭平山、陈独秀商谈，于4月27日抵达长沙，当晚向湖南省党部全体执、监委员传达了武汉国民政府的外交政策。之后，便深入到湖南各地作了调查和宣传工作，然后回武汉向国民党中央汇报，并递交了两个书面报告，为湖南民众围绕土地问题采取革命行动的问题进行辩护。当时，在土地问题上，内部分歧较大，大致是尽快处理土地问题和暂缓处理土地问题两派意见的对立：国民党汪精卫、谭延闿等和共产党鲍罗廷、陈独秀等主张“缓行”，而毛泽东、邓演达、夏曦、彭泽湘、林伯渠等都主张“速决”。但经过反复复杂的交锋，毛泽东、林伯渠等的“速决”主张最终被否决。这件事对林伯渠的思想冲击很大，他进一步认识到，依靠国民党根本就不可能解决中国农民土地问题；而对鲍罗廷、陈独秀的妥协退让政策，林伯渠也更加怀疑和反对了。

第六军被解除武装后，野心勃勃的蒋介石更加变得无所顾忌。他与从国外归来的“假革命”汪精卫暗中勾结，达成政治交易，进而使得汪精卫在武汉国民政府得势，而蒋介石则取得了将南京经营成国民党右派政治中心的有利条件。在国民党中执委全体大会刚刚开会选举了新的武汉国民政府常务委员会（常委为汪精卫、谭延闿、孙科、宋子文、徐谦等）的背景下，1927年4月17日，已在南京的国民党中央执行委员胡汉民、蒋介石、柏文蔚等及部分监察委员在蒋介石的实际操控下，开会决定组建“南京国民政府”事宜。18日，蒋介石等公开宣布成立所谓的“南京国民政府”，该“政府”以胡汉民为主席，蒋介石为军事委员会主席，形成与武汉国民政府正式分庭抗礼的政治局面。这就是国民革命史上所说的“宁汉分裂”，也称“宁汉分家”。

蒋家南京国民政府建立后，第一号令就是“清党令”。遭到蒋介石通缉的共产党员、国民党左派及其他革命人士多达200余人。蒋介石的追随者李济深、李宗仁、黄绍竑、白崇禧、何应钦等人，随即在广东、广西、福建、浙江、江苏、安徽等省开始大批逮捕和屠杀共产党人与革命群众。一时间，中国广大地区陷入腥风血雨，革命者血流成河。

蒋介石的倒行逆施，激起了武汉方面的极大愤慨。在林伯渠、邓演达、谭平山、吴玉章等人的积极推动下，武汉国民党中央委员会和国民政府随即发表声明，重申拥护孙中山三大政策，誓言继续进行国民革命，声讨蒋介石“4·12”反革命政变罪行，并发布命令，痛斥蒋介石，开除其党籍，免除其所任各职。同时，下令革命将士和各革命团体：随时随地逮捕蒋介石，按反革命罪予以惩处。为此，林伯渠还与在汉共产党人毛泽东、杨匏安、董必武、夏曦、恽代英、吴玉章等联合国民党左派领袖宋庆龄、邓演达、何香凝等国民党中央委员，联名发布了讨蒋《通电》：

顷阅蒋中正当日通电，知其已由反抗中央而进于自立中央，蒋中正此种阴谋，蓄之已久，由其平日以中央为傀儡，及见中央所为不便于一己之私，于是纠集督军团式会议以谋反抗，继则纠集西山会议之会议派以谋分裂。同人对于蒋中正此种阴谋，虽早已觉察，惟制裁已迟，及今横决，始谋堤障，实所疚心。蒋中正通电辞气之间犹以劳苦功高自矜，试问北伐以来，牺牲无量数同志之血，是否为蒋中正一人成就功名？晚进吴佩孚、张作霖等，以战事自矜，颐指政府，其结果遂使北京致陷于无政府状态。蒋中正欲师其故智，其如革命的民众已非复己欺，徒见其不知量而已。同人犹有欲为革命的民众告者，蒋中正所以反抗中央，另立中央，自其抵沪以来，首与帝国主义妥协，不惜拾吴佩孚、孙传芳、张作霖、张宗昌之唾余，以反共产口号，博其欢心；更不惜屠杀民众，为其贽见之礼物。明知此种行为，必中央所不许，故不得不出于反抗中央之途，对立持正不附逆之军队，则以总司令名义，驱之出战，而绝其援应，委之于敌。对于军队中政治工作人员，则随意逮捕，拘囚杀害。对于各省市党部党员，则嗾使走狗横加摧毁，迨至异己渐去，狡窟已成，则悍然自立中央而无所顾忌，于是一切帝国主义之工具，皆麇集于其旗帜之下，以从事反革命。一切革命分子，皆以共产或勾结共产党之名，除之务尽。今已开始进行，将来必变本加厉，东南革命基础，由之崩坏，革命民众，将无噍类。凡我民众及我同志，尤其武装同志，如不认革命垂之成功，隳于蒋中正之手，惟有遵照中央命令，去此总理之叛徒，本党之败类，民众之蟊贼，各国民革命军涤此厚辱，临电痛惯，不尽欲言……

讨蒋《通电》虽然理直气壮、义正词严，但是，毕竟当时的蒋介石已军权在握，气候已成，决不是革命阵营一道通电就能扫除得了。由于蒋介石的疯狂屠戮，时局急剧恶化，腥风血雨中，中国共产党著名活动家萧楚女、陈延年等相继被杀，国民党左派宋庆龄、邓演达等也被右派挤压得无以立足，不得不流亡国外；而中共创始人之一的李大钊同志，也于1927年4月6日，被军阀张作霖逮捕，28日遭其杀害。当时，武汉革命中心已陷于白色恐怖，岌岌可危。即便是在如此险恶的形势下，林伯渠仍与共产党人杨匏安、李富春、易礼容、熊骥才、吴玉章、张太雷等频繁往来，商议对策。

5月中旬，形势更趋恶化。在蒋介石策动下，原驻防宜昌的独立十四师师长夏斗寅叛变，联合十五军刘佐龙部和二十军杨森部东下，进逼武汉。林伯渠当此危急之下，以国民党中央军委令，调叶挺部从沔阳回师武汉，在仙桃镇大败夏斗寅，这才使武汉局势暂时稳住。

然而，湖北反革命叛乱很快波及湖南。国民党右派的典型代表、第三十五军军长何健收买土匪出身的三十团团长许克祥，于5月21日在长沙发动反革命军事政变，查封了湖南省总工会、省农民协会、省农民运动讲习所、省党校、省工运训练班等革命团体与机关，枪杀了一百多名共产党员和革命人士。这就是历史上骇人听闻的“马日事变”。继长沙大屠杀之后，许克祥又派部队到各市、县镇压革命，仅仅十多天，湖南省就有一万多革命人士遭到杀害。林伯渠得知湖南情形，不禁潸然泪下。

而此时，美帝国主义者将一艘七千吨级的军舰开近汉口，英帝国主义也将军舰抵逼武汉，公开为蒋介石壮胆撑腰，正可谓“黑云压城城欲摧”。于是，林伯渠等在武汉召开紧急政治会议商议对策。但万没想到一直受中国革命者信赖的苏联顾问鲍罗廷在美英帝国主义威逼下，也改变立场，主张退让了，其理由是以免给帝国主义造成进攻的口实。林伯渠在4月20日的日记中写道：

今日外国兵舰除前日美国七千吨之一艘外，英国尚有大舰开来之说。帝国主义在此分化之际，当然极力进攻。五时开政治会，鲍顾问提出退让策，以免借口……

鲍罗廷的妥协，无异于给苦苦支撑的武汉革命阵营兜头浇了一盆冷水，林伯渠等陷入从未有过的失望和迷茫。至此，中国共产党联手中国国民党进行国民革命的道路，基本已经走到悬崖边上。

1927年5月，林伯渠被迫交卸了国民党中执委财务委员职务，但暂时尚未交卸国民党中央军委秘书长之职。他仍在尽一切可能，为共产党员带领下的国民革命军筹措军饷，同时与鲍罗廷、吴玉章、谭平山、谭延闿和当时尚未被迫出走国外的邓演达等商议党务各种问题。5月30日，由于过度劳累，林伯渠感到头疼难忍，显然是过度劳累、积劳成疾了。以常人承受力，这种情况必须住院；但是，面对如此险恶的时局，林伯渠不得不抱病坚持，依然往返于九江、南昌、长沙、汉口之间，为集合革命力量奔走呼号、运筹谋划。

第十九章　惊雷
南昌暴动开天辟地

正当中国革命面临空前危机的时刻，共产国际发出了旨在挽救中国革命的“五月指示”，提出了一系列摆脱困境的重要意见。“五月指示”明确指出：中国共产党必须坚决地领导农民进行土地革命，吸收工农领袖参加国民党的领导机关，刻不容缓地组织自己的军队。这些指示虽然为时已晚，但如果迅速贯彻实行，或许还能使革命事业的颓势有所转圜。然而，陈独秀等人在共产国际代表罗易、鲍罗廷的支持下，既不向党内传达，也拒不执行。相反，罗易还把共产国际的“五月指示”透露给了汪精卫，使汪精卫得到了反共、分共的口实。

紧接着，反革命逆流开始在国民革命大本营武汉弥漫。首先，窃据着武汉国民政府要职的汪精卫宣布解除国民政府聘请苏联最高顾问的合同。继而，为反革命逆流所动摇的国民党领袖层人物冯玉祥、唐生智、谭延闿、徐谦、孙科、顾孟余、张发奎等，与汪精卫在郑州秘密集会，联手策划反共。

6月中旬，冯玉祥亲自赶到徐州，会见蒋介石，并与李宗仁、胡汉民等一道参加了蒋介石在徐州召集的三天秘密会议，确定了国民党“反苏、反共、宁汉合流”的反革命“三大方针”。由此，蒋汪勾结、一致反共的反革命联盟正式结成。

共产党面临无可回避的抉择。6月23日，中共中央在武汉秘密举行扩大的政治会议。任弼时发言，要求陈独秀把共产国际的指示在会上公布，而陈独秀仍拒不传达。后来，在绝大多数与会代表强烈要求下，陈独秀才不得不公开了对中国革命发展极为重要的共产国际“五月指示”。

汪精卫公开“分共”前夕，武汉三镇已是阴风惨惨。林伯渠心急如焚，他此时已不能对国民党中央施加有力影响，也不能参加共产党中央的决策，但他还是勉力为之，几次求见陈独秀，要求陈独秀就建立革命武装问题，与有关方面进行商谈。几经周折，陈独秀才终于有所松动，答应与程潜进行一次秘密谈判。关于这次谈判，后来，第六军政治部李世璋曾回忆道：

1927年武汉形势危急时，林老陪陈独秀找程潜秘密谈判。预先指示我布置一个僻静地方，不要有别人来打搅。后来在汉口友谊街六军办事处，他们三人见面谈判。谈的内容是，陈独秀打算把六军培养成中央工农军，但是骨干不够，准备把六军的中下层人员送往海参崴培训，程潜同意。林老问程潜谁带队？程潜说：你讲吧。林老说要做政治工作的人比较合适。程潜说那就让李世璋去。后来因为宁汉分家，南昌暴动起来，事情没有办成。

6月下旬，武汉形势急转直下。唐生智从河南回武汉后日趋反动，汪精卫集团加紧酝酿“分共”，国民党各路右派势力纠集起来，共同对付革命派，武汉政府与南京政府实际已不再有什么本质区别。当时，国民党左派领袖人物宋庆龄、邓演达已被迫出走国外，而中共中央高层仍还陷于思想混乱。在这样的情况下，林伯渠在武汉已经难以有效作为，而他也不愿再为那些军阀政客们卖力；也是困境易病，这时林伯渠又“脑病触发”，于是，他不得不向国民党中央军委主席团“请假休养”。实际上，林伯渠与汪精卫反革命集团分道扬镳之意已决。

那时，被蒋介石解除了武装的第六军军长程潜基本已是光杆司令，部队只存一个番号。然而，反革命老手蒋介石并没有忽视程潜的利用价值，为实现其更大的反革命阴谋，蒋介石又来对程潜实施拉拢贿赂，意在利用程潜到武汉当说客，争取把在国民党内具有特殊影响力的林伯渠拉到蒋介石那边去。蒋介石美其名曰：请程潜充当宁汉“调停人”。出演这种角色虽非程潜所愿，但在蒋介石的手段与淫威之下，程潜还是勉强遵行了。

一天，程潜来到汉口紫阳里五十二号林伯渠寓所造访，林伯渠连忙看座请茶。

“祖涵兄，”程潜以很客气的口吻说，“别来无恙？”

林伯渠拱拱手说：“还好还好，多谢颂公还敢登我的门。”

程潜连声说："哪里话哪里话，他们分家是他们分家，你我多年同仁，况且沾亲带故，什么时候我们也是打断骨头连着筋嘛。"

林伯渠说："颂公说的是，我这个人也是明摆着的，不做不入情理的事。"

程潜喝口茶，等了一会儿说："祖涵兄，你我兄弟之间，情同手足，共事已是多年，颂云一直都很倚仗你。你是国民党元老，兄弟有句话，不知当说不当说……"

林伯渠料到程潜今天是无事不登三宝殿，便冷静地说："颂公历来爽快，有什么话，但说无妨！"

程潜于是说："眼下，武汉政府已是名存实亡，人家蒋介石有美国人在后面撑腰，依我看，识时务者为俊杰，而当今时务，是胳膊扭不过大腿了，这后路嘛……"程潜欲言还止。

林伯渠已揣摩到程潜要说什么，故意反问道："依颂公之见，当复如何？"

程潜终于挑明："人生如梦，能得几何？当今之下，南京政府正顺风顺水，而共产党已是风雨飘摇。想你祖涵兄在国民党中德高望重，依颂云之见，犯不着抛妻别子，跟着人家瞎起哄。眼下嘛，只要你声明脱离共产党，回到南京那边去，我敢担保，你这位当年孙总理的红人，蒋介石也不敢拿你怎么样。而且，蒋介石也曾亲口担保，他一定会善待祖涵先生。"

程潜一句话露出了给蒋介石当说客的马脚。林伯渠随即说："颂公这番话，是好意，这我知道。但颂公这番话，又真的很欠思量。虽然陈独秀先生前不久与您谈的那事，暂时是不可行了，但这并不意味着共产党就这么完了。虽然孙总理生前致力倡导的国共合作已毁于一旦，但我坚信，革命事业终将是会取得成功的。想我林祖涵在茫茫黑夜苦苦寻求多少年，才从俄国十月革命中找到了一条新路，找到了共产党；虽然目前共产党面临困境，但只有共产党的主义，才是符合全民族利益和要求的，这样的主义，最后是一定会取得胜利的！要我林祖涵脱离共产党，倒向蒋某人，颂公，这有可能吗？"

程潜被这句话说得无言以对。随即，林伯渠又笑笑说："当然，我还是要多谢颂公美意。兄弟实不敢劳颂公大驾，两边说项；祖涵也犯不上背叛主义，去南京投奔蒋某人。颂公前去复命，就替我'多谢'蒋某人的'担保'吧！"

程潜脸上红一阵白一阵地说："祖涵先生，请不要误会我的好意。"

林伯渠点点头说："我知道这是蒋介石的意思。但是颂云兄，不要以为蒋介石杀了我们不少人，共产党就完了。应该知道，正是蒋介石的无耻和残暴，擦亮了无数革命者的眼睛。现在，反对蒋介石的共产党人和革命者越来越多，也越来越坚决了，他杀得完、杀得怕吗？你我是老同仁了，我的性格你应该了解，照实说吧，我俩眼下走的不是一条路，我是肯定要坚持在共产党一边干到底的，即使是死，也不会回头！至于颂公何去何从，我似也无法勉强。不过以我对颂公的了解，今后，我们也许还会有走到一起的那一天！"程潜知道自己已说动不了林伯渠，只得尴尬地说声"后会有期"，告退而归。1941年在延安整风时期，林伯渠在《自传》中，对这段经历作过简要回顾：

（我）虽无特殊才干，但能把握住大的方向，缺点虽然不少，然而对自己的政治立场始终是严肃的，在临难不苟这点上是当之无愧。上次国共分家时，程潜想说服我登报脱离共产党，并表示愿加保护，但我不经思索就毅然地拒绝了。声明要干就干到底，绝不后悔，也不会计较将来个人的命运……

林伯渠正是以这样一种即便腥风血雨也不摇摆、不迷失、不背叛的坚定立场，始终站在革命的最前列，立于历史的最亮处。后来，毛泽东在延安为林伯渠庆贺花甲寿辰时，以中共中央贺词的形式对林伯渠的这种历史表现给予了极高的政治评价。

蒋汪勾结，公开背叛革命之后，举国上下一片白色恐怖。一些曾以国民党左派自居的国民党人，也向国民党右派妥协了：他们有的公开一头扎进了蒋介石的怀抱；有的对孙中山的三大政策产生了怀疑，希图标新立异，重组第三党来挽回中国纷乱的时局……而共产党人则陷入了不选择背叛、就选择被屠杀的危境。反革命的疯狂屠杀，不可避免地也要引起共产党党内的一时混乱。在白色恐怖中，一部分缺少经验和没有经过严格教育和考验的新党员，产生了动摇情绪：有的当了逃兵，有的变得消沉，有的则选择了变节。这次空前劫难之后，全国近十万共产党员和共青团员，最后仅剩下一万多坚定分子。

在这生死存亡的关键时刻，以毛泽东、周恩来、蔡和森等为代表的著名共产党人坚决主张武装暴动，以此来坚决应对国民党反动派的大屠杀。同时，在全党同志的强烈要求下，7月12日，中共中央根据共产国际执行委员会的指示进行了改组，停止了陈独秀的领导职务，而张国焘、周恩来、李维汉、李立三、张太雷等五人组成了临时中央常委会。当时仍还挂名在武汉国民政府的林伯渠，已处于随时准备脱离武汉、投身红色营垒的彻底转换状态。7月13日，中共中央临时政治局常务委员会发布《中国共产党中央委员会对政局的宣言》，揭露国民党反动派屠杀工农的罪行，决定撤回此前参加国民政府的所有共产党员，并宣言：仍将与一切革命分子合作，永远为工农与广大民众的利益而奋斗。

7月14日，汪精卫在汉口召开秘密会议，确定实施“分共”和“反共”大屠杀计划。这次会议，林伯渠等兼有国民党党籍的共产党人完全被拒之门外。那天深夜，林伯渠和吴玉章还在家中等候汪精卫秘密会议的消息，以便采取对策。午夜12点多，参加这次秘密会议的国民党中执委、海外部部长、国民政府委员彭泽民散会回来，立即向林伯渠他们通报了秘密会议的主要情况。次日，汪精卫在汉口召开公开的“分共会议”，宣布与共产党决裂。紧接着，汪精卫集团提出了“宁可枉杀千人，不可使一人漏网”的血腥反共口号。霎时，武汉一片腥风血雨，无数共产党人和革命群众牺牲在汪精卫等的反革命屠刀下。

孙中山发起的第一次国内革命战争，亦即“大革命”，就此画上了悲剧式句号。关于“大革命”失败的原因与责任，美国著名作家斯诺后来在《西行漫记》中，曾引用毛泽东的一些谈话，来作为历史的判断：

我问毛泽东，在他看来，对于1927年共产党的失败，武汉联合政府的失败，南京独裁政权的整个胜利，谁应负最大的责任。毛泽东认为陈独秀应该负最大的责任。陈独秀的“动摇的机会主义，在继续妥协显然意味着灾难的时刻，使党失去了决定性的领导作用和自己的直接路线”。他认为仅次于陈独秀。对于失败应负最大责任的是苏联首席顾问鲍罗廷。毛泽东解释说，鲍罗廷完全改变了他的立场。他在1926年赞成大规模重新分配土地，可是到了1927年又竭力反对，对于自己的摇摆没有提出任何合乎逻辑的根据。“鲍罗廷站在陈独秀右边一点点，”毛泽东说，“他随时准备尽力去讨好资产阶级，甚至于准备解除工人的武装，最后他也下令这样做了。”共产国际的印度代表罗易，“站在陈独秀和鲍罗廷左边一点点，可是他只是站着而已”。据毛泽东认为，客观地来说，罗易是个蠢货，鲍罗廷是个冒失鬼，陈独秀是个不自觉的叛徒。

“陈独秀实在害怕工人，特别害怕武装起来的农民。武装起义的现实终于摆在他面前的时候，他完全失掉了他的理智。他不能再看清当时的形势。他的小资产阶级的本性使他陷于惊惶和失败”。

当时，共产党领导人和国际代表中，不少人都不同程度陷入迷茫。但通过长期革命历练的林伯渠，则始终保持着清醒和坚定；在复杂严峻的实际斗争中，他已成长为一个成熟老练的马克思主义战士。7月18日，共产党也在武昌召开了一次秘密会议，参加会议的，除中共中央临时政治局常委外，还有朱德、毛泽东、刘伯承、苏兆征、谭平山、林伯渠、包惠僧等同志。这次会议，既是一次共产党在武汉的活动分子会议，也是一次统一战线会议。会议开始，张国焘作了一个政治报告。接着，军事部长周恩来做了共产党人从武汉暂时撤退的部署，并安排人员迅速联络叶挺、贺龙的部队，开始向江西运动，伺机举行武装暴动。随后，许多共产党人离开武汉，前往九江，林伯渠自然是其中重要成员。当此宁汉分裂走向宁汉合流、中共开始撤离武汉前夕，林伯渠与尚未暴露身份的国民政府财政委员会经理处负责人、共产党人谢晋进行了秘密会面。

林伯渠神情严峻地说：“谢晋同志，我们身份已经暴露的共产党员马上就要撤离武汉了，你一定要特别注意保守好自己的身份秘密；可以肯定，共产党将会组织更伟大的斗争，到时将需要特殊的你，发挥特殊的作用！”

谢晋答道：“祖涵同志放心，我会格外谨慎地潜伏下去，随时准备内应！”

林伯渠最后特别叮嘱：“还有一件要事，必须由你想方设法，那就是提前给刘伯承等我党同志掌握的部队尽量多拨些款，因为，这是我们党的队伍，必定会承担更为重大和艰巨的作战任务！”谢晋点头答道：“放心，我会努力去办！”

随后，林伯渠安排一直帮自己料理杂务的曾福，先将伍崇贤和带在身边的几个孩子依然送回上海。7月19日，准备参加南昌暴动的各位负责同志谭平山、邓中夏、李立三、聂荣臻、叶挺、林伯渠等都陆续到达九江。林伯渠一到九江，就让三弟林祖烈在英租界九江海关内准备了一套房间。原来，林祖烈在大哥林伯渠的资供下读书长大，后又在林伯渠的帮助下留学法国，回国担任过广州农讲所教员，后又充当了鲍罗廷的翻译，逐步步入了那时的主流社会，当上了当时国民政府外交部的驻九江外交专员和九江海关监督。而且，林祖烈与程博莲的如意姻缘，也与大哥有着直接的关系。因此，大哥来九江后吩咐的事情，祖烈自然照办不误。在九江，谭平山主持了一次会议，就武装暴动问题，进一步统一了思想。

当时，鲍罗廷、瞿秋白、张太雷等重要人物都在庐山牯岭养病，于是，李立三、邓中夏、林伯渠等同志连夜赶到庐山，与他们会合，准备就武装暴动问题进一步开会商议。林伯渠与在牯岭仙岩客寓当洋厨师的堂叔联系，请他帮忙把厨房窗户遮严实，准备好蜡烛。是夜，关于南昌暴动的庐山会议，便在仙岩客寓厨房里秘密举行。厨房里，橘黄的灯光下，鲍罗廷、瞿秋白、李立三、邓中夏、林伯渠、彭湃、叶挺、郭亮、聂荣臻等同志都显得兴奋而又严肃。会上，大家通过分析，公认在南昌举行暴动最为有利。因为，当时我党直接掌握的武装力量，有驻防九江的叶挺部第十一军第二十四师，有南浔路马回岭车站的第四军二十五师，贺龙部的二十九军也正从湖北开赴九江，可以很快以南昌为中心集结。此外，在南昌，还有兼任南昌市公安局长的朱德所领导的军官教导团。而南昌守敌不过一万左右，力量比较薄弱。而且江西省主席朱培德所部第三军政治部主任朱克靖也是共产党员，到时也许能发挥一定的策应作用。另外，更重要的是党所领导的数千万开始觉悟的农民，都分布在江西、湖南、广东等省，有他们作为依靠和后盾，通过南昌暴动，在江西建立革命根据地，组织湘、赣、粤农民运动，显然是有把握的。况且，江西为鱼米之乡，地理上可攻可守，且与南京、武汉成鼎立之势，因此，这次会议最终确定：暴动地点就选在南昌。有关南昌暴动的具体计划、领导机构、行动日程与具体办法等，随即也都初步确定下来。会后，立即派瞿秋白赶往武汉，将南昌暴动的具体计划和安排意见报告给中央常委会。

差不多与仙岩客寓会议同时，武汉中央常委会也确定了对张发奎的态度：如果张发奎持坚决拥护汪精卫的立场，即与他脱离关系，并在九江将其解决。因此，当瞿秋白到武汉向中央常委会汇报九江诸同志的意见时，常委会立即表示赞成，并决定成立负责领导武装暴动的前敌委员会，确定以周恩来为前委书记，周恩来、恽代英、李立三、彭湃等为委员。7月26日，周恩来到达九江，向同志们传达了中央常委会决定，随即召开暴动预案会议，研究制订了暴动具体方案。然后，一方面积极进行军事准备，一方面派邓中夏携带暴动方案，再回武汉向中常委报告。27日，周恩来与李立三、谭平山一道赴南昌，下榻在朱德的花园角二号寓所，正式成立了前敌委员会，进入暴动前的各项具体工作。随后，吸收贺龙参加，成立了负责组织暴动的“国民党特别委员会”。南昌暴动，发动在即。

中央常委得悉南昌暴动详案后，即会同共产国际代表罗明纳兹等商议，暴动方案得到国际代表的赞同，同时还拿出了暴动经费筹措计划。为防万一，决定在必要时，令南浔起义部队南征，与广东东江的农民力量汇合，作长期打算。随后，尚在武汉的许多革命同志和苏联顾问等开始陆续前往九江，准备参加南昌暴动。

这场决定中国革命生死存亡的武装暴动事关重大，所以此后又经过了多次反复讨论、慎重研究。林伯渠参加了九江的几乎所有暴动研究和准备工作，他在离开九江、前往南昌之前，还主持召开了九江地方党政机关负责人会议。会上，林伯渠分析说：“叶挺、贺龙同志领导的部队开离九江后，九江的环境必将变得十分险恶。为避免损失，我们的同志要尽可能都随部队前往南昌，一起参加南昌暴动。”九江地方党的负责人邓鹤鸣说：“同志们，南昌暴动，是我们党一次决定命运的大行动，能够参加这次暴动，也是我们九江共产党员的责任和光荣。大家立即分头准备，按照伯渠同志的要求，迅速赶往南昌！”

叶挺、贺龙所部的移动很快被敌人觉察。7月29日，获悉情况的汪精卫、孙科等气急败坏地也从武汉赶到九江，召集张发奎、朱培德等到庐山参加紧急会议，严令叶挺、贺龙将部队限期撤回九江；随即封闭了九江市党部、九江书店、九江《国民新闻报》，并逮捕了相关负责人；同时下令通缉恽代英、廖乾吾、高语罕等人。经过一番紧锣密鼓的反革命部署，国民党第二路军总指挥张发奎、第五路军总指挥朱培德紧急调兵遣将，麇集九江、庐山一线，企图以三个军的兵力对贺龙、叶挺部队形成铁壁合围，准备在九江、南昌间的德安一带将贺龙、叶挺所部一举全歼。

然而，当敌人的阴谋还在酝酿时，情报即被我方掌握。原来，国民革命军第四军参谋长叶剑英秘密协助贺龙、叶挺顺利开往南昌后，仍留在第四军，监视内部动向，以便及时掌握情报。7月29号这天，叶剑英也参加了汪精卫、张发奎等人为主的庐山会议，因而掌握了他们的部署机密。会后，叶剑英秘密将情报送给了共产党方面的恽代英、高语罕等同志。前敌委员会马上根据新的敌情调整部署，暴动领导力量和武装力量加速向南昌集结。林伯渠在完成九江所有任务后，也迅即和谭平山、恽代英及武汉政治军校派来的两位女战士彭漪兰、彭文一道，赶赴南昌。

各路将士英豪一时齐聚南昌城下。林伯渠抵达南昌后，立即投入紧张的战勤保障工作。他下榻在南昌市中心洗马池江西大旅社二楼东头一间普通客房里，楼下住着徐特立、方维夏、郭亮、张国基等几位湖南籍同志。江西大旅社当时是中共许多重要人物落脚的大本营——现在这栋历史建筑里，还保留着两间展室：一间是周恩来当时召开前敌委员会的会议室兼卧室，另一间就是林伯渠当年的办公室兼卧室。前敌委员会书记周恩来同志在这里召开前委扩大会后，林伯渠根据会议安排，马上和徐特立一起，利用故旧关系，预先去做江西省代主席姜济寰的争取工作。

姜济寰是湖南长沙人，林伯渠当年在长沙担任财政厅长时，他们就相识了。后来，姜济寰随北伐军来到江西，先后担任过江西省政府财政处长、建设厅长和民政厅长等职务。1927年六七月间，朱培德离开南昌，省主席一职便由姜济寰代理。7月30日，林伯渠专程来到姜济寰公馆拜访。一见姜济寰，林伯渠便寒暄道："咏洪兄，别来无恙啊！"

姜济寰见到林伯渠也很高兴，说："这不是祖涵兄吗？不知今有故人来，失迎、失迎了！这些年您和嫂夫人都还好吧？"

林伯渠说："还好还好，咏洪兄现今为一方父母，来此之人，都免不得要借重姜主席，寻杯茶喝呀，哈哈哈……"

姜济寰说道："祖涵兄还是这样风趣，仁兄当年在湖南任财政厅长，那真是两袖清风、秋毫无犯，令人称道啊！"

林伯渠忙说："咏洪兄过奖了。仁兄，祖涵此来，一为拜访地主与故旧，二是有一事与仁兄相商。"

姜济寰忙说："祖涵兄但说无妨！"

林伯渠下意识地向姜济寰倾倾身子，稍稍压低嗓门，就国内局势、国民革命运动及蒋汪动态等，作了一番推心置腹的交谈，最后他对姜济寰说："当今之下，蒋汪暴戾恣肆，病入膏肓，已将孙总理遗教丢弃殆尽，今同人举兵讨伐，实为忍无可忍。国民革命派举行暴动，是为工农利益而战，咏洪兄素来深明大义，若愿与我们一致行动，实乃义师之望，民众之幸。当然，咏洪兄是国民党这边有地位的人，若到了我们那边，必定同样得到尊重。”

姜济寰本来就有同情革命的倾向，听完旧友林伯渠一席谈，便毅然决然地说：“祖涵兄不也是国民党里有地位的人吗？您能如此，适足说明蒋介石、汪精卫政治血腥，众叛亲离，我想祖涵兄也不是考虑官爵地位才如此，而是为着一腔正义；既蒙仁兄登门启愚，姜某决计与同仁兄共赴正义；老夫之外，还愿携犬子姜治方一同举义。”林伯渠激动地握住姜济寰的手说：“咏洪兄之明睿，堪为楷模，我等竭诚欢迎姜门父子！”

林伯渠刚刚离开姜公馆，朱培德的秘书长徐虚舟也赶到，声称有极机密消息呈报姜代主席。姜济寰不动声色地问：“哦，有什么机密大事，敢劳徐秘书长奔波？”徐虚舟斥退左右，神秘兮兮地低声对姜济寰说：“据可靠情报，共产党这一两天内，要在南昌搞武装暴动，奉钧座之命，特来转告姜代主席，您可立即离开南昌！”姜济寰故作惊讶说：“啊？有这等事？好吧，替我谢过钧座，我必认真察考，斟酌决断。”其实，姜济寰此时已下定决心，还有什么可察考的？

就在周恩来等人即将发动起义的时候，7月30日早晨，右倾机会主义分子张国焘匆匆赶到南昌，并立即以中央代表身份，让周恩来召开前委紧急会议。张国焘会上假传圣旨：“共产国际此前来电，称‘如果暴动毫无胜利希望，则不如不暴动’。中央慎重研究，认为目前条件尚不具备，不能冒进，只宜做长期斗争打算。共产党员可先退出军队，到地方去工作。如果非要暴动，那也要与张发奎预先商妥，没有张发奎的同意，起义是不可能成功的。”

周恩来此时异常清醒，他立即回答说：“国焘同志，革命是冒风险的大事业，怎能朝三暮四，游移不定？共产党员退出军队实属荒唐，我们党不是要离开军队，而正是要掌握武装。你想依靠国民党军阀来支持暴动，这等于与虎谋皮、白日做梦。我们已根据中央此前决定部署好了整个暴动计划，行动绝不能犹豫或推迟，更不能停止。否则，这是要使千百人头白白落地的事情！”

张国焘仍不肯罢休，说：“恩来同志，你眼里还有中央吗？你敢一意孤行，如果起义失败，你负得起这个责任吗！”

周恩来愤怒地说：“武装暴动岂是儿戏？国际代表和中央先前给我的任务是指挥这场暴动，现在给你的命令却恰恰相反；那好，国焘同志，我负不了这个责任，你来负，我可以立即回汉口去！”会场其他同志都逼视着张国焘。

张国焘知道自己无法收拾局面，于是胡搅蛮缠："恩来同志这是什么态度，你回汉口好啊，你回汉口就没你的责任了？"

会议陷入僵持状态，与会者纷纷说："一切准备就绪，怎么能够退却？"

性情急躁的谭平山忽然一拍桌子，指着张国焘吼道："这简直是临阵搅军！先把他绑了！"张国焘了解谭平山的性子，立时目瞪口呆。

周恩来看看张国焘，又看看谭平山，说："国焘同志是中央代表，怎么能绑呢？我们还是继续研究暴动事项吧。"

由于张国焘的干扰，暴动时间还是推迟了一些。次日，张国焘又以修改暴动宣言为借口，企图继续推迟起义时间。周恩来针对张国焘在宣言问题上的无理纠缠，果断地说："既然中央没有撤销我这个前委书记，宣言由我负责！"

接着周恩来说："现在起义迫在眉睫，知道机密的人已越来越多，任何阻止、改变或迟疑都极其危险。按照党的制度，下面请中央代表和前委领导同志共同表决，同意按既定计划暴动的请举手！"

除了张国焘，大家齐刷刷举起手来。

晚九点，暴动队伍开始行动。

十点半，南昌城内开始戒严。

起义部队悄无声息地埋伏在敌营周围。起义领导者在夜幕掩护下，分头来到几个主要火力点，检查起义准备情况和细节。小巷深处，时不时传来低沉而短促的询答声："口令！""统一！""回令！""河山！"

暴动部队静静地等待着战斗打响的信号弹升起在黑乎乎的夜空。

此时，林伯渠正在江西大旅社办公室里忙着安排起义部队的经费与给养，各部负责粮草军需的负责人围坐在林伯渠周围。

林伯渠语速很快地说："现在，首先是要保障起义将士有饭吃，已经拨给你们的经费，就是先保障吃饭的，绝对不可以让战士饿着肚子打仗！"

有人提出："部队也不是光有饭吃就行，而且，吃饭的经费也维持不了多久！"

林伯渠答道："我这不是正在和姜主席设法筹措吗？大家放心，就算是顶着枪林弹雨，我自己划船，也要把给养物资搞来，决不会让你们搞无米之炊。当然，艰难之下，大家也要自己积极想办法筹措，有计划地使用。谁自己补充得好，给养维持得久，我给谁请功！”次日，林伯渠即安排专门人员，到已收复区域去借款筹粮，然后及时运送各部。

7月30日傍晚，根据前委指示，朱德借南昌市市长李尚庸家阔绰的大客厅，“宴请”敌军朱培德部的两个主力团团长和团副。觥筹之间，巧妙解除了敌军指挥官的武装。

南昌暴动前敌委员会会议室里，周恩来神情严峻地说：“通知各部，暴动于8月1日深夜两点打响，现在所有暴动人员都佩戴好红领带。”

前敌委员及工作人员戴上了红领带；

贺龙及指挥部全体人员戴上了红领带；

林伯渠及其办公室人员戴上了红领带；

暴动各部指战员都戴上了红领带。

忽然，一个通讯员跑进前敌委员会办公室向周恩来报告：“报告周书记，二十军赵副营长叛变告密，起义计划与时间已泄漏！”

“什么？”周恩来大惊，现场空气立即近于凝固。

片刻，周恩来一挥拳说：“通知贺龙总指挥及起义各部，起义时间提前到零点！”顷刻之间，命令传达到各指挥所。

稍后，林伯渠等来到江西大旅社楼顶。他借着夜光看着怀表，秒针滴滴答答走近零点。“砰！砰！砰！”三发红色信号弹，从子固路圣公会三楼贺龙起义指挥部楼顶划破夜空、冉冉升起。同时，江西大旅社前敌参谋团的信号弹也炫亮升空。在极其危急的情况下，具有伟大历史意义的南昌暴动果断提前两小时打响了！这可是决定红色革命进程、命运攸关的两小时；正是这两个小时，打破了国民党反动派扼杀南昌暴动的阴谋，使这次重大革命武装行动抢占了先机。

第二十章 南征
保存火种以图燎原

这必然是一场史诗般的轰鸣。在南昌暴动爆豆似的枪炮声中，林伯渠等人迅速回到办公室，电话铃不停响起。林伯渠抄起电话紧贴在耳边："喂喂……好，……好，……天亮后马上送到，……知道，……就这样！"然后林伯渠又压住话筒急摇几把，拿起话筒大声说："……喂！……我是林伯渠，……请你们再向那些地主豪绅宣传清楚，战争时期，……谁敢违抗征缴，后果自负！"

南昌市区河道上，林伯渠挥汗如雨，亲自指挥后勤战士划船给部队运送物资。这时的南昌城火光闪闪，枪声、号声连成一片，飘着红领带的队伍潮水般涌向敌人营房和阵地。南昌守敌措手不及，有如土崩瓦解。起义将士勇不可挡，势同猛虎下山。仅用三四个小时，暴动队伍便解决了南昌的全部守敌。

南昌暴动，一举告捷；南昌城头，红旗招展。次日，南昌《民国日报》在第一时间刊载了以中国国民革命委员会名义发布的《中央委员宣言》。《宣言》上署名的有：共产党方面的国民党中央委员谭平山、林伯渠、吴玉章、毛泽东、董必武、于树德、恽代英、夏曦、邓颖超、高语罕、杨匏安、许甦魂、谢晋、江浩、韩麟符等十五人；国民党党籍的中央委员宋庆龄、邓演达、柳亚子、彭泽民、张曙时、屈武等六人。这国民党党籍的六名中央委员虽然都是坚定支持国民革命的左派骨干，但他们当时基本都不在暴动现场。可见，主导和参与这场伟大的南昌暴动的主要力量都是共产党人。这份

《中央委员宣言》称：

同人等受全国同志之重托，经第二次全国代表大会选任为中央委员以来，根据本党主义政策与总理遗教，为国民革命前途奋斗，赖全国同志之协同努力，虽历经党国危急时期，幸能无大陨越。今者党国危机，更等于昔日，故同人等不得不将最近事态之真相，与全国同志惟一之奋斗途径，掬诚敬告我全国同志。溯自去年三月二十日事变发生以来，具见革命进程中仍不免有少数拥有武力之野心家，企图勾结反革命势力，以逞其篡党自重之私意。……迄至今年春间，蒋逆中正始则欲移党部政府于南昌以遂其反动独裁之私；继则公然叛变，割据东南，勾结军阀买办，残害同志，屠杀民众。……不图第二次北伐出师以后，唐生智部将何健即开始谋叛。嗾使夏斗寅等潜袭武昌，暗令许克祥等发难长沙。当此危急时机，武人之与勾结者拥兵坐视，不肯协力剿办。中央党部少数软弱领袖，震于反动之声势，不免动摇软化，对叛逆武人不敢毅然加以相当之惩治……于是武人之气焰大涨，党与政府完全成为武人之一种工具，唐生智回湘，更任意改组省政府省党部，并将屠杀政策推行不已，全湘忠实能奋斗之党员与农民断腰折躯者数以万计，全鄂以五千计，而武汉中央对此数万同志之被害……则加以违背中央命令之罪，其卖党卖同志，一至于此！……尤可痛者，汪精卫同志向居本党领袖地位，此次竟以模棱两可致受群小包围，终屈服于军阀武力之下；屈服以后，犹复巧鼓簧舌，淆乱听闻，言辞矛盾，举止反常。凡其所为，与其回国之初，迥若两人。……总理逝世不及三年，党中旧的领袖竟大半为敌人软化以去。言念及此，痛心何极！……同人等自今以后，惟有领导全国同志，誓遵总理遗志奋斗到底，决不敢有所瞻徇，以贻误革命大局。……凡我同志，丁此艰时，务宜团结一致，以为下列之主张奋斗：

（一）反对武汉少数中央委员假借中央党部所发布之训令决议。

（二）拥护总理实现民有民治民享社会的三民主义，与联俄联共扶助农工三大政策，反对一切曲解或背叛主义政策之主张。

（三）共同努力为革命获一新根据地以便在新旧军阀势力之外，召集第三次全国代表大会，讨论集中革命势力继续革命工作问题。

（四）在第三次全国代表大会以前，由各省党部代表推举全党信任之领袖组织临时的革命领导机关。

（五）继续为反帝国主义与实现解决土地问题奋斗，一洗武汉少数中央委员妥协迁就之怯弱态度，须正确而勇猛地以此种革命主张号召天下，唤起民众。

（六）尽力可能，以废除苛捐杂税，革去一切秕政弊端，以实现本党代表平民利益之主张。

（七）积极预备实力以扫除蒋冯唐等新式军阀及国内一切帝国主义北洋军阀与封建社会之势力。

以上种种，同人等以为皆当前急务，惟有全党一致坚决为此等主张奋斗，然后中国革命运动才有成功之望，凡我同志，希鉴察之！

一时间，整个南昌城内，《中央委员宣言》不胫而走。林伯渠举着报纸兴奋地跟身边将士们说："真是开天辟地，气壮山河啊！蒋、汪、何之辈背叛孙总理的主义和政策，屠戮革命之滔天罪行被昭告天下，体无完肤；革命同志万众一心，百折不回之精神，定将发扬光大！"

当日上午，在南昌起义胜利的凯歌声中，南昌"政治联席会议"在江西省政府西花厅举行，与会人员除起义领导人外，还有江苏、顺直、福建、哈尔滨、湖南、山西、甘肃、四川、新疆、东北、安徽、上海绥远、江西，以及海外党部欧支、日支、古巴支、暹罗支等各方代表，他们都是接电后匆匆赶来的。这次"政治联席会议"正式选举产生了新生的革命政权"中国国民党革命委员会"，推选宋庆龄、邓演达、张发奎、谭平山、于右任、陈友仁、何香凝、吴玉章、彭泽民、林伯渠、贺龙、郭沫若、苏兆征、江浩、黄琪翔、恽代英、朱晖日、叶挺、周恩来、张国焘、彭湃、张曙时、李立三、经亨颐、徐特立等二十五人为委员，宋庆龄、邓演达、谭平山、张发奎、贺龙、郭沫若、恽代英等七人为主席团成员。对此时不在南昌的革命委员会成员，秘书处均分别发电互联。在这次大会上，除选举了其他重要领导人之外，林伯渠被选为国民党革命委员会财政委员会主席，决定姜济寰出任江西省革命委员会主席。在次日下午的庆祝起义胜利群众大会上，膺职人员共同宣誓就职。

南昌暴动胜利后，姜济寰全力投入民众安抚工作，除协助林伯渠积极筹款筹粮外，还于8月3日，亲自发布了《江西省革命委员会布告》，为中国红色革命的早期发展做出了最迅速的响应。这份韵文体的《布告》称：

改造始自江西　原以攘除党贼　实行三民主义　遵守三大政策

武汉之与南京　背叛已同一辙　仗我中央委员　以及革命贤哲
并得二方面军　将士同心同德　毅然决然改图　守我总理遗则
赣省首承其庥　人民欣有喜色　凡属商学农工　务求各有安宅
中央代发江钞　毋得拒收短折　物价务求其平　以期军民相得
其他一切事宜　政府概要负责　力谋民众利益　实行应兴应革
贯彻本党主张　不与民众相隔　用特掬诚相告　其各努力团结

江西省主席姜济寰　民国十六年八月三日

对姜济寰的积极配合，革命委员会给予了高度的评价。林伯渠更是备感欣慰。

其实，南昌暴动最重大的意义，并不在于攻城略地，而在于宣告中国红色武装第一次正式登上了风云激荡的社会历史舞台。而于具体战事的发展态势而言，在国民党蒋介石反动势力的疯狂反扑之下，南昌城当时不可能成为坚不可摧的红色堡垒，为保存革命武装，队伍进行战略转移是必然的。当武装暴动成功夺取南昌后，国民党反动派惊恐万状，汪精卫、张发奎、朱培德等人急忙调兵遣将，在九江、吉安、樟树一线集结数倍于起义队伍的国民党部队，对南昌实行铁壁合围。面对敌我兵力悬殊的局面，前委立即召开敌前会议，商议对策。

周恩来说："同志们，由于目前敌我力量过于悬殊，死守南昌绝不可取，为保存我军有生力量，我们决定撤离南昌，但向何处去，我们要迅速作出抉择。"

有人提出，应该把队伍拉到湘赣边境的山区农村去，根据共产国际的指示，到那里进行土地革命，把我们的农村革命根据地建立起来。

有人则反对，说这种想法目光短浅，我们应该按照中共中央常委会原先谋划的方向，回师广东，重新在南方立足，然后再举北进，进而统一全国。最后，回师广东的意见占了上风。于是，起义队伍于8月3日开拔，撤离南昌，踏上南征广东的艰难历程。

8月5日，姜济寰率江西省政府随革命委员会各机关一同撤出南昌，随军转移南下。当时，姜济寰与谭平山、彭泽民、林伯渠、方维夏、徐特立、高语罕、廖乾吾等八人被大家称为"八仙"，都是南征中的活跃人物。夏日炎炎，溽暑远征，对于年岁较大的姜济寰等人，是一件很艰难、很考验意志的事情。途中，江西省政府还增选了随军南下的中共江西省委委员罗石冰任财政厅厅长，萧炳章任教育厅厅长，并委任中共党员孙石候为宜黄县县长、傅惠中为瑞金县县长等。由姜济寰任主席的江西省政府，无论是在维持南昌市的社会秩序，还是在保障南下部队的军需供应方面，都发挥了积极作用。

起义部队走出江西，进入福建后，江西省政府这个机构当时已无存在的实际意义。由于姜济寰本就是革命委员会财务委员会的委员，遂被安排到财务委员会协助林伯渠工作，任财务委员会主任秘书。省政府的其他工作人员也相继改任他职，与队伍一道行动。

南征广东与撤到湘赣边相比，前者的后勤供给困难不知要超出后者多少倍，这给负责财政和供给工作的林伯渠带来了极大的挑战和考验。8月5日，赤日炎炎。林伯渠随起义领导人谭平山、周恩来、贺龙、郭沫若、恽代英、李立三、高语罕、吴玉章等一起，开始向抚州撤离。烈日下，林伯渠花白的头发，发出刺眼的银光。此时，林伯渠一边行军，一边与随军撤退的江西省主席姜济寰等绞尽脑汁，盘算着部队的给养问题。周恩来见林伯渠和姜济寰一路不停地在盘算着什么，于是走到他们身边说：“二位是在盘算队伍的经费和给养问题吧？”

林伯渠点点头说：“是啊，南征将士有三万多人，还有十多个机关，如此长途的行军，该需要多少经费和物资啊？而从财政委员会得到的拨款还不足三万元，虽然从武汉带来不少交通银行的纸币，但实际上那已经成为一堆废纸。就算暂时不给将士发饷，伙食费是必须要发的呀！三万元又够三万人用几天呢？”

周恩来说：“嗯，我也算过这笔账。所以说，现在压在你们肩上的，不是一副普通的担子，但你们也不要太焦虑，还有我们大家一起来想办法嘛！”

三天之后，部队到达抚州，军饷和给养告急。前委在抚州开会进行紧急商议。林伯渠说：“目前情况下，我主张还是沿用旧政策，每到一地，就向地方派款，以解燃眉之急。”谭平山附议说：“我和伯渠同志的意见一致。”

周恩来试探着问：“是否可以以没收征发地主和劣绅等反动派的财产为主，来解决供给问题？”李立三、恽代英对此表示赞成。

谭平山马上提出一个问题：“这赣东一带毫无农民运动基础，谁是地主，谁是劣绅，一时很难调查清楚，恐怕这没收征发工作难以着手呀。”

周恩来想了想说：“也是啊，要不，那就先沿用旧政策吧！”

部队到达福建汀州后，汀州商会答应三天内交款六万元。结果，他们在城乡大量派款，触及的多是贫苦农民和小商人，真正富足的官商却很少触及，最后还仅筹得两万余元。林伯渠弄清原因后，感觉此法不妥当，决定调整策略，采纳周恩来等人的意见。于是，他带领财政委员会和李立三指挥的政治保卫处，在汀州发动群众，大捉土豪，实行没收罚款，并且发还了先前所征贫苦农民的派款，因此赢得了基本民众的拥护，主动积极帮助队伍指认地主土豪。由于群众的积极配合和帮助，地主、劣绅等无可遁形。结果，两天之内，便筹到现大洋四万多元，初步解了南征给养的一时之急。在这个过程中，姜济寰也做了很多配合工作。

群众的支持，大大鼓舞了士气。部队为了进一步严明纪律，以实际行动扩大共产党的良好形象，最大限度争取群众的支持，南征所经之处，大都由林伯渠以各县县长名义发布“安民告示”，广泛宣传党和军队争取民主、爱护人民的主张与政策。这个时期，我军高度重视军纪，坚持以实际行动向人民证明这是一支怎样的队伍，积极扩大党的影响，撒播革命种子。数十年以后，相关文史工作者还在广东发现我军南征途中留下的布告，如“国民革命军第二方面军总指挥告示”：

照得本部各军　富于革命精神
此次南昌起义　原为救国救民
转战千里来粤　只求主义实行
对于民众团体　保护十分谨慎
对于商界同胞　买卖尤属公平
士兵如有骚扰　准其捆送来营
本军纪律森严　重罚决不姑徇
务望各安生业　特此郑重申明

有效的安民与整军工作，使我党的群众基础大大加强，革命影响日益扩大，起义部队士气高涨、所向披靡。8月18日，贺龙率二十军在瑞金以北三十里的壬田，激战钱大钧部，击溃敌两个团。8月24日，叶挺、朱德指挥教导团，二十军第三师，十一军二十四、二十五两师，在会昌击破钱大钧、黄绍竑部的堵截，俘敌官兵九百余人。当然，激烈的交战中，我军也遭受了不小损失。经过在瑞金的短暂休整，前委决定改变由瑞金直杀梅县的路线，而由闽西入粤。由于闽西崇山峻岭、山高路险，虽敌军力量较为薄弱，但我军行动迂缓，给了敌军以逸待劳、集结兵力、对我军实行各个击破的回旋余地，唯有加快行军，以求避敌。

行军也是战斗。队伍艰难跋涉在崇山峻岭之间，林伯渠携同姜济寰等人员行进在这支年青的队伍中，和年轻战士一样，斗志昂扬，满面春风。行军途中，一群男女青年战士唱起自己的军歌："我们是工人和农人的少年先锋队……"林伯渠也跟着大家一起高声地歌唱，虽然有些跑调，却让战士们深受感染，笑声不断，疲劳消减。有个走在林伯渠近旁的女战士顽皮地对林伯渠说："哎！首长，您唱得不对吧？您应该唱'我们是工人和农人的老年先锋队'，是不是……"

林伯渠乐呵呵地摸摸灰白的胡子，和战士们说笑道："我们革命战士，永远都是朝气蓬勃的青少年！"

队伍进入广东省境后，前委决定，由朱德率第九军第二十五师主力驻留三河坝，以监视梅县之敌。接着，队伍打下潮州，又决定留周逸群率二十军第三师千余人留驻潮州。9月24日，叶挺、贺龙率部攻克重要海港汕头。

这时，我军发现敌军正在揭阳山湖、汤坑一带集结。前委决定派叶挺、贺龙主力去攻打山湖之敌。几天后，我部才赶到汤坑，正待发动总攻，不料敌人薛岳、王俊、钱大钧、黄绍竑部已集结于此，且占领了制高点。结果，我军主力损失惨重，弹药消耗殆尽，最后只得向揭阳撤退。

其后，黄绍竑又调集两个师的主力，直扑潮州，加上帝国主义军火的支援，潮州旋即失守。同时，国民党军舰"飞鸢号"在英、日、美、法军舰配合下，向汕头发起猛攻，使苏联支援我军军火的船只根本无法靠岸。林伯渠、吴玉章和我军警卫团官兵浴血奋战，打退了前面敌人的进攻。但最后敌军越来越多，我军损失惨重，情势十分险恶。

正当南征军陷于困境时，中央派张太雷从武汉赶到汕头，传达了中共中央"八七会议"精神，并指示，若汕头不可守，起义领导人则尽快疏散部队，然后赶往上海报到。传达完“八七会议”精神，大家进行了惯例的讨论，林伯渠在讨论中说道：“现在是喜忧参半，可喜的是，‘八七会议’坚决纠正和结束了右倾投降主义对我党的错误领导，确定了土地革命和武装反抗国民党反动派的正确方针；堪忧的是敌人的合围之势已成，我们处于十分被动和危险的境地，就连解决吃饭问题也越来越困难。”形势最终迫使前委不得不决定放弃汕头，前敌领导机关撤到普宁流沙村。10月3日至4日，前委在这里召开了最后一次扩大会议，主要是研究安排此后的撤离行动，姜济寰等人也参加了这次会议。关于这次会议，后来郭沫若先生在他的《革命春秋》一书中，作过较详尽的记载：

（这次会议）主要是恩来作报告，他是发着疟疾的，脸色显得碧青。他首先把打了败仗的原因，简单地检讨了一下。为什么我们在瑞金、会昌连捷之后，毕竟在汤坑打了败仗？第一是我们的战术错误，我们的情报太疏忽，我们太把敌人轻视了。我们已经打到了筠门岭，应该穷追，由蕉岭、梅县打出，不让溃败了的黄绍竑、钱大钧们有整顿的机会。我们没有这样做，竟由筠门岭折回，绕道长汀、上杭、大埔而入潮汕。这样便把我们作战力最强的两师人不能不分开来，留了一个师在三河坝镇守。终竟让敌人得到了居高临下的形势，集中力量来把我们各个击破了。

其次是在行军的途中，对于军队的政治工作懈怠了。我们的另外两师人，竟至中了敌人的诡计而失掉了斗志——这说的是贺龙的两师人，两位师长有一位是他的堂弟——初被敌人收买，但结果终被解决了。

再其次是我们的民众工作犯了极大的错误，我们不仅没有把民众发动起来，我们在进入汕头之后，反而还采取了类似旧军阀的作风，枪毙了两位工友，用以维持旧秩序。

把这些原因检讨之后，接着又说到大体上已经决定了的善后办法——武装人员尽可能收集整顿，向海陆丰撤退，作今后长期革命斗争的准备，工作已经做得略有头绪。非武装人员愿留的留，不愿留的就地分散，并已物色了好些当地的农会会友做向导，分别向海口撤退，再分头赴香港或上海。

报告完毕，大家的视线差不多都集中到贺龙身上。他向来是豁达大度、异常乐观的人，但现在显然抱着严重的自责感，面孔分外的沉郁和黝黑，一直咬着牙关沉默着。

叶挺先以他平素带着几分兴奋的语调开始说起，但说得很简单："我们再有得一团人，便什么都不成问题的啦。到今天，只好当流寇，还有什么好说！"

贺龙最后终于用他洪亮的声音，带着愤怒沉着地说："我被自己的家族出卖了，连累了革命，对不住大家。但我不甘心，我要干到底。就让我回到湘西，我要卷土重来。"

就在会议要结束时，村外忽又发现敌军先头兵。于是，起义指挥机关马上开始疏散。由于情况十分突然，主持会议的周恩来十分着急，他不顾自己发着高烧，带病指挥大家整好队伍，在警卫营的掩护下冒险突围，冲出了国民党军金汉谋部的包围圈。然后连夜急行军，向海滨撤退。他们约定暂时分散到附近渔村，然后分别去香港会合，之后再从水路转道上海，到上海中央总部报到。

10月10日，姜济寰父子与谭平山、吴玉章、蔡鸿干、许一真等人乘渔船抵达香港后，因为姜济寰正遭到国民党反动政府的通缉，所以当即决定先流亡日本。1929年姜济寰回国后，曾任国民政府行政院参议。1935年，姜济寰先生病逝。参加南昌起义，是姜济寰政治生涯中一件意义最重大的事情。尽管在起义失败后，被迫与中共分离，但他是大革命时期形成的国共革命统一战线坚持到最后的主要代表人物之一。参与南昌起义的历史，有力地证明了姜济寰不愧是一位杰出的国民党左派。林伯渠与他的成功携手，也成为他一生中最值得回忆的段落。1955年，在毛泽东主席的亲自关照下，姜济寰的妻子姜黄族英女士被安排为江苏省文史研究馆馆员，这也体现了中国共产党对配合南昌暴动有功人员始终如一的关怀。当然，这些来龙去脉都是后话了。

失散在广东的南昌起义残部，一部分后来又重新集结于海陆丰，打起革命红旗，继续坚持斗争；另一部分则在朱德带领下，长途跋涉，沿广东边界退至福建，越过闽赣边境，进入江西境内，后来在井冈山与毛泽东领导的秋收起义队伍胜利会师，重新组建了中国红色革命的基本武装。

林伯渠随向香港撤退的领导机关人员漂浮在海上。对于这次失败，林伯渠并不像护国、护法运动失败后那样沮丧。他认识到，这次虽然失败了，但南昌起义毕竟是我党发起的一次惊天动地的壮举，为革命的武装斗争完成了宣告，锤炼了队伍，积累了经验。后来，林伯渠在《纪念建军节》一诗中，表现出他对当时我党武装斗争的高度赞扬。诗歌这样写道：

英雄城市首南昌，火种燎原不可当。
兴国男儿无敌手，井冈旗帜有文章。
棋争一着局全活，风识正邪帆好张。
为了和平建社会，敢忘牧野论鹰扬。

自从在流沙与敌军遭遇后，起义领导机关的同志们大部分都被打散了。直到10月9日前后，周恩来、贺龙、叶挺、刘伯承、恽代英、林伯渠、郭沫若、吴玉章、澎湃、李立三、郭亮等，才先后来到甲子港、金厢港、碣石港一带海边。周恩来因为病重，由叶挺和聂荣臻护送到陆丰的南塘，在一个老中医家里治疗；病情稍转，即由区委书记黄文秀送他们到金厢港洲渚村上船，前往香港。这时，其他同志也都先后出港，准备在香港与广东省委取得联系后再去上海。

10月15日下午，起义领导机关来港人员在香港皇后酒店举行会议，当时在香港的共产国际人士也一起参加，会议一直开到深夜。作为中央主要领导人之一，张国焘在会上强调说："再明确一下，根据目前情况，叶剑英、恽代英两同志已留在广东开展工作，周恩来同志病未愈，暂留香港疗养；其余同志，各自设法回到上海，到那里向中央报到。"

共产国际的同志提醒说："林伯渠同志，你可要特别当心，你是'宁案罪魁'，是'国际犯'，他们一直还在通缉你。现在你又是南昌'暴动分子'，在这英属的香港，危险也是时刻跟随着你的。因此，你要设法安全回上海，再等候安排！"

林伯渠笑笑说："现在，我可不是护国、护法运动失败后的林祖涵了，身后有这么多革命同志、战友，有这么强大的中央组织，我自有办法对付那些鹰犬。"

临离开香港，林伯渠来到香港荷里活道一座木楼来跟周恩来道别："恩来同志，香港没有我立足的地方了，我就要离开这里。其他同志都别过了，就是你病着，让人牵挂，特意来看看你，暂别一时吧。南昌起义和南征中，你实在太累了，就好好在这里休养一阵吧，后面革命道路还正长哩！”

“谢谢伯渠同志，”周恩来勉强坐起来说，“你这么大年纪，从起义到南征，承担着供给保障重任，一点儿也不比我轻松；此去上海，你要多多保重，特别小心，我们后会有期！”说着伸出手来。林伯渠紧紧握住周恩来的手，依依惜别而又满怀信心地说：“后会有期，为期不远！”

然后，林伯渠带着曾福，开始作去往上海的有关准备。原来，曾福护送伍崇贤和孩子到上海安顿下来后，险恶的形势让伍崇贤和曾福都对林伯渠放心不下，在起义部队即将离开南昌开始南征时，伍崇贤催曾福赶到南昌，然后依然跟随林伯渠南撤。这回，林伯渠和曾福一道去上海，一个化装成商人，叫“马掌柜”，一个化装成店小伙儿，叫“阿来”。他们趁着船码头混乱的当口，匆匆登上了一艘去上海的英国轮船。在一间四等舱房里，曾福轻轻吐了口气，斜倒在铺卷上，望望正在四处观察的林伯渠说：“马先生，您都几天没合眼了，先歇会儿吧，有我盯着就行了。”

林伯渠警觉地瞟了一眼别的船客，对曾福说：“你年轻瞌睡大些，这一路上也累坏了，你先睡会儿吧！”

曾福这一路鞍前马后、拿这背那，确实十分疲倦，只一眨眼工夫，他就倚在林伯渠身边打起鼾来。多年与敌周旋的经历，使林伯渠养成了时时警惕的习惯。尽管顺利地上了英国船，而且也没有发现“尾巴”，但他仍然时时提防意外，两眼不时向周围海面扫视，随时准备应对突发情况。实在太困时，林伯渠就走出船舱，来到船舷边，吹一阵带着咸腥味儿的海风。

轮船向北疾驶。黄昏时分，轮船就要驶过汕头附近海面。忽然，一艘国民党军快艇迎面飞驶而来，并在轮船前打着旗语，要求这艘英国轮船减速。接着，十几个荷枪实弹的国民党兵蜂拥而上，跳上甲板。林伯渠连忙推醒曾福，拿起小包袱，来到船尾的厕所。两人一边再次化装，一边小声商量着。从厕所出来，林伯渠穿一件破旧的青布短衫，眼镜已摘掉了，脚上穿的是一双麻耳布片草鞋，这都是他们常年有备的“行头”。

他们来到伙房门口，见几个伙计都是中国人，正忙着准备开饭。林伯渠拉着曾福走过去，叫住一个领班模样的人说：“大师傅，您行个好吧？我内弟在上海鸿利洋行做工，得了急病，这是他儿子阿来。我们去看病人，走得太急，

盘缠没带够，让我们干点活儿，不要工钱，就混口饭吃，行吧？”说罢，又对曾福说：“阿来，把包袱拿过来。”

“嗯。”曾福手脚麻利地把包袱拿过来打开，拿出一小盒点心和两包“三炮台”香烟，递给那个领班模样的伙夫。那伙夫接过点心和香烟，一看点心质量很粗劣，就又扔给了曾福，只把两盒香烟装进了自己口袋。伙夫认真打量了一会儿这一老一少，然后对林伯渠说：“好吧！你去锅炉房吧，那里还缺个人手，这年轻的留我这儿洗碗碟儿。话说清楚了，工钱没有，吃饭一天两顿管饱。”

“谢谢、谢谢，大师傅您真是积善行德了。”林伯渠连连说，机灵的曾福向这伙夫深深鞠了一躬。

船舱里，国民党兵正在气势汹汹地挨个儿盘查船客，一个当官的手里拿着一叠照片，一个一个对着看。原来，他们得到香港特务机关的情报，近期可能有被通缉的中共人员离港，因此前来执行封锁和搜捕任务。

一个贼眉鼠眼的瘦高个儿和一个矮胖子朝锅炉房走了过来。锅炉房里，林伯渠一副锅炉工模样，脸上几道黑印子，从容拧开气阀，顿时，小小锅炉房里雾气腾腾。这两个家伙钻进锅炉间，只见雾气中一个锅炉工在一铲一铲往炉膛里添煤；角落里，斜躺着另一个汉子，身上胡乱盖着一件破旧衣服。矮胖子以为逮着猎物了，上去就飞起一脚，吼道：“妈的！起来！”

其实，这躺着歇息的是个真锅炉工，他连续干了十八个小时，终于来了个帮手，他把煤铲递给新来的“帮手”林伯渠，简单交代几句，就光着身子躺倒睡着了，还是林伯渠顺手给他身上盖了件破衣服。

锅炉工被踢醒一看，见是两个气势汹汹的副爷，也不知出了什么事，一下子懵住了。林伯渠忙停下手里的活儿，走过来一边擦汗一边说：“副爷，他也是这里的伙计，刚换班，实在太累了，就让他多歇会儿吧。”

林伯渠说得从从容容、不慌不忙、毫无破绽。那两个家伙打量了一番躺在地上的锅炉工，干瘦的身子，头发老长，满脸黑乎乎的，一双黯淡无神的眼睛无力地转动着，也不像是个共产党的样子。矮胖子转过身，没好气地白了林伯渠一眼，骂道：“呸！关你屁事！”说完去了别处。

险恶的环境，已养成林伯渠“睡觉也睁着一只眼”的习惯。虽然英轮上的这一关算是混过来了，但林伯渠不免心有余悸。他想，自己现在是被通缉的

“国际犯”，上海对他来说绝无安全可言。这样大摇大摆带着曾福去上海登岸，不仅自己随时可能被捕，恐怕连曾福也要跟着遭殃。这个曾福啊，也真是不容易，这么多年一直跟随林伯渠萍踪无定，虽然帮他找了个堂客，但与妻子一直也是聚少离多；好在林伯渠后来帮曾福把妻子安顿在了长沙近郊，夫妻偶尔还能聚一聚。这回去上海，林伯渠也不知道中央会怎样安排，据说有可能要到苏联去学习。若真如此，曾福就不便再跟着自己走了，不如就此让曾福回长沙，跟张实一起去过他们的小日子。

林伯渠打定主意，轮船也快到厦门。林伯渠叫醒曾福，让他醒醒困，然后压低嗓门对他说：“曾福，现在上海可能到处都贴着抓我的通缉令，直接去上海会非常危险。所以，我决定在厦门上岸，然后从陆路去上海。”

曾福点点头说：“好，那我收拾收拾，和您一起在厦门上岸。”

林伯渠则摇摇头说：“不，曾福，我这次到上海后，可能在国内待不住了。如果出国，也不便带着你。所以，你还是随这条船去上海，然后回长沙，跟张实团聚去吧。”

曾福跟随林伯渠这么多年，很少分开过。忽听林伯渠这么一说，心里怪不是滋味，神情很是难舍，可又没什么好主意，于是忧心忡忡地说：“您身边没个人跟随，怎么让人放得下心？”

林伯渠满不在乎地笑笑说：“曾福你也太小看我林老头了。放心吧，我什么事情没经历过？什么苦没吃过？不要多想了，先回长沙吧。你跟了我这么多年，也给不了你什么，就给你点回长沙的路费吧。”

说完，林伯渠掏出一叠钞票，塞给曾福。曾福接过钱，眼里已涌出泪水。船到厦门，曾福把行李收好递给林伯渠，眼看着又要哭，林伯渠轻轻拍拍他的肩膀说：“曾福，不要这样，‘男儿有泪不轻弹’，也许，我们今后还会见面的。不过，下次若在长沙见面，一定得有个叫我爷爷的小把戏喔，记住没？哈哈哈……”

曾福被林伯渠逗得哭不是、笑也不是。林伯渠下船走老远了，曾福还站在船舷边，依依不舍地望着林伯渠渐远的背影挥手。

第二十一章 赴苏
红色洗礼革命熏陶

林伯渠从厦门转道到达上海时，恰巧是1928年除夕之夜。但黑暗笼罩下的上海，没有一丝新年的喜庆气息。外滩上空，几道惨白的探照灯光晃来晃去，搅动着夜空的漆黑。街道上冷飕飕的，警备司令部一队队墨绿色摩托和一辆辆黑色囚车尖厉地吼叫着，不时从街道驰过。电线杆子上，贴着许多小广告，其中还有通缉令，好在被通缉的人不像是林伯渠。电线杆子下，街道拐角处，里弄窄巷里，不时冒出个戴大白口罩、鸭舌帽檐拉得很低的便衣，瞪着饿狼般的眼睛，扫视着每一个过往行人……

由于党的交通机关这时全都转入了地下，林伯渠寻找了好几处，最终总算接上了头。接头的同志告诉他，中央已经决定，让一批中共老革命同志到苏联去学习深造，林伯渠也在其中。那时，国民党反动派对涉外港口封锁得极严，尤其是去苏联非常不易。组织决定，林伯渠与蔡和森、李立三、张国焘等先在上海住一段时间，等待有合适的时机，设法前往苏联。

住在上海，自然是被危险包围着的。为了自己和家人的安全，林伯渠没有冒险去寻找伍崇贤和孩子。他和李立三、张国焘一起暂时寄住在贝帝鏖路桃源里的一位老太太家的阁楼里。也是天凑之巧，房东老太太竟然是伍崇贤的堂姑。林伯渠曾听妻子说起过上海有位堂姑，但是却从没有见过面。阁楼是房东堆放杂物的地方，因为偏僻安静，林伯渠他们在阁楼里支起简单的睡榻，成天关在里面看书。到了深夜，才到楼下院子里走走。蔡和森、李立三偶尔还趁夜间出去弄几本书刊回来。

小阁楼整天反锁着，里面光线很暗，房东伍老太太担心这些人憋坏身体，好几次悄悄打开锁，让他们透透气。林伯渠有时会风趣地说：“这是所难得的大学，平常上哪儿去找能这么安安稳稳读书的去处呀？要说我们还真得感谢那个用尽心机的蒋校长哩！”

从这几位房客的交谈中，房东偶然听到“伯渠”这个名字，立即引起了她的注意。原来，舅侄女伍崇贤曾跟她说起侄女婿叫林伯渠，是个革命党。此后，伍老太更加注意他们的安全了。深夜，为了防止光线透出去引起特务的注意，伍老太找来几件旧青布褂子，把小油灯围住，只留一点点光线照亮书页。一个多月过去，林伯渠他们先后读完了《资本论》《国家与革命》等马列经典。林伯渠本来就近视，现在变得更近视了，只得托伍老太帮忙，买来一副更深度的近视眼镜。

在上海避居的日子里，组织曾派人向林伯渠他们传达了1927年11月上旬召开的中共中央临时政治局扩大会议精神。这次会议，重点批判了陈独秀右倾机会主义错误和当时党内的悲观情绪，强调要坚持领导民众奋起斗争，推翻国民党，建立工农民主政权，强调要发动农民、组织工农革命军，开展游击战争，建立农村革命根据地。这些正确的主张和选择，让林伯渠等心里觉得亮堂了许多。但这次会议有些理论观点和策略思想，也引起了林伯渠的疑虑和思考。譬如在革命性质和阶级关系上，会议混淆了民主革命与社会主义革命的界限，认为中国“现在的革命斗争，已经必然要超越民权主义的范围而急遽地进展”，“这一革命必然是急转直下地解决民权革命的责任进入社会主义革命”，还断言“中国民族资产阶级完全投降了外国资本”，“由动摇犹豫而终归走入反革命，去当豪绅资产阶级的走狗”，“现时亦已不是革命的力量，而是革命的障碍”，因而要整个地反对民族资产阶级和上层小资产阶级。在革命形势显然正处于低潮的当时，会议却认为当时的革命“无疑是在高涨”，主张组织以大城市为中心的总暴动，强调党的责任是“使暴动的城市能成为自发的农民暴动的中心及指导者，城市工人的暴动是革命的胜利在巨大暴动内得以巩固而发展的先决条件”。在组织问题上，会议片面强调领导干部工农化，提出要对全党进行“改造”，要“将工农分子的新干部替换非无产阶级的知识分子之干部”，“使党的核心建筑在工农身上……”林伯渠以其长期革命斗争实践中积累的经验教训判断，会议决议中这些理论和主张都很偏激，不符合当时中国革命面临的实际。更让林伯渠等难以理解的是“左”倾机会主义领导者，居然错误地分析南昌暴动失败的原因，对暴动直接领导者在组织上采取了过分追究个人责任的打击政策；“左”倾领导人滥用组织手段，通过了《政治纪律责任案》，对大革命失败，特别是对“八七会议”后各地武装起义所遭受的挫折和失败，不作具体分析地硬说成是“机会主义之遗毒”“犹豫动摇”“违背中央策略”等原因造成的。在决议案中，还无理指责南昌起义前敌委员会执行的是“机会主义的旧政策”，“完全是一次软弱的军事投机的尝试”，从而处分了周恩来、毛泽东等一大批党的领导同志。作为当时革命委员会委员的林伯渠、韩麟符等，也因此受到警告处分。更有甚者，“左”倾领导者们居然还专横地开除了谭平山同志的党籍。

正是在上述“左”倾错误的指导下，党中央的主要工作都在围绕实现全国总暴动这个“总策略”进行。这期间，党中央给各省发布指示，制订上海、武汉、天津、广州等大城市举行“总罢工”“总暴动”的计划，布置湖南、湖北、江苏、浙江等省的“工农总暴动”，并提出了一系列极左口号。但由于敌我力量太过悬殊，群众基础也还很不巩固，暴动的发动显然失于冒进，组织工作也很粗糙。结果，这些行动都先后惨遭失败，党的组织和革命力量再次遭受严重损失。

这种状况，不能不使林伯渠内心深感迷茫。尽管他具有一定革命理论和实践知识积累，对党内忽左忽右的现象，能作出一些基本判断，但面对当时中国革命的现状，他也深感难以从理论和实践经验上作出解答。正因此，他对这次去苏联学习，变得更加期待。

为防止人多目标大，不久，组织安排蔡和森、李立三、张国焘等分散转移到别处安身，林伯渠则继续独自留在伍老太的阁楼里“上大学”；不过，蔡、李、张等同志还是常抽空来林伯渠这里坐坐聊聊。也正是在这段日子里，伍老太向林伯渠说出了自己与伍崇贤的关系，并告诉林伯渠，伍崇贤和孩子们就住在附近。这以后，伍老太还曾几次悄悄把林伯渠的女儿秉蘅和侄女哲明领过来住上几天。但出于安全考虑，林伯渠叮嘱表姑，按照党组织的要求，现在不可以让伍崇贤到这里来。其实，伍老太这里就是党的一个秘密交通点，没有组织的批准，涉及党的秘密的人员都不能随便来这里。再说，伍崇贤刚生孩子不久，也不便行动。过了许多天后，组织派交通员来通知林伯渠，说蔡和森、李立三等已先去了苏联，林伯渠也要尽快赴苏。交通员还为他带来了前往日本的护照和部分旅费，并告诉他，组织目前很困难，无法提供全部旅费，不足部分，只能自己设法筹措。

林伯渠接过组织提供的护照和经费，非常激动地说：“感谢党组织的周密安排，我知道党现在处在极其艰难时期，能提供这些已经很不容易了。感谢中央，也请中央放心，我一定会尽快作好相关准备。”

交通员说：“你最多还可留三天，抓紧吧，上海特务太多，你要尽快离开。”

交通员走后，林伯渠为着这三天，考虑了很久。三天后，就将出国，不知何时才能再与家人相见；小五出生已有些日子，哪有父亲不想见自己新出生的孩子的？筹措经费，看来也得回去和妻子一起想办法。考虑再三，林伯渠决定悄悄回到伍崇贤身边度过这几天。当然，对于如何保守秘密，不出意外，他也做了周密的准备。乘着夜色，林伯渠提上行李卷儿，在堂姑引带下，悄悄穿过几条冷僻的弄堂，回到了那个完全不认识路的家；对漂泊不定的革命者来说，妻子和孩子在哪里，家自然就在哪里。快到伍崇贤暂时住处时，堂姑叮嘱林伯渠一句话：“白天千万不要露面。”然后就悄然返回了。

林伯渠一进门，伍崇贤望望脸色苍白，略显消瘦的丈夫，又是心痛又似责怪地说：“祖涵，你到底还是回来了！”林伯渠忙拉伍崇贤进到里屋说话：“身不由己啊，听说小五出生快两个月了？”伍崇贤忙抱过连名字都还没取的小五给丈夫看；林伯渠看着孩子，不禁替妻子发愁地说：“小五啊，你来在这个时候，又要让你娘为难喽！”伍崇贤不由自主地点点头说：“是啊，又多一张嘴巴吃饭，还真让人犯愁哩。”林伯渠漫无边际地安慰妻子说：“复明，车到山前必有路，熬过这苦日子，大家就好过了。”久别重逢在恶劣的环境下，自然不敢有热闹的意思。

几个大些的孩子天黑就上床睡觉了，林伯渠也没好惊动他们，只在房门边朝他们静静地看了一阵，心里默默地念叨：作为父辈，我们一定要努力奋斗，让孩子们能吃饱、睡好、生活好，未来能够幸幸福福……等孩子们睡熟了，林伯渠和伍崇贤这才上床，把小五夹在中间躺下身子。也只有到这个时候，林伯渠才不得不跟妻子说起马上要去苏联学习的事情。虽然伍崇贤已经习惯于与丈夫的分多聚少，但听丈夫这一说，心中仍不免生出几分不情愿。

“怎么？好不容易回来一趟，又要出远门啊？你就不担心这些孩子以后连

爸爸都不认识呀？”伍崇贤语气里满是无奈。

林伯渠在昏暗的夜色中苦笑着说：“复明，虽然我也知道我对你和孩子们做得太少了，但为了我们下一代和更多代的孩子不总是这样颠沛流离、生活艰难，我是不得不坚持为我们的信仰去奔走啊！”说着，他情不自禁把手伸过去，在妻子柔弱的肩头轻轻拍拍。

伍崇贤也抽出一只手，抚摸着肩头林伯渠那骨骼分明的手背，轻叹口气说：“我晓得，你也是为了信仰而远赴苏联去学习，我们娘儿母子都不会拖你后腿的，不过你可以多住几天再走吵。”

林伯渠不禁紧紧握住妻子的手说：“组织上说只有三天时间，我必须准时出发，而且组织筹不到足够的经费，出发前，我还必须自己凑够出国的盘缠。”

伍崇贤条件反射似的问道：“还需要凑多少钱呢？”

“这路上怕是很费周折呀，开销肯定不会小，凑个一千两千都可以的！”林伯渠说这话时，内心其实十分纠结，因为妻子在家吃的苦，真是难以言尽。

伍崇贤这下沉默了，她在盘算：我们娘儿母子再怎么勤扒苦做，能糊糊家里几张嘴巴就算不错了，余存家底是绝对没有的。借吗？这上海口岸虽大，可林家、伍家也都没有有闲钱的亲戚在这边啊！伍崇贤心里暗暗打着主意，随口安慰丈夫说：“祖涵，你也够不容易的了，睡吧，相信车到山前必有路！”

第二天，伍崇贤让丈夫待在家里多陪陪几个孩子，哪儿也不准去；她自己出去想想办法看。晌午时分，伍崇贤回到家，一脸的疲惫和无奈。林伯渠知道这钱不是那么好凑的，于是说：“复明，也真是难为你了，估计借钱不容易。”

伍崇贤微微摆摆脑袋说：“哎，跑了几个熟人家，这世道，普通人家谁有闲钱啊？连最古道热肠的永言，也刚好在外做生意，有日子没回家了，真的是告贷无门哩。顺便去当铺打探了一下行情，等我把从吉林和临澧老家带来的几件首饰清点出来，看能不能当个好价钱。”

听到这里，林伯渠不禁眼眶一热，说：“复明，真是太难为你了，我知道那几件首饰的分量啊！不是值多少钱的问题，而是你和几个伢儿得有活命的垫底啊，不到完全山穷水尽，还是先不要动你的首饰吧！”

“现在这不就是山穷水尽了吗？”伍崇贤十分决绝地说，“俗话说‘穷家富路’，我们在家的若实在没办法在上海活下去了，我还可以带着孩子回湖南老家去，大不了继续当我的乡村教员，大点的孩子找点杂活儿干，挣点儿小钱糊糊嘴巴。但你在外面身上没钱，找谁凑去？”

伍崇贤一席话，使林伯渠沉默半晌，最后才说出那句最掏心窝子的话：“此生有幸，娶了复明啊！”

也是天无绝人之路。次日夜里，林伯渠和妻子刚要上床，忽听有人“咚咚咚”敲门，虽然很轻，但此时却如雷震耳。伍崇贤下意识地抱紧了丈夫。林伯渠很冷静，低声说：“别怕，先问问是谁。”

“谁呀？”伍崇贤紧张地问。

“婶娘，是我，林永言。”门外是一个青年男子轻声的回答。

一听是林永言，伍崇贤心里就平稳多了。她白天曾去堂侄林永言家借过钱，永言媳妇儿说男人在杭州做生意，按理应该快回来了，等永言回来，一定想办法。莫非，永言急人之难，真的送钱过来了？伍崇贤忙去开门，林永言机警地闪进屋里；已起来的林伯渠看看堂侄，有些意外地问：“永言，你怎么来了？”

“涵叔，我刚从杭州回来，听俺屋里人说叔父急等钱用，就赶过来了。”林永言的言谈举止，一听一看就知道是个厚道人。

林伯渠感慨地说：“嗯，有你这古道热肠的侄儿，叔父真是很欣慰啊！”

林永言掏出一个袋钱，递到林伯渠跟前说：“叔父是干大事的人，自家人不帮谁帮？这半年生意不错，叔父看看，这是两千块。”

林伯渠说：“我急等钱用不假，可你们两口子小本生意，苦做苦攒不容易，这钱我怎么能拿呀？”

林永言说：“叔父您这么讲就见外了，我肯定是拿得出才拿的，既然拿来了，您就只管收起！”

伍崇贤想想也说：“嗯，永言有这份心，我看就先收起，以后设法还就是。”

林永言连忙说：“看婶娘说的，还什么呀还？叔父的事，我们多少也知道一些；要是手头宽裕，本当多帮衬点才是。”

林伯渠点点头说：“永言，你们两口子这份情，叔父永远会记住！”

林永言忙说：“叔父言重了，天不早了，您二老早点儿歇着吧！”

翌日凌晨，天尚未明。林伯渠告别妻子和睡梦中的孩子，拿上行李，悄悄走出家门，消失在茫茫夜色中。伍崇贤久久站在弄堂口，望着丈夫背影，心中升起无限惆怅。她喃喃自语：“这一走，又不知何年何月才得相见了。”

林伯渠女儿林秉蘅后来曾回忆在上海同父亲一起短暂生活的情景：

父亲常避居亲戚家中，我发现他不论在什么情况下，都不表现出愁闷的样子。留在上海这段有限的时间里，仍按他的老习惯，不断阅读各种书报杂志，有理论的、文学的，还有那些左翼的刊物。只要是当时新出的书，从报上看到广告，就让我堂姐哲明去买。他自己是不能随便上街的。

与祖涵叔父一家一起在上海生活过一段时间的侄女儿林哲明也曾回忆：

1927年冬在上海又见到叔父。他是在南昌起义部队进占潮汕失败后，秘密来到上海的。那时我们住在法租界里，郭沫若、蔡畅、张太雷和夫人、张国焘等人经常来家和叔父商谈事情。当时大家都是假装亲戚身份来联系的。

林伯渠自己后来也在《自传》中说到过那段经历：

经党中央指定与蔡和森、李立三、张国焘同往（莫斯科）。那时交通困难，两次在沪上船不果，商定要我先试从日本走，我遂到日本西京。

1928年春，林伯渠终于辗转到达日本，但马上引起了日本警察的注意。原来，日警把林伯渠误认成了唐生智，打算先逮捕他，再引渡给国民党。幸好被正在日本的族侄林定平和同乡邓伯粹碰上，出面证明他绝不是唐生智，避过了羁绊。随即，他们赶紧给林伯渠办好了去欧洲的护照，并替他买好了船票，趁夜护送他到毅贺港登上欧轮，直接前往海参崴。到达海参崴后，又等了约两三个月。到1928年夏秋之交，林伯渠终于得到苏联方面的接应，辗转乘车前往莫斯科。

在莫斯科，林伯渠很快就见到了老朋友吴玉章。吴玉章是1927年末同刘伯承等人一道先期到达莫斯科的。老友相逢在异国他乡，自然非常感慨和兴奋。不久，这批先后来到苏联的中共老同志被安排进入莫斯科中山大学学习深造。中山大学是1925年9月建立的，苏联人先前叫它“孙逸仙大学”，中国人则叫“中山大学”。学校设在莫斯科沃尔洪卡大街十六号。到林伯渠等人入学时，学校改名为“中国共产主义劳动大学”，简称“中国共大”，校长叫米夫。

学校为这批中国共产党老同志开设了一个特别班，林伯渠、吴玉章、徐特立、江浩、何叔衡、叶剑英、夏曦、方维夏、董必武、李文宜、李国宣、赵世兰、杨之华、钱亦石、杨子烈等都是这个班的学员。这些学员大都具有卓越的经历，有比较丰富的革命经验，且大都受过不同程度的高等教育，具有相当的学识基础。但他们当中很多人都已年过半百，接受新知识的敏锐度，特别是记忆力，已远不如年轻人。

针对这样的实际，学校采用适当灵活的办法，合理科学地安排这个班的课程和教员。譬如适当降低俄语教学要求，每星期只开设三小时俄语课，这一安排受到老同志们的高度认可。因为，到了这个年龄，大都不很愿意学外语了，与其在这上面耗费有限的时间，不如多读一些革命理论方面的书籍，这是他们共同的想法。这个班的课程设置主要放在唯物主义理论、联共（布）党史和妇女运动等方面，教学重点则主要放在领导方法和工作艺术培训上。教员安排也充分考虑了资历、经验和水平，以便让这些特别的学员学得更好。譬如“唯物史观”课，是由温文尔雅、美丽端庄的布哈林夫人执教，她作风严谨、不苟言笑，课毕后一般都静静离开。“妇女运动史”课，则由德国妇女运动领袖克拉拉·蔡德金的儿媳妇执教，她皮肤微黑、脸盘圆圆、声音洪亮，除了上课，不常与学员交谈。教“联共（布）党史”课的，是学识渊博的拉狄克教授，不过他本人因繁忙很少亲自上课，多数时间是别人代课。老同志都很理解教员们与这些学员在语言、习惯上的不同，尽量尊重和适应苏联教员的生活、工作规律。

“中国共大”开办有一个中国问题研究院，任务是研究中国社会的基本问题，总结1925至1927年大革命的经验，等等。林伯渠一面参加日常课程的学习，一面也参加了这个研究院的研究活动。当时，苏联正开展与托洛茨基派的斗争。林伯渠和吴玉章经常到图书馆看书、阅读、做摘记，进而对中国大革命的一些实际问题，进行理论方面的探讨。譬如，为驳斥托洛茨基派拉基卡尔的

“中国土地可以自由买卖”“中国没有封建主义”等荒谬说法，林伯渠和吴玉章通过一番专门研究，于1928年12月合撰了一篇关于中国土地问题的论文《太平革命以前中国经济社会政治的分析》，文章开宗明义阐述道：

现在摆在我们面前最难解答的问题，就是中国从秦代推翻了封建诸侯制度，二千多年，商业资本和手工业已十分发达，为什么不发展到近代的工业和资本主义？……主要的原因是财产资本的土地私有制度，作了经济向前发展的大障碍。地主变资本为土地，作为生产利息的财产资本以榨取农民的膏血。这是可怕的农奴制度，这是倒退的生产办法，减少了货币交换的作用，它是商业资本的取消派，变大部分货币经济回转到封建的自然经济，这是封建余孽的保障。

由于林伯渠、吴玉章都出生在中国农村，对中国农民的生活与生存情况有很透彻的了解和认识，因此，他们在阐述地主对农民的剥削掠夺情况时，往往都说得非常符合实际，鞭辟入里：

将土地租与自由的佃农耕种，坐收地租的地主，……佃农纳租子达他生产的百分之五十以上，因此，不仅佃农的利润已被剥夺净尽，即佃农自身劳动的血汗，也被剥夺大部分去了。……佃农不得已卖劳动以求生活，而又受重重剥削，安得不日益穷困，中国的经济安得不日益萎缩。

论文最后，他们用历史唯物主义观点，分析了残酷的地租剥削，必然一次又一次地导致农民暴动。文中通过引证中国历史上多次农民运动的史实，得出结论：要在中国这个有漫长封建社会历程的国家取得革命的成功，就必须进行彻底的土地革命。论文写道：

土地渐集中于富者之手，农民不堪剥削，结果只有暴动。汉武帝时的董仲舒说：“秦用商鞅变法，改帝王之制，除井田，使民得买卖，于是富者田联阡陌，贫者无立锥之地，后曾循而未改。古井田之法虽难猝行，宜稍近世，限民名田。武帝不能用，后师丹建亦如之。而言帝亦不行，故官惠优于三代，豪强之酷甚于亡秦。如张京占郑白之田四百余顷，他人兼并者类此，而民弥困，至王莽时更名天下田曰王田，奴婢曰私属，皆不得买卖。其男口不满八而田过一井者，分余田与九族乡党，犯令法至死，然制度不定，吏缘为奸。天下謷謷，未几而亡。”（见《广治平略·田赋篇》）王莽的时代，就是赤眉大乱，农民暴动的前夜。……所以中国革命，若要成功，非推翻财产资本的地主阶级不可。要推翻财产资本的地主阶级，非推翻小资产阶级的绅士封建家族社会不可，而唯一的就是要推翻他的经济基础，就是说，唯一的手段，就是土地革命，（将土地）收归国有，无条件地没收一切地主阶级的土地。

当然，在这篇洋洋数万言的论文中，有些理论观点还是未免幼稚，甚至是有缺陷的，但其基本观点无疑是正确的。不难看出，在大革命失败、革命处于低潮的日子里，林伯渠和他的战友们并没有被失败所压倒，他们仍在继续顽强探求革命的方向与道路。这种执着追求真理的精神，无论什么时候，都非常宝贵。

当时斯大林领导的苏联共产党对托洛茨基发起的批判，其实也是中国留苏学生的一门学习课程。那时留苏的中国留学生成分比较复杂，有一些是国民党原来派去的，思想状况相当复杂；加上大革命失败，悲观失望情绪在共产党很多同志身上也都有所表现。在这种复杂情况下，林伯渠和特别班的老同志们却信念坚定，是非分明，自觉与托派分子进行坚决斗争。对此，林伯渠后来曾回忆道：

我在苏联那几年，正是苏联共产党清党时期，这对于锻炼我们党的意识与健全党的生活有非常大的帮助。因为无可否认的在国内时，这方面注意得实在不够。……两年多的学校生活，对我们训练如果说是理论方面的，还不如说是关于怎样把握党性恰当。

为提高这批学员指导革命运动的实际能力，“中国共大”要求他们自动到莫斯科市区的工厂和郊外的农场去参加工人农民的会议，听取他们对苏联经济政策的讨论，了解基层生产单位的经营情况，感受苏联劳动者的劳动热情和革命精神。这类活动，林伯渠也是坚持得最好的。为了开阔视野，增加积累，林伯渠到较远的列宁格勒等地去旅行，参观夏宫、冬宫，考察工厂和船坞，每到一地参观考察后，他总爱把见闻和感想尽量写进日记里。此外，他还经常和吴玉章、何叔衡、徐特立、方维夏等几位老友到军事训练处去，参加由叶剑英任教官的军事训练，为回国后更好地参加武装斗争打基础。

“中国共大”的校舍是一座规模宏大的四层洋楼，原是沙皇时代的一家企业公司。学校前面，就是皇家大教堂和大彼得铜像。因为校本部的房子不够用，国内来的男女学生，都住在依加恩街的一座公寓里。在那段时光里，林伯渠和吴玉章经常一道在校园里散步、交谈，他们谈过去、谈现在、也谈将来。为了中国同志在苏联学习和工作的方便，苏方让林伯渠和其他中国同志都加入了苏联国籍，并转为苏共党员，很多同志还起了俄文名字。一天，吴玉章一边走，一边很随意地叫起林伯渠的俄文名字：“卡米萨诺夫同志，以前你我哪里想过还能跟这些年轻姑娘小伙子在苏联的同一所大学读书啊！幸亏学校把我们这帮老家伙编在同一个班，要是跟他们年轻人编在同一个班，那哪能跟得上啊。”

林伯渠也边笑边问吴玉章：“老兄，你晓得‘老家伙’在我们临澧方言中是什么意思不？”

吴玉章摇摇头问：“是什么意思？”

林伯渠笑着说：“我们那地方的习惯，是把父亲称作‘老家伙’的，知道不？”

吴玉章不禁哑然失笑道：“那以后谁叫我做‘老家伙’，我就是他‘爹’喽？哈哈哈……”

林伯渠忙解释说：“也不是直接叫‘老家伙’，只是跟别人说话时，提到自己或别人父亲时，常讲‘俺老家伙如何如何’‘你老家伙怎样怎样’。”

吴玉章明白了，他感慨地说：“中国地大物博，人口众多，语言也特别奇妙和丰富；这倒不错，学点俄语的同时，也学点临澧语，蛮好玩嘛，哈哈哈……”林伯渠也孩子般地笑了起来。看来，他们当时对语言现象都有着很浓的兴趣。

作为老同志，林伯渠十分关心在苏联学习的年轻中国同胞。原长沙女子师范学生刘若英曾是徐特立的学生，她有时去看望徐老师，也会同时看望林伯渠。每次刘若英来，林伯渠都很热情地和她交谈，解答她提出的疑难，生活上也给予她关心和帮助。当一些中国青年同学向他问起国内革命斗争状况时，林伯渠总是认真地向他们介绍和回顾大革命失败的历史经验教训，并谆谆告诫他们，多多联系国内实际，好好学习革命理论，用这些理论把自己好好武装起来，将来好回国为中国革命发挥重要作用。林伯渠的这些行为举动，给许多在莫斯科学习的年轻同志留下了深刻而美好的记忆。当时也在苏联学习的吴亮平同志曾回忆道：

他（林伯渠）是非常正派、和善、德高望重的恂恂长者，在政治上有高深涵养，在学习上极其勤奋。……对王明一小撮拉拉扯扯、鬼鬼祟祟的卑污行径，非常鄙视，不屑与之搭界。

莫斯科河的河水不息地流淌，莫斯科城与它的每一个市民相互守望。两年时光，随着莫斯科的水流飞快流逝。1930年夏，林伯渠和他的老战友、老同学们满载收获，从莫斯科中国共产主义劳动大学结业了。共产国际根据当时中国革命形势发展的实际需要，决定在海参崴开办一所苏联远东边疆苏维埃中国党校，着力培养中国工人阶级的政治工作与教育工作干部。海参崴中国党校的师资，大多从莫斯科“中国共大”培养的优秀分子中选调。鉴于林伯渠在学员中学业优异，特别具有师者之风，年底，苏联政府有关部门将他选调到海参崴中国党校任教。

海参崴中国党校的学员来自不同阶层，文化程度参差不齐，这自然就给教师提出了不同的要求。为了把自己担任的中国语文和中国历史这两门课教好，林伯渠开动脑筋想办法，针对学员自身的文化基础差异，采用分进度教学的方法，由浅入深，循序渐进，对疑难问题则反复讲解，再加上耐心的个别辅导，学员们反映听得懂，学得进，成绩提高明显。林伯渠因此成为深受学员欢迎的好教员。

1931年初，吴玉章也被选派到海参崴中国党校工作，这让林伯渠由衷庆幸。两位亲密的老战友，又开始了并肩教学的新生活。为满足学校的中国职工和苏联当地的党政干部的学习需要，林伯渠和吴玉章、杨松等积极倡议，促成党校也成立了中国问题研究室，并定期举办报告会、研讨会。自然，林伯渠、吴玉章常常都是主讲人。当时，学校的条件非常艰苦，教员和学员都一样备尝艰难。林伯渠等和学员们一起吃着仅够果腹的“中国工人食堂”。他们虽然年岁大，但从没有皱过眉头，甚至从心底里，就从没有过“苦”的感觉，也许这就叫忘我。

二十世纪三十年代初，苏联政府决定推行苏联少数民族文字的拉丁化改革运动，负责少数民族文字拉丁化改革的委员会决定：在海参崴中国党校的学员中，也试行使用拉丁化文字，来推动扫盲工作。对语言学颇有兴趣的林伯渠、吴玉章等，已意识到改革中国文字的必要性和迫切性，对这项决定极表赞同。于是，他们便在瞿秋白等人语言研究成果的基础上，与几位苏联语言学专家共同研究，制订出了中国北方语拉丁化方案，并在1931年和1932年，两次召开新文字研究代表大会，对既成方案进行改进和完善。为检验和推广新文字方案，林伯渠他们开始尝试用拉丁化中文出版报纸和书籍，在中国工人学员中使用拉丁化中文进行扫盲，并规定，所有该校中国干部，都要学习拉丁化中文，而且还用拉丁化中文进行结业考试。这些措施，自然对中国工人的扫盲和普及拉丁化中文，起到了积极的推动作用，也为后来的汉语拼音改革奠定了基础，开辟了先河。

当时，苏联开办中国党校这类学校还在初始时期，既缺乏经验，又有语言障碍，困难重重。在这种情况下，林伯渠被推选出来协助学校党委书记的工作。由于林伯渠办事认真，坚持原则，处事待人诚恳，因而深得绝大多数学员的认可和赞扬。他工作从来不分分内分外，除了完成自己的教学工作，还经常给党员上党课，找同志们谈心，结合自己的经历，对学员们进行爱国主义、国际主义等方面的教育。凡与林伯渠交流多的学生，思想觉悟提高都较快。苏联教育部当时主管这所学校的副部长是列宁的夫人克鲁普斯卡娅，她曾几次对这所学校的出色工作提出表扬。无疑，这成绩里面也包含着林伯渠的汗水和贡献。

二十世纪三十年代的苏联，党内斗争日趋激烈和复杂。中国师生在苏联的日子也并非风平浪静。当时，海参崴的中国托派分子很活跃。一次，他们抓住吴玉章编写的中文教科书中的一个偶然错误发难，向边区党委告发，硬说吴玉章犯了严重的“机会主义错误”，必须严厉打击。面对托派分子无理而又卑鄙的行为，林伯渠坚决地站出来伸张正义，与托派分子进行面对面的斗争。

在事件处理过程中，吴玉章就自己工作中的疏忽，向党组织写出了检讨报告，并在党的会议上作了公开检讨。但在党内讨论处理此事的会议上，出现了严重分歧，有的同志认为属于偶然疏忽，主张从轻处理。而托派分子则以“百分之百的布尔什维克”自居，对吴玉章的偶然错误无限上纲，主张对吴玉章进行严厉打击，他们说：“如此严重的机会主义错误，你吴玉章一个检讨就算完了？革命原则就这么儿戏？”

面对托派分子的错误主张，林伯渠针锋相对地说：“这是什么话？风风雨雨这么多年，谁都知道吴玉章同志是一个怎样的人，就凭一次偶然错误，判定他是机会主义？这才是太儿戏了吧？”

托派分子强硬地说：“林伯渠同志，你要端正立场！”

林伯渠毫不让步地说：“是的，我们都要端正立场。但立场是否端正，应该用党的规矩来衡量。党历来主张党员有错误，只要认识了，检讨了，改正了，就要欢迎，不要揪住不放，这样才不至于过度打击虽有错误，但并非反党的同志。我想请教你们，这样的立场，算不算端正？”

托派分子一时语塞，然后横蛮地说：“姑息错误，为我党所不容，吴玉章的错误，必须严厉打击！”

林伯渠态度也很坚决地说：“据我所知，吴玉章同志是自觉发现错误，又自觉检讨错误的，按党的原则，应该从轻处理。因此，我建议，党组织应该鼓励吴玉章同志彻底改正错误，这样不就行了吗？”

由于林伯渠的提议义正词严，合乎党的纪律和原则，会议表决时，林伯渠的建议得到了多数同志的举手支持。最后，会议主持人还热情赞扬了吴玉章主动认识错误、勇于自我批评的党性精神。

林伯渠和吴玉章这对风风雨雨中一同并肩走过来的老战友，不仅工作上密切配合，互相支持，生活上，也彼此关心。林伯渠自离开上海以来，三年多一直孤身生活在国外，与家人长期分离，对此，吴玉章一直很关切。一天，吴玉章问起林伯渠：“卡米萨诺夫同志，学校是允许教员带家属的，共产党人也不是清教徒，你就不想把老婆孩子接来团聚吗？”

林伯渠如实回答说：“说不想，那是扯谎，我其实也常常梦见他们。刚来苏联时，我还和复明通过信的，曾要她设法带孩子过来。可是，国民党封锁很严，上海的党组织也遭到严重破坏，复明根本找不到人帮忙弄到苏联护照。后来，我三弟祖烈倒是帮他嫂子搞到了苏联护照，但由于发生‘中东路事件’，国民党政府与苏联断交，结果还是没有来成。现在，干脆连一点音讯都没有了。我估计，他们在上海可能已经生活无着，复明可能带着孩子离开了上海。”

事实也正如林伯渠所料，伍崇贤确因在上海渐渐无法生存，去苏联又无望，只得带着几个孩子辗转回到老家临澧。不过，几年后，伍崇贤托丈夫的朋友覃振在南京为秉蘅谋了个小职员的差事，秉蘅才得以自立。毕竟南京是母亲的娘家，还有父亲的一些故友在那里，秉蘅在那里生活工作得越来越有勇气。后来，在妈妈的帮助和安排下，秉蘅还带了几个妹妹到南京去上学。

第二十二章 赤子
冒险归国奔赴红都

他国再好，终非故国。林伯渠在海参崴苏维埃中国党校工作期间，国内的毛泽东、朱德等同志领导的中国工农红军已先后粉碎国民党蒋介石反动派军队的第一、二、三次“围剿”，中央苏区、鄂豫皖、湘鄂西等根据地和红色武装，也都有了很大的发展。1932年秋，灭共心切的蒋介石又集结数十万兵力，对江西红色革命根据地发起了第四次“围剿”。林伯渠在海参崴获知消息后，再也按捺不住回国参加革命斗争的夙愿。他毅然决定放弃海参崴苏维埃中国党校相对安定的教员生活，要回到祖国去，回到自己已经为之奋斗二十多年的中国革命前沿去。主意打定，林伯渠趁赴南俄休养的机会，前往莫斯科共产国际中国共产党代表团机关驻地，主动提出申请，要求回国参加国内革命。上级机关考虑到国内革命事业如火如荼，正需要大量骨干力量加强领导，同时也虑及林伯渠长期去国别亲，孤身只影等多种因素，很快就批准了他的申请，并通过秘密渠道，通知给了国内的党组织。归心似箭的林伯渠随即返回海参崴，首先告知老战友吴玉章，然后开始移交手头各项工作，进行回国的各种准备。

当时，共产党人从苏联回国，一般有三条途径可供选择：第一条是经过欧洲、苏伊士运河、新加坡，再到香港或上海，这条路很安全，但耗时长，耗费大；第二条途径，是从东北越过中苏边境，因边境管理不严，可以夜间潜入中国，也很安全，但东北离江西革命根据地还很遥远，路途险阻难以预测；第三条途径，是从海参崴乘船直接到上海，但因为船是来自苏联，可想而知，国民党反动派的防范监视一定极其严密，稍有可疑，可能立即被捕，所以，这条路径最危险。但这条路是从苏联到达江西革命根据地的唯一捷径，所以，刻刻心系中国革命的林伯渠不顾危险，决然选择了这条路线。延安时期，林伯渠曾在《自传》中忆及此事：

> 从苏联秘密回国时，明知非常危险，除准备被捕时的口供外，心里仍很坦然，早已置生死于度外……

1933年早春，林伯渠从海参崴搭乘三北公司的轮船，从海路南下，回到阔别约五年的上海。码头上，国民党特务盘查着每一个乘客。与林伯渠同船的人中，已有好几个被当作“可疑分子”逮捕。林伯渠化装成水手模样，等乘客都走完，才随几位船员离船登岸。由于他高度的机警和沉着，在码头上总算没有遇到麻烦。

一出码头，迎接林伯渠的便是一场大雨。也好，或许大雨就是当时最好的掩护。林伯渠提着一只普通黑色皮包，打着雨伞、低着头，不紧不慢地穿过几条马路。天色渐渐暗下来。在昏暗的路灯光下，他走过当年工作过的环龙路国民党中央执行部附近，国共合作时期那些令人难忘的往事，不禁浮现脑海，革命战友们的亲切面孔，也纷纷浮现眼前：毛泽东、邓中夏、萧楚女、张太雷，还有那个伶牙俐齿的向警予……如今，你们都在哪里？

拐过一座幽静的法式花园，不多远，便是非常热闹的霞飞路了。十里洋场，依旧是旧日景象。一辆辆豪华的小汽车，从人们身边飞驰而过，溅起点点污水。林伯渠连忙拐进一条僻静的小巷，朝以前接过头的交通站疾走。没走多远，林伯渠忽然发现自己被两个贼眉鼠眼的家伙盯上了；只见他们把身子紧紧裹在雨衣里，不远不近紧跟在林伯渠身后，林伯渠立即警觉起来，不时用两眼余光观察着这两个人的行迹。

凭着特殊历史时期练就的格外灵敏的听觉，林伯渠隐隐捕捉到这两个家伙的低声嘀咕，其中一个说：“看样子，这家伙就算不是船长，也是个大副。”

另一个说：“嗯，可能有点油水，妈的，敲他一竹杠！”

“嘿嘿，玉春楼那个妞儿在等着要钱花，是吧？”

“屁话！我看你是昨晚上赌债催急了还差不多！”

雨仍下个不停，本来就僻静的巷子，此时很少行人。林伯渠想着如何甩掉这两个“尾巴”，但“尾巴”更精，一忽儿就追了上来。他们横在林伯渠面前，狠狠地说：“侬要人力车？”

“谢谢！不用！”林伯渠边往前走、边镇定地回答。

“那好！既然不要车，那咱们就公事公办，站住，检查！”这时，两个家伙忽然亮出手枪晃了晃，吼道。

林伯渠不慌不忙，镇定自若地说：“检查？好吧！刚才在码头上已经检查过了，鄙人是亚洲远洋公司的船员。”说罢，递去一张名片，这是出发前就准备好的应急用品。

两个家伙看了一眼名片，仍不肯罢休，贼眼一转吼道：“不行！跟兄弟们到局子里走一趟！”

林伯渠估摸着这两个家伙年纪不大，根本不可能认出自己来。而且上岸时，并没有发现有人跟踪，这半路杀出来的“李鬼”，十之八九就是想榨点油水；也罢，反正已到上海，身上还有几块大洋，把他们打发开算了，省得节外生枝。

“二位兄弟，莫跟我开玩笑了；我是顺便上岸看个朋友，晚上还得赶回船去新加坡，耽搁不起呀！”

“少啰唆！走吧！”两个家伙看来是打定敲一把的主意了。

林伯渠微微一笑说：“二位兄弟，一回生、二回熟，何必这么认真呢？”说着，林伯渠掏出两块光洋递了过去，“小意思，拿去打个牙祭吧，山不转水转，以后二位转到我们公司，老哥我请客！”

这两个家伙见了光洋心里正美，但仍装模作样地说：“咱们是公事公办，谁没见过这么两块光洋？还是跟老子们走吧！”

林伯渠按住心里的怒火，又摸出身上仅剩的两块银圆说：“实在不好意思，因为担心上海码头扒手多，钱搁船上了，身上没带多少钱，就这些了。”

没等林伯渠说完，一个家伙夺过林伯渠的皮包就翻，另一个往林伯渠身上搜摸。最后，见这老水手身上真的再也没什么油水了，就把他包里的一套西装和两件长衫也给抢了。

林伯渠气极了，但又不好发作。为了尽快支开这俩流氓，他说：“好吧，二位看得上的话，就拿去吧！不过请问二位是哪个局子的？日后也好让我们公司董事长跟你们局长交涉一下，免得闹出误会。”

这一说，两个家伙心里发毛了，他们知道亚洲远洋公司是外国的股份公司，中国人是惹不起的。于是，他们边迈腿，边给自己壮胆说：“来吧！老子们等着你！”说着，一溜烟不见了人影。

林伯渠望着他们的背影，愤愤骂了一句：“流氓，不！简直就是土匪！”怎么办？身上已是不名一文，吃饭的钱都没了，今晚无论如何也得找到组织才行。

雨，仍在下个不停。他凭着记忆，一连找了好几处，但同志们大都转移了，就连堂姑伍老太也不知搬哪儿去了。林伯渠也想过到当年伍崇贤住过的美人里去找找，但按照组织的规定，在没有找到组织之前，不能与其他任何人接头，林伯渠只得继续在雨中寻找地下交通站。幸而上海是个夜热城市，大街上总会有些行人，无处投奔的林伯渠混在行人里，尚未引起特务的注意。

林伯渠正步态平稳地走在街边，忽然身后有个声音在呼喊：“先生，先生，您是林姑爷吗？”林伯渠不禁一愣，微微侧过脸看了一眼，见是个小青年，倒是有点面善；但刚到上海，林伯渠不敢露出任何破绽。于是，他完全陌生似的问：“小兄弟，你跟谁说话？”

小青年很热络地说：“当然是跟您呀，伍崇贤是我姑姑，我叫伍志喜。”看来，这个小青年已经完全认准了林伯渠。

林伯渠倒是记得有个内侄叫伍志喜的，以前还曾在哪儿见过面的。但是，这年头时局这么乱，谁知道这个忽然冒出来的内侄是啥根底？况且没有找到组织前，也是不能与任何人相认的。林伯渠默默观察着对方。

伍志喜嘴快，没等林伯渠说什么，早又跟出一串话来：“贤姑姑前年还给我看过您的相片，所以我认得出您来。本来，贤姑姑和表妹们前年还在上海的，说等您回来好找她们。唉，后来特务越来越闹，赶着她们搬了好几次家，现在连我也不知她们搬到哪儿去了。平时，我是在南京做事，今天有事回来，也是刚下火车，凑巧遇上了您，还真是缘分；到我家里去吧，明天我陪您去打听贤姑姑消息。”

林伯渠听着想着，一切倒是说得有鼻子有眼，不像是瞎编的。但就算是妻侄，他一会儿南京、一会儿上海的，谁知他现在是哪路的？于是，一贯恪守组织规定的林伯渠不动声色地说：“小兄弟，你一定认错人了，我不姓林，我姓李，世上相貌相近的人多，你看我名片嘛。”

林伯渠随手递了张名片，伍志喜一看，只见印着“亚洲远洋公司李春风”。伍志喜也蒙了，他反复地看林伯渠，满腹狐疑地自问道：“咋会呢？咋会长得这么像呢？”林伯渠担心有诈，忙转身匆匆向前走去。伍志喜站在那里半晌没挪窝，直到林伯渠消失在夜色中。

海关大楼的钟声敲到四响时，林伯渠终于凭着接头暗号，找到了党的一个秘密交通站。然后，他被一辆黄包车拉到西摩路一座旧式洋房的亭子间暂住下来。这是中共临时中央的一个秘密接待处。第二天，临时中央组织部部长杨天生（本名黄玠然）来到林伯渠住处。异国归来的党员初见中央组织部部长，别提多激动了，两个人久久拥抱在一起。

杨天生松开手后说：“伯渠同志，你现在的任务就是边休息、边待命。上海时局仍很险恶，你不要随便出门，以免遭遇不测。个人有什么要求，可告诉组织！”

林伯渠脑子里仍萦绕着昨天伍志喜说的话，此刻林伯渠也很想打听妻儿下落，于是说：“感谢组织的安排和关心。如有可能，请帮忙打听一下我老婆孩子现在在哪里，她们原住在美人里，听说后来搬了几次家，现在音信全无了。”

杨天生说：“能理解你的心情，组织上会尽力打听消息；不过，伯渠同志你要有思想准备，也许，一时半会儿很难找到你家人，而根据地反‘围剿’的形势不等人啊。”

林伯渠点点头，他也知道在大上海寻找家人有如大海捞针。不久，临时中央通知林伯渠，立即赶赴江西红色革命根据地。在中央外联部交通处的精心安排下，林伯渠不久即秘密离开上海，绕道广东汕头，经粤东大埔，再进入闽西永定、长汀，日渐接近江西革命根据地。这一路之上，想到自从当年南征失败，自己在国内无处立足而去苏联学习，漫漫岁月，漫漫历程，现在就要回到国内红色根据地了，那种“回家”的心情，是林伯渠好些年没有过的。虽然现在程途也是艰险难测，新近还负了点伤，但他内心那种“即从巴峡穿巫峡，便下襄阳向洛阳”的轻快感，仍然难以掩抑。

1933年3月，正是江南漫山遍野杜鹃盛开的季节。林伯渠历尽千回百转、千辛万苦，终于到达江西中央革命根据地，完成了这次辗转万里、奔向红都的归国之旅。到达瑞金时，林伯渠左膀上打着绷带，他自嘲说这是“带着彩礼回娘家”。当他踏上红色革命根据地万绿丛中的黄泥小路时，心中那种说不出的兴奋和激动，使他觉得浑身上下都是劲儿。曾经困于危境的中国共产党，终于通过这么多年艰苦卓绝的奋斗，找到了武装斗争的出路，建立起了这样一块红色革命根据地。这里的山山水水，林伯渠是那么熟悉，又是那么陌生。北伐时期，他曾在这一带与反动军阀浴血奋战，南昌起义后战略转移的南征途中，他曾在这崇山峻岭中艰苦跋涉。但自南昌起义后，林伯渠已好些年没有踏上过这片土地，这里现在的景象已变得不似从前。从前，这一带是满目疮痍、民不聊生；如今，这里是一片生机，气象焕新。到达瑞金的当天下午，林伯渠立即前往中华苏维埃共和国中央工农民主政府所在地——叶坪。走进中华苏维埃共和国中央工农民主政府院子，终于见到许多当年一起并肩战斗的老战友，毛泽东、董必武、项英、何叔衡、谢觉哉、徐特立等都在这里。革命同志久别重逢，大家激动得又是握手，又是拥抱。

徐特立跟林伯渠握手时，轻轻抚着他缠着绷带的左臂，关切地问："怎么，挂花了？"林伯渠轻松地说："前几天夜渡汀江，被搜山的白狗子乱枪穿了个洞。还好，没伤着筋骨，就算是块回国'纪念章'吧……"大家听了连连点头。

国内革命根据地自然是林伯渠向往已久的家园，但当时历史时代，这可不是一个可以让归来游子享受舒适的港湾。林伯渠辗转到达中央苏区后，几乎没有做多少喘息，就被任命为中华苏维埃共和国中央工农民主政府国民经济人民委员部部长。那时，国民党蒋介石已经先后对中央苏区进行过四次疯狂"围剿"，虽然第四次"围剿"也已被粉碎，但蒋介石对中央苏区的经济封锁丝毫没有放松。而当时中共临时中央内部"左"倾教条主义当道，冒进和超越苏区实际条件的"左"的抉择，使根据地军事和财政的矛盾和困难都十分尖锐。毛泽东因为反对"左"倾路线，当时已被教条主义领导撤销了红一方面军总政委职务，调他去做苏维埃政府工作，实际是剥夺了他的军事指挥权。可以说，林伯渠这时出任中华苏维埃共和国中央工农民主政府国民经济人民委员部部长，完全就是接受一场比冲锋陷阵更为严峻的挑战。

一天，林伯渠去医院换药，红军医院院长傅连暲迎了出来。他们是南昌起义的老战友，又一道南征广东，自然是情深义重。两人一见面，就来了一个大熊抱；然后，傅连暲亲自为林伯渠解开绷带，查看伤口，看后不禁大吃一惊："伯渠兄，伤口都成这样了，不可能没感觉吧，怎么不早来换药？"

“不要紧，能挺得住！”林伯渠显出满不在乎的样子。

“可不能大意。”傅连暲一面给他清洗伤口一面说，“哎，可不是我向国民经济部长叫苦呀，现在根据地实在太困难了。就说这清洁伤口吧，别说是碘酒，就是浓盐水也用不起啊，这不，给林部长也只能用淡盐水将就着洗洗，再上点药。”

林伯渠点点头，若有所思地说：“是啊，这盐的问题，的确是个大问题哩。但就算再困难，伤员吃的、用的盐，也得想方设法给予保障呀！”

傅连暲一脸苦笑说：“谁说不是呢？可是，现在到处都没盐，蒋介石搞的是铁壁合围，白区的同志为了给根据地搞盐，常常要付出鲜血和生命的代价，可还是无法满足战场和苏区的需要；医院里只好眼看着不少伤员伤口化脓，有的还因长期缺盐，开始患粗脖子病了。”

上完药，林伯渠带着重重心事，和傅连暲一起走进病房，一个个查看伤员。在一个伤员床边，林伯渠弯下腰，按了按硬硬的铺板，问伤员：“同志，疼不疼？”伤员咬咬牙说：“首长，不疼！”林伯渠直起腰来，动情地说：“嗯嗯，多么坚强的战士啊！”

特殊时期，粮食不够吃，尚可多拌些野菜充饥；没有布匹做衣服，还可以在衣服上多打几个补丁，凑合着穿；但没有盐吃，人浑身都没劲儿，打起仗来跑不动，这可真是要命的事情哩。燃眉之急，目前还是在依靠白区的同志冒着生命危险来帮助缓解。而蒋介石也不傻，他也知道把盐控死，是对共产党军民的致命打击，因此，国民党反动派在白区实行了“计口售盐”的歹毒办法，白区的同志也很难弄到盐，只能自己尽量少吃盐，省下些盐来，设法偷偷送进苏区。可国民党的关卡也不是好糊弄的，因此，常常有白区的同志为向红区送盐而牺牲。

一天，林伯渠开完会回来，半道上遇上雨，便走进一位老乡家里躲避，正赶上老乡家炖了锅鸡汤。这里的老乡大都认得林伯渠，热情地舀来一小碗鸡汤请林伯渠尝尝，林伯渠尝了一口，随即说：“哎呀，一点咸味都没有啊。”老乡说：“实在没办法，现在盐恐怕比金子都难弄到啊。”

林伯渠放下碗，非常难过地摇摇头说：“哎，长此以往怎行呢？得快想办法！”

其实，不光是老乡，就是中央苏维埃政府机关食堂里，大家也一样吃着

没有油盐的菜。那天晚饭时，毛泽东和林伯渠等同志一道在机关食堂，就着基本没有咸味儿的竹笋吃晚饭。毛泽东是个乐观风趣的人，尽管口中无味，但他还是开着玩笑说："咱们都成大斋公咯，不光是不吃肉鱼荤腥，而且还不进油盐！"

面对如此现状，林伯渠心里比谁都焦急。他常反躬自问：一个国民经济部部长，根据地军民没有盐，你不想出办法来，那该由谁来想办法？他深知自己责无旁贷。眼下，为了"盐"，林伯渠的脑壳都快要想破了。

一天，林伯渠又跟毛委员说起盐的事儿："润之同志，这盐的问题真愁死人了，没盐吃，战士们没法儿反'围剿'啊。我倒有个权宜之计，但就是还不知道可行不可行。"

毛泽东忙说："我说你这位国民经济部部长啊，就别跟我们大家打埋伏了，有什么办法，快拿出来！"

林伯渠说："我们临澧老家闹盐荒时，好多人家就用旧屋基土和废砖头脑壳做原料熬硝盐，拿硝盐当食盐用。硝盐虽没有海盐或井盐那么好，但总比完全不沾'盐'字儿的要好些吧。"

毛泽东忙说："好嘛，既然有这么个救急的办法，那就来它个如法炮制，马上发动群众，寻找原料，熬制硝盐。"

随后，一场熬制硝盐的运动，在江西革命根据地展开了。林伯渠身先士卒，带领战士和群众到处挖旧墙脚砖、破屋墙脚土甚至茅坑附近的肥土，先捣碎，再用适量的水浸泡搅拌，再过滤出水来。待水沉淀后，用大锅烧稻草火，熬这澄清了的含硝水。当锅里的水完全蒸发后，锅底就会剩下一层白花花的细颗粒，这就是硝盐。硝盐的味道其实很涩口，根本就不同于食盐，但好歹它也叫"盐"，多少还是有一点怪怪的咸味儿，总比啥盐都没有要好吃一点儿。而当时，即使是硝盐，也并不充足，根据地也不可能有那么多用来熬硝盐的砖和土。因此，其他搞盐的渠道，也丝毫不敢放松。

除了盐，粮食问题同样突出地困扰着苏区军民。敌人铁桶般的封锁，粮食、布匹和食盐等运不进来，使得根据地维持军民生存的基本物资都严重匮乏。深谙国民经济工作的林伯渠在解决突出矛盾如食盐问题的同时，始终把经济工作重心放在抓粮食上。前一年，中央苏区受灾歉收，加上敌人抢劫烧毁，王明"左"倾教条主义错误指挥，红军扩军，根据地群众也要吃饭，这道道铁

箍套在“粮秣官”头上，那脑壳当然会很疼。面对根据地粮食问题日趋严峻的问题，两种不同主张在中央内部也是争论不休。王明者流与坚持实事求是的同志，总是尿不到一个壶里去，有时双方碰得火星四溅。

一次政府会议上，“左”倾教条主义代表人物博古说：“我们是经过共产国际正规教育培养的马列主义者，思考问题要从马列主义高度着眼。根据十月革命的宝贵经验，中国革命的目标，首先是要夺取大城市。”

毛泽东观点鲜明地反驳说：“我认为运用马列主义，需要结合各国的实际。中国的实际是一个农业国，农村为主，缺乏大工业，因而产业工人规模有限；我们的方针，应该首先立足农村，以农村包围城市，这才是我们中国的马克思主义。”

博古像讥笑稚童一样笑笑说：“你这是典型的山沟里的马克思主义，冒牌的马克思主义！按照列宁主义的方法，我们必须建立强大的正规军，红军至少扩军到一百万，知道吗？有了一百万的正规红军，别说蒋介石的‘围剿’了，中国就算有一百座冬宫，我们也会排山倒海一般把它给攻下来！”博古作了一个气吞山河的挥拳手势，仿佛整个中国已经攥在他手心里。

毛泽东点燃一支“喇叭筒”，狠狠地吸了一口说：“同志啊，一百万正规红军当然是很好，谁又不想要呢？可是想过没有，我们目前最紧迫的问题是什么？扩大红军必须考虑需要和可能，不能漫无节制。”

当时也在根据地的邓小平、毛泽覃、谢维俊、古柏等同志，也都坚决反对盲目扩军的教条主义做法，纷纷议论说：“这也太不符合实际了！”“一百万人摆哪儿呀？”“吃什么，穿什么呀？”

博古发火了：“干什么！起什么哄？我们是马克思主义者，不是吵吵犯！”

毛泽东仍冷静地说：“我们征集新兵，必须从两个方面考虑，一方面要顾到人民群众的觉悟程度和人口现状，另一方面要顾到现在红军的情况和整个反‘围剿’战役中，红军消耗的可能限度。目前，把现有红军的衣食和练兵解决好，以正确的战略战术来反‘围剿’，我们倒不是没有取胜的可能！”

邓小平等支持说：“对嘛！胖子也得一口一口地吃出来嘛！”

博古恼火了，站起来说：“我是中央领导，我要对中国革命负责！一百万红军的目标，就这么定了，谁要再反对，中央将给予无情打击！”

林伯渠坐在毛泽覃旁边，不由自主地吐吐舌头说：“我的嗲嗲呀，一百万红军，我拿什么来供给呀！”

对于王明“左”倾教条主义者们只知用教条主义方法来考虑问题，断章取义、生吞活剥地背诵马列主义著作中的只言片语，脱离实际，空谈理论，大搞宗派主义，对党内持不同意见的同志实行残酷斗争、无情打击的恶劣手段，林伯渠是十分反感的。后来，他在一首《偶忆》诗中提及此事：

> 偶忆往事便心惊，谢古邓毛剩小平。
> 割截无情读八股，江西路线有罗明。

面对扩军与军需的尖锐矛盾，林伯渠自然感到十分棘手，也非常苦恼。但是，大批红军新兵开始集结，虽然人数还远远达不到“左”倾机会主义者提出的数目，但种种压力已经让根据地气喘吁吁。可是林伯渠清楚，这些战士是没有错的，不能让他们没有吃、没有穿。为此，林伯渠没日没夜地和同志们一起动员群众节省谷子，卖到粮食调剂局，以解燃眉之急。1933年5月20日，林伯渠以国民经济部的名义，发布了第一号《中华苏维埃共和国临时中央政府国民经济人民委员部训令》：

为着争取战争全部胜利，粉碎帝国主义国民党第四次“围剿”，来回答日本帝国主义占领满洲热河，进攻华北，以及各帝国主义企图瓜分中国的强盗行为，我们必须有充分的准备，粮食一项，尤为重要。不独关系红军的给养且直接影响工农劳苦群众的日常生活。目前粮食缺乏，谷价飞涨，中央苏区有些地方已经发生夏荒。我们要解决这个问题，除由粮食调剂局分向各县区乡比较谷米多的地方采买外，各县国民经济部应即提出主席团召开区乡代表联席会议。此项会议，须有贫农团、工会及妇女代表的参加。热烈讨论在最近两个月内每人要设法节约谷子一斗，卖给粮食调剂局的问题，要从各方面去鼓励群众，说服他们，使他们了解适量帮助战争。用县与县、区与区、乡与乡的竞赛方法，和过去一切节约运动的经验与教训，积极地去进行这一工作，造成群众节约谷子卖给粮食调剂局的热烈情绪，以便粮食调剂局能很顺利地执行他的任务，去调剂苏区粮食和保证红军以及战时粮食的充分供给。望各县国民经济部接到此文后，迅速切实执行，幸勿敷衍了事为要。

幸而这一年苏区禾苗长势很好，夏粮丰收在望。于是，林伯渠未雨绸缪，又以国民经济部名义，发出第二号训令，倡导办好粮食合作社和建造谷仓。随后，又主持制定出《谷仓管理委员会规则》，对粮食的运输、保管等工作，作了明确而具体的规定。这些措施，对解决和缓解苏区粮食困难，无疑起到了十分重要的指导和保障作用，显示了林伯渠非同寻常的财经管理智慧。

要发展经济，开辟财源，除了正确的方针政策外，还必须有一批懂经济、擅财政的干部，不然就无法保证经济的有效发展和管理。然而，刚刚成长起来的苏维埃红色政权机构中，经济管理人才相当匮乏。为此，在红色根据地大量应对军民衣食问题的同时，学师范出身的林伯渠开始谋划经济管理干部人才培养的问题。而林伯渠首先想到的是向同为师范出身的毛泽东委员讨主意。

那天，林伯渠找到毛泽东说："润之同志啊，根据地的国民经济要发展，我现在最头疼的，是管理人才奇缺，你这智多星，给想个办法吧？"

略显憔悴的毛泽东想了想说："伯渠同志，你看我们办一所苏维埃大学如何？你是学富五车的财经专才，我也是当教员出身，我们队伍中还有很多'孔夫子'，咱们自己动手办学校，培养自己的专门人才，你看如何？"

林伯渠不禁一拍巴掌说："哎，要得要得，这个办法好，一定搞得成！"

本已十分繁忙的林伯渠，随后又兼起了苏维埃大学的教员，常常给学员上课，课后还要解答学员的疑问。林伯渠虽然常常忙得筋疲力尽，但他总是笑呵呵的。

尽管林伯渠承担着苏维埃政府国民经济部的主要领导责任，但无论大事小事，他总是坚持深入实际，亲力亲为。一次，银行金库女会计钱希钧送来一份会计报表，林伯渠仔细审核后，发现累计数字中有一处错误。林伯渠马上把钱希钧叫来，认真而和气地跟她说："小钱，你看，这个数字是不是有点误差啊？"钱希钧仔细看看，确实有点不对，连忙点头说："是有点问题，林部长，对不起，是我粗心大意了。"

林伯渠严肃认真地说："我们搞财务工作的，一定要特别细心，半点也不能马虎，差一分一厘也不行的。"

钱希钧心悦诚服地说："嗯，林部长说得对，我保证今后不再出现

差错。”

金秋之夜，天高云淡，月朗星稀，阵阵晚风带着桂花的幽香，弥漫在苏区四野。夜不成寐的林伯渠披着一件旧军装，独自走出沙洲坝苏维埃政府大门，来到门前不远处的池塘边，慢慢地踱着步。夜风拂过，吹皱一池秋水。林伯渠望着前方，似在欣赏秋池月影，其实心思却不在这景色之上。近几个月来，中央苏区红军作战失利，而苏区依旧面临着巨大的财政经济困难，这使鬓发斑白的林伯渠常常无法入睡。有时，他干脆独自趁着夜色到门外走走想想。

脆弱的苏区国民经济，在国民党军队大兵压境的严峻环境下艰难发育，而蒋介石则一刻也没有放弃他把共产党消灭在元气未足状态的企图。1933年秋，蒋介石在中央苏区周围部署了一百多万兵力，开始对红色革命根据地发动第五次大“围剿”。可是，我们党内的“左”倾机会主义领导者们，却依旧顽固地坚持其错误主张，拒绝接受毛泽东同志运动战、游击战的正确主张，继续实行冒险主义的进攻方针，提出“不放弃一寸土地”“御敌于国门之外”等“左”倾口号，甚至完全不顾实际，命令红军进攻敌人极其坚固的阵地。在黎川以北的硝石一战中遭遇失败后，又接着冒险攻打东南面资溪桥强敌，结果又损失不少主力。错误的军事指挥，使根据地一天天在缩小。战斗的失利，使红军越来越陷于被动。苏区财政经济部门也渐渐不能像以往那样在进攻白区的过程中同时进行筹款了，也很难有条件渗入到国民党统治区域去扩大我们的财政收入了。仅仅依靠根据地有限的收入和物资供给来满足战场上的需要，显然是远远不够的。因此，根据地财政越来越陷于困顿。

在这种严峻现实面前，王明路线的追随者们不但没有认识到这是自己实行错误路线造成的恶果，反而把责任归咎到一些无辜的干部头上。在资溪桥之战后的一次中央领导会议上，博古仍然坚持说：“谁都知道，胜败乃兵家常事。不错，我们在硝石战役中失利了，在资溪桥战役中也失利了，但这就意味着我们的路线有错吗？现在的关键，是我们的红军还远远达不到一百万，否则，结果就不是这个样子了！同志们要相信，只要我们红军有一次的决胜，便可扭转全局！”

毛泽东坚决反对说：“总书记同志，我们不能再冒险了，再冒险，我们必定更伤元气。在敌人数十万大军的‘围剿’中，硬碰是毫无把握的。可行的办法，应该是运动战，看准敌人薄弱部位，发挥我们的优势，各个击破敌人，集无数小胜而成大胜，才能最终打败强敌！”

“你又说我搞冒险主义吧？”博古咄咄逼人，“可你这是流寇主义、游击主义，根本就不是我们无产阶级革命军队的风格，知道吗！？”

毛泽东听了直摇头，林伯渠插话说：“现在我们已经处于被动，已经不能再在进攻白区时进行筹款了，也无法乘胜到国民党统治区去扩大我们的财政收入了；而仅靠根据地内有限的收入和物资，显然无法满足反‘围剿’的需要！”

博古一听，来火了，大声说：“我早就说过，我们的财政收入不能建立在沙滩上，可邓子恢等同志就是不明白这个道理，就是不去努力建立可靠的税收，而把基础建立在没收土豪财产上，这怎么能不被动？”

项英这时发言说：“财政部确实是草拟过一个向地主富农筹款的指示，但我觉得这样的指示由中央机关签署不大妥当，所以没有签发。不过，以没收地主、土豪财产来充实政府财政，这确实也是迫不得已的无法之法。”

博古居高临下地说：“无法之法？这是长久之计吗？愚蠢！还想出个‘向石印机要经费’的主意，印那么多纸币，能当饭吃吗？邓子恢看来是当不好这个财政部长了，这样吧，邓子恢改任副部长，由伯渠同志兼任部长好了！”

困境如山，压力重重。林伯渠真有点焦头烂额了，他不得不经常到一向令人心悦诚服的毛泽东那里讨教：“润之同志，巧妇难为无米之炊，何况我也不是个巧妇；你看，现在红军总数已达10万人，按每天一毛二的伙食费计算，每月光伙食费就得36万元，还有其他脱产人员和医院经费没有包括在内；这笔钱哪儿来呀？这么突出的问题，难道与盲目的、冒险的方针无关吗？看来，吃多了洋面包的人想出的主意，真不一定管用啊！”林伯渠显得特别无奈。

当时毛泽东同志还在受着机会主义的排挤，一有时间，他便坐下来思考问题或奋笔疾书。毛泽东是个非常注意组织原则的人，尽管他对当时执掌党和军队大权的“左”倾领导人也一腔怨气，尽管他深知林伯渠是个正派可靠、不屑与王明等人为伍的坚定革命者，但面对林伯渠对“左”倾领导人明显的不满和批评，毛泽东当时也只是从正面同林伯渠商讨如何摆脱经济困境的办法。毛泽东坐在办公桌前苦笑一下说：“也确实是难为你这位国民经济部兼财政部部长喽。大活人总不能让尿憋死，让我们开动大脑，冷静地想想，看看有什么好办法渡过难关没有。”

他们商议很久，最后决定还是发动群众，加强建设，搞些新尝试，以求从根本上改变被动局面。根据他们作出的一致决定，8月12日，林伯渠主持召开了“赣南十七县经济建设大会”，毛泽东同志在大会第一次会议上，作了《粉碎第五次“围剿”与苏维埃经济建设任务》的报告。在第二次会议上，林伯渠作了《发行三百万经济建设公债与发展合作社》的报告。闭幕时，林伯渠在闭幕词中说：“这次大会，我们听了毛泽东同志的重要讲话，我也报告了财政部和国民经济部的工作方针与措施，大家认真讨论了几天，通过了一些重要决议。这次大会是一次非常及时的大会，也是一次非常成功的大会，将给苏区的经济建设，带来明确而有力的发展动力！”

随后，林伯渠领导的财政部和国民经济部积极配合、协助有关部门，组织工农业生产，发展合作社，开展对白区的贸易，把坚持革命战争和加紧经济建设有机地结合起来。同时，大力提倡“开源节流、双管齐下”，更大限度地发挥根据地财力的效能。为有效改善财政，当时财政部专门成立了一个“没收征发局”，安排财政部副部长邓子恢兼任没收征发局局长。邓子恢上任时，心有余悸地对林伯渠说：“不会又被揪辫子吧？”

林伯渠说：“我们已经按组织程序，以财政部的名义打了报告，说清了当前中央苏区的财政压力，阐明了巩固根据地财政收入在目前只有走‘没收征发’的道路。对根据地人民的征税，只能适可而止，否则那就是竭泽而渔，任何一个领导者，也无法否认这些铁的事实。”一场声势浩大的打击土豪劣绅的运动，在根据地群众的参与下积极展开，这一策略，确实一度有效缓解了苏维埃政府的财经压力。

同时，在林伯渠极力主张下，财政部还成立了一个“对外贸易局”，由钱之光同志任局长，并在苏区的四大门户——福建厦门、会昌乱石街、泰和值夏、赣县江口等处建立分局，从而大大拓展了中央根据地的财源。林伯渠工作非常深入，他发现江口分局负责人姚名昆因以前从未做过贸易工作，接到任务后不知所措，就马上找他谈心：“名昆同志啊，困难是有的，但总要坚持去做，才能克服困难。像姜太公那样‘直钩钓鱼’，是不会有收获的；像宋国人那样‘守株待兔’，也是不会有成果的。我们要走出去，主动跟白区的商人搭桥牵线，多做些争取他们的工作，这可是我们目前搞好白区贸易工作的关键所在。”

姚名昆很受启发，说：“林部长这一说，我心里有点主张了。”

工作中，林伯渠还特别重视在白区工作的同志的安全。他得知姚名昆有亲戚住在赣州后，特别叮嘱他改个名字，以免连累亲戚，也免得给自己带来危险。姚名昆感激地说：“林部长想得太周到、太细心了。首长这样关心下属，下属哪有不拼命工作的道理！”“好！那我先谢谢你们了！”林伯渠亲切地拍拍他的肩膀。

在林伯渠优良作风的感染下，同志们工作起来更努力、更积极、更有办法和干劲了。不久，苏区的粮食、花生、豆类、茶油、生猪、竹木、纸张、钨砂、樟脑等物资一批批与白区商人达成交易，换回了大量的食盐、布匹、药品、电池、炸药原料等等。局面一打开，水渐渐活了，贸易营业额成倍上翻。

对受到“左”倾机会主义打击排挤的同志，林伯渠一贯寄予同情，并热情关心。譬如邓子恢，林伯渠就经常安慰他，而且也很尊重他，信任他，使他工作起来积极性还蛮高。又如在财政部负责钞票和邮票设计的黄亚光因抵制错误路线，差点被“改组派”杀害，是苏区中央银行行长毛泽民把他保了下来，安排在林伯渠身边工作。虽然黄亚光当时已被开除党籍，但林伯渠依然把他当作党内的同志一样看待，仍然信任他，依靠他，因而使他感到很温暖，工作依然忠心耿耿。

由于林伯渠积极维护和执行毛泽东提出的苏区经济建设方针，苏区的经济财政工作不仅深受群众的拥护，而且也得到了作战部队的大力支持，再加上积极争取到的其他各方支持配合，中央苏区的财政形势逐渐有了好转。1933年的最后几个月里，财政困局终于有所缓解。

1934年1月，中央在瑞金沙坪坝召开苏维埃第二次全国工农代表大会。按大会日程安排，29日下午，应由林伯渠作苏维埃经济建设问题的报告。后来主席团突然获悉，蒋介石调兵遣将，分三路气势汹汹向中央苏区扑来。主席团当即决定先由毛泽东作《关于紧急动员的报告》，并将会期缩短至五天。毛泽东的报告，提出了扩大红军、实行赤色戒严、镇压反革命、做好运输救护、搞好经济建设等措施和要求，为应对国民党军队的第五次“围剿”，提出了一系列重要措施。然后，由林伯渠作经济建设报告，他回顾经济建设成就、分析经济建设形势后，还特别指出：“今后必须尽量提高我们的土地生产、工业生产，发展对外贸易，繁荣苏区市场，开展合作社运动，集中资本，巩固苏维埃金融，特别是收集粮食等运动，在目前，更要加紧去进行。”在积极有效的财政经济发展工作中，林伯渠当选为中华苏维埃共和国中央执行委员会委员。从国民党的“中执委”，到中华苏维埃政府的“中执委”，林伯渠这两个不同寻常的历史脚印，蕴含了太多的传奇故事。

在苏区财经出现较大转机的时候，狡猾的敌人觉察到了苏区财经的回暖，意识到这将对他们非常不利。于是，他们开始进行无孔不入、千方百计的渗透和破坏。他们派出一批又一批化装成客商、小贩的特务，来到苏区开展各种破坏活动。一时间，苏区谣言四起，说中央军已经把苏区团团围困，不用多久，苏区就要完蛋了；苏区一完蛋，“苏票”就变成一堆废纸了。谣言传开，苏区人心开始惶惶不安，“苏票”的威信也日渐下降。对于苏区群众购买物资，商人也只收银圆，不收苏票了，这更加剧了苏票的信赖危机。而苏区银行里银圆十分有限，时间一久，也会出现银圆危机；这样，就给苏区财政经济造成了十分严重的被动，怎么办？

林伯渠连忙召集财政部和国家银行的同志开会，商量对策。他点燃一支“喇叭筒”，吸了几口，从容不迫地说：“我们共产党是洞庭湖的麻雀儿，吓大胆了的！大家莫慌，有共产党在，天就塌不下来！”大家不禁一笑，气氛顿时有所松缓。林伯渠又抽了一口烟，继续说：“敌人以为采取造谣破坏的办法，就能搞垮我们苏区，其实，他们根本不知道我们苏维埃政府在群众中有多高的威信。现在，我们一方面是要向群众戳穿敌人的谣言，一方面要把银行的银圆都拿出来，让群众来兑换。这样，敌人的阴谋就会不攻自破！”

接着，林伯渠郑重宣布了财政部的一项重要对策：大洋兑换苏票。第二天一大早，好多地方都贴出了“大洋兑换苏票”的国家银行告示。

消息不胫而走，人们兴奋地议论：“真有这样好的事儿吗？那苏票还是值钱呀！”“是真的，银行的告示说，一块苏票可以兑换一块二角光洋。”“共产党宣布的事儿，从来都是不骗老百姓的。”

当人们带着苏票来到银行营业所时，只见营业所里并排摆着的三张八仙桌，桌上都堆放着小山似的锃亮的银圆。营业所工作人员还告诉群众说，不管你手中有多少苏票，随到随换，哪天来都行。换回大洋的人一回去，好消息传得更快了，说“苏票不再值钱”的谣言随即不攻自破。

苏票换银圆稳住苏区人心后，又出现一个意想不到的新情况。苏维埃政府贸易局从白区联系来一大批百货，又多又便宜，可是有一宗，卖货人坚持不收大洋，只收苏票，因为银圆多了驮不动，苏票轻便好携带。一连多日都是这样。于是，不少群众后悔了，后悔不该把苏票兑换掉。从此，就很少有人再用苏票换大洋了，一场谣言危机，就这样彻底化解。

敌人的破坏阴谋破产了，同志们别提有多高兴。那天，国家银行的几个小鬼问毛泽民："毛行长，您胆子可真大。要是再这么大量地兑换下去，库存的银洋可就空城了。"

毛泽民微微一笑说："怕什么？林部长早就说过，胸有成竹，遇事不愁。"原来，为了粉碎敌人对苏区的经济封锁，财政部在开展大规模没收征发的同时，林伯渠和国家银行行长毛泽民就商定好，从汀州弄来一台造币机，办了个造币厂，把所有没收来的银圆宝、银首饰，都铸成了白花花的大头洋，以预备银行的大洋库存一旦用罄，就拿这些银圆来应急供应。林伯渠说这叫"做一备二考虑三"。

林伯渠对财政工作素富学养，极有研究，他除了成功组织政府和各机关建立健全起一整套预算、决算、审计、调配、供给、会计等财政制度外，还大力倡导和推行"增产节约、反对浪费"的方针。在1934年3月人民委员会提出的"四个月节约八十万元"运动中，普遍推行了"每人每天节约二两米、一分钱、一个铜板"的奋斗目标。在生产节约运动中，林伯渠总是身体力行，与同志们一道下乡筹粮筹款，同年轻同志一起参加星期六义务劳动，砍柴、种菜、熬硝盐，样样都干，他办公的纸张都是正面写完又写反面，信封也是旧信封翻过来再用一次。由于林伯渠等领导干部模范表率作用的影响，苏区节约运动取得的成果十分喜人。据《红色中华》统计说："除了党与各级政府及各机关团体的行政费，比较以前平均减少了百分之三十以上，各国有企业机关工厂等的工人节省工资，党政机关工作人员自带伙食及其他种种节约的数目，都有很大成绩，这给战争经费以有力的帮助。"在1935年1月8日中央政治局遵义会议作出的《中央关于反对五次"围剿"的总结决议》中，对这一时期的财政工作也给予了如下评价：

党在"一切为了前线上的胜利"口号下，解决了前方红军财政上的、粮食上的、与一切其他物质上的需要。苏区内部阶级斗争的深入，苏维埃的经济建

设以及苏维埃政府与群众关系的彻底改善，更大大地发扬了广大群众参加革命战争的热情与积极性。一切这些造成了彻底粉碎五次“围剿”的有利条件。

从1933年10月17日起，蒋介石动员近一百万国民党军队，攻打中国共产党控制的各个农村根据地，其中以五十万兵力重点进攻中央苏区。这次“围剿”共历时363天，直到1934年10月14日才结束。还在八九月间，“左”倾冒险主义错误军事方针，导致第五次反“围剿”不断失利。他们只从需要出发，不顾客观条件，继续盲目扩军，这就必然造成战争供给保障难以为继。当时，对“左”倾机会主义错误，林伯渠曾向毛泽东表示过自己的疑虑，他非常希望“左”倾领导们，能够听进毛泽东等人的正确意见。瑞金时期担任过红军学校政治部宣传部长、中华苏维埃临时中央政府国民经济部副部长等职的吴亮平曾回忆：

当然，他（林伯渠）也不起来公开反对王明“左”倾机会主义错误，也不坚决拥护。执行还是执行，但他对同志不搞残酷打击、无情斗争。他一不搞阴谋诡计，二不走极端，总是维护党的利益。

在当时复杂的斗争环境中，林伯渠也不惧怕被排挤打击。在罗明、邓小平、毛泽覃、谢维俊、古柏、邓子恢等由于拥护毛泽东正确主张而受到责难、批判和斗争的时候，林伯渠仍然经常对人宣传毛泽东的正确思想和方法，并在实践中坚定不移地维护和执行毛泽东提出的财政工作主张。林伯渠在中央苏区一年半，广泛地动员苏区人力、物力和财力，支撑着反“围剿”战争的巨大财政开支，为革命战争作出了极为重要的贡献。可以说，在当时那种极其艰危的境况下，能够基本解决苏区军民生活保障与物资供应问题，确实是一个奇迹。因此，林伯渠称得上是中国共产党革命战争史上一位传奇式的“战时财神”。

第二十三章 长征
马灯闪闪红星熠熠

1934年下半年，“剿共”心切的蒋介石拼尽血本，集结五十万兵力，由蒋鼎文、何健、陈济棠、顾祝同指挥，分东西南北四路，疯狂向江西中央苏区合围逼进，大有必欲“剿灭”中央红军、吞掉江西红色根据地之势。1934年9月，王明“左”倾机会主义领导人博古在中央的重要会议上，继续顽固坚持错误路线，武断地说：“对于国民党的第五次‘围剿’，我军要坚决继续实行‘以堡垒对堡垒’的阵地战法，分兵把口，坚守防线，坚持防御！”

毛泽东十分焦虑地说：“第五次反‘围剿’已经打了大半年了，我们采用阵地战法，不但自己没有获胜，反而使敌人步步为营，把我们的根据地压迫得越来越小。目前，国民党依然是大兵压境，若继续采用阵地战法，结果只会困住我们自己的手脚，无法阻止四面进攻的强敌。所以，我坚决地主张，红军现在要毫不迟疑地转变战略方针，以主力向湖南中部运动，调动江西之敌转向湖南运动，然后在湖南境内，将敌人歼灭！”

博古反唇相讥说：“你就是个典型的游击主义者，山沟沟里的‘军事家’！反‘围剿’的总体方针是确定的，不会因你的错误主张而改变！”共产党的组织原则决定，毛泽东的正确主张在当时无法得到认可和采纳。结果，在所谓“以堡垒对堡垒”的战法中，根据地越打越小，红军越打越少，中央苏区眼看就要打没了。虽然林伯渠以其出色的财政经济作为，苦苦支撑住了反“围剿”和巩固根据地的巨大财政开支，但是，“左”倾路线的错误导致的战场失利，终于使“最好的后方工作的成绩化为乌有”。在节节败溃的战场上，顽固的“左”倾机会主义者们面对铁的事实和残局，终于黔驴技穷，完全没辙了。

为保存实力，先求生存，再图发展，临时中央只得被迫作出决定：放弃江西中央根据地，进行红军战略大转移。就这样，严酷的现实，迫使中国工农红军不得不马上踏上“二万五千里”艰险长途。

还在七八月时，党中央和中央军委先后派寻淮洲、粟裕等领导的红七军团即北上抗日先遣队，前往浙赣边界，与方志敏、刘畴西领导的红十军会合。任弼时、萧克、王震、张子意等领导的湘赣红六军团前往湘西，同贺龙、关向应、夏曦等领导的红二军团会合，为中央红军战略大转移进行着积极的运筹。10月，中央红军即第一方面军主力，准备撤离江西苏区，向湘西运动。

但在第五次“围剿”中取得有利局势的蒋介石，决不会放手让红军轻松离开江西，一定要不惜代价，寻找消灭红军的机会。于是，中央部署项英、陈毅、邓子恢、张鼎丞等率领红军三万余人，留在中央革命根据地坚持游击战争，掩护主力突围。第一、三、五、八、九军连同后方机关八万余人，分别从福建长汀、宁化，江西瑞金、雩都出发，共同进行战略大转移。临出征前，中央在瑞金西江山上的一座古庙里召开关于战略大转移的专门工作会议，进行战略大转移动员和组织编队等工作部署。“左”倾机会主义路线领导人大约感到这样的会议与他们的“抱负”和“风格”迥异，于是，让力主转移的毛泽东主持这次会议，林伯渠、董必武、徐特立、何叔衡以及中央政府机关主要领导同志都参加了这次会议。毛泽东就当前形势和转移的必须性等，进行了简单明了的阐述，并就中央红军撤出江西根据地的相关具体工作，做了清楚的布置。在征求大家意见时，年近半百、头发花白的林伯渠心情沉重地说：“几年来，我们和根据地人民一起同甘共苦，经受了无数次严峻考验，是他们支持了我们，养育了我们，而他们也依靠着我们。现在，我们就要离开这里了，苏区人民一定会遭到白匪的摧残和屠杀，会吃更大的苦头哇……”说着，林伯渠已忍不住流下眼泪。到会的很多同志，也不禁泪光闪闪。顿了一下，林伯渠又揪心地说：“我们一定要设法减少苏区人民的损失，迅速帮助地方党组织建立自己的武装，与留下来的红军游击队一起，与敌人展开斗争，保护自己；我们留下的东西，要统统交给苏区人民，要尽可能多地留给游击队和民兵一些枪支弹药；苏区人民热爱我们，我们也一定不能忘了他们；将来，我们一定要打回来，与老革命根据地的战友和人民会师！”

离别苏区的前夜，已确定留在江西老根据地开展游击斗争的中央工农检察人民委员部部长何叔衡，在云石山梅坑驻地备清酒，与老战友林伯渠做竟夕之谈。两位须发斑白的老战友，此番相别，别是一番滋味在心头。林伯渠举起酒杯，不无感伤地说：“一个大好的根据地，就这样丢了，真叫人痛心啊！那些人怎么就一点都听不进润之等同志的正确意见呢？不然，我们中央红军也决不至于落到如此境地吧……”

何叔衡跟林伯渠干下一杯说：“唉，现在说这些已经没多少用了，就连这谁去谁留中，都饱含着激烈的斗争啊；秋白同志一直以来遭受他们残酷打击，现在还患着严重的肺病，他们却就是不让秋白随队转移，真是没良心啊！”

林伯渠说：“叔衡兄你已年近花甲，其实也不适合留下来打游击，是不是让润之跟他们再说说？你跟润之感情深啊！”

何叔衡说：“算了，要不是恩来等同志坚持，连润之自己都差点儿被留下来打游击了。也好，我还真舍不得根据地的老表们，留下就留下吧，我们这些人还怕吃苦吗？伯渠老弟，此一去，你们不知要经历多少风雨雪霜、艰难困苦，我没有什么相赠，就把身上这件毛衣送给你，到时或许能给你挡挡寒气！”

何叔衡说着就要脱毛衣，林伯渠连连阻止，但何叔衡还是坚持脱了下来，塞到林伯渠手上。林伯渠每每深有感触时，就会吟诗寄情。此刻，他激动地抱着何叔衡的毛衣，举起酒杯，慢慢深情吟道：

共同事业尚艰辛，清酒盈樽喜对倾。
敢为叶坪弄政法，欣然沙坝搞财经。
去留心事都嫌重，风雨荒鸡盼早鸣。
赠我绨袍无限意，殷情握手别梅坑。

何叔衡也举杯一饮说：“兄弟所赠，诗好情重；只是这‘去留心事’里，你也不要太伤感，相信大家会尽力帮助你照顾好乐春母子。”林伯渠这时终于禁不住泪光满眼，脑海里浮现起此生又一段特殊的感情故事。

原来，林伯渠到江西根据地后，同志们见他年纪越来越大，工作又忙又累，没人照料生活，实在太苦太难。于是，大家就促成了他与中央执行委员范乐春同志的一桩战友姻缘。或许，依据现代法律思考问题的读者，会对林伯渠这次婚姻持有微词，因为林伯渠与原配夫人伍崇贤虽已多年未见，且无音讯，但法理上，林伯渠与伍崇贤的婚姻仍是存在的。依照“一夫一妻”的定位，这桩婚姻似乎是不合适的。但是，虽然民国元年制定的《中华民国临时约法》已开始推行“一夫一妻”制，可我国婚姻文化的演变其实复杂而漫长，从由来已久的“一夫多妻”制，演化到“一夫一妻”制，并不是突然实现的。事实上，民国元年的婚姻约法，很长时期并未真正实行，直到1950年5月1日颁行《中华人民共和国婚姻法》后，我国才真正彻底废除“一夫多妻”制，实行“一夫一妻”制。在那比较漫长的战争动荡年代，根据生活现实而促成的事实婚姻，在我国仍然是很常见的。而林伯渠经历的数次婚姻，最晚的也是发生在二十世纪四十年代中期，显然是《中华人民共和国婚姻法》立法前的事情。因此，我们不应不合时宜地苛求于往昔。

林伯渠此次婚姻的伴侣范乐春出生在闽西永定县古木乡一个贫苦农民家庭，自幼父母双亡，很小就挑起了生活的重担。她带着年幼的弟弟给地主放牛、喂猪、砍柴，艰难度日。十七岁那年，她因出天花左眼失明，脸上还留下了一些斑痕。此后，范乐春挑柴到城里卖，更加受欺负，总是被那些兵痞、流氓抢夺强买，稍有反抗，就是一顿拳打脚踢。那样的遭遇，必然在范乐春心里种下反叛的种子。闽西共产党组织建立起来后，范乐春便带着对黑暗社会的深仇大恨，投身了革命。1929年，她积极争取加入了中国共产党，1930年，就担任了永定县苏维埃主席。由于她觉悟很高，工作积极，又虚心好学，进步很快。1932年，这个不到三十岁的农民女干部，便当选为福建省苏维埃政府土地部部长。第二次苏维埃全国代表大会上，她又当选为中央执行委员，成为党的高级领导干部。大约一个多月前，范乐春生下儿子。按中央规定，林伯渠本是可以带家属转移的，但组织考虑范乐春刚坐月子，带着婴儿远征，实在不可想象。同时，中央也考虑到闽西根据地十分需要范乐春这样的本地领导骨干来领导斗争。于是，组织决定让范乐春与邓子恢、张鼎丞等同志一道，留在闽西根据地，坚持敌后斗争。

在中央明确谁去谁留后，林伯渠匆匆赶回家，心情复杂地把组织的决定传达给了范乐春。范乐春听后，心里很是难过。林伯渠轻轻拥着范乐春和孩子，深情地说：“乐春，我们都是党的儿女，革命的需要高于一切，多少同志已经在我们前头流尽最后一滴鲜血，想想他们，我们还有什么可难过的呢？你一定要坚强，好好带着孩子，要相信，我们将来一定是会回来的。”

范乐春强忍眼泪，把快要满月的孩子递到林伯渠手上。林伯渠接过孩子，不舍地说：“儿子，不是爸爸不疼你，不是爸爸不想带你和娘一起走，只因这次大转移将非常艰苦和危险，你和妈妈现在是受不住那样颠簸的；儿子，现在，是国民党反动派不让我们一家人生活在一起了，要不然，爸爸又怎么舍得下你和妈妈呢？”林伯渠再也说不下去。

范乐春忍住悲伤，坚强地说：“伯渠同志，不要再说了，你只管放心地走吧。岁月不饶人，你要自己照顾好自己，我会挺住的；万一哪天我牺牲了，希望你好好把儿子抚养成人，继承我们的事业，过上幸福生活……”

林伯渠点点头，千叮咛万嘱咐地说：“你一定要和过去一样，坚持跟群众在一起，保持一个普通老百姓的本色，不能因为自己是中央领导干部而有任何特殊。有老百姓，你才会有饭吃有衣穿，脱离了老百姓，你拿着钱也没处使。把目光看远些，要看到我们的前途，坚信我们一定会胜利、会回来。到那时，我们的孩子，就能过上幸福生活了！”

范乐春抱过孩子，望望林伯渠，坚毅地点点头说：“闽西斗争会很艰苦，等孩子断奶后，我可能会把他寄养到闽南堂姐家去。将来，你可以去那里通过我堂姐寻找孩子。”很显然，范乐春深知留下来在敌后坚持斗争的艰苦性和危险性，已经做好了最坏的打算。

在残酷的战争岁月，范乐春是不可能带着孩子参加战斗的。主力撤走不久，乐春就把儿子寄养到了闽南乡下堂姐家里。同时送去寄养的，还有邓子恢爱人牺牲后留下的儿子。当时，林伯渠、范乐春给儿子取名叫瑞生，因为他生在瑞金；邓子恢的儿子则取名叫苏生，生在苏区。范乐春堂姐家的家境也不好，因为缺乏营养，自己的奶水无法满足两个孩子。因此，心肠很好的范家姐姐狠狠心，把自己妹子的孩子瑞生寄养到了别家，而把邓子恢的儿子苏生留在了自己身边抚养。

此后，范乐春与邓子恢、张鼎丞等同志一道，领导闽西革命根据地人民和游击队，进行着艰苦的斗争。范乐春不愧是一位对革命赤胆忠心的共产党人，在敌后游击战争的艰苦岁月中，始终意志坚强，勇敢战斗，成为深受闽西人民赞扬的一位女英雄。长期艰苦斗争的劳累，使范乐春积劳成疾。最终，她未能熬到革命胜利的那一天，病逝在闽西山区的丛林之中，把自己的全部生命与青春，永远留在了闽西那片血与火的土地上。

在后来长期革命斗争岁月里，林伯渠和邓子恢都一直没能有机会去闽西寻找孩子。直到新中国成立后，在江西省民政部门大力协助下，这两个红军后代才终于被找了回来。按照范乐春堂姐的确认，瑞生回到了林伯渠身边，苏生回到了邓子恢身边。随着孩子们一天天长大，人们发现苏生越长越像范乐春，瑞生则越来越像邓子恢。林伯渠和邓子恢都不禁在想：是不是两个孩子小时抱错了？最后，在组织的调查中，还是范乐春的堂姐道出了真情。原来，瑞生寄养到别家后，患上了小儿麻痹症，后来双腿残废了；堂姐对此深感悔恨和内疚，一直觉得对不住死去的堂妹。后来北京派人来接孩子时，堂姐便有意把苏生说成是林伯渠的孩子；养母说的话，当时自然不会被怀疑。然而，遗传学上的密码，却最终揭穿了堂姐那个可以理解的谎言。

谜底揭晓了，为人高风亮节的林伯渠想：既然是自己的孩子残废了，怎么可以把残废孩子换给别人呢？于是，他主动提出要与邓子恢把孩子换过来。林伯渠这一举动，使得老战友邓子恢极为感动。看到长相酷似自己的孩子回到了自己身边，邓子恢又高兴又纠结，最后他提议说："既然这样，名字就不改了吧？"

林伯渠表示同意。这样，林伯渠的儿子瑞生，仍旧叫林苏生；邓子恢的儿子苏生，则仍叫邓瑞生。此后，林伯渠又给儿子取学名叫秉苏，培养他上小学、中学、大学，最后毕业于北京政法学院。秉苏毕业后，林伯渠按照范乐春的遗愿，让儿子回到父母当年并肩战斗过的赣南地区，在那里参加了革命工作。若范乐春九泉有知，看到孩子长大了、回来了，也一定会含笑九泉。

回头再说1934年10月11日，中央军委发布长征命令，红军战略大转移终于正式开拔。林伯渠和财政部及所属中央银行等单位被编在长征部队"红章"纵队十五大队，毛泽民任大队长。长征开始时，林伯渠被任命为中央没收征发委员会主任和总供给部部长，负责长征队伍的筹粮筹款、后勤供给。毫无疑问，长征路上，林伯渠担负着最繁重、最重要、最没有休歇的重担。长征，对年轻战士来说，也许容易承受一点，但对老同志来说，考验自然会艰巨许多。漫漫长途中，林伯渠与董必武、徐特立、谢觉哉等几位老同志经常行军在一起，相互鼓励，相互关照，栉风沐雨，艰苦跋涉。

10月21日，中央红军从江西安远、信丰之间渡过章水，突破敌人的第一道封锁线，进入广东北部白区。到了白区，苏维埃钞票即“苏票”就失效了，没收征发工作的紧迫性便凸显出来。总政治部代理主任李富春发布了由没收征发委员会拟定的《没收捐款暂行细则》，作为长征路上没收征发工作的遵循。一路上，林伯渠在中央军委总政治部领导下，每到一地，首先就是找人商谈或召开会议，研究部署筹集与分配粮款的问题。

11月，中央红军连续突破敌人的第二、三道封锁线，越过粤汉路和潇水，进至湘江东岸。长征部队进入湖南后，在去向问题上，领导层又产生了分歧，“左”倾路线领导者坚持要去湘西与贺龙、萧克的队伍会师，意图两路红军会合，形成强势，再与追敌决战，杀蒋介石一个回马枪。当时“左”倾领导的影响力仍较强，于是，红一方面军开始执行抢渡湘江、挺进湘西的计划。蒋介石不禁心中暗喜，觉得这真是消灭“共匪”的天赐良机；为把湘江天险变成中央红军主力的葬身之地，蒋介石急调十万大军，对红军主力围追堵截。

在红军转移中，“左”倾路线领导者同时犯着逃跑主义错误，坚持保留庞大的中央机关，舍不得丢掉坛坛罐罐，带着大量辎重，做甬道式前进；因而，部队行动迟缓，为敌人的“追剿”提供了便利，在六倍于我之敌的猛攻中，湘江一战，红军牺牲惨重。1934年11月27日至12月1日，红军经过五昼夜浴血激战，才从广西全州、兴安间，撕开国民党军的第四道封锁线惨烈渡过湘江，成功粉碎了蒋介石围歼红军于湘江以东的幻想。红军虽然突破了敌人第四道封锁线，却也付出了巨大的代价。红五军团和在长征前夕成立的“少共国际师”损失过半；红八军团损失更为惨重，三十四师被敌军重重包围，全体指战员浴血奋战，直到弹尽粮绝，绝大部分同志都壮烈牺牲了，可谓是“血染湘江”。渡过湘江后，中央红军和军委两纵队已由出发时的八万六千人，锐减到不足四万人。当时，如果继续按照“左”倾路线的主张，坚持与国民党军在湘江一线进行决战，中央红军主力极有可能就在湘江一线全军覆没了。

尽管中央红军主力惨烈突围，但蒋介石丝毫没有放弃对中央红军的围追堵截，国民党军像苍蝇一样死死盯住红军不放；面对地面敌军的围追堵截，天上敌机的盘旋扫射，红军只能昼伏夜行。夜间急行军，更加困难重重。一路之上，林伯渠每天带着他的五件宝——棍子、草鞋、粮袋、马灯和军用包，与同志们一起艰难行军。本来组织给林伯渠配有战马，但他常用它来驮辎重和伤员，自己则拄着拐杖徒步行军。开始，警卫员黄秋胜老劝他：“首长，您这么大年纪，组织上给您配的战马是给您骑的，干吗总让我们用马来驮背包和文件之类的东西啊？”

林伯渠故意问警卫员黄秋胜和饲养员周仁说：“怎么？是嫌我林老头拖你们的后腿了吧？”

黄秋胜则给林伯渠“上纲上线”说：“首长您经常教育我们要服从组织，我看您自己却不服从组织！”林伯渠呵呵一笑说：“哈哈，学会给我扣帽子了？你看，大家都是用两条腿在走，我现在已经多了一条‘腿’。”说着，他扬扬手中那根时时在手的拐杖，“你们为什么一定要我用四条腿来走路呢？”林伯渠的乐观和幽默，引得战士们一阵哄笑。

夜行军时，林伯渠总提着他心爱的小马灯，遇到险隘难走的地方，他提着马灯给战士们照明，让大家安全通过。正如红军女战士李坚贞后来回忆的那样：

> 他的小马灯从不个人占用，一定要把光亮照给大家。他不仅在险隘难行的路上，举灯照耀着，让同志们走过去，还交代后面的同志要注意险路。每次遇到溪流沼泽，他几乎都要用那根棍子，走在前面探路，引导大家安全地通过。黄镇同志在长征中的那幅素描，画着林老提着小马灯，雄姿焕发，阔步前进，就很真实地表现出了长征中老英雄的精神面貌。

当时，李坚贞还为此创作过一首宣传鼓动的山歌；行军途中，李坚贞等青年女红军还用江西民歌调唱给同志们听，为红军战士带来鼓舞和鞭策。山歌唱道：

> 年过半百老英雄，又当部长又当兵；
> 山高水深何足惧，手举马灯照万人。

1934年12月11日，中央红军打开湖南通道县城，14日占领贵州黎平。在黎平召开的中共中央政治局会议上，毛泽东十分明确地提出：“湘江战役，红军遭受惨重损失，强敌现在仍然紧追着我们，这种情况下与敌决战，胜算基本是没有的。所以，我们现在应该放弃与红二、六军团会师以图决战的计划，而改向敌人力量薄弱的黔北进军，摆脱敌人的尾追，力争建立川黔边境根据地！”毛泽东的主张，得到了在场大多数的赞许，“左”倾机会主义领导也逐渐失去了控制力。这样，红一方面军立即调整方向，转向黔北进军，避开了强敌的锋刃。

部队随后进入湘桂边境的越城岭山区，这里山高路陡，行军更加艰难。桂系军阀胁迫老百姓坚壁清野，部队的供给也越来越难解决。为了保障供给，林伯渠经常亲自带领战士和干部沿途打土豪，搞没收征发。由于这一带多是苗族、壮族居住区，在没收和征集粮食中，林伯渠十分注意贯彻党的民族政策。他常教育干部、战士：“我们是革命的队伍，我们是保卫劳动人民和少数民族的，只能打土豪，不能伤害劳动群众和少数民族。只有这样，我们才能长久得到人民群众的支持和拥护。”一次，他和部属去筹粮，当地群众因受国民党反动派宣传蛊惑，把粮食都藏起来了，人也跑光了。林伯渠他们走了好几个村子，才在一户人家草席底下的坑窖里，发现了约二百斤玉米。同志们立即要往麻袋里装，林伯渠却要求先把粮食的主人搞清楚：如果是地主豪绅，就按政策没收，并贴上没收委员会的公告；若是普通老百姓，则按时价付款，并留字条给主人，说明红军的性质和政策。后来得知这粮食是一个中农的，战士们便按林伯渠指示，留下了字条和粮款。

1935年1月，红一方面军在黔境内突破乌江天险，占领了贵州重镇遵义城。这时，红军主力部队已仅剩三万来人，且伤员很多，情势依然危如累卵。自第五次反“围剿”以来，正反两方面的经验，使越来越多的同志认识到，王明“左”倾机会主义路线给中国共产党和中国工农红军带来了严重损失，已把中国革命引到悬崖边缘。广大党员干部，甚至包括曾积极推行“左”倾路线的一些同志，也开始认识到毛泽东在苏区所主张的战略持久战、速决战以及游击战，才是符合中国实际的、正确可行的战法。在这样的情况下，中共中央决定召开政治局扩大会议，研究和解决关系党和红军命运的一些重大问题。

1935年1月15日至17日，中共中央政治局在贵州遵义召开了独立自主地解决中国革命问题的扩大会议。这次意义极其重大的会议，是在红军第五次反“围剿”失败和长征初期严重受挫的情况下，为了纠正王明“左”倾领导在军事指挥上的错误而召开的。这次会议上，中国共产党第一次独立自主地运用马克思列宁主义基本原理，来解决自己的路线、方针政策等问题。会议初步确立了以毛泽东为代表的马克思主义的正确路线在中共中央的领导地位，是一个挽救党、挽救红军、挽救中国革命的历史性会议，也是中国共产党历史上一个生死攸关的转折点，标志着中国共产党从幼稚走向成熟。会议总结了第五次反“围剿”以来的惨痛教训，批判了博古和共产国际派来的军事顾问李德在军事方面的错误，基本确立了毛泽东在红军和中央的领导地位。林伯渠是遵义会议的参加者，当决定红军和革命事业命运的决议终于通过时，林伯渠和战友们激动不已，长时鼓掌。大家都把满怀的希望和信心，投向了毛泽东。

遵义会议后，部队进行了整编。2月20日，总政治部决定取消各级“没收委员会”（总供给部也相应取消），改为在各级政治部地方工作部之下设立“没收征发科”，负责指导与计划没收征发工作。林伯渠仍然负责这方面工作，特别是军委纵队的没收征发工作，仍由他直接负责。经过遵义整编后的中央红军，在毛泽东、党中央的正确领导和指挥下，经过一系列运动战——四渡赤水、巧渡金沙江、强渡大渡河、飞夺泸定桥，终于跳出强敌包围圈，进入了相对安全的境域。

然而，作为这次战略大转移的红军军需给养总负责人，林伯渠却不可能因部队跳出了敌人包围圈而有丝毫松弛和休息的机会，因为红军机关和部队的供给问题，始终在追着长征队伍的脚步走。无论是行军还是宿营，林伯渠都在谋划和忙碌着关系红军生存的供给问题。每到一地，林伯渠的第一件事就是亲自布置打土豪、搞没收征发，为红军队伍争取粮秣与给养。在具体工作中，即使时间再紧，林伯渠都不会忽略党的政策和纪律宣传环节。他要求同志们，首先要切实把情况弄清楚，哪家该打、哪家不该打，千万不能出错，不能损害到无辜民众的利益。红军北上经常都行军在少数民族地区，贯彻落实党的少数民族政策，始终是林伯渠工作的重中之重。

林伯渠干工作从不只是停留在组织指挥上，而是坚持以身作则、身体力行。他经常亲自带领同志们去打土豪，一起摸索总结经验。林伯渠告诉大家：进村前，先站在高处，观察哪家房子最大、最漂亮；进村后，就到最大、最漂亮的房子那里去入户调查；进门后，一看“马、牛、猪”三栏大不大，二看厨房大不大，三看锅头肥不肥，四看家具好不好，并注意房主同别人来往信件的称呼，这样，就能较准确地判断出谁家可能是土豪；然后，再向附近民众调查核实一下，弄准了，就立即没收财产。由于这套方法实际管用，大凡红军长征途经处的土豪，一般都逃不过林伯渠他们的火眼金睛。

对于打土豪没收来的财产物资，林伯渠管理非常严格和内行。首先，安排专人仔细登记造册，不许有丝毫疏漏。得来的财物都是革命财产，要实行严格监管、合理分配，确保全部用于“公家”，绝不允许任何人私拿、私分一点。林伯渠自己更是高风亮节、秋毫无犯。他的模范行为，深刻教育着红军战士。

一次，分配给养物资后的次日，邓颖超代表红军姐妹们特意来向林伯渠表达谢意。邓颖超真诚地致谢说：“林部长，红军姐妹们心里特别感谢您呀，您总是尽力为我们红军姐妹弄些卫生纸和内衣布什么的，解决了红军姐妹的许多为难事，要不然，我们可要多吃许多哑巴亏了。”

林伯渠则诚恳地说：“这本来就是我必须做的嘛，还用谢吗？谁都晓得，你们女同志比男同志受罪多，只要有可能，当然要优先满足你们的需要。”

邓颖超随即说：“您这样做是必需的，我们表示感谢也是必须的。只是我们没有好东西来表达感谢，就送您一颗红五星吧，这可是我们红军姐妹用零碎红布头自己缝制的，这一针一线里，都是红军战友情呀！”林伯渠深受感动，随即把这颗红五星，缝在了自己八角帽上那颗已被风雨漂白的五星上，军帽上这颗红红的五星，在此后的长征路上，一直熠熠生辉。

过了贵州，为了保存革命的有生力量，毛泽东果断决定，选择敌人力量最薄弱的川康边境，向北挺进。1935年6月中旬，红一方面军到达四川省宝兴县境内，前面就是海拔四千多米的大雪山——夹金山了。川藏的雪山，极富神秘和奇幻色彩，山顶白雪皑皑、云雾缭绕，积雪终年不化。太阳一出，山顶的积雪像巨人头顶的纯银冠冕，分外耀眼。雪域地带的天气幻化无常：刚刚还白云朵朵、阳光灿烂，一忽儿就天低云暗、电闪雷鸣、狂风呼啸、冰雹如雨。遇上雪崩，那轰隆之声惊天动地，令人毛骨悚然。雪山上空气稀薄，历来少有行人通行，自古以来，进入雪山而丧生的事情常有所闻。当地老百姓素来敬畏雪山，把大雪山尊为“神山”。人非万不得已，是不会选择翻越雪山这条拼死之路的。可是，为了革命的胜利，中央红军别无选择，他们必须征服这一座到处潜伏着殊死考验的“神山”。年轻战士还好一点，像林伯渠、徐特立、董必武、谢觉哉等这样的老红军，爬雪山可就更难了。然而，这些久经考验的老革命以常人难以想象的顽强和坚韧，先后翻越过夹金山、梦笔山、长板山等一座座险峻雪山，征服了一道道人间天险。

1935年6月12日下午，红一方面军一军团二师四团在团长王开湘、政委杨成武带领下，胜利翻越夹金山，与红四方面军二十五师七十四团的一部，在夹金山下的达维相遇会师。14日晚，军委总政治部在达维举行了胜利会师庆祝大会，周恩来主持会议，毛泽东、朱德发表重要讲话，干部、战士同声高唱由陆定一编写的《两大主力会合歌》，晚会一直持续到深夜。不少战士在翻越夹金山时生病，在达维得到了休整和治疗，恢复了健康。一、四方面军的胜利会师，实现了中国革命战争新的历史性转折。为缅怀红军的这段光荣历史，后来把当年会师的达维桥，命名为“达维会师桥”，并立碑铭事。纪念碑上端为四棱立柱状，四面基座上，刻有翻越夹金山和胜利会师的浮雕。如今，在达维乡老街东侧三百米处的沃日河上，还保留着这座小木桥。这座建于民国，长13.8米、宽2.8米的木桥虽小，但却是达维会师历史的见证之桥。

从力争尽快建立新革命根据地的目标出发，6月16日，中共中央致电张国焘：“今后我一、四方面军总的方针应是占领陕甘川三省，建立三省苏维埃政权。”而目前，“宜在岷江以东，对于即将到来的敌人新的大举进攻，给以坚决地打击，向着岷、嘉两江之间发展。”但野心家张国焘心怀不轨，反对中央向北发展的方针。次日，他复电中央，称北川一带地形给养均不利于大部队行动，且敌已有准备，故不宜过岷江东进；并提出“集中主力”西进“青海、新疆”，或南下川、康的退却方针。为此，毛泽东又于18日和20日，两次以中央意图电示张国焘，指出他向西或向南发展的方针是错误的。中央电报说：“目前形势须集中火力首先突破平武，以为向北转移枢纽”“经阿坝与草原游牧区域入甘、青，将感绝大困难，甚至不可能。向雅（安）、名（山）、邛（崃）、大（邑）南出，即使一时得手，亦少继进前途”。

就在这段日子里，6月17日，军委纵队也翻过了夹金山，到达达维。次日又行军九十里，抵达懋功县城，与率领四方面军先遣部队来迎接中央红军的李先念部会合。当红军战士们为胜利会合欢呼的时候，林伯渠则立即开始了筹粮工作。当地已是高寒地瘠、人稀粮少的藏族地区，筹粮困难更大。林伯渠在懋功县召开紧急会议，研究部署筹粮问题。由于林伯渠充分运用成功的经验，也充分依靠红军官兵和当地基本群众，在重重困难下，他们居然共筹得粮食5.8万余斤，解了红军燃眉之急。不久，军委又决定成立粮食委员会，恢复总供给部，仍然由林伯渠直接领导。习惯于勤勤恳恳、踏踏实实完成工作任务的林伯渠，即便再艰苦、再忙碌，也始终保持着严谨细致的工作作风。即使是人困马乏、冰天雪地，宿营下来，他也会在马灯下坚持写长征日记和筹粮筹款情况。在那几天的长征日记中，林伯渠简要地记载着：

六月十七日，昙。早四时行。行约七十里，经过夹金山（邛崃山系），上下约四十里，午后一时半抵达维宿营。与红四方面军之一团见面。

六月十八日，晴。早五时行。行九十里，午后二时抵懋功县城，住新街子。当即约叶季庄、李湘聆、吴东生、杨至成等开筹粮会议。

六月十九日，晴。原地休息。（筹粮）工作第一天，筹集粮食一万七千斤。

6月23日，经过一百四十里急行军，林伯渠随所在部队抵达两河口。红一方面军和退出川陕根据地的红四方面军，终于在两河口实现两大红军主力的会合。为开辟新的斗争局面，更有力地促成全国抗日民主运动高涨，当时党中央和中央军委基于对敌我形势的全面分析，认真研究了当时开创新革命根据地的现实条件与基础，确定了在川陕甘开辟革命根据地的战略方针。

根据敌情变化，为统一战略方针，克服张国焘的阻挠，进一步讨论和决定红军行动战略，6月26日，中央政治局在两河口召开了为期一天的扩大会议。林伯渠等重要红军领导人，都参加了这次会议。会上，毛泽东不得不公开中央与张国焘在重大战略方针问题上的分歧，并明确指出："主张集中主力西进青海、新疆或南下川康，这不是走回头路吗？我们究竟要干什么去？我们是要去华北抗日，拯救全中国，日本军队根本就不在国焘同志要去的那些地方嘛！"

林伯渠特别专注地看着毛泽东，极为认真地听着这位雄才大略的湖南乡党的每一句话。毛泽东喝了口水，继续说："中央曾几次电示国焘同志，指出他向西或西南发展的方针是错误的，可他现在却一直待在他那个西北联邦政府所在地杂谷垴（今四川理县），不给中央明确的答复。我们开会，就是要进一步统一战略方针，排除国焘同志的阻挠，根据敌情变化，讨论和决定红军下一步的行动计划。"

在讨论发言中，林伯渠旗帜鲜明地说："我完全赞成毛泽东同志集中红军主力北上，建立陕甘川革命根据地的总方针。我们已经失去了江西革命根据地，经过艰苦的战斗和跋涉，正逐渐靠近华北；而陕甘川地区处于华北腹地，无论是地形，还是社会基础，都十分有利于建立新的革命根据地。凭借这个根据地，我们就可以向华北、东北以至全国抗日战场进军。这是一个深谋远虑的战略方针，除此，似再无更合适的选择。”大家的看法与林伯渠基本一致。

为尽快贯彻两河口会议精神，解决一、四方面军两支队伍统一的问题，6月29日，中央军委决定由总参谋长刘伯承、总政治部代理主任李富春和红军供给总负责人林伯渠组成慰问团，前往四方面军总部驻地进行慰问。行前，毛泽东与年岁最长的林伯渠说：“伯渠同志，为了尽可能争取四方面军与一方面军共同北上，你们这次去杂谷垴，一方面是慰劳四方面军领导机关和干部战士，另一方面尽量向国焘同志阐明中央战略总方针，争取其转变，尽快与我们会合北上。”林伯渠十分坚决地回答道：“请润之同志放心，我一定会和伯承、富春一道，出色完成任务。”

毛泽东不无担心地说：“任务非常艰巨，而且情况紧急。三天时间，要来回走二百四十里蜀道，翻越比夹金山更大的虹桥山，身体吃得消吧？”

林伯渠拍拍胸脯说：“这一路你都看见了的，我林老汉可从来没趴下过！”

毛泽东动情地说：“林老汉？把‘汉’字去了，就叫‘林老’吧。这个‘老’字，不单是说年纪，而更是说经历和气节；看您这一路上，从未落在年轻人后面，证明您其实不老！”

毛泽东的风趣和诚挚，给了林伯渠极大的鼓舞。6月30日，林伯渠和刘伯承、李富春等分别离开两河口。林伯渠经过一天半行军，中途翻越虹桥山。这虹桥山又高又险，加上风雪弥漫，根本就不能骑马。林伯渠和警卫员、饲养员等一道，踏着没膝的深雪，一步一步艰难地爬过山脊。山脊空气更稀薄，林伯渠气喘吁吁，还不时叮嘱战士们，千万不能停步，若在缺氧地带停下来，血液循环会受影响，身体会出现严重失调，甚至会危及生命。大家一个个用棍子相互牵着，不让一个人掉队，也防止有人滚下雪崖。他们所带粮食不足，路上，警卫员和饲养员便挖些野菜充饥，想省点粮食给年迈消瘦的首长吃，可林伯渠坚持同战士们一起吃野菜，战士们拿他毫无办法。林伯渠的革命意志和与战士同甘共苦的精神，给跟随他长征的红军战士们极其深刻的教育和洗礼。

7月3日，刘伯承、李富春、林伯渠先后到达杂谷垴。因四方面军后勤机关部队和中央川陕省委均驻在此地，鉴于林老年纪大，一路已十分辛苦，刘伯承和李富春商量后，决定让林老就留在杂谷垴，代表中央慰问驻扎在这一带的红军部队，同时就地处理有关后勤保障方面的工作事宜；而伯承、富春同志则继续前往红四方面军总部所在地——东门外沟，去与张国焘、陈昌浩和徐向前他们会面商谈工作，并慰问那里的红军部队。林伯渠在杂谷垴一刻也没有休息，他深入了解和处理了有关粮款筹措计划等问题，指导划分了各军筹粮地段和数目，并提出由川陕省委书记负责，在藏民帮助下，组成筹粮队等开展筹粮，还向驻卓克基的一方面军和四方面军第三十军发了一份电报，要他们筹粮三十万斤，以补充杂谷垴红军的粮食不足。

自两河口会议后，控制着第四方面军的张国焘仍然坚持向南攻打成都，然后向川、康发展的错误方针，拒不接受中央的北上计划，并阴谋挑拨第一、四方面军的关系；他还策动川陕省委向中央提出设军委主席和常委，由陈昌浩代替周恩来任红军总政委；又策动陈昌浩向中央建议，请张国焘任军委主席，朱德任前敌总指挥，周恩来任军委副主席兼参谋长，在中央政治局确定的方针下，“给军委独断决行”之权，意图对党中央进行要挟。张国焘别有用心地提出让一方面军打大炮山，北取阿坝，由四方面军单独攻打松潘，并要求中央速决“我军统一指挥的组织问题”，自己却故意延宕攻打松潘的行动。刘伯承、李富春了解到张国焘这一企图后，于7月6日深夜一点，由李富春致电毛泽东、周恩来和王稼祥，说明“此事重大”，望中央预先有所准备。次日晚，刘、李回到杂谷垴。林伯渠得知情况，也感到情况严重。当时，李维汉正奉中央之命，来杂谷垴准备接任中共四川省委书记，林伯渠知情后对李维汉说，你这省委书记当不成了，这里不欢迎。

由于张国焘企图控制军委和改组中央领导，松潘一役难于施行。7月11日，刘伯承、李富春、林伯渠离开杂谷垴，开始返回。这时，因中央和军委已由两河口经卓克基，进至黑水芦花地区，林伯渠他们便沿杂谷河谷，经马塘和马河坝，径往黑水芦花。7月16日，林伯渠等抵达黑水附近的侧格一带。8月初，国民党胡宗南部趁红军主力成分散之势的机会，集结兵力于松潘一带，而薛岳部抵进汶县、平武，企图形成钳形合围之势，把红军主力消灭在岷江以西、懋功以北的雪山草地之中。这样一来，不仅松潘战役计划已无法实行，而且红军主力再一次陷于危境。在此情况下，中共中央决定放弃松潘战役计划，准备穿越

草地而北上。摆在林伯渠面前的，自然是又一场紧张的筹粮和物资调运之战。他亲自到罗坝街等地督促筹粮，调运黄金、白银与茶叶等物资，派人到各地购买或换取粮食，还同总政治部和四方面军的傅钟等同志商定，调集五千人专门运粮。

由于几万大军云集在这里，粮食消耗很大。而在这藏区腹地，因为反动头人的欺骗恐吓，藏民把粮食都藏紧了，人也大都外逃了，部队只好用沿途收割地里青稞的办法，来补充军粮的不足。为了使这项工作有序进行，尽量多筹粮食，同时又贯彻好党的民族政策和群众纪律，林伯渠在侧格起草了《关于收割番人麦子事的通令》，以总政治部名义发布下去。通令规定共有九条，涉及什么情况下可以收割，收割对象顺序，如何给民众付粮款，如何爱惜群众利益，等等方面。收割生青稞的行动开始后，林伯渠严格组织红军部队齐心协力，有序实施。未成熟的青稞很难脱粒，必须先烘烤、再脱粒。然而，这烤火脱粒，是一件极需要把握火候的活计，烤久了，麦粒会焦煳，烤不到火候，麦粒又脱不下来。大家被烟熏火燎得睁不开眼，手上磨出一个个血泡。但充满革命乐观主义精神的红军战士，始终干得那么起劲。林伯渠、徐特立等老同志也都与战士们一道参加了割麦、烤麦、打麦劳动，脸上同样熏出一道道黑烟印，手上同样也是打满血泡。就这样，大家上下同努力，总算给队伍准备下几天的干粮。为准备部队北上，林伯渠还领导总供给部在打鼓山下的仓德设立了招待所和运输站。在大部队翻过打鼓山之前，把一些银子和粮食预先运到这里储备。林伯渠和几位老革命自己却不多领一颗粮食，并坚持尽可能用野菜或其他东西来代替粮食充饥。

接着，红军按中央计划，向松潘地区的毛儿盖方向进发。7月22日，林伯渠和董必武、徐特立、谢觉哉几位老同志凌晨五点出发，准备一天翻过打鼓山。这天行军约莫六十多里后，来到了打鼓山半腰的中打鼓村。村口，竖着先头部队留下的一块提示牌：“上午九点以后，一律不准前进。”原来，这个村子离下一个宿营地沙窝足有九十多里地，中间全是荒无人烟的雪山，绝对不可以中途宿营。如果过了上午九点，当天就不可能赶到下一个宿营地了。林伯渠看看手表，时间已近晌午，便同几位老战友商议，决定在中打鼓驻扎一晚，设法补充点吃的，因为先前补充的青稞麦已经所剩无几。

当时，中打鼓村的藏民也早已躲得不见人影。林伯渠他们停下后，就开始搜刮各自的干粮袋，把仅剩不多的一点麦粒倒出来，盘算着明天什么时候吃才能支撑着翻过打鼓山。但是，现在也不能不进点食，可是吃什么呢？大家放下背包，就四下里去寻找野菜、树皮之类。不一会儿，董老、徐老、谢老等几位老同志陆续回到了宿营地，带回一些野菜。但林伯渠回来时虽然汗流满面，却是两手空空。徐老跟林伯渠逗笑说："喂，你这个供给部部长怎么搞的？这里没有土豪可打，给我们供应点儿野菜也行啊，怎么空着手回来了？"

林伯渠抹了一把汗，笑嘻嘻地说："莫慌莫慌吵，今儿我要给大伙儿开个荤。"

"哈哈哈，当年曹孟德让士兵'望梅止渴'，看来我们的供给部长是受到启发，要来一个'画饼充饥'吧？"谢老这样调侃着林老，战士们跟着哈哈大笑。

"怎么？你们还不相信？小黄，跟我来！"林伯渠说着带上警卫员小黄，径直向附近一条山洼快步走去。

原来，林伯渠刚才寻找野菜时，意外地发现山沟里有一张剥下来已有些日子、但尚未腐烂的马皮子，心里不禁大喜。这自然是得益于雪山地区的低温，不然，这张马皮子怕早就烂透了。林伯渠伸出手拖了拖，居然拖不动，只好空着手回去喊人帮忙。不一会儿，他和警卫员拖着一张冻得梆硬的马皮回来了。大家一看，纷纷说："不假不假，今天供给部部长确实要给我们开荤了。"

这张马皮子可把大家忙坏了。他们先分头去捡来干柴枯草，燃起一堆大火，大家把马皮子扯起来放到火里化冻烧毛，然后，用刺刀把马皮刮干净，割成一条条、一块块。林伯渠的机灵警卫员小黄和小吴偷空找来一个不小的瓦盆，还提来一桶溪水；林伯渠又搬来几块石头，就地支起瓦盆，开始生火煮马皮。煮啊煮啊，水终于开了，慢慢溢出一层白沫。小黄性急，只想快点煮烂，拼命往瓦盆下加火。谁知这瓦盆不耐高温，一会儿，只听"咔嚓"一响，瓦盆裂开一道缝；不用说，顿时火灭烟起，马皮子掉在了柴火灰里，黑乎乎散成一团。

几个老头子望着破瓦盆儿，又好气又好笑。徐老风趣地说："惜哉惜哉，到了嘴边的肉，也入不了肚喽，看来咱们还是差那点儿口福啊！"

林伯渠依然笑嘻嘻地说："莫急莫急吵，有志者事竟成，我就不信有了肉还弄不进嘴里去！说不定火灰沃过的马皮子更好吃哩！哈哈……"说着笑着，林伯渠和大家把一块块马皮子从灰堆里扒出来；谢老在一旁自语道："那还得去找个煮皮子的家伙什来啊。”说着，谢老带上小黄，又往村里去了。小吴个儿大有力气，便再去弄水。一会儿，谢老他们找来一口只剩小半边的大铁锅，大家挪个点儿，支起破锅，七手八脚把马皮子洗干净，重新放到锅里，再生火煮上。

这老马皮子可不易煮烂，锅里的水煮干一回又一回，直到日头快落土，总算把马皮子煮烂了。虽然这马皮煮熟了，但还是有点异味儿，对于很久很久没尝到过肉味儿的红军战士来说，这依然还是难得的美味。大家围着破锅，你来我往、津津有味地吃着这没有油盐味儿的马皮子，终归也算是开荤了。

大家嚼啊嚼，慢慢都觉得有点不对味儿。原来这烧出来的马皮子里还留着毛根，经过水煮，毛根鼓了起来，往下吞咽时，那毛桩桩就有点刮喉咙了。吐出来吧？肚子正咕咕叫；吞进去吧，又怕毛桩子在肚子里坏事儿，一时都吞吐两难了。林伯渠见大家这模样，便将脖子使劲儿一伸，硬是把一块马皮子吞了下去，然后指指皑皑雪山说：“翻雪山干革命要紧，大家咬着牙吞下去；只要保得性命在，马毛桩子算什么？要知道这马皮子也来之不易，其他同志怕还没有这个运气哩！”说着，林伯渠又将一块马皮子送进了嘴里。

俗话说，榜样的力量是无穷的。见林老吃了一块又一块，董老哈哈大笑着说：“多亏供给部部长给我们带头示范，把我们肠胃的积极性也调动起来了，不然我还真不敢动嘴哩！”于是，大家都龇牙咧嘴地又嚼了起来。

嚼了一会儿，林伯渠忽然说：“哎哎，咱们也不能‘好吃婆娘不留种’吧，留点马皮子明天爬打鼓山打牙祭好吧？”大家肚里有了点东西，就响应林伯渠的提议不吃了；他们把剩下的熟马皮子分了，各自装进了干粮袋。

第二天一大早，大家背着装有熟马皮子的干粮袋和背包，拄着木棍，精神抖擞地向雪山上攀爬。天黑时分，林伯渠他们终于翻过了千里雪域的最后一座大雪山——打鼓山，赶到了新的宿营地——沙窝。

到达沙窝后，中央政治局又召开了一次会议，决定了分左、右两路军迅即北上的总方针。但会后，张国焘在四方面军军以上干部会上却提出西出阿坝，向青海、甘肃边远地区行进的错误主张。于是，中央军委不得不命令部队原地进行整顿。结果又白白耗掉了许多准备过草地吃的粮食，林伯渠只好又制订第二次筹粮计划。而第二次筹粮困难更大，矛盾更复杂，林伯渠多次同毛泽东、张闻天、聂荣臻、林彪、左权、李富春、何畏、傅钟等军委与总政治部的领导同志商议办法。这一期间，林伯渠因工作过度繁重和紧张，结果累病了。但他只休息了一天，就又继续开始筹粮。当时，粮食就是生命，多筹一斤粮食，就可能多保存一个战士的生命。在长征路上筹粮，林伯渠所经历的困难，完全无法用语言来形容。

为讨论当时的形势和任务，并解决张国焘破坏松潘战役计划而造成的危局问题，8月4日至6日，中央政治局又在沙窝召开了第二次会议。张国焘接到通知后，也赶到了沙窝。会上，毛泽东多次发言。关于形势和任务，毛泽东主要强调了三点：一是西北地区进攻的主要敌人是蒋介石，由于蒋介石以主要精力对付共产党和红军，总体上其统治是削弱了；二是西北地区的特点，统治阶级最薄弱，帝国主义势力最弱，少数民族最集中，位置靠近苏联，有利于建立根据地，困难也很多，但共产党人和红军都能克服；三是党中央在西北地区的任务，首要的是使一、四方面军像兄弟一样团结。毛泽东还特别以他和朱德在井冈山会合的成功范例，来启发大家搞好两大主力的融合工作。

会上，大家自然对张国焘的问题做了很多积极努力。毛泽东一方面对他进行耐心说服，一方面也坦诚地批评了他破坏红军团结和右倾逃跑主义错误，指出他违背中央意图，搞个人小动作，致使松潘战役计划落空，陷红军于极其危险境地的问题是严重的。在讨论中，大家也纷纷发言说："必须坚持遵义会议的方针，不能内部分裂，更不能搞逃跑主义！""大敌当前，我们必须服从中央决定，继续北上！"迫于会议的压倒性舆论，本来就心虚的张国焘在会上勉强表态说："既然大家都这样坚持，那就一起北上吧！"

关于下一步的行动计划，毛泽东胸有成竹地说："下一步把红军两个方面军分成左右两路，共同北上。右路军由红一方面军的一、三军团和四方面军第四军、三十军组成，前敌总指挥部由徐向前任总指挥，陈昌浩任政治委员，叶剑英任参谋长，由党中央和我直接率领。左路军由四方面军第三十九、三十一、三十二军和一方面军第五军团、九军团组成，由总司令朱德、总政委张国焘率领。为执行夏洮战役计划，右路军以毛儿盖为中心集结，向班佑、巴西地面挺进。左路军以马塘、卓克基为中心集结，向阿坝地区开进，到达阿坝后东进，抵班佑后，向右路军靠拢。然后，左右两路齐头并进，直驱甘南！"

这次会议最后通过了《中央关于一、四方面军会合后的政治形势与任务的决议》，重申两河口会议确定的集中主力北进，创建川陕甘根据地的战略方针。张国焘在发言中，最后仍表示了对建立川陕甘根据地的怀疑。会议决定，增补陈昌浩、周纯全为中央政治局委员，徐向前为中央委员，何畏、李先念、傅钟为候补中央委员；决定恢复红一方面军司令部，由周恩来任司令员兼政委；决定由陈昌浩任中国工农红军总政治部主任，周纯全为副主任。这些人事安排中，也包含了对张国焘此前某些要求的适当满足，体现出中央力求团结的良苦用心。

但沙窝会议后，张国焘不仅没有收住错误的步伐，反而个人野心更加膨胀，他回去后在毛儿盖召集军以上干部会，非法审查中央路线，公开进行分裂党和红军的活动。当时，敌人正加紧在南线进犯红军，造成对红军后方的严重威胁。据此，党中央果断决定改变夏洮战役计划，将红军主力集中到右路，主攻班佑。8月15日，党中央又电示张国焘："一、四方面军主力，均宜走右路。左路阿坝只出一部，掩护后方前进""目前应专力向北"。19日，张国焘致电右路军前敌总指挥部，一面表示同意中央15日的行动计划，一面却强调攻取阿坝的重要性，与中央军委的部署继续离心离德。

离开沙窝前，毛泽东考虑到几位老同志随着大部队长途跋涉，筋疲力尽，不免对他们的健康越来越担心。于是，他召来林伯渠、徐特立、董必武、谢觉哉等几位老同志，真诚地对他们说："几位老同志，看来咱们的部队可能还会有相当一段无后方、打游击的艰苦日子，你们年岁都这么大了，在队伍里长时间拖下去，会把身体完全拖垮的；我考虑啊，到了甘肃后，你们几位可以自己找一找掩护关系，就留在当地吧，先去白区做党的地下工作，以后我们再说以后的事情；请几位长者提前作些考虑，好不好？"

林伯渠立即表态："首先，非常感谢主席对我们老同志的关心和爱护；同时，我坚决要求留在队伍上，与红军同生死、共命运；请主席放心，我完全可以完成所担负的任务，继续做好总供给部的工作，确保红军北上的最后胜利！"

其他几位老同志也立即表明同样坚决的态度。毛泽东深受感动，一一握过他们的手说："既然几位老同志如此不辞劳苦、不畏艰险，那也好，就继续跟着队伍走吧；说实在的，我们的队伍也非常需要你们这样的老同志带头啊！"

老同志们久经考验，个个都是钢铁一样的战士。此后，他们更加以顽强的毅力，努力完成各自的工作，处处模范带头，不仅未给部队增添任何负担，而且对部队起着更加宝贵的领军作用。尤其是林伯渠，始终兢兢业业，做着极为艰难困苦的部队供给保障工作，把当时最为困难的筹粮工作，做得扎扎实实、风生水起。当时林伯渠的日记中有着这样的记载：

八月八日，晴

预拟二次筹粮计划，夜。

八月九日，晴

（a）早访毛主席。

（b）派一部分人到卡力革取粮。

（c）八时召开供给会议，九时移至总指挥部开会。

（d）规定二次筹粮计划：

①集粮五十万斤：卡力革十万，毛尔盖四十万。

②卡力革十号开始割麦，毛尔盖十五号开始割麦。

鉴于两大主力在行动计划上仍不协调的实际问题，8月20日，中央政治局又在松潘毛儿盖召开会议，着重讨论红军主力发展方向的问题，到会的有毛泽东、张闻天、博古、王稼祥、陈昌浩、凯丰、邓发、徐向前、李富春、聂荣臻、林彪、李先念等十二人。朱德和张国焘因在前方指挥左路军攻取阿坝未到会，周恩来则因重病没能出席。会上，毛泽东首先作了关于夏洮战役后行动问题的报告，部署了迅速攻破敌人迫使红军西渡黄河的封锁计划，首先占领洮河流域，然后占取天水一带，随后在平凉一带出击，向陕西发展。陈昌浩、王稼祥、凯丰、林彪、博古、徐向前在发言中，一致同意毛泽东的报告，都认为向东是转入新的有利形势，向西是军事及政治上的退却。毛泽东随即也强调“向东向西是一个关键”。最后通过了毛泽东起草的一个决议，作为对前次决议的补充。毛儿盖会议是两河口会议和沙窝会议的继续与发展，确立了以岷山洮河为中心向东发展的方针，极力避免着张国焘的分裂主义危险。

林伯渠随右路军抵达毛儿盖后，又连续筹了几天军粮，然后开始穿越茫茫无际、荒无人烟的大草地。茫茫草原，一望无际，不见飞鸟，更无走兽。绿色的水草下，暗藏着一潭潭乌黑的积水，只要一翻动，就会散发出阵阵腐臭。漫无边际的沼泽地里，一个个烂泥潭毫无规律地分布着，一不小心，就可能连人带马陷进泥潭，在泥中只要动一动，就会往下沉，最后被深不可测的泥沼吞没。可以说，草地到处都是鬼门关。草地上的气候也是变幻莫测，时而阴霾漫天，时而大雨倾盆，时而雪花飞舞，时而冰雹骤下……在这茫茫草原上，中国工农红军经历着一场常人难以想象的生死考验。

进入草地后，马不停蹄地走了四天，仍然望不到草原的边际。天黑下来，大家在一个叫“分水岭”的地方露宿下来。这地方虽然叫“分水岭”，其实并不比周围高出多少，只不过稀稀疏疏长着些小树而已。入夜，林伯渠和战士们一起升起篝火，或烘烤衣裤，或煮野菜，或煮皮带。一俟有空，林伯渠就提着马灯，拄着拐杖，这里走走，那里看看，或者应战士们的要求，讲讲北伐战争、南昌起义中的小故事，以此来鼓舞大家斗志。

夜深了，林伯渠才从卫生队回到警卫员小黄为他支起的小帐篷里。小黄虽然脾气较倔，但照顾首长却十分细心周到，每到这时候，他都会用缸子给首长烧好开水。林伯渠回来后，看见小黄正往热水壶里添开水，就问：“小黄，添满了没？”小黄说：“满了。”林伯渠提起热水壶掂了掂，满意地说：“很好，你把热水瓶送到卫生队去，他们那里正缺开水哩。记住，热水壶就放在卫生队，不用拿回来了。”

小黄惊讶地问：“什么？您是要把热水壶送给卫生队？”

“是呀，送给卫生队，那里的伤员更需要它。”林伯渠说。

小黄不干了，噘着嘴说：“不！不行！首长，您身体也不好，不能没有它！”

“就算是命令，好不好？”林伯渠提高了嗓门。

小黄一百个不情愿地把热水壶送到了卫生队。回来后，小黄闷闷不乐地跟饲养员小周在窝棚里小声嘀咕开了。

小黄说：“这只热水壶还是打遵义时给首长弄到的。这一路，首长泡干粮、吃药、暖脚都靠它；现在送给卫生队了，以后可怎么办啊？”

小周接着说：“首长这个人啊，就是个心里从不为自己着想的人；他不知过手多少物资，可从来没有想过自己的急需。那次部队缴获到一条军毯，其实咱们首长正急需，可是他连想都没想，就把毛毯分给了洛甫首长；还有一次搞到一批灰哔叽布，全都分给了女战士，可他自己却穿得补丁加补丁，衣服都破得不像样子了。唉，我们也是真拿咱们首长没办法呀！”

第二天，小黄瓮声瓮气地向林伯渠申请说：“首长……我……我……，还是让我到连队里去吧！”

林伯渠看看小黄说：“哦？小鬼，闹情绪了吧？是为热水瓶的事吧？我也有不对，没有把道理跟你讲明白，我给你做个检讨，如何？”

小黄一听这话，又觉得有点受不住了，忙愧疚地说：“首长，您没有错，是我心眼儿小，没有多为伤病员着想；首长，我再也不闹情绪了。”

林伯渠笑了，说：“哎，这就对了嘛，党就是希望你们年轻人快快成长，成长为那种胸怀宽阔、品格高尚的革命战士。我们党领导的革命，就是一座大熔炉，它可以熔掉大家思想上的杂质，把普通的毛铁，冶炼成一块块好钢哩！”

小黄听后，深受启发，更加心悦诚服地说：“首长，我以后一定要好好向您和那些优秀的共产党员学习，也争取有一天加入共产党！”

林伯渠十分惊喜地说：“好啊！等你条件成熟，我亲自介绍你入党，好不好？”小黄乐得直憨笑。林伯渠不失时机地对战士的引导和鼓励，犹如火花溅到上好的燃料上，立即点燃一腔腔热血和豪情。

第二十四章 陕北
又见红都再挺脊梁

红军不怕远征难，万水千山只等闲。右路军排除万难，连续行军七天，到达四川班佑、巴西、阿西一带，按预定计划，等待左路军前来会合。然而，野心家张国焘却一直心怀鬼胎、阳奉阴违，千方百计找借口拖延时间。有传闻说张国焘当时不仅拒不与右路军会合，反而“密电”在右路军任政委的陈昌浩，“必要时以武力胁迫毛泽东、周恩来、张闻天等领导人改变进军方向，与左路军会合南下”等云云，即所谓“草地密电”。虽然此说一直存在争议，但张国焘当时一直与中央严重离心离德、阳奉阴违的事实，是确凿无疑的。

据说，当时是左路军参谋长叶剑英得知“密电”消息后，立即传报给毛泽东和党中央。当晚，中共中央政治局在巴西召开紧急会议。为避免左右两路军发生冲突，毛泽东当机立断，决定率一方面军一、三军团，迅速脱离危险地区，单独北上。因为事发突然，林伯渠派出去筹粮的总务科长莫钧涛带人出去割麦未归，而队伍正要紧急开拔。林伯渠十分焦急，但他想，就算再急，也绝不能丢下一个筹粮的战士。于是，他急忙派人将莫钧涛他们找回来，结果耽误了一些时间。在这样千钧一发的时刻，耽误一分钟，就有可能造成不堪设想的后果，好在林伯渠他们最终还是赶上了紧急行动的节奏。不过，纵队首长可把他们狠狠批了一顿。但林伯渠看着全部归队的红军战友，心里依然感到欣慰，虽然挨了一顿批评，心里却很坦然。凌晨三点半，他们按紧急命令，悄悄开拔。

经过八十余里急行军，在拉界的一座山头上，林伯渠和毛泽东等同志重新会合了。一见面，他们彼此打着拱说：“恭喜！恭喜！”警卫员小黄他们都不明白，首长们这当口相互道什么“恭喜”？过了好一会儿，年纪稍长的黄亚光才壮着胆子问林伯渠：“首长，你们彼此道喜，到底是为什么呀？”

林伯渠神秘地笑笑说：“傻瓜，人家差点儿缴了我们的械呀！”

面对张国焘对抗中央、分裂红军的可恶行径，林伯渠十分愤慨。在巴西到阿西的急行军中，林伯渠吟成一首七律《长征》，怒斥了张国焘的分裂活动：

刚过草地到巴阿，无那西风日未斜。
且喜境界新耳目，不虞粮秣少胡麻。
巨猿解缆技殊巧，野蛇射人事可嗟。
前路纵遥知马力，谁与便利敢分家。

又经过两三天急行军，林伯渠随红一、三军团到达四川俄界。第二天，也就是1935年9月12日，林伯渠等参加了解决张国焘分裂主义错误问题的中央政治局紧急扩大会议，史称“俄界会议”。会上，毛泽东同志说：“我们这个中央政治局扩大会议，任务只有一个，解决张国焘分裂红军、造成严重危局的问题。”

在毛泽东中心发言后，大家接着纷纷发言，严肃批判了张国焘的右倾机会主义，揭发张国焘反对党中央、分裂红军、反对北上抗日、主张退却逃跑和实行军阀主义的种种错误。大家纷纷要求开除张国焘党籍，撤销其职务。

徐特立发言中，提到林伯渠为张国焘搞分裂这个事儿还写了一首诗。毛泽东扭过头看着林伯渠说：“哦，林老又写诗了？念来听听嘛。”

林伯渠清清嗓子，吟了一遍，毛泽东微眯着眼听完，然后说：“好一个‘谁与便利敢分家’，这也就是我们大家对张国焘的态度了！”

毛泽东高瞻远瞩、胸襟博大，在重要时刻总是能保持着一个卓越领导者最宝贵的清醒与睿智。在大家充分发表意见后，毛泽东小结说：“张国焘同志的错误是严重的，的确应该作出结论，也完全够得上开除党籍。不过，考虑到我们可以通过他去争取和团结第四方面军的其他同志，我的意见，是暂时不给张国焘的错误作组织结论。如果一定要作个结论，我看暂时也不要公开，给犯错误的同志留个改正错误的机会嘛！”

大家沉默了一会儿，随后纷纷点头同意了毛泽东的意见。考虑到多数同志

的情绪和意见，会议还是作了一个《关于张国焘同志的错误的决定》，不过当时没有公布。最后毛泽东作出部队新部署：“现在，我们来个新起新发吧，这次会议后，红一方面军原有的部队，缩编为中国工农红军陕甘支队，彭德怀为司令员，我为政治委员；兵马未动，粮草先行，原先的先遣工作团财委会现在归入供给处，仍由林老负责；筹粮筹款，责任比天大啊！”

林伯渠当即表态：“主席放心！我林老头保证完成任务。”

9月20日，中国工农红军陕甘支队攻破腊子口，抵达哈达铺。一到哈达铺，林伯渠就召集供给处人员开会说：“同志们，我们现在已经进入回民区，筹粮筹款工作中，大家依然要严格执行党的民族政策，尊重回族同胞的风俗习惯，不要说是吃猪肉，就连从回民那里借来的碗、盆，都不能装猪肉，这可不是闹着玩儿的，狠话说在前头，谁违犯，处分谁！”由于教育、宣传工作未雨绸缪，做得主动，红军对回民兄弟十分尊重和爱护，因此回民兄弟对红军官兵十分欢迎和支持。仅9月22日这一天，红军就在回民区筹得粮食约五千斤，为夺取万里长征的最后胜利，备足了粮秣。

红军从江西老根据地出发，走过如此漫长的征程，但最后具体落脚在什么地方，此时却还不太确定。在哈达铺，负责这方面工作的同志从陕甘支队的战利品中，找到一份《晋阳日报》。这份敌报载：“陕北刘志丹赤匪部已占六座县城，拥有正规红军五万多人，游击队、赤卫队和少先队二十余万人，窥视晋西北，随时有东渡黄河的危险性……”敌人报纸真可谓是雪里送炭。毛泽东得此“情报”，十分高兴，当即对身边的谢觉哉等同志说：“看来，刘志丹在陕北至少已开辟了一块根据地。对我们来说，目前情况下，别说他是二十万人，能有一万也是好的！”

得知陕北刘志丹的这些消息后，中央即在榜罗镇召开政治局会议，正式决定，就以陕北作为红军长征的目的地。于是，中央红军部队很快越过岷山，走出雪山草地，进入甘肃南部，并顺利渡过了渭水封锁线。

离开哈达铺的第三天，林伯渠率供给处的队伍抵达古城，继续筹粮。本来，年事已高的林伯渠时或要以马代步，而恰在这时，饲养员小周太想把马喂得强壮一点，以便驮着首长走得更带劲儿，结果喂多了麦子，把那匹战马给胀死了。一连几日，林伯渠只能随队步行。看着首长更加辛苦了，饲养员小周肠子都快悔青了，一直眼含泪花，心里特别沮丧和自责。林伯渠虽然也心痛那匹一直陪他从江西根据地走过来的战马，但也不想让同样从江西根据地走过来的战士太难过，于是，林伯渠故作轻松地对小周说："小周啊，别难过了，长征就要到达目的地了，这几步路，还担心我走不到吗？那匹马，也够辛苦的了，就让它永远休息去吧！"首长的细心和体贴，给战士带来的不仅有安慰，更有鼓舞和鞭策。

为了尽快抵达陕北，陕甘支队急速向前挺进。10月，陕甘支队连续突破敌人会宁与静宁、平凉与固原之间的两道封锁线，击溃了敌马鸿宾、马鸿逵部四个骑兵团的追击，翻过六盘山，于10月19日相继抵达陕北保安县吴起镇（也写作"吴旗镇"）。此刻，林伯渠回首来路，心情无比激动，挥毫写下一首《初抵吴旗镇》，用来抒发自己随队长征、越过千山万水的胜利豪情，表达了对中国革命和党中央的无比坚信：

> 一年胜利达吴旗，陕北风光慰所思。
> 大好河山耐实践，不倦鞍马证心期。
> 坚持遵义无穷力，鼓励同仁绝妙诗。（指毛泽东《长征》诗）
> 迈步前进爱日永，阳关坦荡已无岐。

10月25日，林伯渠在日记中，具体记录了到达吴起镇后的主要情况：

> 早九时，到吴起镇开干部会议，到团级干部。毛主席报告：
>
> （1）胜利到达目的地，一年来的奋斗，并粉碎敌围剿之各条件，能得如此成绩，是党领导正确。
>
> （2）目前革命形势已到拂晓。
>
> （3）任务：
>
> a.军事、政治教育。
>
> b.争取群众，扩大红军。
>
> c.改善生活，充实被服。

至此，中央红军历时一年，一路蜿蜒辗转，途经福建、江西、广东、湖南、广西、贵州、四川、云南、西康、甘肃、陕西等十一个省，跋涉二万五千里的战略大转移，终于胜利抵近目的地，与陕北红二十六、二十七军和不久前由鄂豫皖到达陕北的红二十五军组成的红十五军团会师。这个胜利大会师证明：终年积雪的险山危峰，人迹罕至的茫茫草地，几十万国民党军队的围追堵截，说不尽的艰难险阻，都征服不了中共中央和毛主席领导下的中国工农红军。

然而，蒋介石又岂能善罢甘休？他指挥国民党军队一路追杀，但始终未能在长征途中消灭工农红军。蒋介石已是七窍生烟、气急败坏，于是把幻想寄托在了对陕北的“围剿”上。蒋介石想，毛泽东带领的红军经过长途跋涉，已是疲惫不堪，且刚到陕北立足未稳，这是消灭共产党红军的最好时机。于是，蒋介石重新调兵遣将，组织攻势。

但经过二万五千里长征的严峻考验胜利到达陕北的工农红军，已锻炼得更加富于经验和斗志。11月7日，在国民党军对陕北红军展开的第三次“围剿”中，中央军委决定，在鄜县直罗镇实施一次中央红军主力到达陕北后的“热身战”。结果，士气正旺的红军部队在直罗镇首战告捷，全歼敌东北军一〇九师，击毙师长牛元峰；接着又歼敌一〇六师一部于鄜县黑水寺，完全粉碎了敌人对陕北的第三次“围剿”。这就为工农红军在陕北扎根，开辟新的红色根据地，奠定了扎实的基础。

榆林桥之战后，大军会合，力量更壮大了，军需量也更巨大了，林伯渠肩上的重量也猛增。当时，陕北的天气已经很冷，但从南方而来的长征战士衣服都很单薄。毛泽东和林伯渠紧急商议：“林老啊，现在最紧迫的任务，是战士们的被服和装备问题，我这里开了一份清单，您尽快研究一下，设法解决吧。”

毛泽东交给林伯渠的清单上列着：

（甲）1. 羊毛衣五千套（最急）；

2. 羊毛短裤六千条（最急）；

3. 羊毛风衣六千件（一千最急）；

4. 羊毛帽子五千顶（三千最急）；

5. 绑带五千双（三千最急）；

6. 羊毛夹被两千床（一千最急）；

7. 布军鞋一万二千双（六千急，余次急）；

8. 夹袜一万两千双（六千急，余次急）；

（乙）西药。

（丙）无线电器材。

（丁）兵工厂器材。

林伯渠看完清单，本能的反应是头皮一麻。因为在当时、当地，这显然是很艰巨的任务。但他更深知，任务再艰巨也必须完成。于是他一如既往，无条件接受了任务，随即迎着困难投入新战斗。11月2日，中共中央和红军司令部到达陕甘边苏维埃政府所在地——甘泉下寺湾。然而，中央红军到达陕北之前，王明统治时期派到陕北的“左”倾领导错误地开展“肃反”运动，以莫须有的罪名，拘捕了刘志丹等一批陕北党政主要领导干部，先后错误杀害了二百多人。中央到达下寺湾后，立即制止这一错误做法，并指定专人组团调查、纠错、放人，从而挽救了陕北红军，保护了陕北很多革命同志。在下寺湾，为了尽快统一军事政治领导，中共中央决定成立中共西北军事委员会，中华苏维埃共和国临时中央政府西北办事处和西北军委后方办事处，负责管辖重新划分的陕北省、陕甘省、关中特区和神府特区等四个行政区域。办事处拟设七部一局，包括财政部、粮食部、土地部、国民经济部、教育部、司法内务部、劳动部和工农检查局。中国共产党领导的红色革命，终于又要在陕北掀开新的历史一页。

在十分贫瘠、多年兵连祸接的陕北高原，人民群众穷苦不堪。中央和红军来这里扎根，如何解决部队与机关的供给问题，困难可想而知。即便是像林伯渠这样在共产党内屈指可数的理财专家，面对如此境况，也不能不如临深渊。然而，林伯渠历来就是个困难吓不倒的硬汉，他深信只要坚决执行中央的方针政策，紧紧依靠当地干部、群众，积极建设地方财政，就一定能够使会师陕北的红军渡过暂时的难关。自毛泽东10月28日找林伯渠商谈供给事宜后，林伯渠通过紧张的谋划和准备，便顶着料峭寒风，带领财政部的同志，随洛甫、博古等率领的中央机关离开下寺湾，经高桥、安塞、蟠龙，每天行军不下七十里，一边行军，一边筹粮、筹物资等。11月10日，他们抵达瓦窑堡后，中央宣布中华苏维埃共和国临时中央执行委员会西北办事处成立，并正式任命了办事处主席及各部部长。当时，博古出任办事处主席，林伯渠被任命为中央政府财政部部长、西北办事处财政部部长和国家人民银行西北分行行长。此前由林伯渠负责的部队供给工作，移交给军委后方办事处，以便他专力来做中央政府财政工作。

瓦窑堡是陕北省苏维埃政府所在地。到达的第三天，林伯渠就同省苏维埃主席马明方、省苏维埃财政部部长艾楚南等商定，调拨陕北“苏票”和大洋等，购买一批军需物资，尽快送往前线。11月下旬，根据西北办事处第一号训令，林伯渠与毛泽东、马方明等在瓦窑堡召开陕北各县、市、区财政部长联席会议研究财政工作。伯渠同志还领导财政部编制了政府财政预算，后又相继制定颁发了《各级财政部组织纲要》《暂行会计条例》《暂行金库条例》《暂行金库会计出纳细则》等财政规章，还与博古联名发布了有关金融的布告。林伯渠当时所做的这些努力，对建立完善的陕北苏区财政，集中财力支援革命战争，有着极为重要的专业指导意义和政治意义。

开始，陕北还带着一个特殊的政治后遗症，那就是许多老陕北干部还带有王明“左”倾机会主义路线劫后余生的心理阴影。革命经验丰富的林伯渠在工作中十分注意团结和温暖陕北干部，鼓励他们更好地为革命积极工作。一天，从“左”倾机会主义牢狱中释放出来不久，被任命为三边特委军事部长的刘景范来到瓦窑堡西北办事处财政部，向林伯渠部长汇报三边地区军费问题。一见面，林伯渠就像见到久别的亲人一样，紧紧握住刘景范的手说：“景范同志，你好你好，你们受苦了。现在好了，中央已经还给大家政治清白，解除了枷锁！”

林伯渠一席话，说得刘景范心里热乎乎，他感动地说：“中央红军来了，毛主席来了，我们又可以放心大胆干革命了。”

走进西北办事处财政部部长林伯渠的办公室，刘景范四下观察了一下。这是一间约二十平方米的小平房，靠窗摆着一张旧方桌、一条长板凳。办公桌对面是一张单人床，铺着一块麦草垫子和简单的被褥。原来，这还兼做林部长的“卧室”。再看林伯渠身上，穿一件没有布面的老羊皮袄，腰上居然扎着一条小毛绳。林伯渠须发斑白、饱经风霜的样子，让人一见便感慨不已；而他的精神饱满与一丝不苟，更令人顿生钦敬。

林伯渠拉拉刘景范，让他和自己坐在一条板凳上，然后亲切地问起刘景范，现在身体如何，此来要解决什么问题。刘景范说：“林部长，您这么大年纪，二万五千里从南方来到北方，可要特别注意身体啊，千万别弄病了。”

林伯渠满不在乎地说："没事的，这比雪山草地的条件可要好多了！"

接着，刘景范把领军费的报告递给林伯渠。林伯渠认真看过后说："小刘同志，现在经费确实很紧张，苏区财政要靠自力更生，开源节流。一方面要发展经济，并向土豪筹款解决一些问题；另一方面，要精打细算，节约开支，克服财政困难。三边的财政，一定要按照中央的方针、政策去解决，这样，才能保证长期的需求。"接着，林伯渠叫来会计，让会计马上安排，把能付给的经费，尽快清点给刘景范。

刘景范收好经费，真诚地对林伯渠说："您真是一位高度负责的老首长，我们一定会按照您的指示，尽量依靠自己去努力解决好后续的经费问题。"林伯渠虽然无法完全满足各部队的经费需要，但他却总是不失时机，把比经费更重要的优良革命传统，传递到革命队伍中去。

1935年12月9日，北平学生数千人在中国共产党的领导下举行了抗日救国示威游行，全国抗日情绪随之日益高涨。为迎接抗日高潮的到来，12月27日，中共中央政治局在瓦窑堡召开会议，毛泽东作了《论反对日本帝国主义的策略》的报告，提出了建立抗日民族统一战线，允许一切愿意参加民族革命的分子参加革命根据地政府的方针，并正式将"中华苏维埃工农共和国"改为"中华苏维埃人民共和国"，为全国人民团结抗日夯筑政治舞台。红军北上立足不久，立即东渡黄河，进入山西，走上抗日前线，在抗日战场英勇杀敌，浴血奋战。

1935年底，中共中央确定建立全民族抗日民族统一战线的政策之后，林伯渠又开始投入党的统一战线工作。在此后有关国共两党合作方面，林伯渠不仅按照中央方针政策积极提出建议，而且还参加了与国民党的多次政治谈判。然而，一直梦想一党独裁的蒋介石，竟然趁红军准备东出河北察哈尔对日作战之机，调遣三十万兵力，拦截红军去路。共产党为表示合作抗日诚意，指挥红军回师河西。而国民党对共产党"停止内战，一致抗日"的正义主张，仍然不予理睬。蒋介石心中盘算的还是"攘外必先安内"。为实现其消灭共产党，以便实现独裁政治的阴谋，他阳奉阴违，继续指挥国民党部队，加紧对陕北根据地进行"围剿"。

为粉碎国民党的"围剿"，迎接二、四方面军北上，先期到达陕北的中央红军于1936年2月东渡黄河，进行东征，5月间胜利回师陕北；随后又开始西征，消灭马鸿宾三个团以上兵力，解放了定边、盐池、华池、灵武等广大地区，使陕北根据地扩大到了纵横七百余里，为保存和充实抗日力量，创造了极为有利的空间条件。敌军也不含糊。当时，汤恩伯、阎锡山、东北军和杨虎城等部，以及北线国民党地方部队加紧运动合围，重点指向瓦窑堡，明显是想直捣苏区中央机关。于是，林伯渠随中共中央和西北办事处撤离瓦窑堡，到达保安（今志丹县），以避强敌锋芒。但保安一带经济更落后，市面非常萧条冷落，人口、住宅、店铺都很少，这无疑又是对“财政首长”林伯渠的一场新考验。

当时，红军部队通过扩军和整编等途径，已增加了万余人，因而军需激增。为解决前方军需和后方财政困难，林伯渠在中共中央和西北办事处领导下，开始积极发展贸易。陕北靠近内蒙古、宁夏，那一带盐池很多，食盐资源很丰富，因此，在食盐贸易方面，林伯渠付出了大量心血与努力，采取了一系列旨在搞活苏区贸易，突破财政困局的有效措施。首先他们得有个办公场所。林伯渠带着财政部和中央银行西北分行的二十几名同志，把一间国民党军队曾做过马厩的商店冲洗干净，拾掇成简易办公室；没有办公桌椅，也找不到材料制作，他们就找些砖头，两头垒起来，中间搁上一条旧木板，高的当办公桌，矮的做板凳。林伯渠就在这样的办公桌上处理陕北苏区财政工作，这可能算得上是世界上最简陋的高级别办公室了。陕北的冬天极冷，可是根本没有条件烤火。手冻僵了，就搓一搓，脚冻木了，就跺一跺；毛笔尖上结了冰，就用嘴含一含、咬一咬，再继续写。当时，林伯渠上身穿一件没有布面的羊皮短袄，下身穿一条灰布夹裤，一脸银白色的胡子长得老长，只有那顶灰色八角帽檐下那双常常熬得通红的眼睛，仿如两道驱寒的火光。财政部系统人手少，林伯渠时常除了处理领导工作、起草文件外，还根据需要到银行营业所去当义务营业员。

尽管生活、工作条件极为艰苦，但林伯渠却从不放松学习，只要一有空，他就抓紧读书。或许，这也是他用来御寒的一种办法吧。林伯渠读书声音很大，抑扬顿挫，同志们很爱听。有一天早晨，大家听出林伯渠发出的声音有点异样，见他拿着个小本本，一边看，一边“啊、喔、鹅，衣、乌、迂”念个不停。

银行几个小伙子怂恿警卫员小黄去问林伯渠：“首长，您这是读的什么天书呀？怪新鲜的喔！”

林伯渠停下来说："哈哈，小鬼头，你不晓得吧？这是拼音字母，是我们将来要推广的新文字。"

林伯渠一边说，一边把小本本拿给小黄看。小黄见上面尽是些圈圈洞洞的怪文，好奇地问："这就是新文字？蝌蚪文吧？"

几个小伙子闻言，也一齐跑过来看稀奇，并开着玩笑。林伯渠指着小伙子的鼻子说："哎哎，这可不是蝌蚪文啊，它是我们要推广的新文字；这种文字的好处可多了，遇上不认识的字，只要用它注在旁边，就晓得怎么读了，再也用不着去问别人；这种文字写起来也简单，不像我们的方块汉字那么难写，你们想不想学呀？"

"既然有这么多好处，当然想学，可是我们能学会吗？"小伙子们问。

林伯渠很有把握地说："看我这么个笨老头儿都能学，你们这样乖巧的后生儿还学不会？那不是大笑话吗？"

小伙子们纷纷说："林部长，那我们拜您为师了。来，恩师在上，受徒儿们一拜吧！"几个调皮小伙子真围着林伯渠打起躬来，乐得林伯渠哈哈大笑说："好！那我就'好为人师'了，青年时代，我就是学师范的哩！"

接着，林伯渠就以抗日的"抗"字为例，讲解拼音规则。他说，每个字发音，基本都是由声母和韵母拼起来的，就拿"抗"字来说，它的声母念"k"，它的韵母念"ang"，把它们拼到一起念，就是"抗"；按照规定的拼音方案，新文字只有26个字母，声母和韵母都是用这26个字母组成的，学起来并不很难。经林伯渠这么一讲解，小伙子们都若有所悟，有了信心。

看到小伙子们兴趣蛮浓，林伯渠又说："我先说清楚，你们可不能图一时新鲜哦，要学就一定要坚持学好。这样吧，你们回头先发动一下，多邀一些同志来参加；虽然现在战争时期打仗、生产是主要的，但等将来打完仗，我们就要搞建设；没有文化，建设怎么搞得成器？所以，大家现在就要边打仗、边工作、边学文化，而且还要给我攒劲学！"

聆受了林伯渠的一番耳提面命，小黄做了个鬼脸说："别看首长是个近视眼，可看得比我们远多了！"说着大伙儿哄笑着散去。

林伯渠要教新文字的消息传开了。第二天晚饭后，财政部系统的一帮工作人员都来了，等着"林先生"来上课。机灵鬼小黄似乎是得了"先生"的吩咐，找来一块门板，竖在财政部前面的空坪上。林伯渠还真像一位老先生，腋

下夹着几张发黄的废报纸，大步来到门板前。他让小黄搭把手，把那些废报纸摊开，然后粘到门板上。大家好奇地围过来看，原来是林部长用毛笔写的拼音字母。

林伯渠扫视一眼“学生伢儿”，笑眯眯地说：“喏，我们这才是真正的‘大学’，光是教室就有天大！哈哈……好了，闲话少说，既然大伙儿积极性这么高，那我们就抓紧时间开讲吧。”

林伯渠对拼音文字很有研究，非常精通，讲解得十分好懂。开头，大家还有些奇怪：一个与别人没什么不同的老头子，怎么会精通新文字呢？林伯渠自己不说，他们哪里知道，早在苏联学习和工作期间，林伯渠就和吴玉章一道，制定过第一套汉语拼音方案；所以，现在教起拼音文字来，自然得心应手。

虽然大家学习热情蛮高，但当时的条件实在太差。白天大家工作忙得不亦乐乎，不可能丢下工作去学文化；晚上没有煤油，蜡烛也很少，想学也没法摸黑学。所以晚饭后、天未黑那会儿，才是“拼音大学”的黄金时段。这时抓紧跟着林伯渠学一阵，晚上各自黑灯瞎火去念、去背。那期间，宿舍里半夜有人说梦话，都发出“啊喔鹅”的动静。就这样，从保安到延安，财政部系统工作人员学习新文字的活动一直没有中断。特别是到了延安，在毛泽东的积极支持下，由林伯渠、吴玉章发起组织了新文字协会，开始在边区大力推行拉丁化文字。边区新文字报刊、新文字学校，一时间蔚然成风，收到不小的成效；不少人通过学习拼音文字，识字能力大大提高，慢慢都能阅读通俗读物，有的还学会了写家信。

在那样艰苦的环境里，林伯渠始终保持着革命的乐观主义精神，常常还利用晚上大伙儿得空的时间，给后生们讲辛亥革命、广州暴动、南昌起义的故事。在保安时，他还用他那节拍和音调都不十分准确的歌喉，教战士们唱《广州暴动歌》：“广州暴动苏维埃，中国革命新纪元……”给年轻的革命战士带来一种别样的感染与熏陶。

1936年春，当日本侵略军正向着吞并华北与整个中国的目标推进的危急关头，国民党反动派仍然顽固坚持“攘外必先安内”的反动政策，调派东北军和十七路军到陕西进行反共战争。为了达成东北军、十七路军与红军的停战，争取签订停战协定，这年1月25日，毛泽东、周恩来、叶剑英等红军领导人联名发布《致东北军全体将士书》，不仅重申了我党的抗日主张，表示红军愿意首先和东北军联合抗日，而且明确表示，欢迎一切愿意抗日的正义人士到陕甘宁边区来共商抗日大计。这一切，不能不使奉蒋之命前来“剿共”的爱国将领张学良、杨虎城有所触动。特别是在“剿共”战场遭到红军沉重打击后，严酷的现实使张学良、杨虎城认识到，若继续“剿共”，只能徒然消耗战力，绝对不是出路。3月，中共中央派李克农为代表，前往洛川与王以哲、张学良谈判，就联合抗日问题初步交换意见，并达成口头协议。紧接着，4月9日，毛泽东应张学良要求，派周恩来、李克农在延安与张学良再次举行秘密谈判，商定红军与东北军互不侵犯，互相帮助，互派常驻代表，以及帮助东北军进行抗日教育等具体协定。这次谈判，对张学良走上联共抗日之路，形成西北抗日民族统一战线，无疑有着重要作用。

而促使张学良最终走向抗日，也与林伯渠此前的一次相关斡旋有关。那还是1936年1月，国民党中央在左派人士宋庆龄、冯玉祥等人敦促下，透露出愿与共产党进行秘密接触和谈判的意思。随后，宋庆龄亟待把这一信息秘密传递给中共中央。一天，做过牧师的共产党人董健吾应邀来到上海莫里哀路宋庆龄寓所。宋庆龄非常郑重地拿出一封信，对董健吾说：“这封信非常重要，请你马上动身去陕北，到瓦窑堡当面交给毛泽东和周恩来。这件事情办成了，益国匪浅……”

宋庆龄只字未提信中的内容，但从她严肃的表情可以看出，信件内容非同寻常。末了，宋庆龄还和董健吾反复研究了交通路线，最后决定，董健吾借道西安，直驱陕北红都。为了绝对保证安全，宋庆龄还到国民党中央财政部宋子文处，为董健吾弄到了一个“财政部西北经济特派员”的头衔作为合法身份，同时嘱董健吾必要时可直接去见张学良。

董健吾到达西安后，借住在他当年的圣约翰大学同窗、时下西安禁烟督办钟可托家里。因时值隆冬，大雪纷飞，交通受阻，一个月过去了，董健吾还困在西安。心急之下，董健吾决定用宋庆龄给的“锦囊”——求助张学良，以便尽快到达苏区。很巧，董健吾从钟可托口中得知，张学良曾多次吐露说“共产党若有诚意同我讨论抗日，我愿移樽就教，面商国是”。所以，董健吾请钟可托引见，以中央财政部西北经济特派员身份，求见了张学良。

“张将军，我是来向你借飞机去红区的。”董健吾一见张学良，也不绕弯，开门见山就说。张学良似乎不大相信自己的耳朵，猛然站起，咄咄逼人地喝道："什么？你竟敢到我这里提出这样的要求？你知不知道，就凭这一条，我可以把你拉出去毙了！"

董健吾十分镇定，他并不遮掩地对张学良解释说，自己和共产党有联系，知道许多张将军想知道的事情。张学良果然冷静下来，让董健吾说到底知道些什么。董健吾于是说："红军为了争取南京方面抗日，愿意作出很大的让步。条件是停止内战，一致对外。张将军你不是愿意抗日的么？如果你有兴趣，我可以为你安排一次会见，请共产党领导人同你直接讨论联合抗日问题……"

张学良开始略显惊讶，随后越听越留心。最后，他决定用私人座机将这位中央财政部"特派员"送往延安。2月27日，董健吾如愿抵达瓦窑堡。苏维埃中央政府西北办事处主席博古以及林伯渠、张云逸等热情接待了这位来自上海的秘密信使。董健吾谈到同张学良会面的情况及他对抗日的态度，引起博古、林伯渠、张云逸等人极大兴趣和关注。当晚，宋庆龄的密信以及董健吾带来的有关张学良的有关情况，送到了当时正在石楼指导陈（赓）、谢（富治）部队作战的毛泽东、周恩来那里。毛、周等连夜研究，作出回复。

3月7日上午，董健吾奉通知来到博古办公室，当时林伯渠、张云逸等也在那里。博古拿出毛泽东、周恩来给宋庆龄的复函交给董健吾，并托他转达中共两位主要领导人对宋庆龄先生的崇高敬意。后来揭秘，毛、周给宋庆龄的复函，内容就是中共中央向国民党中央提出的有关国共一致抗日谈判的五条基本原则：

（一）停止一切内战，全国武装不分红、白，一致抗日；
（二）组织国防政府与抗日联军；
（三）容许全国主力红军迅速集中河北，首先抵御日寇迈进；
（四）释放政治犯，容许人民政治自由；
（五）内政和经济上实行初步与必要的改革。

随后，林伯渠还取出三枚江西中央苏区铸造的硬币和一套大小零整的纸币，请董健吾随同毛、周复函，一并转赠给宋庆龄作纪念。同时，博古等还托董健吾向张学良将军转达其真诚的谢意与敬意。然后董健吾肩负党的重大使命，仍乘张学良的座机，原路返回西安，最后转道回上海。其间，董健吾向张学良转达了博古、林伯渠、张云逸等对他的诚挚谢意与问候。此后，张学良便开始与共产党秘密接触，并有了后来在延安与中共方面的秘密谈判。

3月下旬，中共中央政治局在山西石楼附近召开扩大会议，林伯渠从陕北赶来参加扩大会议。会议传达了共产国际第七次代表大会的决议，讨论了与南京当局和国民党军队谈判等问题。林伯渠表示完全拥护共产国际的决议，赞同张闻天、毛泽东在会上所作的政治报告与军事战略方针和外交（特指与国民党谈判）问题报告，并谈了有关抗日民族统一战线要“以发展求巩固”，尽快扩大革命队伍，积极培养革命干部等几个方面的重要意见。

5月间，中共驻共产国际代表潘汉年回国，打开了与国民党接触的另一条通道。为推动国共两党的谈判，曾是国民党元老的林伯渠奉中共中央之命，开始与国民党旧友秘密接触，寻求沟通。1936年5月，林伯渠通过南京政府铁路官员曾养甫的秘书谌小岑，与时任国民政府立法院院长的老友覃振建立了书信往来。在通信中，林伯渠力陈中共抗战主张，为两党的接触打开了一扇窗户。这样，在全国人民抗日热情不断高涨的形势下，通过中共方面的真诚努力和国民党左派人士及有识之士的共同推动，蒋介石当局终于开始默许恢复国共两党已中断近十年之久的接触与谈判。于是，就有了南京6月与8月两个月的“两次来件”，相应也就有了中共8月与9月两月的中央政治局扩大会议。林伯渠自然是这些会议的重要参加者。会上，林伯渠表示完全赞同中央关于“南京是一种民族运动的大的力量”，“国民党中央军全部或大部有参加抗日的可能”的估计，同意中央“重提国共合作”，将“人民共和国”改为“民主共和国”，并准备改变苏维埃政权和红军的组织形式及党的土地政策，以便团结全国各党派、各阶层共同抗日。会议期间，中共中央先后发布了《致中国国民党书》《中央关于逼蒋抗日问题的指示》和《中共中央关于抗日救亡运动的新形势与民主共和国的决议》等，对许多重大政策作出了调整，因而感动了何香凝、张学良、杨虎城等及天津《益世报》的记者们，有效提高了全国团结抗日的呼声。

不管革命形势如何变化，“财政与供给”依然是林伯渠的老主题。1936年8月18日，林伯渠同毛泽东、周恩来、彭德怀、杨尚昆联名发布了《关于筹款问题的训令》，指出“凡已成立地方政权的地方，没收工作由政府执行，部队可派人在该地方政府帮助工作”。8月25日，林伯渠又和博古联名签署了《苏维埃中央政府关于建立地方财政的指示》，明确了建立地方财政的意义、具体方针和办法。《指示》强调：

> 自主力红军西征以来，在陕甘宁扩大了纵横数百里的苏区……在财政方面集中中央通盘筹划的方式，需要加以变更和改变。尤其是会计上，各省县的收支，完全以中央为枢纽的办法，实不可能。因此，有建立地方财政的必要。
>
> 所谓地方财政，是以省为单位，在自给原则下，建立各省单独负责的财政制度……但财政方针与收支概算，仍须经过中央财政部批准，收入状况，仍须定期报告。在概算范围内，如入不敷出，中央仍可以协助，收入有余，中央仍得指令缴解。

此外，林伯渠还以中央财政部和中央审计委员会的名义，联合发出通知，强调保持苏维埃红军艰苦奋斗、厉行节约的传统作风，防止浪费和腐化习气侵入。同时积极建立健全各种财务制度。预算上没有的，不许开支，私人用费与公家用费严格划清界限。有病要到公家设立的医院治疗，私人购药延医，应由私人自理，等等，以确保财务运行的健康与稳定。此外，他还要求机关与部队驻地要相对稳定，不要老挪窝，以便在驻地种菜、养猪、养鸡等，同时发展一些做鞋袜之类的生产项目。

1936年12月13日深夜，林伯渠参加完中央临时政治会议，回到驻地已近拂晓。但他掩抑不住心中的兴奋，无法入睡，老早就在院子里踱来踱去。同志们一起床，就被他召集拢来，兴奋地说："你们猜，我有什么重大新闻要宣布！"

小伙子们性急地说："我们不是神仙，猜不到，首长您就径直说嘛，别卖关子好不好！"林伯渠兴奋不已，大声宣布："蒋介石被抓啦！""真的吗，真的吗？哎呀，我的林爷爷，你倒是快点说说，到底咋回事嘛！"特别性急的战士们都叫起"林爷爷"来了。

"好，来听'爷爷'说啊"，林伯渠兴奋地说，"在共产党抗日政策的感召下，东北军爱国将领张学良和西北军爱国将领杨虎城，于1936年12月12日凌晨，在临潼华清池把蒋介石抓起来了，同时还在西安逮捕了蒋介石的重要将领陈诚、陈调元、钱大钧、蒋鼎文、蒋作宾等十余人；张学良、杨虎城二将军捉蒋介石，就是要逼蒋介石同意共产党‘停止内战、一致抗日’的方针。这叫兵谏，懂吗？兵谏！”

“哦，兵谏就是拿着武器逼蒋介石同意‘停止内战，一致抗日’是吧？”一个机灵鬼一语中的。

“哈哈！好啊好啊，蒋介石可把我们红军折腾苦了，他也有今天啊！”另一个战士有点幸灾乐祸地嚷着。

“干脆杀了蒋介石，以绝后患！”又一个愣头青喊道。

林伯渠连忙说：“诶，那可不行，争取国民党一致抗日，这才是上策啊！”

“不杀就不杀，只要他能抗日就行！”一帮小伙子高兴得脸也忘了洗，就这样在院子里蹦啊嚷的：“张学良好样的！”“杨虎城真有种！”让这帮小伙子快要乐疯了的这桩大喜事儿，就是历史上著名的“西安事变”。

西安事变发生，蒋介石尚被扣押时，中共中央通电国民党南京政府，劝告他们接受张学良、杨虎城将军的主张，停止内战，召开和平会议；并决定派周恩来、博古、叶剑英等同志组成中共代表团，前往西安参加谈判，争取实行停止内战、逼蒋抗战，以求达成和平解决西安事变的目的。12月24日，蒋介石被迫接受了联共抗日、释放政治犯、担保内战不再发生等条件。这样，震惊中外的西安事变经过中共和张、杨二将军的通力合作，得以和平解决。不过，政治上不无幼稚的张学良不听劝阻，坚持亲自护送“把兄”蒋介石回南京，从此沦为蒋介石的终身“囚徒”；而杨虎城将军后来则成了蒋介石渣滓洞白公馆的屈死鬼。

在西安事变处理过程中，林伯渠坚定拥护中共中央和平解决的方针。在当时的几次政治局扩大会议上，林伯渠都发表了很好的意见与建议。西安事变的及时和平解决，成了当时中国时局转圜的重要节点，为第二次国共合作启动了铁门闩。1937年1月，中共中央和西北办事处由保安迁至延安。由于西安事变的和平解决，国民党基本停止了对红军的军事行动，开始转向抗日。中共中央为谋求合作抗日，拟将苏维埃政府改为边区或特区政府。1937年2月24日，中央政治局常委会决定由林伯渠负责边区政府工作，博古调任中央组织部部长，凯丰调任中央宣传部部长，王观澜调出另行安排；同时决定政府土地部并入国民经济部，粮食部归入财政部。

此前的2月10日，中共中央《致国民党三中全会电》向国民党提出了五项要求和四项保证。随后，国民党五届三中全会在宋庆龄、何香凝、冯玉祥等人努力下，也基本接受了国共两党合作的原则，表示实行和平统一，扩大民主，开放言论，释放政治犯，由内战转向抗日。林伯渠对这个重要转机由衷喜悦。在3月24日政治局扩大会议上，他比较系统地发表了对当时时局和第二次国共合作前景的看法。4月21日，林伯渠又与中央审计委员谢觉哉联名发出通知，强调健全各种制度，发展各项生产，保持刻苦节约，防止浪费腐化等方针。

在这特定时期和特定职责下，林伯渠把主要精力集中到了领导陕北人民发展生产上。在农业方面，政府大抓耕地的改良和扩大，尽力增加粮食生产，并鼓励民众大养家禽，改良畜种，大种棉花，培植果园，兴修水利。在工业方面，注重开采煤矿、铁矿、银矿、石油矿、盐矿等；并创办了织布厂、毛纺厂、皮革厂、造纸厂等。同时，还大力发展商业贸易，奖励出口，大力发展运输业，以保证苏区石油、粮食、食盐、毛皮、药材等大宗产品的出口外运……

在党中央正确领导和大力支持下，林伯渠的理财智慧得到充分施展。他和陕北人民一道，在短期内较好地解决了红军初到陕北的种种困难。当时，刚来保安不久的美国记者埃德加·斯诺就苏区财政问题，几次采访林伯渠。斯诺后来在他的《西行漫记》一书中，做过这样的生动描述：

……就我所能发现的来看，这个问题（苏区财政问题）主要是靠白发苍苍、神态庄严的财政人民委员林祖涵的才智来解决的。林祖涵的任务，是使红军入够敷出，收支两抵。这位令人感兴趣的老财神，曾一度担任过国民党的司库，他的经历令人惊叹……一天早上，这位五十五岁的长征老战士来到了我们的外交部房间，满面春风，身上穿着一套褪色的制服，红星帽的帽檐软垂，慈蔼的眼睛上戴着一副眼镜，一只腿架已经断了，是用一根绳子系在耳朵上的。这就是财政人民委员！

不错，在那样极其艰苦、繁忙的情形下，林伯渠总是以高度的革命乐观主义和务实精神投入工作，他那一贯勤俭、朴素的作风，在陕甘宁边区的干部群众中，可谓有口皆碑。正是这位当年在江西革命根据地创造了红色财政奇迹的老红军，又继续在陕北革命根据地续写更加难以想象的红色财政奇迹，使红军在东进西征、南征北战中，获得了粮秣给养保障。面对根据地日益兴旺的景象，林伯渠深感自豪和喜悦。他曾在一首赠友人的诗中，满怀深情地追述往事，抒发对革命胜利充满信心的情怀：

犹堪霜鬓时冬寒，回首前尘非偶然。
小艇珠江劳絮语，危楼歇浦驻红颜。
纷纷倒屣旧朋少，落落间关去路宽。
尽有丰收待获取，相看镰斧满人寰。

1937年3月27日，林伯渠参加了党中央在延安凤凰山召开的政治局扩大会议。在毛泽东主持下，林伯渠同与会的洛甫、博古、朱德、凯丰、林彪、彭德怀、任弼时等一道，揭露批判了张国焘反党反中央，另立“第二中央”，大搞军阀主义、土匪主义的罪恶事实，并且深挖了张国焘机会主义的历史根源。

大家在会上纷纷揭露，张国焘自1935年5月在阿坝公开分裂红军后，10月5日曾在卓木碉非法作出《关于成立第二中央的组织决定》，另立中央，其反党、分裂党、分裂红军的右倾机会主义行为达到了登峰造极的程度。随后，他率领四方面军南下天全、芦山，与敌人硬拼消耗，企图在这一带建立川康根据地。但由于这个藏民聚居区人口不过十万，兵员、给养都非常困难，加上敌人封锁严密，四方面军处境极为被动，最后只得撤离天全、芦山、宝兴等地，向南康转移。当时，四方面军由南下时的十万余人，一下子减员到西移时的四万余人，分裂主义与右倾机会主义带来的惨重后果彰显无遗。当红一方面军抵达陕北后，任弼时、贺龙、关向应也率领二方面军向着陕北长途跋涉而来。在这样的局势下，四方面军广大指战员纷纷觉醒，一致要求四方面军主要领导人维护党中央的统一和团结，强烈要求北上抗日；张国焘在差不多已成孤家寡人的情况下，不得不被迫取消了他的“伪中央”。但是，当红二方面军与四方面军在甘孜会合后，张国焘又想回到反对北上的方针上，经朱德、刘伯承等同志的坚决抵制，张国焘才不得不前往会宁，实现一、二、四方面军三大主力的大会师。为扩大以陕北为中心的抗日根据地，推动全国抗日民族统一战线的形成，三大主力会合后，中央决定继续向北推进，夺取宁夏。后因敌情生变，遂决定先南下攻打敌胡宗南部，然后攻取宁夏。张国焘虽然被迫取消了他自立的“伪中央”，但依旧对中央存有异心。1936年10月25日，红四方面军第三十军根据中革军委的命令渡过黄河；随后，红四方面军第九军和方面军总部及第五军也渡过黄河，准备执行中央的宁夏战役计划。由于当时蒋介石调集十几个师的军力由南向北大举进攻，此时，仍是红四方面军重要领导人的张国焘对中央重点击破南线之敌缺乏信心，因此不断对中央提出异议。就在中革军委任命彭德怀为前敌总指挥兼政治委员、刘伯承为参谋长，准备组织海打战役，重点打击胡宗南部的时候，张国焘却命令红四方面军在黄河以东的第四、第三十一军调离前敌总指挥部指定的作战位置，导致战役计划未能实现，给了胡宗南打通增援宁夏道路、隔断河东主力红军和河西部队的机会。这种局势下，中革军委不得不不断调整作战部署。11月11日，中共中央和中革军委致电红四方面军领导人，令河西部队称为西路军，领导机关称为西路军军政委员会，以陈昌浩为主席，徐向前为副主席，担负着减缓河东主力作战压力的重要任务。然而，深入河西走廊的西路军遭到蒋介石指使的马步芳、马步青等部的围追“兜剿”。西路军干部战士坚决执行中央命令，不怕牺牲，浴血奋战。但由于西路军无根据地作依托，又无兵员、物资补充，孤军奋战，虽然毙伤俘敌约2.5万余人，但最终因为敌我力量悬殊，遭到惨重失败，幸存部队不得不转入祁连山打游击。最终在中央千方百计的营救下，李先念率领的西路军左支队才历尽艰险，于1937年4月底到达甘肃、新疆交界的星星峡。西路军广大干部战士坚持革命、不畏艰险的英雄主义气概和为党和人民英勇献身的精神，是值得历史永远尊重和纪念的。而右倾分裂主义分子张国焘在红军历史的这一页中，留下的显然还是一道荫翳。最后回到陕北时，张国焘已更是个孤家寡人。

尽管张国焘的错误是不可原谅的，但参加延安凤凰山中央政治局扩大会议的同志们还是表示服从毛泽东的提议，考虑到张国焘在党内的历史、是个老同志、曾参加过创建中国共产党的工作、并已在口头上初步承认错误等情况，为了挽救他，给他改过自新的机会，还是保留了他的政治身份，并任用他担负刚刚建立的陕甘宁特区政府副主席职务，成为陕甘宁特区政府主席林伯渠的副手。当时中共中央公布的边区政府主席、副主席暨委员名单中，除林伯渠、张国焘外，还有博古、董必武、徐特立、谢觉哉、郭洪涛、马明方、高岗等重量级政治人物。当然，让林伯渠和张国焘做搭档，多少还是有些隐隐的尴尬，毕竟他们之间曾有过那么水火不容的斗争；但作为胸怀宽阔的共产党人，林伯渠完全站在中央的立场上，出以公心、顾全大局，在对待张国焘的问题上，表现出博大胸襟和高度党性，积极努力团结张国焘一道为边区人民工作。

随着全国人民抗日要求的愈益强烈，1937年2月15日，蒋介石迫于时势，召开国民党中央五届三中全会，讨论了国共关系和对日作战问题。为巩固初步形成的国内和平局势，推动抗日民族统一战线的尽快形成，中国共产党中央致电国民党三中全会，提出实现国共合作，停止一切内战，一致对外；保障言论、集会、结社自由，释放一切政治犯；迅速完成对日抗战的一切准备工作；改善人民生活等五项积极主张。同时，中共表示，只要国民党接受这些要求，共产党愿意作出重大让步，包括保证在全国范围内停止推翻国民党政府的武装暴动方针；苏维埃工农民主政府改名为中华民国特区政府，工农红军改名为国民革命军，直接受南京中央政府与军事委员会之指导；在特区政府区域内，实行彻底民主的普选制度；停止没收地主土地的政策，坚决实行抗日民族统一战线之共同纲领，等等。此后，国民党内部经过激烈斗争，虽未形成坚定的抗日方针，但在对内政策上，还是作了某些调整，基本确定了停止内战和国共合作的原则。至此，第二次国共合作初步形成，中国共产党推动和领导的全国抗日民族统一战线也初具雏形。

即便政治斗争再残酷，军事斗争再惨烈，是中国人，总是不会忘记尊重共同祖先的，这是中华民族优秀文化传统决定的。1937年4月4日下午，一位白发苍苍、身材瘦长，身着红军军装的老者，与张国焘一道，携随员跨进陕西省中部县政府招待所大门，负责接待的省政府秘书郑自毅连忙迎上来寒暄。对林伯渠来祭陵，其实国民党方并不意外，因为国共双方协商祭陵代表时，国民党方就主动表明了欢迎林伯渠充任共产党方首席代表的愿望。郑自毅见过林伯渠后，赶忙通报上去。少顷，国民党中央祭陵代表张继、顾祝同，以及国民政府主席林森特派代表、陕西省政府主席孙蔚如等都迎了出来。这时，林伯渠已像变戏法一样，在休息室换上一套长袍马褂，以一儒雅先生的风采，出现在张继等人面前，众人不禁觉得眼前一亮。

当时，国共的再度合作已然形成，国共共同祭陵本身也是具有重要历史象征意义的大事件。所以，双方代表见面后，彼此互致问候，气氛还蛮融洽。特别是那位张继，原来本就是林伯渠在同盟会时期的旧友，自从第一次国共合作破裂，两人已有十多年不见，寒暄之后，张继把林伯渠引进会客厅，带着几分好奇和深虑，向林伯渠聊起了江西苏区和红军北上时候的事情。在林伯渠来说，这正是向国民党宣传共产党和工农红军的良机。于是，他面向国民党所有在场人员，简要但不失生动地讲起了中共从江西根据地撤出后的重大战事，一气讲了快一个小时，直听得一班国民党人目瞪口呆。最后，林伯渠话锋一转，归结到了团结抗日的民族大义，使听者又无不对这位曾经的国民党元老、现在的共产党首席祭陵代表敏捷的思维、刚健的谈锋怀着深深的钦佩。

次日便是清明节，这正是中华民族传统的祭祖节会。上午九时许，林伯渠等共产党方代表和国民党方面祭陵代表一道，登上了古柏森森的桥山。祭陵仪式随即开始。中华民族始祖轩辕黄帝陵前，肃立着一群历尽纷争而暂又重归一途的同族子孙。大家此刻仿佛忘了彼此各种矛盾似的并肩而立，张国焘与国民党方面的一位代表站在一起，偶尔窃窃私语。在肃穆、虔诚的气氛中，各方代表按照议程致祭。中共方面，由林伯渠亲自宣读毛泽东亲拟、林伯渠协撰的经典祭文：

维中华民国二十六年四月五日，苏维埃政府主席毛泽东、人民抗日红军总司令朱德恭遣代表林祖涵，以鲜花束帛之仪致祭于我中华民族始祖轩辕黄帝之陵：

赫赫始祖，吾华肇造；胄衍祀绵，岳峨河浩。聪明睿智，光被遐荒；
建此伟业，雄立东方。世变沧桑，中更蹉跌；越数千载，强邻蔑德。
琉台不守，三韩为墟；辽河燕冀，汉奸何多！以地事敌，欲欲岂足；
人执笞绳，我为奴辱。懿为我祖，命世之英；逐鹿奋战，区宇以宁。
岂其苗裔，不武如斯；泱泱大国，让其沦胥。东等不才，剑屦俱奋；
万里崎岖，为国效命。频年苦斗，备历险夷；匈奴未灭，何以家为。
各党各界，团结坚固；不论军民，不分贫富。民族阵线，救国良方；
四万万众，坚决抵抗。民主共和，改革内政；亿兆一心，战则必胜。
还我河山，卫我主权；此物此志，永矢勿谖。经武整军，昭告列祖；
实鉴临之，皇天后土。尚飨！

中共的祭文辞章绮丽、气壮山河。林伯渠致祭的气势与韵味，将祭文内涵表达得气势夺人，使在场聆听的黄帝子孙，无不印象深刻、心灵震撼。随后，林伯渠把这份饱含中国共产党崇高信仰和满腔赤诚的祭文，双手郑重递交给了陕西省政府主席孙蔚如的特命代表、秘书刘茵农和郑自毅，并希望他们回西安后，发布于报端。但后因西安当局借故扣压，中共的这篇祭文终未见报。显然，蒋介石骨子里就是看共产党不顺眼的，他岂能容共产党在他的舆论工具上“出风头”？

祭陵回来，林伯渠马上回到苏区，根据中共中央部署，为改善苏区政治，促成国共融合，扎扎实实地开展各项工作。1937年4月26日，林伯渠以苏维埃中央政府代主席的身份，签署颁布《苏维埃中央政府布告》，公布了对土豪劣绅的安置政策。《布告》说：

以前逃跑的地主豪绅，现在都纷纷回家了。其处置办法如下：

（一）在已分配了土地的区域，地主豪绅回来，可在原区乡分配他以和农民一样多的土地和房屋。但已没收的土地不许还原；已取消了的租债不许再索取。

（二）在没有分配土地的统一战线区域，地主豪绅的土地停止没收，但去年以前的欠租，应宣布取消，不准索取。至于债呢？甲：利息已超过本或等于本的，不再付利；乙：利息尚未及本的，可酌量情形，付给微利。

（三）地主豪绅回来，可与其他群众一样，受到苏维埃的保护，但同时须遵守苏维埃一切法令，不得有欺压群众，反抗政府机关的行为，违者依法处办。

1937年5月2日至14日，林伯渠出席中共中央召开的苏区党代会，并同毛泽东、张闻天、博古、朱德、刘少奇、张国焘、凯丰、林彪、杨尚昆、聂荣臻、萧克、郭洪涛、傅钟、彭真、马明方、蔡畅、贾拓夫、刘长胜等一起被选为大会主席团成员。这次大会，主要是听取和讨论毛泽东的两个报告及博古的报告。林伯渠在会上作了两次发言，并致闭幕词。林伯渠的发言与闭幕词，主要表达了对毛泽东所作报告的坚决拥护，阐明了一些重要观点，诸如“十年苏维埃斗争奠定了实行民主共和国的基础”“历史前进不是直线的，应该有迂回，我们这个迂回不是小路，而是大道，有各种条件能够使我们走上大道，使革命走上非资本主义前途”“我们党能纠正自己的错误，能拿出主意来，能担负起

解放民族的责任”，等等。林伯渠最后呼吁大家：“现在各代表团，应拿着这一方针（民族革命的方针），作广泛的深入的解释，要传达到每个不愿做亡国奴的儿女中去。”

就在林伯渠等殚精竭虑为党的统一战线不舍昼夜进行努力的同时，5月23日，周恩来奉命前往洛阳会见蒋介石。他们经过商谈，当面约定在庐山重开继2月中旬在西安、3月底4月初在杭州等回合谈判之后的第三次谈判。因边区政府工作十分繁忙，林伯渠没有参加这一阶段的谈判活动。

5月25日，林伯渠又发布了苏维埃政府关于实行政府普选的《训令》，为今后结束国内两个政权对立的局面，做着积极的准备。《训令》强调“革命形势已进入新的阶段，国内取消了两个政权的对立，苏维埃政府将改为陕甘宁边区政府，因此我们要进行新的选举。为着要把陕甘宁边区作为全国的模范，选举工作照规定严格执行”。政府规定各级干部须彻底地了解这次选举的意义，尽快训练办理选举的干部，落实选举的宣传工作，登记选民，规定选举日期等。在不长的时间内，边区各基层民选政府纷纷宣告成立。

林伯渠历来就崇尚实事求是、踏实务实，所以，一有时间，他就要安排日程去跑基层。陕北地广人稀，跑基层常常要长途跋涉。林伯渠经常都骑着毛驴到基层去，调查了解民众生产、生活情况，帮助解决各种实际问题。

就在这个时期，从南方闽赣敌后过来的同志，带来经历了三年游击战后的范乐春同志最终病逝在了环境极其艰苦的闽西丛林中的不幸消息。林伯渠得到这个消息，心情不禁十分沉重。毕竟，他和范乐春不仅曾是患难伴侣，而且更是苏维埃中央政府的革命同人，那种真挚淳朴的战友情，总是无法割舍的。同时，当年与范乐春一起留在了闽西的儿子，更加成了林伯渠心中隐隐的牵挂。革命斗争如同风车转个不停，在已经习惯了各种境遇的林伯渠心中，“家”和“伴”的概念也仿佛在发生改变。在他心中，仿佛那跑不尽的路，就是他的“家”，那做不完的工作，就是他的“伴”。

6月5日，根据中央安排，周恩来带着中共起草的国共两党合作抗日《共同纲领》抵达庐山。心怀鬼胎的蒋介石却又推翻他在杭州谈判时的口径，提出一个新的所谓《合作方案》：即建立一个“国民革命同盟会”，由国共双方同等数量的干部组成；同盟会主席由蒋介石自任，主席有最后决断权；今后两党一切行动与宣传，统由同盟会决定，然后执行；并拟将同盟会扩大建立成两党分子合组的政党，与第三国际发生联系，两党先前的第三国际关系停止；关于军队，南京政府可给延安三个师十二个团的编制，毛泽东和朱德可离开军队，出国留洋；陕甘宁边区政府的正职，应由国民党派出，边区推选的林伯渠只宜担任副职。

蒋介石挖空心思炮制的这个方案，显而易见就是企图先把中共及其军队和陕甘宁边区严密控制在他的手中，然后徐图吞灭。在蒋介石喋喋不休大讲其《合作方案》的时候，周恩来越听越失去了耐心，不禁向蒋介石做了一个打住的手势，毫不客气地打断他的话说："蒋先生，不用再说了吧。你似乎不是在谋求抗日民族统一阵线的真合作，而是在谋求你一党独裁的假合作。共产党的主张很清楚，就是'停止内战，一致抗日'，详尽方针，前番谈判中，共产党均递送过正式文件；至于蒋先生上述各条，对不起，共产党碍难从命啊！我要提醒蒋先生一句，为民族命运计，共产党不希望业已开始的合作趋于破裂，共产党还可以考虑作出一些让步；如果今天蒋先生不能收回成命，那就只有待后重开谈判了！"蒋介石被周恩来的一番义正词严，抢白得脸上红一阵、白一阵；最终，谈判在蒋介石的尴尬中无果收场，暂时搁浅。

七七事变前后，为解决日趋严重的民族危机，中共还是决定继续推动国共谈判。经反复研究修改，中共在原《共同纲领》基础上，提出了一个修订案，在一些重大问题上再作了让步。这次，中共决定增派博古与林伯渠等陪同周恩来前往上海，谋求与国民党中央的直接谈判。中央把林伯渠等增加到谈判代表中，意图很明显，就是"以便讨论纲领，与蒋切实商谈国防计划及修改和召开国防会议问题"；同时，也是考虑到林伯渠在第一次国共合作中的重要地位和经验。

1937年7月7日，日本发动卢沟桥事变后，蒋介石立即上了庐山。已到上海的中共代表经与蒋鼎文、宋子文等交涉，于7月15日赶到庐山，并于当日与蒋介石、张冲、邵力子重开谈判。中共代表首先将《中共中央为公布国共合作宣言》呈递给了国民党方面。七七事变后，蒋介石对日态度有所变化，提出卢沟桥事件的解决"不得侵害中国主权和领土完整"，宣称"如果战端一开，那就地无分南北，人无分老幼，无论何人，皆有守土抗战之责任"。但是，蒋介石仍在打着遏制共产党的"小九九"。谈判中，蒋介石继续重弹前次庐山谈判的老调，这自然要遭到中共代表的抵制。在谈判中，作为当年国民党元老和当下陕甘宁边区政府代主席的林伯渠，对国民党代表毫不相让地说："国共合作，两党政治上是平等的。请问中正先生，你们南京政府主席是否可由共产党委派，而你们委任的国民党干部，是否只宜担任南京政府副主席？如果可以，那么，我们同意陕甘宁边区政府主席由你们委派，我林祖涵甘居次位！"

蒋介石摸着锃亮的光头，半晌才说："这个、这个……那么好吧！我可以承认你们的边区政府，但是军队问题，红军的三个师长和三个参谋长，必须由南京派遣，直属行营指挥！"

周恩来不卑不亢、针锋相对地说："中共中央已经在军队编制等重大问题上作出了最大让步，这已到了我党能接受的最低限度。我们再次重申，无论是红军，还是苏区，必须由共产党全权领导，国民党不得安插一人，这就正如你国统区的军队不允许共产党安插一人一样！"

蒋介石理屈词穷，借故推托："好了好了！今天就这样，再说吧！"谈判又一次陷入僵持。周恩来、博古和林伯渠只得根据蒋介石的行程，转赴上海，再待时机。其间，国共两党还在南京进行过两次一般性谈判，直到9月22日，情况才发生转机，这天蒋介石态度稍有变化。轮到中共代表发言时，周恩来说："蒋先生，近期，我们先后进行了多次谈判，我以为，中共的态度已经在数次修改的《共同宣言》中，体现得清清楚楚。中共提出的宣言，是在'七七事变'和'八一三事变'相继爆发的严峻形势下，应全国人民强烈的抗日呼声而制定的，我相信，每一位热爱自己祖国和民族的中华儿女，都会拥护这个宣言，除非他骨子里就把个人利益看得高于民族利益；我们共产党要敦请蒋先生，准许发表中共这份政治宣言，不要让四万万同胞来质问你，为什么不准发布一个维护中华民族共同利益的抗日宣言！"

蒋介石已深感几次重大事变后，战场形势愈来愈严峻，面对各种现实的压力，蒋介石不得不在一些问题上向中共作出有限的妥协。尽管后来事实证明，这又只是蒋介石一个口是心非的缓兵之计，但至少在当时，还是给中华民族的共同抗战大业带来了一线希望。当蒋介石发表表面同意中共的一些重要政治诉求后，中共谈判代表全体起立，热烈鼓掌，表示了极为大度的欢迎和庆祝。国民党代表随即也起立鼓掌，尽管他们中很多人的巴掌拍得很是勉强。至此，国共两党的第二次合作才算真正达成，中国人民的抗日民族统一阵线，也终于正式建立起来。

第二十五章　赤忱
铮铮铁骨皓皓丹心

随着国共两党关系的逐渐改善，林伯渠的名字开始在国统区报纸上重新出现。报纸作为特殊的“信使”，把林伯渠的有关消息传递给了他的家人。伍崇贤得到消息，自然喜出望外。自上海一别，多年分离，音讯久阙，现在丈夫终于又浮出人海。她让儿子秉益写了封信，试投往延安。此信邮途耽误，林伯渠收到时已经很迟，且当时林伯渠工作太忙，直到此后给秉蘅的一封信中，才提及此事。1936年6月，林伯渠收到在南京做小职员的女儿林秉蘅寄到陕甘宁边区的信，大致知道了她们母女的一些情况。但因国民党当局对重要人物的信件检查仍很严，所以，信中依然不能详尽得知这数年来的家中事势。收到女儿来信，林伯渠无限感慨。十年内战，造成了巨大的民族灾难，也造成无数家庭的悲剧。回首自己的人生，虽然对革命、对国家竭忠尽智，问心无愧，但对于嫁给自己已十八个春秋，尝尽人间苦楚的伍崇贤，林伯渠心中满满的都是愧疚。但特殊的人生经历，已把林伯渠磨成一个似乎高冷、不轻露情感的“钝情人”。但女儿来信后，他的情感反应还是速热和强烈的，他随即给秉蘅写了回信：

秉蘅如见：

得你六月七日手书，披阅之余，甚为欣慰。年来你已能自食其力，并能帮助你的母、弟解决一些问题，这很好，这是你的孝心和友爱的表现。你的正谊二哥（秉蘅未婚夫）近已毕业医校么？秉益来信说秉佑与圣荃都在你那里念书，圣荃是哪一个，我都忘记了，请告诉我。在你那附近的人及你的相片，下次可都寄给我一张看看。可直接寄来（陕西肤施大街一一四号曹菊如转邃园）。我现在事情很忙，时常离开此地，或许快有机会来与尔等会晤的。现因交通阻碍的关系，你们暂不要来。我很挂念你的负担很重，你近来生活的怎样？希望告诉我一些。我有一次看中央日报尾巴上载玄武湖的湖匪很猖獗，想你不会被湖匪围剿吧！

你的地址可告诉我么？

近好。

邃园手书　六月廿六日

不难看出，这信的字里行间，确实充满林伯渠对亲人、对骨肉的无限牵挂。至于那个“圣荃”，其实就是林伯渠赴苏联前，在上海见到的那个“小五”。当时林伯渠处境恶劣，行迹匆忙，竟然没顾上给孩子取个名字，这“圣荃”，还是伍崇贤后来取的。所以，林伯渠自然不知道“圣荃”是哪个了。

既已晓得几个女儿都在南京，林伯渠内心很想尽快见见她们。当时，林伯渠和周恩来等要从庐山去上海，途经南京，准备邀程潜同赴上海。借着这个机会，林伯渠让在程潜参谋本部当录事的堂侄林秉德打电话给秉蘅，让秉蘅速带上妹妹们，到程潜伯伯家来见个面。但因林伯渠此行日程极紧，所以这次见面也极仓促。

秉蘅接到堂哥的电话，欣喜万分，赶忙从学校把秉佑和圣荃接来，匆匆忙忙赶到程潜伯伯府上。见到父亲那一刻，秉蘅似已不能相认。一晃十年，父亲须发皆白，面容清癯，满带风霜痕迹；见孩子们愣在那里，林伯渠一改平日的“冷峻”，一把将女儿们拢在怀里，多年离别的感伤，化为热泪，夺眶而出。尽管时间紧，程潜坚意留林伯渠父女吃顿饭。吃饭时，程潜谈起了国民政府国葬林修梅的事情。原来，林修梅自1921年10月在广州病逝，厝棕永胜寺，由于时局多变多乱，这一厝就是七年。直到1928年10月，国民政府才终以国葬之礼，将林修梅灵柩从广州护送回长沙，盛葬在岳麓山屈子祠附近。史上，国民政府先后颁令国葬于岳麓山的民国元戎仅有三人，他们都是湖湘赤子，即黄兴、蔡锷和林修梅。可见，民国政府对林修梅的礼遇还是极高的。

作为与林修梅将军有过特殊关系的程潜，回忆起此事不禁感慨万千：“浴凡将军不仅是林家的豪杰，更是民国的巨子啊！”林伯渠不禁依旧痛惜地说：

“可惜啊，我堃哥竟在盛年死于庸医之手；而不巧我1928年尚在苏联，没能赶上堃哥的国葬典礼。不过，我很欣慰，我为我这位在湘南打响护法战争第一枪的兄长骄傲，为自己有这位孙中山总统府代理参军长的哥哥而自豪。他虽然英年早逝，但他的精神，这么多年来，仍一直在激励着我前行。”

匆匆见面，匆匆告别，林伯渠依依送别孩子们。当时在南京政府司法院惩戒委员会任委员的临澧同乡于哲士得到林伯渠在程潜府上的消息，连忙赶了过来。寥寥几句寒暄，就不由分说把林伯渠往他车上请。乡党盛情，委实难却。林伯渠只好对程潜说：“颂公，五点我们在车站见吧。”于哲士主动说：“放心，我会让人帮你们订好去上海的车票。”

在于哲士家，两个虽属不同党派和政府，但却同属临澧风云人物的老朋友，彼此有着说不完的心里话。

林伯渠感慨万千地说：“若愚兄，这么多年了，你还是当年那个性情中人啊！”

于哲士笑笑说：“亲不亲，故乡人嘛。我儿子在你们队伍里，你也没少关心他、培养他啊。虽然儿子跟我不在一个党，但有时我真觉得他比我站得高。”

林伯渠惋惜地说：“可惜呀，红军经历的战事太多，牺牲的同志也太多；令公子作为红军烈士，历史是永远不会忘记他的。”说到这些，自然就不是三言两语了。不知谈了多久，于哲士才换了个话题，他问：“祖涵兄，这些年回过临澧老家么？”

林伯渠摇摇头说：“我哪有这个闲暇呀，都好多年没有家人的消息了，近几个月才略有了些消息，若愚兄可曾经常回老家去看看？”

于哲士说：“我也是偶尔才能回去一次。不过，前次回去，我还特意去凉水井拜访了尊夫人。”

林伯渠忙说：“哦，真该谢谢你，都记不清有多少年未见了，复明一定过得很清苦，这么些年，真不知她是怎么熬过来的呀！”

在和于哲士的长谈中，林伯渠了解到，当年伍崇贤赴海参崴未成，在上海连续被迫搬了几次家，生活一年比一年艰难，最后几乎到了有上顿没下顿的境地。那时共产党组织虽也曾派人过问过她们的生活，但毕竟没有能力从经济上予以更多接济。生计所迫，无奈之下，伍崇贤当时忍痛把小女儿圣荃“送”

给了别人，然后带着其他几个孩子离开上海，回了临澧老家。老家的故旧们见林家这几娘母别无依靠，十分同情，便出面通融，帮助伍崇贤到临澧县城的一所小学重操旧业，教起书来。那时，腿残的大女儿秉权一直养在家里，其他几个孩子尚未成年，也顶不上什么事儿。伍崇贤就靠那点微薄收入并在家辛勤劳动，抚养着儿女们。秉权成年后，好赖托付给了一个庄户人家为媳。二女儿秉蘅十六七岁时，也决计外出谋生，为母亲承担一份负担。后来，在林伯渠故旧于哲士的帮助下，秉蘅才在南京找到了一份小职员的差事。秉蘅很能干，渐渐自立有余，于是让母亲把三妹秉佑送到南京来上学。后来，伍崇贤又从上海把圣荃找了回来，也送到南京上学。伍崇贤自己则带着儿子秉益、四女儿秉琪等在临澧生活，过着平淡但恬静的日子。伍崇贤人如其名，崇尚贤德，从她给小五取的名字"圣荃"中，也可窥见她内心的崇尚；她一直像圣徒一样，坚守着林家的祖屋和祖茔，其品德正与屈原"沅有芷兮澧有兰"相照应，也是不枉这个南京女儿做了一辈子的澧水儿女。

听到这些，林伯渠双手捧着头，一声声深深叹息。于哲士又感慨地说："你夫人非常知书达理，她知道你在江西娶了老婆后，态度很大度。她说，一个上了年纪、多年孤身的男人，工作又劳碌，生活艰难，找个女人照料一下，是情理中的事，没有什么不可原谅的，她还打听过你和新人有孩子没有，自然有认亲之意。"

林伯渠闻此，心中十分纠结，他眼里闪着泪光说："若愚兄，别说这个了吧。感谢你告诉我这些，复明的恩德，我林祖涵没齿不忘！"

其实，伍崇贤不只是一位感情专一的妻子、母爱如山的妈妈，而且也是一位十分关心和支持革命事业的通达女性。她除了一如既往地支持丈夫所从事的革命事业，还先后安排两个女儿和儿子离开她，到延安去参加革命；同时，她还从临澧老家先后介绍过二十多名进步青年，其中也包括临澧林家的其他孩子，走出临澧，奔赴延安。

送林伯渠去车站之前，于哲士和林伯渠就着一桌临澧口味的菜肴，把一壶老酒斟着边喝边聊；不知不觉约一个小时过去，林伯渠偶一看时钟，忙说："好了，快到点了，若愚兄，咱们后会有期；谢谢你的好酒好菜，好些年没这口福了，你夫人的厨艺真是呱呱叫，还是家乡口味哩！"

于哲士立马起身发车，送林伯渠去火车站。程潜稍后也到达。临别，于哲士拱手道："后会有期。"林伯渠道："一定！"

根据国共谈判达成的协议，1937年8月22日，中共领导的西北红军正式改编为国民革命军第八路军，并在西安、南京、重庆、武汉、太原、兰州等地设立了八路军办事处，负责各地涉军交通、转运、联络、统战、协调等各种事宜。8月底，林伯渠奉命出任地理和政治位置极为特殊的西安八路军办事处党代表，边区政府的工作，中央明确暂由副主席张国焘和其他政府委员共同负责。

西安八路军办事处是十年内战后我党在国统区建立的第一个公开合法的办事机构，办公地点设在西安后宰门旁的七贤庄。这里是几幢较清静的西式庭院，原先是外国人经营的一家旅馆。从西安事变起，七贤庄一号院就已是红军的一个秘密联络站。当时，通过国际友人史沫莱特介绍，从上海请来被希特勒驱逐出境、流亡中国的德国共产党员海伯特医学博士，在这里开设了"德国医师海伯特牙科诊所"，实为联络站。从此，这里门庭若市，前来"看牙"的人络绎不绝。其间，大量医疗器材、药品和无线电器材，就通过这些"患者"，源源不断地秘密运往陕北根据地。

林伯渠来到七贤庄后，首先挂起了"国民革命军第八路军驻西安办事处"的招牌。不久，又先后租用了三、四、七号院，设立了统战科、交通科、经理科、招待所和招生委员会，工作范围不断扩大。为进一步发展、充实和巩固抗日民族统一战线，林伯渠利用西安八路军办事处，不断与一切可以联合抗日的人士接触，宣传中共的联合抗战思想和政策，积极帮助他们达成相关愿望和要求。一天，林伯渠接待了两个特殊来访者。

"伯渠同志，"其中一人自我介绍说，"我叫罗汉，他叫李侠公。"

林伯渠让工作人员给他们倒了茶，请他们坐下来说话。罗汉开门见山地说："我们是受陈独秀先生委托而来的，他刚刚从监狱释放出来，很希望重新回到党的领导下来工作。"

林伯渠想想说："由于仲甫身份特殊，此事需要请示中央。"

罗汉即说："陈先生已拟好一份给党中央的电稿，可以请您代发延安吗？"

林伯渠接过电报看了一遍，即说："可以，我马上让报务员拍发。"

次日，毛泽东、张闻天迅即就我党对托派分子的几条原则复电西安"八办"：

（甲）我们不拒绝与过去犯过错误，而现在真心悔悟、愿意抗日的人联合，而且竭诚欢迎他们转变。

（乙）在陈独秀等托派分子能够实现下列三条时，我们亦愿与之联合抗日。一、公开放弃并坚决反对托派全部理论与行动，并公开声明同托派组织脱离关系，承认自己过去加入托派的错误。二、公开表示拥护抗日民族统一战线政策。三、在实际行动中，实现这种拥护的诚意。

（丙）至于其他关系，则在上述三条实现之后可以再考虑。

林伯渠随即又会见了罗明和李侠公，把中共中央就陈独秀等托派问题的复电抄件交给了他们一份，请他们回去向陈独秀汇报。当时，毛泽东、张闻天还将这份电稿分别拍发给了我党在南京、上海的负责同志。但此后，陈独秀却没有发表任何声明，也一直没有回应。因此，陈独秀要求回党工作的事，最终不了了之。共产党初建时期风云一时的人物陈独秀，此后就基本销声匿迹。

那时，西安八路军办事处是我党我军在西安地区开展抗日统一战线工作的唯一阵地，也是延安通往各抗日根据地、抗战前线及国民政府首都南京和陪都重庆等地的门户与中转站，政治战略位置十分显要，工作任务自然也极其艰巨。为了把西安“八办”建设成我党的一个坚强战斗堡垒，林伯渠首先重视工作人员的教育培养。他把工作人员划分为高级班和初级班，经常自己辅导他们学习《联共（布）党史》《政治经济学》，还为战士们讲解文天祥的《正气歌》、岳飞的《满江红》和屈原的《橘颂》，等等，对“八办”的同志积极开展理论武装和气节教育。

1937年下半年，毛主席《反对自由主义》正式发表前，特意将书稿寄林伯渠等征求意见。林伯渠认真阅读后，极为赞赏。他除了自己认真学习，还向身边的同志进行了宣讲，以此来武装大家的头脑，提高队伍向心力、战斗力。

在这里，林伯渠以相当精力投入到与西安国民党当局上层人物的“统战工作”上，多次与国民党西安行营主任蒋鼎文晤谈和书信往来，交涉国民党政府给八路军的军需给养，包括大米、军服、军械等事项。这些交涉，在很大程度上，也是一个个有理有节、斗智斗勇的过程。

一次，林伯渠来到蒋鼎文行营，见面后寒暄说：“蒋主任，感谢你前几次给予关怀，解决了八路军的大部分大米、军服问题，不过，现在还有一个问题越来越吃紧，那就是随着八路军与日军作战的持续，枪械弹药消耗很大，急需解决军械弹药补充的问题。”

蒋鼎文想想说：“好吧，战争嘛，肯定是有消耗的，尽管我这里也有困难，但我会尽力想办法的。不过，你们也要尽量自己多想些补充办法，力求多从战场上缴获。”

林伯渠点头说：“是的，我们一直就是这样做的，我一定会把蒋主任的意思及时转达到延安和相关方面，但先要请您调配一批军械以应急需呀！”

林伯渠递上八路军参谋部的报告。蒋鼎文一边看，一边若有所思地问道：“祖涵兄啊，最近你的部属跟我这边的人打得蛮火热的，是你的授意吧？”

林伯渠笑笑说：“都是抗日同人嘛，广交朋友，团结力量大，这也符合国共合作、一致抗日的方针，是不是？哈哈……”说得蒋鼎文也只能点头称是。

林伯渠还多次通过与陕西省主席孙蔚如交涉，及时解决陕甘宁边区行政区划、人民生产生活等有关问题。从1937年下半年到1938年夏季这段时间，西安地区国共合作事宜发展得比较顺利，彼此也还相安无事。但林伯渠并没有因此高枕无忧、无所事事，他把大部分精力投入到联络和帮助各地进步青年奔赴延安、输送延安干部到全国各地等工作上。仅据1938年5月至8月的统计，西安“八办”就为延安输送革命青年2288人。这个时期，除了接送来自全国各地投奔陕北根据地的革命青年，林伯渠还输送过妻子伍崇贤及家乡亲故从老家临澧介绍来的几十名男女青年前往延安，投身革命。其中林氏家族的孩子还不少，如林泽仁、林泽敏、林明芷、林纫蓠等，林伯渠老家附近的蒋端芳、华炎、叶德蓉等女青年，也都是其中的重要分子。对这些满怀革命激情投奔延安的孩子，林伯渠自然特别关心，更给予严格要求，认真培养。一有机会，林伯渠就对她们进行政治思想等方面的教育，所以，她们进步很快，后来大都成了优秀的革命战士。如来自临澧七重堰叶庙的叶德蓉来到延安后，在组织和老同志帮助教导下，不怕苦、不娇气、住窑洞、啃山药蛋、跑步出操、不怕脏累、精心护理伤病员，成长为优秀的延安医务战士。她和战友刘景晏在延安结婚后，相互鼓励帮助，进步更快。中华人民共和国成立后，叶德蓉成为新中国首批授校级军衔的女军医，退休后还担任过北京协和医院护士学校校长。应该说，这仍是延安时代革命种子结出的果实。

国共之间的和缓与平静，总是短暂、区段性的。一天，林伯渠收到八路军兰州办事处谢觉哉的电报。当时林伯渠正闹眼病，不能看电报，就让秘书念给他听："马步芳俘我西路军1500余人，编为新兵团，拟送卫立煌部。"林伯渠听后一愣，立即说："什么？马步芳？这可是个极端反动的杀人魔王啊！这个新兵团的西路军失散人员能够活着回来真是万幸了；无论如何，不能让他们再落入卫立煌之手，得马上设法把他们截过来！"

林伯渠立即和办事处处长伍云甫商量："老伍，西北军阀马步芳要把我们西路军失散的1500名红军战士解送到河南，移交给卫立煌；我们不能眼看我们这些战友再进火坑，这样，等这支队伍到达西安时，你专程前往驻地去看望他们，使他们心有所属；我亲自去行营交涉，争取给战士们配齐军装和枪支子弹；抗日之际，我想西安当局没有理由拒绝的。然后，我们将这支队伍开到八路军三原留守处去，让他们回自家，上前线，打鬼子去！"接着，伍云甫和林伯渠分头行动，按照计划，圆满地把这批红军兄弟全部截了回来。

此外，当时广东中山大学战地服务团方少逸等人热心救亡，曾募集药品送给八路军。他们辗转来到西安后，林伯渠亲自介绍他们去延安参观，并嘱延安那边有关部门的同志好好招待他们。此外，牺盟总会常委兼宣传部长黄玠然在阎锡山公开反共后，到西安来找林伯渠，要求去延安。见面后，林伯渠才知道他就是当年在上海临时中央当过组织部长的杨天生，得知黄玠然曾是周恩来派到山西去的同志，便与周恩来沟通商议后，把黄玠然安排到重庆去工作。

后来，林伯渠安排党的地下工作者王超北（即庞智）去香港采购电台、医药、通信器材及二十多辆汽车，并把华侨、港澳同胞、国际友人捐赠给八路军的物资和救护车一同运回来。王超北经过许多艰辛，取道越南、广西、贵阳、重庆，将这些物资和车辆运到宝鸡，到西安找到林伯渠复命。林伯渠高度赞扬他胜利完成了非常艰巨的任务，并指示他暂时留在宝鸡，利用其香港灿华公司代表的公开身份，掩护和处理这批重要物资，顺便了解收集国民党反共情况。不久，这批物资先后运送到了西安"八办"和延安。后来，王超北父亲去世，留下一笔相当可观的财产，王超北拟上缴给党充作活动经费；林伯渠见他继母尚在，觉得不便处理他父亲的遗产，便让王超北先不动这些钱，并示意他，必要时，可移作他开展秘密革命活动的经费。后来王超北借助这笔经费，为党和革命事业派上了重要用途。还有翁世武从山西到西安，要求去延安抗大学习。林伯渠知道他与国民党孔祥熙那边有关系，便指示他利用这一有利条件，留在国统区继续做敌后抗日民族统一战线工作。另外，后来到延安兴办光华农场的陈凌风和朱明凯夫妇，也是在这个时期，由林伯渠亲自带到延安去的。

在此期间，林伯渠还安排过一个欧洲记者去延安。那是1938年5月，瑞士《新苏黎世报》记者瓦尔特·博斯哈德为了解那时青年人十分向往延安的真实情况与原因，特意结识了美国人艾格尼斯·史沫特莱，并通过她在武汉见到了周恩来，周恩来则介绍他去西安见林伯渠；随后林伯渠与延安联系好，派一名十八岁的战士，为博斯哈德充当向导和警卫前往延安。博斯哈德在延安访问了许多地方，还专访过毛泽东，回国后写了许多报道，成为第一个报道延安情况的欧洲记者。当时，林伯渠在西安除帮助国际共产主义战士白求恩去延安和前线外，还为国际友人柯棣华、巴苏、马海德等去延安提供过许多帮助。

西安“八办”的日常事务，常常是预先无法预备的。1938年清明节后第三天下午，办事处办公室响起一阵急促的电话铃声。值班秘书王邦平拿起听筒问：“哪里？”对方回答后，小王没听清口音，就又问：“你是谁？”对方说：“我找林主席，请他接电话吧。”

屋子里很静，林伯渠听出像是张国焘的声音，因为张国焘叫“林主席”的声音是有特点的；林伯渠不禁觉得有些意外，想了想，示意小王说自己不在。

“噢，对不起，林主席不在办公室。”

“他什么时候回来？”

“不知道。”

放下听筒，小王问：“林主席，怎么回事？”

林伯渠满腹狐疑地说：“我们这是西安内线电话，只有西安的电话才打得进；听声音应该是张国焘，他现在怎么会在西安？我来西安‘八办’后，边区政府工作暂时是他主持的，延安并没有给我任何通知，他跑到西安来干什么？”

林伯渠立即发报向延安询问，延安很快回电：“张国焘系私往西安，意图不明，注意动向。”

次日晨，张国焘又从西安火车站打电话找林伯渠，约林伯渠去火车站和他见面，他说有要事相商。张国焘要去哪里？林伯渠更加感到情况异常，连忙叫上警卫员，火急火燎地驱车赶往火车站。

平日熙熙攘攘的西安火车站，今天显得有些冷清。车站入口处，由全副武装的国民党宪兵把守，不远处还布有几道岗哨，一派戒备森严的气氛。林伯渠的雪弗莱小汽车戛然一声停在候车大厅门外；推开车门，张国焘已等候在那里。今天，张国焘不再穿延安的灰布军装，而是一套咖啡色西装，略胖的身躯更显臃肿。他见林伯渠神情严肃，忙迎上去打招呼说："林主席，里面请！"

林伯渠冷不丁问道："张副主席，你这次来西安有什么任务？"

"应约来西安看朋友。"张国焘敷衍道。

"你来西安，中央知道吗？"林伯渠紧紧追问。

张国焘支支吾吾不知所云，只是一个劲儿把林伯渠往月台方向带。林伯渠扫视一眼月台，见国民党陕西当局的几个头面人物都在那里。林伯渠心里似乎明白了，张国焘这是要叛变；看来，他还想胁迫林伯渠跟他一起上火车，离开西安。林伯渠沉着地向自己乘坐的小汽车那边一挥手说："既然来了西安，我们还是先回办事处吧；有什么要办的，回头我给你做好安排！"

张国焘额头沁出一层汗星，很不自然地说："不，不用了，我就要走了。"

"走？"林伯渠紧紧盯住张国焘问，"你要走到哪里去？"

张国焘稳了稳神说："这个就不必多问了，有些话，我们到火车上再说好吧？"张国焘还是想拉林伯渠上火车。

林伯渠甩开张国焘的手说："跟你上火车？笑话！张国焘同志，你不经中央允许而来西安，已经是一个错误，难道还想就这样私自离开西安？同志，毛主席和党中央对你完全可以说是仁至义尽了，你可别一错再错啊！"

张国焘此时越来越尴尬，沉了片刻后，他干脆亮底道："唉！祖涵兄，你真是太死心眼儿啦！本来我一来西安，就想跟你推心置腹谈谈，你晓得我张国焘是个爽直性子，有啥子说啥子的！"

林伯渠双眼定定地逼视着张国焘，神情稳如泰山；张国焘也一不做二不休，继续说："恕我直言，这人生就像一场梦，我是糊糊涂涂过了二十多年。你我共事也不是三年两载，依我看，祖涵兄不愧是国家的栋梁之材，当年孙中山在世时，谁不敬畏你大名鼎鼎的林部长？你跌跌撞撞也有几十年了，可是现在呢？好，不说这些了，现在，我们俩还是一起走吧！"

林伯渠本来就是想弄清张国焘怀揣的鬼主意，现在他总算不打自招了。

这时，只听得一声汽笛嘶鸣，林伯渠抬眼望去，远远看到一列火车缓缓驶进车站，车厢上挂着一条标语：“欢迎张国焘将军归顺中央！”月台上，几个记者正紧张地做着抢拍准备，他们知道，这将是当时国民党媒体上的新闻“头条”。

林伯渠此刻格外镇定，他不紧不慢地对张国焘说：“叫我怎么说呢？我只能说，到今天，我算是把你张国焘彻底看清楚了；看来共产党再怎么挽救你，你也是不会回头的了！跟你走？跟你去‘归顺’求荣？你以为，一个出生入死几十年的老共产党员，会这样糊糊涂涂放弃自己的信仰吗？既然你决意要走，我也拦不住你。你走你的吧，没有你，共产党照样向胜利的日子前进！”

前来为张国焘送行的几位国民党大员，在一旁目击了林伯渠的凛然大义和镇定自若，不禁暗暗叹服。张国焘恼羞成怒，不知廉耻地咆哮起来：“林祖涵！不要这么不识好歹吧！告诉你，我是经过深思熟虑的，你若还不醒悟，我看最后是死路一条！”

林伯渠斩钉截铁地说：“无耻之尤，不知谁死路一条哩！快去南京领你的赏钱去吧！看你那肮脏的灵魂，能值几块大洋？告诉你，我林祖涵是中国共产党党员，没有党中央的命令，我是决不会离开我的工作岗位半步的！”

说罢，林伯渠轻蔑地瞟了张国焘一眼，大步流星朝自己的小汽车走去。张国焘的脸色像猪血灌过一般，呆立在站台上许久许久。

回到办事处，林伯渠立即把张国焘叛变的情况报告给了党中央。半个月后，张国焘的妻子杨子烈带着儿子，从延安来到西安八路军办事处，说是要去武汉劝张国焘回延安，请办事处提供方便。办事处几位女同志很善意，有的留她别去，有的叮嘱她一定早去早回。林伯渠明察秋毫，对那些挽留杨子烈的同志说：“孩子都带上了，事情还不明白吗？还能留得住吗？”就这样，死不悔改的野心家张国焘最终携家叛逃武汉，投靠了蒋介石，随即当了国民党特务，自绝于中国人民。直到这样的情况下，中共中央才决定将张国焘永远开除出党。革命历史就是大浪淘沙，曾一度显赫但灵魂阴暗的张国焘，最终被滚滚洪流冲激而去，只留下团团泡沫在滩涂稍纵即逝；而林伯渠等坚定不移的革命战士，经历无数惊涛骇浪，却始终如灯塔一般，熠熠闪耀在革命汪洋的风口浪尖。

1938年4月，国民党政府为装点“国共合作”的门面，公布了《国民参政会条例》，申明“国民政府在抗战期间，为集思广益，团结全国起见，特设国民参政会”。规定在抗战时期，政府对内对外之重要施政方针在施行前，需提交国民参政会决议，这实际就是当时中国政界的最高民意机构。

国民参政会的设立，在形式上，是国民党为了抗战而开放民主，但是，这种开放非常有限，根本上还是国民党一党专制。关于这一点，仅从议席分配上，就可见一斑；国民参政会共设二百个参政员席位，而共产党仅有七席。尽管如此，共产党还是以抗日大局为重，仍派出毛泽东、陈绍禹、秦邦宪、林伯渠、吴玉章、董必武、邓颖超等七位重要人物，出任共产党方面的“国民参政员”。在此期间，林伯渠等经常利用参政会这个合法讲台，积极宣传我党的抗日主张，努力争取中间力量，与国民党顽固派进行不调和的政治较量。

1938年5月，第一届国民参政会在武汉召开，林伯渠受遣出席，带去了他和毛泽东等七名共产党参政员联名的《我们对于国民参政会的意见》提案，重点阐述了我党对参政会的看法、意见和所取的态度。《意见》说道：

在目前抗日剧烈的环境中，国民参政会之召开，显然表示着我国政治生活向着民主制度的一个进步，显然表示着我国各党派、各民族、各阶层、各地域的团结统一的一个进展。虽然在其产生方法上，在其职权的规定上，国民参政会还不是尽如人意的全权的人民代表机关，但是，并不因此而失掉国民参政会在今天的作用与意义，即进一步团结各种力量为抗战救国而努力的作用，企图使全国政治生活走向真正民主化的初步开端的意义……

为达到战胜日寇建立独立自主幸福的新国家，那么，首先在军事上必须求得前线部队战斗力之加强，敌人占领区域中人民游击战争之大规模的发展及有现代化之坚强部队的创立；在政治上，必须改善政治机构，促进省县区民意机关之建立，普遍地发动和组织广大民众积极参战；在经济上，必须加紧创建国防工业，调整战时财政金融，提高工农业生产，而同时采取各种有效方法来保障与改善人民生活……

国民参政员是人民的公仆，是人民的使者，是人民的代表，我们将忠实地遵循人民的训示和人民的意志而努力工作。……巩固民族团结，驱逐日寇出境，是中国人民今天最迫切的要求。我们将不倦怠，不畏难，坚定忠诚地为着完满地实现这个最紧迫要求而在国民参政会内及会外去努力奋斗。

中共参政员的《意见》在会上散发后，引起热烈反响。参政员中的爱国人士和中间派人士，纷纷与共产党参政员交流看法，表示拥护中共的意见；连国民党方的参政员中，也有不少表示拥护共产党意见的。由于林伯渠原本就是国民党元老，会下，很多国民党人士都乐意跟他交流。国民党参政员于哲士私下跟林伯渠说："祖涵兄，你们对参政会的意见是合理的、正确的，你们对抗战提出的主张，也是负责任的，十分中肯，你们关于履行职责的表态，更是高风亮节，听了，让人不能不赞佩！"林伯渠真诚感谢大家的认可。

这次参政会，通过了《拥护国民政府实施抗战建国纲要案》《拥护政府长期抗战决策案》和《确实保障人民权利案》等几个提案，还发表了《宣言》，表示"各党派应舍小异而求大同，翊赞统一，共同救国""动员一切人力物力，为自卫而长期抗战，以达到最后胜利之目的为止"等。虽然这些提案和《宣言》，当时还只是纸上的东西，但起码让社会舆论有了一个指向，以便日后监督实行。

林伯渠开完参政会回西安后，曾对《西北》周刊记者发表谈话，指出这次会议在精诚团结、发扬民主、推动抗战以及促进友邦对中国的援助等方面，均取得了很好的进展。然而，后来的事实证明，蒋介石操纵的国民政府，到底只是把国民参政会作为一只政治花瓶，所通过的各项提案，不过是插在瓶子里的几枝假花。

1938年8月，侵华日军分五路进逼武汉。国民党也曾调集大军投入抵抗，部署了颇具规模的武汉会战。当时广大爱国将士英勇作战，也曾取得过可观的胜利。这一阶段，中日双方在纵横数千里的战场上，进行了近三个月的激烈战斗，但终因国民党执行的是片面抗战方针，未能精诚于全国联合抗战，结果最终全线崩溃、武汉失陷。迫不得已，国民党只得把政治中心移到了山城重庆。

1938年11月，林伯渠为参加第二届国民参政会，风尘仆仆赶往重庆。会议期间，面对日益猖獗的民族败类投降活动，林伯渠等发起拟定并提交了一份《严惩汉奸傀儡民族叛徒，以打击日寇以华治华之诡计而促进抗战胜利案》：

理由：

抗战年余，全国军民莫不忠勇奋发，前仆后继，为民族之独立生存而奋斗，不幸有少数丧心病狂之徒，甘为日寇利用，粉墨登场，僭称政府。此辈民族叛徒，本会第一次大会宣言，已明白申斥之为“敌阀之俘囚，民族之败类”。目前因广州、武汉相继陷落，日寇更欲使南北傀儡合流，树立规模更大之傀儡政权，藉以蒙蔽世界，并假之以树立其在占领区域之统治。因之，必须对此辈甘心为虎作伥之民族叛徒，加以严惩，此又仅为维持我大中华民族之光荣所必需，抑且为打击敌寇阴谋、争取抗战胜利之必要步骤。

办法：

一、国民政府明令宣布一切参加南北及各省傀儡组织之民族败类，消除其国籍，并公告全国人民，人人得诛之。二、国民政府应明令没收此类傀儡之一切财产，以充抗战经费。三、对被迫参加伪组织之人员，国民政府应明令劝告，限期脱离伪组织，容其自新。否则，即依一、二两项办法严惩之。

参与此项提案署名的，除了到会的共产党参政员秦邦宪、董必武、邓颖超等，还有吴绪华、史良、章伯钧等十六名其他党派参政员。提案呈交后，随即为大会所通过。这样，就确定了后来坚决反对傀儡汉奸、争取抗战胜利的策略基调；在此后多次参政会议上，林伯渠等都始终旗帜鲜明地代表我党，与国民党顽固派及汉奸傀儡进行面对面的坚决斗争。

日寇的猖獗、顽固派的捣乱，从来没有使林伯渠这位满头银发的共产党员畏惧退缩，反而激起他更坚韧、更高昂的战斗意志。在重庆参政会期间，林伯渠过去在国民党里共事的同乡、朋友和老同学们，常来寓所拜访，金瓯残缺而人到老年，这些故人不免多有感怀慨叹；而林伯渠总是热情鼓励、耐心开导老友们对抗战树立必胜的信心。当时，林伯渠曾作一首《留别诸友》诗，赠给当年一起留日的同乡黄右昌、于哲士、吴兰林等：

秋深微霰菊花黄，樽酒平楼意未央。
卅载心期原不负，十年戎马独何伤。
竭来待整金瓯缺，此去莫愁锦水长。
三户仅存能复国，共看子弟满湖湘。

林伯渠这首诗写景述事，表达出强烈的救国决心，充分抒发了湖湘儿女的爱国赤忱。黄右昌读了这首诗，赞赏道：“好一个‘三户仅存能复国’，实在是让我们大家没有理由失去抗战胜利的信心。”于哲士也说：“祖涵兄，有你这首诗，我们湖湘子弟大长精神了。”

散去时，于哲士又对林伯渠提起家眷的事：“祖涵兄，你看这重庆山城景致还不错，现在你也稍稍消停些了，这参政会一时半会儿还不会散，不如把夫人接过来住几天嘛！”

林伯渠心情复杂地说：“现在，不是我想不想接的问题，而是有没有可能接来的问题；和崇贤结婚十八年有余了，我们一直是聚短离长，分多合少，彼此似乎已习惯了天各一方；我这样东奔西走，接她来也住不久，反倒让她奔波受累。”

于哲士说：“唉，有人抓住这些事，说你们共产党人无情无义哩！”

林伯渠笑笑说：“我林祖涵对复明是否无情无义，有诗为证啊！”

于哲士问：“怎么讲？”

林伯渠说：“其实，我也是常常夤夜思及复明，来重庆后，还曾写过一首与复明息息相关的小诗哩！”

于哲士等人立即说：“哦？吟来大家欣赏欣赏嘛！”林伯渠随口吟道：

竟宵泉水吼不停，倚枕清愁恰可听。
悔把余情随断梦，吴江枫冷楚山青。

从这首诗中不难听出，林伯渠内心深处饱含着对家中老妻的思念、愧疚和感激。伍崇贤青春相许，这么多年忠守林家，抚养丈夫前后一帮儿女长大成人，此恩此德，林伯渠岂能忘怀？只是民族正值危难，他是身不由己，有家难圆啊！于哲士等听罢诗句，回味良久，深有触动地说：“有此一阕，尊夫人也足慰平生了。”参政会散会后，林伯渠回到西安。观看一场评剧后，又触动情怀，作了一首《阅平调有感》诗，再次流露出他对妻子的深深思念：

一曲歌成转黯然，离情永绽碧云天。
春郊试马浑如梦，风韵依稀在眼前。

这次在重庆开会的一段日子里，林伯渠的住处很少清静过，山城不少热血青年听闻林伯渠的传奇经历后纷纷仰慕，常趁晚上有空跑来缠着林伯渠讲他的那些传奇小故事。一天傍晚，几位重庆女青年又涌进这间不到二十平方米的办公室兼卧室。显然，她们不是第一次来，所以一进屋就“各就各位”坐下了。

“林主席，今天给我们讲讲延安吧？”那个性格开朗、直率大胆的女青年李俊又是头一个“点菜”。

林伯渠笑笑说：“你这个李俊啊，总有出不完的题目让我作呀；好，陈天华蹈海讲了，北伐战争讲了，南昌暴动讲了，二万五千里长征也讲了，今天就给你们讲讲延安吧！”林伯渠侃侃而谈，青年们静静聆听；时辰不早了，细心的女青年们岂能不知林伯渠晚上需要休息？所以，到点就各自散去了。

离开林伯渠住所，李俊和最要好的朋友夏雪一道返回；夜山城渐渐安静下来，街灯照着起伏蜿蜒的石板街，两个大女孩意犹未尽、边走边聊。李俊说：“延安真是个红色摇篮、革命熔炉，难怪会有那么多青年投奔延安的。”

夏雪说：“李俊，你是不是打定什么主意了？”

李俊说：“现在的热血青年，有谁不想去延安？难道你不想？”

夏雪说：“嗯，那里英雄人物多，我知道你最崇拜英雄，一定是冲着哪位英雄人物想去的吧？”

李俊在夏雪背上拍了一巴掌说：“你才是哩，做梦都说要嫁个八路军英雄。”

夏雪佯装生气地说：“再也不跟你说私房话了。”

李俊忙说：“别呀，我这不也是在跟你说私房话吗？又不是当着千人百众。”

夏雪诡秘地笑笑，压着嗓门说：“好，那你告诉我，你是不是爱上林主席了？要不，这些日子咋老邀我往他这儿跑？”

李俊指着夏雪鼻子说：“夏雪，你讲良心话，只是我邀你吗？是你自己也想听他讲故事嘛！”

夏雪笑笑说：“好好，咱俩谁跟谁呀，还用得着掖着藏着？我确实是想听林主席讲故事，但你说你就只是想听听故事吗？那你为啥还那么想打听林主席家里的事情？”

大大咧咧的李俊有点不好意思了，说：“夏雪，你说林主席这么了不起的一位大首长，单身一人四处奔波，饭自己弄，衣自己洗，是不是挺让人同情的呀？”

夏雪怪怪一笑说：“怎么样？说实话了吧？不过，李俊啊，咱俩是好朋友，我得给你提个醒，人家年龄可有你两个大还不止哟！”

李俊说：“我也没说已经决定嫁给谁呀，不过，这种事，也是要看缘分的；反正我不图那世俗的利益、名誉和地位，我就是崇拜英雄，向往延安。”情窦初开的女孩心思，有时真让人无法捉摸。

开完参政会，林伯渠依然返回西安八路军办事处工作。不久，怀揣一腔革命激情和青春梦想的李俊，竟然从重庆追随林伯渠的行踪来到西安。林伯渠随即帮助她转赴延安。在同志们和组织的关心帮助下，李俊被安排到延安银行参加了革命工作。大约在1938年底，李俊终于如愿走进了林伯渠那孔普通的延安窑洞。

1938年9月29日至11月6日，中共历史上具有重要意义的扩大的六届六中全会，在延安桥儿沟天主堂召开。参加这次全会的有中央委员17人，中央各部门和全国各地区负责人38人。这是自1928年党的“六大”以来，到会人数最多的一次全会，毛泽东、王稼祥、王明、周恩来、朱德、康生、彭德怀、博古、刘少奇、陈云、项英、张闻天等被选举为全会主席团成员；林伯渠的兢兢业业、磊落无私，在全党赢得了崇高的威望，全会上，林伯渠高票当选为中共中央委员。这是林伯渠革命人生经历中的又一个“第一次”，也是他数十年战斗在革命最前沿的瓜熟蒂落。中国共产党正是在这群中国历史上最优秀、最无私、最杰出的政治人物的卓越奋斗中，不断超越自我，也超越对手。

历史上的“国共合作”确实是一个季节性主题，“蜜月期”总是短暂的。1938年10月，抗日战争进入相持阶段，国民党内反共投降活动日益加剧。不久，大汉奸汪精卫政治集团公开投敌。蒋介石也把政策中心由“对外”转向“对内”，由“抗战”转向“反共”。1939年1月，在国民党中央五届五次全会上，蒋介石作了《唤醒党魂发扬党德和巩固党基》与《整顿党务之要点》的讲话，确定了《限制异党活动办法》和《异党问题处理办法》等一系列“融共、防共、限共、反共”的政策，并加派主力部队，封锁陕甘宁边区。新的暴风雨又要来了。如何突破国民党反动派的封锁，将采购来的大量生产生活物资及时运往边区，成了西安八路军办事处艰巨而又刻不容缓的使命。

外面的布匹难以进边区了，为解决边区军民的被服问题，边区政府决定在陕北尝试大量种植棉花。当时，国民党已把棉种也列为禁运物资；为此，林伯渠专门前往国民党西北农本局拜访了局长杨亦舟。杨亦舟原是武功农学院教务长，也是一位很好的农业专家，国共合作一开始，林伯渠就开始做杨亦舟的团结工作，所以，杨亦舟一直在积极跟共产党方面合作；此前，杨亦舟曾陆续为延安运去不少他们培育出来的玉米良种和西红柿种，林伯渠经常写信鼓励他，赞扬他是团结抗战的榜样。每次杨亦舟到西安，林伯渠都热情地接待他，所以，此时他们谈得也很融洽。杨亦舟本就是一名正直的知识分子，一次，他专程来到西安告诉林伯渠，国民党当局派他去做西北三青团总干事长，他不愿意干这个专跟共产党作对的差事；林伯渠开导他说："人家跟共产党作对，你可以不作对嘛。"后来，国民党当局嫌杨亦舟反共不力，就撤了他这个总干事长，改任他为西北农本局局长。当杨亦舟收到林伯渠要求在三原调运三十大车棉种的函件后，他马上让我方拟了个报告，经他签字后，顺利通过边卡，运到了边区。

当时，西北地区还有一个外国红十字医疗大队，总部设在西安，大队长叫万福恩，他是一名年轻的中国医生。这个医疗大队下辖五个医疗队，其中两个队在延安。抗战以前，万福恩就是北京协和医院外科出名的"三雄"之一，医术十分了得；他虽是无党派人士，内心对国民党当局的消极抗日政策却是不赞成的，而对共产党艰苦奋斗，全力抗战的行为则深表赞赏。当时西安八路军办事处的联络副官王荫圃和万福恩是当年燕京大学预科班的同学，当王荫圃把万福恩的情况汇报给林伯渠后，林伯渠非常赞赏万福恩的抗日立场，几次亲自登门拜访这位万大队长，与他竭诚交流抗日思想，宣传中共的抗战主张，同时还多次邀请万福恩到八路军办事处作客，以诚相待，使万福恩很受感动。后来，万福恩常常跟朋友说起："共产党并不像当局宣传的那么可怕，像林主席这样德高望重的中共高层领导人一点架子都没有，十分和蔼可亲，让人十分心服和钦佩！"后来，万福恩经常为八路军和边区提供方便，尽力给予支持。为此，林伯渠不知做过多少不为人知的义务奉献。

曾经有一天，林伯渠交给办事处食堂事务长几块光洋说："事务长同志，请你去买点新鲜鱼肉和鸡，我有客人。"

事务长接过钱问："林老，什么客人呀，您这么破费？"

林伯渠说："记得我跟你说起过的万医生吧？他是外国红十字医疗大队队

长，是个有爱国心、有本事的中国医生，也是我们伤病人员的观音菩萨哟！”

事务长说：“您这一餐客饭，可要紧自己个把月裤腰带才省得出来哦。”

林伯渠毫不在乎地说：“这算啥，前次，我们在洛阳买到一批奶牛，费了九牛二虎之力运到临潼，结果被国民党特务给扣住，还开枪打伤了我们押运的白排长。后来就是找到这位万大队长帮忙，开了红十字医疗大队总部的路条才放行的；还有你不知道的，我们延安寄给重庆的《论持久战》《解放》等重要物品，经常收不到，后来也是他们医疗大队给我们捎带的。你说有这么好的事情，我林老头就算捆两个月肚子，又有什么不甘愿的呢？”

事务长感动地说：“这种事，还是让我们跟您一起捆肚子吧！”

通过医疗队捎带重要物品虽然很保险，可就是速度太慢，常常达不到工作时效。于是，林伯渠又通过各种关系，与西安民用机场打通关系，再托可靠人士通过民航班机，捎带中共重要宣传品到重庆，这样传送既快又安全。

把从各地采购来的物资运往延安，有时还必须借助国民党当局控制的铁路线。为了开辟这一重要交通线，林伯渠可谓千方百计、煞费苦心。他发动办事处的同志群策群力想办法，向大家交底说：“现在，单单通过马车、汽车搞运输还很不够，谁在铁路上有办法不？只要是对我们打通铁路运输有好处的办法，什么法儿都可以用，目的就是千方百计让铁路为我所用。”

有个同志说：“林主席，听说西安铁路局运输科的毕科长和他手下的那些职员对延安出的羊皮筒子很感兴趣，这个，我们是不是可以利用一下呢？”

林伯渠一听高兴了，连说：“好好好，让贸易处拨一批延安羊皮筒子过来，咱们想办法给毕科长他们送去，拉上这个关系，我们以后搞运输可就方便多了。”

林伯渠办事极讲效率，事情很快就落实到位。毕科长他们收到八路军办事处送去的羊皮筒子后，高兴得不得了，说是这个朋友交定了。恰巧毕科长的母亲在这前后去世，林伯渠又亲笔撰写了一副挽联，特意派办事处伍云甫处长和联络副官王葕圃带上挽联，代他前去毕府吊唁，给足了毕科长面子，自然更加深了毕科长与“八办”的交情。

不久，朱总司令要去太行山前线，林伯渠派人找毕科长帮忙，结果，毕科长特意给朱总司令安排了一趟专车；此后，毕科长还为办事处向边区运送土布、汽油等紧要物资提供过很多方便。显然，在很大程度上，这也是林伯渠为革命事业“广交朋友”才带来的特殊利益。

作为一个光明磊落的人，在个人问题上，林伯渠向来不屑于蝇营狗苟，但在革命事业需要的时候，他也会使上一些“小手腕”“小聪明”或“小九九”。然而，也正是这些“小手腕”“小聪明”和“小九九”，助林伯渠成就了他作为苏区“财神爷”的大功勋。

第二十六章　西安
顽巢虎穴肝胆照人

八路军西安办事处，其实就是陕北苏区政府在国统区的一块红色“飞地”，林伯渠作为这块“飞地”的首脑人物，必须兼顾到方方面面，而宣传舆论工作在当时无疑是事关成败的要务，林伯渠为此付出的努力，一点也不比别的工作少。有时，他会深入到宣传队员中间去，亲自鼓动他们搞好文艺宣传。一次，办事处一群青年男女战士已经化好装，正要出发去进行街头演出活动，林伯渠赶来作出发前的鼓动。他满怀热情地说：“同志们，抗日宣传是抗日战场的特殊支持力量，我们这个文艺工作队负有光荣使命啊！大家排练了这么久，就要走上西安街头，大家说，有信心演好没有？”“有！”队员们响亮地齐声回答。队长说：“林主席一直重视我们文艺工作队，经常指导我们节目的确定与编写，亲自督促排练，现在到出演的时候了，我们能不全力以赴，把节目演好吗？”“好、好、好！”林伯渠连声说了三个“好”，并为文艺宣传员们热烈鼓掌，预祝成功。尔后，在西安街头，八路军文艺工作队战士激情表演的《放下你的鞭子》等活报剧和其他节目，引来不少民众的围观与喝彩，经常是掌声如潮。

除了文艺宣传，林伯渠还在主流报刊发行销售上投入很多关心。那天，林伯渠来到西安通济坊《解放》周刊、《新华日报》分销处，认真询问销售员：“怎么样，销售情况还好吗？”销售员高兴地报告林伯渠：“这段时间销售情况越来越好，可能与这段文艺宣传队的努力宣传也有些关系吧，特别是共产党的党报和毛主席著作的册子，要买的人越来越多，常常供不应求哩。”林伯渠兴奋地说：“好啊好啊，你们辛苦了！如果有什么困难，你们就及时告诉我。”销售员说：“没有什么别的困难，就是想请‘八办’经常给我们补充些书报过来。”林伯渠随即答应说：“好，我会尽力作好安排的。”

在西安，抗日舆论，尤其是共产党抗日主张的宣传，往往需要相当的胆略和智慧，而林伯渠在这个阵地上，同样顽强勇猛、挥洒自如。一天，西安西京招待所会议大厅，一个大型报告会正在举行。大会主持人首先介绍说：“鄙人是西安经委会主任韩安，今天，我们在这里举行一场民众抗日报告会，受邀出席这次报告会并作演讲的，有中国银行行长李紫东，西安社会名流杜斌丞、李象九，东北流亡西安的朱庆澜等知名人物；同时，我们还特别邀请了中共驻西安八路军办事处党代表、陕甘宁边区政府林祖涵主席来作演讲。”林伯渠当时知名度已经很高，听了这介绍，会场立刻响起热烈的掌声。

轮到林伯渠演讲时，他健步走上讲台，清清嗓子说：“诸位先生、朋友，抗战正在艰苦的进行中，感谢韩主任提供了这样一个抗日宣传和交流的机会。古人说得好啊，‘以铜为镜，可以正衣冠；以古为镜，可以知兴替；以人为镜，可以明得失。’我今天就讲一讲太平天国失败的历史原因吧。”

林伯渠生动讲述了太平天国起事、成功，再失败的史实，要害突出，简明清晰；且他的演讲声如洪钟、慷慨激昂，整个会场完全被他的演讲所控制。尤其是最后那一席话，引起了与会者热烈的共鸣和掌声，他说：“太平天国，我们不能说它没有基础，也不能说它没有力量，更不能说它没有头脑。但是那些人还是缺乏了一种大智慧，那就是统一战线的智慧。他们内部不团结，对外没有统一战线，各自为阵，孤军奋战，这样一盘散沙，怎么能不失败呢？我们今天面对外寇，难道不应该认真吸取这样的历史教训吗？现在，我们正确的道路，唯有国共合作，精诚团结，才能战胜外敌、拯救中华！”更为热烈的鼓掌持续了很长时间，可见林伯渠的演讲，确实折服了在场大多数听众，引起了爱国同胞的一致共鸣。

林伯渠宣传联合抗日不只重在“说”，也重在“做”。当时，西安有个大华纺织厂，老板是个广东资本家，开始很瞧不起共产党，不卖布给共产党，却每月给日本鬼子交三万元保险费，以求日本飞机不炸他的工厂。林伯渠指示中共陕西省委掌握的《老百姓报》在头版上刊登了这个资本家与日本勾结的消息，结果许多报纸纷纷转载；舆论的压力，使这个资本家再也不敢给日本人交保险费了，但这却召来了日本飞机对工厂的轰炸，于是，资本家用停工向工人施压。工人们在地下党带领下，向资本家示威，提出“工厂不开工也罢，我们上陕北开荒种地去”！资本家害怕没有熟练工人为他们卖命，慌了神，忙请省政府出面调停；省政府便请来特别善于做群众工作的共产党人林伯渠，给工人做工作。

林伯渠来到工人中宣传说：“工友们，我是边区政府的林伯渠，想必有人知道的，我们共产党讲话，自然是一针管一线，要负责任的。现在是抗战时期，抗战需要大量布匹啊，大家不是都不想当亡国奴吗？那么，我们就要努力做工。这样，对国家、对百姓、对自己都才有好处。现在上海、武汉、郑州都已经沦陷了，劳苦大众也需要布匹。所以，我们的工厂，要尽快恢复开工，不开工，我们自己也没得吃呀！这样好吧，咱们工人都来努力做工，工厂老板也不准克扣咱们工资，大家团结一致，来为抗日出把力！”林伯渠的调解很有效，加上地下党组织的积极活动，不久，大华厂就又开工了。老板非常感激林伯渠，也终于同意把布匹卖给解放区了，从而又解决了延安军民的一部分急需。

林伯渠本是位铁骨铮铮的汉子，从来不屑于歪门邪道。但为了解决边区的物资供应需要，他有时也会突破自我，动点“歪脑筋”，走点“歪门道”。一次，林伯渠从前方战利品中，要了两匹东洋战马。战马从晋西运到西安后，林伯渠安排人把战马洗得油光水滑，然后派王副官带两名警卫员，把战马送到天水行营后勤部鲁副部长那里，同时带去林伯渠的亲笔信。信中说，这马，是我们八路军前方总司令送给鲁副部长的。鲁副部长收到战马和林伯渠亲笔信，如获至宝，高兴坏了，当即热情招待了王副官和警卫员，并复函感谢林伯渠和总司令。后来，这位鲁副部长知恩图报，在物价飞涨的情况下，以每袋三元的低价格，卖了五万袋面粉给西安八路军办事处；办事处雷厉风行，随即把面粉送到陕甘宁边区，缓解了边区面粉十分紧缺的燃眉之急。在那样的严酷环境下，为解决边区军民吃穿问题，林伯渠真是把“十八般武艺”全用上了。

当时，在各“八路军办事处”中，最繁忙的，还是西安八路军办事处。这个办事处负责代表我党、我军从国共合作格局下的西安当局那里，以及其他渠道领取、采购大量粮秣、服装、弹药等各种重要生产、生活和军需物资，并及时运送到陕甘宁边区或抗战前线。因而它对抗日战争作出的贡献，无疑也是重大的。

尽管西安八路军办事处经手的物资十分丰富、源源不断，但林伯渠深知这些物资的宝贵价值，经常教育大家说：“我们手上的物资的确是源源不断，但我们必须时时想到，这都是用来抗日救国的，前方的将士在流血牺牲，延安的军民在艰苦奋斗，我们后方的同志必须节俭再节俭，不能多耗费哪怕一点点额外的物资。”林伯渠这样教育别人，自己更是身体力行；他把自己每月五元的津贴，全都交给了救亡室，为同志们添置书籍和文化用品；平时，一直坚持和大家一起吃大灶，穿补丁衣裤，从不搞一丁点儿特殊。林伯渠个子高大，公家发的军用被盖上去总是短一截。冬天，为了不让脚露在外面，每晚睡觉前，他用绳子把脚头的被头捆扎起来，然后蜷缩着睡进去。在节约简朴方面，林伯渠不仅对自己、对身边的同志很“苛刻”，对家人、亲属，更是“苛刻”。当时，林伯渠的侄孙女林明芷姐妹从临澧来到延安，投奔革命，因为有点吃不惯北方的窝窝头，就私下托交通科的同志从西安捎带两包榨菜，想调调胃口。林伯渠知道后，严肃批评了答应代办这件事的同志。林伯渠说：“大家都能吃，我家的孩子有什么不同吗？如果延安所有人都托你带这带那，你带得了吗？你还能办得了公家的事吗？”林伯渠还让这个同志把两包榨菜送到了办事处食堂，并交代这个同志回延安后，向明芷姊妹讲清道理，教育她们与革命同志一道同甘共苦才是最光荣的。

众所周知，那时，西安八路军办事处是各地抗日干部和进步青年投奔红都延安或奔赴抗日前线的重要驿站。因此国民党顽固派千方百计暗中进行阻挠和破坏。一次，一批从重庆过来、已编入八路军教导队的进步青年经过草滩时，被国民党顽固派扣押了。一个卖纸烟的内线把情报及时送到了八路军办事处，林伯渠和伍云甫当机立断，决定将计就计，设法把这批进步青年截回来。

随即，办事处那辆黑色的雪弗莱小汽车，飞也似的奔驰在通往咸阳的公路上。不久，便远远看见了一队全副武装的国民党兵把我们二十多名赤手空拳的新战士押解在中间。黑色小汽车风驰电掣，开到他们前面，“嘎吱”一声刹住。车门打开，一个副官模样的人先钻出车门，随后是一个身材魁梧，身穿中校制服，戴着墨镜的军官气宇轩昂地下了车。副官跑步赶到国军小队前面，挥手大喝道：“停下！检查！”国军小队一听这副官的厉声命令，再看看小汽车前那威风凛凛的中校军官，吓得都不敢动弹了。中校向前走了几步，副官挺身行了个礼，站在中校身旁；这时，一个满脸横肉的国民党下级军官跑上前来，

“啪”的一个立正，恭恭敬敬向中校大声请示：“长官！有什么吩咐！”

中校威严地喝问：“你们是干什么的？”

“押送共党，长官！”

“什么？”中校呵斥道，“押送共党？你们不知道现在是国共合作、全民抗战时期吗？光天化日之下，你们押送共党，让共产党的人发现，这破坏抗战的罪名，你担当得起吗？”

下级军官觉得委屈，忙凑上前，故作机密地说：“长官，您不知道啊，这都是延安的一些死硬分子，一路上他们还大骂蒋总司令，我们是奉上峰命令，将他们解往行营的。”

“蠢货！”中校又是一声大喝，“谁叫你们走公路的？遇上截击怎么办？你们的脑袋是生铁做的呀？子弹打你不开花吗？”

“这个……”下级军官下意识地摸摸自己的脑袋。

中校厉声说：“什么这个那个？我看你就没长脑壳！今天算你小子走运，要是碰上别人，非撤了你不可！你们回去照实报告你们长官，人我们带走了！”

不早不迟，一辆大篷军用卡车驶了过来，副官干脆利落地指挥这批被押解的共党分子上了卡车。那个呆鸡般的下级军官，忽然贼眼滴溜溜转了几转，跑过去问道：“长官，您是哪部分的？”

“少啰唆！”办事处警卫排长白天顺大声喝道，“老子西安行营的！”然后跳上汽车，“砰”的一声关上车门，一溜烟开走了。

“嘀嘀——！”小汽车和大卡车同时发动，一声鸣笛，转眼间，两辆汽车就远去了，只留下一股股扬尘和路中间那群面面相觑的国军官兵。

大家回到办事处，不禁兴高采烈地谈论起刚刚发生的事。王副官对林伯渠说：“林主席的妙计就是好！”旁边那个假副官补嘴道：“王副官的中校演得简直神了，明儿没准被电影制片厂看中，哈哈……”

林伯渠笑着说：“嗯，大家机智勇敢，干得好；不过咱们可别骄傲，国民党顽固派以后肯定还会花样翻新跟我们缠的，我们还要多准备几套办法对付他们！”

由于抗日军政大学、陕北公学、延安女子大学、安吴堡战时青年培训班不断地招生、毕业，往返于前后方之间的革命青年和八路军工作人员流量越来越大，国民党顽固派不择手段扣押我方人员的事件也愈演愈烈。

从1938年冬开始，在西安及其附近，就连续发生好几起扣押八路军人员的事件。譬如这年12月，八路军少将参谋陈希愈等六人赴前线途中，途经咸阳时被检查站扣留，押解到了西安。同月，八路军教官苏克兰也被国民党顽固派羁押在西安警备司令部，时逾半年不予释放，致其生病咯血，岌岌可危。1939年4月，八路军教导队孔繁阁等17人，在西安北门外被驻军二十八师补充团奉命扣押。同月，中部县县长将八路军陈鉴等27人无理扣押6天。如此等等，不胜枚举。每遇此类事件，林伯渠都要千方百计，或急电蒋介石，或同西安当局与行营交涉，或利用媒体制造舆论、施加压力。如那次受北方局派遣、从延安学习结束要回晋冀鲁豫根据地的陈希愈、张越、杨清华（陈毅）、李克坚、贾克成、陈默君等6人被扣押，送到西安行营关押后，陈希愈他们在关押中叫过来一个小勤务兵，把情报传递到西安“八办”。林伯渠得知情况后，立即亲自出马，找到西安行营据理交涉。但行营那帮人不是设法推诿，就是胡搅蛮缠，反正是不答应放人。于是，林伯渠亲拟电文，揭露相关事实真相，要求蒋介石、行政院长孔祥熙和天水行营主任程潜立即予以制止。电文道：

重庆委员长蒋，行政院长孔，天水行营程钧鉴：

查抗战进入二期，团结更为重要，而后方党政军中个别工作人员，不明斯旨，背道而驰。如中部县卢县长，于上月三十一日将八路军护士陈鉴等二十七名无故扣留，虽经委座电饬陕西省府转令中部县长释放，但仍武装押送拟往西安而未果。屡经据理力争，终被扣留六天，压抑士气，玩弄干部，莫此为甚，应请将该中部县长交付惩戒。

又去年十二月，八路军后方留守处派少将参谋陈希愈、张越、杨清华（陈毅）、李克坚、贾克成、陈默君等六人赴前方工作，道经咸阳被联合检查站扣留，解押西安新城中。查陈希愈等六人为在职军人，毫无罪过，曾屡请所管机关查明开释，总是互相推诿，致令抗日军人呻吟囹圄，实违集中力量共赴国难之旨，抑且影响前方军人，仰恳令饬迅予释放。

……前往呈请开释在汉中被扣之八路军教官苏克兰，现仍羁押于西安警备司令部，时逾半载，尚未释放，现苏克兰正生病咯血，岌岌可危。敬恳本爱护青年之意，早日恢复其自由。

又四月二十三日，八路军教导队孔繁阁等十七人，因公道经西安北门外，当被驻该地之二十八师补充团扣留，武装押回西安，并称系奉有命令。

按八路军为国军之一部分，在国境内因公关系，当有来往之自由，其他友军不能无理扣留加歧视，应恳令饬防止，并严禁以后发生同类事件。

林伯渠把这份理直气壮的电文发表在《新华日报》上后，全国各进步报刊纷纷转载，一时舆论哗然。国民党当局理屈词穷，无以辩解；蒋介石不得不电令西安当局先将陈鉴等人释放。因陈希愈等六人还押在西安行营，林伯渠直接找到他的老故旧、西安行营主任程潜，以蒋总司令电令放人的理由，迫使程潜写下手令："陈希愈等六人要求赴前方抗战由，已饬第十战区司令长官处理。程潜。"这样，被扣人员终于回到八路军办事处，稍事休息后，奔赴抗战前线去了。

西安八路军办事处无疑也是当时中共最重要的"红色交通站"。在西安八路军办事处留宿过的要人，先后有周恩来、朱德、刘伯承、叶剑英、邓小平、左权、罗荣桓等高级领导，还有茅盾、丁玲、闻一多、李公朴、冼星海、华君武、陈家庚、史沫特莱、斯诺、白求恩、艾黎、柯棣华、巴苏、贝特兰、爱泼斯坦等。他们有的通过这里奔赴延安，有的到这里处理相关工作。

在这些人物中，有一个人跟林伯渠有点特殊关系，那就是丁玲。丁玲也是临澧人，在家族里名叫蒋伟，字冰之，丁玲是她文学创作时最常用的笔名。丁玲三十年代初在上海加入共产党，属于左联文艺战士；后不幸被国民党逮捕，关在南京国民党监狱。1936年初冬，共产党把她秘密营救出狱，并于当年11月辗转到达当时中央所在地保安。丁玲一到保安，就受到毛泽东等中共要人的接见。第三天，丁玲就向毛泽东提议成立中国文艺协会，受到毛泽东等的高度重视和支持，并推举丁玲担任中国文艺协会主席。随后，丁玲要求上前线去，毛泽东等批准了她的要求，并任命她为中央警卫团政治处副主任，穿上八路军戎装，奔赴抗战前线。不久，毛泽东同志还给正在前线抗战的丁玲发去那首《临江仙》词，充分表达了中共领袖人物对革命文艺工作者的高度重视和赞扬。

大约就在1937年前后，丁玲为与国统区文艺家的交往来到西安，自然就住在西安"八办"。那天晚上，丁玲特意拜访了她们蒋家的老亲戚——西安八路军办事处党代表林伯渠。见面寒暄后丁玲问："林主席，好像我们两个沾点亲，小时候就听说我们蒋家有个亲戚姓林，参加过辛亥革命，后来又参加北伐，应该就是您吧？"

林伯渠点点头说："是的是的，就是我。以前，我们安福县蒋家和林家，都是当地望族，彼此之间，常有联姻，算是渊源蛮深的亲戚了。"

丁玲连连点头说："哦，人海茫茫，在外遇上一个同乡就很喜出望外了，而我居然在西安遇上一位老亲戚，这也是人生一大幸事吧！只是不知道按照亲戚关系，我该叫您伯父、叔父，还是姑父、姨父哦？"

林伯渠笑笑说："我很早就离开老家了，也不大清楚蒋、林两家祖上的具体联姻情况，若想搞明白，那得等将来回去问老辈或查家谱了；不过，以年龄论，你叫我伯伯、姑父什么的，应该都不会有什么错，是不是？"

丁玲也笑笑说："嗯，我明白了，总之您是我前辈，称呼嘛，大家都是叫您林主席的，我便从众，也叫您林主席吧！"

林伯渠风趣地说："你的问题解决了，可我的问题还在哩；我该叫你'文小姐'，还是'武将军'呢？哈哈……"

丁玲爽朗一笑道："延安的同志都说林主席既严肃正统，又风趣幽默，今天一见，果不其然啊！"

除丁玲外，国际共产主义战士白求恩经过西安"八办"时，也有一个特别的故事。1938年，白求恩赴延安途中，在西安"八办"住了近十天。这十天里，白求恩不是出去采购药品和医疗器材，就是为办事处的同志们治病，还曾在一间地下室里，给办事处工作人员张克侠做过阑尾切除手术。一天，白求恩突然接到蒋介石随从医生、国民党卫生署署长的请柬，邀请白求恩前去赴宴，并约请林伯渠作陪。当时，林伯渠表示完全尊重国际友人自己的决定。而白求恩不仅是位医术高明的医生，而且也是一位是非分明的革命者，他对国民党蒋介石为一党私欲而牺牲反法西斯斗争利益的行为，是十分反感、坚决反对的。接到这请柬，白求恩对林伯渠说："这个人是我在美国的同学，我知道他来西安的目的，他就是想让我去武汉，或者留在西安，不然他不会专程从武汉跑到这里来请我吃饭。但是我不会去，我跟他们没有共同语言！"林伯渠十分钦佩白求恩坚定的革命立场，立即亲笔代白求恩写了回绝条，并随即派警卫员把回条送到了那位署长的寓所。

在国民党反动派蓄意掀起的一次又一次反共浪潮中，西安一直就是国民党西北地区的反共堡垒；而西安八路军办事处则处于敌人心脏，斗争的尖锐复杂和险恶可想而知。对于国民党顽固派挑起的一次又一次摩擦，林伯渠自始至终领导办事处的同志们坚持有理、有利、有节的斗争方针，与国民党反动派开展坚决而机智的特殊战斗。早在1938年2月，国民党陕西省党部曾经以“未经合法登记”为借口，提出要解散西安文化界协会、西北民众抗战剧团、陕西青年抗日决死队等十三个抗日团体，还先后逮捕了西北民先队队长李连璧等五位爱国青年。为此，林伯渠和中共陕西省委负责人杨清（即欧阳钦）等根据中央指示，领导西安各界民众，与国民党陕西省党部开展了一系列针锋相对的斗争。他们先在《西北》周刊上发表了《关于解散西安十三个救亡团体》《我们的意见》等文章，揭露国民党陕西省党部解散抗日团体、逮捕爱国青年、违反抗战宗旨、破坏抗日团结、分裂抗日力量的罪恶行径，并组织各救亡团体与省党部谈判，动员社会各界和舆论予以共同声援。在一片指责和抗议声中，国民党陕西当局最后才不得不释放了被捕的五位进步青年。

1938年8月1日下午，八路军总部高级参谋宣侠父在西安神秘“失踪”，其实已被国民党特务奉命将其秘密绑架勒死，投进了西安下马陵的枯井中。接着，西安“八办”副官王克、押运员郭步海和派在火车站守仓库的四名战士也先后“失踪”。为此，林伯渠向西安警备司令部提出了强烈抗议，多次与西安当局蒋鼎文交涉，要他们把人交还。但警备司令周嘉宾对宣侠父之事也觉十分蹊跷，因为他根本就不知道这件事情的来龙去脉。

其实，绑架宣侠父是蒋介石亲自策划的一次极其机密的行动，其主要原因，是因宣侠父曾应同窗胡宗南的要求，为其所部十五军团起草了一份抗日军政训练大纲。在蒋介石看来，这是共党在挖他嫡系的墙脚，是犯了他老蒋的大忌，所以派人秘密绑架并当即暗杀了宣侠父。蒋介石担心事情泄漏，接着又派了一个特别行动组，把参与秘密绑架杀害宣侠父的行动组成员全部秘密处决。所以，整个事件极为神秘，他人皆不知实情。林伯渠在西安警备司令部也问不出头绪来，于是把相关情况报告给了正在武汉与蒋介石会商的周恩来。周恩来随即当面向蒋介石交涉：“蒋先生，应该是你们秘密逮捕了宣侠父吧！这种行为是卑鄙的、错误的，不管是你还是胡宗南干的，请你们立即无条件释放宣侠父！”蒋介石心知肚明，却强词夺理说：“宣侠父是我的（黄埔军校）学生，他违反了我的校纪，我校长有权制裁！”周恩来由此判断，宣侠父已经遇害，不禁义愤填膺地说：“如果蒋先生的意思是说，你们已经把宣侠父秘密处死，那么请记住，我们一定要为宣侠父和其他民族义士讨回公道！”

国民党顽固派不仅使用暗杀等手段进行反共，同时也常使用造谣手段给共产党使绊子。1939年1月，国民党伪造了一份所谓陕北23个县反对陕甘宁边区政府的“意见书”，由孔祥熙发西安转交林伯渠。对此，林伯渠洞察国民党阴谋，立即致函孔祥熙，痛加驳斥，指出这些依样画葫芦的所谓各县电文，纯属少数奸诈之徒捕风捉影，“借端挑拨破坏”。3月间，林伯渠又为此事撰文，严厉指出：一些不明大义、成见很深的顽固分子，始终抱着反共情绪，进行反对边区的各种阴谋活动，造谣中伤，伪造情报，借端生事，引起纠纷，甚至冒充民众团体名义，要求取消边区。这些就是发生摩擦的主要原因。对于那些破坏团结、贻害抗战的行为，我们决不能听之任之。

国民党顽固派的反共勾当，常常卑鄙到无以复加。1940年初，西安反动当局居然提出“全党特务化”的口号，不到50万人口的西安，竟然布置了五六千职业特务。为了对八路军办事处实现封锁和破坏，他们在七贤庄周围紧挨八路军办事处一、三、四、七号院，修筑起高高的炮楼。而在二、五、六、八号院外设立了20多个特务据点，无数便衣侦探化装成拉洋车的、修皮鞋的、卖烟卷的、收破烂的，还有穿长衫戴礼帽的“商人”，拄文明杖、戴墨镜的“学者”，整天像苍蝇一样在办事处周围游弋，盯梢进出办事处的人。更有甚者，还有那些打扮妖艳的女特务，为腐蚀办事处工作人员，常故意撩开旗袍，露出雪白的大腿，从办事处门口晃来晃去，想以此打开渗透的缺口。

由于国民党处心积虑，摩擦事件自然会不断发生。一天，八路军办事处听到防空警报后，按国民党防空指挥部的安排，把刚从迪化运来的六辆崭新的大卡车开到南郊隐蔽。等到警报解除时，八路军办事处办公室的电话铃急促响起。伍云甫抄起听筒，对方报告说：“喂喂，我是老鲁，我们的新汽车被顽固派的人抢走了，汽车兵也被扣押了；是他们汽车团来人干的，马上就要开走了！”

“知道了！”伍云甫放下电话，立即向林伯渠汇报情况。林伯渠一拍桌子吼道：“无耻！这一回，一定要把顽固分子的丑恶嘴脸公布于众！警卫排紧急集合，抄近路把汽车给我堵住，先把他们的司机抓一个回来，汽车先不管它！”

伍云甫立即领会了林伯渠的意图，马上作了布置，警卫排一班的战士立即急速跑步开始行动。这时，我方另两个脱逃的汽车兵也跑回了办事处。林伯渠立即向他们询问了解事发经过，汽车兵报告林伯渠说：“这完全是他们精心布置的一个圈套。我们刚把车开到隐蔽处，一群彪形大汉就扑了过来，把我们几个捆住，关在一间教室里，随后他们就去抢车上的东西。回来后，他们打开从车上抢来的两瓶酒就喝，边喝边吹牛说，‘咱哥们儿先喝两盅，等警报解除了，叫汽车团的人过来，把车开走就大功告成了。’我们三个趁他们喝酒的当儿，磨断绳子跑了出来，老鲁去打电话，我们直接跑回来报告。”林伯渠听完汽车兵的报告，愤慨地说：“好！这回我们一定要让他们好看！”

警卫排一班的大个子班长刘万金怒目圆睁，带领十二名战士，箭一般向南门口奔去。待六辆汽车开到这里，我们的战士已经呈八字形等在路口。见汽车靠近，战士们出其不意，举枪对空就是一阵排射，大声喝令停车。听到枪声，那帮国民党汽车兵慌忙刹住车。只见刘万金“嗖”的一个箭步，冲上前头那辆车的驾驶台，一把将司机拖了下来。还没等后面车上的国民党兵回过神来，“八办”的警卫战士们已经架着那个司机，跳上办事处前来接应的汽车，一溜烟开走了。

第二天，林伯渠来到国民党军事当局司令长官胡宗南的会馆。胡宗南深知林伯渠的资历与来历，所以也不敢怠慢。听到传报，胡宗南连忙迎出客厅。

林伯渠健步跨进客厅。胡宗南吩咐左右，又是装烟，又是敬茶，殷勤有加，然后试探说：“林主席是大忙人，今天大驾光临，想必是……”

“昨天你们汽车团抢走了我们六辆汽车，司令长官恐怕不会不晓得吧？”林伯渠单刀直入。

胡宗南不禁显出几分尴尬，但又佯装不知说：“这不大可能吧！当前两党合作，一致抗日，我的部下不可能干这种蠢事吧？林主席，这个玩笑可不好开哟，嘿嘿……”胡宗南勉强挤出两声不自然的干笑。

林伯渠早料到胡宗南不会轻易认账，于是吩咐同来的王副官说：“既然胡长官以为我是在开玩笑，王副官，把他们汽车团司机的口供，呈递给胡长官过目！”

胡宗南看完自己手下司机的口供和画押，脸色陡变，再也镇定不起来了。

他显得狂怒地吼道："妈的！这些混蛋！"说罢，便倒在沙发里喘粗气。

林伯渠让王副官收起口供，紧盯着胡宗南说："我们也并不打算把事情闹大，如果你胡长官派人把汽车给我们送回去，并担保今后不再发生这样的事情，那我们也就算了。如果不同意，那我们只好将这件事情的真相发布在报刊上，也好向天下讨个公道。当然，这样做，对西安当局来说，可能未必好看，但我们这也是迫不得已呀！"

听了林伯渠这几句话，胡宗南心里暗暗叫苦。他想，如果送还汽车，自己是丢尽面子；如果不送还，林伯渠利用舆论施压也不是第一次了，那样招来的麻烦会更大。无奈之下，还是自己打个圆场算了。

于是，胡宗南软了软语气说："林主席，这件事非同小可，还是待我查清再作处理吧；如果确有此事，本司令一定严惩肇事者，奉还汽车，今后也断然不会再有此类事情发生，如何？"

林伯渠知道胡宗南是在自搭台阶，那见好就收吧。于是，林伯渠也随势让步说："既然这样，那就一言为定了。"

黄昏时分，国民党汽车团一个营长哭丧着脸，骑着摩托在前面打头，后面跟着六辆崭新的大卡车，来到八路军办事处门口，营长递上一份公函，说胡长官已经查清，这事儿是"三青团"总部干的。林伯渠明知胡宗南这是拿"三青团"总部当遮羞布，但既然把汽车送回来了，也就没必要揭他这层皮了。林伯渠站在一旁，微微笑着对那哭丧脸的营长说："辛苦你们啦，替我谢谢你们胡长官。"事儿就这么摆平了。

又有一次，八路军副总司令彭德怀带着一个排，从延安出发去前方。路过三原时，竟也被顽固派的检查站拦住，又是要查证件，又是要交养路捐，故意刁难，并且叫嚣："你们不交养路捐，就算是天王老子也不许过！"

这可把彭德怀惹火了，他大喝一声："老子是彭德怀！八路军在前方打日本，你们这群王八蛋专在后方吃摩擦饭！给老子捆起来！"

几个警卫战士一拥而上，把为首那个叫赵尔睿的家伙给绑上了车。其余一伙听到"彭德怀"三个字，吓得屁滚尿流地溜了。

林伯渠接到报告，先赶过去慰问彭德怀，然后立即着手处理善后事宜。他亲自前往胡宗南那里质问："胡长官，怎么？八路军副总司令的车也不准过，还要交养路捐！你们的人是不是一天不搞摩擦，就一天不快活啊？"

胡宗南自知理亏，忙说：“林主席，下面的人胡作非为，不是本人的意思。此事我一定从严查办，并亲自向彭副总司令道歉！”在国民党的心脏里过日子，林伯渠一次又一次挫败国民党方面的滋扰，可真不是一件易事。

不久，林伯渠应邀参加国民党西安行营的募捐工作总结大会。会间，与会的国民党顽固派分子乘机发难，在会上大放厥词。这个说：“共党老说我们搞摩擦，他们八路军副总司令却绑架我们的人，这是不是搞摩擦？”那个说：“就是啊，八路军办事处要那么多人干什么呀？好用来搞摩擦吧？这不行，一定要裁减！”还有人说：“八路军的随营学校是怎么办的？那个安吴堡青训班办得乱糟糟，打打杀杀的，简直有辱斯文！”一时间，胡说八道甚嚣尘上。

随林伯渠赴会的白排长脸都憋红了，真想冲上去扇他们一个嘴巴。但林伯渠一直不动声色地坐着听，脸上带着轻蔑的微笑。等那帮人说得差不多了，林伯渠站起来，泰然自若地说：“本代表今天能与会，并亲耳听见诸位的高见，很是荣幸。这一听啊，看来大家对我们共产党的工作意见还不少嘞；但我们共产党啊，从来就不反对别人提意见。不过嘞，有些意见，看来我有必要给大家做些解释。”

顽固分子们盯着林伯渠，认定林伯渠一张嘴，怎么也说不过他们这么多张嘴。林伯渠以“舌战群孺”的胆魄继续说：“是啊，搞摩擦实在很不应该，我们八路军全体将士都在前方英勇抗战，流血牺牲，他们有工夫来后方搞摩擦吗？我们的副总司令是绑了你们检查站一个人，但那是谁搞出来的摩擦，你们可以去问问你们胡司令长官；而远在抗日后方的邠州医院等地方，倒是有我们八路军不少人，但那都是抗日战场上下来的伤员，他们躺在病床上跟你们搞摩擦吗？”

这几句话，把顽固派分子说得面面相觑、张口结舌。林伯渠继续说：“刚才有位先生说，安吴堡青训班办得不像话，也许是这样吧。既然大家如此关心青训班，却又并不太了解，我们干脆把它迁到西安来，也好随时请诸位多多指点，怎么样？还有，有人说我们八路军办事处人多了些，是的，我们总共有不下于二百号人，看起来是有点多；不过，据我所知，贵军每个师在西安可都设有一个办事处吧？你们一个办事处少则七八十，多则一百挂零，我们一一五、一二〇、一二九这三个师，是否也可以在西安各设一个办事处呢？就设在西关、南关、北关，诸位以为如何？如果诸位赞成，我可以马上答应减少西安八

路军办事处一半人员，如何？”

刚才七嘴八舌的那些人都哑巴了。主持会议的国民党陕西省党部书记郭紫俊为了打个圆场，站起身说：“诸位，我们今天这个会，主要是总结募捐经验，支援抗日，不要扯远了；林主席的办事处是搞得不错的，募捐款也最多，是很值得钦佩和学习的；有人说八路军办事处的人多点，那是不妥当的，人家那也是工作需要嘛……”林伯渠很大度地说：“大家有意见还是可以继续提的，我们共产党历来不禁止、不害怕批评，而且真心欢迎善意的批评！”

当然，在西安，林伯渠也有被人家打上门来的时候。一次，胡宗南派他的副官来到八路军办事处，一进门，就趾高气扬地说要见林伯渠。办事处的同志当然不买他的账，立即不客气地说：“‘林伯渠’也是你随口叫的吗？是林主席！”副官说：“什么林主席，我最多认他个第六军党代表！”看来，这小子对林伯渠的来历还挺了解，可能是从胡宗南那里听来的吧。

警卫排一班长瞪起牛眼吼道：“你小子活得不耐烦了吧？”那副官伸手就要扇一班长，一班战士一齐上来围住了那副官，气氛立即变得剑拔弩张。林伯渠闻声出来，那个副官开口就说：“我抗议！强烈抗议！你们八路军怎么像土匪？你们这样做，就是蔑视我们胡总司令长官，你们八路军破坏抗战、破坏团结！”

林伯渠和颜悦色地说：“大家散开吧。请问，胡长官派你来有什么事？”那副官仍气哼哼地说：“什么事？就是来抗议的！你们违背三民主义，宣传共产主义，胡长官发现他部下手里有你们的报刊！”

林伯渠待他讲完，不紧不慢地说：“哦，就这个事啊，你还是不要那么激动嘛，你睁眼看看，八路军在前方打了那么多胜仗，付出了那么大的代价，怎么就破坏抗战了呢？你们胡长官把河防部队调集到陕甘宁边区周围，枪口对准边区军民，这倒叫积极抗战吗？这倒叫维护团结吗？”

听了林伯渠直击国民党天灵盖的一席话，那个刚刚还趾高气扬的副官立刻变得张口结舌，渐渐泄了气。林伯渠继续说：“我们的报刊宣传的是国共两党合作，共赴国难，有人却硬说这是宣传共产主义，实在难以服人；你我都是中国人，不要因为敌人反共，你也反共，敌人痛恨共产主义，你也痛恨共产主义；如果你们和敌人的言行一模一样，没有区别，难道就不怕别人怀疑，你们跟敌人有什么勾结和默契吗？”

那副官张张嘴，忙想申辩什么。林伯渠给他台阶说：“不过，我相信胡长官身边的人，是不会和敌人勾结的，顶多也就是受亲日派挑唆而已，我们之间，有话还是说得清的，是不是？”

那副官自知不是林伯渠的对手，机械地点点头，灰溜溜地走了。

白色恐怖笼罩中的七贤庄，就这样如同一柄利刃，插在顽固派的胸膛上，直恨得国民党顽固派牙根痒痒，但又无计可施。

第二十七章　破围

重返边区再展宏略

怀奸之徒，安能久仁。1939年冬至1940年春，蒋介石终又发动了这一时期的第一波反共高潮；他命令胡宗南进攻陕甘宁边区，先后侵占八路军布防地栒邑、淳化、正宁、宁县、镇原等五座县城。国民党绥德专员何绍南也组织起绥德、清涧、吴堡三县保安队攻打八路军，袭扰陕甘宁边区。面对汹汹局势，林伯渠坚决主张给予国民党顽固派有力回击。还在1939年9月时，林伯渠就向中央提出“安边、神木等顽固县长之武力进扰，可以及时用加倍力量消灭或逮捕之，然后再与其当面讲道理较好”。12月初，为打退国民党进攻，中共中央将王震率领的三五九旅由晋察冀调回陕甘宁边区。林伯渠一方面在西安积极争取天水行营主任程潜准许“王旅过河”，同时向中央建议，“对何绍南之造谣，应尽量揭露，由肖（劲光）径报蒋（鼎文）、程（潜），并通知我处”。这时，林伯渠在国民党天水行营那里找到了国民党军委发出的《共党处置办法实施方案》，即以“万万火急”电告中共中央书记处并南方局，提出应向国民党最高当局进行严重交涉。

当时，彭德怀来到了西安，林伯渠便和彭德怀一道，与国民党西安当局进行强有力的斗争。他们共同向社会各界公开表示：坚决反对国民党进攻和封锁边区。还向各界与国民党行营主任程潜表示：我党除坚决抗战外，还要增调足够的兵力保卫陕甘宁边区，以防突然事变。同时又揭露西安政治黑暗、汉奸刊物充斥社会，以及蒋鼎文一年半讨八个小老婆，发国难财一万万元等贪腐丑行。彭德怀在将检查站留难他的赵尔睿捆送天水行营时，恰好遇见国民党绥德专员何绍南。彭德怀当场历数何绍南破坏抗战，专事摩擦反共和贪污以及贩卖鸦片等罪行，并非常气愤地给了何绍南一个耳光。何绍南深知彭德怀的脾气，连吭都没敢吭一声。行营主任程潜倒还挽留彭德怀住了几天，热情设宴款待，并再三声明，不会再对边区进行破坏，劝彭德怀对此事予以包容。同时，程潜还当着林伯渠、彭德怀的面，表达了自己对国民党当局的不满。随后，程潜命令发还所扣八路军的五部机器，并允许八路军购买子弹。

但国民党最高当局已经完全不顾民族大义，肆无忌惮地颠倒敌友，消极抗日，积极反共，对陕甘宁边区实行铁壁合围式的封锁。在日寇大规模的扫荡和国民党顽固派无休止的封锁中，陕甘宁边区财政经济越来越陷于难以为继的困境。首先，军民吃饭成为十万火急的大问题。尽管西安八路军办事处的工作非常重要和繁忙，中央还是当机立断，决定立即调林伯渠马上回延安主持陕甘宁边区政府工作，领导边区军民开展生产自救运动，以满足和维持抗战前方与后方的需要，坚决打破蒋介石的疯狂封锁。

1940年10月，一个晴朗的日子，咸榆公路上奔驰着一辆黑色雪弗莱小汽车。车里，一位首长神情严峻，深度近视镜里，目光冷峻而愤懑，这就是奉命返回边区的林伯渠。这一路之上，闯入林伯渠眼帘的，尽是国民党为封锁共产党、八路军建造的如林碉堡和密集关卡。由于国民党不断抓丁拉夫，以致这漫漫长途中，已是行人稀少。直到过了鄜县（今富县）交道镇，进入陕甘宁边区境内，景象才有了改变。当林伯渠看到边区人民为保障抗战而努力生产、丰收在望，集市也在逐步兴旺的景象时，不禁诗兴又发，吟成《咸榆道中即景》二首：

（一）

北上咸榆道，坎坷殊未平。
盘关微吏峻，渡水一身轻。
筑垒山无色，抽丁路断行。
人言又“剿赤”，“这个”昔又今。（“这个这个”是蒋介石口头禅）

（二）

车过交道镇，气象便清新。
小米繁珠粒，大麻裹茨针。

人争寰市集，歌展国旗升。
海内风尘阔，伊谁奠太平。

历史总是在不断突破中前进，但如何才能一次又一次取得突破？毛泽东领导的中国共产党是最擅长书写这类历史“红卷”的。要彻底击破国民党的封锁，就要发展生产。但要发展生产，还需要创造什么先决条件呢？常言道：打铁先要自身硬。现在要打好“反封锁”这块“铁”，那共产党就得先把自身炼硬了。整顿党的作风，是共产党一贯看重的“强身术”。当此之时，自然更要借重这“强身术”了。正如毛泽东当时所说：整风和生产“两个环子，如果不在适当的时机抓住它们，我们就无法抓住整个的革命链条，而我们的斗争也就不能继续前进”。回到边区的林伯渠，没有一刻的休歇。此后的几年里，这位老革命战士始终风尘仆仆，全心全意奔忙在延安“整风运动”、边区“三三制”政权建设和“大生产运动”密集而激昂的节奏与旋律里。

1941年1月，延安“整风”运动开始。这次“整风”，是从党的高级干部肇始的。首先，中央组织当时在延安的120多名党政军高级干部学习马列主义经典著作和毛泽东的《论政策》等著作。5月19日，毛主席在《改造我们的学习》的报告中，总结过去党内的路线分歧，批判了理论脱离实际的主观主义学风，从思想根源上分清了路线是非。同年9月的中央政治局扩大会议上，毛主席又作了重要报告，明确肯定1931年临时中央成立后，党中央是犯了路线错误的。林伯渠出席这次会议并旗帜鲜明地发了言，他说“毛主席的报告很好，我完全同意。在（江西）中央苏区时，表面上看，组织生活很严，但都怕说错话，被残酷斗争和无情打击，这实际造成了组织生活的极不正常。遵义会议后，我党发扬了马列主义的优良传统，把党的路线端正过来了，有着重大的意义。1936年9月保安会议时，我感觉党更加进步了。到西安事变，我感觉到党更统一了”。林伯渠发言中还借用历史上儒学中的“汉学”与“宋学”之争作比喻，批判了主观主义的两种表现形式——经验主义与教条主义。他说“汉学”只片面强调实际调查，成了繁琐哲学；“宋学”忽视实际调查，成了空想主义。他还自我批评说：“我在边区工作中，对盐的产、运、销及发行钞票的问题，都存在自以为是的主观主义问题，是犯了老经验的教条，因袭了陈旧知识。”

9月会议上，中央决定编印《六大以来——党内秘密文件》的小册子，作为理论学习内容之一，组织在延安的120多名高级党政干部学习，总结和研究党的历史。1941年，林伯渠根据中央有关整风工作的部署，结合学习列宁的《“左”派幼稚病》、季米特洛夫在共产国际七大的报告和毛主席的《新民主主义论》及《六大以来——党内秘密文件》小册子，认真撰写了长达五千字的《自传》。

林伯渠作为边区政府主席，一面主持政府工作，一面积极参加整风运动。夜深了，林伯渠居住的窑洞里，常常还闪耀着橘红色的灯光。已与林伯渠结婚的李俊抱着一年前出生的儿子小相持，一边轻轻拍打着，一边静静地看着戴副近视镜在灯下专心学习和书写的林伯渠。不难推测，林伯渠的这个孩子一定出生在抗战相持阶段，所以才取名叫“相持”，这透射出林伯渠把家庭命运与民族命运融为一体的思想品质。

李俊等小相持睡熟，把他放在摇篮里，然后倒来一杯热气腾腾的茶水，送到林伯渠手上说：“林老！”在延安，从毛主席到下面的同志，当时差不多都是这么称呼林伯渠的，李俊也就这样叫顺口了，“一把年纪的人了，天天这么忙，夜夜这么读、这么写，可得顾惜点自己的身体哦。”

林伯渠抬抬头说：“没事的，几十年了，都习惯了；小李啊，银行工作也挺辛苦的，你不用陪着我，先带孩子睡去吧！”林伯渠的工作节奏，几乎没有给他的家庭生活留下多少空隙；刚跟李俊说完话，他就又全神贯注到学习和书写中去了，身边仿佛没有了这个年轻爱人的存在。性格活泼大方、正值豆蔻年华的李俊又抱起孩子，呆呆地看了林伯渠好一会儿，然后含着期待和无奈，与根本还听不懂什么的小相持说：“噢噢噢，乖儿子，爸爸心里只有工作和学习，我们娘儿俩还是自己先去睡吧！”

林伯渠闻言抬头，略带愧疚地说：“哦，小李，实在对不起；按中央整风工作的安排，我们要在规定时间内写完《自传》，这是很严肃的工作。我这辈子经历的事也太多，可现在时间又特别紧，白天，政府有许多工作要去做，只有晚上时间可以利用，所以确实难得这么早就陪你和孩子去睡，你就多体谅我林老头一些吧！”说完，就又伏案疾书去了。

一连好几个晚上，林伯渠都在学习政治和写《自传》；有时，他还请来老战友帮助回忆那些记不太清的往事。后来，吴玉章看了林伯渠基本完成的《自传》初稿，不禁说："祖涵老弟，中央是要求我们全面、客观、真实地回顾自己的工作，可是你怎么很少提到你的那些突出贡献呢？譬如第一次国共合作期间，你做的贡献那么突出，但你基本上是一笔带过，这也不符合事实嘛。"

林伯渠笑笑说："树人兄，我是想啊，整风主要是要整掉我们身上不好的东西，是要解决存在的种种问题，譬如主观主义、宗派主义、党八股，等等；所以，凡涉及这些问题的事情，必须要写得全面，写得客观；至于贡献嘛，组织有个基本了解就行了，仁兄你说对不？"

吴玉章点点头说："说得是不错，可有的同志是把重点放在讲成绩和贡献上的，表面一看，好像你的贡献和功绩还不如他们大了！"

林伯渠笑笑说："那也没关系呀，我们共产党人做工作不是为了给别人看的，也不需要人家拿来当赞歌唱。再说了，是非功过自有组织评判，又何必自己喋喋不休？"

吴玉章点点头，也不再说什么，埋着头继续看林伯渠《自传》的结尾部分：

这是我将近四十年生活与斗争的缩影，它是与中国这个世纪里的全部历史紧紧地联系在一起的。回忆过去，自己庆幸着此生并未虚度，生活充满了斗争，也充满了意义；瞻望未来，自己怀着从未有过的信心和勇气，在布尔什维克的旗帜下前进。

看完，吴玉章满怀感佩地说："要说胸襟，祖涵同志堪称楷模啊！"

整风运动是一场持续性的党内思想革命。1942年10月至1943年1月，陕甘宁边区召开了近90天高级干部整风会议。讨论中，一些怀着"左"倾情绪的同志发言时，特别提出："关于陕北苏区党的历史问题，刘志丹等人的错误那是相当严重的，对他们的打击是正确的。这次整风，不应该让这个问题滑过去！"

林伯渠听后，抱着实事求是的态度说："对历史问题，我们必须实事求是。在土地革命时期，刘志丹、谢子长等同志是有很大贡献的，在开辟陕北根据地方面，他们更是有不可否认的历史功绩的。过去，由于王明冒险主义的错误，白区党组织都遭到严重破坏，许多苏区都没有了，而只有陕北这个苏区还在，这才使在南方难以立足的党中央和红军主力万里遥遥来到陕北后，有了这么一个落脚扎根的地方，也才使中华民族的解放事业到今天还继续着。我们应该更多地看到刘志丹他们的历史贡献嘛！”

老同志董必武也有感而发：“祖涵同志说得对，如果当初不是刘志丹同志他们开辟的这块红色根据地，中央红军长期无后方的游击状态，还不知要持续多久；而且，如果没有陕北红军的历史贡献，我们也不可能在这么短短的几年里，建设成这样一个强大的根据地和解放区；若没有这个解放区，我们前方的抗日将士就没有军需给养。如果连这样明显的事实都看不到，就是没有一点点历史唯物主义了！”会上，很多同志也相继发言，表示赞成林老和董老的意见。

在延安整风运动期间，曾一度出现“抢救失足者运动”的错误。大规模的整风运动中，党内揭露出一批所谓的“托派分子”和“反革命”，边区政府也开始了“审干肃反”运动。掌握当时干部审查大权的康生，明显抱持极“左”思维，极力推动了那场所谓“抢救失足者”的运动。运动中，康生等人大搞“逼、供、信”，对此，一贯主张实事求是的林伯渠内心是非常反感的。1942年11月，康生用“逼、供、信”甚至“诱”的手法，强迫甘肃原地下党员、陕北公学十九岁的学员张克勤承认自己是“特务”。尔后，自鸣得意的康生一发而不可收。在12月26日的西北局高干会上，康生作了关于“锄奸”问题的报告，任意夸大“敌情”，强力提出了开展“反奸细”斗争的任务。1943年4月1日夜里，康生亲自圈定名单，指令边区保安处在延安逮捕了200多名所谓的特务、叛徒、反革命和嫌疑分子。他还亲自插手边区政府机关的审干工作，给林伯渠施加压力。7月15日，康生在八路军大礼堂作“抢救失足者”报告，宣布已有458人“向党坦白悔过”。由于康生利用张克勤的年幼无知，一手制造了所谓“红旗党”冤案，涉及十多个省的地下党组织；边区政府系统内，也被圈定了100多名“抢救”对象。

不久，康生提出要在延安召开公审大会，枪毙四名老干部，并执意要以边区政府的名义，来召开这个大会。但林伯渠坚决不同意，并及时以边区政府名义，向党中央和毛泽东汇报了此事。毛泽东当即批示：“不准搞逼、供、信，不准乱杀人。杀戒开了不得了。如果延安一开刀，各解放区就会上行下效。”为此，党中央特地于1943年8月，正式发出了《关于审查干部的决定》，强调指出“审干”运动中，要遵循“大部不抓，一个不杀”的基本原则，并要求做到“首长负责、调查研究、领导骨干与广大群众相结合”；分清是非轻重，争取失足者；自己动手，培养干部，教育群众，等等。这样，才及时制止了康生等人的错误倾向，避免了20世纪30年代初那场党内“肃反扩大化”的悲剧在延安重演。

“抢救”运动进入高潮那阵，林伯渠因病住了一段医院。出院后，他得知很多同志都被打成了“国民党特务”，甚至连参加过南昌起义的张曙时同志也未能幸免。林伯渠十分气愤，找到办案的同志说：“张老是我们党的老同志，参加过南昌起义，在长期的革命斗争中，为党做了许多工作，不要乱加怀疑。”他还亲自去关押处看望张曙时，宽慰他说：“我们都是老同志，都尝过‘左’的滋味，连毛主席在（江西）苏区也不例外哩，要相信党是会坚持真理的。”这确实让张曙时同志把心放宽了许多。当时，从燕京大学新闻系毕业的林伯渠的秘书区棠亮因在广州时写过一些所谓“有问题”的文章，也被定为“抢救”对象，办案者对她施以“逼、供、信”，还要捆绑吊打。极少发脾气的林伯渠知道后，拍着桌子吼道：“怎么能这样搞呢？这是不符合党的政策的！”并坚决坚持实事求是，依据政策保护了无辜的区棠亮。林伯渠反复对办案人员说：“你们是办案的同志，手握着一些同志政治生命的判决大权，千万不可以滥用；来边区的青年和知识分子绝大多数都是真诚要求抗日、要求革命的，这一点要坚信不疑；他们都是经过各地地下党组织介绍，或八路军办事处招收来的，不能怀疑一切。对少数来历不清的人，要做深入调查，不要急于下结论；还要看他们的一贯表现，不要随便给人扣帽子！”林伯渠这些告诫，对防止党内斗争扩大化，无疑是起到积极作用的。

在这场所谓的“抢救”运动中，林伯渠还不失时机地做了大量具体细致的思想政治工作。一天夜里，从湖南来延安不久的青年干部陈永清心情复杂地来到林伯渠的窑洞，瓮声瓮气地说：“林老，有几个问题我不明白，可以请教请教吗？”

“怎么不可以呢？你坐下来慢慢说。”林伯渠对同志总是那么和蔼可亲。

“现在有人说湖南是‘红旗党’，我有怀疑；湖南工委的成员大多都是地下党的领导干部和老红军，是党中央派去的，大都是坚定执行党的方针政策的，如果说个别人有问题，那倒有可能，但这些天，延安的窑洞里都关满了人，他们都是坏人吗？几天几夜不让人吃，不让人睡，逼人家‘坦白’。这种情况下‘坦白’出来的问题，是真实可信的吗？”

林伯渠心平气和地说：“你是刚刚到根据地来，还没有经历过复杂的斗争，产生一些疑虑也是正常的；我们党历史上受‘左’倾错误影响时间比较长，情况比较严重，特别是运动发展到高潮的时候，掌握得不好，就容易犯极‘左’的毛病；现在就正是干部审查的高潮时期，出现逼、供、信的问题，也不足为怪，等高潮过去，上下都冷静下来，组织还是要进行调查、核实、甄别的，整错了的，一定还会纠正过来。毛主席在整风报告中，不是反复强调要‘实事求是’吗？我们一定要相信党中央和毛主席……”

1943年10月9日，毛泽东在给绥德反奸大会的指示中又强调：“一个不杀，大部不抓，是此次反特务斗争中必须坚持的政策。”这样，才最终免除了又一场错误的“肃反”运动。后来，党中央作出决定，平反了冤、假、错案。林伯渠亲自过问甄别工作，给那些原来经过西安八路军办事处审查后到延安来的同志都如实出具了证明材料，保护了一大批革命同志。在林伯渠领导下，边区机关成立了以帅孟奇为主任的甄别工作委员会，也平反了不少冤假错案。

林伯渠对干部，尤其是对青年干部的爱护与关心，常常是体现在方方面面的。工作中，林伯渠很少板着脸训人，他批评教育人，总是力求让人心悦诚服。为教育青年要有坚定正确的政治方向，他有时还现身说法，拿自己家里的一些教训启发青年同志们。他曾告诉这些青年同志，自己有三个弟弟，由于父亲去世很早，弟弟基本都是靠他一手培养起来的，培养他们上学，有的还出国深造，他自己则一直节衣缩食，本希望他们能跟自己一样，为中国革命多作一些贡献。但由于生活方面的各种原因，对他们的政治教育和思想培养做得很不够；大革命失败后，他们基本上都没有按着大哥的愿望，走上坚定的革命道路，而是碌碌无为地沉湎在自家的小日子里，没有活出人生的重要意义来。这些痛悔的讲述，显示了林伯渠自我剖析的莫大勇气和培养教育青年的极大诚意。

当时，边区有个年轻秘书叫陈昌林，是革命烈士的亲属，他的姐姐和姐夫都是在湖南“马日事变”中被国民党反动派杀害的共产党员。林伯渠经常鼓励他走姐姐、姐夫的革命之路，并坚持革命，永不迷失方向。1942年，党中央号召有文化的青年干部到基层去、到前线去、到农村去。林伯渠找陈昌林谈话，

鼓励他到绥德专区去开辟工作。陈昌林到绥德后，专员袁任远将他留在专员办公室当秘书，林伯渠知道后，立即给陈昌林写信，希望他最好去乡政府当秘书；林伯渠在信里说：乡政府是未来工作的缩影，成天会有千头万绪的事情要做，会遇到很多头疼的事，如果你干到偷偷哭鼻子，或者有人骂你的娘，这就说明你做了一点实际工作了，慢慢你就会锻炼成优秀的革命领导干部……后来专员知道了林伯渠同志的意思，便安排陈昌林到葭县基层去工作。小陈到基层后，林伯渠仍经常给他写信，鼓励他多做实际工作，艰苦奋斗，少说空话。由于陈昌林在基层得到了充分的锻炼，成长较快，在后来担任葭县县委书记等领导职务后，工作干得有声有色、得心应手。因此，陈昌林一直深深感激林伯渠这位青年干部的良师益友。

对那些进步较快的青年干部，林伯渠常用《尚书》中“满招损，谦受益”等名言来教育他们戒骄戒躁、谦虚谨慎，永不要满足于眼前的成绩。1941年春，边区政府任命23岁的妇女干部邵清华去安塞县担任县长，这是陕甘宁边区第一位女县长。邵清华赴任前，林伯渠找她谈话，一方面提醒她做人要谦虚谨慎、勤奋好学；另一方面鼓励她工作要有勇气，要深入群众，多调查研究，注意尊重当地干部，搞好团结。邵清华上任之初，凭着一股热情独自往前闯，缺乏请示汇报的意识，结果工作上出了偏差，相关同志对她产生了意见。林伯渠了解情况后，在边区高干会上，专门找邵清华促膝谈心，教育她正确处理好个人与组织的关系，鼓励她勇于改正工作中的缺点，要求她勇于诚恳地向同志们检讨自己的缺点。开始，邵清华有些想不通，林伯渠就反复跟她谈，摆事实，讲道理，谈经验，说教训，终于使邵清华转过了思想弯子，诚意地向县委班子成员做了深刻检讨，得到了同志们的谅解和认可，后面的工作干得越来越好，成了一名优秀女干部。

从白区来根据地的同志，特别是青年知识分子开始往往有点清高和散漫。有一次，一位比较散漫的湖南同志因工作失误，受到同志们的严肃批评，于是思想上产生了比较严重的抵触情绪，他还负气写了一首诗，宣泄自己的悲观失望和怨恨情绪。林伯渠了解到这个情况后，除了和他谈心，耐心帮助，还特意和诗一首给这个同志，用以端正他的人生态度，提高他对工作和生活的勇气：

立身不可太超群，空谷由来有足音。

一例乡心思回雁，十分红叶满霜林。
瓮中鱼鳖气犹炽，盖世功名武亦文。
莫遣长空太寂寞，共同御侮有强邻。

林伯渠对年轻人态度上和蔼可亲，但对他们的工作要求却从来都一丝不苟。一次，一个年轻秘书草拟一份通知，一时疏忽，把“你”写成了“你们”。送到林伯渠那里签字时，林老不仅圈掉了那个“们”字，而且还认真地对这个秘书说：“‘们’字是指多人的意思，在这里用得不妥当，以后要细心，不要弄出笑话来。”

在延安的整风、学习和教育运动中，林伯渠始终宛如一盏闪闪发光的路灯，既保持着自身的通透明亮，又毫无保留地照亮着别人的视野和前路。他一贯反对政府官员只在“衙门”里发号施令的作风，积极主张和坚持与老百姓同呼吸共命运的原则。虽然当时他已年近六旬，却仍常骑着毛驴，到边区各县区去视察工作。特别是每逢有新政令出来，他必定要到群众中去督促落实，听取反映，广采意见。人们每每望见这位身穿一件翻羊皮袄，骑着小毛驴走村串户、嘘寒问暖的老主席，心里便充满了由衷的温暖和感动。

1941年底，陕甘宁边区参议会一结束，林伯渠就组织了一支20多人的工作队，顶风冒雪前往甘泉、鄜县、延川等县，深入了解乡村基层执行边区政府各项政策的具体情况，并广泛听取人民群众对政府工作的意见，以便更有效地推进和改善政府工作。出发前，林伯渠召开会议说：“今年的参议会刚结束，我们的‘会上谈兵’算是结束了。但边区各县的实际情况到底怎样？群众对边区各项政策的执行情况有什么反应和意见？我们仅在会上谈是谈不来的，而必须深入到各地去察、看、听。所以，我们这次要到甘泉、鄜县、延川等县去搞一次深入视察；我们下去，就一定要了解全面的、真实的底层情况，不能走马观花。所以，我们计划用两个多月的时间，元旦和春节都得在乡下过了。跟乡亲们一起过个年，也许能了解更多我们平时了解不到的情况，是不是？不过这一来，我们那些想在三十、初一睡个懒觉的同志，美梦怕是要泡汤了，哈哈哈……”林伯渠一串爽朗的大笑，把一帮青年小伙子都逗乐了。

这次视察，一去就是两个多月。1942年的元旦和春节，林伯渠都始终和队员们在一起，也始终和边区群众在一起。这次深入视察，了解到大量的民意、民情，获得了一些重要的决策参考，奠定了宝贵的群众基础。他们了解到，尽管当时国民党严密封锁，但边区人民抗日的决心依然坚定，信心依然十足。人民群众节衣缩食，为抗战部队捐献粮食、做鞋制袜，情景十分感人。林伯渠一路用边区人民的革命热情，来鼓励工作队的同志们，并写下几首热情洋溢的诗歌，其中有两首，特别显示了一位革命老战士宽广的革命胸怀和昂扬的乐观主义精神：

出巡边区各县早发高家哨

骏马坚冰踏洛河，纷纷瑞雪舞婆娑。
载途公草驴争拥，觅食饥禽陇见多。
天意难知厄重耳，法轮无语笑荆轲。
群山皆冷心犹热，反著羔裘当薜萝。

卅年除日巡次甘泉

甘泉小滞逢除日，朋侣追从做浩歌。
相约廉隅共砥砺，难忘大地正干戈。
心如止水波纹少，梦似浮云间隙多。
樽酒及时同一醉，那堪岁月共蹉跎。

这次视察结束后，林伯渠一行回到延安，边区政府为他们举办了一个盛大的欢迎会。边区政府秘书长周文在欢迎致辞中，对“林老跋山涉水，披雪迎风，肩着新民主主义的旗帜，向下层深入”的精神倍加赞扬。林伯渠在雷鸣般的掌声中，用洪亮的声音报告了这次甘泉、鄜县考察的情况。会上，来延安治病的晋西北行政公署主任、也是当年老同盟会会员的续范亭将军用激动的语调、诚朴的心情，朗诵了欢迎林伯渠出巡归来的一首即兴诗：

年来足迹遍神州，革命先锋一老牛。
不学导引不避世，童颜鹤发自风流。

林伯渠听后笑着说：“续老谬奖了，我这‘鹤发’是不假，‘童颜’可是不再喽！”一起参加这次大视察的一位年轻同志说：“林主席不仅是童颜永驻，而且也童心不老。在这次视察中，他可是一点儿也不比我们这些‘童子’做事少、走路少、吃饭少哦！”顿时引起会场一阵发自肺腑的欢乐笑声。

在延安那个不平凡的历史时代，林伯渠除参加整风运动外，另一项重要工作是进行陕甘宁边区政权建设的探索。当时，党中央明确指示，在抗战时期，我们所建立的政权是民族统一战线性质的，这种政权是几个革命阶级联合起来，对汉奸和反动派实行民主专政的政权。并具体提出，根据抗日民族统一战线政权的原则，在人数的分配上，应规定共产党员占三分之一，非党的左派进步分子占三分之一，不左不右的中间派占三分之一，这就是新型政权的“三三制”。

林伯渠的工作思维是非常缜密的，他坚决贯彻“三三制”政策，但又考虑边区内部阶级关系的实际，把县级以上政权和乡级政权作了适当的区别。他说：“‘三三制’形式，主要在县以上政权中表现出来，中间分子在县级政权机关中占三分之一，乃至更多一点的位置，对于争取边区和全国的中间势力有重大作用。”他认为，在土地分配已久的老区，中间分子的数量并不太多；在土地未经分配的新区，地主阶级在经济上和社会地位上的比重还相当大，所以在乡村政权人员分配上，共产党员和进步分子应占三分之二以上，在乡长中，共产党员可占大多数。“不如此，不足以防止豪绅地主把持乡村政权。”在边区政权建设过程中，林伯渠还研究论述了“政体”问题。他主张边区政权的构成，应是立法、司法、行政三权统一于一元化的民主集中制。这一主张，应该说是意义深远的，它也是林伯渠长期从事各种政权研究和建设实践的宝贵总结。

在贯彻“三三制”的实际工作中，林伯渠于1941年初主持制定和颁布了《陕甘宁边区各级选举委员会组织规程》和《陕甘宁边区政府为改选及选举各级参议会的指示信》，随后又为落实民主政权的建立而东奔西走。当时，林伯渠住在山坡上的一孔窑洞里，天一下雨就泥泞路滑。为了方便李鼎铭等民主人士，他经常亲自登门去找民主人士商量工作，征求意见。时间长了，大家就跟一家人一样。由于林伯渠与民主人士肝胆相照，民主人士的参政热情也逐渐提高。

通过充分发动和具体指导，1941年2月底，陕甘宁边区按照“三三制”原则进行了普遍、直接、平等、无记名的改选。同年11月，边区召开了第二届参议会第一次大会，通过了决议，接受了中共西北中央局于5月1日发布的《陕甘宁边区施政纲领》。大会上，根据“三三制”原则，民主选举了边区政府领导成员，林伯渠被正式选举为陕甘宁边区政府主席，李鼎铭当选为副主席。在边区政府成立大会上，林伯渠激动地发表讲话说：“同志们，‘三三制’政策是当前各革命阶级联合起来战胜汉奸和反动派的一项根本政治制度。这样的民选政府，才能真正代表广大人民的意志。我个人要特别感谢大家的信任，选举我担任边区政府主席，毫无疑问，我这个主席，只是边区人民的勤务员和公仆，而不是什么官老爷，我的全部责任，就是全心全意地为边区人民做事……”林伯渠的讲话不时被群众自发的掌声打断。掌声过后，他又继续说：“我很高兴这次大会选举了李鼎铭先生担任边区政府副主席，还有安文钦、李丹生、霍子乐等先生，也都当选了参议会和政府的重要职务，这标志着民主力量真正进入了政权管理；我们千万不可看轻民主人士的作用，我知道陕北民间流行的一首民谣：‘进得米脂城，先拜李鼎铭；不拜李鼎铭，狗官做不成！’是不是？哈哈……”会场上顿时爆发赞同的笑声和掌声。

在这次参议会上，李鼎铭主动向大会提交了《政府应彻底计划经济，实行精兵简政主义，避免入不敷出、经济紊乱之现象》的提案，此案随即获得大会一致通过。林伯渠把这个情况向中央汇报后，毛主席十分赞赏，专门把李鼎铭请去，对他说：“你提了一条很好的建议。我们中央要认真研究，然后贯彻实施来提高政府的办事效率，减轻群众负担。”随后，著名的延安“精兵简政运动”便因民主人士的一个提案，蔚然成风。

在头绪纷繁的工作实际中，林伯渠发现我们党内有些同志不够尊重民主人士；而民主人士中，有的也认为自己只是共产党民主政治的一个摆设，根子里最多只是个搭伴儿的，因此，他们不敢大胆发表意见。当时，林伯渠让政府秘书长李维汉先找李鼎铭和其他党外人士谈心，具体了解他们的思想状况，听听他们的真实意见。李维汉和李鼎铭谈话很深入、坦率，李鼎铭把自己不想当这个副主席的想法都敞开了；李维汉同志把党外人士的意见和批评向林伯渠作了如实汇报。林伯渠感觉关键问题在“职”与“权”落实不够上。林伯渠马上召开党组会，研究解决和改善的办法。大家都认识到，党外民主人士在抗日问题上和我党是一致的，这是合作共事的基础；但是他们又有各自的阶级利益想维护，因此在行政中难免引起分歧和争议。林伯渠认为，解决这个矛盾，不宜简单运用少数服从多数的表决法来解决，要尽量做到事前多交换意见，取得一致。在林伯渠主持下，边区政府党组为此专门商定了四条改进措施，让政权机关中的民主人士看到了自己的“实权”。此后，大家的合作就融洽和有效多了。

在具体工作中，林伯渠多次亲自找民主人士促膝谈心。一次，林伯渠把李鼎铭请到办公室，以诚相见地说：“李副主席，共产党信任民主人士是真诚的，可是很多次征求意见，您常常说‘你们党上决定的事，俺没意见’，这样让人觉得心里没有底，觉得党和民主人士的心还没有完全连在一起呀！”

李鼎铭连忙说：“不不不不，林主席千万别误会，我说的，那也是真心话。我们的心，已经连在一起了的。”送李鼎铭出门时，林伯渠紧紧握住他的手说：“共产党就是希望听到各种真心话。”

不久后，边区政府决定减租减息。讨论时，李鼎铭发言说：“我已经发表过意见，我不同意减租减息。”安文钦马上附和说：“是啊，我也不同意，减租减息，让民主人士利益受到明显损失嘛。”民主人士不同意，减租减息文件就发不成，工作就无法开展。林伯渠又跟李鼎铭谈了几次，但都没有谈通。林伯渠有点急了，只好去毛泽东那里搬救兵。随后，毛泽东请李鼎铭来吃饭，开诚布公地跟他交谈。毛泽东很动情地说：“老百姓辛辛苦苦打下那点粮食，全都交了租，他们日子过不下去，我们当政府干部的，心里是不是也不好过呀？你现在是边区政府副主席，政府本来就是替人民群众做主的，必须凡事为老百姓着想，对不对？就算他们不交租，我们也不能把他们都关起来吧，鼎铭先生你看呢？”

毛主席说得很在理，也很动感情，李鼎铭点头了。第二天，林伯渠、李鼎铭主持会议，继续讨论减租减息。会上，李鼎铭笑着把毛泽东说的话跟大家说了一遍，大家听后，重又设身处地地站在农民兄弟的角度进行了一番讨论。最后，安文钦终于也表态同意了，其他人士再无异议，政府的减租减息文件终于发布下去。

一天，毛主席碰到李鼎铭，李鼎铭激动地握住毛主席的手说：“感谢毛主席，感谢党中央，没有想到，你们共产党这样真诚地尊重我们民主人士的意见。”毛主席风趣地说：“李鼎铭先生，什么叫‘你们、我们’啊？大家都是进的一个门，这是一个共同为人民做事的门！”李鼎铭哈哈大笑说：“毛主席

胸怀博大，我李鼎铭真的很乐意跟共产党同进这个门。”

“政治”与“自然”本来是两门并不搭界的“功课”，但是，历史上却有过一些“政治”与“自然”角力的特殊故事。1941年6月3日下午，边区政府正在开县长联席会议。忽然雷雨大作，只见一道火光冲进窑洞，霹雳一声巨响，会场上一片惊呼，结果八人被雷电击伤，延川县代理县长李彩荣被雷击倒地，当场死亡，他背靠的那根木柱都被劈掉一半。会议主持人林伯渠当时也被震昏，好在只是稍有波及，伤倒不重。人们七手八脚把林伯渠抬到炕上，稍稍清醒，林伯渠立即指挥相关人员开展救护工作，安排处理李彩荣同志的后事；下炕后，他立即亲自去慰问李彩荣的家属。

第二天，政府工作人员报告林伯渠：“林主席，边区出反革命了！”

林伯渠忙问：“怎么回事，说清楚点。”

工作人员低声说：“李县长被雷劈后，附近有个农民说……他说……”

“他说什么？”林伯渠追问。

“他说‘天老爷真不长眼，咋不劈了毛……’”

林伯渠大吃一惊，忙问：“确实吗？”

“确实！先把这个反革命分子抓到保安处来吧？”工作人员请示说。

林伯渠想了想说：“不！既然他只是一个普通农民，我们就要冷静一点；也许是我们边区政府工作有问题，个别农民把气撒在毛主席身上了。”

林伯渠立即去向毛主席如实汇报此事，谈了大致情况后，林伯渠自我检讨说：“……其实，我觉得农民骂的应该是我们边区政府，先前，边区十个人负担一个公家人，后来七个人就要负担一个，公粮数目减不下来，所以农民有怨言；是我这个边区政府主席没有把工作做好，离党中央的要求和人民的愿望差得太远，所以也不能全怪老百姓。不过，主席，对那个恶语骂人的农民，是否要处理一下？”

毛主席忙说：“林老的自我批评精神，很值得所有同志学习；老百姓吃了那么多苦，作了那么大的牺牲，让他们骂一骂能有什么呢？听听群众的责骂，倒可以促使我们检讨和改进工作，切切不要对那位农民兄弟进行追究，反而我们要请他来，听一听他的具体意见，这就是我毛泽东对这件事情的处理意见！”

林伯渠十分钦佩地说：“主席的胸襟，真是我们学习的榜样；你对人民的爱护是伟大的、真心的，所以，陕北人民都称你为‘人民救星’嘛！”

毛主席说：“我们做得还不能让人民满意，群众的生活还很苦，我们还算不上救星啊。我昨天去看了一下老百姓的饭锅，那真是铁打的汉子也落泪；边区政府一定要再组织好大生产运动，多生产粮食，把群众的公粮数尽量往下减！”

为了各方面工作的全面发展，边区加强统筹兼顾：一面努力积极推进土地改革；一面继续认真整顿作风，力求从根本上解决群众生活困难和干部作风问题。在延安那段历史中，围绕着民主与民生，发生过无数可以彪炳史册的故事。

当然，当时在执行层面也有过一些政策摇摆，但这并不代表中央政策的摇摆。如李鼎铭先生关于“精兵简政主义”的重要提案提出后不久，在毛泽东、党中央的高度重视下，边区开始掀起一连几波“精兵简政”运动。1941年11月，边区第二届参议会闭幕的第六天，林伯渠就主持召开了新选出的边区政府首次政务会，专题讨论贯彻执行精兵简政方针的问题。

紧张而繁忙的工作，使得林伯渠回到自家窑洞的时间更少了。经常地互不相近，必然会冲淡彼此的感情。李俊开始感到家庭生活的清冷、枯乏。当他们把小相持送进儿童保育院后，李俊就常住在单位宿舍，很少回窑洞了。1941年前后，因为工作与生活上的种种原因，林伯渠同意李俊离开自己去经营她的新生活。繁忙的工作，已经使林伯渠把个人与家庭方面的事情，挤压得几乎微不足道。

1942年1月，陕甘宁边区正式开始首轮“精兵简政”。经过四个月的努力，共精简合并骈枝机构百余处，各级政府工作人员减少了24%，计1598人。5月初，边区政府针对机构仍未臻完善、人员仍未充分合理调剂，存在繁琐等问题，又开始第二轮“精简”，邀请中共中央、中央军委、西北局各派一名代表，与边区政府主席和各厅、处、院长等共同协商，组成了总编整委员会，由林伯渠、李鼎铭共同主持。又经过三个多月的工作，再次取得显著效果。根据边区政府“精兵简政”的成功经验，中共中央于当年9月1日发布了《关于统一抗日根据地党的领导及整顿各组织间关系的决定》。9月7日，《解放日报》发表了毛泽东撰写的《一个极其重要的政策》的社论，深刻阐论了精兵简政和当前抗战形势的关系。于是，林伯渠委托边区政府秘书长李维汉起草了《陕甘宁边区简政实施纲要》，吸取一、二次精兵简政工作的经验教训，提出了更加完善合理的方针和方法。随后，边区政府又开始了为期半年的第三轮精兵简政。林伯渠是在最大限度地从党和人民的利益出发，把党和政府部署的工作做得尽可能完善。

由于共产党和边区政府对民主人士的意见高度尊重，因而彼此的合作也越来越真诚和融洽。一天，一位美国记者来边区采访。采访到李鼎铭，李鼎铭笑着回答美国记者的提问说："我是个党外人士，在陕甘宁边区政府工作，并未感到共产党有任何歧视和排斥，我跟林伯渠主席等人一起工作，感到共产党人对党外人士是开诚相见、充分信任和尊重的。"

这位记者随后对其他同行说："中国共产党真的很厉害，连李鼎铭这样的地方绅士，也乐意为他们办事、为他们歌功。中国有句俗话，叫'皮笑肉不笑'，我看李鼎铭先生是'皮笑肉也笑'的，他的笑里，没有造作和勉强！"经这位记者这样一说，其他人也都跟着"皮笑肉也笑"起来了。

1942年2月1日，毛泽东在中共中央党校开学典礼上作了《整顿党的作风》的报告，指出延安整风运动的主要任务是"反对主观主义以整顿学风，反对宗派主义以整顿党风，反对党八股以整顿文风"。2月8日，毛泽东又在中宣部和中央出版局联合召开的宣传工作会议上作了《反对党八股》的报告。为加强对整风学习的统一领导，2月初，边区政府召开政务会，决定成立边区级的学习指导委员会，推定林伯渠为主任。在深入学习文件的热潮中，边区军民迎来了中国共产党建党二十一周年纪念日。7月1日，西北局机关、边区政府机关、保安处、行政学院四个单位的党总支在延安大礼堂召开建党纪念大会。会上，林伯渠发表讲话。在系统回顾党的战斗历程后，他说，中国共产党之所以如此有力量，原因在于它"已为马列主义理论所武装，它已布尔什维克化了，它从来就有着不调和的革命态度及行动，这些表现在它的党员的奋斗精神上，党有自我批评的传统，党员坚守无产阶级立场"！

1942年10月19日至1943年1月14日，中共中央西北局在延安召开陕甘宁边区高级干部会议，出席会议的有地方县级以上、部队团级以上的党内负责干部三百多人。会议期间，毛泽东、刘少奇、朱德、任弼时等同志曾先后到会作报告或讲话。延安中央高级学习组全体同志和在中央党校学习的大部分高级干部，都到会旁听过。林伯渠在历时88天的会议期间，先后多次发言，发言主题有《政权工作中两个根本思想问题》《关于整党问题》《关于财政经济问题》《简政整改问题》，等等，他以丰富的理论和实践依据，广泛提出了自己的见解和主张。为贯彻会议精神，四五月间，林伯渠又亲自深入安塞、志丹两县农村，进行了为期十天的深入调研，并写下《农村十日》一文。清新昂扬的抒写中，满是林伯渠对政策的信心和对成就的赞美：

沿着延安到志丹的大道上，春雨润泽了肥沃的田野，路旁熟地大部已翻过下种，茁壮的麦苗向阳挺立着。显露在农民脸上的，是喜悦的颜色，他们一个个都赶牛到地里去了，家里只留下婆姨小娃。一路上运盐牲口络绎于途，南区合作社运盐队的小旗时常招展在人们眼前，木板成了北上牲口主要驮运的货物。羊羔早下来了，随着大的羊群踯躅在青草葱茂的山坡上……

由于林伯渠的真诚努力，民主人士与共产党人的合作越来越融洽，边区的各项事业发展越来越欣欣向荣。1943年，国民党掀起了第三次反共高潮。他们极尽造谣挑拨之能事，指使印发所谓的“告边区父老书”，谎称李鼎铭的“副主席也被撤职”。李鼎铭随后在报上发表了《驳斥关于我被“撤职”的谣言》一文，义正词严地揭示了事实，批驳了谎言。此后，林伯渠更加注重尊重民主人士的意见。政务会上，每次必定特别听取他们的主张，同时在日常工作中，与民主人士一道检查工作，互相批评，总结经验教训。林伯渠经常鼓励他们：“大家的事，要大家负责才能办好。无论对什么事，有什么意见，都可以说出来，也应该说出来；发生分歧，也是民主政治中的健康现象，而且常常还是正确解决问题的先导。希望大家把这种好作风坚持下去，发扬光大！”毛泽东在听过林伯渠边区政府检查工作的情况汇报后，给予肯定并指示说：“议论和批评对我们总是有帮助的。不符合事实的，可以借鉴。凡是对的意见，我们都要研究解决。”

在艰难中前行的中国共产党既是乐观主义的，也是现实主义的。政治鼓动精神，经济滋养血肉；对这一社会定律，共产党人是非常清醒的。在日寇大扫荡和国民党严密封锁中，陕北终于被逼出了一个延安军民大生产运动。毛泽东在中共中央直属机关生产动员大会上说：“饿死呢？解散呢？还是自己动手呢？饿死是没有一个人赞成的，解散也是没有一个人赞成的，还是自己动手

吧！只有自己动手，才能丰衣足食！”

毛主席发出“自己动手，丰衣足食”的伟大号召后，党中央、毛主席直接领导了陕甘宁边区轰轰烈烈的大生产运动。从1942年到1943年间，毛泽东先后发表了《抗日时期的经济问题和财政问题》《开展根据地的减租生产和拥政爱民运动》和《组织起来》等重要文论，为中国共产党制定了领导解放区大生产运动的基本纲领，并强调指出：“发展经济，保障供给，是我们的经济工作和财政工作的总方针。”

作为边区政府主席，林伯渠必然成为这场“大生产运动”最前沿的执行者和领导者。在边区政府干部大会上，林伯渠掷地有声地说：“党中央、毛主席号召边区军民自己动手、丰衣足食，这是一个伟大的方针！我们陕甘宁边区地广人稀，经济文化都很落后，但是，边区是八路军、新四军的总后方，边区政府肩上的担子不是一般的重，我们必须把边区建设成为抗日的模范根据地！”

在大生产运动中，林伯渠常对边区军民回忆说：“从辛亥革命到北伐运动，从南昌起义到江西苏区，从二万五千里长征到边区初期，我大部分时间都在从事财政经济工作。过去，我们多是在财政收支上面兜圈子，没有完全搞清楚财政工作的根本生命力在哪里！现在党中央、毛主席告诉我们了，我们边区政府的工作，就是两个基本任务：一是发展生产，首先是发展农业生产，以保证部队和工作人员的给养，努力提高人民群众的生活，以储备足够的民力、物力和财力，准备对敌人的反攻；二是加强干部教育和军队教育，用以提高革命队伍的工作效能和作战能力。生产是为革命战争解决物质问题，教育是为革命战争解决干部问题。只有生产才能解决经济问题，才能解决财政问题，才能解决教育问题，才能解决其他一切问题。所以，生产是当前边区工作的重心与中心！”

军民“大生产运动”的进军号吹响后，陕甘宁边区从干部到群众，工作重心自然都转向了“大生产运动”的各个环节。为了培育和推广各种农作物良种，抗战初期，边区政府在延安三十里铺办了一个试验农场。对这个农场的深远意义，林伯渠有着深刻的认识，因而对此呕心沥血。从人才、场地、规划、种苗，甚至农场名称，他都投入了不少心血和汗水。对农场技术人才，林伯渠格外重视和尊重。一次，林伯渠来到三十里铺“边区试验农场”，与农场负责者陈凌风、朱明凯夫妇在那瘠薄的土地里边查看、边研究。陈凌风说：“林主席，这三十里铺地方是很宽展，但就是土壤太贫瘠，气温变化太无常，很不适合农作物生长。您看，这种子下去都快两星期了，可就是不见一点动静啊！”

林伯渠蹲下身子，扒开地里的土，看看土里的种子，然后说：“是啊，情况真的不太好，你们这对岭南大学农艺系毕业的金童玉女有什么高招没有？”

陈凌凤说：“小面积的实验，也许可以想些笨办法来维持，但作为农场，大面积生产就难了，最好是把农场迁到一个更适合农作物生长的地方去。”

林伯渠问：“那咱们到延安南面去调查一下，怎么样？”

陈凌凤夫妇都说：“好啊，那边地势稍低，土壤是要肥沃一些。”

林伯渠非常重视他们的建议，于是，他和陈凌凤夫妇一道，骑着小毛驴，走遍延安南面七里堡和杜甫川的山山坳坳。通过实地勘察，最后决定把农场迁到杜甫川几百亩向阳、靠山、临水的川地上。林伯渠和陈凌凤夫妇站在川上一块凸起的地方，指指点点说：“这大片的川地，我看就规划种上各种农作物和蔬菜；那边靠山的坡地里，我们种植果树、建牧场；那些荒山上，我们就植树造林；这样有个三五年，我们这儿就是陕北的好江南了！”

两个年轻人都被林伯渠的美好憧憬感染了。朱明凯说：“那样，我们可能就不那么再想回江南去咯！”

林伯渠笑笑说：“是啊，将来我们在这里建学校、修商店，等你们有了娃娃，就在这里长大、上学、工作，那多好呀！”一席话，把这对年轻夫妇说得心里比蜜还甜。

陈凌凤笑着问林伯渠：“林主席，咱们的农场取个什么名字好呢？”

林伯渠想了想说：“我们搞‘大生产运动’，办农场，都是为着打败日本鬼子，光复中华，就叫它‘光华农场’，如何？”

陈凌凤立即说：“好！光华农场，好响亮的名字，就叫光华农场了。”

朱明凯接着说：“不过，林主席，我们要把这个农场办好，还需要一些技术人才呀。搞农艺、园艺、林业、植保、畜牧、兽医、水利和农业经济的，都少不得，还不知哪里去寻找这些技术人才哩！”

林伯渠想了想说：“我在西安八路军办事处的时候，倒是认识了不少这方面的人才；你们不用发愁，我给你们去招兵买马，怎么样？”

陈凌凤夫妇一听就激动了，真诚地说：“有林主席的关心和支持，我们的光华农场很快就会成为陕北的示范农场；到时候，我们先把生活窑洞和场部办公室建起来，然后逐步建成实验室、烤烟房、糖房、酿酒房什么的。”

林伯渠接着说：“嗯，我们要自己培育各种优良农作物和蔬菜种子，还有全国各地甚至外国的果子，也要让它在陕北挂果，并且还要办一个奶牛场，让延安的机关、学校、医院及缺奶的婴儿和外国记者在延安能有牛奶喝！”

朱明凯兴奋但又担心地说：“林主席，这个宏伟的蓝图美好是美好，但这需要大量人力、物力、财力作保证啊。”

林伯渠笑了笑说：“这个嘛，主要就要靠两个人喽！”

陈凌风忙问：“哪两个人？”

林伯渠说：“第一个就是你，你是场长嘛，你手下有人，各种人都有，靠大家的智慧和力量，毛主席不是经常强调自己动手、自力更生吗？”

陈凌风点点头又问：“那还有一个人呢？是谁？”

林伯渠指指自己说：“我呀，我会让边区政府建设厅在人力、财力、物力上，给你们尽可能的支持。”

两个年轻人居然小孩子似的欢跳起来，喊道：“感谢林主席！林主席万……”

林伯渠连忙正色道：“哎哎，别得意忘形啊！归根到底，还是要靠你们自己。若要说感谢，我们都得感谢毛主席、党中央，是毛主席和党中央站得高、看得远、政策好、方针对头，才会有全新的未来。”

为了农场的迅速发展，林伯渠想方设法，从各个渠道为农场买来图书资料以及种畜、粮食、蔬菜优良种子。在林伯渠的关注和推动下，陈凌风等培育出了适合陕北高原种植的狼尾谷、马齿玉米、春小麦、白皮马铃薯和甜菜等农作物；试种了卷心白菜、金皇后番茄、四季菜豆、露八分萝卜等180多种蔬菜；还试栽了梓树、大苹果、西洋梨、法国葡萄等10多种水果，培植了20多种草木花卉，饲养了200多头奶牛。要知道，在国民党的大封锁中，这可都是借以粉碎敌人阴谋的宝贵资本。后来，农场还试种成功了烟叶，随即推广到边区各县。不久，延安办起了自己的卷烟厂，烟厂生产出来的“曙光”牌香烟，很快成为边区最畅销的生活消费品之一。“陕北好江南”的“曙光”，也正慢慢升起在地平线哩。

大生产运动中，常常会遇到一些特殊状况。但只要到了林伯渠这里，他总会给你想出办法来。1942年，甘泉等县闹牛瘟，情势火急。在那里工作的贺龙立即赶到边区政府来找林伯渠说："我的林大主席吔，快想个法子喔！"

林伯渠见贺龙火急火燎的，忙问："贺胡子，什么事也能把你急成这个样子？"

贺龙着急地说："甘泉等县发牛瘟了，这可不是开玩笑，大生产的脖子可是卡在耕牛身上的哟！"

林伯渠一听也急了，忙说："咱们快去光华农场！"

林伯渠和贺龙赶到农场找到陈凌凤，林伯渠下达任务说："小陈，贺老总给你个任务，甘泉县等一些地方发生牛瘟，你们赶快组织兽医力量，用民间最简易的办法，迅速研制牛瘟血清，尽快扑灭瘟疫！"

陈凌风向两位首长行了个军礼，响亮地说："请首长放心！保证完成任务！"根据林主席的指示，光华农场陈凌风等立即土法上马，研制兽疫预防针和治疫血清，并立即派兽医前往有疫情的七个县进行防治。结果仅用了几个月时间，就扑灭了边区七个县的牛瘟，这在当时医药条件下，已是非常了不起的成功。

在大生产运动那些火热日子里，林伯渠的身影，一直活跃在陕甘宁边区大生产运动的各个阵地。延水河畔、杜甫川里生产一线，有林伯渠的身影；王震三五九旅的南泥湾，有林伯渠的脚步；边区农业的丰收成果里，有林伯渠的汗水；边区工业和民用加工业的崭新产品上，留着林伯渠的指纹。

面对三年多来边区军民取得的巨大成就，林伯渠和同志们一样感到无比自豪。因为这些成就的取得，无疑都浸透着这位边区政府老主席的心血。每每夜深人静，他那孔修在半山坡上的土窑洞，常还闪着不灭的灯光。灯下，林伯渠不是找同志谈心，听取大家对"大生产运动"的意见与建议，就是和大家一起研究制定各种鼓励发展生产的政策、计划。无论酷暑寒冬，他都经常深入群众，调查走访，帮助群众解决各种困难。同时他还要身先士卒，经常带头参加生产劳动，开荒、种菜、割草，样样都干。延水两岸的沟沟峁峁，到处都印着林伯渠的足迹。收获季节，林伯渠和大家一道分享丰收的喜悦。林伯渠是一位毫无架子的高级领导干部，那时边区父老乡亲大都亲切地称他为"林老头"，赞扬他是"咱老百姓的勤务员"。林伯渠的诗友续范亭曾在《延安五老》组诗中，这样热情地描写林伯渠：

林老奇逸人中龙，风流潇洒有大度。
胜任愉快政多宽，不事吹求公令布。
童颜鹤发非导引，公余且作长征赋。
漫天风雪巡洛鄜，怀古不忘杜工部。
人人争识林老头，亲切有如家人父。
灯下细谈几件事，米面油盐棉花布。

“延安五老”后来也称为“中共五老”，指的就是中国共产党内资历最老、也最德高望重的林伯渠、吴玉章、徐特立、董必武、谢觉哉等五位老革命家。现在，他们不仅都是中国共产党的红色历史符号，而且也都是中华民族伟大人格的旌麾。

林伯渠在大抓边区政权和生产建设的同时，还十分注重团结各界人士共同宣传抗战。1941年9月5日，林伯渠、谢觉哉、高自立等在边区政府交际处宴请民间文人墨客。这些六七十岁的老文化人济济一堂，高兴极了。林伯渠满怀激情地对他们说：“共产党不光是打仗的，也不光是搞政治的，我们也要建设文化。所以，今天把各位文化前辈请来，商议成立一个诗社；我们请来的文化前辈，大都在六七十岁以上，你们富有爱国心、阅历深、功底厚，有的还是前清秀才、拔贡，都是华夏的宝贝了，我们一定要把这个诗社办出水平来。”

大家热烈鼓掌赞同林伯渠的讲话，一位白髯老者异常兴奋地说：“名不正则言不顺，我们这个诗社叫个什么名字呢？”

这一说，大家马上议论起来。大家议了一会儿后，一时没有个定见，于是林伯渠又站起来说：“《论语·公冶长》里有句‘老者安之，朋友信之，少者怀之’，各位看看叫‘怀安诗社’如何？”

白髯老者一击掌说：“好！‘怀安诗社’好！林主席真不愧为饱学之士啊！”席间，林伯渠即兴吟诵了《赋呈与会诸君子》诗二首，以示庆贺：

（一）

目送征鸿远，秋笼延水深。
朱颜何可驻，华发漫相侵。
寰宇风云合，高台长短吟。

会文信有托，今古事同钦。

（二）

十年扶策费调停，待整金瓯拱宿星。
抗敌计无分畛域，匡时论共契兰馨。
边城重寄期安堵，盛会嘉宾喜满庭。
四野风多秋气健，及时樽酒慰遐龄。

后来，怀安诗社把林伯渠这两首诗歌和其他诗友的许多赠和之作，编纂成《延水雅集》。这些出自延安老文化人的诗作，或追怀往事，或咏物抒怀，或相互激励，或描绘理想，其中不乏精品，在延安文化风景中，无疑是一抹十分亮丽的色彩。

“大生产运动”是一场旷日持久的群体化奋斗。1942年2月，米脂县农民马丕恩一家六口，背着一口铁锅、两个破被卷和仅有的半碗小米及半碗黑豆，来到延安南三十里铺农场。他和十七岁的女儿马杏儿承包了农场土地45垧（每垧相当于3亩），另又开荒8垧。他们一家十分勤劳，耕锄得法，一季下来，收得粗粮41石，除去交农场的部分，自己分得粮食21石。这一典型实例使林伯渠和李鼎铭等大受启发，立即予以嘉奖，并授予他们父女“劳动英雄”称号，在边区群众大会上，还向他们颁发了奖品和林伯渠亲笔题写的“移民模范”和“妇女光荣”两张奖状。此后，林伯渠还到各地去发现典型，大力宣扬，激发了边区劳动竞赛、奖励英模的热潮。据统计，仅安置移民、难民一项，1941年边区就容纳了7855户，共20740人。1942年，又吸纳5056户，12432人。这些群众中有三分之一的劳动力，他们一年可开荒20多万亩。这无疑都是边区发展生产的巨大动力，而林伯渠等政府领导，就是他们的主心骨。

1943年，边区军民把大生产运动又推进到了一个新的阶段。年末，为检阅成果，边区政府在延安同时举行了第三届生产展览会和第一届劳动英雄代表大会。参加开幕大会的群众多达三万余人，朱德、贺龙、高岗、林伯渠、李鼎铭以及晋绥行署主任续范亭等参加大会。林伯渠发表讲话，高度赞扬说：“在这样一个战争环境，又是比较贫困的地区，人民和军队今年居然能做到丰衣足食，这是边区人民和八路军伟大力量的表现。”续范亭在会上热情洋溢地歌颂了共产党领导人民进行革命和生产的丰功伟绩："我五十岁了，第一次才看见这样的事情！"续范亭提到有人说共产党是"三头六臂"的怪物时说："是的，共产党确实是有'三头六臂'！'三头'就是枪头、锄头和笔头；'六臂'就是两只手能打仗，两只手能生产，另外两只手能写文章，能学习，能抓汉奸特务分子。这样的'三头六臂'，对老百姓是好的，对中国是好的！"最后林伯渠致闭幕词，他向边区军民提出了"耕三余一，两年完成"的新生产运动目标，要求劳动模范们要成为团结群众的核心，要成为蓬蓬勃勃的生产运动的火车头。

不能不令中外政界惊叹，在20世纪40年代那样艰难和复杂的历史条件下，我们党就在延安、在陕甘宁边区实现了"十个没有"：没有贪官污吏、没有土豪劣绅、没有赌博、没有娼妓、没有小老婆、没有叫花子、没有结党营私之徒、没有萎靡不振之气、没有人吃摩擦饭、没有人发国难财。可以肯定，这首先是因为共产党的伟大、毛主席的英明，同时也是因为边区军民的齐心努力；而作为陕甘宁边区政府主席的林伯渠，为此付出了巨大努力，作出了重大历史贡献，这一事实也是显而易见的。

第二十八章　舌战
与虎谋皮艰苦谈判

钢是炼出来的，人是教出来的。还在1942年间，林伯渠就论述过发展教育的重要性。对边区的中小学教育和国民教育事业、医药卫生事业和文学艺术事业，他都潜心研究，致力推进。为此，他不但经常研究和学习有关理论和政策外，还经常与有关同志一起商讨和研究。一次，老朋友徐特立到林伯渠的窑洞串门。一进门，就见林伯渠戴着老花眼镜正在看书，徐特立开玩笑地说："你这个林老头又在用功呀？还打算考一次状元啊？"

林伯渠抬起头，迎着老朋友说："哦！徐老来了，请坐请坐！眼睛老花了，学习不如他们年轻人效率高喽，别人说'笨鸟先飞'，咱就'老鸟多飞'呗！"

徐特立坐下问："读什么书呀？"

林伯渠眨巴眨巴眼笑着说："读你学生的书啊！"

徐特立看了看书，笑着说："哦，是毛主席的著作啊，现在，我已经是在当他的学生喽。"

林伯渠点点头说："嗯，也对，毛主席可是我们中国共产党的大著作家呀，正是他著作里的思想和主张，把我们这支队伍一步步引向成功和胜利；就说我们这几年的大生产运动吧，能取得这么大的成功，可都是按他的思想和主张，一步一步干出来的，要不是他这个中央主席的正确思想武装大家，我这个边区主席也只能瞎打转；这不，我正在学习毛主席的大作《组织起来》哩。"

徐特立说："中央主席和边区主席是相辅相成的，他掌舵，你划桨，少了哪个，这船也不好开吧？"

林伯渠诚恳地说："划桨靠的是大家哩，徐老，我正想向你讨教一些事情哩。"

徐特立真诚地说："你林主席一掌百拿的，什么事还要向我讨教？"

林伯渠起身给徐特立倒了杯水，递过去说："这边区的文化教育事业，我觉得是个大事，你是老教育专家，也给出出主意、把把舵嘛。现在延安已经有了一批大学，但普通国民教育这一块，虽有发展，但还很不够。"

徐特立接过水杯说："嗯，民间的贫穷、愚昧、迷信、落后等问题，需要靠发展国民教育来逐步解决，陕北的情况更是如此；我觉得除了编出好教材，办成好学校，不断地补充好老师也十分重要，十分紧迫。"

林伯渠连连点头说："对啊。我在想，国民教育首先要有好的教师，而师范学校是我们培养好教师的摇篮，所以，我们得下大力气办好师范；您是搞师范出身，我们的师范教育不倚重您倚重谁去？边区师范发展要靠您领头哩。"

徐特立听后笑呵呵地说："在发展师范教育上，我们两个老伙计那是想到一处去了；不过，这首先要靠边区政府的支持和指导。"林伯渠大笑着说："哈哈，绕来绕去，还是把我林老头绕进去了。"接着，他们又谈到延安文艺座谈会和毛主席《在延安文艺座谈会上的讲话》，都认为延安的文学艺术工作必须有一个新的发展，要大力提倡和积极组织文艺工作者深入部队、农村、工厂，多创作一些优秀的文艺作品，推动革命发展。

正是在毛主席、党中央的正确领导和一班老元勋的积极努力与推动下，陕甘宁边区在大力发展农业、工业、商贸等事业的同时，文化教育事业与文学艺术事业也得到了很大的发展。到1944年，延安已办起抗日军政大学、延安大学、鲁迅艺术学校、陕北公学、延安女子大学、民族学院、行政学院等三十余所军政干部大学，还有6所师范学校和中学、44所小学、230多所夜校或半日制学校、2300多个读报识字组。因此，过去贫穷、愚昧、迷信、落后的陕北，在共产党和边区政府的正确领导下，开始发生翻天覆地的变化。同时，边区文艺战线也呈现出崭新气象。广大文艺工作者在毛泽东《在延安文艺座谈会上的讲话》精神鼓舞和指引下，深入部队、农村、工厂，创作出一系列优秀文学艺术作品，不仅极大地丰富了边区人民的精神生活，也使解放区文艺园地呈现出百花齐放、璀璨烂漫的繁荣景象，从而奠定了中国无产阶级文艺的深厚基础。丁玲的《太阳照在桑干河上》等优秀文学作品，便是在毛主席《在延安文艺座谈会上的讲话》精神指引下结出的文学硕果。对于边区取得的各项巨大成就，老一辈革命家们无不自豪和赞叹。林伯渠的挚友吴玉章曾在一首诗中写道：

抗战中心陕甘宁，建设辉煌薄海钦。
领导全凭毛主席，伯渠协力有殊勋。

在边区政治、经济、文化不断发展、前进中，林伯渠同时非常重视拥军爱民和拥政爱民运动，努力营造边区党、政、军、民的高度团结。春节前夕，边区政府还专门作出了《关于拥护军队的决定》。1943年2月17日，林伯渠在联防司令部副司令员萧劲光、延安警备区政委张邦英、慰劳团团长杨清、延属分区专员曹力如等人陪同下，乘车到南泥湾、金盆湾，对连队、部队工厂、家属合作社进行慰问。20日，南泥湾举行阅兵式，把慰劳活动推到高潮。这一天，灿烂的阳光照射着这片沉睡百年后苏醒的土地，数十里外的垦区部队全副武装赶到阅兵场。李区长带领穿羊皮袄的男人、穿大红大绿的女人和欢腾热闹的儿童等群众队伍，人人拿着小红旗，浩浩荡荡地接受林伯渠主席等边区领导人的检阅。十点，林伯渠身穿蓝布大衣，头戴黑泥子帽，精神矍铄，步伐稳健，在王震旅长陪同下，登上检阅台。下午，南泥湾驻军还举行了拥政爱民大会，王震旅长在这个五千多军民的大会上激动致辞，然后林伯渠发表重要讲话。离开南泥湾时，林伯渠留下一封信辞别说："在这里，我看到了荒地变成了良田，梢林开辟成公路，新窑、新屋一排排建起来，木工厂、纸厂、榨油厂、鞋厂已在工作，南泥湾、金盆湾的自然面貌大为改观，移民日益增加，军民生活向丰衣足食之途迈进。而这种生气勃勃的繁荣景象，是我们坚决执行党中央、毛主席、朱总司令发展生产、开辟南泥湾政策的结果。"

林伯渠就这样在边区一日不停地高速运转着。但是，人的身子骨毕竟不是铁打的。一贯不把小毛病当回事的林伯渠终于病倒了。一些老战友都到窑洞来看他，见他一个人躺在家里，吴玉章问："祖涵同志，身体是革命的本钱，不能大意啊。李俊走后没人照顾你了，看来还是不行啊。"林伯渠不以为然地说："树人兄，我首先应该谢谢你的关心，不过，我不同意你说李俊走后没人照顾我了；党和边区人民，不是天天都在照顾着我吗？"

吴玉章摇摇头说："我跟你说实际的哩，你得去住院，不能这样把自己的身体耽误了。”

林伯渠说：“我林伯渠的身子骨，还没那么娇气，不用去医院，到光华农场去休养几天就行了。”

当天，林伯渠就自己住到光华农场去了。在那里，他看到农场的巨大变化，心里可高兴了。这心情一好，病就好得快多了。那些日子里，他写了《赠续范亭》和《旧历除日养病农场寄怀红岩诸友》等诗作，诗中对陕甘宁边区的勃勃生机，进行了发自肺腑的热情讴歌：

赠续范亭

却因小病卧农场，联袂枉顾不敢当。
边塞寒威仍凛冽，郊原春意已潜藏。
负喧山脚情尤挚，抵掌梅园语亦香。
踏遍崎岖多少路，相逢峻坂总平常。

旧历除日养病农场寄怀红岩诸友

腊鼓声中又一年，关河聊落感华颠。
报春回雁羡健举，伏枥老骥赖策鞭。
兀兀窥园知叟苦，亭亭不染爱荷妍。
纵然海上风云急，扶病欣看垄亩鲜。

这字里行间，既可以真切地体会出他对周恩来、董必武、续范亭等老朋友的真挚系念，也可以深切地感受到林伯渠那种“老骥伏枥，志在千里”的豪迈情怀；而“腊鼓”之句，似乎还包含着林伯渠对儿时记忆的追寻……

事势还真不能允许林伯渠长时间卧病。当时，中共死对头蒋介石一招不成，又想新招，总想“玩死”共产党。然而，时局变化中，蒋介石不得不一次次叹息“天不助我”。可不是吗，眼下，他老蒋就越来越“玩”不转了，而中共倒是越“玩”气候越大了。总不能听任共产党羽翼再丰，而不设法打压吧？1943年8月的一天，蒋介石突然召见他的干臣张治中说：“文伯，我想请毛泽东来重庆，我要和他当面谈些事情，你看好不好？”

张治中感到有些突然，一时莫名其妙，只得附和说：“党国大事，全凭委员长定夺！”

蒋介石说：“那好！我给毛泽东写封信，那个林彪不是已和你谈完，马上要回延安去了吗？你把信就交给他，让他转交给毛泽东。”

随后，张治中遵命把蒋介石的亲笔信托付给了林彪。林彪回到延安即向毛主席转交了这封信。毛主席接读老蒋的信后，立即与周恩来等认真商议。

毛主席用惯常的幽默语气说：“那位聪明可爱的委员长，又向我毛泽东摇橄榄枝喽，哈哈……不过，他的用意，那也是司马昭之心，路人皆知啊；今年以来，八路军和新四军在各个战场取得了辉煌的战果，歼灭了敌伪军13万余人，攻克了日寇据点700余处，我们的军队已发展到40多万人，解放区也一天天在扩大。所以，这位‘攘外必先安内’的蒋委员长先生，实在有些‘安’不住喽！”

周恩来分析道：“也许，今年五月第三国际宣布解散，蒋介石认为马列主义要破产了，各国共产党也该解散了。这一剂强心针打得蒋介石有些亢奋了，他可能想趁机‘招安’共产党哩！”

毛泽东接着说：“嗯，也不排除他有这个幻想。现在，国民党面临英美压力，战事吃紧，经济恐慌；国内面临民情激愤，党内分裂，需要用‘谈判’来做‘救命稻草’了。其实，他满纸的‘诚意’，都是建立在消灭共产党的幻想上的。”

周恩来随即说：“我看，他使缓兵之计，我们干脆来一个按兵不动，看看他还能耍出些什么花招！”

毛泽东说：“嗯，好，那我们就先来个姜太公钓鱼吧！”

1944年春节，延安城里，热闹非凡。陕甘宁边区政府门口，扭秧歌的、舞龙灯的、玩狮子的、耍竹马的、演新剧的，那是目不暇接；远远近近一片锣鼓喧天、载歌载舞。人们怀着极大的喜悦，庆祝“大生产运动”火红的丰收年景。

政府机关大门前的墙报栏前，一个高个子外国记者挤在围观群众中，正在边看边摘录着什么。原来，他的目光全集中在林伯渠《我的生产节约计划》上：

一、在农业生产上，完成细粮两石交粮食局（用变工合作方法）；

二、收集废纸交建设厅；

三、自（民国）三十三年一月二十五日起，戒绝吸外来纸烟；

四、今年的棉衣、单衣、衬衣、鞋袜、被套、手巾、肥皂，完全不要公家供给。

在计划后，林伯渠还附上一首随笔诗，作为对这份生产节约计划的补充：

待客开水不装烟，领得衣被用三年。
淡巴菰一亩公粮缴，糖萝卜两分私费赡。
施肥锄草自动手，整旧如新不花钱。
发动男耕和女织，广辟草菜增良田。
边区子弟多精壮，变工扎工唐将班。

围在墙报栏前的群众，你一言我一语地议论着：“嘿，林主席的这个计划真好，给我们大伙儿树榜样了。”“林主席头发都全白了，还带头制订这么高的生产节约计划，我们这年轻力壮的，还有什么不努力生产和节约的道理呢……”此前，林伯渠向党中央汇报边区政府新一年生产计划时，也将他自己的生产节约计划顺便汇报上去了。毛主席看到后非常赞赏，当即给林伯渠写信，表示赞赏和支持：

林老：

来示诵悉。生产节约今年必比去年有更好成效，你个人的计划能实行，必有好的影响。我也定了一点计划，准备实行。敬祝

健康！

毛泽东

一月十九日

那位精明的外国记者曾到过全世界不少国家，像中国延安这样的新闻，他还未曾遇到过。来中国后，他到蒋管区也跑过不少地方，所接触到的国民党达官贵人虽口头上高喊“国难当头”，但又有几个不是灯红酒绿、纸醉金迷？像陕甘宁边区领导人这样与人民群众同甘共苦的，在蒋管区几乎难得一见。这位

敏感而又多少能听懂几句汉语的外国记者，听到群众在林伯渠生产节约计划前的议论后，感到非常新鲜和好奇，决定马上采访林伯渠。

一个雨天，这位记者在警卫员的引导下，弓着身子进了林伯渠居住的窑洞。举目四顾，窑洞里，一盘土炕，炕上的被子补丁连补丁，但叠得很整齐也很清洁；一张破旧的小方桌上面堆着一大叠书报、文件，还有一支笔杆磨得发红的毛笔和一只四方形的小铜墨盒；另有几把半新半旧的椅子、一口小木箱，此外别无长物。林伯渠正坐在临窗的椅子上，戴着老花眼镜，低头补裤子。见有外国朋友进来，他马上放下手中针线，起身打招呼。

记者过去拿起林伯渠正在补的那条裤子，用有些生硬的汉语说："主席先生，应该换了，应该换了！"

林伯渠笑着回答："记者先生，我们中国有句老话，叫'新三年，旧三年，缝缝补补又三年'，我这裤子，才刚穿到三年半哩！"

记者说："我到过不少国家，也到过你们中国的国统区；我见过的大小官员，没有像你们延安这个样子的。"

林伯渠说："这就是我们共产党的特点，我们中国共产党是不允许干部搞特殊化的，我们只许干部跟老百姓一样积极生产、勤俭节约。"

"主席先生，您可以跟我说说边区政府生产节约的事情吗？"记者顺着林伯渠的话头开始"挖掘"。

林伯渠给记者拿把椅子坐下，又倒给他一杯白开水，然后说："当然可以，那就首先说说生产吧。你可能也知道，自1939年以来，国民党政府便违背诺言，完全断绝了八路军的一切供给，而且还层层设置封锁线，想要困死我们、饿死我们。但是，他们这一封锁，倒逼出了延安的大生产运动……"

林伯渠吧嗒了两口叶子烟，继续说："头两年，我们几乎被搞得没饭吃、没衣穿了，也没油、没盐、没菜吃，办公没有纸，战士没鞋袜，冬天没棉被，怎么办？我们不能等着饿死、冻死，更不能把队伍解散啊！我们的毛主席站得高、看得远，及时发出'自己动手，丰衣足食'的号召。于是，我们用自己的双手开荒种地，纺线织布。陕北有三宝，咸盐、皮子、甜甘草，我们就利用本地各种资源，办起了小盐矿、皮革厂、造纸厂、被服厂、肥皂厂，等等，两年工夫，我们就有了吃的，有了穿的，有了用的……"

外国记者习惯于用摇头表示惊叹，他连连摇头说："啊啊，这样呀，共产党真了不起！”接下来，记者又问了一些关于发展边区经济的具体问题，林伯渠一一向他作了介绍。首先，林伯渠介绍了边区减租减息政策，接着又介绍了各种奖励政策，譬如移民三年不交公粮的政策；兴修水利、扩大耕种面积的鼓励政策；二流子进行生产自足的鼓励政策；信用贷款、互助合作的鼓励政策；最后林伯渠还向记者介绍了政府的英雄模范奖励等政策，直听得记者不断地唰唰记录，不知不觉就谈了个把小时。

然后记者又提出：“主席先生，请您再谈谈节约方面的事情吧。”林伯渠便说：“我们节约的目的，是为了进一步发展生产，减轻人民的负担。去年，我们整个财政支出，取之于民的只占十分之一。今年，我们把生产和节约结合得更好了，‘劝储团’的工作极有成效，我们将有更多的节约款和储备金，用来发展再生产。这样，人民的收入又将大大增加，这对于储蓄民力，建设边区，准备反攻，都非常重要！”

记者兴致盎然地问：“主席先生，听说您去年种的糖萝卜长得不错。今年的怎样？可以让我参观一下吗？”林伯渠站起身说：“当然可以。”

雨已经停了，林伯渠拄着手杖，和记者、秘书一起出了门，走下山坡。他们来到延河畔的一块滩地边，只见嫩绿的萝卜秧长得喜人；记者边看边伸着大拇指说：“真是名不虚传，我信服了，你们共产党，不仅能发动群众干，而且更能发动自己带头干，说到做到，了不起，了不起！”

这时，秘书小王对记者说：“记者先生，您还不知道哩，我们林主席当时找到这块地，可是费了不少周折。”

接着，小王讲起，大生产运动刚开始发动时，林老一有空就带上警卫员和秘书到处找地，那时延安党政机关多，学校单位多，大家都搞生产，要找块空地难上加难。林老工作忙，身体不太好，远了没法子种，近处没闲地。林老就拄着拐杖上山下坡地到处找，工作人员劝也劝不住，最后大家出主意，到河滩上开出这么一块荒地，种上了糖萝卜。平时，林老一有空就跑到地里松土、拔草、施肥，精心管理，所以作物长得很好，收获后都上缴公家。外国记者像听一个英雄传奇故事那样充满敬慕，最后又忍不住啧啧称赞说：“很好很好，真的了不起，中国共产党的干部，全世界少有，我要把这一切告诉全世界的人民，我能预言：国民党赢不了共产党。”

国民党到底赢不赢得了共产党呢？这戏文还得慢慢看。蒋介石前次向毛泽东发出重庆谈判邀请，中共方面暂时未予回应。蒋介石一直在揣测毛泽东的反应，如果毛泽东不予回应，那么，国民党就可做文章攻击共产党没有诚意了。不过，蒋介石还是想把戏再做足点，所以他既不催，也不评，先猫着。日寇进犯没有停，蒋介石部队的抵抗自然也不能停。但国军那些兵，仗打得漂亮的少、打得糟糕的多，总体上是赔多赚少，眼看是节节败退，溃不成军，日寇乘势疯狂进犯南方。

当时，国民党第三次反共高潮已渐平息。中共考虑到整个世界反法西斯战局和国统区内部的变化，为团结和集中全国抗日力量粉碎日寇新的攻势，“拉蒋抗日”，准备发起对日反攻，中共决定重提国共谈判。1944年1月16日，毛泽东约见国民党驻延安联络参谋郭仲荣，告诉他中共拟在周恩来、林伯渠、朱德三人中择一人或三人同行，到重庆去见蒋介石，并打算重开谈判。2月2日，国民党复电延安，欢迎周、林、朱同去重庆。为试探国民党的态度，17日，毛泽东告知郭仲荣，中共决定先派林伯渠去重庆谈判。从这时起，林伯渠就开始准备前往重庆，与国民党进行谈判。

2月中旬至3月间，国民党为准备与中共谈判，也多次在重庆嘉陵新村四号召集梁寒操、吴铁城、张厉生、陈布雷、陈立夫、潘公展、何应钦、徐恩曾等军政要员开会，商讨《关于林伯渠来渝对策》和《对中共政治解决方案》。3月15日，蒋介石还就林伯渠来渝和外籍记者赴延安事宜发表训词，再次流露出他必欲置共产党于绝境的险恶动机。显而易见，这轮国共谈判，将只是在蒋介石布下的迷魂阵中瞎转圈。

此时，陕甘宁边区与敌后抗日根据地的处境日益好转，而国民党正面战场却再次呈现大溃退，国统区的严重危机日益凸显，国民党有点绷不住了。1944年4月，国民党为挽救颓势，在国内外舆论压力和中共敦促下，蒋介石决定恢复谈判。得到国民党明确答复后，毛泽东和周恩来等人开始商议谈判的各项事宜。毛泽东说：“战场形势在发生急剧变化，日本为了打通从中国东北到越南大陆的交通线，加强了对国民党战场豫湘桂地区的新攻势，国民党部队抵抗乏力、节节败退、溃不成军，日军得以长驱直入，不断向南逼近，战场形势于我中国十分不利啊。”

周恩来也说：“是的。看起来，蒋委员长越来越靠不住了；为民族存亡计，现在我们必须尽快通过谈判，促蒋合作，拉蒋抗日。”

毛泽东点头说：“嗯，是的，就按既定计划，派林老去如何？”

周恩来说：“林老既是国共合作的元老，又和我一起与蒋介石在谈判桌上有过好几次较量，这次谈判，相信林老也会不辱使命。”

毛泽东赞成道：“好，中央尽快作出正式决定，立即进入谈判日程。”

1944年4月29日，林伯渠肩负中共中央使命，率王若飞、伍云甫等20余名工作人员，从延安启程，前往重庆参加国共谈判。临行，周恩来、谢觉哉、李维汉等重要领导人亲自为谈判代表送行，周恩来说：“林老啊，中央又把一个很艰巨的任务交给您了，蒋介石这个老对手花招多，可够你们对付的哟！”

林伯渠满怀信心地说：“请党中央放心，我们也不是第一次和国民党在谈判桌上打交道了，绝不会让国民党的任何阴谋得逞。”

周恩来又说：“去年夏秋之交，他们就开始谋划这次谈判了，肯定是装了一葫芦药水的，你们此去，是要有理、有利、有节地跟他们斗智、斗勇、斗法啊！”

林伯渠说：“我知道，他们邀请毛主席去谈判，肯定是不怀好意的，我们到时会戳穿他的药葫芦！”

林伯渠虽然嘴上说得很坚定，但在内心他深知这次是替毛主席出征，跟诡计多端的蒋介石打交道，使命非常重大，困难也会非同寻常。领受这光荣而艰巨的任务后，林伯渠是做了一番精心准备的，信心和决心也是充分的。

林伯渠一行在坑坑洼洼的公路上颠簸了足足两天，于5月2日抵达了重庆谈判的中途站——西安。这一路上，又一次面对国民党为封锁陕甘宁边区而修筑的重重堡垒，目睹国民党官吏的虚伪狡诈，林伯渠不禁又吟成一组《南行杂诗》，以述沿途所见、所闻、所感：

阳关未许泥丸封，何事星碉布几重？
明日东过交道镇，今宵闷煞郭仲容。
补牢辛苦为亡羊，大计百年又主张。
沐雨栉风双手力，恢宏新市一茶坊。
又是南游抵洛城，官吏纷纷夹道迎。
只今失却新奇感，世上正多两面人。
行行中部又同官，细草山花仔细看。

显得和平新气象，将军几辈尽欢颜。

抵达西安后，林伯渠一行仍下榻七贤庄八路军办事处。旧地重游，林伯渠看见四年前他亲手栽下的洋槐，已经长得高出墙头，小楼依旧，周围国民党军的碉堡则比比皆是、虎视眈眈，不禁感慨良多，于是又吟诗述怀：

四年不到七贤庄，手植洋槐高于墙。
风景不殊气象改，周围碉堡比蜂房。

同日，国民党谈判代表张治中、王世杰也飞抵西安。次日，张治中、王世杰偕胡宗南，一同前往七贤庄，礼节性造访中共谈判代表。

张治中显出很恭谦的样子，拱手对林伯渠说："祖涵兄，辛苦了！文伯与世杰等特来拜访！"

林伯渠也不失礼节地拱手说："不敢不敢，请各位上座。"

几人坐下边喝茶、边寒暄。张治中作为此次国民党方首席代表，首先说："祖涵兄，大家看来都是旅途劳顿了，你们看这样如何，稍事休息后，从明天起，我们开始做一个预备性谈判，待有个初步协议，我们再去重庆进行正式谈判，你们看怎么样？"

林伯渠有理有节地说："文伯兄考虑得不错，我方赞成！"

随后，5月4日至5月11 日期间，双方在西安先后举行了五次会谈。张治中似乎很大度，提议把记录权交给共产党一方。谈判过程中，彼此自是各有准备，唇枪舌剑；第五次谈毕，林伯渠从记录员手里拿过谈判记录，认真做了审核，并做了必要的修改，最后记录文本如下：

甲　关于军事者

一、第十八集团军暨原属新四军之部队，服从军事委员会之命令；

二、前项部队之改编，最低限度照去年林彪所提出四军十二师之数；

三、前项部队经编定后，仍守原地抗战，但须受其所在地区司令长官之指挥，一俟抗战胜利后，应遵照中央命令移动，以守指定集中之防地；

四、前项军队改编后，其人事准由其长官依照中央人事法呈报请委；

五、前项军队改编后，其军需照中央所属其他部队同样办法，同等待遇。

乙　关于陕甘宁边区者

一、名称可改称陕北行政区；

二、该行政区直属行政院，不属陕西省政府管辖；

三、区域以原有地区为范围（附地图），并由中央派员会同勘定；

四、该行政区当实行三民主义，实行抗战建国纲领，实行中央法令，其因地方特殊情形而需要之法令，可呈报中央核定施行；

五、该行政区预算，当逐年编呈中央核定；

六、该行政区及十八集团军等部队，经中央编定发给经费后不得发行钞票，其已发之钞票，由财政部妥定办法处理；

七、国民党可以去办党办报，并在延安设电台；同时国民党也承认中共在全国的合法地位，并允许在重庆设电台，以利两党中央交换意见；

八、陕甘宁边区现行组织，暂不予变更。

丙　关于党的问题者

依照抗战建国纲领之规定，予中共以合法地位，停捕人，停扣书报，开放言论，推进民治，立即释放新四军事件而被捕之人员，及一切在狱之共产党员，如廖承志、张文彬等，并通令保护第十八集团军之军人家属。

丁　其他

一、中共表示继续忠实实行四项诺言，拥护蒋委员长领导抗战，并领导建国；国民党表示愿由政治途径公平合理解决两党关系问题；

二、撤销陕甘宁边区之军事封锁，现在对于商业交通，即先予便利；

三、敌后游击区的军事政治经济问题，服从国民政府及军事委员会的领导，一切按有利于抗战的原则去解决。

林祖涵

五月十一日

然后林伯渠郑重其事地拿着记录对张治中说："我动笔修改的几处，都是会谈中已经统一的内容。最后请张将军过目认定，然后双方首席签字吧。"

张治中却摆摆手说："我先不用过目，祖涵先生办事，文伯是佩服的。"

林伯渠说："按双方事先议定，此记录由双方代表签字后，汇报两党中央，为表示我党诚意，我已先签字了。”说完，林伯渠把会谈记录递给张治中、王世杰，要求他们签字。张治中接过记录，略略看了一眼说：“林主席，这还只是由贵方提出或同意的一些意见，只需您签字即可，我方的全部意见，要等返回重庆后，再正式提出。”

林伯渠不禁一愣，立即意识到国民党代表可能是在存心玩花招，不禁有点气愤地说：“张将军，你这是什么意思？我们已协商在先，我们完全是遵协商而行，你们诚意何在？”

张治中忙赔着笑脸说：“林主席不要着急嘛，我们同意了的自然就同意了，等到了重庆拿出更完备的协议，再签字也不迟的嘛！”

林伯渠确实没有料到张治中会来这一手，一时气不打一处来，起身拂袖而去。既然在西安只能谈成这个样儿，那就只好等到了重庆再交手了。

1944年5月17日，一架银白色小型运输机一阵呼啸，从宝鸡机场腾空而起，掠过高耸入云的秦岭上空，越过大巴山脉的茫茫云海，直向重庆飞去。这是一架美制军用运输机，机舱里没有正式座位。上飞机前，张治中叫人买了两把藤椅，他和林伯渠一人一把，其余人员分散坐在两边舱板上。张治中还特意买了几盒华山公司出品的“潼关牌”香烟，算是招待林伯渠的。在飞机上，两个谈判桌上互不相让的对手，倒是很随便地聊着天。

林伯渠坐在藤椅上，颇为惬意地挪挪身子，又看看坐在舱板上的同人，然后对张治中说：“张将军，这要是在我们陕甘宁边区的话，一定行不通的。”

张治中不解何意，问道：“林主席，怎么讲？”

林伯渠说：“我们共产党可不兴搞特殊，你看，我们坐椅子，他们坐舱板，这不是搞特殊吗？”

张治中不以为然地说：“哦，些许小事，你们共产党未免太过迂腐了吧……”

林伯渠更不以为然地说：“还有，张将军招待我的这‘潼关牌’纸烟，我抽着也心疼，总觉得有些奢侈浪费。”

张治中无奈似的说：“你们啊，人品倒是不错，就是有点小题大做，缺大气。”

林伯渠自信地说：“这也许就是我们信仰不同吧！不过，我还是真诚感谢张将军此时的善意和友情，看来，私底下的张将军，可不像谈判桌上的张将军

那样来者不善啊，哈哈哈……”

张治中老练地说：“那是公事，各为其主嘛；其实，从私底下讲，我跟你们共产党人也并非格格不入，甚至，我还非常敬重你们共产党的一些杰出人物。”

林伯渠记忆犹新地说：“这个我知道，黄埔军校时期，张将军就跟我党周恩来、熊雄、恽代英等人过从甚密，只是张将军后来追随了蒋介石，彼此成了政治上的对手。”

张治中倒也坦率地说：“委员长于我有恩，岂能不知恩图报？”

林伯渠回道：“张将军所说的委员长之‘恩’，据我所知，恐怕也是建立在数十万湖湘民众遭遇战祸和流离失所之上的吧？”

张治中略显尴尬地说：“林主席的犀利，文伯自愧弗如，无怪人说‘惟楚有才，于斯为盛’啊！”

林伯渠说：“张将军说笑了，祖涵算不了什么人才，不过我们有毛泽东等风云人物，倒真还不枉这‘惟楚有才，于斯为盛’之说哩！”

机舱里，有人由衷畅笑，也有人闷声不语。这并不奇怪，因为今天这飞机上的乘员，分属中国两个政见与利益不同的政治集团。

当日下午，飞机在重庆珊瑚坝机场徐徐着陆。林伯渠一边走下舷梯，一边向前来迎接的人们挥手致意。这时，重庆八路军办事处董必武、章汉夫、鲁明等早已在机场等候。战友重逢，格外亲切，彼此热烈握手拥抱。因张治中一行同机到达，国民党方面也有邵力子、康泽等官员前来接机。

林伯渠与迎接者寒暄之际，被一群中外记者围住。一位外国记者采访道：“林先生，请问您此行重庆的主要使命是什么？”林伯渠简单明了地答道：“团结合作，抗战救国；我将在重庆与友党同人举行谈判。”一位中国记者接着问：“请问林先生，您能谈谈贵军战场近况吗？”林伯渠胸有成竹地说：“近日内，我第十八集团军已配合友军反攻河南，收复林县等地，在苏北淮安一线大败日军，毙敌600余名，生俘日军一部。”随后工作人员分开记者，护送林伯渠、董必武、王若飞等驱车前往曾家岩驻地。

到达重庆，林伯渠等与此前到达西安时的心情有所变化。因为，从张治中在西安预谈时的表现看，国民党对这次谈判并无诚意；事实上也正是如此，国民党中执委秘书处草拟的《中共问题政治解决方案》（以下简称《方案》）、《林伯渠来渝我方应付对策》（以下简称《对策》）两项极密“特件”，已经把国民党的所谓“诚意”诠释得彻头彻尾了。

在《方案》中，国民党首先强调“国家军令政令必须统一”，污蔑中共“擅自调动军队袭击友军，扩编军队乃破坏军令之最著者。至于夺占地方、残害官吏、擅颁与中央政令抵触之命令规章，私制货币、邮票等，乃破坏政令之最著者”，并且限令“此种破坏军令政令之行为必须彻底革除”。在军令问题上，则要求中共军队“绝对服从军令纪律”“人事应遵照中央法规办理”，军队教育“应遵照中央颁行之教育大纲、教育训令实施”。在军队编制上，只准“编为两个军，每军三师，每师三团”，并且“不准在编制外另设支队及其他名目，以前所有者一律取消”。在政令问题上，还要求中共“严格遵守政府现行法令规章，实行新县制，取消现有一切破坏政令之行为”。关于陕甘宁边区，令行“改为陕北行政区”，行政机构改为“陕北行政公署”“暂隶行政院，归陕西省政府指导”，明确规定“区公署主任由中央委派”，其他“不合法组织一律取消”。最后说明，“以上各条如中共确实遵办以后，政府可准予中国共产党之合法地位”。

这个必欲将中共严密控制在国民党手心里的《方案》，是蒋介石亲自圈阅，并作了详细批示，准备交给张治中、王世杰，作为与中共谈判底牌的。而在《对策》中，炮制者更加清楚地表明了国民党对这次谈判的态度与用心。这份《对策》首先指示西安当局，注意林伯渠等来西安后的活动，并密派干员随车来渝，全程监视，须随时电告。同时指示中统、军统两局，在林伯渠抵渝后密切监视其所有活动。另还指示中宣部新闻检查局，加强新闻舆论控制，等等，指令其中宣部发动“以不露痕迹为原则”的所谓“国家至上，民族至上；意志集中，力量集中；军事第一，胜利第一”的舆论攻势，大要“既要当婊子，又要立牌坊”的卑鄙手腕。因此，林伯渠这次领衔出使的国共谈判，注定是一次无正义可言的不对称较量。

林伯渠下榻重庆曾家岩后，国民党里一些与林伯渠素有交情的故旧，走马灯似的前来拜访。林伯渠开始还不觉得什么，但到后来，一些国民党故旧有的送礼，有的宴请，在林伯渠看来有点过头了，不能不使他有所警觉。特别是有一天，一位老友与林伯渠的一番“推心置腹”，让他恍然大悟，这都是蒋介石设的“策反”之局。那晚，这位老友带着一份厚礼来拜访林伯渠，坐下寒暄一阵后，来人显得极为“知心”地说：“祖涵兄，想当年你追随孙总理革命，深得总理倚重，差不多是言听计从，全党谁敢不敬重您？看您现在如此辛苦奔波，家人不得团圆，鄙人真的好为您不值。蒋委员长其实对您一直敬重有加，在您面前，委员长也还是后起之秀嘛。而且，在这边，也有不少您的故旧都成了头面人物，大家到一起来共事，岂非人生一大快事？”

搞清了他们葫芦里卖的什么药，林伯渠便直截了当地说：“哦，你觉得我现在不快意吗？我可一点也没有感觉到不快意。现在，我依然为孙总理的革命三民主义奋斗，可谓初衷未改，祖涵深为快意；而我在共产党那边，挚友故旧同样如云，且其中不乏可以彪炳青史的风云人物，祖涵又尤为快意啊！如果您有兴趣，我倒可以安排您去陕甘宁边区走走，如果愿意，我们也欢迎您投奔陕甘宁。至于我与家人不得团圆，这一则是日寇侵略之罪，二则也是我们蒋委员长不给方便啊！”一番义正词严，直抢白得来人张口结舌、羞惭而去。

张治中到达重庆后，蒋介石即私下召见；张治中把所做的一份西安预备性谈判记录呈递给蒋介石，蒋介石看都不看一眼，就丢在一边说：“文伯，先不要着急说西安谈判吧，还是先把《中共问题政治解决方案》和《林伯渠来渝我方应付对策》认真研究研究。此两件，是我让吴铁城召集一班中执委制定的，虽然不尽完善，但基本代表本人意愿；你是我党首席谈判代表，当以此作为旨归啊。当然，这是我党机密要件，别的就不用我多说了。”

张治中接过两份机密特件，起身要走。蒋介石又说：“慢，那些人与林祖涵厮混几日了，有什么收效没有？”

张治中坦率地说：“收效甚微！”蒋介石不耐烦地一挥手说：“都是一群废物，十九号，我要亲自去见林祖涵，也让他感受感受蒋某人的党德和大仁大义！”

5月19日，蒋介石果真会见了林伯渠。席间，林伯渠开门见山地对蒋介石说：“委员长，我与文伯在西安初步交谈的记录，应该呈递给您过目了吧？共产党的谈判诚意和基本态度已很明了，还望委员长以拯救民族危亡为首要，坚持精诚团结、抗战到底，也算不负孙总理之重望啊。”

这几句话，蒋介石岂能不知分量？林伯渠的不卑不亢和元老资格，使蒋介石也不得不“恭谦”一点。他不失恭敬地说：“祖涵先生一路辛苦，不忙谈这个，先休息休息吧，润之近来可好？”

林伯渠不禁又领教一回蒋介石的虚伪，便说：“祖涵代我们毛主席多谢委员长挂记，同时也替润之、恩来先生等转达他们对委员长的问候；至于润之个人，他一向挺好，且越来越好！”

蒋介石很是无趣，于是装腔作势说：“中正此来，既为对祖涵先生由衷地敬重，也为对贵党的尊重，我是诚意抗日建国的，一切好谈！”

林伯渠听得出蒋介石的弦外之音，也领教过蒋介石太多的“诚意”，不禁一笑说：“真是有劳委员长大驾了，祖涵此番虽是受润之重托而来，未知委员长是否觉得我党不够诚意，是否觉得派祖涵来，不够尊重贵党哦？”

蒋介石敷衍道：“哪里哪里，祖涵先生过谦了；这次谈判，有祖涵先生鼎力转圜，定能获圆满之结果。”一次礼节性的过往，自然没能弄出什么结果来。

“策反”不成，“底牌”已亮。此后的四个多月，林伯渠和张治中、王世杰的一场马拉松式的、太极推手式的谈判，毫无实质进展地持续着。不过，在迷雾阴晦的重庆，林伯渠能和留渝工作的董必武等同志常聚一聚，倒也不失为一意外欣喜。5月25日，林伯渠写下一首《又至重庆喜晤董老及留渝诸友》，借诗言志，评点时势，抒发胸臆：

睽隔渝京四岁久，再来仍是雾沉沉。
层楼依旧红岩老，砌草恰如灌木深。
留得须眉皆健在，漫将金粉结同心。
呢喃燕子报春晓，故事重编壁垒新。

几日后，一场大雨刚过，山城重庆被扑朔迷离的浓雾笼罩。林伯渠与董必武、王若飞等谈判代表，一道驱车来到上清寺附近的桂园张治中官邸，开始了此次来到重庆后的第一场谈判。席间，林伯渠首先发言：“为此次国共谈判，中共中央认真拟定了二十条，包括政治民主化，承认一切抗日军队，承认我党及各党派之合法地位，释放政治犯，承认边区政府及抗日根据地政府，实行地方自治等内容，我方将以此作为基本原则，与贵方诚意商谈，现正式递交于张将军等参阅。”

张治中、王世杰等不紧不慢地看完了共产党的二十条，林伯渠未等他们开口，便又说：“这个方案，是在我们西安预备性谈判记录基础上的补充与完善，其宗旨没有任何不同，还望文伯、雪艇二先生提出坦诚的意见。若无异议，再请转呈国民党中央及蒋委员长。”

不料张治中以近乎无理取闹的态度说：“祖涵先生，恕我直言，这个方案，贵方所提要求太多，完全不顾我方感受，令人难以苟同。还是请贵方以精诚为要，再加修改。否则，本代表碍难转呈。”王世杰也随声附和，并将方案退还林伯渠。

此刻，林伯渠既意外又气愤，他没有想到在重庆的谈判，一开始就陷入如此僵局。但他还是尽力克制情绪，冷静地说：“本人此次来渝，是应蒋委员长对中共毛泽东主席的邀请而来，只要你们拿出一半诚意，谈判前景可望有获；我党的方案，当然可以修改，但提出具体的修改建议，应该也是你们的基本义务和责任，不应一推了之。不过我要郑重声明，不管你们有什么新的要求，我方的原则立场是不会改变的；即使有所让步，也不可能是无限度的。至于你们何时转呈中央，我们也只好悉听尊便了！”说完，林伯渠把方案又向对方一推。

张治中对自己在做什么心中很清楚，被林伯渠这一番抢白，也自觉刚才措辞不妥，且不近情理，于是连忙说：“祖涵先生所言也是，只要贵党方面能够将条件再作修改，我们或可随时转呈委员长。”

林伯渠应道：“那好，我会随即向中共中央汇报，在我党中央回示之前，建议我们就两党关系问题，先做一般性会谈。”

张治中随即说：“好，那就依祖涵先生之意吧！”

中共中央收到林伯渠的汇报，立即报告了毛泽东和周恩来，毛泽东随即召集相关领导人开会研究。会上，毛泽东说：“林老的汇报很清楚、很重要，我完全赞同林老对时局的估计和对谈判所持态度；按林老汇报的情况看，国民党方面显然缺乏诚意，但我们依然要死马当作活马医，努力向好的方面用力。这样吧，把原来的二十条修改一下，我做了标记的这十二条，可以形成一个新方案，其余八条作为口头要求，形成一个备忘录，然后一并电复林老。”

周恩来补充说：“同意主席意见，方案修改后，就作为下一步谈判的基本框架，不再让步。主席，你看是否告诉伯渠同志，我党方案，也可告知正来华访问的美国副总统华莱士，以及拉铁摩尔等国际人士？”

毛泽东说："嗯，好！是非自有公论嘛，让国内外更多人了解我党的方针和主张，也让蒋介石在世界的太阳地里，照一照相吧。"

中央及时的回电，给了林伯渠他们极大鼓舞和支持，方针更明、底气更足了。6月5日，林伯渠又写信给张治中和王世杰，将中共中央的诚意与新方案及时告知对方。当天，张治中、王世杰来到林伯渠寓所，也将国民党的《中央对中共问题政治解决提示案》（以下简称《提示案》）面交林伯渠。林伯渠认真阅读了《提示案》，然后说："你们的《提示案》与我党所提十二条相去甚远啊，你们仍坚持只给中共四个军十个师的编制，对我党合法地位仍不予承认；至于其他各党派地位，人民集会、结社、人身自由及释放政治犯等款，均只字不提。尽管如此，我方还是会及时把你们的意见转呈延安；同时，也希望二位把我党意见，及时转呈贵党中央。"

然而，张治中却坚持说："上次先生所提二十项，因内容与西安形成的意见出入甚大，未便接受，当请先生收回。此次所提十二项，项目虽有减少，但内容并未改变，本不能接受，唯不欲拂祖涵先生之意，先允留下，但似难即呈。"

林伯渠火了，站起来义正词严地说："文伯、雪艇先生，既然你们承认我是中共的代表，就不应当拒绝转呈我们的意见！按你们的意思，是只要求我在你们的提案上签字，而对我们的意见，你们则可置之不理？试问二位，天下哪有这样的道理？那我们将要请天下人评说，你们国民党到底有一点点合作诚意没有？"

张治中见林伯渠动了肝火，又自圆其说地辩解道："祖涵先生，不是我们不愿转呈，而是你们所提十二条与西安商谈意见出入太大，因此才难以从命，请祖涵先生不要误会。"

"误会？"林伯渠不禁冷笑一声说，"我虽年纪大了些，但还不至于那么糊涂吧！其实，我党两次所提方案，与西安所谈意见大致是一致的，要不，可以把所有会谈记录调出来，对照一下嘛。既经修改，条文有所出入，也不足为怪，谈判过程中，这种情况双方都有；不然，还叫什么谈判？"

王世杰插话说："祖涵先生言之有理，不过，我以为，你们的胃口是不是太大？总不能贪得无厌吧，譬如说军队的问题……"

林伯渠见对方倒打一耙，毫不客气地打断王世杰的话说："雪艇先生！说到贪得无厌，我倒要问问，大敌当前，蒋委员长不是说‘战局一开，地无分南北，民无分男女，人人皆有守土抗战之责’么？面对疯狂的日寇，我们没有足够兵力将如何守土抗敌？难道我们要求参加打击日本侵略者，你们倒不允许？要说问题，何止军队问题？共产党所提一切，在国民党当局眼里，恐怕都是问题！你们不贪得无厌，却为何恨不能把共产党和八路军一口吞灭？”

王世杰立即哑口。张治中摇摇头说：“祖涵先生，请相信我们是有诚意的。这样吧，我们就依你们的意见，把你们的十二条转呈上去。不过，我们都得有个思想准备，你们的方案如果没有修改的余地，我党的《提示案》也不大可能变更，我们未来的谈判，有可能真正陷入僵局了。”

林伯渠毫不示弱地说：“何止是未来的谈判可能陷于僵局，这次谈判，其实从一开始就是个僵局！不过共产党还是有足够的诚意和耐心，跟你们谈下去。”

谈判桌上的进展令人失望，林伯渠在谈判桌外继续努力。

第二十九章　重庆
正气凛凛纵论国是

纵然妖氛漫山城，我自驾轻云中行。这次在重庆的日子里，林伯渠与董必武、王若飞等决定挤出时间，去天官府四号拜会国民党文化工作委员会主任郭沫若。作为重庆当地的东道主，郭沫若热情设宴，为林伯渠、董必武、王若飞等接风，并请来重庆文化界许多重要人士出席作陪，其中有阳翰笙、冯乃超、沈雁冰、孙师毅、杜国庠、何成湘等，都堪称是重量级人物，这也衬托出林伯渠等中共要人在当时中国文化名人心目中，有着非同寻常的分量。席间，林伯渠怀抱赤忱，即席发表讲话："沫若先生暨其他各位先生和朋友，祖涵等感谢大家的盛情。重庆与延安之间虽多有阻隔，但报端时或有所报道，陕甘宁边区的大生产运动和精兵简政运动，使军队和地方都发生了深刻变化。现在，边区部队精壮、军民团结、物资丰富、物价稳定，人人得自立于岗位，努力从事抗日建国工作，抗战热情空前高涨。许多外国记者到边区采访后，无不真诚赞扬。祖涵坦诚秉知诸位，陕甘宁边区是抗击和消灭日本侵略者的一支不可战胜的力量。当然，抗战建国，非一党所能为。故我等此次受中共派遣，赴渝谋求国共合作抗日。但事情往往并不如常人所意，或不如我党所愿，在祖涵看来，还须有应对种种傲慢与刁难的准备。共产党办事，从来依靠民众，所以，我们的意见，已经向各界公布，希望大家共同促成谈判成功。祖涵对前途，从不灰心！"满场响起掌声，表示对林伯渠讲话的竭诚感谢和赞同。

送客时，为表达与林伯渠肝胆相照的赤忱，郭沫若把自己数年呕沥著成的一部心血之作，题赠给林伯渠为念。次日，林伯渠专函答谢郭沫若，信中写道：

沫若先生：

盛意可感，容当后谢。你明日下乡，恐不及送行，如有机会，当专诚奉访。此来大事无法解决，即小工具（指与延安通讯的电台）犹不能供吾人自由运用，尚何言他。某公（指蒋介石）为人，向来如此，弟等受骗十七年于兹，现在又令我作招待华莱士（当时正来华访问的美国副总统）餐桌上之台布，个人受辱事小，党岂可牺牲？所幸盟邦注目，人民觉醒，朋友同志，又皆奋力，灭亡惨痛，决不能再见于今日也。匆匆不尽，即颂撰安！

林祖涵

五月廿四日

虽然林伯渠等通过各种渠道努力，想促成谈判的继续进行，但由于国民党顽固派始终坚持限共、融共、反共的反革命战略，诡计多端，翻云覆雨，把谈判逼到一个又一个死角，很长时间毫无进展。作为中共首席代表，林伯渠义愤填膺。他在当时的《答柳（亚子）》一诗中，愤然抨击国民党：

伊谁无虑复无思，欲种嘉禾惧蔓滋。
万变总寻新死角，相消痛感旧生涯。
阴晴如梦浑难遣，高下由心总不宜。
依样葫芦从何测，苞桑自昔咏于诗。

7月份，林伯渠多次约见国民党谈判代表张治中、王世杰，并几次写信向他们询问国民党中央对我党提出的十二条是否有了具体回应。但张、王一拖再拖，直到8月10日，才函复林伯渠：

自5月3日在西安晤面起，已逾三月，自6月5日面交中央提示案后，亦两月余，迄未得中央切实答复，殊出初料之外。此次政府提示案之内容，不但对去岁林彪师长所请求各款，几已全部容纳，即对先生在西安表示之意见，亦已大部容纳。中共既表示拥护团结与统一，请即促其接受……

函中还特别提出，允许中共军队扩编四军十师，“已属从宽核定”，而对中共提出的其他各项正当要求，他们则完全不顾大义、不顾全局，污其为“或则与事实不符，或则与事理不合”，根本不留商谈余地。

对国民党谈判代表的无理取闹，林伯渠据理严加驳斥。8月30日，他致函张治中、王世杰，促其转呈蒋介石及国民党中执委，指出张、王二人8月10日对中共之指责，是“完全错误的见解”，并对国民党提示案中的无理取闹和悖理要求，逐一加以驳回。函中，林伯渠仍诚恳希望国民党以抗战建国为重，放弃一党统治的方针，认真推进谈判，公平合理地解决国共关系问题，以争取全民抗战的胜利机会。同时，林伯渠考虑到在重庆继续耗下去或非良策，便在信中诚意邀请张治中、王世杰等适时转赴延安，与中共继续谈判。

由于国民党、蒋介石在抗日运动中始终心怀鬼胎，因而中国军民未能形成团结一致的有效抵抗，当时，日寇已把战火烧到了地处江南的林伯渠老家——湖南临澧。日本法西斯的“三光政策”，给临澧人民带来了深重灾难，澧水南北，到处烧杀掳掠，狼烟四起，战祸泛滥；当时，老林家主妇伍崇贤身边已经只留有最小的女儿秉元。“跑日军”的难民潮，看看已漫卷到澧北地区，家住澧水南岸仅仅不到十华里的伍崇贤也已无法安心待在家里。她只得暂把在远离临澧的一所学校上学的小女儿秉元继续委托给亲戚照看，自己则孤身一人，随家乡难民一起开始“跑日军”。伍崇贤经过多日逃难，来到了湘西沅陵、溆浦一带的深山腹地；处境已是山穷水尽、举目无亲，真可谓喊天天不灵，叫地地不应。本来，伍崇贤是因为得知秉蘅已转到成都做事谋生，而林伯渠当时也正在重庆，听说是参加国共谈判，一时半会儿还不会结束，所以才一路奔西南方向而来。动身前，她已按友人提供的地址，给林伯渠发过一封信；到沅陵后，她又发了一封信，意在让林伯渠了解她的处境和计划，设法安排点旅费，并在成都安排个住留的地方。

林伯渠收到老妻来信后，不禁深陷愧疚和矛盾。虽然他一直也有与复明团聚的愿望，可是，若要他现在筹措旅费，并在成都为复明安排寓所，确实碍难办到：一则是从湘西到成都旅费颇巨，林伯渠现在殊难筹措；二则是秉蘅刚刚来成都做事不久，生活负担一定很重，恐怕暂时也承受不住其他负担；三则是目前边区仍然困难，自己并无任何积蓄，根本不可能筹措一笔能在成都为妻子安置住所的“巨款”。想来想去，林伯渠感到，在目前情况下，妻子到成都来住实不可行；可行的办法，还是就近返回临澧。那样，自己尚可不时寄些小钱

回家，供她母女生活；待有机会，再图团聚。拿定主意，林伯渠即通过秉蘅给复明回复：

秉蘅：

前后得尔母两信，一家中发，一到沅陵后发(大约六月二十号以前)。称囡囡尚在衡校未回，她自己打算设法来蓉，我想这些计划都不甚妥当。我看目下情况，仍以住在家乡不动为好，一则年老人不能耐溽暑路途的辛苦，二则也无法筹如此巨大的旅费，三则你处负担已重，未可再加重累。因尔父纵可筹得小款，寄至湖南乡下家中尚或少有帮助，万难供应如此物价高涨之城市居地也。请你速函商尔母，仍以回原籍家居为宜，俟将来日寇驱逐出境，再图迎养。我因事日内回去，并告。你如来信可寄前地址转。

近好！

邃上

七月五日

林伯渠也深知，这个决定可能会使复明伤心。然而，国难当头，为救万千水深火热之同胞，自己也实属无奈。秉蘅依父亲之嘱，及时托信给母亲说明父亲处境和意见。伍崇贤收到女儿的信后，起初不免深深失望伤感。这次，她是在几近绝望境地向丈夫“呼救”的，根本就没打算马上返回临澧。丈夫的回复，让她心中狂澜翻卷；无论怎么想，伍崇贤都无法接受，内心的复杂难以形容。晚上，在难民投宿处昏暗的桐油灯下，伍崇贤翻出两年前林伯渠寄给她的那首《梦返故乡》，这可以视为一首革命者的情诗，曾让她一次次感慨流泪。此时再读，回味再三，又慢慢暖回她要僵的心。伍崇贤喃喃吟道：

儿时心事浑难忘，梦里仓皇返故乡。
腊鼓停弦过闹市，牌楼驻马望阡岗。
山容淡远青还在，壁合无间色亦香。
最是后园风景好，百花如锦拂檐墙。

丈夫对家乡和亲人的眷念之情是真挚深切的，以多年对丈夫秉性的了解，知他心里一直还是有家中这个老妻的，他也不是那种能做到而故意不去做的人。崇尚贤德的伍崇贤又极力自求回心转意，努力去体察丈夫的苦衷与无奈。同时，她此时也越来越牵挂寄人篱下的小女儿秉元。那种古道的人性，还是支撑着伍崇贤按照丈夫的意见，踏上了返回临澧老家的艰难长途。

这次在重庆，林伯渠耳闻目睹了国民党上层竟然置民族危亡于不顾，忍看半壁河山沦于敌手，他们却花天酒地、挥霍无度。凭着数十年的政治经历与经验，他料定国民党反动政权已是惊涛骇浪中的一条破船，行将沉没。当时他就写下两首《重庆即事》，表达了他对蒋家王朝的辛辣讽刺：

其一

漫说分羹及若翁，谁能赌注自然红。
残山剩水知多少，覆雨翻云鲜异同。
远道一线失粒米，寸心千古只金融。
由来拍板寻常事，行市从今漫涨风。

其二

江山依旧绽新愁，斜日挥戈独倚楼。
铜柱标勋殊落落，道谋筑室仍悠悠。
三秋溽暑逼残夜，万顷惊涛挽漏舟。
盖世漫言气力尽，美人名马自风流。

这年8月，国民党开始筹备召开第三届三次参政会，向中共中央发出了通知。毛泽东、周恩来等经过商议，马上通知林伯渠，让他就留在重庆出席三届三次参政会。因此，林伯渠没有如给女儿信中所说的那样“日内回去”。会间，林伯渠特意拜会了民主同盟的党首沈钧儒。林伯渠诚恳地说：“钧儒先生，当前正是抗战建国重要时期，我们共产党愿竭诚与各民主党派加强沟通，相互取长补短，共谋抗战建国大计，我已经与青年党左舜生先生、国社党张君励先生、第三党章伯钧先生等有过沟通，大家都表示愿意结成爱国民主政团同盟，推动进步。我们党历来尊重贵党，希望在此次参政会上，能共同声张正义，推动抗日民族统一战线的再度结成。”沈钧儒先生坦诚地说：“祖涵先生

多年以来，为国家民族利益奋斗，钧儒至为钦佩。就如先生所言，我们这些民主党团，也要确实为民族大义呼吁，努力实现各党存在的社会意义。”林伯渠这是在为这次会上再申正义夯筑基础。

9月15日，在国民参政会上，林伯渠代表中共作了关于国共谈判情况的报告。报告中，他简要回顾了与张治中、王世杰四个月来谈判的过程，并就这次谈判的重要问题、重大分歧、过程真相等向大会作了报告。同时，阐明了中共对于七年前的四项诺言，一直信守不渝，坚持团结抗日方针，耐心期待国民党政府观念的改变。林伯渠特别强调要采取救急办法挽救危局，准备反攻，并向大会正式提出了“结束一党专政，成立联合政府”的政治主张。林伯渠这个发言，虽然不一定能速见成效，但由于他做了充分的准备，所以句句着实、字字中的，听者大都被牢牢抓住，聚精会神地聆听。讲到激昂处，林伯渠声如洪钟，慷慨陈词。听众席上，不时报以热烈掌声。最后，林伯渠铿锵有力地说：“我应当声明：中国共产党很盼望把问题解决。我们所提都是正确的、合理的，希望国民政府能一切从抗战民主团结利益出发，接受我们的合理要求。现在敌寇正在做垂死前的挣扎，我们中国的抗战要保持今天的国际光荣地位，要打败日寇，要得到永久和平，都不能坐待盟友的奋斗，需要更靠我们自己的努力，要团结与动员全国力量，才足以停止敌人的进攻及准备力量，配合盟邦的反攻。我们认为挽救目前抗战危机、准备反攻的救急办法，必须对政府的机构人事政策等，迅速来一个改弦更张。这几天参政员诸先生的各项询问，也正说明我们政府的机构人事政策存在很多毛病，不能适应今天抗战的要求。因此，我们坦白地提出，希望国民党立即结束一党统治的局面，由国民党政府召集各党各派、各抗日部队、各地方政府、各人民团体的代表，召开国是会议，组织各抗日党派联合政府，一新天下耳目，振奋全国人心，鼓励前方士气，以加强全国团结，集中全国人才，集中全国力量。这样，就一定能够准备好，配合盟军反攻，将日寇打垮。”

林伯渠的讲话，博得与会多数参政员发自内心的赞赏。会后，《新华日报》全文报道了林伯渠的讲话，在全国产生了很大的反响。

10月3日，林伯渠再次致函张治中、王世杰，一方面答复他们9月10日复函所涉问题；另一方面告知他们，因为谈判未能取得进展，中共代表将返回延安。在信中，林伯渠明确表示，中共对蒋介石在参政会上所表示的“继续用政治方式解决问题”的态度表示赞赏，同时也严肃指出，内战的危机依然存在，并且愈到反攻之时，危机将愈严重。因此，明确表示只要国民党不拒绝继续谈判，并保障来往自由，即使无人立即出来，不久也会有人出来的。只要有一线希望，我们总会有人来谈判的。信中又一次强调，挽救当前危局的有效办法，就是结束国民党一党专政，尽快成立联合政府。此外，林伯渠还在信中对张治中、王世杰指责我方“要求与时俱增”的谬论，给予了驳斥，并“明告两先生：全部敌后解放区的军队与政权，是一定要请国民政府承认的，而且一定会‘与时俱增’”。最后，林伯渠质问国民党：“为什么打胜仗的军事力量你们不要，打败仗的军事力量你们尽要呢？为什么收复的国土你们不要，反加责备，而几个月之内郑州到桂林丧失如此广大国土，你们反而不可惜，不加责备呢？”此外，林伯渠也“敬告”张、王二人：请转告国民政府与蒋委员长，“嗣后再也不要讨厌我们共产党人”，应该承认打胜仗的军队与已收复的国土。并指出，对共产党的嫌恶情绪，“是很不合于民族利益的”。

林伯渠这封措辞强硬、语锋犀利的信函，再次击中顽固派要害。做贼者心虚。当《群众》杂志社准备公开刊登林伯渠的这封信时，国民党中宣部新闻检查处闻风而动，横加干涉，批示“触犯检查标准，应予免登”。然而，历史和事实是无情的，国民党当局机关算尽，却依然欺骗不了中国人民。

为了抗日救国，我党我军从普通战士到高级领导干部，没有一个不是视死如归、舍身为国的。但共产党人同样也是有血有肉、有情有义的。同志之间情深义重，常相眷顾。在这次重庆之行接近尾声时，新四军负责人陈毅的父亲从四川乡下辗转来到重庆，董必武告知林伯渠后，他们立即电告延安，然后由周恩来转告陈毅。当时陈毅正在延安养病，得知情况后，立即复函董必武、林伯渠，感谢他们提供的帮助，并畅叙他们的革命情谊，谈及诗文创作。记得春天陈毅将军到延安时，林伯渠曾作《答横槊将军》诗一首答赠：

> 将军百炼挽时艰，东海归来鬓未斑。
> 浩瀚心怀扬子水，光辉旗帜井冈山。
> 阵前壁垒严民主，马上刀环却敌顽。
> 战后余情尤健爽，佳篇赐我一开颜。

而陈毅在复函中，也谈及革命同志的感情和诗歌创作等话题，生动反映了他们之间深厚情谊和彼此很高的艺术造诣：

董林二老：

前周恩来谓得董老电，判断系家父已来渝。我阅读电文后，在类似之间，因电文错字太多，但仍复了一个电报去，谅已入览。廿年离乡，思亲情切，不得不然。兹又写信、寄相片回去，已托刘昂同志办理。如果家父真到渝，其情况盼两老嘱同志代笔见告为感。我春间来延，决定对外不宣布，故多在闭门养病，参观组来后，应酬略多，学习也颇忙碌。但不断于恩来、剑英处拜读二老佳作并柳郭诸公大作，倾服之至。一个职业革命家，终其身从事浴血战斗，精神紧张到极度，偶尔从事怡情悦性的小品诗文写作，倒是一个恢复疲劳的好办法。这其间是可以于无意中产生空前绝后的佳作的。因为我党二十四年来其处境是古今中外所未有，同志间弥漫着革命的感情也是突过前人，我们突进到前人从未到过的境地。这种情感和状况，好好加以模写和表现，自然高人一筹。其材料是崭新的，处理之后必得出杰出之成果。这种意见萦绕我心多年，也想以余力从事，但所得甚少，因为学殖荒落，心有余而力不足。往岁中央大军长征，留守同志亡命于山林草泽之间，苏区沦陷，人民被屠戮，叛徒接踵，死伤累累，其惨毒较之亡国为尤甚。我们许多同志那时是以一种孤臣孽子的心情，从事最后的抵抗。“日搜夜剿人犹在，万死千伤鬼亦雄。”“秦陇消息人难问，故交鬼影梦中归。”诸如此类，描写甚多，得诗数十首拟都为一集，命名曰《横槊集》，但大都气骨略具，而辞拙难以达意。

两老所作我读得不多，但我很高兴，定足符我多年的心愿。中华民族应有本身的伟大诗歌，在吾党吾军亦然。两老以鄙意如何？旧作以后写来承教。匆匆。

致

敬礼！

若飞同志恕不另

陈毅拜

十月三日

诚如陈毅函中所言，革命同志的友情是超过了前人的。林伯渠在重庆谈判期间，延安的同志时刻牵挂。暑季，叶剑英参谋长特意从三千里外的延安寄来瓜果，使林伯渠等十分感动。他酷好以诗写心摩情，即赋《酬叶参座寄瓜果》二首以谢。

林伯渠自通过秉蘅写信，让她母亲返回临澧后，心中其实一直难以释怀。在将要回延安之前，林伯渠决意把妻子接到身边。于是与在延安工作的儿子秉益取得联系，要他拍电报给母亲，让她设法带上秉元，尽快先赶到重庆，然后和他一起去延安。但是，这又是要接女儿，又是要赶到重庆，伍崇贤此时哪里还拖得动身子？因此，她决然回绝了林伯渠的安排，并坚持不让秉元离开她。林伯渠得知消息，心情沉重而又无奈。他深知妻子受苦太多，受伤太深，只怕已成难以拆解的死结。但林伯渠丝毫都不怨恨妻子，只有对妻子一直坚守林家祖茔祖业深深的感激。既然老妻已作最后决定，他也不好再打扰和触痛她。临回延安前，林伯渠又写信给女儿秉蘅：

蘅儿：

我不久要回去，大约未能迂道来看你们，盼望你们好好工作，更好保养身体。家庭中自然需要些忍耐和说服，和睦为主。日寇总快打出去的，曙光不远吧。泽仁（林老的侄子）、明芷（林修梅的次孙女），拟带去学习，尔母因道途梗阻，难以受辛苦，不远行也好。不让囡囡（秉元）来，只好暂听之（身边有一亲人也好，只囡囡暂不必上学，至要）。佑（林莉）、琪（林莉的妹妹）都好，一时未能回来。

近好！

遽上

十月六日

到了1948年，伍崇贤通过亲友关系，把小女儿秉元送到香港新华分社参加了革命。革命者的家人都是这样，总要比常人多承受许多分离之苦。放弃了与丈夫团聚的伍崇贤，此后一直在临澧乡下默默打发余生。在老家，人们多以“伍大婆”尊称伍崇贤，她始终备受林家族人敬重。直到新中国成立后，伍崇贤才被儿女接到北京，大部时间与三女儿林莉生活在一起。但世事多舛，1969

年，林彪为一起神秘的政治事件，发出轰动全国的“一号命令”；全国立即进入紧急战备状态，首都立即开始紧急“疏散”，很多非北京长住人员被遣返；1970年，尽管伍崇贤已年过八旬，也还是被遣返回了临澧老家；次年，伍崇贤病逝于临澧凉水井村林家大屋场老宅，最终长眠在她住守大半辈子的林家大屋后那片郁郁葱葱的松柏林里。在后来中共中央批准建立的“林伯渠同志故居”中，依照历史原貌，陈设着林伯渠和夫人伍崇贤的卧房；这间饱经沧桑的卧房，折射出一个坚韧女性不同寻常的品格和信念。

回头再说林伯渠领衔的那场从西安到重庆的国共谈判，历时半年后，终于在国民党的百般刁难和敷衍中最后搁浅。当时，恰逢赫尔利作为美国时任总统罗斯福的私人代表来中国，表示愿意调停国共两党争端。于是，国共双方决定，嗣后择机在延安继续商谈。1944年11月7日，林伯渠和赫尔利等人一道，从重庆飞回延安。

12月22日，凛冽的寒风裹着黄沙，扑打着古城延安。然而，边区政府大礼堂里却一片热气腾腾。为了表彰一年来为边区建设作出重大贡献的先进分子，“陕甘宁边区劳动英雄和模范工作者大会”在这里隆重举行。主席台上，林伯渠依然用那洪钟般的声音激情致辞，会场上不时掌声四起。十年时间，贫穷落后的陕北发生了翻天覆地的变化，为中国革命打下了不可动摇的根基，粉碎了国民党、蒋介石独裁统治的狼子野心，日本侵略者也将很快被赶出中国去。与会者深知，这一切，首先归功于党中央、毛主席的英明领导，归功于边区军民。同时，更浸透着台上这位满头银发的边区政府主席的满腔心血。正如林伯渠自己当时在诗中所自况：

匆匆十年流光逝，更向前程进一程。
蕉鹿应怜酣梦短，苞桑可系托长征。
果然壁垒能新建，从此边尘不再惊。
大地春回我幸健，全国胜利看飞临。

延安作为革命圣地，那里的一切对林伯渠这样的人物来说，归属感自然是极强的，但延安的日子也极为艰苦。林伯渠对革命事业、对战友、对同志，总是那样全心全意，但对自己的孩子与亲人，要求却非常严格，甚至苛刻。1939

年末出生在延安的小儿子相持，父亲当然非常疼爱。但林伯渠从不允许孩子有特殊感和优越感。一个假日，相持和谢觉哉的儿子飘飘一起，到边区政府前面不远的合作社去玩。女售货员问他们是谁家的孩子，飘飘说："我是谢觉哉的儿子，他是林伯渠的儿子。"延安人没有不知道"延安五老"的，更没有不敬重"延安五老"的；这售货员本来就特别喜欢小孩子，一听是"延安五老"的孩子，自然更加喜欢。她逗俩小孩儿玩了一会儿，最后送给他们一人一小包饼干。孩子满心欢喜，边吃边往家里跑。相持一到家，刚好爸爸在。爸爸问明饼干来历后，严肃地对儿子说："相持，合作社的东西都是公家的，是要卖钱交公的，我们怎么能随便吃呢？以后，可千万不能这样啊。这次，饼干吃了就算了，不过，你要听话，把饼干钱送到合作社去。"林伯渠说完，把够买饼干的钱放到儿子手里，看着儿子向合作社跑去。

延安虽苦，却有丰富的文化生活。一次，边区政府礼堂里演秧歌剧，看戏的人很多。小相持和一大帮孩子围在外面，没有票，进不去。相持灵机一动，想出个主意。于是，他走到哨位前，跟站岗的叔叔"打商量"说："叔叔，我是林伯渠的儿子林相持，让我进去看看戏行吗？"这一招可真灵，那位叔叔果然把他领了进去。站岗的叔叔知道，每次演戏，都会为中央和边区的领导留一排座位，林伯渠自然也会有个座儿，站岗的叔叔便让相持坐了一个座位。小相持坐下不久，被爸爸林伯渠发现了。林伯渠干脆连戏也不看了，领着相持出了礼堂。他牵着儿子的手，一边走，一边耐心地教育孩子说："相持，你要记住，爸爸是政府主席，政府主席的儿子是不能搞特殊的。如果主席和他的儿子搞特殊，别人就不相信我们的政府了，懂不懂？"相持是个很懂事的孩子，爸爸的话很快就理解了，并点着头说："爸爸，相持不要搞特殊。"

那时候，林伯渠上了主席台，是个登高一呼的人物，下了主席台，就是一个普普通通的陕北老乡。这次从重庆回延安后，秘书王恩惠发现，身边没有女人照料的林老，裤腰上系着的竟是一根麻绳；再仔细看看屋内，床上也没有枕头，睡觉时就把棉衣卷卷当枕头，衣着单薄的林伯渠，经常冷得站不直身子。王恩惠觉得首长太艰苦了，于是，没有报告林伯渠，就到总务处为首长领回一条皮带、一个枕头和一条皮裤。林伯渠知道后，批评王恩惠说："小鬼，我知道你是好意；但没有经过我同意就去领东西可不对；你看我现在用的，不是都还可以吗？现在是艰苦时代，能省就得省。"

王恩惠怕首长要把东西退回去，连忙说：“首长，批评我全接受，以后一定先报告您同意，但这次就……就……”

看王秘书快要掉下眼泪来，林伯渠这才说：“好吧，先放这里，等旧的用烂了再换吧。”见首长不坚持把领来的东西退回去了，王恩惠十分知足，尽管受了批评，心里却偷着乐，因为，这样，首长就可以暖和些了，作为他身边的工作人员，也就可以少一些担心和不安了。

一次，林伯渠要去下乡。那时，边区政府已配了一辆小汽车，可是，林伯渠却还是让王秘书去牵那条下乡常用的小毛驴。王秘书不理解，说：“首长，您看您，最近痔疮又犯了，咋还能骑毛驴？中央不是配给边区政府一辆小汽车吗？延安仅有两辆小汽车，给边区政府配一辆，肯定是考虑您年岁大、工作忙，需要有辆车，您这是工作下乡，用车也很正当嘛。”

林伯渠看着小王笑笑说：“小王同志，你倒是很能说啊；道理你也对，但是，汽车没有汽油是开不动的，我们的汽油有多紧张你知道吗？我们省一点，前方就能多用一点，我们后方，哪有前方那么需要用汽车啊？再说了，这大冷的天，我这痔疮坐在毛驴背上，是不是还暖和点、舒服点，你说呢？”

秘书王恩惠连连摇头说：“还真没有听说过骑毛驴能让痔疮舒服点的。”林伯渠推推王秘书说：“小王，别说了，快去给我把毛驴牵来。”林伯渠就是这样从点点滴滴上为革命事业节约财物的。

古人云：“六十而耳顺。”但林伯渠在年届六十岁时，仍然像小学生一样虚心好学。在他六十岁生日前几天，林伯渠去看毛泽东时，非常诚恳地请教毛泽东：“像我这样的人如何学习？如何为党工作？”毛泽东笑着回答他：“讲到底，我觉得还是三个问题。像你我这样的老党员，也还是要在立场、观点、方法三个方面去努力。我们学习马列主义，最主要的还是学习分析问题和解决问题的立场、观点、方法。”一个花甲老人，一个饱经风雨的革命先驱者，能如此虚怀若谷，他又怎能不青春常在、意气风发呢？

在延安，中共中央有规定，不许给党的高级干部祝寿，林伯渠自然也从未有意向别人透露过他的生日。一次，一位帮林伯渠誊写诗稿的女同志誊到林伯渠的诗作《病中自寿·1942年旧历花朝》时，忽然想到曾听林老身边的工作人员说过都不知道林老的生日，而这首诗中有“百花生日我亦生，荏苒华年五六春”的句子，这岂不是泄露了林老生日的秘密么？细心的女誊写员就去找文化人打听“花朝”是几时，得知“百花生日”就是民间所说的“花朝”，时在阴历二月十五日；她掰起指头一算，林老年晋六十岁的生日不是就要到了么？于是，誊写员告知了林老的秘书。随后，消息不胫而走，等到1945年“花朝”就要到来前，边区政府的同志自动发起，准备在边区交际处给林老庆贺一下花甲大寿。

消息传到了中央领导耳朵里，周恩来找到毛泽东说：“主席啊，我知道中央是不许给党的高级干部祝寿的，但林伯渠同志是一位从辛亥革命起，就为中国革命忘我奋斗的老战士，又适逢花甲大寿，边区政府的同志们已在自发组织为他祝寿；我建议中央就破个例，为林老办一个祝寿活动，主席觉得如何？”

毛泽东回答说：“如何？正如我意，我的意见，要搞，就搞得热闹点，在杨家岭中央大礼堂里搞，恩来看要不要得啊？”

周恩来马上说：“好，我就安排下去！”

3月20日，即阴历二月十五日下午，杨家岭中央大礼堂里一片欢声笑语，毛泽东、朱德、周恩来及西北局、边区政府负责人等均亲临会场，为林伯渠庆花甲。会场上，悬挂着同志们一副副热情的祝词与贺联：

童颜鹤发；
老当益壮。
——朱德、周恩来、洛甫

景运及三边喜四野回春生产声中宏教养；
寿星辉六甲正百花生日艳阳天里竞嵩呼。
——李鼎铭

为人民服务的老勤务员。
——中央管理局

林伯渠既是一名坚定的革命战士，又是一位激情的革命诗人，如此难忘的时刻，自然是少不得要赋诗寄托情怀的。他的一首《六十自寿》诗，既是在表达革命人花甲寿辰的欣喜，也是在喻示，到底是什么理想支撑他在如此漫长的

道路上不偏不倚：

我惭祖逖着先鞭，视息人间六十年。
不惯装腔做样子，相从奋斗赞时贤。
我筹愧乏治平策，励志惟存马列篇。
战胜层冰与烈日，春风送暖入乌延。

前来祝寿的老战友谢觉哉、徐特立、吴玉章以及怀安诗社李木庵、姜国仁诸友也都纷纷赋诗相赠，情真意切，不乏佳制。谢觉哉的《寿林老生日诗并序》写道：

歼仇报至，布谷声催。秾桃艳李之时，春才过半；长寿多男之兆，祝正呼三。蓄道德，能文章，千顷之波可挹；历艰辛，富经验，十寻之木弥贞，百花同祝，六韵恭陈。

四朝革命者，屈指首推公。
节励孤松直，心空万马雄。
人生贵有志，吾道不终穷。
风度晚逾淡，宏华老更童。
春秋吟兴健，城野省方勤。
百万兵农颂，人康共岁丰。

祝寿会最重要的环节，自然还是中央部门负责人宣读由毛泽东主席亲自拟定的“中共中央致林伯渠同志六十寿辰贺词”：

林伯渠同志：

欣逢你六十寿辰，谨致热烈的祝贺！你是我国革命老战士，自辛亥革命以来，在历史进程中，你总是站在革命最前线。在八年抗日战争中，你领导陕甘宁边区政府，不顾顽固派的包围封锁，实行三三制，发展了生产，提高了人民文化，给新民主主义的各种制度立定了规模。在统一战线工作中，你所成就的尤为显著，你代表党把目前挽救时局关键的主张，民主的联合政府，首先在国民参政会上提出来，反映了全国人民的要求。你毫不动摇地擎着毛泽东同志的旗帜，为中国人民的解放事业而奋斗。中国人民的解放事业快要胜利了，你的生日将是中国人民最欢喜的一天！

中共中央委员会

这份难以衡其重的寿辰贺词，是我党延安时期一个革命性与人性化完美结合的范例。贺词所涉人和事，也都是中国近代史上可圈可点的经典。此时此刻，林伯渠心中充满无限感慨，脸上洋溢着和煦春风，他精神矍铄，谈笑风生，对党和同志们给予的关怀和祝福不禁动容。自然，林伯渠也即席发表了热情洋溢的答词：

各位同志们：

六十年匆匆地越过了生命的途程，回首往事，儿时聆受庭训的情景仿佛还在眼前。但曾几何时，自己也上了鹤发皓首的年纪了。时代变化得真快，在这汹涌的激流中，一个腐朽的皇朝被推翻了，多少睥睨一世的野心家只落得烟消云散，那些违背人民意志的，将无情地被抛在一边，而时代的轮子始终向着它应走的路程前进。像一头老牛牵拽着沉重的负荷，我们这一代是经历过这个时代的许多艰辛的，更深深地为着自己的灾难深重的民族而忍受许多痛苦牺牲。然而生活和斗争在这样一个时代也是一种幸福，我们幸运地看到全世界人民力量的发展，感染了一个古老民族翻身的喜悦，并有机会和创造世界的劳动人民在一起来创造新的历史。现在应该说是六千年以来最令人兴奋鼓舞的时期了，从来没有过比这更伟大的群众场面，使人这样明晰地看到胜利的光辉，而美丽的明天也将不仅是憧憬、希望。

真理和光明始终是人类追求的理想，从青年时代起它就吸引了我参加斗争。一个革命者有的是坚决的意志，然而却不免要遭遇挫折失败，从荆棘丛中打出胜利之路。我最初只感于清廷的腐败、民族的危亡，因而奔走呼号，不惜一洒爱国热血。直到辛亥革命以后，眼见旧的专制统治虽然推翻，但“民”国却没有真正建立起来，才知道不能依靠少数人从上而下地进行改革，必须在群众的基础上建立起革命的大厦。以后护国护法诸役，证明了没有革命的武装，就不能在中国这样的国度里去进行反对人民之敌的斗争。在所向无敌的北伐进

军中，我确切地认识到工农群众的伟大力量，认识到谁离开了工农谁就离开了革命。而当中国革命进入困难阶段时，是中国共产党继承了革命的传统，团结了广大的人民进行不屈不挠的斗争，表现了无产阶级政党的本色。抗战这些年更描绘了共产党的正确领导，加上人民排山倒海的雄姿，是会创造出怎样的奇迹的！这一切，是我在实践中摸索而逐渐地体验到的。这几十年的历史教给我的是这样的一课，我所走过的道路，是中国的彻底的民主主义者的道路，这条道路直通到共产主义之宫。我欣幸得以在早年追随了伟大的民主主义者孙中山先生从事革命活动，我更感觉到幸福的是在这些年的苦斗之后，终于找到了共产党。

这些年来中国人民的英勇斗争是史无前例的，在它浩瀚的事业中，积累着中华民族优秀儿女的精诚的努力与果敢的自我牺牲。在这条战线上，我只是一员战士，一个老兵，自愧对中国革命事业所贡献出的是那样微薄的力量，如果说有什么足以自慰的，那就是无论什么时候自己总是跟着前进的方向走，毫不顾惜地把那些注定要衰亡的东西抛在后面，同时在危难的关头自己总是和广大人民站在一起，从他们中间汲取战斗的力量。这并不是个人有什么值得夸耀的地方，是群众教育了我，党培养了我，使我能够走上了今天的道路……

今天大家替我在这里祝寿，我也在这里给一切革命者祝寿！祝革命的同志们在斗争中锻炼得更健康愉快，给千百万人民增添福寿和康宁……

林伯渠的答谢词，有如一堂生动深刻的革命传统教育课，闻者无不深受启迪和感染。集会散后，一帮青年同志仍不肯离开，他们还缠着林伯渠，让他再详细讲讲他传奇式的经历和故事，介绍介绍他几十年来从未迷失方向的经验。林伯渠被大家的热望所打动，也为对青年的厚望所驱使，即向青年们说：“其实，这也谈不上什么经验，作为革命者，最重要的一条，就是永远以为大多数民众争利益为最大使命，这样，在革命的关键时刻，就不会走错路。譬如辛亥革命失败后，同盟会分裂了，我那时坚决支持孙中山，立即加入了他的中华革命党，决不向北洋军阀投降，因为我看准了孙中山先生是真心以人民利益为使命的；又如中国共产党诞生时，我就很快要求加入了，因为我看准了共产党是真心为人民争利益的；再如大革命失败时，我没有留恋高官厚禄，而坚持了革命道路，因为我认定要为人民争利益，就不能留恋个人利益。这就是我一生三个最关键的选择！这三次选择的共同经验，就是谁真心为中国人民谋利益，我就选择与谁站在一起！”

听了这些，青年们个个都点头鼓掌，表达由衷的赞许和钦佩，而林伯渠是无愧于这掌声的人。六十年漫漫征程，他始终没有因失败而颓唐，也没有因胜利而忘乎所以；始终站在斗争的最前列，站在代表光明的正确立场一边；始终那样勤勤恳恳，默默地为中国人民的革命事业贡献着所有，真正是一位“富贵不能淫，贫贱不能移，威武不能屈”的精神行者和勇士。

晚上，大家还为庆贺林伯渠花甲大寿，举办了延安时期革命同志不分领导、群众的交谊舞会，把庆祝气氛推向又一个高潮。舞会上，林伯渠仿佛一下子年轻了许多，他也和青年们一道，和着音乐的节奏，踏着稳重的舞步，陶醉在同志情谊的欢乐海洋里……

随后，林伯渠光荣出席中共六届七中全会。这次全会，在林伯渠尚在重庆时就已经开幕了。他到会后，便积极认真地与毛主席和中央其他同志一起共同努力，推动党的作风完善，并讨论部署“七大”的召开。1945年4月下旬，中国共产党第七次全国代表大会在延安举行，林伯渠等满怀革命激情和胜利的喜悦出席大会。“七大”是在国际、国内革命形势发生急剧变化的情况下召开的。当时，在国际反法西斯战场上，苏联红军已攻克柏林，希特勒匪徒已濒临全军覆没；在国内战场上，中国共产党领导中国人民，坚持近八年的英勇奋战，解放区不断扩大，我党领导的正规部队已达91万余人，日寇占领的许多中心城市和交通要塞，已处于我军严实包围之中；在国民党统治区，爱国民主运动空前高涨，中国人民的抗日战争已处于最后胜利的前夜。然而，国民党顽固派在美帝国主义的支持下，继续顽固推行其消极抗日、积极反共的反动政策，暗中积蓄力量，伺机抢夺抗战胜利的果实。因此，中国仍潜存着严重的内战危机，仍存在着光明与黑暗之中国命运的激烈搏斗。

在这紧要历史关头，为了团结全党和全国人民，粉碎国民党顽固派妄图继续实行独裁统治、准备内战的阴谋，中国共产党决定召开这次具有伟大历史意义的全会。这次代表大会共有五百四十七名正式代表、二百零八名候补代表参加，代表着全国一百二十一万党员，可谓盛况空前。大会选出毛泽东、刘少奇、周恩来、朱德、林伯渠、彭德怀、陈云、彭真等十五人组成主席团。大会通过了毛泽东的《论联合政府》的政治报告，刘少奇的《关于修改党章的报告》、朱德的《论解放区战场》的军事报告。通过认真研究、热烈讨论，在正确分析当前形势、认清抗战前途的基础上，中央制定了“放手发动群众，壮大人民力量，在我党的领导下，打败日本侵略者，解放全国人民，建立一个新民主主义的中国”的政治路线，同时制定了人民军事路线的完整体系，规定了正确的建党路线和组织任务，并选举产生了新的中央委员会。

在4月23日的开幕典礼上，毛主席作完报告后，林伯渠也发表了讲话。林伯渠的讲话，主要回顾了他从追随孙中山从事反清斗争开始，参加中国革命四十年来的斗争历程，其中特别强调说：“回顾过去的历程，我更加深刻地认识到，只有新民主主义才能够救中国，而新民主主义的产生，是由于五四运动以后，中国工人阶级觉醒了，中国开始有了马克思主义和马克思主义的政党……”讲话中，林伯渠还结合自己的经历，极具历史深度地阐述：毛泽东的新民主主义论，是“马克思主义的普遍真理与中国革命具体实践相结合的最锐利的思想武器”。他和毛泽东在第一次国共合作时期开始共事，彼此十分熟悉和了解。在长期的革命斗争中，林伯渠始终是毛泽东的亲密战友，他对毛泽东的认同和尊崇，绝非出于盲从或者迎合，而是一个正直的共产党人在经历无数的曲折、艰险的考验后，从内心深处迸发出来的崇高而真挚的拥戴。

6月9日至10日，大会选举新一届中央委员会。毛泽东、朱德、刘少奇、任弼时、林伯渠、周恩来、陈云等四十四人当选为中央委员，廖承志、王稼祥等三十三人当选为候补中央委员。在随后的七届一中全会上，林伯渠当选为中共中央政治局委员。这一结果，是全党同志对这位一贯忠诚于革命不动摇的老战士最崇高的信赖和敬重。

惯常与奇遇，总在林伯渠的生活里一次次上演。一天中午，花甲之龄的林伯渠正在窑洞里一针一线地钉着衣扣。“咚咚咚！”忽然有人轻敲虚掩的窑洞门。林伯渠停下针线问：“谁呀？”“是我！”门外传来一个年轻女性的声音。

林伯渠以为又是哪个女青年来请教什么问题，热情地招呼说：“进来，进来。”

林伯渠起身相迎，一个豆蔻年华的姑娘走进窑洞来。姑娘见林伯渠要去拿凳子，忙说：“林主席，别客气，您坐着，让我来吧。”说着，姑娘拿起林伯渠刚放下的针线，接手替他钉起扣子来；看来，这姑娘对林伯渠的生活状况并不陌生。

林伯渠好像在哪里见过这个姑娘，便问："小同志，你叫什么名字？好像在哪见过？"

"我叫朱明，在重庆，在延安，都听过您讲话；前不久，您在杨家岭礼堂过生日，我也去了；晚上的舞会上，还陪您跳过一曲舞的。"姑娘落落大方地回答着。

林伯渠想了想，忽然问道："朱明？就是延安整风中，写了那篇《从原来的阶级中解放出来》的朱明，原名叫王钧璧的吧？"

"是啊是啊，林老记性真好。"朱明兴奋起来。

"哦哦，小朱，很不错，你是个很有理想的革命青年嘛。今天来找我，有什么需要我林老头帮忙吗？"林伯渠和蔼地眯着眼问。

"林老这么忙，听说还要经常自己干家务活儿。反正我今天休息，过来看看能帮您干点什么；瞧瞧，一过来正赶上针线活儿了。"说话间，朱明已十分麻利地帮林老把衣扣钉好了，她顺手把衣服递给林伯渠，略显顽皮地说："您看看，满意不？"

林伯渠接过来看了又看，说："还是女同志手巧，感谢你，小朱。"

"这点小事，谢什么呀。"朱明说着，又去帮林伯渠整理炕上和书桌，同时鼓起勇气问，"林主席，李俊离开您后，生活是不是不大方便？"

林伯渠笑笑说："没有没有，我的生活是很方便的。"

"还说哩，衣扣掉了还要戴个老花镜子慢慢来钉，方便个啥？听说您老家的夫人还在？"朱明似是有备而来，讲话内容跳跃性很大。

林伯渠有点惊异地看看朱明，然后说："是啊，她一直都在老家。"

朱明追着说："怎不把她接过来？您这么大岁数，没人料理生活，多让人不放心啊！"

林伯渠轻轻叹了一口气说："唉，一言难尽，我们还是不说这个吧。"

一个星期后，朱明又过来帮林伯渠缝缝洗洗，林伯渠倒悠闲地坐在炕桌前读起书来。过了一会儿，朱明不禁又问："林主席，我还是觉得您应该把夫人接来，您看延安的首长们，该接夫人的，不都接来了吗？"确实，当时在延安的高级干部，家眷能接来的，差不多都来了；实在没有或者接不来的，则大都重新组织了家庭。

林伯渠说："我也接过的，可她不肯来啊。"

朱明瞪大水汪汪的眼睛问："奇怪了，那是为什么呀？"

林伯渠叹了口气说："唉，她年纪大，在老家住惯了，不想出来呗！"

朱明显得有些惊讶地说："哪有这样的事呀？夫妻就是要常在一起，相互照顾的呀。"

林伯渠说："小朱你不懂啊，我和老妻的关系，与其说是'夫妻'，不如说是'兄弟'了，那是打断骨头连着筋，拆不开，但又拢不成堆了。"

朱明满含同情地说："延安的首长们，可是都有人照料身体和安排生活的呀，您干吗要这样苦自己？"

林伯渠摇摇头说："小朱，你就别操心了，习惯成自然，我现在过得挺自在的。"

这以后，朱明来林伯渠窑洞更勤了，林伯渠怎么劝阻她，都没有生效。一天，朱明忽然说："听说先前很多人都叫您祖涵兄，我可以这样叫您吗？"

林伯渠有点为难地说："按理说，称呼什么，也是没有多大关系的；可记得你好像才二十五六岁吧？这样叫一个老头儿，人家会不会批评你没礼貌？"

朱明有点含羞地说："这我也知道，不过……。"

林伯渠这才认真看了看朱明那清溪明月般的眼睛，然后问："不过什么？"

朱明低着头，鼓鼓勇气说："如果我愿意一辈子照顾您的生活呢？"说完这句话，朱明脸更红了，头更低了。

林伯渠一迭连声地说："不行不行，我们的年纪相差应该有三十二三岁，你父母知道了要生气骂人的！"

其实，朱明对林伯渠的年龄早就清楚，但特殊的身世和经历，使朱明对林伯渠的仰慕亦或爱慕，已渐渐坚如磐石。说起来，早在太平天国时代，王钧璧的家庭就是官僚地主，祖上曾出过给皇家管库的官，因此，是当地有名的大户人家。小时听父亲说，家里大厅的柱子上，曾被打劫的"长毛"砍过几刀，刀痕一直还在。到了民国初年，王家家境渐衰，但随着铁路业的兴起，父亲又投资去做大生意，结果加速了破产。不过，家境兴衰，对幼小的王钧璧倒也没有多大影响。她自幼是在安徽乡下跟随母亲在外婆家长大的。外婆家是个耕读传家的大家庭，外公是前清学者，舅父们多是学农工医等实科的。母亲和姨母都受过良好的艺术训练，每日晨起临摹《灵飞经》等法帖，平日里还抚琴吹箫，演习《高山流水》《桐叶舞秋风》一类曲子；正所谓三岁念唐诗，十二岁读“红楼”。当时军阀统治苛酷，大户人家的女眷几乎足不出户。王钧璧的母亲、姨妈们很少出去看戏和旅游，购物也多是让佣人到铺子里去把东西拿回来先看，选好了再买。王钧璧从小接受的是“言不露齿，行不露足”的淑女训练，所谓大家闺秀，效梅花牡丹之风骨傲然，仪态万方。她听启蒙故事，外国的多是公主、王子奇遇，飞行船、玻璃鞋等幻想；中国的总不离帝王伟业、忠孝节义、英雄美人，等等。王钧璧的家长口中，霸王虞姬是中国历史上最典型的英雄美人。家教属意王钧璧多懂女学，多读文艺。而钧璧从小心有灵犀，喜欢风格婉约的唐诗宋词，喜欢印象派的风花雪月，诸如月亮怎么亮、花怎么香，卞之琳的诗句“月亮装饰了你的窗子，她装饰了别人的梦”，是钧璧最喜欢的句子。朱明在延安整风运动中，曾自我反省说：“我的家庭培养我成为贵夫人，只是供少数上层统治者鉴赏而已。”当时南京的大学强化国民党的党化教育，经常镇压共产党活动。王钧璧的两个舅父在东南大学，他们回家常惋惜地说，学校又捕去几个共产党，都是成绩优秀分子。家里其他长辈却说，这些青年应该好好读书成名，不该加入共产党，共产党都是“亡命之徒”。

花样年华的王钧璧对“笼中鸟”的生活渐生厌倦，渴望到更广阔的世界里去实现自己的追求。那时，如火如荼的救亡爱国运动，对她产生了很大吸引力。抗战爆发后，她随家人逃到四川。1938年9月，王钧璧准备前往延安，路上没有护照，便以去西北联大读书为借口；但路上关口设禁盘查，只要是青年，必须要有军政机关签发的护照方能通行，经多次交涉未果，只好仍回四川等待机会。抗战之初，国共合作，西安“八路军办事处”一度在四川广元设立过八路军联络处；林伯渠是西安八路军办事处党代表，经常要接送向往革命的青年去延安。1938年11月，王明、博古、林伯渠、吴玉章、董必武、邓颖超等代表中共出席在重庆召开的国民政府一届二次参政会。王钧璧通过上层关系，近距离接触到这些曾被丑化的“共匪”头子。王钧璧听人议论，林伯渠这些人，是很有远见的人，而说这话的，还是一些老教授；又听说中共首脑毛泽东也称赞林伯渠“是知识渊博的大知识分子”，就连一些国民党重要人士，也说林伯渠是当时社会的卓越人物。于是王钧璧形成了自己的判断：“国民党人说坏，我倒不一定相信，因为不同党派向来就有成见，彼此说坏都是夸大；说好，大概

是真的。”

1939年，王钧璧终于有幸见识到了林伯渠的演说。那是他在会见英国参赞时，面对国际人士，胸有成竹、侃侃而谈：“由于蒋介石将军的方向和我们不一致，他坚决要消灭我们；我们始终是代表中国人民利益的，为了坚持人民的利益，就不能不与他进行武装斗争……”听了林伯渠这些讲话，王钧璧才知道大革命失败，十年内战，都是蒋介石要消灭共产党造成的，她原来对国民党蒋介石的好感，不知不觉发生了改变。而林伯渠身上，似乎有一种磁石般的吸引力。在王钧璧的印象中，“每天去看林主席的人非常多，有国民党的要人，有小党派人物，有地方实力派，有名流，有学者，也有青年。他天天都在谈话，谈财政经济也谈考古，谈历史也谈文学；从陕甘宁边区谈到大后方，从中国谈到外国，样样都懂。我当时非常奇怪，没想到共产党里会有这样有学问的人，于是非常敬仰他的修养，以及他对待任何人都处之坦然的态度，更加强了我来延安的决心。”

延安已成为王钧璧心中的圣地。亲朋好友劝阻她，提示她延安生活艰苦，陕北冬天严寒，缺医少药，流行肺病，飞机过秦岭常常遇险，等等，但千难万险，已挡不住王钧璧的决心：“我一想到他（林伯渠）能够不怕苦，能够过秦岭，我还有什么不能呢！结果我跟他离开四川。”1939年春天，王钧璧追随林伯渠来到了延安，改名朱明，就读于专门培养妇女干部的中国延安女子大学。朱明到延安时，李俊和林伯渠的儿子已经出生。那时，朱明一直把对林伯渠的“英雄爱慕”深藏心底，自然不敢流露内心那种挥不去、道不得的情感。1941年后，李俊离开了林伯渠，朱明知道林老每天回到窑洞，总是孑然一身，心中不免同情。一直掩藏的爱火，终于开始燃烧。于是就有了朱明屡闯林伯渠窑洞的革命者浪漫故事。

但当林伯渠在交谈中提到朱明父母的时候，朱明内心最脆弱、最柔软的部位如突遭灼伤。虽然她是背叛了父母家庭与阶级投奔延安的，但父母的养育之恩，她终生难忘。所以，林伯渠一提到父母，朱明不禁伤心地说：“我的父母在哪里？父母对我来说，已是一个缥缈的前生。”说着，朱明难抑泪珠扑落，一时哭得双肩不停颤抖。

林伯渠看着不忍，便递给朱明一条羊肚毛巾，让她擦擦眼泪。朱明忽像个见到亲人的孩子一般，扑到林伯渠怀里抽泣起来。林伯渠只得轻轻拢住她，下意识地拍着她的后背说："好了好了，不哭了，黑暗即将过去，曙光就在前头，我们要向前看，看着幸福的明天！"那天，林伯渠还特意跟朱明谈起了他一生经历过的四次婚姻；最终，朱明仍毅然决然地说："过去的，就让它过去吧，您不是说我们要向前看吗？"

不久，同志们在边区政府交际处为林伯渠和朱明举办了一个低调但不失热闹的婚礼，这是林伯渠的第五次婚姻。不少平日的朋友都前来祝贺。如谢老觉哉同志，就特意写了一首诗歌相赠：

红梅皓鹤足风流，争得人间大自由。
万里征途金铠甲，三星良辰布衾裯。
精研马列开民主，俊选韩梁作伴俦。
十载相依欣璧合，朱仙报捷祝双瓯。

在那艰苦备尝、战火纷飞的革命战争岁月里，同志之间超乎寻常的情感和境界，与世间任何审美对象一样，都是那么值得尊重和讴歌。

第三十章　延安
毛泽东评赞“正派人”

万难磨砺得利剑，千般风摧化正林。极其惨烈的反法西斯战争，终于就要在国际反法西斯阵营发起的强大攻势下结束了。由于战时表现极为疯狂和惨无人道的日本帝国主义分子，拒不接受苏、美、英三国首脑敦促其投降的《波茨坦公告》，1945年8月6日和9日，反法西斯同盟国之一的美国，在日本广岛和长崎相继投下了两颗原子弹。8月9日，苏联红军也宣布对日作战，神速出兵东北，短短二十多天，便解放了我国东北和朝鲜北部，并占领了长春日本关东军司令部。战场土崩瓦解，日本天皇不得不宣布：日本无条件投降。9月2日，日本政府代表重光葵在停泊在东京湾的美国军舰密苏里号上，正式签署了投降书，伟大的抗日战争至此终于以人民的胜利宣告结束。9月5日，延安各界群众两万余人在南门外广场热烈庆祝抗战胜利。大会上，朱德总司令首先讲话，然后林伯渠讲话。林伯渠在略述半个世纪以来日本帝国主义侵略中国的血泪史后指出，抗战最后胜利，乃是全国人民英勇奋斗的结果。今后中国要在和平、团结、民主的大纛下，努力保持和发扬用血汗换来的胜利成果。林伯渠还列举陕甘宁边区和各解放区的建设成就，证明实现民主、改善民生，是今后全国和平建设的关键。他最后兴奋地说：“现在抗战胜利了，解放区同胞必须努力发扬民主团结、艰苦奋斗的优良传统，做全国和平建设的模范。”

抗战胜利后，国内买办资产阶级和地主阶级同劳动人民之间的矛盾又上升为主要矛盾，中国革命因此进入一个新的历史时期。党中央和毛主席深刻分析了当时的基本形势，制定了“以革命的两手来对付国民党反革命的两手”的策略，在领导全国人民争取和平民主的同时，高度警惕着国民党反革命内战的阴谋，积极进行着根据地自卫战争的准备。面对共产党越来越强势的现实，蒋介石一心想消灭共产党，但眼下缺乏天时、地利、人和，还得韬光养晦、以待时机。于是，他又玩起了“假和谈”的花招。

1945年8月间，中共中央政治局召开紧急会议。毛泽东说：“这回，我们可爱的蒋委员长又是十二道加急金牌，电邀我毛泽东去重庆摆龙门阵喽。来，我们一起来分析分析形势，看看该怎么应对这个老对手吧。”

朱德说：“目前形势是前所未有得好，不可一世的日本帝国主义在中国战场上，经不住中国军民人民战争的顽强抗击，在国际战场上经不住美国两颗原子弹这么一炸，也经不住苏联红军这么一打，终于乖乖投降。在苏联出兵东北的同时，我延安总部命令全国各解放区开始战略大反攻，短短两个月，歼敌23万多，不由他日本鬼子不跪地求饶啊！”

周恩来接着说：“我们呢？边区人民在林伯渠同志带领下，积极贯彻中央部署，坚持正确方针，参军参战，支援前线，成为抗日战争的强大后盾，因此，我们的底气是越打越足了。”

林伯渠恳切地说：“是党中央、毛主席领导得好，才有全国各个战场的伟大胜利。现在，蒋介石如此着急邀请我们的主席去谈判，我看居心叵测。以谈判做幌子，施缓兵之计，筹划反攻，吃掉我们，这才是蒋介石的真正目的！”

毛泽东点头说：“大家都说得对。林老不愧是跟国民党多次谈判的老对手，把老蒋的‘司马昭之心’看得很透很透；蒋介石‘剿共’之心不死，哪里会真心想跟我们和平谈判呢？不过，既然他打着和平谈判的幌子，我们不妨暂且信以为真，假戏真做，跟他再谈上一谈吧？”

刘少奇接着说：“老蒋可是个毫无信义的刽子手。现在，日本投降了，他更是一心一意对付共产党，幻想保住蒋家王朝了；对付伪君子，必须防他狗急跳墙。所以，润之同志这回是否应该亲自去重庆，我们还得好好商议商议啊！”

毛泽东笑着说：“我理解同志们的心情，不过蒋介石的那点韬晦我们是知道的，如果我不去，他可就高兴了，‘没有和平诚意’的帽子，顺手就扣给我们共产党了，他要再‘剿一剿’‘没有和平诚意’的共产党，也就师出有名了，是不是？”

周恩来点头说：“对，他很可能断定我们毛主席是不敢去重庆的，因为都知道那是个杀气腾腾的地方，又是处于这个杀机四伏的时期，谁又不怕遭遇不测呢？也许，蒋介石现在已在策划毛主席不去重庆时的反共宣传和后续行动哩！”

毛泽东一挥手说：“所以，纵然是虎穴龙潭，我毛泽东也得去闯它一闯！”

随后，中央开始围绕毛主席亲自赴重庆去跟蒋介石谈判这个议题，进行周密的策划和部署。首先，中央发布了《对目前时局的宣言》，先声夺人，昭告天下，让蒋介石不敢贸然在公共舆论面前铤而走险；其次，部署我军各个战场严阵以待，在有仗打的地方，狠狠地打，打得越狠越好；考虑毛主席去重庆，后盾必须强大，后方工作要比以往更有声有色，因此决定由林伯渠、刘少奇等同志坚守后方，带领边区军民，继续搞好边区生产发展，完成政权改选和练兵备战，进一步搞好减租减息和土地改革运动；朱德、彭德怀等同志则领导着八路军，在各个相关战场严阵以待，时刻准备作战。通过这样一盘大棋，来震慑国民党、蒋介石，从而保障重庆谈判和全国解放运动有利推进。在这样的形势下，蒋介石就算再想把毛泽东怎么样，也必然不敢轻举妄动了。

最后，周恩来经过深思熟虑，语气肯定地说：“好，这次谈判，当然是我跟随主席去重庆，安全工作由我全权负责；林老这次不去了，就由上次跟他赴重庆谈判的老搭档王若飞去，以便综合各次情况，应对事局。这一回，我们是得跟‘绝顶聪明’的蒋委员长好好摆一回龙门阵了。”

1945年8月28日晨，林伯渠、任弼时等中央机关领导人，以及延安各界代表，前往延安机场欢送毛泽东、周恩来等谈判代表赴重庆，参加史上著名的“重庆谈判”；前来迎接的国民党代表张治中、美国特使赫尔利同机赴渝。

“重庆谈判”在国内外瞩目中，走完四十一天“马拉松”的全程，签订了《双十协定》等协议。在这次谈判中，蒋介石没有捞到他想要的任何油水，反被毛泽东、共产党从政治、军事、文化乃至诗词艺术等方面，全面压过一头，气得蒋介石背后直跳脚骂娘。此后，全国形势进一步向有利于人民解放的方向迅猛发展。但是，蒋介石岂肯轻易认输，谈判协议墨迹未干，他就使出浑身解数，调集看家的兵力，向延安包抄过来，显然是要做一场困兽斗式的决战。

自《双十协定》公布后，林伯渠在边区多次发表演说和谈话，反对国民党反动派发动内战，号召人民保卫解放区，争取和平民主。1945年11月7日，林伯渠在庆祝“十月革命节”的群众大会上，详细揭露了蒋介石调集一百多万军队进犯解放区的事实，要求国民党政府立即撤退进攻解放区的军队，承认解放区民选政权及人民军队，划定八路军、新四军受降地域，立即解散伪军，严惩汉奸，履行《双十协定》。

1946年1月国共双方签署《停战协定》，在重庆召开政治协商会议后，也签署了《政协协议》。2月3日，林伯渠在延安两万多人参加的“和平民主大会”上讲话说：“中国无数先烈前仆后继，英勇奋斗了一百年，和平民主的婴儿现在就要诞生了，我们是多么得高兴啊！”然而，蒋介石虽然被迫与中共签订了几个“协定”，但他根本就不打算执行，依然时时在捕捉出击的机会，妄图将共产党扼死。但是，此一时、彼一时，现在蒋介石只能在“战”与“谈”之间走钢丝，以求侥幸了。

当时，陕甘宁边区早已成为影响全中国局势的首善之区。1946年4月2日，陕甘宁边区第三届参议会第一次大会在延安大礼堂召开。参加大会的有各界各阶层及少数民族参议员一百三十九人，还有来宾、列席人员和中外记者1000多人。林伯渠向大会作题为《边区建设的新阶段》的政府工作报告。对这个报告，全体参议员进行了热烈而认真的讨论，获得一致的赞同和拥护。大会选举高岗为参议会议长，谢觉哉、安文钦为副议长。林伯渠再次当选为边区政府主席，李鼎铭、刘景范当选副主席，贺连城、马济川、王世泰、霍子乐等19人当选为政府委员，马锡武当选为边区高等法院院长。当大会宣布林伯渠以最高票数当选为边区政府主席时，全场一片欢动，有的人甚至激动得流下泪水。

在这次会议期间，林伯渠还参加了追悼“四八”烈士的活动。他满含泪水，发表《悲痛的悼念》讲话，对4月8日飞机在秦岭地区失事，导致王若飞、秦邦贤、叶挺、邓发、黄其先等十三位重要革命同志的不幸蒙难，表达了边区党和政府、广大军民的悲痛和哀悼。

1946年夏季，蒋介石在美帝国主义支持下，悍然发动了全面内战，大举进攻解放区。8月，国民党派飞机轰炸延安。驻扎在边区北线、西线和南线的敌军也蠢蠢欲动，不断袭扰，边区同样也被迫进入战时状态。10月10日，林伯渠在新华广播电台发表讲话，愤怒揭露美蒋反动罪行。他说：“蒋介石敢于如此猖狂，敢于向中国解放区和中国人民进攻，他所恃无恐的不是别的，是因为有美国反动派的接济。美国反动派企图独霸世界，口里讲‘和平’‘调解’，却尽力帮助蒋介石进行独裁内战。过去，日本帝国主义的对华政策，现在已为美国反动派所代替起来了。而蒋介石的本领，就是出卖祖国，他把中国的领空权、领海权、内河航行权、财政经济权，等等，都出卖给美帝国主义，一任美军横行无忌，一任美货滚滚而来。同胞们，我们想想，蒋介石这些行为，有哪一点对得住孙中山先生，有哪一点对得住辛亥革命志士们所流的鲜血，而美帝国主义的政策，又有哪一项是平等待我的政策，又有哪一项是对中美两国人民有好处的……”12月9日，林伯渠为蒋、胡军队大举进攻关中分区一事，向记者发表谈话说：“胡宗南大举进攻关中，是蒋胡布置已久的进攻陕甘宁边区计划的开始……”

其实，蒋介石的倒行逆施，一意孤行，不仅激起全国人民的反对，而且也激起了国民党军内部正义人士的强烈不满。但是蒋介石是一个长着反革命花岗岩脑袋的人，即使内外一片反对，他仍旧疯狂地在全国制造反人民的罪恶事件。此前的1946年3月9日，东北抗联李兆麟将军在哈尔滨被暗杀；4月23日，西安人身自由保障会领袖王任在西安被非法枪杀；5月5日，民盟西北总支部一位负责人李敷仁在咸阳被绑架枪杀；7月11日，民盟中委、云南支部负责人李公朴在昆明被暗杀；7月15日，民盟中委、西南联大教授闻一多又在昆明遇害。7月26日，延安各界举行追悼大会，林伯渠在大会上明确指出：“中国人民经过了八年血战，终于将日寇打垮。现在中国反动派和美帝国主义分子勾结起来，扩大内战，企图奴役中国人民，这是中国人民所决不能忍受的。中国人民有大无畏的精神，并且有力量打垮他们的进攻……”

蒋介石的倒行逆施，同样也擦亮了国民党党内一些正义人士的眼睛。1946年6月26日，国民党航空第八大队三十五中队机长刘本善上尉和他的同伴驾驶B24式战斗机由成都飞抵延安，投诚起义。7月5日，林伯渠主席等致书刘本善，给予热情的祝贺和嘉勉。

但蒋介石、胡宗南当时仍然沉迷在“剿灭”共产党的迷梦里，他们纠集大兵，压向延安。1947年3月8日，延安各界群众举行保卫边区、保卫延安的盛大群众集会。会上，中共中央军委副主席周恩来、人民解放军总司令朱德、副总司令彭德怀和边区政府主席林伯渠先后发表讲话。周恩来讲话说：“在前面的谈判中，蒋介石虽然被迫接受了我党提出的‘和平建国纲领’，国共两党还签订了《双十协定》，但协定墨迹未干，蒋介石就下达了一系列旨在消灭共产党军队的命令，而美国也积极帮助蒋介石打反共内战。在全国人民强烈要求下，国民党迫于时势，才不得不于1946年1月10日又与我党签订《停战协定》。然而，六个月来，蒋介石完成了内战准备，随即撕毁停战协议，于6月26日开始大举进攻各解放区；陕甘宁边区和延安，现在已成为蒋介石孤注一掷的中心目标。这回，蒋介石几乎是押上了全部赌注，以重兵包围边区、包围延安。毫无疑问，保卫边区、保卫延安，是我们当前刻不容缓的命运之战……”

接着，朱德总司令下达了“延安保卫战”的命令，西北野战军司令员彭德怀作延安保卫战动员和部署。边区政府主席林伯渠接着讲话，他慷慨激昂地说：“陕甘宁边区是苏维埃民主的发祥地，也是中共中央所在地，她培养了无数革命干部，做了大量促使人民翻身，国家民主，和平独立的大事情。可以说，没有边区，就没有后方；没有延安，就没有革命胜利。因此，我们要尽全部的努力，用生命来保卫边区、保卫延安、保卫毛主席、保卫朱总司令！”

随后，气壮山河的延安保卫战打响了。胡宗南以整整十五个旅的兵力，疯狂进犯延安。一群群涂着“青天白日”徽志的美制飞机，呼啸着掠过延安上空，炸弹如冰雹般倾泻而下。当时，我军西北战场兵力不到敌人的十分之一，若拼死固守，无异于送给国民党一个“灭共”机会，但用兵如神的毛泽东又岂会给蒋介石这个机会？中央果断决定，暂时放弃延安，转战陕北。共产党的运动战，历来就是国民党军队的克星，这次自然又要大显神通。

根据中央部署，主力部队迅速开到了延安外线。中央机关也立即撤离延安，市民们忙着坚壁清野，学校、医院开始有序转移，延安第二保育小学门口，不时有家长来接走孩子。一个七八岁的男孩坐在校门口的石头上，不时向路口张望，显然也是在等家长来接，他就是林伯渠的儿子相持。不过，送相持上小学前，爸爸对他说：抗战“相持阶段”已经过去，咱们不用相持了。你上学了，就要学会“用脑想问题，用手造机器，用脚踏实地”，所以，你就叫“用三”吧。

等到太阳快下山了，林用三还是不见爸爸来接他，终于忍不住哭了。正哭着，忽然有人拍他脑袋。抬头一看，正是爸爸。和爸爸一起来的，还有第二保育小学的李老师。林伯渠见儿子脸上有泪水，笑着问：“怎么啦？都快当儿童团员了，还哭鼻子呀？”

小用三揉揉眼说：“俺没哭，是渣子吹进眼里了。爸爸，咱们走吧！”

林伯渠故意问："走？去哪儿？"

用三认真地说："我们回家转移呀，好多同学跟家长回去搞转移了。"

林伯渠很认真地对儿子说："傻孩子，你要晓得，爸爸每天工作很忙，有时还要跟敌人打仗，是没有时间带你的。不过，我不带你，自然有人带你，你和学校的老师、同学们一起走，进行集体转移。"

"真的吗？"用三噘嘴了。

林伯渠点头说："当然是真的，我们用三就要当儿童团员了，肯定是个好战士，行军途中可要坚强。这次转移，有两千多里路要走，你已经是革命队伍中的一名小战士，可不许哭鼻子掉队喔！"

用三是个不服输的孩子，听了爸爸的话，他咬咬牙说："爸爸放心，我保准不哭鼻子，不掉队！"

林伯渠弯下腰，亲亲儿子额头说："乖，用三，真是爸爸的好儿子！我们到华北再见吧。"

就这样，在辗转两千余里的转移路上，参加了行军儿童团的小用三，一直坚持与学校的队伍一起行动。脚上磨起了泡，他咬着牙不吭声；肚子饿了，他也不叫饿；有时还帮助同学背书包，因此被评为了"行军模范"。直到1948年底，小用三才终于在华北见到爸爸。

还在抗战刚取得胜利时，从群众中锻炼成长起来的习仲勋同志被中央安排到西北局担任领导工作。由于中共中央西北局与陕甘宁边区政府的重要关系，作为陕甘宁边区政府和中共中央西北局领导人的林伯渠和习仲勋同志，自然成为肝胆相照的战友和同志，经常一起商讨、处理边区政治建设、土地改革等重大问题。1947年10月10日，中央公布并开始施行《中国土地法大纲》。为积极传达贯彻全国土地会议精神，部署边区土地改革和整顿作风等工作，西北局决定召开一次边区干部大会。

这个"双十节"，林伯渠以同盟会老人的资历，接受了《大众报》记者的采访。面对记者，林伯渠再次愤怒揭露了蒋介石背叛孙中山、出卖中华、集中地权、进行反共反人民活动的罪行。他针对当时社会明确指出：只有中国共产党，才是真正继承孙中山先生未竟事业的真正的革命政党。

11月1日至25日，西北局在陕北绥德县义合镇，召开各地委（绥属县以上）及边区机关共八百多党员和干部参加的"义合会议"。这次会议是边区自卫战争八个月以来一次规模空前的大会，也是人民解放军已进入全面反攻，各解放区开始进行土地改革的一次重要实践。贺龙、习仲勋、林伯渠、马明方、王维舟等重要领导干部出席了这次会议。会议以传达贯彻全国土地会议的决议与精神为中心，全面检查部门工作，检查干部立场，开展批评与自我批评，并彻底“翻底子”。大会由贺龙同志致开幕词并作主题报告。林伯渠同志在会上作了重要讲话，他响亮地提出：“我们的任务，是解放大西北，解放全中国，要在全国消灭封建。”习仲勋同志为大会作总结报告，贺龙等同志对习仲勋的总结报告表示了肯定和同意。

由于历史和社会的原因，特别是当时康生、陈伯达等在晋绥土改试点中，存在严重的“左”倾问题，造成不小的影响，因此“义合会议”参与者对土改中“左”的问题，未能引起足够的警觉，从而导致了当时历史背景下政策把握上的偏差；会上还点了安文钦、李鼎铭、霍子乐等民主人士的名，不适当地把他们也视为了土地革命的打击对象。虽然会上贺龙同志强调了不要乱杀人，可惜大部分到会代表没有把这个精神带回去，却把消灭地主“宁左勿右”的精神带回去了。这自然就导致了随后政策实践上的偏差。好在共产党从来就是讲求实事求是、有错必纠的马克思主义政党，因此，一时的偏差，无损中国共产党的本色和主流。

在贯彻大会精神的过程中，林伯渠同志特别强调：一定要正确理解毛泽东思想，以及马克思主义中国化的整体性；在西北局领导同志中，林伯渠也多次强调既要注重农民问题，特别是坚定不移地依靠贫雇农，但又要防止“左”的偏向。这体现了林伯渠同志作为马列主义者清醒的辩证唯物主义精神。

因为保卫延安斗争的需要，根据地干群开始转移后，林伯渠带领边区政府机关工作人员，昼伏夜行，撤出延安。这年8月上旬，西北局再次在绥德召开土改工作大会。会上，林伯渠发言说：“土地改革的关键，是要掌握政策。现在有的地方执行土地政策和干部政策有偏差，搞什么‘村村点火、户户冒烟’，还有什么‘翻底财、搬石头’，这不好啊。当前是战争环境，必须坚决地团结各阶层力量，维护统一战线。有人居然把边区政府参议会副议长安文钦的财产也没收了，毛主席知道后明确指示：‘统一战线的政策一定要执行好，下级党政干部做法过火了，伤及了开明绅士，你们要耐心地做他们的工作。’这个事，我要马上去向安文钦道歉，发还他的财产。要不然，真会像毛主席说的，如果爱泼斯坦这样一些当年极度佩服共产党真心重用开明绅士当副主席、副议长的著名记者重访延安，却看到这些开明绅士又被分了‘浮财’，赶出了家门，他们向我们问起安文钦，我们将如何回答？”

会后，西北局负责人习仲勋与林伯渠倾心交谈说：“伯渠同志，现在你是更辛苦了。晚上要行军，宣传毛主席的蘑菇战术；白天要支前，还在绥德搞土地改革试点。可真够你忙的，千万保重身体哦！”

林伯渠笑容可掬地说：“放心吧，我这把老骨头是很禁拌的。我担心的，倒是我们那些过了十年太平日子的延安干部群众，面对这突然的转移，会不会出现思想混乱，会不会乱了阵脚。”

习仲勋信心十足地说：“有中央的正确领导和指挥，有你这样的老革命战士站在他们的队伍中，他们一定会深受鼓舞，一定会建立起必胜信念的。”

林伯渠说：“根据目前实际，我想还是把所有工作人员分成若干个工作队，分头下到各地去指导工作，这样有利于稳定队伍和齐心协力！”

习仲勋十分赞成，说：“对，根据以往经验，这应该是很管用的办法！”

延安保卫战中，彭德怀、贺龙在前方，林伯渠在后方，相互密切配合，互相砥砺，佳讯频传。一次，林伯渠跟几位高级干部谈到彭德怀，竟眉飞色舞地说：“我们彭大将军是‘有威可畏，有德可怀’的，打起仗来，又猛又刁，经常是以少胜多，出敌不意，打得胡宗南的队伍是闻风丧胆啊！”

见到彭德怀时，林伯渠又说：“彭老总，你打仗勇猛机智，足使敌人闻风丧胆，但批评自己的同志，有时也未免过火，讲究点批评方法不是更好吗？”

彭德怀笑笑说：“我是炮筒子，积习难改啊；你性情好，客客气气。可是全都说服过来了吗？我可是没那能耐！”

林伯渠摇摇头说：“我们两个就是这个样子，你说不服我，我说不服你，都只会从肚子里伸出手来互相帮着！”

彭德怀听后，“哈哈哈”一阵开怀大笑。

林伯渠的人格之光，不仅在与像彭德怀这样的大人物相处中得到动人折射，而且更常常表现在对一些小人物政治命运的关怀中。一次，林伯渠参加机关党支部会议，会上讨论到一个党员的处分问题。支部书记小黄严厉地说：“我们边区政府冯秘书病故在行军路上后，主管机关后勤工作的老廖负责掩埋。但老廖在掩埋冯秘书时，看到他上衣口袋里有一支钢笔，就取了下来，自己留下了。这件事情，确实给共产党员脸上抹了黑，同志们意见很大，多数同志要求开除他的党籍。就这个问题，大家发表意见吧。”

发言一个接一个，一类意见说：“这是道德品质败坏！算什么党员？”“遗物要交公嘛，这还不晓得？”“我同意开除老廖党籍。”“至少，也要给个留党察看处分。”但也有另一类意见说：“老廖其实也就是觉得人反正死了，钢笔埋了可惜，也是一时糊涂，我看以教育为主，根据他检讨和改正错误的表现再定吧。”

林伯渠以一个普通党员身份，参加支部党员民主生活会。他坐在窑洞一角的树墩上，吧嗒吧嗒抽着叶子烟，静心听着，偶尔看看一脸委屈、头埋得很低的老廖。见大家说得差不多，就等小黄书记定音了，林伯渠这才站起来说：“我也讲讲吧。我觉得，老廖同志把死者的钢笔留下来，是可以的，也是应该的。为什么呢？因为我们的条件这么艰苦，把钢笔埋掉，确实可惜，也没有必要。”

听林伯渠这一说，多数同志都有点吃惊。老廖倒是把头抬起来许多，侧起头看看林伯渠。林伯渠又吧嗒一口叶子烟，接着说：“同时，我觉得同志们因此对老廖提出严肃批评，也是完全应该的。为什么呢？因为他没有报告组织，就把钢笔留下自己用了，这确实是违反党的纪律的行为。老廖，你说呢？”

老廖又愧又悔地说：“是的是的，我确实做错了。”

“对！”林伯渠继续说，“这确实是一个错误。但是，我们对犯错误的同志，应该采取什么态度呢？当然，首先应该实事求是地指出他的缺点和错误，这样做的目的，是为了帮助他认识错误，改正错误，也教育大家。正如我们请医生看病，目的是为了把人的病治好，而不是把人整死。但如果不管一个同志犯的是什么性质的错误，都要开除党籍，这显然也不符合毛主席的思想，大家说是不是？”

原来就不赞成开除老廖的同志，这时腰杆好像壮了些，随即附和着说：“林老说得很对，毛主席一贯主张对犯错误的同志要‘惩前毖后、治病救人’，老廖同志平时表现又不坏，这次偶然犯了个错误，要允许人家改正错误嘛！”

林伯渠接着说：“是呀，应该是这样，我们看一个人，要历史地看、全面地看。大家知道老廖这次做错了一件事，恐怕并不知道他是一个多么顽强的红

军老战士吧？”

有同志要求说：“林老就给我们大家讲讲吧。”

林伯渠于是说：“好，那我就讲讲。还是红军四渡赤水，强攻桐梓城时，老廖是攻城突击队员；当时敌人火力很猛，好多战友都牺牲了，老廖身上也中了好几颗子弹，但他觉得还能动，便忍着剧痛，以惊人的毅力，爬到敌人工事上，炸掉了敌人的主火力点，把红旗插上了城楼，就是这次战斗后，老廖光荣入了党。”

听完，大家都不由自主地用新眼神打量起老廖来。林伯渠接着说：“我并不是说过去的功劳可以抵消现在的错误，而只是说要全面地看待同志；据大家反映，老廖到陕北后，工作也蛮不错，难道就为一支钢笔，把他用鲜血换来的党籍给开除掉吗？况且，老廖又不是坚持不认错。我觉得根据老廖的实际情况，不一定非得弄个组织处分；让老廖真诚检讨，认真自我批评，引以为戒，以观后效。大家看，行不行？”战场上的铁汉子老廖，不禁感动得哭了。经过进一步讨论，大家也都心悦诚服地放弃了开除老廖党籍的意见。林伯渠就是这样一位身体力行，把中国共产党既重原则又重情理的精神阳光，播洒进同志心田的思想引导者。

不过，林伯渠也有“脾气不好”的时候。一天，毛泽东、周恩来等几位中央领导到“延安五老”们的住所，逐家拜望。来到林伯渠住处时，正赶上林伯渠冲着朱明发火。朱明委屈得眼泪巴巴的，像个做了坏事受到大人严厉责罚的孩子。

毛泽东笑着对朱明说：“哦，小朱这是怎么了？我们林老跟你耍大丈夫脾气了吗？什么事，说来听听，我们来给你主持个‘公道’如何？”

朱明嘤嘤地说：“毛主席，其实也没什么大事。您看，现在敌人猖狂进攻，西北局决定边区机关撤过黄河；因为行军紧张、工作繁忙，林老痔疮犯了，身体眼看着消瘦了许多，大家不免要关心一下他，正巧贸易局的同志送了些水果来，我就收下了。结果，林老回来知道这事后，就跟我大发脾气，说我不懂事，不守纪律，说前方的同志那么艰苦，有水果是不是该送给他们？还硬逼着我把水果退了回去。您说我这就犯了多大个错误呀？”

毛泽东哈哈大笑说：“哈哈，这种事，在寻常人看来，也许的确不算个大事。可是，在我们林老这里，这‘错误’可就不小咯！”

周恩来也笑着说：“不过，林老也得注意批评方法呀；你不是也批评过彭老总训人太过火吗？看你把小朱批评成这样，是不是也有点过火了？”

林伯渠笑笑说：“其实我也没怎么批评她，就是说了她几句，让她把公家的东西退回去，以后不许重犯，她就受不了，像个小孩子似的。”

毛泽东怀着敬意说：“小朱啊，你也别委屈了，我们的‘延安五老’可个个都是大家学习的榜样，大家对他们都敬重得很，就算被他们批评了，我们也都乐意接受的，你也别跟他闹别扭了，该怎么做就怎么做，一定要替我们照顾好林老，让他健康长寿，好不好？”

朱明破涕为笑说：“毛主席，我知道了，是我年轻不懂事。”

周恩来对着林伯渠笑笑说：“伯渠同志，你看小朱是多好的一个同志呀，您可要好好爱惜哟。”林伯渠笑着说：“主席、恩来同志放心吧，我会爱护她的。”

离开林伯渠窑洞后，毛泽东一边走，一边感慨地对周恩来等同志说：“林伯渠同志啊，真的毕生无愧怍，是个正派人啊！”的确，林伯渠六十多年的人生经历，是当得起领袖毛泽东这一言九鼎的评价的。

1947年12月10日，李鼎铭先生逝世。鉴于李鼎铭是边区三三制政权的标志性人物，林伯渠为此专门向毛泽东作了汇报，提出要为李鼎铭先生召开追悼会，并要请党外人士参加，请安文钦以边区参议会副议长的身份致悼词。毛泽东非常赞同林伯渠的这一安排意见，并且对林伯渠语重心长地说：“三三制还是成功的，三三制政策还要坚持；下级党政干部做法过火了，伤及了开明士绅，我们还是要保护他们；安文钦、霍子乐等民主人士的工作，要请您多做，请他们参加追悼会，报纸上还要发消息。”林伯渠随后按照毛泽东的意见，亲自找安文钦谈话，向他当面赔礼道歉，并把没收他家的东西发还给他。此后安文钦与共产党合作得很好。

一次，林伯渠刚刚开完边区干部会议，就接到中央通知，让他马上赶到当时党中央、毛主席的驻地——米脂杨家沟，参加中央工作会议。林伯渠和警卫员简单收拾一下，就出发了。从绥德义和雷家沟到米脂杨家沟，有一百多里路，交通十分不便，需要两天时间才能赶到。当时，刺骨的北风呼呼地刮着，天空灰蒙蒙的，冷得出奇。林伯渠穿着一件旧棉大衣，拄着拐杖，和警卫、秘书等一起在弯弯曲曲的羊肠小道上行进。翻过几道梁，走出六十余里，天就黑下来了。大家就在一个叫雷家坪的村子里住宿，警卫员小胡和陈秘书火急火燎地进村去找住处，林伯渠和其他两个青年同志就留在村头等，林伯渠蹲在窑洞前的一棵枣树下，掏出烟斗吸烟驱寒。

这时，正好一个三十来岁的老乡从村外回来，看见自家枣树下蹲着一位老人，不禁走近仔细看看。这一看，他不禁愣住了，这不是咱边区政府林主席吗？老乡忙说："哎呀呀，林主席，你们可回来了，快进屋，外面冷啊！"

"小伙子，你是……"林伯渠一时没认出对方来。

"您忘了？几个月前，俺给您带过路的。"老乡说。

林伯渠忙用手捂着额头想了想，说："哦，想起来了，你姓魏，是不是？"

老乡高兴地连连点头说："是呀是呀，俺姓魏，小名儿三柱，这就是俺家，快进去吧！妈……边区政府的林主席来了！"说着，连拉带扶把林伯渠请进了屋。

林伯渠进屋后抬眼打量一下，见这窑洞虽不太宽敞，却收拾得倒还利索。正面墙上，端端正正贴着一张戴八角帽的毛主席画像。一位老大娘忙过来给客人擦板凳，三柱对老大娘说了句"妈……先给林主席喝口茶，我去找村长"，然后就一溜烟跑远了。

老大娘见门外还有两个挎枪的小伙子，忙招呼说："林主席，叫两个小同志一起进来避避风吧，我给你们端枣去。"一会儿，老大娘端上一大盘红枣说："庄户人家，没啥好吃的，来，将就着吃点。"

林伯渠一边辞让，一边笑眯眯地问："老人家，还没给儿子娶媳妇儿呀？"原来，这三柱子是个翻身雇农，从小给地主放羊，三十出头了，还没娶上亲。

大娘又高兴又担心地说："俺三柱儿倒是对上对象了，可他跟他对象都说，不打完白狗子不成亲。唉，林主席，这仗到底啥时候能打完啊？"

林伯渠说："哈哈，快了快了！我看就这两年，您一准能抱上孙子。"

老大娘笑眯眯地说："那可就托林主席的福喽，俺可早就盼着这一天了。"说着，老大娘就去张罗着做饭。

一会儿，陈秘书、三柱和村长一起走进屋。陈秘书说："首长，刚才我们和村长一起找到一间宽敞房子，咱们是不是就过去？"

林伯渠摆摆手说：“就不去再麻烦别人了，三柱家就挺好的。”于是，林主席就在魏三柱家住下了。

林主席来了的消息，像长了翅膀，很快在村里传开了。通往三柱家的路上，三三五五地来了好多乡亲，他们边走边说：“林主席来了，看起来俺们的政府还在陕北！”“我就说嘛，咱们的政府不会丢下咱们不管的！”“那看样子，党中央也还在陕北呀！”“支前队说，前几天，他们还看见毛主席和他那匹大白马了！”“估摸着白狗子的日子是长不了的！”

在离窑洞不远处，警卫员拦住涌来的乡亲们说：“首长走了一整天山路，现在还在吃饭，乡亲们，让首长歇会儿好吗？明天他还有一天的路要赶。”

乡亲们说：“哦，那是。小同志，就让我们在门口看一眼行不？”

“是啊，林主席都到俺村里了，俺老百姓总得问个好吧？”

林伯渠听到了外面的动静，忙扒拉了几口饭，放下碗，对陈秘书说：“快去，叫乡亲们都进来，外面冷哩。”

秘书忙走到窑洞门口，把乡亲们迎了进来。人还真不少，把个窑洞挤得满满当当。离得近的乡亲纷纷跟林伯渠唠起嗑来，唠了一会儿，林伯渠站起来认真地对乡亲们说：“乡亲们，土地改革是一件破天荒的事情啊，情况真的很复杂，但共产党是制定有专门政策的，我们一定会按政策办，我们要坚决地依靠贫雇农，团结中农。不应划为地主富农的，坚决不划，不然，打击面乱放宽，就孤立了革命，就搞乱了阵线。”

人群中响起一阵轻声议论。林伯渠喝了口水，接着说：“前些时候，有的地方出现了一些不好的倾向，对地主富农不加区别地‘扫地出门’，提出‘要杀就杀干净’，一些混进我们地方政府的坏分子趁机捣乱，乱打乱杀，破坏性很大。所以我们千万要警惕坏分子捣乱，防止乱捕乱杀，即使是罪恶极大，不杀不足以平民愤的，也要按政策报上级，批准了才能杀！”

“对呀！随便杀人肯定不是好事！”有人在下面议论说。

“林主席说的话服人心，又好懂，笑眯眯的，一点架子也没有。”有个女娃子的悄悄话都说得这么响。一些乡亲胆子更壮了，纷纷提问，这个说：“有的干部在土改中买东西不当面作价，这个上面准许不？”那个问：“俺村有三百多担租子粮没有返还给穷人，还返不？”

林伯渠对秘书说：“小陈，把乡亲们提的问题都记下来，别漏掉。”

这时，警卫员发现一条黑影慢慢朝窑洞靠近，大声问道："谁？"

"是我，瞎老太婆！"一个苍老的回声。

警卫员忙迎过去看清了，问道："老人家，您找谁？"

"我找林主席，眼瞎，走得慢咯。"

警卫员忙把老婆婆扶进屋里。村长见是村东头二流子王小六的娘，就问："王大娘，您有什么事？"

"村长啊，都怪我养了个不争气的儿子呀，我得找找林主席，请林主席帮我管管他。"

林伯渠听到了老人的话，忙问："老人家，怎么回事，请过来说吧。"

瞎老太被大家引到炕前，拉住林伯渠的手说："林主席呀，我儿子小六，自从被抓飞丁，在国民党队伍学坏了，后来队伍被打散，他倒是活着回来了，可就是游手好闲，又懒又馋，不干正事，偷东摸西，都快把我气死了，这不，政府分给俺家的地他不给我好好种，林主席，政府可得帮我管管这个不争气的东西啊！"

听完，林伯渠安慰老人说："哦，是这样啊，政府要管的，您就放心吧！"

然后，他转向村长说："村长，你可就是村里的政府，这种事一定要管的。一要看到，小六也是我们的阶级兄弟，兄弟不关心兄弟谁关心？再就是要注意教育小六这样的人，让他变得愿劳动、不偷摸。三是像王大娘家这种情况，村里尽量先发动一些人帮忙种上地，不然大娘今年吃什么、穿什么？"

瞎老太就要下跪给林主席磕头，林伯渠连忙拉住她说："老人家，这可要不得，要不得啊，共产党本来就是给群众办事儿的，人民群众才是我们共产党干部该拜的大菩萨哩！"

林伯渠的话，深深感动了在场所有群众，窑洞里，立刻响起爆豆般的掌声，好久好久都停不下来。这掌声，是雷家坪群众对林伯渠等政府干部真诚的拥戴，也是中国老百姓对中国共产党发自肺腑的信赖和崇敬。林伯渠一行离开雷家坪时，这里的老百姓自发赶来，送了一程又一程。

1947年底，西北战场上保卫延安的战斗已取得一系列辉煌胜利。我西北野战军在沙家店大捷之后，即由内线防御转为外线进攻，取得了战争的主动权。胡宗南主力连遭沉重打击后，又因西安告急，不得不将其进攻陕北的主力调头南下；在陕北战场上，国民党军更是只能采取消极防御方针了。

边区保卫战仍在持续，林伯渠除了开会等事务外，很多时间都在为前方筹集粮饷而东奔西走。当林伯渠在河东高家坪一带筹集粮饷时，得知西北地区民主同盟负责人杜斌丞在西安被国民党反动派杀害。杜斌丞是西北地区著名的教育家，西安事变以后，他积极拥护我党主张，坚持抗日救亡，不断与国民党反动派进行斗争。林伯渠在西安八路军办事处时，杜斌丞也曾积极合作，对推动西安地区的救亡运动作出过积极贡献。对杜斌丞的牺牲，林伯渠十分沉痛，更加怀念，特地写了一首诗《诔杜斌丞》，以表达心中的哀痛和纪念：

桥陵间气挺人豪，秋水襟怀松柏操。
子美家风天此醉，文山遭遇节犹高。
誓将热血培民主，唤醒睡狮吼怒涛。
告慰先生应瞑目，千章红叶满晴皋。

在林伯渠心中，没有任何一位抗日救亡爱国民主志士的生命不是重如泰山的，因此才有如此声情并茂的“诔诗”即时流出。

第三十一章　北平夙兴夜寐斡旋建国

经年血火浑不易，一旦垂成更呕心。经过几天辗转跋涉，林伯渠赶到杨家沟，参加了党中央召开的这次会议。这次中央会议是在我人民解放军在东北、华北、中原、西北各个战场上大量歼灭敌人有生力量，国民党军队全面陷于被动，国内局面发生根本转变的形势下举行的，主要议题是讨论并通过毛泽东所作《目前的形势和我们的任务》的重要报告。

林伯渠和与会所有同志一道，通过认真学习和讨论，从毛主席的报告中看清了整个形势，明确了主要任务。大家通过认真总结和分析，充分发扬民主，共同制定了我党在伟大转折时期的行动纲领和政策。毛主席的报告，在军事方面，系统、全面地总结了我军长期作战的丰富经验，提出了著名的十大军事原则；在经济方面，明确了新民主主义革命的三大经济纲领，即“没收封建阶级的土地归农民所有，没收蒋介石、宋子文、孔祥熙、陈立夫为首的垄断资本归新民主主义的国家所有，保护民族工商业”；在土地改革和整党方面，强调了土地改革的重大意义，提出了“依靠贫农，巩固地联合中农，消灭地主阶级和旧式富农的封建的和半封建的剥削制度”的土改方针，同时要求在党内开展批评和自我批评，彻底揭发各地组织内的离开党的路线的错误思想和严重现象；在统一战线方面，在肯定新民主主义的革命统一战线比过去任何时期都要广大、巩固的同时，提出了今后党的统一战线要实行“联合工农兵学商各被压迫阶级、各人民团体、各民主党派、各少数民族、各地华侨和其他爱国分子，组成民族统一战线，打倒蒋介石独裁政府，成立民主联合政府”的基本政治纲领。

然而，会上也仍然存在斗争。在总结前几个月土地改革工作经验和边区工作时，有的不同意“过去的干部百分之七十都是好的”这个结论；有的片面强调群众路线，要组织“贫农团”，喊出“贫雇农打江山坐江山”的口号，忽视团结中农；康生甚至认为所有“劳模典型村都是假的”。总之，“左”的偏向依然严重。

但从林伯渠在大会讨论时的发言看，他依然保持着一贯的冷静和清醒，他说：“我坚持认为，全国土地会议批评了右倾错误，使农村反封建斗争迅速开展起来，主流应该肯定。但也要看到，我们的工作中出现了三种不好的倾向，即侵犯中农利益，破坏工商业和把党外人士一脚踢开。这些‘左’的倾向，严重阻碍了土地改革的进行，必须坚决予以纠正。”在关系到路线、政策和方向的问题上，林伯渠总是这样旗帜鲜明、毫不含糊。他在会议期间的日记中这样写道：“十股涛头一股差，须有除一股逆流之决心！”

正所谓历史潮流不可阻挡。1948年春，我西北战场继续频传捷报，至3月中旬，宜川、中部、宜君、白水、永吉、鄜县等县都相继收复，盘踞延安的守敌已是惊弓之鸟。中原野战军主力和太岳军团也已胜利渡过黄河，攻克洛阳。东北战场连连告捷，国民党东北占领区几近全部解放，东北守敌已龟缩到长春、沈阳、锦州等几个主要城市内，情势是四面楚歌、张皇失措。

在人民解放战争转入全面反攻的形势下，1948年3月23日，中央正式决定：中共中央、人民解放军总部和毛泽东、周恩来、任弼时、陆定一等同志，陆续由吴堡县川口东渡黄河，离开陕北，前往华北。此前的3月18日，林伯渠等曾专程前往中央领导驻地，为毛泽东他们送行。毛泽东就领导者如何掌握工作的主动性问题、土地问题、民族问题、城市问题、工商业问题等，与林伯渠作了一次长谈。送毛泽东一行离开陕北后，西北局、联防司令部、边区政府许多领导同志，相约前往雷家沟，给正在那里工作的林伯渠祝贺六十二岁生日。刚从陇东回来的谢怀德先到了，林伯渠一见到他，就坦诚地跟他说：“怀德同志，我想跟你谈件事。1942年我在甘泉、鄜县检查工作时，说你们鄜县的群众工作不如甘泉做得好，这个批评是错了。实践证明，工作好不好，在去年和今年的自卫战争中，得到了考验，鄜县是个半老区，群众工作做得很好，这说明我当时的批评不符合事实，请你一定向秦力生和县里全体干部、群众说清楚这个情况，表示我的道歉。”时隔六年，林伯渠还把这件事挂在心里，这使谢怀德非常感动，连忙说：“林老，今天您过生日，咱们不谈这个；再说，我们的工作也确实还有缺点。”从这个细节里，我们可以真切感受到林伯渠知错必改的伟大人格精神。

解放战争的节节胜利，使林伯渠激动不已。但在胜利面前，他非常冷静，时时提醒自己和同志们，要时刻注意执行党的政策和纪律，绝不可得意忘形。

3月26日，在行军途中，林伯渠还写下一首体现这种冷静与清醒的小诗：

经武纬文争上游，胸怀高洁淡素松。
渡河早树军威肃，分地竞传陇亩稠。
认取新生却旧习，不惯肥马与轻裘。
会看三月桃花浪，管领春风防自流。

回到政府机关驻地后不久，林伯渠随即组织机关干部会，宣传贯彻杨家沟中央会议精神。在会上，林伯渠语重心长地说：“同志们，入春以来，我们西北战场是捷报频传，至三月中旬，边区大部地区收复，延安守敌如惊弓之鸟；中原野战军和太岳兵团也已渡过黄河，攻克洛阳，东北战场也连连告捷。解放战争的形势预示，我们就要结束这种艰难困苦的日子了。但我们一定要特别清醒，越是接近最后胜利的时候，越是要严格执行党的政策和纪律。不然，就可能会给革命事业带来不应有的损失，历史上的许多教训，我们必须牢牢记取。”

1948年4月22日，革命圣地延安终于又回到了共产党手中。林伯渠又回到了延安半山坡上那孔窑洞。朱明忙着打扫收拾，林伯渠坐了片刻，对朱明说：“小明，今天的边区是刚刚经过战争创伤的边区，由于胡宗南匪军的疯狂践踏和反复扫荡，延安遭到了前所未有的破坏，加上罕见的天旱和瘟疫，许多地方已经变成无人区，艰难困苦程度难以用语言描述。我们这一回来，要做的事太多，要组织群众医治战争的各种创伤，要组织人民恢复生产和生活，还要动员群众支援前线作战。所以，我不能在家坐多久，你就一个人慢慢收拾吧。”说完，林伯渠像年轻人一样，一阵风似的跑出了窑洞，朱明想给他递上条围巾，都没赶上。

陕甘宁边区1500万人民，在极其艰苦的环境下，始终保持高度的政治觉悟、高昂的奋斗精神，积极响应边区政府“一切为着战争胜利”的号召，以战斗的姿态，继续开展生产和支前运动。在整个解放战争期间，他们曾组织无数担架队救护伤员，投入无数人力运输物资，还节衣缩食，缴纳公粮600多万担、公草5000多万斤，赶制军鞋50多万双。他们不分男女老幼，不辞千辛万苦，与革命军队鱼水情深，亲如一家，为中国人民的解放事业，做出了不可磨灭的贡献。林伯渠，则始终站在边区人民的最前列。

面对收复的边区和延安，林伯渠无限欣慰和自豪。在凉风习习的夏夜，他忙里偷闲，坐在窑洞前的小园里，眺望远方，欣然吟成一首小诗：

小园仍照旧，气象更清新。
金针拔剑出，豆荚倚竿升。
喧市渐恢复，劳民喜再生。
中原正鼎沸，努力涤膻腥。

这首诗，以明朗热情的笔调，歌颂了新延安、新边区的新气象，特别对人民群众全新的精神面貌和正在到来的全国解放高潮，作了高度的艺术概括。

至1948年11月初，辽沈战役已胜利结束，东北全境宣告解放，淮海战役也已胜利在望，国民党军队开始全线崩溃。全国胜利在望，党中央急需林伯渠回去投入新的重大工作。11月3日，中央打电报给习仲勋、林伯渠并彭德怀、贺龙，说“因政协召开在即，临时中央政府即将建立，东北人民政府亦将建立，拟请林伯渠来中央工作，并准备去哈尔滨参加政协，是否可行盼复”。西北局自然想挽留林伯渠，但从全国革命大局出发，他们自然选择服从中央的决定。11月7日，西北局复电中央：伯渠同志年前赶到中央。

调往中央的事情决定下来，林伯渠心潮难平。自从随中央红军经过二万五千里长征来到陕北，他和边区人民同呼吸共命运、同艰苦共患难，整整战斗了十三个春秋。十三年的边区战斗生活，是林伯渠人生中最丰富多彩的一段经历。现在就要离开边区了，林伯渠自然是心潮起伏，感慨万千。他留恋陕北憨厚的乡亲，留恋边区的战斗岁月，留恋延安的小米饭，留恋这里的一草一木。临行前，在12月12日西北局和边区政府举行的欢送大会上，林伯渠作了情意深长的讲话。他简要畅谈全国和西北地区大好形势后，特地向各级领导干部和广大共产党员提了四点殷切的希望：一是要树立全心全意为人民服务的思想，克服经验主义和官僚主义；二是要防止胜利冲昏头脑，继续为将来的工作奋斗；三是要把眼光放远大些，团结好民族资产阶级和爱国民主人士；四是要站稳脚跟，发挥共产党员的先锋作用。林伯渠这一番语重心长，既是一个同志、战友的临别赠言，也是一位革命前辈对后辈的衷心嘱咐，闻者无不深受教育。就要离开这里了，林伯渠利用一切时间到枣园、王家坪、杨家岭等处，深情拜谒党中央和中央军委曾经住过的地方，并在边区政府、中央大礼堂、中央办公厅楼和毛泽东、朱德住过的窑洞前，一一拍照留影，他要珍藏对延安战斗生活的无限眷念。

12月16日上午，林伯渠就要启程了。习仲勋、贺龙以及西北局和联防司令部的许多同志都来送行，祝他一路顺风，健康长寿。闻讯，翻身的佃户来了，垦荒的英雄来了，纺线的模范来了，劳动能手来了，翻穿羊皮袄的羊倌儿来了，拄着拐杖的老人来了，天真活泼的小娃娃也来了。大家都多么不舍这位满头银丝的边区政府老主席啊，大家都想托林伯渠主席给毛主席和党中央领导带个好啊！尽管林伯渠对这里的一切有着万千的依依不舍，但是，为了人民中国光辉灿烂的明天，暂别了，英雄的陕北人民！再见吧，英雄的延安！

林伯渠乘坐一辆带着弹痕的吉普车，一路风尘仆仆，在茫茫的黄土高原飞驰。林伯渠时而探出头来，望一眼红玛瑙色的土地。司机小卢和小丁轮换着开车，护送首长。只见他们一路精神抖擞、全神贯注。但寒风灌进车棚，冷得他们微微哆嗦。林伯渠解开棉大衣，把一件灰色棉背心脱下来，塞给坐在前排的小卢说："开车时也许还不觉得冷，坐旁边的可别冻着，你们俩换着穿吧。"

小卢说什么也不肯穿，他知道首长年岁大，没有年轻人抗冻。林伯渠和蔼地说："离平山还远得很，你不穿上，冻出病来，小丁一个人哪能顶得住？想把我林老头子扔在半路上啊？"小卢拗不过，只得把这带着林伯渠体温的棉背心穿在了自己身上，并禁不住感激说："林主席，您对我们战士的关怀，真比父亲更胜几分；记得前年东北土改工作队出发那天，您也是这样把王震首长送的唯一一件皮背心，硬是塞给了一个青年战士，当时，您也是这样说的，穿上吧，东北冷，别冻病了……"

路上的十一天，林伯渠每到一地，都要找当地负责人交谈，了解各地政权建设、生产发展、群众生活和部队后勤等各方面情况，并详尽地记在日记里。车轮飞转着，飞转着。人民解放军节节胜利的捷报，在林伯渠脑海里飞扬：华中野战军胜利地赢得了淮海战役，歼敌五十余万；华北野战军攻克天津，北平守敌已成瓮中之鳖；平津战役的完全胜利，已经指日可待。心花放时步更快。1948年12月26日下午，林伯渠如期赶到中共中央所在地——河北平山县西北坡。在这里，他又见到了一别数月、有的甚至阔别多年的中央领导同志，如毛泽东、朱德、刘少奇、周恩来、任弼时、董必武、杨尚昆、陆定一、李维汉、李克农、王明，以及东北等地前来参加政治局会议的高岗、罗荣桓、刘伯承、饶漱石等。战友重逢，欣慰无比，大家彼此交流情况，研究工作，终日畅谈，乃至夜阑。当林老紧紧握住毛主席双手的时候，忍不住激动地说："主席，陕北的乡亲可是惦记着您的生日哩，他们让我一定把问候和祝福带给您！"毛主席动情地说："人民，真如我们的父母和兄弟啊！"

林伯渠此次调到中央，主要任务是筹备召开新政治协商会议。还在1948年"五一"劳动节时，中共中央就发出通告，号召全国各民主党派、各人民团体及各方社会贤达积极准备和参与召开新政治协商会议，迅速成立民主联合政府。次日，毛泽东又致电中国国民党革命委员会主席李济深，中国民主同盟中央常委沈钧儒，向他们说明目前成立民主联合政府，加强各民主党派、人民团体合作，拟定民主政府的施政纲领，业已成为必要，时机已然成熟。而要实现这个步骤，首先必须召开政治协商会议，因此希望他们鼎力共襄，争取成功。中共这一号召立即产生巨大反响，各方同仁纷起响应。从8月份开始，各界代表接受中共邀请，陆续到达我东北、华北解放区。

林伯渠抵达西柏坡后，随即向中央汇报了相关情况，参加了政治局会议，并与在西柏坡的民主人士田汉、周建人、符定一、张东荪等分别会晤，商谈国是。1949年1月31日，北平宣布和平解放。党中央派林伯渠作为中共代表，前往东北迎接民主人士进北平。临行，林伯渠还多次与毛泽东、刘少奇、周恩来等商讨关于新政协的方针、原则，以及赴东北迎接民主人士等具体事宜。行前，毛泽东专门指示林伯渠："朋友们如有所问，找高岗把情形查清楚后商答""要诚恳坦白地相谈，为的是要把共同的事业做好"，今后政府成立，"在政府中要使他们有职有权，对此要有足够认识"。毛泽东还与林伯渠谈了民主人士到达北平时，中共应派哪些人到车站迎接，以及邀请哪些民主党派负责人来西柏坡等问题。

1949年2月14日，林伯渠率司机卢刚、韩念成和秘书陈昭等同车离开西柏坡，前往沈阳。动身时，林伯渠对随行人员说：“北平暂时还不便通行，这次去东北，我们可得绕一个大圈，经石家庄、深县，然后到天津，再北上，因此，大家都要有绕大弯、吃大苦的思想准备。”陈昭说：“首长当年长征靠两条腿，从瑞金走到了陕北，我们现在可以坐在四个轱辘上赶路，这已经很享福了，不算吃苦。”

林伯渠意味深长地说：“嗯，小陈说得好，随着革命事业的发展，我们享福的机会会越来越多。不过，同志们，毛主席经常提醒我们，就算我们最后胜利了，也只是万里长征走完了第一步，我们今后还是要保持艰苦奋斗的作风，不能贪图享受；我们现在偶尔坐在汽车轱辘上打打瞌睡，也许不要紧，但是，如果有躺在胜利里睡大觉的想法，那可就危险了，是不是？”

几个年轻战士都被林伯渠逗笑了，陈秘书笑着说：“林主席说得太对了，我们宁愿每天二十四小时拥抱胜利不休息，也决不躺在胜利里睡大觉！”

任务光荣，路途遥远，林伯渠带领同志们全速前进。第一天，他们赶到深县过夜。次日天未亮，林伯渠一行便启程，向天津疾驶。上路不久，林伯渠问司机：“小卢，今天赶到天津，没有问题吧？”

小卢干脆利落地回答：“没问题！”

东方渐渐现出鱼肚白，小卢高兴地说：“林老，天快亮了。天亮以后，车子就跑得更快了。”

“嗯，”林伯渠意味深长地说，“天快亮了，天快亮了。我们都在盼望这个时刻啊！”卢刚感慨道：“林老，您又诗兴大发了吧？”

林伯渠眺望着车窗外的大平原说：“你们看，这经过战争洗礼的华北大平原，是多么的恬静、多么的美丽啊，它彻底地属于人民了，一定会变得更加美丽。”

小卢以其战地司机特有的敏捷，灵活地转动着方向盘，在那弹坑遍地、坑坑洼洼的道路上急速奔驰。陈昭知道首长十分辛苦，于是说：“首长，这汽车颠簸得像个摇篮，您也非常辛苦，不如就着这个摇篮睡一会儿。”

林伯渠笑笑说：“小陈倒是很会安排啊，也好，不过，小卢你可注意安全啊。”林伯渠微闭双眼，想睡一会儿。然而，全国解放的曙光在前，他的思绪宛若潮水奔腾，在这胜利在望的时刻，林伯渠油然想起七年前，自己为纪念辛亥革命三十周年所写《荏苒三十年》的一些片段：

从自身的经历中，我体会到一个彻底的民主主义者，他所走向的，应该是共产主义的道路。辛亥革命前，觉得只要把帝制推翻，便可以天下太平；革命以后，经过了多少挫折，自己所追求的民主却还是那样遥远，于是慢慢从痛苦的经历中，发现此路不通，后来终于走上了共产主义道路。这不仅是一个人的经验，在革命队伍中，是不缺少这样的人的。

……

三十年，在历史上只是短短的行程，但在一个人的生命中，却已堪称是悠长的岁月。跨过三十年征途，无暇稍事驻足，又要加紧步伐向前跑去。自己虽已白发盈鬓，但仍期待着辛亥革命四十周年的时候，能够看到一个自由幸福的新中国。

啊，如今，仅仅十多年时间，长夜难明的赤县神州地平线上，就已露出新的曙光！这又怎能不叫这位为这一抹曙光，自青少时代奋斗到满头银发的老布尔什维克战士由衷地欢悦呢？此时此刻，他，向着曙光飞奔，也向昨天告别；他，铭怀半个世纪千回百转的峥嵘岁月，也缅怀已经英勇牺牲了的无数英烈……

半睡半醒之间，林伯渠脑海里放电影一般，闪现着一些历史画面：追随孙中山举起反清大旗，义无反顾加入了中国同盟会……辛亥革命各个战场上的战斗与呐喊……护国护法战争中的赴汤蹈火……北伐战争中的枪林弹雨……南昌城头的火光……江西苏区的十送红军……长征路上的千难万险……

汽车一直颠簸得厉害，小卢已经满头是汗。但为了首长的安全，也为了尽快赶到天津，他忘记了疲劳和紧张，全神贯注地紧握方向盘，控着油门。忽被颠醒的林伯渠注意到小卢额头的汗水，关切地问："小卢，要不要歇会儿，吃点东西再走？"

"不饿，"小卢答道，"喝几口水就行了，一定要保证您按时赶到天津！"

"好，那就看你的了！"林伯渠把军用水壶拧开盖，递给司机小卢。

正是数九寒冬，越往东走，越是寒冷。可是小卢的衣服却被汗湿透。傍晚时分，终于到达当天目的地——天津。

小卢把车刹稳，已经连开车门的气力都没有了，连续十六个多小时的长途驾驶，加上精神高度集中，他累坏了；现在神经突然放松，小卢不禁一头栽倒在方向盘上，昏了过去。

林伯渠连忙和几个战士叫了辆黄包车，把小卢送往就近医院。然后，林伯渠和陈秘书立即去天津军事管制委员会接洽，安排明天的行程。深夜，林伯渠带随行人员赶到医院，来到小卢病床边，替他掖紧被子。小卢醒过来，又感动又难过地说："首长，我没有完成好任务，怕是不能跟您一起去沈阳了。"说着，难过得流下了眼泪。

林伯渠替他擦擦眼泪说："不要这么说，你实在是累坏了，就在这里先休息几天，过几天，我们北平见。"

"北平见，首长一路保重。"小卢紧握一下林伯渠伸过来的大手。次日，林伯渠等又不顾旅途劳顿，坐上天津军管会派的吉普，风风火火向东北疾驰……

长途辗转，终于到达沈阳。当时已到沈阳的民主人士，有国民党革命委员会李济深、朱蕴山、李德全、朱学范、梅龚彬、赖亚力，中国民主同盟沈钧儒、章伯钧、李文宜，中国民主促进会马叙伦、王绍鏊、许广平，以及其他民主党派、人民团体、无党派民主人士谭平山、丘哲、沙千里、沈志远、曹孟君、彭泽民、王昆仑、许宝驹、吴茂荪、蔡廷锴、李民欣、林一元、章乃器、施复亮、孙起孟、陈其尤、罗叔章、茅盾、邓初民、侯外庐、洪深、胡子婴、郭沫若等三十余人。他们都是响应中共号召，先后从香港、上海和国内其他地方陆续抵达我东北解放区的。林伯渠到达沈阳当晚，就与东北局陈云、高岗、李富春等研究了日程安排，随即到沈阳大和饭店看望住在那里的各路民主人士。此时此地，故人重逢，自有满腔的喜悦和感想要表达、要交流。林伯渠与郭沫若相谈时，郭沫若不禁回忆起林伯渠在重庆谈判时写给他的那封信，感慨不已地说："记得祖涵先生曾对'某公为人'一针见血，想来那些鸡肠小肚，也已无法挽回失道寡助的颓势了。"

林伯渠说："这位委员长最大弱点就一条。但正是这一条，决定了他必败！"

郭沫若不禁问："是哪一条？"

林伯渠一针见血地说："两个字，'独裁！'他就是太想搞独裁了，从发迹起，就不能容忍共产党，从黄埔军校就闹起，一直跟共产党斗了这么多年；

其实，不能说他没能耐，也不能说他没根基，世人皆知，他手中的军队，就人数而言，曾经足以对共产党军队进行以十对一的较量。所以，这以前，他是从来就没有想到过会如此惨败在共产党手下的。”

郭沫若深有感慨地说：“嗯，人民只欢迎民主，不欢迎独裁，而共产党始终诚意坚持民主，蒋公败就败在这张牌上。”

林伯渠清醒地说：“当然，我们现在也还不能说已经取得最后胜利，建国大业无比宏伟和复杂。所以，共产党还要在全国各种进步力量的支持下，继续奋斗，这样才能实现建立一个新中国的伟大目标。各位民主人士正是共产党所要仰仗的高参，这次请各位到北平参与国是，还望大家鼎力共襄啊。”郭沫若说：“是的是的，一定一定！”

2月19日，李富春召集在沈阳的民主人士全体会议，林伯渠在会上讲话，代表中共中央欢迎他们到北平去共商国是，并征询大家对行期的意见。李济深代表全体民主人士致答词，表达了对中共的衷心感谢；会议决定23日启程赴北平。利用这个空当，林伯渠挤出时间赶赴哈尔滨，处理了那里的政协会议事宜；23日上午，又从哈尔滨赶回沈阳。23日午后，林伯渠陪同民主人士们乘火车离开沈阳。次日晚，先抵达天津，市长黄敬设宴招待；25日抵达北平时，到车站欢迎的中共领导人有林彪、罗荣桓、薄一波、叶剑英、彭真及已在北平的各界民主人士张东荪、胡愈之、楚图南、千家驹、雷洁琼、费孝通等，还有全国学生会与铁路工人代表共百余人；在车站举行欢迎仪式后，民主人士分别前往北京饭店和六国饭店下榻。26日，林伯渠参加了北平方面在怀仁堂举行的欢迎民主人士大会，并在会上作了讲话。

由于要出席党的七届二中全会，林伯渠不能在北平久留；他同北平军事管制委员会主任、北平市市长叶剑英面商，请他对民主人士“政治生活的充实问题多加关注”。27日，林伯渠乘坐几天前来时的汽车，离开北平，赶回西柏坡。

1949年3月5日下午三点半，中国共产党七届二中全会，在河北平山西柏坡村正式开幕。这次大会是在中国人民解放军即将取得全国胜利的时刻，为解决党所面临的一系列新的重大问题而召开的。如此具有划时代意义的会议，会场却设在中央机关极简陋的大伙房里。会场正面，挂着毛泽东和朱德画像，两边是以镰刀斧头为标志，写有“中国共产党”字样的党旗。会场布置得非常简朴，没有任何装饰，也没有扩音和录音设备。主席台上摆一张洗得干干净净的旧条桌，桌面上铺一条花毛毯，这毛毯就算是唯一的“奢华”了。

毛泽东、刘少奇、周恩来、朱德、任弼时等五大书记组成主席团，在大会主席台上就座。台下，前几排坐着董必武、林伯渠、张闻天、彭德怀、林彪、康生、李富春、李立三、陈毅、贺龙、邓小平、聂荣臻、李先念、陈绍禹、王稼祥等，当时的三十四名中央委员和十九名中央候补委员，都悉数在座。

会上，全体与会代表首先以热烈的掌声欢迎中央主席毛泽东作报告。毛主席的报告说明了党的工作重心已由农村转移到城市，提出了促进革命取得全国胜利后，党在军事、政治、经济、外交诸方面所应采取的基本方针和政策，论述了中国由农业国转变为工业国、由新民主主义社会转变为社会主义社会的总任务和主要途径。毛泽东那口极具特色的湘潭口音，让同志们备感亲切：“同志们，自从三大战役后，国民党军队的主力，已经基本上被我人民解放军所消灭，当初国民党号称的八百万大军，此时可用于和我们作战、负隅顽抗的，也就仅仅一百来万人了，而且分布在从西北的新疆，到东南的台湾这样一个广大地区的漫长战线上……”

除了鼓掌时，台下便鸦雀无声，同志们都满脸洋溢着胜利的喜悦和自豪，聆听着毛主席生动深刻的讲话。“我们很快就要在全国胜利了，因为胜利，党内的骄傲情绪，以功臣自居的情绪，可能生长。因为胜利，人民感谢我们，资产阶级也会出来捧场。敌人的武力是不能征服我们的，这是已经得到证明了。资产阶级的捧场则可能征服我们队伍中的意志薄弱者。可能有这样一些共产党人，他们是不曾被拿枪的敌人征服过的，他们在这些敌人面前不愧英雄的称号；但是经不起人们用糖衣裹着的炮弹的攻击，他们在糖弹面前要打败仗。”伟大领袖的一记记警钟，来得多么及时啊，“我们务必使同志们继续地保持谦虚、谨慎、不骄、不躁的作风，务必使同志们继续地保持艰苦奋斗的作风……”

在这样极其重大的历史关头，毛泽东深谋远虑，及时地为全党、全军、全民指明了正确的方向和道路，特别警醒每一个共产党人要永远牢记民族命运、人民忧患和时代重任。周恩来同志在会上也谈道："我们的党，马上就要成为领导四万万人民的执政党，是躺在权力地位的宝座和功劳簿上去做个人的美梦呢？还是带领全国人民继续艰苦奋斗呢？我们每个共产党人都必须作出回答。毛泽东同志在本次大会所作的报告，最重大的意义就是为我们回答了这些问题。因此，我们必须认真学习和讨论毛泽东同志的报告，用报告的精神武装我们全党、全军、全国所有同志的头脑。"

林伯渠在二中全会上也作了重要发言，他完全赞同毛泽东的报告，并对大会的重要意义发表了看法。他说，我们党"前十四年的'八七'与'六大'，后十四年的三个会议（遵义、七大、此次）都非常伟大；毛主席思想被全党了解后，党的事业形势就不同了，遵义会议扭转危机，'七大'意义更大，党空前团结，能掌握全国形势，《论联合政府》及军事报告，完满地指出了方向；这次会议由量变到了质变，军事上很明显，现有三百多万军队，打这么多大胜仗；政治上，先有分散政权，现在统一起来；经济上，多年乡村经济，现在接受城市"。林伯渠坚定地认为"这次会议是历史转变点"，也可以说是"城市工作会议"。

会议安排全体代表认真学习讨论了毛泽东的工作报告和相关问题。讨论阶段结束时，会议还布置所有共产党员在进入北平前都要制定自己的《入城守则》，作为共产党的每个同志"进京赶考"前所交的第一道作业。当晚，林伯渠就根据中央要求，拟好了自己的《入城守则》，确立了进城后个人保持艰苦奋斗作风的"约法三章"。这份《入城守则》是林伯渠用"陕甘宁边区政府用笺"书写的一份手迹。纸笺背面是《守则》主文，可分"按语"和"守则"两个层次。"按语"是"以能问于不能，以多问于寡，有若无，实若虚。（方法尚可，未必个人主义，改求正确观点，用此方法。）为德日益（科学实践），为道日损（整风学习、批评与自评），梦境即为旧意识潜存之反映，如何缩小与排除旧意识作用的范围、吸取新思想而代替它，还须用一番苦功"。《守则》条文是"定下六条，勉力遵行：不做旧诗；不持手杖；不吸纸烟；每天挤时间读书报；每天挤时间散步；尽可能地接近实际与实践（原文误书为'实践与实践'）"。纸笺正面书写的是"高高在上，渺渺予怀。高而无位，亢不得众。提纲挈领，拉朽摧枯。涤秽荡垢、如汤沃雪”等铭式文字。通观这份《守则》，极具警策意味，可视为一位老共产党员完整、深邃、多层面的“党性宣言”，是一份“不忘初心”的生动教材。

飓风起于青萍，细节彰显鸿巨。中国共产党这一看似细微的举措，从一个重要侧面，精准诠释了为什么中共进入北平后，没有重蹈李自成速成速败的覆辙，而一直立于不败之地这样一个罕世疑问。

第三十二章 开国
主持大典功永天下

历史车轮滚滚向前，人民解放不可阻挡。3月23日上午，林伯渠和毛泽东、刘少奇、周恩来、朱德等同志分乘汽车驶离西柏坡，于25日下午抵达北平。在西苑机场，他们受到北平党、政、军、民主党派和各界群众代表的热烈欢迎，并在机场停机坪上，举行了场面激动人心的北平阅兵式。中国共产党最高领导机关在北平西山暂驻一段时间后， 于4月1日，正式移驻紫禁城中南海。林伯渠等中央高层领导人，一起昂首阔步，踏进了昔日的皇家禁苑。从此，这数百年来象征中国最高皇权的紫禁城，终于回到国家主人手里，为人民所用。

毛泽东此时十分清醒，他深知蒋介石即便已一败涂地，也是不会死心的。还在1949年元旦时，蒋介石曾在美帝国主义授意下，发表了一篇“求和声明”。同时，美帝国主义操纵所谓中间党派，竭力鼓吹联邦制，幻想“划江而治”或“三分天下”。1949年1月5日和14日，毛泽东针对国民党的声明，相继发表了《评战犯求和》与《关于时局的声明》，一针见血地揭露了美蒋“和平建议”的虚伪性与反动性。接着，毛泽东公开发表了题为《将革命进行到底》的1949年“新年献辞”，彻底粉碎了国民党反动派苟延残喘的幻想。此后就出现了蒋介石“引退”的闹剧。李宗仁走到前台，继续背着蒋家王朝的包袱，玩弄“和谈”阴谋。为尽量减轻人民的灾难，彻底粉碎美蒋阴谋，我方在积极准备渡江作战的同时，也开始积极准备和平谈判。在中央抵达北平西山的第二天，中共中央便讨论确定了以周恩来为首席代表，林伯渠、林彪、叶剑英、李维汉、聂荣臻等为成员的谈判阵容，准备与南京政府代表团举行和平谈判。当时，中共是通过广播电台通知南京政府，让他们于4

月1日派遣代表团到北平谈判的。

4月1日下午，南京政府和谈代表团首席代表张治中，代表邵力子、章士钊、黄绍竑、刘斐、李蒸，顾问屈武、李俊龙、金山、刘仲华等飞抵北平，下榻六国饭店。当晚，中共中央设宴款待张治中一行。饭后，周恩来和林伯渠邀张治中、邵力子谈话。谈话中，周恩来绵里藏针地质问张治中，为什么离开南京前，要去溪口见“引退”了的蒋介石？明确指出，“这种由蒋介石导演的假和平，我们是不能接受的！”同时，周恩来也和他们磋商了有关谈判的相关外围问题。

4月1日晚，林伯渠即同中共代表周恩来、林彪、叶剑英、李维汉、聂荣臻等一道前往六国饭店，宴请张治中一行。当晚，双方代表就进行了谈判技术性问题的具体讨论，并将中共草拟的八项条件，提前知会了张治中等。

4月2日上午，林伯渠来到国民党代表下榻的六国饭店，与张治中、邵力子等作进一步的预备性会谈，并将中共中央提出的八项和谈条件，正式递交对方。此时，南京政府深陷被动，已经没有资格持有任何独断专行的条件或和约之类。预谈开始，林伯渠说：“文伯将军，有句俗话叫‘主随客便’；现在，在这里，贵方是客，就请您先说吧。”

张治中自愧国民党在短短三年里一败如水，如今在曾被他们百般刁难过的林伯渠面前，委实难以启齿。于是，张治中心虚地推托说：“那就请仲辉兄先说吧。”

邵力子清清嗓子说：“我等同仁，受命飞平，备受招待，盛意可感。关于中共方面所提八条，以我之见，大都可以磋商。不过，关于第一条惩罚战犯，我以为不提为好，因为当前国民党败局已定，共产党确立领导毫无问题。这样，一方面可表贵党宽大为怀，二则可以顾及国际压力，如何？还望祖涵先生钧示。”

林伯渠是与国民党代表谈判的老手，他明察秋毫，笑笑说：“仲辉先生的意思我很明白。不过，我可以奉告各位，我党对于一切战犯，不论何人，如能认清是非，幡然悔悟，出于真心真意，而又有实际表现，确能对中国人民的解放事业作出贡献的，一概予以欢迎，可取消其战犯罪名，给予宽大待遇。但是，如果继续坚持反动立场，与人民为敌，则坚决予以惩办，任何外国势力，都不应该也不可能阻止我党的行动！”

林伯渠寥寥数语，掷地有声。张、邵二人只得连连称是。接着，邵力子又说："这次我们六位代表同仁，说起来，过去都是与贵党比较接近的，这一点，想来祖涵先生也心中有数。受命前来，也是不得已而为之。其实，我等也只是主和派而已，实在不忍心生灵再遭涂炭。但顽固派是反对我们主和的，正如昨天上飞机前，文伯兄对记者所说，此次前往北平谈判，是'如临深渊，如履薄冰'，文伯兄之言，也代表我等意见……"

这时，张治中深深叹了一口气。林伯渠把握时机说："各位对前途大可不必过于悲观，中共对任何人都一样，只要真心为和平作出贡献，我们都真诚欢迎，人民也同样真诚欢迎。对各位，尤其是文伯、仲辉先生，我们当然欢迎你们顺应浩浩潮流，为实现全国和平解放作出积极贡献。"张治中和邵力子自然也明白林伯渠的言下之意。

接着黄绍竑、李蒸也随机发言说："现在我方立法委员大致可分三派：少数顽硬，少数主张无条件接受和谈，中间派多数极力主和。不过，蒋委员长出现在贵党所列战犯名单中。蒋委员长完成北伐和领导抗日还是有功劳的，希贵党对此应有所考虑。"

林伯渠听后立即回答："云亭先生对立法委员政治倾向的分析，大致符合事实。至于蒋公其人，全国人民有目共睹，云亭先生这样说，不觉得有些混淆视听吗？北伐成功，决非蒋某人之功劳，相反，他盗用总司令大权，排斥异己，培植私党，出尔反尔，力阻迁都武汉，及至背叛革命，屠杀工农群众和革命者无数，以致此后十年内战，人民苦遭战祸。如此行为，又何功之有？抗日战争，他更是消极抗日，节节溃败，丢了东北，又丢了华北，失掉华东，又几乎尽失西南，而对于坚决抗日的八路军、新四军，他则屡相'进剿'，必欲置之死地而后快，这也算是领导抗日有功吗？"

林伯渠一番义正词严，直说得黄绍竑、李蒸等无地自容、面红耳赤、满头是汗，半晌也再吐不出一个字来。

4月13日晚九点，双方第一轮正式谈判，在宽敞幽静的中南海勤政殿举行。大厅中央横放着一张长条桌，我方代表周恩来、林伯渠、林彪、叶剑英、李维汉、聂荣臻，和南京政府代表张治中、邵力子、章士钊、黄绍竑、刘斐、李蒸分坐两边，条桌两端，各方备有三张小条桌，供双方列席与记录人员就座使用。

正式谈判在严肃的气氛中开始。周恩来首先向对方亮出中共方面提出的《国内和平协定草案》，并发言说：“这次南京国民党政府代表团到北平来，彼此进行了十二天的非正式会谈，双方初步交换了意见。从今天起，已进入正式谈判阶段。我们提出的这个草案，是根据中共毛主席在1月14日所提八项条件基础上拟定的，此前已呈文伯先生等过目。草案的内容，在过去十二天的非正式会谈中，大致都已涉及，并且充分进行了沟通，大都取得了一致的理解，这是令人高兴的。”

国民党的代表心知肚明，他们现在已只有洗耳恭听的份儿。周恩来继续说：“现在必须说明，自民国三十五年，南京国民党政府在美帝国主义的鼓动和帮助下，违背人民意志，破坏当时的停战协定和政治协商会议的决定，在反对中国共产党的名义下，向中国人民、中国人民解放军发动全国规模的反动战争，已历时两年有余。在此期间，全国人民遭受了空前的灾难，不但财力、物力、生命受到极大损害，国家主权也受到损失。因此，这战争的全部责任，应由南京国民党政府承担；这次谈判形成的协定，将是一个历史性的协定，是保证今后国内和平的一个条件，所以，在条款前言中，必须明确界定这个责任。”

国民党代表开始不自在了，他们不时窃窃私语。

周恩来接着说：“下面，我方就协定中关于惩办战争罪犯，废除伪‘宪法’和伪‘法统’，根据民主原则改编一切反动军队等条款，做详细的说明。”

谈判中，张治中开始讨价还价，咬文嚼字。次日晚，双方又继续谈判，对协定作了近四十处文字推敲修改，最后，国民党方代表才勉强表示接受，并决定16日派代表黄绍竑、顾问屈武前往南京，劝李宗仁、何应钦等就接受《北平谈判协定》问题作出答复。

直到20日深夜，南京方面才作出回复，明确拒绝接受北平谈判协定。无边落木萧萧下，不尽长江滚滚来。次日，毛主席、朱总司令发布向全国进军的命令。当天，我人民解放军第二、四野战军在西起九江，东至江阴的千里长江战线上，强渡天险，彻底摧毁了美蒋反动派苦心经营三个半月的江防工事，也粉碎了他们“划江而治”、分裂中国的幻梦。23日，人民解放军占领南京，宣告国民党蒋介石在大陆二十二年反动统治的最终覆灭。

由于南京政府拒绝签字，张治中只好准备率团返回南京。这时，周恩来、林伯渠抓住节点，出面极力挽留张治中。周恩来对张治中说：“西安事变时，我们已经对不起一个姓张的朋友。今天，我们再不能对不起你这个姓张的朋友了。”

林伯渠接着说：“过去，在南京、重庆和谈破裂后，我方代表并不立即撤退，以保留和谈余地；现在，我们挽留你们，也可以说是这样的意思。况且，你们这样回去，顽固派会怎样对待你们，恐怕是难以预料吧？”

张治中陷入了极大的苦闷和矛盾之中。他私下和邵力子认真进行了商谈。张治中说：“不回去吧？我们是南京政府代表，谈判破裂，理当回去复命；回去吧？周公之言，句句动情，林公之说，字字在理；中共竭诚挽留，似也盛情难却。”

邵力子说：“现在，我对回去更视为畏途了。来前，上海警察局长毛森和谷正纲就放言，凡是主和的都是秦桧，他们要用手枪对付主和派。那时，我就曾有几夜没敢回家睡觉……”

张治中深有同感地说：“来前，我去溪口见委员长时，就有人说我这样热心和谈，绝没有好下场。当时，我倒有种‘壮士一去不复还’的慷慨，但现在，看来也是此一时、彼一时了。”

邵力子说：“你我追随国民党这么多年，结果却是流水落花春去也，想来已是心寒，不过，我是胁从，回去倒是无妨，但我真担心你成为张学良第二啊！”

张治中沉吟良久，最后终于决然道：“识时务者为俊杰，那就决定留下吧！”

他们有了明确的抉择，周恩来立即指示上海地下党，首先千方百计先把张治中将军的家眷，马上用飞机平安送到北平；对此，张治中直称感激不尽。

一天，毛泽东约张治中晤谈，周恩来、林伯渠在座。毛泽东说：“文伯啊，我毛泽东感谢你公开发表的《对时局的声明》，这是为和平民主建国立了大功劳。所以，我们要践行诺言，不仅既往不咎，而且还要欢迎你参加我们的新政协，并在我们的中央人民政府担任要职。”

张治中不免还是有些沮丧地说：“过去这一段的政权，是由我们负责的。现在我们已经失败，成为过去，我这个人，也应该成为过去了。”

毛泽东风趣地说："过去的阶段，从你发表声明起，等于过了'年三十'，今后还应当从'正月初一'重新来过；过去你的那个'我们'已经不适用了，现在要改口，改用跟我毛泽东站在一起的'我们'吧。"毛泽东还特意做了一个指自己和张治中等人的手势。

周恩来、林伯渠都不禁哈哈大笑起来，一直愁眉不展的张治中，此时也决意摈除既往，重新来过。终于，张治中脸上慢慢有了一点笑意。

国民党反动统治的覆灭，自然加速了新政协筹备工作的进程。在此期间，为尽快召开新政协，征求各方面对新政协的意见，林伯渠曾同各民主党派、人民团体负责人和无党派民主人士进行了广泛的接触，还多次向毛泽东、周恩来汇报、请示并商讨关于召开新政协的一些问题。6月15日至19日，新政协筹备工作会议在北平召开，林伯渠参加了新政协筹备工作会议的全过程并在其中发挥着特殊的作用。15日，毛泽东、朱德、李济深、周恩来、林伯渠、沈钧儒、郭沫若等二十一人被推选为筹备委员会常务委员，林伯渠则被推选为新政协筹委会副秘书长。毛泽东在会上说："我们这个委员会任务很重很紧，也很光荣。新政治协商会议马上要召开，新中国也很快要成立。我们要抓紧拟定参加新政协的单位及代表名额，要起草新政协的组织条例及共同纲领，要拟定中央人民政府方案，起草宣言，拟定国旗、国徽、国歌等方案，够我们大家忙一阵的嘞！"

在各次小组会上，林伯渠先后发言谈道："新民主主义必须有无产阶级来领导。领导不是包办，而是能代表各个阶级的利益"。"欧美民主政治都是资产阶级专政"，"我们是人民民主专政，是对帝国主义、封建主义、官僚资本主义的专政。我们的政权组织应是一元化的，是民主集中制"。他还谈了政协、政府和人民代表大会之间的关系："政协是协商的机关，协商好了，交政府去执行。人民代表大会是最高权力机关，其所选出之政府是权力机关也是执行机关，另外有政协来帮助政府。"对于我国由新民主主义走向社会主义的道路以及民族资产阶级的前途问题，林伯渠阐述道："可以用合作的道路走向社会主义"，政府对民族资产阶级的成员"给以前途，使之事业有发展，儿女生活有保障；将来有朝一日，其工厂工业收归国家所有，亦使之有前途，总之就是合作的前途"。他还强调指出："新民主主义的内容现在如此：政权组织是一元化的民主集中制的，新民主主义的发展过渡到社会主义是合作的，不经过许多痛苦的。政治协商会议的条例中，应注意到这几点。”

林伯渠的这些发言，得到多数同人一致赞同。无党派民主人士符定一根据自己多年经历，深有体会地说：“无产阶级领导实在有必要，别的阶级都靠不住。”“林老讲的新民主主义对资本家采取合作渐进的办法，不采取激烈的办法，这是很好的。”组长谭平山在总结发言时也说：“大家的意见可以说是一致的，特别是林老的意见，我们是很赞同的。”

筹备会闭幕后，一切筹备工作由常务委员会负责进行。工作重心主要是三条：一是拟定新政治协商会议的各种文件；二是推进并促成全国社会科学、自然科学、教育、新闻等人民团体的筹备工作，并协助成立全国文学艺术界联合会；三是根据会议通过的《关于参加新政治协商会议的单位及代表名额的规定》，协商各单位的代表名单。会后，林伯渠便全力以赴投入到这三项具体工作之中了。开始阶段，林伯渠作为副秘书长，当然是配合秘书长李维汉开展工作。但是，8月，李维汉腿部摔伤住院，开国在即，秘书长不可空缺，于是，副秘书长林伯渠被明确替补为秘书长，这样一来，林伯渠的工作就更加繁忙了。不久，林伯渠发起成立了新政协学习委员会，并亲自担任主委。毫不夸张地说，这段日子，林伯渠应是北平城里最忙的人之一。他的座车，频繁地在各个相关场所穿梭，不知参加了大小多少个会议，不知处理了多少件公文，不知接触过多少大小人物，他常常深夜还在批阅文件，或参加会议，或在毛主席那里汇报，以致夫人朱明那段日子也跟着林伯渠熬得眼睛发红。仅重大会议，林伯渠就参加过中华全国自然科学工作者第一次代表大会筹备委员会成立大会，中华全国社会科学工作者代表大会筹备委员会发起人会，中华全国文学工作者协会成立大会，新政治学研究会发起人会，新法学研究会发起人会。每逢大会，他都要作具有指导意义的讲话。国家许多重要团体，也基本都是在林伯渠等的积极促成下建立的。

林伯渠此时已经六十三岁高龄，为筹备新政协，建立新中国，始终兢兢业业，不辞劳苦，有时连续工作达二十来个小时。他并非没有疲劳感，但为了国家和人民，他在日记本上端端正正写下十个大字勉励自己：“为人民工作，为世界工作。”还郑重其事地盖上自己的大红印鉴。

尽管新政协筹备工作极为繁忙，但林伯渠还挤出时间，耐心细致地做一些特殊人士的协调和帮助工作。开始，张治中仍然时或有些郁闷，林伯渠知道后即抽空去他的寓所耐心开导。那次，张治中对林伯渠说：“林老，身处北平，见到这么多为中国革命事业作出重要贡献的风云人物，我置身其中，还是自惭形秽啊。”

林伯渠马上鼓励他：“文伯先生，毛主席不是已经给你记了一功吗？再说，你主政新疆的时候，曾释放过我党一百多名干部，以后你又三到延安，为呼吁停止内战奔走呼号，这都是你为人民解放事业作出的贡献，人民并没有忘记啊。”

张治中连连说：“谢谢你们共产党一直记得这些。林老，您是中共老前辈、老领袖了，具有极高的革命理论和实际领导水平，文伯也不想太过落后，想读点书，让自己也多接受点新知识，您看我应该先读哪些书呢？”

林伯渠说：“以我的体会，还是多读马克思、列宁、毛泽东的书好。另外，读读《联共（布）党史》，也会受益匪浅。”

张治中说：“哦，马列的书倒是看过一些，毛泽东主席的书，也看到过一些油印册子，当然，都还很不够；这《联共（布）党史》却还从没见过，过去国统区肯定是见不到这类书的，现在北平解放了，应该能买到了吧？”

林伯渠说：“现在北平刚解放，不一定就有得卖，既然文伯先生这么有兴趣，我就先送你一本吧。”

当天下午，林伯渠就派人给张治中送去了他经常翻阅的那本《联共（布）党史》。张治中认真读完这本书后，思想果然有了些新变化。后来，这本书曾一直珍藏在张治中先生的书橱里。

林伯渠在紧张的工作之外，还倾其心血，为争取程潜脱离反动营垒率部起义、促成湖南和平解放积极斡旋。还在我辽沈、淮海、平津三大战役先后告捷、蒋介石被迫“引退”之时，时任湖南省主席程潜见国民党大势已去，共产党势不可当，作为旧政权军政大员，程潜深感要思考出路问题了。但程潜当时对共产党有关起义人员的政策颇多顾虑，担心自己历史旧账难销，不能得到宽大处理，失去既有的政治地位。中共湖南省工委掌握这一情况，便利用各渠道对程潜进行政策宣传，力求解除其思想顾虑。

林伯渠知道情况后，专门派当年属下李世璋和李明灏，登门去做程潜弃暗投明的思想工作。到人民解放军横渡长江、攻克南京时，毛泽东专门找林伯渠谈了湖南问题，希望促成湖南和平解放。毛泽东清楚林伯渠与程潜共事几十年，由他出马做工作，再合适不过了。开头，林伯渠也觉把握不足，毕竟自宁汉分家后，他和程潜便分属不同营垒，已不太知心了。但毛泽东和林伯渠谈过之后，林伯渠立即端正想法，积极行动。

从客观上讲，蒋介石亲信白崇禧所部自1949年4月中旬由湖北败走湖南始，就实际操纵了湖南军政大权，时任湖南省主席兼长沙绥靖主任的程潜基本被架空。白崇禧对程潜谋求“湖南局部和平”的言论大加攻击，不断施加压力，逼迫程潜出走邵阳，蒋介石立即任命陈明仁出任湖南省主席，这在客观上激起了程潜的反蒋之心。不久，程潜向中共与毛泽东密送了备忘录，表示决心响应中共八项和平条件，脱离蒋介石集团，无条件向人民投降。而在人民解放军节节胜利的影响下和共产党关于起义人员政策的感召下，陈明仁也深为所动，与程潜密议，伺机共同起义。7月中旬，林伯渠将毛泽东复程潜备忘录的信函，转送到第四野战军及李明灏那里，示其马上派人送到程潜手上。直到程潜宣布起义前几天，林伯渠还在与李世璋约谈，询问程潜起义计划是否有变，并指示他火速赴湖南相机行事。

正当李世璋准备衔命南下时，由金明、唐天际、袁任远、解沛然、李明灏等组成的谈判代表团取得顺利进展。7月29日，李明灏随程潜派出的代表程星龄先期进入长沙，与程潜、陈明仁两人进行了会谈，当面陈明我党政策，并会商了起义具体安排和必要措施。8月4日，程潜、陈明仁向全国发出了《湖南和平解放通电》。《通电》在历数蒋介石集团种种罪恶后说：

潜等顺从民意，呼吁和平，声嘶力竭，而蒋与李、白执迷不悟，似欲以我西南西北各省，为最后之孤注，用是忍无可忍，爰率领全湘军民，根据中共提示之八条二十四款，为取得和平之基础，贯彻和平主张，正式脱离广州政府。今后当依人民立场加入中共领导之人民民主政权，与人民军队为伍，俾能以新生精神，彻底实行革命之三民主义，打倒封建独裁、官僚资本与美帝国主义，共同为建立新民主主义之中国而奋斗。

程潜、陈明仁等的和平起义，使湖南避免了一场战祸，而且为解放广东打通了道路。毛主席、朱总司令立即致电嘉勉程、陈义举：

程潜将军、陈明仁将军暨全体起义将士们：

接读八月五日通电，义正词严，极为佩慰。中国人民解放事业的胜利，已成全世界公认的定局。美帝国主义及其走狗蒋介石、李宗仁、白崇禧、阎锡山等残余匪党不甘失败，尚图最后挣扎，必被迅速扫灭，已无疑义。诸公率三湘健儿，脱离反动阵营，参加人民革命，义声昭著，全国欢迎。南望湘云，谨致祝贺。尚望团结部属，与人民解放军亲密合作，并准备改编为人民解放军，以革命精神教育部队，改变作风，力求进步，为消灭残匪，解放全人民而奋斗。

1949年9月7日，已担任湖南省人民军政委员会主任的程潜，应邀抵达北平。晚十点，火车徐徐驶进车站，毛泽东、周恩来、林伯渠等党政领导早已等候在站台上。这真诚、热情的场面，使程潜这位孙中山时代的老同盟会会员感激不已。当林伯渠紧紧握住程潜双手时，程潜感慨地说："祖涵兄，你在二十多年前国共分家时作出的预言，现在全都实现了，祖涵兄确有先见之明啊！"

建国工作日程正紧，林伯渠无暇与程潜尽情叙旧，于是说："啊啊，颂公义举，亦是远见。一别多年，您还是这么健朗。改天，我们再好好叙叙旧吧。"

在新政协紧张筹备的日子里，程潜等重要民主人士应中共之邀，到颐年堂聚餐会宴。席间，林伯渠特意与程潜坐在一起，彼此频频举杯。毛泽东兴致勃勃地对程潜说："颂公，我毛润之不擅酒，就拜托林老陪你痛饮喽。你和陈明仁将军在湖南举义，可是给我的家乡人民造福了；此后，你又积极参加新政权的建设，已是共产党肝胆相照的好朋友喽。"

程潜忙说："惭愧惭愧，但愿今后在毛主席领导下，能为老百姓多做好事。"

林伯渠接着说："共产党、毛主席对颂公这样深明大义的人士，是很敬重的，眼下就要依靠你们，一起来共商国是哩。"

程潜回应说："我跟了蒋介石几十年，可从未与闻过他的机密，而共产党对我如此推心置腹、深信不疑，程某真是后悔醒悟太迟了。"

毛泽东爽朗地笑着说："颂公啊，不迟不迟。以后，你北平有个官，湖南有个官；长沙有所房子，北平也要给你搞所房子；是住长沙，还是住北平，颂公就和林老随机而定吧。"

程潜非常激动地说："谢谢谢谢！梦醒恨迟，相见恨晚啊！"

林伯渠说："过去的就让它过去吧，大家都晓得，颂公主持大计还是好的。我们现在所做的，是一个崭新的伟大事业，让我们大家都从头开始……"

筹备新政协的各项工作，经过三个多月的努力，到9月间已基本完成。在新政协会议即将召开时，为了搞好大会的宣传舆论工作，9月19日下午，林伯渠在新闻工作者座谈会上，作了《关于人民政协三个基本文件精神的报告》。《报告》说："三个文件，尤其是《共同纲领》的产生，是经过许多次反复磋商的。《共同纲领》是参加人民政协的各单位和全国人民共同遵守的纲领，关系重大，第三组（即新政协筹委会负责《共同纲领》起草的这一组）决定由中共起草。"林伯渠在介绍中共起草的《共同纲领》经各代表小组、第三组、常委会反复讨论修改的过程后，小结性地说："六百多位代表都很谨慎地讨论，知无不言、言无不尽。工人阶级、农民阶级、小资产阶级以及其他爱国民主分子以及各阶层的代表们，从不同的角度去看这个问题，在纲领的各部分内，如文教政策，政权机关，尤其是经济政策上，不免有许多争论，表现出不同的意见，这是很好的。经过详细地解释、讨论，反复协商后，大家都一致同意中共毛主席提出的新民主主义的总的建国方针。"在这次座谈会上，林伯渠还对中央人民政府组织法和人民政协组织法作了详细的介绍。他号召新闻工作者对着三个文件"好好研究一下"，在正式公布以后，做好"足够的宣传与解释工作"。

1949年9月21日，新中国建国盛会——中国人民政治协商会议第一届全会，在北平隆重开幕。到会的有中国共产党、各民主党派、各人民团体、各地区、人民解放军、各少数民族、国外华侨及其他爱国分子代表共六百六十二人。林伯渠作为中共代表出席这次具有伟大历史意义的盛会，并被推举为大会主席团成员。在22日的会议上，林伯渠代表筹备委员会向大会作了《关于中国人民政治协商会议筹备工作的报告》。他的报告博得代表们一阵阵热烈的鼓掌。人们赞扬大会筹备工作的出色成就，感谢这位须发如银的老秘书长为新中国成立所作出的杰出努力。经过大会充分协商、讨论和修改，最终一致通过了《中国人民政治协商会议共同纲领》《中华人民共和国中央人民政府组织法》《中国人民政治协商会议组织法》等三个主要文件，选举了中国人民政治协商会议第一届全国委员会。

9月27日，大会通过了四项决议案：中华人民共和国的国都定于北平，自即日起，北平重又改名为“北京”。中华人民共和国的纪年采用“公元”，通过该决议的一年为公元1949年。在中华人民共和国的国歌未正式制定前，以《义勇军进行曲》代“国歌”。中华人民共和国“国旗”为红底五星旗，象征中国革命人民大团结。新中国政府各部门的设置将计日程功，人们翘首期盼的“开国大典”——中华人民共和国中央人民政府成立盛典，进入倒计时。

9月30日上午九时，林伯渠乘车来到天安门广场，兴冲冲地同负责开国大典会场布置准备工作的同志，对各有关环节进行检查验收。他围着广场转了一圈，又健步登上天安门城楼，向负责音响、灯光、场地组织的同志们一一询问，强调每个环节都要绝对保证成功和圆满。最后，林伯渠还亲自试揿了一下升旗电钮。直到一切达到预期要求，林伯渠才离开“开国大典”准备现场。

下午六时，林伯渠又和全体代表一起来到天安门广场中央，参加人民英雄纪念碑奠基典礼。典礼在无比庄严肃穆的气氛中进行。林伯渠在奠基现场主持整个活动。周恩来代表大会主席团致辞后，全体代表脱帽，向先烈默哀致敬。默哀毕，宣读毛泽东主席亲拟的人民英雄纪念碑碑文：

三年以来，在人民解放战争和人民革命中牺牲的人民英雄们永垂不朽！

三十年以来，在人民解放战争和人民革命中牺牲的人民英雄们永垂不朽！

由此上溯到一千八百四十年，从那时起，为了反对内外敌人，争取民族独立和人民自由幸福，在历次斗争中牺牲的人民英雄们永垂不朽！

紧接着，奠基代表一一执锹铲土奠基，以表达对革命先烈深深的景仰之情。这是人民共和国正式宣告建立前，对所有为新中国的成立付出生命代价的人民英雄的庄严告慰。

9月30日下午，会议首先选举了政协全国委员会和中华人民共和国中央人民政府委员会；选举毛泽东为中央人民政府主席，朱德、刘少奇、宋庆龄、李济深、张澜、高岗等为副主席；选举陈毅、李立三、林伯渠等五十六人为中央人民政府委员。林伯渠同时被选举为政协全国委员会委员和中央人民政府委员会委员。下午七时，正是古城北平华灯初上时分，在威武雄壮的《人民解放军进行曲》和五十四响礼炮声中，中国人民政治协商会议第一届会议，在中南海怀仁堂隆重拉开帷幕。大会秘书长林伯渠引导主席团成员毛泽东、刘少奇、周恩来、谭平山、李济深等，神采奕奕地登上主席台。会场响起热烈掌声，经久不息。

林伯渠用一口纯正的临澧语音激动地宣布："中国人民政治协商会议第一届大会现在开始，请大会主席毛主席致开幕词！"

毛主席在开幕词中庄严宣告："我们的工作，将写在人类的历史上，它将表明，占人类总数四分之一的中国人，从此站立起来了！"

会场顿时响起雷鸣般的掌声，毛主席不得不时常暂停讲话，向会场挥手致意，然后接着说："我们团结起来，以人民解放战争和人民大革命打倒了内外压迫者，宣告中华人民共和国的成立。我们的民族，将从此列入爱好和平自由的世界各民族的大家庭，以勇敢而勤劳的姿态工作着，创造自己的文明和幸福，同时也促进世界的和平与自由。我们的民族，将再也不是一个被人侮辱的民族了，我们已经站起来了。让那些内外反动派，在我们面前发抖吧，让他们去说我们这也不行那也不行吧，中国人民的不屈不挠的努力，必将稳步地达到自己的目的！"

毛泽东主席的讲话，宣告的决不只是一个新政权的诞生，更是宣告了中国历史上一种最伟大、最光明的政治制度的诞生，并向世界昭示：共产主义是美好的、符合人类和平理想的、不可阻挡的历史潮流。

然后，中国共产党代表、解放区代表、人民解放军代表、各民主党派代表，及特邀代表刘少奇、宋庆龄、何香凝、张澜、高岗、陈毅、黄炎培、赛福鼎、张治中、程潜、司徒美堂等相继发表简短讲话。

其间，张治中在讲话中说："借此机会，我首先要表达自己过去参与与人民为敌的反动统治集团多年，愧对人民的负疚之情。同时，面对新中国成立的这一伟大历史性时刻，我更要表达自己无限的欣慰和由衷的祝贺……"

1949年10月1日，这是一个晴朗的日子，中国历史上最伟大的一天，终于在中国人民的热切期盼中到来了。这一天，作为新中国的开国秘书长，林伯渠无比兴奋，也无比忙碌。天还没亮，林伯渠便早早地起了床，在那个小而幽静的庭院里激动地踱步。显然，林伯渠还在反复仔细地过滤着将于今天举行的"开国大典"的每一个细节，看看还有没有疏漏。夫人朱明起得更早，为林伯渠准备礼服和早点。

上午，林伯渠首先前往火车站，迎接前来参加中华人民共和国开国大典的以法捷耶夫为团长的苏联代表团。下午二时，中央人民政府委员会举行第一次全体会议，一致决议：选举林伯渠为中央人民政府委员会秘书长，任命周恩来为政务院总理兼外交部长，毛泽东兼人民革命军事委员会主席，朱德兼中国人民解放军总司令，沈钧儒为最高人民法院院长，罗荣桓为最高人民检察署检察长。会议决定，接受《中国人民政治协商会议共同纲领》为中央人民政府的施政方针。同时发表公告向世界各国政府宣布，中华人民共和国中央人民政府为中国唯一合法政府，愿与遵守平等互利及相互尊重领土主权原则的任何外国政府建立外交关系。

下午三点，那一中国历史上最伟大、最光辉的时刻，终于来临了。首都三十万军民聚集在北京天安门广场，群情激昂地参加中华人民共和国开国大典——中华人民共和国中央人民政府成立典礼。毛主席和中央人民政府的委员们，健步登上金碧辉煌的天安门城楼。所有其他领导人和特邀贵宾也随后登上天安门。

按预定的时分，开国大典主持人林伯渠用数十年未改的乡音，高亢激越地宣布："中华人民共和国……中央人民政府……成立典礼……开始！"

接着，毛泽东笔挺地站立在天安门城楼中央，向全世界庄严宣告"同胞们，中华人民共和国……中央人民政府……今天成立了……"

顿时，狂欢的人海中掌声雷动，欢呼声叠起，千百羽和平鸽，腾空而起。

在林伯渠主持下，军乐队奏起了雄壮的《义勇军进行曲》。由于持续多日的忙碌和现场过于兴奋激动，在要宣告"升中华人民共和国国旗"的当口，林伯渠约略迟缓了片刻；此时，毛泽东主席非常默契地依照仪程，轻轻按动了升旗电钮，顿时，在"代国歌"《义勇军进行曲》雄壮的旋律里，中华人民共和国第一面五星红旗，迎着和畅的东风，在天安门广场中心前端冉冉升起，鲜艳夺目……

其间，五十四门礼炮齐鸣，二十八阵轰隆隆的炮响，向世界隆重宣告：人民中国横空出世，伟大尊严昭告天下……

随后，毛主席宣读《中华人民共和国中央人民政府公告》。此刻，林伯渠贴身站立在毛主席身后，全神贯注地看着毛主席手中的文告；极富新闻敏锐的摄影记者立即不失时机地抢拍下这组珍贵的经典画面。这个庄严、壮丽而隽永的历史画面，从此刻入中国人民的记忆，也载入了人类历史的画卷。一个清末出世的湖南临澧乡下孩子，以其矢志不渝、坚韧不拔的努力，终于站在了新生的中华人民共和国开国大典主持人的人生最高点上。

接着，林伯渠宣布，由朱总司令向全军下达《中国人民解放军总部命令》。《命令》称："迅速肃清国民党反动派的残余部队，解放一切尚未解放的国土！"

随后，隆重的开国阅兵式开始：英武的海军战士列着方阵走在队伍最前列；步兵师紧随其后，迈着刚健的步伐从观礼台前通过；紧接着是炮兵师、装甲师列阵驶过；然后，骑兵师的健儿们策马而驰；同时，蓝天下，人民空军的银色战鹰，首次从天安门上空呼啸而过。阵列威严，铁流滚滚。直到华灯齐放，阅兵才告结束。

大典过程中，天安门广场和观礼台上，首都人民和观礼代表不时响起欢呼声："中华人民共和国万岁！""中央人民政府万岁！""中国共产党万岁！""毛主席万岁！"

林伯渠与领袖毛泽东等国家重要领导人及贵宾们，庄严伫立在天安门城楼上，目光炯炯注视着天安门广场沸腾的场面。他们不时兴奋地交谈，不时激动地挥动手臂，与人民一起振臂高呼：

"中华人民共和国万岁！"

"中央人民政府万岁！"

"中国共产党万岁！"

"毛主席万岁！"

毛泽东主席精神焕发、神采奕奕，时而站立在天安门城楼中央，时而走向城楼女儿墙两端，向欢腾的人群，频频挥手，不时用他那高亢浑厚的湖湘口音，声声高呼："人民万岁……人民万岁……人民万岁……"

开国大典结束后，已是六十三岁高龄的林伯渠因长期劳累，尤其是建国盛典期间高强度的连轴运转，终于病倒了。但他从来就是躺不住的人，在夫人朱明和在京子女共同的精心护理下，不久，林伯渠就从病榻上站立起来，拄着那根很少离手的拐杖，向着新中国的全新里程，阔步前进。

◎跋

青春浩气走千山

龙仕林

国庆十周年庆典时，林伯渠遥望未来，信心十足，壮志满怀，感慨万千。在一首七律中写道："白首壮心驯大海，青春浩气走千山。波涛万顷望无极，稳掌南针总向前。"在这首诗中，林伯渠抒发了自己内心的英雄气概和万丈豪情，对祖国、对人民、对未来充满了期待和向往。

用"青春浩气走千山"来作为这篇编后感的标题是比较确切的，因为它不仅十分真切地反映了林伯渠波澜壮阔、风云激荡的精彩人生，同时也十分真切地反映了这部小说跌宕起伏、扣人心弦的精彩故事。

读过这部作品，掩卷而思，林伯渠生动、高大、光辉的形象在我脑海中渐渐清晰起来。归纳起来，主要有如下四个方面：

一、具有十分坚定的人生信念

林伯渠（1886年3月20日—1960年5月29日），原名林祖涵，字伯渠，号邃园，湖南安福（今临澧县）修梅镇凉水井村人。1902年入湖南公立西路师范学堂求学，1903年公费赴日留学。1905年8月经黄兴、宋教仁介绍，加入中国同盟会。1921年1月经李大钊和陈独秀介绍在上海加入共产主义小组，成为中国共产党的创始人之一。在长达半个多世纪的岁月里，参加了中国各个历史阶段的革命斗争，把毕生精力献给了伟大的共产主义事业，是我党少数几个从二十世纪初就投身于中国革命的共产主义战士和优秀的无产阶级革命家之一。在几十年的革命生涯中，目标始终不变，坚守人生理想信念。对自己的选择，从没有犹豫过、徘徊过、动摇过，直至获得革命的最后胜利。我认为坚定的人生信念，是林伯渠获得人生成功的基石。凡不能自始至终坚持自己的人生信念者，都一一被时代所淘汰了。大浪淘沙，坚持人生信念者胜。对于这一点，小说进行了入木三分的刻画，读来能给人以启迪，给人以顿悟，给人以警醒。

二、具有十分高尚的人生境界

林伯渠在长期的革命生涯中，虽然常年处于战火纷飞的岁月，但他自始至终十分重视经济建设，在长期的经济工作中积累了丰富的经验，被称为红色理财专家。他的财经思想和观点，对毛泽东财经思想的丰富和发展做出了积极贡献。在陕甘宁边区兼任中央财政经济部长、中央财政经济委员会主席期间，他坚决贯彻毛泽东关于自力更生、发展生产、保障供给的指示，坚决实行中央财政经济工作为革命政权和革命军队服务兼顾改善民生的方针，注重对财政经济的统一管理，并为党和国家培养了大批财政经济干部。尤其值得一提的是，林伯渠长期分管财政经济工作，因而有机会经常与金钱打交道，他一生经手的钱财和物资不计其数。在国民党内，他曾任湖南省署秘书兼总务长、政务厅长等职，也曾任国民党中央执行委员会常务委员、农民部长及国民政府军委秘书长。 在中国共产党内，在江西中央苏区，出任苏维埃中央政府国民经济部长，后任财政部长，并调任委员会主任及总供应部长；在参加长征到达陕北后，林伯渠先任中央政府财政部长，继任陕甘宁边区政府主席。在艰苦的战争年代，在一家老小衣食无着的情况下，面对无数金钱和物资，林伯渠从没有产生一丝丝私心杂念。常在河边走就是不湿鞋。只因为他有这样十分高尚的人生境界，在长期的革命生涯中，能自始至终保持一个共产党人的道德操守和高风亮节，这一点是十分难能可贵的，让人油然而生敬意。因此，作者对于林伯渠高尚的人生境界不仅由衷佩服，而且在小说中也进行了浓墨重彩的描写。小说的每一个细节，读来都令人感动，令人敬仰，令人敬畏。

三、具有十分宽广的人生胸怀

林伯渠是第一次国共合作的组织者之一，也是第二次国共合作的积极倡导者。在长期的统战工作中，他以诚恳务实的作风，坚持党的既联合又斗争的方针，同广大的爱国民主人士建立了广泛的联系。1937年抗日战争爆发，中华民族处在生死存亡关头。林伯渠受命于危难之际，多次和国民党谈判，在和平解决西安事变、促成二次国共合作、稳定和壮大抗日民族统一战线等方面发挥了巨大作用。解放战争时期，他积极联络奔走，使很多仁人志士投入到共产党的怀抱，被许多民主人士视为和蔼可亲的长者和可信赖的朋友。林伯渠在我党的统战工作历史上，劳苦功高，功勋卓绝。他之所以能获得广大民主人士的一致好感，成为大家的好朋友，与他宽广的胸怀是密不可分的。在这一点上，小说也进行了实事求是的刻画和鞭辟入里的分析，读来让人感悟，让人深思，让人折服。

四、具有十分长远的人生眼光

林伯渠的家庭是远近闻名的世代书香门第。他在中国革命的每个历史阶段，都是彻底的革命者，为中国人民的解放事业做出了不可磨灭的贡献。作为彻底的职业革命家，林伯渠在家庭生活和教育子女方面也同样表现出了高尚的革命风范和长远的革命眼光，传承了世代书香门第良好的家风。在林伯渠的严格教育下，他的几个子女都先后走上了革命道路。林伯渠从自己的革命实践中深切体会到，只有深入实践，接触社会，经风雨，见世面，才能造就社会栋梁。因此，他要求自己的子女树立正确的人生观和价值观，经常深入基层经受实践工作锻炼和艰苦工作环境的磨练；并要求他们作为高干子弟绝不能躺在父母的功劳簿上，坐享其成，搞特殊化。林伯渠认为，这既是关系到党的形象的大问题，更是关系到子女健康成长的大问题。正因为如此，林伯渠对子女要求特别严格。在他的严格的教育下，他的子女个个都正确地选择了自己人生的道路，人人都过上了平凡充实的生活。就这一点，小说也进行了充分的诠释和详尽的叙述，读来让人耳目一新，让人眼前一亮，让人为之振奋。

小说除了浓墨重彩地刻画了林伯渠这个高大形象之外，作者还十分注重时代背景的描写，人物心理的刻画，主题思想的提炼，故事情节的构思，语言文字的打磨，经典名言的锤炼等等。读来让人过目难忘，记忆犹新。在红色题材文学作品十分丰富的今天，能读到这样一部精品力作，已属十分难得。我坚信，这部花费了作者大量时间和倾注作者大量心血的作品，一定能流传久远，享誉文坛。

（作者系湖南人民出版社编审）